KiWi
1582

Das Buch

Vizekriminalkommissar Axel Steen kommt nicht zur Ruhe. Kaum scheint etwas Normalität in seinem Leben eingekehrt zu sein, da wird ein ehemaliger Mitarbeiter des dänischen Geheimdienstes PET brutal ermordet aufgefunden und schon bald gibt es einen weiteren toten Exkollegen. Axel nimmt die Ermittlungen auf und stößt auf einen groß angelegten Antiterroreinsatz des PET vor einigen Jahren, der strengster Geheimhaltung unterlag. An diesem Einsatz waren seinerzeit nicht nur die beiden Opfer, sondern auch Steens Freundin Henriette und sein Rivale Jens Jessen beteiligt. Droht den beiden ebenfalls Gefahr? Und was hat es mit dem Mädchen Aisha auf sich, dessen Name in den alten Ermittlungsakten immer wieder auftaucht?

Der Autor

Jesper Stein ist Journalist und arbeitete als Kriminalreporter in Kopenhagen. 2008 erschien sein Bestseller über Bent Isager-Nielsen, den Leiter der Sektion 1, des dänischen Pendants zum FBI. Das Buch erklärt u. a., warum Dänemark die weltweit höchste Aufklärungsrate bei Mordfällen aufweisen kann. Jesper Stein lebt seit 1992 in Nørrebro, ist verheiratet und hat zwei Kinder. Dies ist sein vierter Roman um den Kommissar Axel Steen. Eine Verfilmung der ersten drei Bände ist in Planung. Jesper Stein ist mit zahlreichen Preisen ausgezeichnet worden, zuletzt mit dem »Goldenen Lorbeer«, dem wichtigsten dänischen Literaturpreis.

Weitere Titel von Jesper Stein: »Unruhe«, 2013; »Weißglut«, 2015; »Bedrängnis«, 2016.

Der Übersetzer

Patrick Zöller studierte Skandinavistik, Neue Geschichte und Politikwissenschaften an der Ruhr-Universität Bochum und an der Århus Universitet. Er hat mehrere Romane, darunter »Tochter des Lichts« von Anne Lise Marstrand-Jørgensen und »Wintermänner« von Jesper Bugge Kold, sowie Kinder- und Jugendbücher aus dem Dänischen übersetzt.

Jesper Stein

AISHA

THRILLER

Aus dem Dänischen
von Patrick Zöller

Unverkäufliches,
unkorrigiertes Arbeitsexemplar
Sperrfrist: Bitte nicht vor dem
26. Januar 2018 besprechen.

Kiepenheuer & Witsch

MIX
Papier aus verantwortungsvollen Quellen
FSC® C083411
www.fsc.org

Verlag Kiepenheuer & Witsch, FSC® N001512

1. Auflage 2018

Titel der Originalausgabe: Aisha

Aus dem Dänischen von Patrick Zöller

Umschlaggestaltung: Sabine Kwauka
Umschlagmotiv: © Getty Images / Don Farrell
Gesetzt aus der Minion Pro und Futura
Satz: Buch-Werkstatt GmbH, Bad Aibling
Druck und Bindung: CPI books GmbH, Leck
ISBN 978-3-462-05078-3

Für Emilie und Hannah

ERSTER TEIL

1

2011

Der Tote hatte Blut geweint. Er saß mit Gaffa-Tape an einen Stuhl gefesselt mitten im Obergeschoss des Penthouses. Axel Steen sah in seine erstarrten Augen, sah den erloschenen und doch traurigen Blick. Reste geronnener dunkelbrauner Tränen auf den Wangen, im Oberlippenbart und unter dem Kinn. Er trat hinter den Toten und versuchte sich vorzustellen, was passiert war. Was hatte er gesehen, als er umgebracht wurde? Warum war er misshandelt worden?

Dann hörte er den Schrei. Ein lang gezogener Schmerzensschrei, der ihn aus seinen Gedanken und von der Leiche wegriss. Krampfhaft zog er die Schultern hoch, um den Laut abzuschütteln. Er lauschte, aber es war nichts mehr zu hören. Doch. Möwen. Enten. Das Gemurmel der Kollegen von draußen. War das ein Weinen in der Wohnung nebenan? Sein Blick folgte dem des Toten auf die andere Seite des Panoramafensters und über den Kalvebod Fælled, wo sich die Natur trügerisch anbiederte, eine Savanne in silbern schimmerndem Morgennebel. Am Horizont konnte er den goldenen Schein des Meeres ausmachen. Ihm wurde übel.

Er ließ den Blick ziellos schweifen, registrierte die Details. Das Penthouse war verwüstet, ein Glastisch zerschlagen, umgeworfene Stühle und die Scherben zweier Rotweinflaschen, deren Inhalt sich mit einer großen Menge Blut vermischt hatte. Es hätte die Szenerie eines Mordes im Affekt sein können, nach vorausgegangenem Streit und befeuert von zu viel Alkohol, aber die Adresse passte nicht dazu: zehnte Etage in Kopenhagens neuester und prestigeträchtigster Wohnanlage. Und der Mann auf dem Stuhl war kein Säufer, sondern der durchtrainierte Sicherheitschef einer Großreederei.

Axel hustete. Brechreiz stieg in ihm hoch. Der Tote hatte Abwehrverletzungen an Fingern, Händen und Armen, ein Kranz aus Hämatomen umgab die Augen, auf der Stirn klaffte eine Wunde und ein Ohr war halb abgerissen. Die Kehle war durchtrennt, ein einziger schneller Schnitt mit einem sehr scharfen Messer, wie Axel vermutete. Das Blut war auf den Körper und den Boden vor der Leiche gespritzt. Der Mann hatte sich nicht nur in die Hosen gepinkelt, noch dazu durchdrang ein süßlicher Geruch von Kot, Ammoniak, Eisen und Wein die ganze Wohnung. Aber das war nicht der Grund dafür, dass Axel kurz davor war, sich zu übergeben.

Es waren die Augen. Die weit aufgerissenen Augen.

Wieder war der Schrei zu hören, nur etwas leiser dieses Mal. Ein Schaf? Oder eine Kuh, die kalbte? Fünf Kilometer vom Rathausplatz entfernt. Das konnte nicht sein. Absolut nicht.

Er ging an dem Panton-Tisch und den vier weißen Stühlen vorbei zum Fenster. Es war weit bis nach unten. Und Möwen flogen vorbei, direkt vor dem Fenster, schrien und kreisten über ihm in der Luft.

Axel war sich bewusst, dass er hätte warten sollen, bis die Schutzmatten auf dem Boden ausgelegt waren, aber er konnte nicht. Er musste sich einen Eindruck verschaffen, bevor es vor Kriminaltechnikern, Fotografen und Gerichtsmedizinern nur so wimmelte und er den Überblick über den Tatort verlor. Schon wieder der Schrei, unheimlich und wahnsinnig. Es musste wohl doch ein Schaf sein.

Tatorte waren keine neue Umgebung für ihn, er war gut darin, sie zu lesen, und der erste Eindruck war in aller Regel der stärkste. Ganz gleich, wie abscheulich das Verbrechen auch war, es lag eine Logik im ersten Eindruck, ein Muster im Bühnenbild des Todes, aber hier war keine Logik zu erkennen, keine Ordnung, nichts ergab einen Sinn. Lag es daran, dass es sein erster Mord seit fast zwei Jahren war? War er aus der Übung? Ihm war schwindelig. Er hasste die verfluchten Möwen. Sie erinnerten ihn daran, dass er selbst um ein Haar gestorben wäre, dass er noch eine Chance bekommen hatte und sie nicht vergeuden durfte.

Er ging nach unten auf die Terrasse zu den beiden Kollegen, die als Erste am Tatort eingetroffen waren. Der Gestank nach Erbrochenem hing in der kühlen Luft des Julimorgens. Einer der beiden tupfte sich mit dem Handrücken sorgfältig den Mund ab.

»Habt ihr den PET informiert?«, fragte Axel den anderen, der weniger angeschlagen schien.

»Nein, sollten wir das?«

»Er hat früher mal für den PET gearbeitet. Ich kümmere mich darum.«

Axel nahm das Handy aus der Innentasche seiner Jacke. Er kannte jemanden in der Chefetage des Geheimdienstes und scrollte bis zu dessen Nummer, zögerte dann aber und wandte den Blick vom Display des Handys ab. Sie befanden sich im obersten Stockwerk der *Acht,* am äußersten Rand des Amager Fælled. Er trat an das Geländer und sah nach unten auf die mit Wasser gefüllten Betonbecken, die das Gebäude einrahmten. Er spürte ein Ziehen im Magen. Atmete ein paarmal tief durch, um die Angst vor dem freien Fall unter Kontrolle zu bekommen. Im Laufe des letzten Jahres hatten sich die meisten seiner Phobien und die dauernde Panik, sein Herz könnte aufhören zu schlagen, verflüchtigt, aber die Höhenangst war geblieben. Er blickte in die Ferne, trat einen Schritt zurück und tippte auf das grüne Telefonsymbol. Am Horizont konnte er die Maschinen erkennen, die wie fliegende Taxis kreuz und quer über das flache Land zogen und ihm in Erinnerung riefen, dass das hier immer noch die Stadt war. Fasziniert beobachtete er sie, während sie unendlich langsam Richtung Dragør schwebten und dabei an Höhe verloren, eins, zwei, drei insgesamt.

»Darling hier.«

»Hej John, ich bin's, Axel.«

»Du holst mich hoffentlich nicht aus den Federn, um mir zu sagen, dass du morgen nicht kommst.«

Es war ihm geglückt, die Einladung zu Darlings Gartenparty zu verdrängen.

»Nein, tut mir leid, wenn ich dich geweckt habe. Erinnerst du dich an Sten Høeck?«

»Dunkel. Ist er nicht Sicherheitschef bei Mærsk oder so was Ähnliches?«

»Ja. Das heißt, er ist tot. Ermordet.« Er atmete tief ein. »Jemand hat ihm die Kehle durchgeschnitten, in seiner Wohnung. Besser, du schickst einen eurer Leute.«

»Ist das wirklich notwendig?«

»Ja.«

»Bist du vor Ort?«

Axel drehte sich um und schob die Tür zum Penthouse auf, sodass er die Blutspuren im Flur sehen konnte, während er sprach. Er hatte Sten Høeck nur flüchtig gekannt. Terrorismusbekämpfung beim PET, ein Mann mit jahrelanger Erfahrung im Außendienst. Vor ein paar Jahren hatte Mærsk ihn abgeworben und als Sicherheitschef eingestellt. Axel hatte nie viel für ihn übriggehabt. Høeck hatte stets die aalglatte Selbstzufriedenheit zur Schau getragen, die so typisch war für die Mitarbeiter des Geheimdienstes und mit der sie bevorzugt gewöhnlichen Polizisten wie ihm, Axel Steen, begegneten. Noch dazu war Høeck eine wandelnde Testosteronbombe in Holzfällerhemd und knallenger Jeans gewesen, und mit Sicherheit schwammen eine ganze Reihe gehörnter Ehemänner und verschmähter Liebhaberinnen in seinem Kielwasser. Ein Hauch von schlechtem Gewissen überkam Axel. Es konnte ja sein, dass Sten Høeck ein Idiot war, aber niemand verdiente es zu sterben. Fast niemand.

»Ja, ist alles noch ganz frisch. Die Techniker und die Gerichtsmediziner sind unterwegs. Was weißt du über ihn?«, fragte Axel.

»Er war vor meiner Zeit beim PET. Terrorismusbekämpfung, Observierungen, so was eben, hat ein paar Antiterroreinsätze geleitet. Wahrscheinlich hat er deswegen den Job bei Mærsk bekommen. Hast du die Wohnung inspiziert?«

»Oberflächlich, ja.«

»Wurde sie durchwühlt? Gibt es Anzeichen, dass jemand nach etwas Bestimmtem gesucht hat?«

»Nein, nicht direkt.«

»Na schön, ich schicke dir einen Mann zur Unterstützung.«

»Aber einen, der was von Polizeiarbeit versteht. Einen Klotz am Bein kann ich nicht gebrauchen.«

»Ich habe da schon jemanden im Auge. Ich rufe ihn gleich an.«

»Vielleicht solltet ihr auch Sten Høecks Personalakte aus dem Archiv kramen.«

»Warum?«

»Das ist kein gewöhnlicher Mord.« Axel fiel es schwer, es zu sagen. »Man hat ihm … Er wurde verdammt übel zugerichtet.«

»Wieso? Was meinst Du?«

»Ich meine, wir sollten uns ansehen, ob das hier etwas mit seiner Zeit beim PET zu tun haben kann. Ich bin nicht sicher, aber … Nun ja, seine Augenlider wurden abgetrennt.«

»Wie bitte?«

»Ihm wurden die Augenlider abgeschnitten.«

2

2007

Henriette Nielsen hatte Sex, als die SMS ihres Chefs eintraf. Jetzt stand sie nackt im Flur der kleinen Zweizimmer-Küche-Bad-Wohnung in Vesterbro und fror. Ihre Hand wanderte zwischen ihre Beine, tastete sanft und unbefriedigt. Geistesabwesend kratzte sie sich zwischen den dunklen Härchen, während sie die Kurznachricht auf dem leuchtenden Display las:

»Troja landet: Treffen um 400.«

Sie war hellwach. Alle Sinne waren geschärft, trotz der halbstündigen Paarungsbemühungen ohne finalen Höhepunkt. Es war ihre erste Operation als Einsatzleiterin, und sie war anders als die bisherigen, bei denen sie dabei gewesen war.

Ihr Chef Jens Jessen hatte die Zügel straff angezogen und sie unmissverständlich darauf hingewiesen, dass keiner der knapp hundert Mitarbeiter, die in den Startlöchern standen und nur auf den Befehl »Zugriff« warteten, mehr wissen musste als unbedingt nötig. CIA und das Bundesamt für Verfassungsschutz hatten ihre Finger im Spiel, aber sie wusste nicht, welche Informationen die Amerikaner und die Deutschen ihnen geliefert hatten und welche Interessen die ausländischen Dienste bei dieser Operation verfolgten. Seit beinahe vier Wochen stand ihr ein voll ausgestatteter und rund um die Uhr besetzter Raum als Einsatzzentrale im PET-Hauptquartier in Søborg zur Verfügung, während sie darauf warteten, dass die beiden Zielpersonen aus Pakistan zurückkehrten.

Von Beginn an hatte die Operation eine Anspannung bei ihr und den Kollegen hervorgerufen, die höher als bei anderen Antiterroreinsätzen war, zu denen man sie hinzugezogen hatte. Das Interesse der Amerikaner war ein deutliches Indiz dafür, dass es um mehr als ein paar versprengte Extremisten einer lokalen Terrorzelle ging, die mit Düngemitteln herumspielten – auch wenn niemand darüber sprach. Aber nach einigen Tagen, in deren Verlauf sie nichts von den CIA-Leuten aus der Botschaft drüben in Østerbro hörten, die auf Nachrichten ihrer Kollegen in Islamabad warteten, die wiederum auf ihre Agenten und Informanten angewiesen waren, ließ die Anspannung allmählich nach. Aber eine sonderbare Rastlosigkeit ergriff Besitz von Henriette, und sie brauchte Ablenkung.

Die Ablenkung hieß Danny, kein Nachname, ein kahlköpfiger Stier Mitte zwanzig mit Wikingertattoos auf den Oberarmen und einem selbstsicheren Lächeln, das ihm das Alter irgendwann aus dem Gesicht wischen würde.

Sie hatte ihn in einer Bar in der Gothersgade aufgegabelt, die sie nach einer weiteren völlig ereignislosen Schicht einer spontanen Eingebung folgend betreten hatte. Sein Körper war der reinste Leckerbissen. Er schien nett zu sein und konterte schlagfertig, wenn sie ihn provozierte.

»Und was, wenn du ganz einfach nicht mein Typ bist?«

»Dann verpasst du den Fick deines Lebens«, hatte er gesagt.

Eine Minute lang hatte sie ihm in die Augen gesehen.

»Dann lass uns gehen.«

Er hatte überrascht ausgesehen, und in diesem Moment waren ihr erste Zweifel gekommen, ob sie eine gute Wahl getroffen hatte.

Aber es hatte sich gut angefühlt, als er sie auf der Straße

küsste, während sie auf das Taxi warteten, die Zunge tief in ihren Mund stieß, fordernd und hungrig, und noch besser, als sie auf dem Rücksitz des Taxis eine Hand unter sein T-Shirt schob und die Muskeln unter der glatten, haarlosen Haut fühlte. Erst als er die Tür zu seiner Wohnung aufschloss, landete sie hart auf dem Boden der Tatsachen.

Abgestandene Luft schlug ihr entgegen, Plakate alter Horrorfilme waren mit Reißbrettstiften an die Wände gepinnt, in einem Regal gammelten ein Totenkopf und andere Heavy-Metal-Reliquien vor sich hin. Die Bettwäsche roch nach Schweiß und war mehr grau als weiß. Sie hatte sich auf seinen Körper und seine Augen konzentriert, und anfangs war es sogar noch ganz gut gelaufen, kein langes Vorspiel, er hatte einen schönen und großen Schwanz. Aber nachdem sie ein paar Minuten gebumst hatten, spürte sie, wie sich seine Erregung in Begeisterung über sich selbst verwandelte. Mechanisch penetrierte er sie und packte sie härter an den Hüften, als sie es mochte. Als er sie das erste Mal seine »kleine Schlampe« nannte, begann sie, nach einem Weg heraus aus dieser Wohnung zu suchen, ohne sein Selbstwertgefühl allzu sehr zu erschüttern.

Fast im selben Augenblick brummte ihr Handy, und ihr war klar, dass der Moment gekommen war. Kein anderer würde sie nachts um halb zwei kontaktieren. Unter dem Vorwand, sie müsse auf die Toilette, entwand sie sich Dannys Griff, ging in den Flur und las die SMS von Jens Jessen. Dann ging sie zurück ins Schlafzimmer.

»Ich muss los«, sagte sie.

»Warum so eilig?«, fragte er und sah ihr dabei zu, wie sie ihre Sachen zusammensuchte.

Sie sah ihn mit einem Blick an, der ihn zum Schwe

bringen sollte, doch verfehlte er augenscheinlich seine Wirkung. Danny legte sich auf die Seite, stützte sich auf den Ellbogen und lächelte, als wisse er etwas über sie, von dem sie selbst nichts ahnte.

»Ich muss nach Hause und schlafen.«

»Bist du dir da sicher?« Er machte Anstalten, sich aus seiner Römerpositur zu erheben.

Sie ging in die Küche und ließ ein Glas mit Wasser volllaufen, trank gierig, während sie sich umsah. Leere Pizzaschachteln und eine von Kalk überzogene Spüle voller Teller mit Streifen aus Soße und Dressing.

Sie musste hier weg. Weg von ihm und rüber nach Søborg, aber er hatte das Bett verlassen, stand jetzt in der einzigen Tür, die aus der Küche führte, und lächelte selbstgefällig.

»Ich habe noch etwas für dich«, sagte er.

Das war nicht zu übersehen.

Sie stand vor ihm, schätzte ihn ein. Jung, aber nichtsdestotrotz hundert Kilogramm selbstsicherer Mann, der seinen Willen durchzusetzen beabsichtigte. Er rührte sich nicht, auch das Lächeln blieb unverändert. Das hier sah nicht gut aus.

»Und es wird dir gefallen«, sagte er.

»Okay, hör zu, es war schön, es war gut und du warst richtig klasse. Sorry, dass wir nicht fertig geworden sind, aber ich muss jetzt nach Hause. Würdest du mich also bitte vorbeilassen?«

Etwas hatte das Lächeln verdrängt. Kälte? Begierde war es jedenfalls nicht. Eher Macht. Glaubte er, sie sei scharf auf solche Spielchen? Nein, der Blick verriet etwas anderes. Er war scharf auf solche Spielchen. Das darf doch nicht wahr sein, dachte sie. Einen Augenblick lang fühlte sie Vorfreude auf das, was sie jetzt gleich tun würde und wovon sie wusste, dass es die beste Impfung gegen eine Wiederholung war. Aber dann rief sie sich zur Ordnung: Es durfte nicht zu sehr wehtun und keine bleibenden Schäden oder offenen Wunden hinterlassen. Schläge nur, wenn sie unvermeidbar waren. Es musste schnell gehen, sie konnte keinen Ärger gebrauchen. Und plötzlich bekam sie Angst. Konnte sie unter diesen Umständen unverletzt aus der Sache herauskommen?

Als er die Hand hob, machte sie einen Schritt auf ihn zu.

3

2011

Axel betrachtete den Widerschein der Blaulichter in den Wasserbecken am Fuß des Gebäudes, nachdem er das Gespräch mit Darling beendet hatte. Nicht mehr lange, und überall würden uniformierte Kollegen herumlaufen. Er wandte sich an die beiden Beamten.

»Wir müssen an sämtlichen Türen dieses schönen Hauses klingeln, das übernehmt ihr. Und sorgt dafür, dass niemand hier rein- und rausläuft, bevor die Techniker und der Gerichtsmediziner alle Spuren gesichert haben.« Er bemühte sich, sie so freundlich anzusehen, wie er konnte. »Was ist mit der Frau, die ihn gefunden hat?«

»Sie ist nebenan.«

»Wer ist sie?«

»Seine Nachbarin.«

Der zweite Kollege konsultierte seinen Notizblock.

»Ingela Gudmundsson.«

Axel schaute auf die Uhr seines Handys. Viertel nach sechs. Er war vor einer halben Stunde eingetroffen.

»Warum war sie so früh bei ihm?«

»Sie sagt, sie wollte joggen gehen und hat sich darüber gewundert, dass bei ihm schon Licht brannte. Und dann sind ihr die Blutspuren im Flur aufgefallen.«

»Und? Glauben wir ihr?«

Die beiden Polizisten sahen sich an. Der eine nickte dem anderen zu, er solle antworten.

»Ja, sie schien wirklich erschüttert zu sein. Keine Blutspuren an den Händen oder der Kleidung.«

»Danke. Gute Arbeit. Wer von euch hat mit ihr gesprochen?«

Der Kollege, der sich übergeben hatte, schniefte und hob leicht die Hand.

»Okay. Sie kommen mit. Niemand betritt die Wohnung oder die Terrasse und auch nicht den Flur, bevor die KTU da ist. Sorgen Sie bitte dafür«, verabschiedete Axel sich von dem zweiten.

Ist das hier wirklich Amager?, dachte Axel, als er die Nachbarwohnung betrat, Amager, die Scheißinsel, wo die Kommune vor über hundert Jahren die Latrinen entleerte, Amager, das Goldgräberdorf östlich der Hauptstadt, Amager wie in Amager-Regal, Amager-Sandwich, Amager-Arschgeweih und Amager Flamme, die man früher auf jedem zweiten Kotflügel und jedem zweiten Oberarm fand. Hier war von Amager nur noch die Postleitzahl übrig – die Aussicht allein kostete ein paar Millionen und war wahlweise aus Jacobsens *Egg Chair* oder dem *Swan Chair* in braunem Leder oder Wegners

Y-Stühlen zu genießen, die um einen edlen Designer-Esstisch herumstanden, dessen Namen Axel nicht mal kannte.

An einem guten Tag war die Frau, die ihn hereinbat, sicher genauso gut gepflegt und stylisch wie die Möbel, aber heute war kein guter Tag. Sie trug eng sitzende schwarze Leggins, ein weites Puma-Shirt und Laufschuhe. Ihre Wangen waren feucht, die Augen gerötet, sie sah schockiert und müde aus.

Ingela Gudmundsson forderte Axel auf, Platz zu nehmen, und setzte sich ihm gegenüber.

»Mein Name ist Axel Steen. Ich leite die Ermittlungen.«

Die Frau nickte nur. Axel nahm an, dass sie es gewesen war, deren Weinen er vorhin gehört hatte, weshalb er davon ausging, dass Sten Høeck mehr für sie gewesen war als ein gewöhnlicher Nachbar.

»Sie haben Sten also gefunden, wenn ich richtig informiert bin?«

»Sten? Kannten Sie ihn?«

»Ja, ich … kannte ihn.«

»Wer um Gottes willen tut so etwas?«

»Genau das wollen wir herausfinden. Ich bin ebenso schockiert wie Sie.«

Er log nicht. Früher hatte ein Mord ihm nichts ausgemacht, er war immer viel zu beschäftigt damit gewesen, alle Details des Tatorts in sich aufzusaugen und das Bild zusammenzusetzen. Aber dieses Mal war er tatsächlich erschüttert. Der Ort, die Atmosphäre, das gespenstische Schreien des Tieres und Sten Høecks Augen, das alles ging ihm unter die Haut. Er sah ihr fest in die Augen. Sie nickte, als verstehe sie, was in ihm vorging.

»Sie müssen mir alles genau erzählen, von Anfang an. Wann sind Sie aufgestanden?«, fragte Axel.

»Um Viertel vor fünf.«

»Ganz schön früh.« Axel blickte sich in der Wohnung um. »Haben Sie Kinder?«

»Nein. Normalerweise muss ich um acht auf der Arbeit sein, aber heute habe ich freigenommen, wegen …«, sie zögerte, » … dieser Sache hier.«

»Warum sind Sie so früh aufgestanden?«

»Ich stehe immer gegen fünf auf, laufe und arbeite noch hier zu Hause am Computer, bevor ich dann losmuss.«

»Okay. Sie sind also um Viertel vor fünf aufgestanden. Und dann?«

»Ich habe meine Laufsachen angezogen und bin nach draußen gegangen. Bei Sten brannte Licht. Das wunderte mich, normalerweise ist bei ihm um die Zeit noch alles dunkel.«

»Sind Sie in seine Wohnung gegangen?«

»Nein, ich bin im Treppenhaus stehen geblieben. Er hatte Besuch letzte Nacht, das konnte ich hören. Es lief Musik, und es wurde ziemlich laut geredet.«

»Kam das öfter vor?«

»Nein, absolut nicht. Sten war kein besonders geselliger Mensch, jedenfalls nicht so. Er hatte regelmäßig Gäste, aber eigentlich immer nur einen, nie mehrere auf einmal.« Sie hatte ihm die ganze Zeit über in die Augen gesehen, aber jetzt wandte sie den Blick ab. Das musste nicht bedeuten, dass sie etwas anderes als die Wahrheit sagte. Vielmehr kam Axel der Verdacht, dass es sich bei den Gästen wohl überwiegend um Frauen handelte und dass Ingela Gudmundsson eine davon gewesen war. Er würde später darauf zurückkommen.

»Kamen irgendwelche Lebenszeichen aus der Wohnung? Stimmen, Geräusche?«

»Nein, aber ich hatte ein komisches Gefühl. Also habe ich geklopft, aber nichts rührte sich.«

»Haben Sie versucht, die Tür zu öffnen?«

»Ja. Nein … Nicht sofort, erst, als ich das Blut gesehen habe.«

»Wo haben Sie Blut gesehen?«

»Ich habe angeklopft und ein paarmal ›Sten‹ gerufen, aber er antwortete nicht. Und dann habe ich es gesehen, durch die Scheibe.«

»Was genau haben Sie gesehen?«

»Blutspuren, in seiner Wohnung, im Flur hinter der Tür. Da wurde mir klar, dass irgendetwas nicht in Ordnung war.«

»Was haben Sie dann gemacht?«

»Ich habe den Türgriff gedrückt und mich gewundert, dass nicht abgeschlossen war. Also habe ich aufgemacht und wieder seinen Namen gerufen, aber niemand antwortete.«

Sie nahm einen Schluck Kaffee und sah aus, als betrete sie in Gedanken noch einmal die Wohnung ihres Nachbarn und ginge die Treppe hinauf zu der grässlich entstellten Leiche. Sie schluckte den Kaffee mit einem erstickten Schluchzen hinunter.

»Dann bin ich hineingegangen. Auf der Treppe war noch mehr Blut.«

»Haben Sie nicht daran gedacht, zurückzugehen und die Polizei zu rufen?«

Sie überlegte. Axel mochte sie. Sie verhielt sich kooperativ und antwortete sachlich und präzise auf seine Fragen – er vermutete einen hohen Bildungsstand bei ihr, wahrscheinlich erforderte ihr Beruf logisches Denken und methodisches Handeln.

»Doch, das habe ich, aber Sten war ja sozusagen die Polizei, schließlich war er früher beim PET. Und er war ein kräftiger

Mann. Ich weiß, das klingt absurd, aber ich konnte mir einfach nicht vorstellen, dass ihm etwas zugestoßen war. Deshalb bin ich die Treppe hochgegangen, und da saß er. Zuerst habe ich ihn gar nicht erkannt, überall war Blut.«

»Konzentrieren Sie sich bitte und sagen Sie mir so genau wie möglich, was Sie gesehen haben.«

»Ich sah einen Körper auf einem Stuhl. Er war gefesselt und sah aus wie Sten, aber ich war mir nicht sicher. Überall lagen umgeworfene Möbel, und der Boden war voller Blut.«

»Haben Sie etwas gehört?«

»Nein.«

»Sind Sie auf der Treppe stehen geblieben oder weitergegangen?«

»Ich bin um ihn herumgegangen, um sein Gesicht sehen zu können. Ich konnte nicht glauben, dass er es war, aber dann habe ich seine Sachen wiedererkannt. Ich glaube, ich habe geschrien.«

»War Ihnen denn nicht schon auf der Treppe klar, dass etwas Schreckliches passiert sein musste und es besser wäre, die Polizei zu holen?«

»Doch.« Sie sah ihn mit einem Blick an, als versuche sie auszuloten, worauf er hinauswollte. Vielleicht ist sie Psychologin, dachte er, oder Polizistin. Sie registriert die kleinsten Nuancen. Er entschied sich, ihr zuvorzukommen, und sagte:

»Ich frage, weil die meisten Menschen wohl kehrtgemacht und die Polizei angerufen hätten, sobald sie das Schlachtfeld da oben gesehen hätten, auch wenn er mit dem Rücken zur Treppe saß. Außerdem ist der Geruch von Blut ja sehr intensiv.«

»Ja, wahrscheinlich haben Sie recht. Aber ich bin Ärztin, eine Zeit lang auch beim Militär. Ich habe so einiges gesehen.«

»Was haben Sie dann gemacht?«

»Ich bin nach unten gegangen und habe die Hausverwaltung angerufen. Danach habe ich gewartet, draußen, bis einer der Mitarbeiter gekommen ist. Er ging hinein und bekam dasselbe zu sehen wie ich. Dann hat er euch angerufen. Und seitdem habe ich hier gesessen und gewartet.«

»Was wissen Sie über Sten Høeck?«

»Er ist kurz nach mir hier eingezogen. Ich kenne ihn seit ungefähr neun Monaten. Wir sind Freunde.« Sie machte eine Pause und sah Axel in die Augen. »Waren Freunde. Wir hatten eine kurze Affäre, und danach waren wir Freunde.«

»Warum ging die Affäre zu Ende?«

»Sten war kein Mann für längere Beziehungen. Daran war er nicht interessiert. Wenn Sie ihn kannten, dann wissen Sie sicher, dass er eine ganz besondere Ausstrahlung hatte und sehr anziehend auf Frauen wirkte. Auf viele Frauen.«

Mit der Vergangenheitsform hat sie jedenfalls keine Schwierigkeiten, was Sten Høeck angeht, dachte Axel.

»Wer von ihnen hat Schluss gemacht?«

Sie ließ den Blick zum Fenster hinaus und über den Fælled schweifen.

»Wahrscheinlich habe nur ich gedacht, wir hätten eine Beziehung. Für Sten war es … na ja … Zusammensein, Freundschaft, Sex. Mehr wollte er nicht. Das hat er mir klargemacht, als ich fragte, was zwischen uns wäre. Und ja, ich habe mir mehr gewünscht, er aber nicht.«

»Und danach waren Sie Freunde? Von jetzt auf gleich?«

»Es dauerte eine Weile. Ich musste seine Zurückweisung erst einmal verdauen. Nichtsdestotrotz war er ein unglaublich charmanter, freundlicher und immer hilfsbereiter Mensch, und irgendwann haben wir es dann geschafft, Freunde zu sein.«

»Hilfsbereit inwiefern?«

»Wie meinen Sie das?«

»Sie haben gesagt, er sei ein immer hilfsbereiter Mensch gewesen. Wobei hat er Ihnen denn zum Beispiel geholfen?«

Sie sah ihn forschend an. Er gab ihren Blick zurück.

»Es war nichts Sexuelles mehr zwischen uns, wenn Sie das meinen. Er hat mir mit allem Möglichen geholfen, praktische Dinge eben.«

»Okay. Zurück zu letzter Nacht. Er hatte Besuch, sagen Sie. Waren einer oder mehrere Gäste bei ihm?«

»Das weiß ich nicht. Es war spät. Gegen zwei bin ich aufgewacht. Ich meinte, laute Stimmen gehört zu haben, aber vielleicht war es auch nur ein Traum. Ich bin von der Musik wach geworden. Ich habe noch überlegt, ob ich rübergehe und ihn bitte, sie leiser zu stellen.«

»Und warum haben Sie das nicht getan?«

»Ich dachte, dass sicher eine Frau bei ihm ist. Und ich wollte nicht als die eifersüchtige Ex in etwas hineinplatzen.«

»Wie lange dauerte das?«

»Ich weiß nicht. Ich bin wieder eingeschlafen, sehr schnell.«

»Ist Ihnen mal irgendjemand aufgefallen, der bei ihm zu Besuch war?«

»Nein, nur dass es eigentlich immer Frauen waren. Ich habe nicht alle gesehen. Drei, vier vielleicht.«

»Was für Frauen waren das? Wie sahen sie aus?«

»Unterschiedlich, junge, ältere, hübsche.« Wieder zögerte sie, und Axel glaubte, einen kurzen Anflug von Wut in ihrem Gesicht zu erkennen. Hatte es so wehgetan, fallen gelassen zu werden? »Willige«, sagte sie dann, als sei es ein Fremdwort für sie. »Sten war nicht wählerisch. Wie gesagt, er liebte die Frauen, und er hatte keine Probleme, sie zu bekommen.« Bei den letzten Worten sah sie Axel herausfordernd an.

»Okay, das war's fürs Erste. Ich muss Sie bitten, mir die Kleidungsstücke zu geben, die Sie anhatten, als Sie in Stens Wohnung waren.«

»Warum?«

»Das gehört zur kriminaltechnischen Untersuchung. Wir müssen das Profil Ihrer Schuhsohlen abgleichen, Fasern Ihrer Kleidung könnten am Tatort gefunden werden. Wir müssen die Spuren ausschließen, die nicht vom Täter stammen.«

Sie akzeptierte seine Erklärung.

»Eine letzte Sache noch. Hat Sten mal Besuch von einem Mann gehabt, seit er Ihr Nachbar war?«

»Ja, einmal waren zwei ehemalige Kollegen bei ihm. Sie waren ganz anders als Sten, und ich bin ihnen nur das eine Mal begegnet. Sind Sie auch beim PET?«

»Nein, ich bin von der Polizei Kopenhagen. Wissen Sie noch, wie die beiden hießen?«

Sie dachte nach.

»Der eine hieß Per, meine ich, ein etwas heruntergekommener Typ, ich tippe mal auf Alkoholiker. Er passte überhaupt nicht zu Sten, aber sie waren Freunde. Den anderen habe ich nicht gesehen, nur gehört. Er lief oben herum und redete lauthals. Ich wollte mir nur Zucker borgen. Nein, ich weiß seinen Namen nicht.«

»Waren die beiden noch beim PET?«

»Das weiß ich nicht.«

Axel verließ die Wohnung. Er ärgerte sich über sich selbst, weil er nicht sicher war, ob er sie von der Liste der Verdächtigen streichen konnte.

Vielleicht bin ich unsicher, weil das hier auf keinen Fall schiefgehen darf, dachte er. Nach über einem Jahr Krankheit und Reha war er seit knapp neun Monaten zurück, und so nah wie jetzt gerade war er einem Mord seitdem nicht gekommen. Der neue Chef des Dezernats wollte ihn unbedingt loswerden, aber anstatt sich auf einen Nahkampf mit ihm einzulassen, hatte Axel sich in die Hierarchie eingeordnet. Er brauchte Ruhe. Um seinet- und um Emmas willen. Er brauchte etwas, das er kannte und konnte. Und Mord war sein Spezialgebiet. Er musste von vorne anfangen und sich nach oben arbeiten. Keine Konflikte. Das war sein neuer Stil.

4

2007

»Stimmt was nicht, Henriette?«, fragte Jens Jessen, während er seinen manischen Blick forschend über ihr Gesicht wandern ließ.

Sie verdankte ihm ihre Karriere. Seit drei Jahren arbeiteten sie inzwischen zusammen, in denen er es bis in die Chefetage gebracht hatte und jetzt sowohl Terrorbekämpfung als auch Spionageabwehr, Observierungen und Terroranalyse leitete. Realistisch betrachtet war er Alleinherrscher, denn der PET befand sich in einer veritablen Führungskrise. Die oberste Leitungsebene war geschlossen pensionsreif.

Nach den Mohammed-Karikaturen in der Jyllands Posten war das Risiko eines Terroranschlags exorbitant in die Höhe geschnellt. Der Abteilung Terrorbekämpfung war es gelungen, mehrere Zellen auszuheben, bestehend aus jungen Männern, die dem PET bekannte Moscheen besuchten, in denen dem PET bestens bekannte Hassprediger agitierten, und die einigermaßen plumpe Anschläge planten. Aber diese Sache war anders. Und das war Jens Jessen anzumerken, der in den letzten Wochen an einer Unzahl von Treffen und Besprechungen in der Stadt und im Ausland teilgenommen hatte und zunehmend angespannt wirkte.

Sie hatte es nicht mehr geschafft, zu duschen und die Kleidung zu wechseln, nachdem sie aus Dannys Wohnung gekommen war. Das Notfall-Make-up musste reichen. Sie setzten sich an den Konferenztisch des großen Sitzungssaals, während Leute hereinkamen, Papiere raschelten, Stuhlbeine über den Boden schabten und Laptops hochgefahren wurden.

»Nein, alles in Ordnung«, sagte sie. Etwas zu abweisend, und er sah sie noch eindringlicher an.

»Du siehst müde aus. Harte Nacht gehabt?«

Man hätte es als Provokation auffassen können, aber sie kannte ihn gut genug, um zu wissen, dass er nicht in diesen Kategorien dachte. Zwar hatte er sich vor ein paar Jahren die Frau eines berüchtigten Mordermittlers geangelt, aber er war verblüffend naiv, ging es um zwischenmenschliche Beziehungen. Er dachte nur an die laufende Operation, wollte sicher sein, dass sie alle in Topform waren.

»Nein, ich habe nur tief und fest geschlafen, als die Nachricht kam. Wann landen sie?«

»Heute Nachmittag, 16.10 Uhr.«

Er schien außerordentlich zufrieden zu sein.

»Kommen sie mit derselben Maschine?«

»Ja.« Er sah sich um, räusperte sich und hob die Stimme. »Okay, alle mal herhören!«

Mittlerweile saßen knapp zwanzig Menschen um den Tisch herum. Leitende, der Chef der Observierungsteams,

Techniker, Übersetzer, Spezialisten. An der Rückwand hingen zwölf Monitore, auf zwei davon liefen CNN und News, allerdings ohne Ton, die anderen waren schwarz.

Alle sahen Jens an.

»Vor zwei Stunden hat uns die CIA kontaktiert. Ihr Büro in Islamabad hat mitgeteilt, dass sich Anwar und Shakir Lakhani an Bord eines Flugzeugs mit dem Ziel Frankfurt befinden. Die Deutschen wissen Bescheid, sollten sie wider Erwarten die Maschine verlassen. Endgültiger Zielflughafen ist Kopenhagen, Ankunft 16.10 Uhr heute Nachmittag.« Er machte eine Pause und sah in die Runde. »Darauf haben wir vier Wochen lang gewartet.«

Er fuhr seinen Laptop hoch, und zwei Gesichter lösten die Worte *Operation Troja* auf einer aus der Decke heruntergelassenen Leinwand ab. Henriette kannte sie so gut, dass sie manchmal von ihnen träumte. Die Brüder Anwar und Shakir.

»Anwar war sieben Monate außer Landes, Shakir fünf, offiziell, um an der Hochzeit ihrer älteren Schwester in Pakistan teilzunehmen. Allerdings haben sie sich kaum zu Hause aufgehalten. Sie haben penibel darauf geachtet, keine Aufmerksamkeit auf sich zu ziehen, trotzdem ist es uns gelungen, Anwar bei einem seiner Besuche der Roten Moschee in Islamabad und der anschließenden Fahrt nach Wasiristan zu überwachen. Dort hat er vier Monate in einem Trainingslager verbracht. Er gehört zum Kreis der Anführer. Shakir, sein Helfer, war ebenfalls dort, aber nicht so lange wie Anwar. Vor Operation Troja waren sie uns nicht bekannt und sind unter unserem Radikalen-Radar geflogen. Shakir hatte Kontakt zu einer Studentengruppe hier in Dänemark, die einer der radikalsten Hassprediger um sich geschart hat und zu der auch einige der Terrorverdächtigen gehören, die wir in den letzten Wochen und Monaten festgenommen haben und von denen die meisten ja auch angeklagt und verurteilt wurden. Anwar ist interessant, er ist ein paarmal bei unseren Freunden von der Polizei Kopenhagen auffällig geworden. Bis vor einem Jahr hat er eine Rolle im Bandenmilieu gespielt und zwei Verurteilungen wegen Körperverletzung auf dem Kerbholz – und trotzdem hatten wir ihn bisher nicht auf dem Schirm, und das macht ihn besonders gefährlich.«

Er sah Henriette an.

»Henriette wird euch jetzt über die geplanten Abläufe informieren, und dann legen wir los. Ich brauche sicher nicht zu sagen, dass es von entscheidender Bedeutung ist, dass außerhalb dieses Raums niemand mehr über die Operation wissen muss als unbedingt notwendig.«

Er nickte Henriette zu.

Sie stand auf.

»Danke, Jens. Wir werden die beiden Zielpersonen bis auf Weiteres rund um die Uhr observieren, und zwar so diskret wie möglich. Sie dürfen uns unter keinen Umständen bemerken. Das heißt, wir folgen ihnen nicht um jeden Preis, sondern konzentrieren uns auf die Observierung ihrer Aufenthaltsorte sowie die Überwachung via Telefon und Computer. Wir haben fünfzig Mann, die in Rotation eingesetzt werden. Alles wird erfasst und geht per Bericht an Jens oder mich. Und ich meine alles.« Sie nickte Sten zu, einem der Leiter der Observierungsteams, der mit einem breiten Lächeln im Gesicht am anderen Ende des Tischs saß. »Wir beginnen am Flughafen. Vermutlich werden sie von ihrem Freund Walid abgeholt. An ihm sind wir dran. Der Inhalt ihrer Gepäckstücke wird genauestens durchsucht und fotografisch erfasst, nicht nur die verdächtigen Gegenstände, alles wird erfasst und registriert. Haben sie ihren Aufenthaltsort erreicht – wir gehen davon aus, dass es sich um Anwars Wohnung im Kapelvej handelt –, beginnt der zähe Alltag. Sollten sie einen anderen Aufenthaltsort aufsuchen, müssen wir uns bereithalten, bei erster Gelegenheit Überwachungstechnik zu installieren, das volle Programm. Fragen?«

Jens Jessen hatte ein aus vier gleich großen Rechtecken bestehendes Bild auf einen der Monitore gezaubert. Es zeigte vier unterschiedliche Kameraeinstellungen, alle in der Wohnung im Kapelvej: Schlafzimmer, Küche, Wohnzimmer und Toilette. Es war nicht sicher, wo die Brüder den vermeintlichen Terroranschlag planen würden, doch gingen sie davon aus, dass die Wohnung in Nørrebro eine zentrale Rolle spielen würde, weshalb sie mit dem Neuesten vom Neuen vollgestopft war, was die Überwachungstechnik hergab, zur Verfügung gestellt von den amerikanischen Kollegen.

Ein Techniker hob die Hand.

»Was wissen wir über ihre Handys?«

»Wir haben vier Nummern, müssen aber davon ausgehen, dass sie ihre Handys laufend austauschen und ausschließlich Prepaidkarten benutzen. Alle, die mitbekommen, dass sie mit dem Handy telefonieren, geben die Information sofort weiter, dann können wir überprüfen, ob wir sie erfasst haben oder erfassen können. Ausgehend von der Wohnung legen wir ein Netz über die Umgebung, und dann müssen wir sehen, ob wir sie finden können.«

Sie wartete einen Moment. Niemand sagte etwas.

»Okay, nächstes Briefing hier um 14.00 Uhr. Und nicht vergessen: mich bei der kleinsten Kleinigkeit sofort zu kontaktieren, vierundzwanzig Stunden am Tag. Alle haben eine Liste mit Nummern und der Befehlskette für den Notfall erhalten. Viele von euch haben sich monatelang auf das hier vorbereitet. Jetzt können wir zeigen, was wir draufhaben.«

5

2011

Axel stand auf der Terrasse, die zu Ingela Gudmundssons Wohnung gehörte, und zündete sich eine Zigarette an. Das Geländer zog ihn beinahe magnetisch an. Er wusste, dass er es nicht tun sollte, unter keinen Umständen, dennoch ging er darauf zu und blieb erst im Abstand von einem knappen Meter stehen. Einen kurzen Moment gelang es ihm, es zu ignorieren, das Gefühl des freien Falls. Er betrachtete die Aussicht, blasenförmige Wolken, das majestätische Schweben der Flugzeuge, die Jogger, die Spaziergänger mit ihren Hunden, kleine Punkte tief unter ihm. Aber der Abgrund lockte. Zum ersten Mal seit vielen Jahren hatte er seinen Körper und sein Bewusstsein wie auch die Art, mit anderen Menschen umzugehen, einigermaßen unter Kontrolle. Nur der Höhenangst konnte er nichts vormachen, genauso wenig wie diesem Rausch aus Spannung und Verlangen, der ihn unwiderstehlich bis ganz an das Geländer führte. Ah, einfach springen, schweben, loslassen, frei sein von aller Last, sterben, Frieden finden. Er hatte solche Lust. Und dann packte ihn das Entsetzen, traf ihn wie ein Schlag in die Magengrube. Er hatte sich gehen lassen, auch wenn es nur der gedankenlose Bruchteil einer Sekunde gewesen war. Das Gefühl drang bis in die hintersten Winkel seines Körpers, ließ sich nicht abschütteln, riss beißend Stück für Stück seines Verstandes an sich, bis alles in ihm vor Panik schrie. Endloser Fall, sich von der Erde lösen und verschwinden, hilflos im Nichts treiben. Er sah hinunter in die Tiefe, zehn Stockwerke. Seine Seele war längst gesprungen, der Aufschlag kam näher, Meter für Meter, er war verloren.

Schwindelig und nach Luft ringend fuhr er herum und sah in das traurige Gesicht des Schweden. Axel hyperventilierte.

»Axel, zum Teufel, du siehst ja aus, als sei dir der Leibhaftige persönlich über den Weg gelaufen«, sagte der Chefobduzent.

Axel fühlte sich ertappt. Was war er anderes als ein Mann, der sich mit letzter Kraft an die Überreste von Verstand und Abstinenz klammerte? Und dann auch noch ausgerechnet vor Lennart Jönsson, dem Mann, der wie ein Vater für ihn war, der Erste, der gesehen hatte, wie dreckig es ihm ging, als er die Kontrolle verlor und in einem immer tieferen Drogensumpf versank, als er nicht einmal mehr Emma ertragen konnte, unfähig zu jeglichen sozialen Kontakten war, zu Beziehungen mit Frauen, als er nur noch für seinen Job und zuletzt nur noch für den nächsten Joint, die nächste Line lebte. Dem Mann, der sich gemeinsam mit Cecilie um ihn gekümmert hatte, als er vor einem Jahr und neun Monaten wieder zu Bewusstsein gekommen war, und der ihn durchgebracht und den Therapeuten die Hölle heißgemacht hatte, sie sollten sich gefälligst den Arsch aufreißen und ihm helfen, seinen Drogenmissbrauch und sein Verhältnis zu Cecilie und Emma in den Griff zu kriegen. Dem Mann, dem er alles verdankte und den er jetzt enttäuschen musste. Denn er musste ihm erzählen, dass er es nicht auf die andere Seite geschafft hatte, dass er einfach nur wegwollte, weg von allem, vergessen, trinken, rauchen, fixen, sterben.

»Ich wollte springen, Lennart. Ich hatte solche Lust, euch allen einfach den Stinkefinger zu zeigen und zu springen.«

Lennart sah ihn an. Verzweifelt fuhr Axel sich mit den Fingern durch die Haare. Die Falten, die grauen Augen, die ihn nicht losließen, gaben ihm das Gefühl, dass mitten in all der Leere doch jemand war, der sich Gedanken um ihn machte.

»Ganz ruhig, Axel. So etwas kommt vor, wenn man da war, wo du gewesen bist. Es lässt einen niemals ganz in Frieden. Du musst den Winter überstehen, wenn du den Sommer erleben willst.«

Er schien nicht enttäuscht zu sein. Und Axel war nicht ertappt. Noch nicht.

Lennart legte den Arm um Axels Schulter und sie gingen hinüber zu Sten Høecks Wohnung.

»Das braucht Zeit.«

Axels Handy klingelte, und als er es ans Ohr legte, signalisierte Lennart Jönsson, er werde nach oben gehen und sich die Leiche ansehen.

»Axel Steen hier.«

»Khalid Taleb, PET.«

»Ja?«

»Wo sind Sie?«

»Wer sind *Sie?*«

»Ihr neuer Partner. John Darling schickt mich, und im Moment laufe ich gerade einen Weg entlang, der einfach immer weitergeht. Wo sind Sie?«

»Haben Sie die Adresse bekommen? Sie hätten den Aufzug nehmen sollen. Unten steht Polizei.«

»Den Aufzug? Das hier ist das reinste Labyrinth.«

»Ist ja jetzt auch egal. Gehen Sie einfach immer weiter nach oben, dann kommen Sie irgendwann hier an. Ich komme Ihnen entgegen.«

Axel ging los. Sein Bein schmerzte. Vor knapp zwei Jahren hatte er während einer Undercover-Operation im Drogenmilieu von Nørrebro eine Kugel ins Bein und eine in den Bauch abbekommen. Die Kugel ins Bein hatte den Knochen getroffen, und die Chirurgen waren stundenlang damit beschäftigt gewesen, Splitter zu entfernen und alles mit Schrauben und Metallplatten zusammenzuflicken. Das Bein war wieder voll belastbar, schmerzte aber von Zeit zu Zeit. So wie jetzt. Zu seinem großen Glück hatte der Schuss in den Bauch lebenswichtige Organe verfehlt, aber die Kugel hatte den Darm durchschlagen, und sie mussten ein paar Zentimeter wegschneiden. Auch diese Verletzung machte sich jetzt bemerkbar, ein unzufriedenes Murren im Gewebe, und er fühlte sich wie ein gebrechlicher Greis.

Das Penthouse lag am äußersten und damit teuren Ende des Gebäudes. Axel durchquerte einen Korridor und gelangte auf einen Fußweg, von wo aus er einen Überblick über den einen der beiden enormen Innenhöfe der Acht hatte.

Die Anlage hatte die Form der Zahl, nach der sie benannt war. Die Wohnungen befanden sich auf versetzt zueinander liegenden Ebenen, und an dem Ende zum Fælled, wo Sten Høecks Wohnung zu finden war, hatte man die Acht schräg abgeschnitten, sodass auf beiden Seiten der obersten Etage eine von grünem Moos bewachsene Böschung nach unten abfiel. Die Ebenen in beiden Hälften der Acht wurden von einem kilometerlangen öffentlichen Gehweg aus schiefergrauen und weißen Steinen verbunden, der sich das Gebäude hinaufschlängelte und da endete, wo Axel sich gerade aufhielt. Axel setzte sich in Bewegung. Nicht alle Wohnungen waren verkauft, aber auf den meisten Terrassen entdeckte er teure Gartenmöbel, Kinderwagen und Gasgrills. Er nahm an, dass Sten Høeck sich eine Wohnung dieser Preisklasse erst hatte leisten können, nachdem er Sicherheitschef bei Mærsk geworden war. Sie musste ihn mindestens fünf Millionen gekostet haben. Vom Gehalt beim PET war sie jedenfalls nicht zu finanzieren.

Ein Stück weiter unten bemerkte er eine große Gestalt, die sich rasch vorwärtsbewegte. Schwarze Locken, Lederjacke. Er war Khalid bisher weder begegnet noch hatte er von ihm gehört und ging davon aus, dass er noch einigermaßen neu beim PET sein musste. Hoffentlich muss ich ihm nicht alles beibringen, dachte Axel. Früher hätte es ihn in heiße Wut versetzt, mit einem Grünschnabel arbeiten zu müssen, aber er war entschlossen, sich nichts anmerken zu lassen.

Er ging seinem neuen Partner weiter entgegen. Als sie nur noch fünf Meter voneinander entfernt waren, blieb Axel stehen und streckte ihm mit einem »Hej« die Hand entgegen. Khalid schüttelte sie flüchtig und stürmte an Axel vorbei:

»Hej. Wo ist er?«

Vor Überraschung blieb Axel ihm die Antwort schuldig.

»Wo ist die Wohnung? Ich muss Sten sehen, jetzt.«

Axel ging ihm nach und sagte:

»Es ist da oben. Wie wär's, wenn ich Sie erst einmal kurz ins Bild setze?«

Mit langen Schritten durchmaß Khalid den Korridor, bog um eine Ecke und erreichte Sten Høecks Wohnung, ohne zu antworten. Er ignorierte den Gruß der beiden Kollegen, die vor der Tür standen, blieb aber doch stehen und spähte von draußen in den Flur des Penthouses.

»Gütiger Himmel!«, stieß er hervor, als er die Blutspuren sah, zog ein Paar Plastiküberzieher für die Schuhe hervor und streifte sie über. Als er Anstalten machte, die Wohnung zu betreten, legte Axel ihm eine Hand auf die Schulter und hielt ihn zurück.

»Sie gehen nicht ohne Schutzanzug da rein.«

Khalid sah ihn herausfordernd an. Er war einen halben Kopf größer als Axel, hatte breitere Schultern und kräftige Muskeln.

»Dann geben Sie mir einen!«

Axel packte ihn am Arm, führte ihn zurück auf den Gehweg und sagte:

»Sie können ihn von hier aus sehen. Niemand betritt die Wohnung, bevor die Techniker Matten ausgelegt haben.«

Khalid sah hinauf zu dem Panoramafenster, hinter dem Sten Høecks Gesicht und der Oberkörper zu erkennen waren.

»Was ist mit seinen Augen geschehen?«, stöhnte Khalid. Axel blickte nach oben. Konnte er es tatsächlich von hier aus sehen?

»Sie sind offen. Er hat ihm die Augenlider abgetrennt und die Kehle durchgeschnitten. Unter anderem.«

»Oh Gott! Wer tut so etwas? So ein Tier«, stieß Khalid hervor. Er zitterte, befeuchtete die Lippen und machte den Eindruck, als würde er jeden Augenblick explodieren, blieb aber doch da stehen, wo er war. Die beiden Beamten starrten ihn sprachlos an. Im selben Moment kam eine Gruppe uniformierter Polizisten auf sie zu. Axel wandte sich an die beiden Kollegen:

»Sie sollen die Nachbarn befragen und das Gelände rund um die Anlage absperren. Sämtliche Hausbewohner müssen überprüft, Namen und so weiter aufgenommen werden.

Hat irgendjemand etwas Verdächtiges bemerkt, etwas Ungewöhnliches gehört oder gesehen, ganz egal was, seit gestern Abend. Kümmert euch bitte darum.«

Khalid betrachtete das Türschloss. Es war unbeschädigt.

»Der Mörder muss einen Schlüssel gehabt haben. Oder Sten hat ihn reingelassen«, stellte er fest.

Axel machte ein paar Schritte von ihm weg und legte eine Hand auf das Geländer, das den Korridor zum Fælled hin begrenzte. Das Risiko, die Panik könnte zurückkehren, war ihm bewusst, aber Khalid löste etwas in ihm aus. Er war eine beeindruckende Erscheinung, nicht nur aufgrund seiner Größe, sein ganzer Körper strahlte kontrollierte Stärke und mühsam gebändigte Energie aus. Seine Stimme war Axel sofort aufgefallen. Ebenso intensiv wie sanft, stand sie in ähnlichem Kontrast zu seiner enormen physischen Präsenz wie die dunkelbraunen freundlich blickenden Augen, die ihm etwas unmittelbar Vertrauenerweckendes verliehen. Aber schon, als Khalid ihm auf dem Gehweg entgegengekommen war, hatte er etwas Abweisendes, Herablassendes und Ruheloses an sich, das Axel nicht richtig zu fassen bekam.

»Sten war ein feiner Kerl, ich kannte ihn seit vielen Jahren«, sagte Khalid. Axel verspürte Unbehagen. Es war das zweite Mal, dass Khalid sich direkt an ihn wandte, und dieses Mal trat er zwanzig bis dreißig Zentimeter näher an ihn heran, als Menschen es normalerweise tun.

»Wie lange sind Sie schon beim Dienst?«, fragte Axel.

Khalid sah ihn an, als registrierte er ihn erst jetzt.

»Lange«, sagte er tonlos. Er trat zurück, und das Gefühl, bedrängt zu werden, fiel von Axel ab. Er sah Khalid an.

»Was hat Darling Ihnen gesagt?«

»Dass ich hierherkommen soll.«

»Unterstützen«, sagte Axel.

»Unterstützen?«, wiederholte Khalid mit einem Ausdruck, als sei Axel dem Wahnsinn verfallen.

»Unterstützen, das ist Ihr Job, das hat Darling Ihnen gesagt. Das ist es, was Sie tun sollen.«

Er starrte Axel an, ohne etwas zu sagen. Eine Weile standen sie sich gegenüber.

»Okay, ich sage Ihnen, wie wir weitermachen«, erklärte Axel schließlich.

Khalid hob abwehrend die Hand und trat wieder dicht an ihn heran. Mit seiner warmen Stimme sagte er:

»Von unterstützen hat Darling nichts gesagt. Er sagte, ich solle eng an Ihnen dranbleiben und dafür sorgen, dass Sie nicht Ihre eigenen Wege einschlagen und uns etwas verheimlichen.«

Großartig, dachte Axel, das fängt ja gut an. Er musste tief durchatmen, um dem Kerl nicht ins Gesicht zu brüllen, er solle sich zum Teufel scheren, und zwar augenblicklich.

»Dann tun Sie das, in Gottes Namen, laufen Sie meinetwegen zu Darling und flüstern Sie ihm ins Ohr, was ich tue, aber wir müssen diesen Fall aufklären, und dafür ist es entscheidend, dass wir in den nächsten Stunden die Richtung festlegen, in die wir ermitteln werden. Und deshalb brauchen wir Stens Personalakte und alles, was ihr sonst noch an Informationen über ihn und seinen Bekanntenkreis habt. Gibt es bei euch da draußen Kollegen, die sich noch regelmäßig mit ihm getroffen haben? Und jetzt hätten Sie vielleicht die Güte, sich der Sache anzunehmen?«

Khalid trat einen Schritt zurück.

»Ja«, sagte er etwas zu laut und etwas zu deutlich und setzte ein kaum merkliches Lächeln auf, das Axel nicht einordnen konnte. War es Hohn? Ironie? Freundlich war es jedenfalls nicht gemeint. Freundlichkeit, dachte Axel, ist ja schließlich auch mein Job, obwohl ihm klar war, dass Khalid eine Herausforderung darstellte, was das betraf.

»Das freut mich. Ich bin sicher, wir werden dieser Sache gemeinsam auf den Grund gehen.« Khalid schien sich zu fragen, ob er gerade verarscht werde. »Das meine ich nicht ironisch, sondern so, wie ich es sage«, setzte Axel nach und spürte Übelkeit über seine eigenen Worte in sich hochsteigen.

»Ich nehme mich jetzt erst einmal meiner primären Aufgabe an, und die besteht darin, bei der Untersuchung des Tatorts zugegen zu sein und sicherzustellen, dass sich kein Topsecret-Material in der Wohnung befindet oder entwendet wurde. Um alles andere kümmere ich mich später.«

Was zur Hölle geht hier vor, du ignorantes Riesenarschloch? Axel atmete einmal tief durch und sagte stattdessen:

»Da müssen Sie sich gedulden, bis die Techniker da sind und Matten ausgelegt haben. Und sie dürfen bei ihrer Arbeit nicht gestört werden.«

6

2011

Emma hatte Bauchschmerzen. Sie wollte nicht daran denken, konnte es aber nicht kontrollieren. Sie hatte ein System erfunden: Luft anhalten und bis zehn zählen, und wenn es nicht half, noch einmal Luft anhalten und bis fünfzehn zählen. Manchmal funktionierte es, manchmal wurden die Schmerzen schlimmer. Dann zählte sie Dinge, Fenster in den Häusern, Enten auf dem See, Platten auf dem Bürgersteig, Autos, Laternenmasten und Bäume auf der Øster Søgade.

Sollte sie schlafen, gab es nichts, das half. Dann wünschte sie sich, es gäbe ihren Bauch nicht. Dann musste er bei ihr sein oder wenigstens mit ihr reden. Sie musste fragen können: »Geht es dir gut, Paps?«

7

2011

Die Klänge einer akustischen Gitarre drangen aus Axels Innentasche. Alle hielten inne und sahen ihn an, als er das Handy hervorholte. Es war Cecilie, seine Exfrau. Sie hatte einen eigenen Klingelton, das Intro aus Dylans ›If You See Her, Say Hello‹, den Axel in einem rührseligen Augenblick runtergeladen hatte, als er noch glaubte, sie würden irgendwann wieder zusammen sein. Er hatte Emma versprochen, heute Abend mit ihr ins Kino zu gehen und vorher zusammen noch etwas zu essen. Cecilie wollte zu einer rechtspolitischen Anhörung.

»Hej Axel. Ich wollte nur hören, wann du kommst.«

Axel entfernte sich ein Stück von der Wohnung und ging ein paar Stufen der Treppe hinunter, die Aussicht über den Fælled bot, achtete aber darauf, sich so weit wie möglich vom Geländer fernzuhalten.

»Hatten wir nicht gesagt um sechs?«

»Doch. Emma ist zu Hause.«

»Ist sie krank?«

»Nein, aber sie ist heute Morgen mit Bauchschmerzen aufgewacht. Sie hat schlecht geschlafen, hatte wieder Angstzustände. Ich glaube, es hängt damit zusammen, dass sie sich so sehr darauf freut, dich zu sehen.«

»Was sagt sie?«

»Hallo? Die Verbindung ist ziemlich schlecht. Wo bist du denn?«

»Ich habe einen Mord und bin gerade am Tatort. Was sagt sie?«

Aus dem Augenwinkel sah er BB aus der Wohnung kommen, ausgestattet mit Ganzkörperanzug, Haarnetz und Mundschutz.

»Aber du kommst doch, oder? Sie wäre am Boden zerstört, wenn du nicht kommst.«

»Ich komme. Was sagt sie?«

»Das Übliche. Sie vermisst dich, will wissen, ob es dir gut geht.«

»Ich komme wie besprochen, aber jetzt muss ich hier weitermachen.«

Er beendete das Gespräch. Einige Jahre lang hatte er selbst unter Anfällen galoppierender Todesangst gelitten, und jetzt, nachdem er sie endlich in den Griff bekommen hatte, war sie als eine Art Erbstück auf seine Tochter übergegangen. Sie fürchtete nicht, sie könnte sterben, sondern er. Es war eine lange und komplizierte Geschichte, die er die meiste Zeit über verdrängte, aber er konnte die Augen nicht davor verschließen, dass sein Beruf und die Gefahren, die damit verbunden waren, die Hauptursache ihres Leidens waren.

Als Axel wieder in die Wohnung kam, hatten die Techniker bereits die Arbeit aufgenommen. Schutzmatten waren ausgelegt und der Bereich um den Tatort herum weiträumig abgesperrt worden. Zwei Mann waren dabei, Gehweg und Korridor, die zur Wohnung führten, auf Fußabdrücke zu untersuchen. Axel näherte sich einem älteren Mann, der auf der Terrasse stand und telefonierte. BB war der erfahrenste Kriminaltechniker Kopenhagens und bei fast allen Mordfällen verantwortlich für die kriminaltechnische Untersuchung des Tatorts. Er ließ so gut wie keinen Fall aus und unterbrach auch seinen Urlaub, wenn es sein musste. Axel kannte ihn seit vielen Jahren, und im Laufe der Zeit hatten sie sich gegenseitig so manchen Gefallen getan, wobei meistens Axel profitiert hatte, weil er auf schnelle Ergebnisse der KTU angewiesen war.

»Wir brauchen noch einen Wagen hier draußen, die ganze Palette. Hier ist jede Menge Blut, also die komplette Analyseausrüstung. Und noch ein paar Schutzmatten«, sagte er und drehte sich zu Axel um.

»Axel!« Er lächelte, und die buschigen Brauen vibrierten über der doppelglasigen Brille, deren äußere Gläser Vergrößerungsgläser waren.

»Da hast du dir ja das reinste Blutbad ausgesucht, um zu uns zurückzukehren.«

»Man muss die Morde nehmen, wie sie kommen, BB.«

»Tja, da hast du wohl recht. Wie geht's dir?«

»Ausgezeichnet. Ich bin froh, zurück zu sein.«

BB sah ihn forschend an.

»Gut siehst du aus. Frisch. Und du bist wieder ganz und gar hergestellt? Keine Schmerzen mehr?« Er sah an ihm herunter.

»Nein, manchmal knirscht's noch ein bisschen.«

»Du siehst richtig gesund aus.«

»Stopp, das reicht, sonst kommt noch jemand auf die Idee, du willst was von mir.« Axel spürte, dass alle in Hörweite die Ohren spitzten, und sosehr er BBs Fürsorge schätzte, wollte er doch nicht mehr Aufmerksamkeit auf sich ziehen als nötig. »Was hast du für mich?«

»Noch nichts, ist schließlich ein ganz schönes Durcheinander da oben. Schläge, Folter, wie es scheint. Es war mit Sicherheit nicht einfach, einen so großen und kräftigen Mann wie Sten auf diesen Stuhl zu bugsieren und zu fesseln.«

»Irgendwelche Spuren vom Mörder? Indizien, dass die Wohnung durchsucht wurde?«

»Auf den ersten Blick nicht, aber der Computer ist hochgefahren, und auf der Tastatur sind Blutspuren, also hat vielleicht jemand etwas gesucht. Aber jetzt ist erst mal Lennart dran, bevor ich hier weitermachen kann.«

»Können wir heute noch eine Rekonstruktion versuchen, du, ich und Lennart? Spuren durchgehen, um uns ein Bild vom Ablauf zu machen?«

»Ja, sicher, am späten Nachmittag, vorausgesetzt, Lennart hat die Leiche dann schon obduziert.« BB legte eine Hand auf Axels Arm und beugte sich zu ihm.

»Was ist dieser Khalid denn für ein Typ? Dein neuer Freund?«

»Wie man's nimmt. Er ist mein neuer Partner«, sagte Axel.

BB sah ihn abwartend an, aber es kam nichts mehr.

»Er führt sich auf wie ein Clown, wenn du mich fragst, oder vielleicht tut er auch nur so, um irgendetwas zu verbergen.«

Axel setzte ein müdes Lächeln auf.

»Tja, er ist beim PET, also gehört das wohl zu seinem Job.«

BB lachte.

»Hat er etwas gefunden?«

»Nein, spielte sich nur auf und meinte, Stens Laptop, die Festplatte seines Rechners samt Handys und iPad seien beschlagnahmt.«

»Da habe ich auch noch ein Wörtchen mitzureden«, sagte Axel. Khalid kam auf sie zu, ignorierte Axel und wandte sich an BB.

»Sagen Sie mir Bescheid, wenn Sie mit Fingerabdrücken und sonstigen Spuren fertig sind, dann nehme ich seine gesamte IT und die Handys mit, verstanden?«

Axel holte tief Luft und machte einen Schritt auf ihn zu.

»Jetzt hören Sie mal zu, Khalid, Sie nehmen hier überhaupt nichts mit. Das braucht Zeit, und wenn die KTU fertig ist, sehe ich mir das Ganze an. Danach können Sie gerne mitnehmen, was Sie wollen.«

Die Hände in die Hüften gestemmt, verfolgte BB interessiert die Unterhaltung der beiden Männer. Axel war fest entschlossen, ihm nicht die Show zu bieten, die er zweifellos erwartete. Er würde die Situation konfliktfrei lösen.

»Da habe ich andere Anweisungen bekommen.«

»Ich kann nicht zulassen, dass Sie in einer laufenden Mordermittlung wesentliche Beweismittel unter dem Vorwand irgendeines PET-Schnickschnacks beschlagnahmen. Nicht bevor wir alles genau durchgegangen sind. Seine IT kann uns entscheidende Spuren liefern, um den Mörder zu finden, das kann also nicht warten, und das dürfte Ihnen klar sein. Außerdem wissen Sie nicht mal, ob sich überhaupt Topsecret-Material auf den Rechnern befindet.« Axel machte eine Pause und sah Khalid an. »Oder doch?«

Khalids Miene blieb vollkommen ausdruckslos, nicht einmal der Anflug eines Einlenkens war in seinem Gesicht auszumachen. Axel spürte Wut aufflammen, immerhin war er seinem neuen Partner weit entgegengekommen, weiter, als er es bei einer Ermittlung je zuvor getan hatte, jedenfalls nach seiner Erinnerung.

»Ich habe meine Anweisungen.«

Schieb dir deine Anweisungen in den Arsch, du Wichtigtuer, schrie Axels innere Stimme. Als Nächstes erzählst du mir den üblichen Scheiß von wegen nationaler Sicherheit und so weiter, eurem Trumpfass, das ihr PET-Fuzzis immer spielt, um euren Willen durchzusetzen. Aber er hielt sich zurück und antwortete mit eisiger Stimme:

»Ich mache Ihnen einen Kompromissvorschlag. Sobald die Techniker fertig sind, gehen wir alles durch. Gemeinsam. Finden wir irgendwelchen geheimdienstlich relevanten Terrorfirlefanz, können Sie sich das ansehen, aber ich überlasse Ihnen keine Beweismittel, bevor ich damit fertig bin. Das läuft nicht. Und wenn Sie damit nicht leben können, müssen wir uns mit John Darling unterhalten. Jetzt. Ich bin sicher, als ehemaliger Vizekriminalkommissar im Morddezernat weiß er die Bedeutung der Beweismittel für die laufenden Ermittlungen einzuschätzen.«

»Darling hat hier nichts zu sagen«, erwiderte Khalid, und noch bevor Axel fragen konnte, was zum Henker er damit meine, nahm er ein Bündel A-4-Bögen aus einer Umhängetasche, die er quer vor der Brust trug und die Axel an eine Kevlarweste erinnerte.

»Hier«, sagte er. »Eine Hand wäscht die andere.«

»Was ist das?«

»Stens Personalakte, nach der Sie bereits gefragt haben.«

»Ich bin nicht interessiert«, sagte Axel.

»Was? Warum nicht? Spielt das auf einmal keine Rolle mehr, oder was?«

»Doch, aber Sie müssen schließlich auch etwas zu tun haben. Sie kümmern sich um alles, was Stens Zeit bei euch betrifft. Sie lesen das da, und Sie checken, an welchen Operationen er beteiligt war und ob sie etwas mit dem Mord zu tun haben könnten.«

»Wie sollten sie das?«

Idiot!, hätte Axel ihm am liebsten ins Gesicht geschrien, aber sein Instinkt sagte ihm, dass Khalid mit seinem Verhalten etwas vor ihm verbergen wollte.

»Das hier ist kein gewöhnlicher Mord. Jedenfalls nicht hier. In Dänemark schneiden wir den Leuten nicht die Kehle durch, und erst recht schneiden wir ihnen nicht die Augenlider ab. Das hier ist etwas anderes. Und es ist einer eurer Terrorbekämpfer, der ermordet wurde. Verstanden?«

8

2011

Eines Abends, als Anton schon im Bett lag, hatte Emma ihre Mutter gefragt, ob sie bei ihrem Papa wohnen dürfe.

»Wie meinst du das, wohnen?«

»Bei ihm wohnen eben, so wie ich bei dir wohne.«

»Du meinst, du willst mehr Zeit bei Papa verbringen?«

»Nein, ich meine, dass wir tauschen, also dass ich bei Papa wohne und dich und Anton am Wochenende besuche.«

»Aber warum denn, Schatz?«

»Weil ich es gerne will.«

»Gefällt es dir denn hier bei uns nicht mehr, Emma?«

»Doch, aber ich möchte eben gerne bei Papa wohnen.«

Ihre Mutter hatte angefangen, auf dem Fingerknöchel des Daumens zu kauen.

»Aber warum, Emma? Was ist los?«

Sie wollte es nicht sagen. Und in den Augen ihrer Mutter schimmerten schon Tränen. Der Knoten im Bauch war wieder da, weil Mama so traurig war. Er wuchs und explodierte, und dann weinte auch Emma.

»Weil ich dann auf ihn aufpassen kann. Damit ihm nichts passiert.«

Mama hatte sie in die Arme genommen.

Bevor sie schlafen sollte, hatte sie noch Papa anrufen und ihn fragen dürfen, ob er okay sei. Hinterher hatte sie gehört, wie Mama mit dem Telefon nach unten ins Wohnzimmer ging und mit Papa redete. Mama sprach schnell und laut.

9

2011

Axel Steen wandte sich an Khalid, der ihn nach ihrer Konfrontation resignierend und müde ansah.

»Wollen Sie hierbleiben oder mich zur Hausverwaltung begleiten?«, fragte Axel.

»Ich komme mit.«

Axel hob das bonbonfarbene Absperrband an, schlüpfte darunter hindurch und grüßte die uniformierten Beamten. Als sie den großen Innenhof der Acht erreichten und ins Erdgeschoss hinabgingen, bemerkte er drei seiner Kollegen aus dem Dezernat Personengefährdende Kriminalität, die eine Frau befragten. Sie weinte.

»Das kann doch nicht wahr sein«, sagte sie erschüttert und

schüttelte den Kopf, als ob das etwas an den Tatsachen ändern könne. Noch eine Nachbarin, die er gebumst hat, dachte Axel. Es kam verdammt viel Arbeit auf sie zu, wollten sie das Geflecht von Sten Høecks Damenbekanntschaften samt ehelicher Anhängsel durchleuchten. Mord aus Eifersucht konnten sie trotz allem nicht ausschließen.

Axel trat zu den drei Kollegen, Bjarne Olsen, Tonny Hansen und Vicki Thomsen, mit denen er früher schon zusammengearbeitet hatte. Er geleitete sie ein paar Schritte von der Frau weg, informierte sie über die bisherigen Erkenntnisse und bat sie, ein Auge auf die Befragungen der Hausbewohner zu haben. Danach sollten sie sich Sten Høecks Liebesleben ein wenig genauer anschauen.

Dann ging er mit Khalid im Schlepptau weiter den scheinbar endlosen Gehweg hinunter. Als sie etwa fünfzig Meter weit gekommen waren, blieb Axel stehen und drehte sich um.

»Ich habe etwas vergessen, ich muss noch mal kurz mit Vicki reden. Warten Sie bitte hier.«

Axel eilte zurück und nahm seine Kollegin beiseite.

»Geh nach oben zu BB und sag ihm, er soll von dem ganzen IT-Kram eine Kopie ziehen, PC, Laptop, iPad, Telefone, dann können wir später alles dem PET übergeben, ohne dass sie uns hintergehen. Sobald du alles hast, gehst du seine SMS, Mails und Anrufe durch. Und zu keinem ein Wort über die Kopien, dieser PET-Fuzzi ist völlig hysterisch.«

Er ging wieder zu Khalid, der das Gebäude mit Scanner-Blick absuchte. Der PET-Mann erinnerte Axel an einen Boxer im Ring, kurz vor Beginn des Kampfes.

»Die Nachbarin hatte ein Verhältnis mit ihm«, sagte Axel.

»Na ja, es ist ja kein Geheimnis, dass Sten bei den Frauen einen Stein im Brett hatte.«

»Wie auch immer, wir haben jedenfalls einen Haufen Arbeit vor uns, um seine Affären unter die Lupe zu nehmen.«

Khalid sagte nichts. Sie befanden sich jetzt zwischen dem sechsten und fünften Stock und erreichten das andere Ende des Gebäudes. Von hier aus konnten sie das Zentrum Kopenhagens sehen, dessen ferne Türme sich wie eine flirrende Luftspiegelung aus dem Morgendunst schälten und der Sonne entgegenreckten.

»Wie wär's, wenn Sie mir ein bisschen was über die Operationen erzählen, bei denen Sie mit Sten zusammengearbeitet haben? Und was für ein Mensch er war?«

»Er war in Ordnung, immer gut gelaunt, die Frauen flogen auf ihn«, antwortete Khalid indifferent, sodass Axel sich ziemlich abgefertigt vorkam.

»Die Nachbarin sagte, er hätte Besuch von zwei alten PET-Freunden gehabt, irgendeinem Per und einem anderen, den sie nicht gesehen, aber gehört hat. Wissen Sie, wer die beiden sind?«

»Vielleicht.«

»Würden Sie das bitte überprüfen?«

»Ich sehe mir das an.«

»Haben Sie schon Ideen, was das Motiv angeht? Ausgehend von dem, was Sie gesehen haben?«, wollte Axel wissen. Er fragte sich, warum er sich wieder bemühte, freundlich zu sein. Es hatte nichts damit zu tun, dass er entschlossen war, sich einen neuen, weniger konfliktträchtigen Stil anzueignen. Diesen Kredit hatte Khalid längst verspielt. Aber er hatte etwas an sich, das Axel verunsicherte. Unbewusst verspürte er den Wunsch, sich seinem neuen Partner zu nähern, ohne dass er sich erklären konnte warum.

»Ja, habe ich. Wir haben es hier nicht mit einem betrogenen Ehemann zu tun, Sten hätte sich niemals von so jemandem überwältigen lassen. Es waren Emotionen im Spiel, heftige Emotionen, aber es war kein Mord im Affekt. Es sieht alles geplant aus, als wollte der Täter irgendetwas aus Sten herausbekommen, falls es nicht mehrere waren.«

»Wieso mehrere?«

»Ist doch wohl einigermaßen wahrscheinlich, wenn man das Ausmaß der Gewalt in Betracht zieht.«

»Die Fußspuren deuten nicht darauf hin, es gab nur wenige unterschiedliche Abdrücke.«

»Na schön, dann gehen wir eben davon aus, dass es nur ein Täter war, aber ich glaube nicht an einen Mord im Affekt.«

Da sind wir uns ja mal einig, dachte Axel.

»Und ich glaube noch weniger, dass es auch nur im Entferntesten mit seiner Arbeit beim Dienst zu tun hat.«

»Warum nicht?«

»Das ist Ihre Theorie, nicht wahr? Es ist wahrscheinlicher, dass es etwas mit seiner letzten Tätigkeit zu tun hat. Reedereien, Industriespionage, Erpressung, etwas in der Art.«

»Ist noch reichlich früh, um darüber zu spekulieren. Aber was sagen Sie dazu, sich diese Richtung etwas genauer anzusehen?«

»Dazu sage ich Nein danke. Sollte ich mir nicht vorhin noch die PET-Richtung etwas genauer ansehen?«

»Ja, schon, das war mein erster Gedanke, aber der Erfahrung nach ist es keine besonders gute Idee, Leute mit einem bestimmten Teil der Ermittlungen zu betrauen, an den sie von vornherein nicht glauben. Und deshalb dachte ich mir, Mærsk wäre genau das Richtige für Sie.«

Khalid schwieg. Nach ein paar Schritten blieb er plötzlich stehen und packte Axel an der Schulter.

»Ich werde einfach nicht schlau aus Ihnen. Jeder kennt Sie, Sie sind der große Held im Morddezernat, und jetzt scheint es, als sei es Ihnen vollkommen egal, ob ich in die eine oder die andere Richtung ermittle.«

»Ich versuche nur, kollegial zu sein.«

»Oder Sie versuchen, mich loszuwerden. Denn Sie wollen mir ja wohl nicht weismachen, Sie würden meine Ermittlungsergebnisse nicht überprüfen, ganz egal, ob es um den PET, irgendeine Reederei oder die Frauen geht, mit denen Sten ins Bett gestiegen ist.«

»Ich verlasse mich darauf, dass Sie Ihren Job machen und dass Sie ihn gut machen, andernfalls würde ich dafür sorgen, dass Sie von dem Fall abgezogen werden, und zwar sofort«, sagte Axel. Gleichzeitig speicherte er in seinem Hinterkopf ab, das PET-Motiv selbst zu überprüfen, egal, ob sich Khalid damit befasste oder nicht.

Khalid fuhr sich ein paarmal mit der Zunge über die Lippen, nickte und murmelte ein »Okay«, bevor er weiterging.

Endlich erreichten sie das Erdgeschoss und traten in den Innenhof. Axel zeigte hinüber zum Büro der Hausverwaltung, das in zwei hohen, hellen Räumen untergebracht war. Ein Mann mit kurz geschorenen schwarzen Haaren stand draußen und rauchte. Er hatte sie auf dem Weg nach unten beobachtet, wie Axel aufgefallen war, und starrte ihnen jetzt förmlich entgegen, sicher aufgrund Khalids Ausbruch kurz zuvor.

»Sie sind von der Polizei?«, fragte er.

»Ja, und wir würden gerne mit der Hausverwaltung sprechen«, antwortete Axel.

»Ja, natürlich, das sind ich und Svendsen, mein Chef. Er ist drinnen. Ich habe die Polizei gerufen.«

»Okay. Dann waren Sie also auch oben in der Wohnung, nachdem die Nachbarin hier angerufen hatte?«

»Ja. Es war schrecklich.« Er schluckte und rieb sich ein paarmal mit der Hand über die Augen, als sei er gerade aus einem bösen Traum erwacht.

Axel holte schon Luft, um ihn zu fragen, was genau er in der Wohnung gesehen habe, als Khalid ihm zuvorkam.

»Kannten Sie ihn persönlich?«, fragte er den Hausverwalter.

Der Mann sah Khalid unsicher an.

»Ja, wir kannten Sten.«

»Kennen Sie und Ihr Chef alle Hausbewohner persönlich?«

Der Befragte wurde unruhig.

»Nein, nicht alle.«

»Warum kannten Sie dann Sten?«

Jetzt schien der Mann ernsthaft gekränkt zu sein. Beschissene Verhörtechnik, dachte Axel. Sie mochte ja bei Terroristen verfangen, aber absolut nicht bei gewöhnlichen Zeugen.

»Manche der Hausbewohner kennt man eben.«

»Aber warum kannten Sie Sten?«

»Einfach so«, entgegnete er defensiv. Der Mann war hoch gewachsen und muskulös, doch schien ihn der Ton, der ihm entgegenschlug, einzuschüchtern. Axel vermutete, dass es etwas mit Khalids Größe und seinem Auftreten zu tun hatte. »Er war ein paarmal hier bei uns im Büro, ein netter, hilfsbereiter Typ, der einigen der Frauen … also der Hausbewohnerinnen … zur Hand ging.«

»Gut, das hätten Sie doch gleich sagen können«, erwiderte Khalid mit einem glaubhaft versöhnlichen Lächeln. Imponiert beobachtete Axel, wie sein Partner mühelos von aggressiver Hartnäckigkeit auf authentische Freundlichkeit umschaltete, die ihren Adressaten förmlich zu umarmen schien.

Der Mann murmelte ein undeutliches »Ja, da haben Sie recht«, und Axel berührte ihn leicht an der Schulter, um ihn ein wenig von Khalid wegzuführen. Der Zeuge machte eine ausweichende Bewegung, als sei ihm die Berührung unangenehm.

»Was haben Sie gesehen, als Sie in die Wohnung kamen?«

»Überall war Blut. Umgestürzte Möbel. Die Nachbarin stand unter Schock. Ich bin schnell die Treppe raufgegangen, und dann habe ich Sten gesehen.«

»Wie sah er aus?«

»Er saß auf einem Stuhl. Er war gefesselt, und seine Augen … Es sah fürchterlich aus.«

»Vielen Dank. Wie ist Ihr Name?«

»James Craw.«

»Sind Sie Engländer?«

»Englischer Vater.«

»Wie lange arbeiten Sie schon hier?«

»Seit fünf Monaten.«

»Okay, gehen wir rein.«

James Craw tippte einen Code in das Sicherheitsschloss an der Glastür ein, und sie betraten einen hohen, mit Panoramafenstern ausgestatteten Raum. Khalid schloss sich ihnen an. Drinnen saß ein älterer Mann mit dem Rücken zum Innenhof auf einem Bürostuhl.

»Guten Tag, mein Name ist Axel Steen. Ich bin von der Polizei Kopenhagen und leite die Ermittlungen. Wie Sie ja sicher wissen, wurde Sten Høeck, einer der Bewohner, tot in seiner Wohnung aufgefunden. Wir müssen Ihnen ein paar Fragen stellen, zu Sten, wer und wie man hier rein- und rauskommt, Überwachungskameras und so weiter.«

Der Mann nahm seine Lesebrille von der Nase und schob

das Ende eines Bügels in den Mund. Dann stand er auf und trat zu ihnen.

»Ja, sicher. James haben Sie ja schon kennengelernt. Er ist unser Mädchen für alles, ich bin der Verwalter.« Er stellte sich als Søren Svendsen vor und bot ihnen Kaffee an. »Tja, das alles ist natürlich nicht sehr erfreulich, wie Sie sich vorstellen können«, sagte Svendsen. »Die Wohnanlage ist noch relativ neu, und schlechte Presse können wir gar nicht gebrauchen.«

»Wir sind auch nicht von der Presse«, sagte Khalid und sah den Mann ausdruckslos an.

»Nein, das sind Sie nicht. Ich dachte nur, Sie könnten die Sache vielleicht ein wenig diskret behandeln.«

»Darauf haben wir keinen Einfluss«, erwiderte Khalid und schwieg, sah Svendsen aber weiter direkt in die Augen, bis seinem Gegenüber klar wurde, dass das Thema ausdiskutiert war.

»Wie kommt man in das Gebäude?«, fragte Axel.

»Den öffentlichen Gehweg kann jedermann benutzen«, antwortete Svendsen, »aber man braucht einen Schlüssel, um auf die Korridore zu den Ebenen zu kommen.«

»Sind das unterschiedliche Schlüssel?«

»Nein, auf jeder Ebene ist das gleiche Schloss angebracht.«

»Was ist mit den Aufzügen? Wird aufgezeichnet, wer sie benutzt?«

»Nein.«

»Nein? Keine Kameras, keine moderne Technik?«

»Moderne Technik jede Menge, aber keine Überwachung.«

»Ist Ihnen in letzter Zeit an Sten irgendwas aufgefallen?«

Svendsen schüttelte den Kopf und sah James an.

»Nein, ich glaube nicht«, sagte er dann und legte die Stirn in Falten.

»Sie glauben?«, hakte Khalid nach.

»Also, er war ein sehr umgänglicher Mensch, müssen Sie wissen. Er hatte zu vielen der Hausbewohner Kontakt und bekam oft Besuch.«

»Wie können Sie das wissen?«

»Wenn er Besuch bekam, ging er mit seinen Gästen meistens den Gehweg hoch«, sagte Svendsen, der sich Mühe gab, das Geschlecht der Gäste nicht genauer zu definieren.

»Ich glaube, mein Chef will sagen, dass Sten nicht verheiratet war und auch keine feste Freundin hatte, aber oft Besuch von Frauen bekam und daraus auch keinen Hehl machte«, schaltete James sich ein.

Axel sah Svendsen an, der resigniert nickte und wieder übernahm.

»Ja, das stimmt. Tatsächlich habe ich mich so manches Mal gefragt, wie er das hinkriegt, erstens so viele verschiedene und zweitens, sie alle auseinanderzuhalten, dass keine von denen sauer wird. Muss 'ne schweißtreibende Angelegenheit gewesen sein.«

»Wieso sauer?«, fragte Khalid.

»Na ja, Besitzansprüche, Eifersucht und so«, erklärte Svendsen.

»Ist letzte Nacht irgendetwas Ungewöhnliches vorgefallen? Tumulte, laute Stimmen? Die Nachbarin sagte, Sie habe laute Stimmen in Stens Wohnung gehört. Haben sich andere Hausbewohner gemeldet, die vielleicht auch etwas gehört haben?«

Wieder sah Svendsen James an.

»Nein, niemand.«

»Was ist mit Sten? Wie gut kannten Sie ihn?«, fragte Axel.

»Sten war in unserem Intranet *8book* sehr aktiv. Und außerdem lief er ja, und deshalb sah man ihn andauernd«, sagte Svendsen.

»Er lief?«, fragte Khalid.

»Ja, meistens joggte er den Gehweg rauf und runter.«

»Was für einen Eindruck machte er auf Sie?«

»Er war ein sehr beliebter und freundlicher Mann«, antwortete Svendsen.

»Jetzt kommen Sie schon, Mann!«, fuhr Khalid ihn an. »Freundlich und beliebt. Es gab doch bestimmt jede Menge Exfreundinnen und ein paar für dumm verkaufte Ehemänner, die stinkwütend auf ihn waren. Hat ihm nie eine seiner abgelegten Liebschaften eine Szene gemacht? Er hat doch mindestens zehn Ihrer Hausbewohnerinnen flachgelegt.«

»Davon weiß ich nichts«, gab Svendsen zurück.

»Was wissen Sie denn?«

Es funktionierte nicht. Khalids Fähigkeit, von Freundlichkeit zu Kälte zu wechseln, war bei einer Befragung, deren Ziel darin bestand, so schnell wie möglich so viele Informationen wie möglich über Tatort und Opfer zu sammeln, fehl am Platze. Axel schaltete sich wieder ein.

»Ist Ihnen mal irgendeiner seiner Gäste besonders aufgefallen?«

»Nein.« Svendsen und sein Kollege sahen sich an. »James, du warst doch ein paarmal bei ihm in der Wohnung, oder?«

»Ja.«

»Warum waren Sie dort?«, fragte Khalid.

»Einmal habe ich eine neue Klimaanlage installiert, und das andere Mal machte sein WLAN Ärger. Was Technik angeht, war er nicht gerade ein Großmufti.«

»Großmufti?«, hakte Khalid nach.

»Ja, also er war alles andere als ein technisches Genie.«

»Ich verstehe sehr gut Dänisch. Was ich nicht verstehe, ist, was an dem Wort Großmufti so witzig sein soll.«

Allmählich ging Axel sein neuer Partner ernstlich auf die Nerven. Hilflos breitete James die Arme aus. Bevor die Sache weiter eskalierte, fragte Axel:

»Und dabei ist Ihnen nichts Ungewöhnliches aufgefallen? An seiner Wohnung oder an ihm selbst?«

»Nein.«

»Okay. Das war's, vorläufig«, sagte Axel und wandte sich an James. »Wir müssen Ihre Schuhe zur kriminaltechnischen Untersuchung mitnehmen. Sie waren am Tatort und haben Abdrücke hinterlassen.«

Der Mann nickte, bückte sich und begann, seine Schuhe aufzuschnüren. Nachdem sie das Büro verlassen hatten, blieb Axel stehen und sagte zu Khalid:

»Kennen Sie den Ausdruck good cop – bad cop?«

»Ja.«

»Ist ein bisschen aus der Mode gekommen, und normalerweise wenden wir diese Technik auch nicht mehr an. Deshalb gibt es auch keinen Grund, dass Sie versuchen, beide Rollen gleichzeitig zu spielen. Das verunsichert die Zeugen nur. Also lassen Sie einfach Ihren natürlichen Charme spielen, bis uns echte Verbrecher über den Weg laufen.«

Die Antwort bestand aus einem Grunzen und der Ansicht von Khalids Rücken. Sein Partner ließ ihn stehen und eilte mit langen Schritten davon. Er muss Boxer gewesen sein, dachte Axel wieder, aber wie zum Teufel ist er mit diesem Gehabe bei der Polizei untergekommen?

10

2007

Henriette war nicht zum ersten Mal bei einer groß angelegten Überwachungsoperation dabei, aber das hier war mit nichts zu vergleichen. Sechzig Bildschirme bedeckten die eine Wand des Kontrollzentrums, jeder Winkel der Zweizimmerwohnung im Kapelvej in Nørrebro war abgebildet, und das Gleiche galt für den Hinterhof, das Treppenhaus und die Haustür. Auf ein paar anderen Bildschirmen flimmerten Gate und Ankunftshalle des Flughafens, und auch beim Gemüsehändler in der Griffenfeldsgade, dem Onkel der Brüder, samt seiner Wohnung in der Bangertsgade, die er mit seinen beiden Töchtern bewohnte, war jeder Quadratmeter zu sehen.

Sie waren gut vorbereitet, dennoch bestand die Möglichkeit, dass Anwar und Shakir noch einen anderen Unterschlupf hatten, und das machte Henriette nervös. Die Informationen der Amerikaner bezogen sich ausschließlich auf die zwei Zielpersonen. In den letzten Wochen hatten sie den Bekanntenkreis der Brüder nach Hinweisen durchforstet, die beiden könnten ein Safehouse in petto haben, von denen Henriette und ihre Kollegen nichts wussten. Sie hatten sogar einen Agenten ins Milieu eingeschleust, aber auch er hatte nichts über irgendwelche Verstecke oder andere Aufenthaltsorte aufgeschnappt. Außerdem überwachten sie zurzeit acht junge Männer, die im Verdacht standen, Teil der Operation zu sein.

»Na, Schätzchen, alles klar?«

Sie drehte sich um und sah Sten Høeck an, der die gewohnte Mischung aus Glauben an die eigenen Fähigkeiten, Selbstsicherheit und physischer Kontrolle ausstrahlte. Aber es war Blendwerk. Hinter der Fassade war er ein Zweifler, das wusste sie, und er war die Art von Zweifler, die ihre Unsicherheit mit einem aalglatten Lächeln auf andere übertrug.

»Ich bin nicht dein Schätzchen, Sten. Ja, bei mir ist alles klar. Und bei dir? Gibt es etwas, das dir Sorgen macht?«

»Nein, aber dir geht's doch erst wieder gut, wenn wir die beiden im Kasten haben, oder? Wenn wir wissen, wo sie sich verkriechen, habe ich recht?«

»Ja, schon.«

Ihr Telefon vibrierte.

»Ich muss mal eben rangehen.«

Es war Khalid, ihr Mann draußen im Feld.

»Hej, Henry, ich war eben Gemüse kaufen. Seine Tochter war auf dem Weg nach oben in die Wohnung, wahrscheinlich um sauber zu machen. Ihr Vater sagte, seine beiden Neffen kämen heute aus Pakistan zurück.«

Sie blickte auf einen der Bildschirme und sah, wie eine junge Frau die Wohnungstür öffnete und einen Staubsauger hineinschleppte. Sie nahm das Kopftuch ab, ging ins Badezimmer und öffnete einen Schrank.

»Danke, Khalid. Ich sehe sie jetzt. Sonst noch was?«

»Nein, es ist ja kein Geheimnis, dass sie kommen, und die Heimkehr wird mit einem Abendessen gefeiert. Ich glaube, niemand weiß, was sie vorhaben.«

»Der Onkel auch nicht?«

»Negativ. Alle scheinen einfach nur froh darüber zu sein, dass sie wieder da sind.«

»Was steht heute bei dir noch an?«

»Nichts Besonderes. Ich hänge hier herum und beobachte, was passiert.«

»Trinken wir noch einen Kaffee zusammen, bevor ich rüber zum Flughafen fahre? Ich muss noch nach Hause und mich umziehen.«

»Gerne, wenn das zeitlich noch passt.«

»Ja, in einer halben Stunde. Im Café au Lait.«

Ein unscheinbares französisches Café am Nørreport, das sie schon ein paarmal als Treffpunkt genutzt hatten, weil Nørrebro zu riskant war.

»Und was, wenn jemand auftaucht, der dich kennt?«, hatte sie bei ihrem ersten Treffen gefragt.

»Dann bist du einfach nur ein dänisches Mädchen, das auf Arabertypen steht«, hatte er geantwortet, »das ist genau der Ort, wo wir uns treffen würden.«

»Kommst du oft mit dänischen Frauen hierher?«, hatte sie gefragt, weil sie sich plötzlich wie vorgeführt vorkam.

»Nein, aber viele meiner Freunde«, hatte er gesagt und sie mit diesem offenen Blick angesehen, dem sie immer auswich.

»Und was, wenn deine Freunde aufkreuzen? Spielen wir dann die frisch Verliebten?«, erwiderte sie mit einem ironischen Unterton.

Er hatte verlegen und gleich danach bekümmert ausgesehen, und das hatte sie in ihrem Entschluss bestätigt, mit ihm darüber zu sprechen, was eigentlich zwischen ihnen vorging, und zwar bald.

Es war einmal passiert. Ganz ohne Vorwarnung hatte er sich zu ihr gebeugt und sie geküsst, sich wieder zurückgezogen und über ihre Schulter hinweg einem Mann zugewunken, der an ihrem Tisch vorbeiging und grüßte, während Henriette noch um Fassung rang. Ein kleines bisschen war sie enttäuscht gewesen, gleichzeitig aber sehr stolz darauf, dass er so gut war. Nicht im Küssen, sondern im Improvisieren.

Khalid war Palästinenser, geboren und aufgewachsen in Nørrebro in einer Großfamilie mit clanartigen Verzweigungen. Er war ein Insider, was das Milieu anging, und der Dienst hatte ihn nach dem 11. September als Sprachsachverständigen eingestellt, aber schon bald als Informant im palästinensischen Milieu Nørrebros platziert, nachdem man seine Fähigkeiten und erstklassigen Verbindungen erkannt hatte. Seine Legende war, er sei Programmierer, und er arbeitete mit einer verbissenen Zuverlässigkeit, die ihr gefiel. Zuletzt hatten sie des Öfteren darüber gesprochen, dass er nicht ewig undercover arbeiten konnte. Es war zu riskant, einige Familienmitglieder wurden bereits misstrauisch. Es bestand kein Zweifel daran, dass der PET ihn aufgrund seiner Zweisprachigkeit und seines Wissens um die palästinensische Szene in Dänemark, die immer häufiger verwirrte junge Männer mit Terroristenpotenzial hervorbrachte, sowohl als Analytiker als auch als Internetspezialisten brauchen konnte.

Khalid war ein außergewöhnlich attraktiver Mann, seine Stärke, sein muskulöser Körper, sein Intellekt, die Ruhe und die Schwere im Blick, die allen das Gefühl gab, er sehe nur sie. Die Frauen lagen ihm zu Füßen, sobald er sie mit seinen dunklen Augen ansah und mit seiner beherrschten Stimme zu ihnen sprach, und in einer anderen Zeit, an einem anderen Ort hätte auch sie eine dieser Frauen sein können. Aber sie war seine Chefin, seine Führungsoffizierin, und es würde ihr im Traum nicht einfallen, den Impulsen nachzugeben, die er in ihr weckte.

Doch das musste sie sich selbst immer öfter klarmachen, denn in letzter Zeit verhielt er sich ihr gegenüber anders als zu Beginn ihrer Zusammenarbeit. Sein Blick ruhte auf ihrem

Körper, ohne dass es fordernd wirkte, wanderte weiter zu ihrem Gesicht und blieb so lange an ihren Augen hängen, bis sie den Blickkontakt abbrach. Sie musste seinen Träumen und Hoffnungen einen Riegel vorschieben, je eher, desto besser.

Sie wandte sich einem Mann zu, der am Ende des Kontrollzentrums saß und in den Bildschirm eines Laptops vertieft war. Per Larsen, Akademiker und ausgebildeter Journalist, Neurotiker mit Tunnelblick, wenn es darum ging, Informationen auszugraben, was ihm die Anstellung im Dienst verschafft hatte. Er beherrschte sechs Sprachen und wusste mehr über den Mittleren Osten als irgendjemand sonst beim PET, und was er nicht wusste, fand er im Netz oder in Datenbanken, und zwar schneller als jeder andere beim PET.

Das fettige Haar verbarg sein pockennarbiges Gesicht, und es mochte ja sein, dass sie es nicht mehr nach Hause und unter die Dusche geschafft hatte, aber Per hatte seit Tagen kein Bad mehr von innen gesehen. Einmal war sie bei ihm zu Hause in Nørrebro gewesen, um ihn abzuholen, und die zehn Zentimeter Wohnung, die sie durch den Spalt der angelehnten Tür erahnt hatte, waren genug gewesen, ihn zu fragen, ob er Probleme habe. Sie erinnerten an ein Flaschenlager, in dem jemand einen Sprengkörper gezündet hatte. Per hatte entschuldigend gelächelt und Henriette sich entschieden, die Sache auf sich beruhen zu lassen. Schließlich waren seine Arbeitsergebnisse einwandfrei.

»Jungs«, sagte sie an Per und Sten gewandt, die Trojas operationelle Lenkungsgruppe bildeten. »Kurze Lagebesprechung, sobald wir uns einen Überblick verschafft haben. Nur wir drei. Fährst du auch raus zum Flughafen, Sten?«

»Ja.«

»Dann sehen wir uns dort.«

11

2011

»Warum sind Sie eigentlich so ein Klugscheißer?«, fuhr Khalid ihn an, nachdem Axel ihn eingeholt hatte. »Ihr Bullen glaubt, ihr wisst alles, und bildet euch ein, ihr wärt was Besseres als wir. Warum haben Sie mich nicht diese Befragung durchführen lassen, auf meine Art? Ich mache das nicht zum ersten Mal, und ich weiß, wie man die Leute zum Reden bringt.«

Axel zündete sich eine Zigarette an, inhalierte tief und sah zum Himmel hinauf. In den unzähligen Fenstern, die den enormen Innenhof umschlossen, spiegelten sich die Wolken, und auf dem Gehweg entdeckte er ein paar Polizisten, die sich an den Terrassen vorbei weiter nach oben bewegten. Die Sonne war verschwunden, es blies, und hier unten war es kühl und finster. Das Ganze glich einer goldenen Wüste aus Stein, in der nichts als das Heulen des Windes zu hören war.

»Ich wollte Ihnen nur einen guten Rat geben. Sie kriegen schon noch Ihre Chance, es auf Ihre Art zu versuchen.« Sie gingen weiter. »Nehmen wir den Aufzug«, sagte er und hielt einen Universalschlüssel hoch, den er von Svendsen bekommen hatte. Er hoffte, Khalids Fehlerquote sei für heute aufgebraucht und dass er sich morgen nicht mehr mit ihm herumschlagen musste. Immerhin hatte sein neuer Partner noch keinen irreparablen Schaden angerichtet, obwohl die beiden Typen von der Hausverwaltung den Eindruck machten, dass ihnen seine Art nicht sonderlich behagte. Sie gingen auf den goldenen Tunnel zu, der direkt hinaus auf den Fælled führte. Zwei Beamte hatten am anderen Ende Aufstellung genommen und sprachen mit ein paar Journalisten, die Axel kannte. Als sie ihn sahen, hellten sich ihre Mienen auf, aber er hob abwehrend die Hand, sagte »Nicht jetzt« und bog um die Ecke zu dem Aufgang, der nach oben in die Wohnung führte.

»Ich hasse die Presse«, sagte Khalid.

Axel tat, als habe er es nicht gehört. Er stand der vierten Macht im Staat nicht hasserfüllt, aber mit einer ordentlichen Portion Skepsis gegenüber – ein notwendiges Übel, das man manchmal benutzen konnte, um Bewegung in einen Fall zu bringen. Und nicht selten war sie der letzte Ausweg, um die Wahrheit ans Licht zu bringen, wenn das System und seine Protagonisten mal wieder versuchten, Übergriffe der Kollegen, Fehler und Schlampereien im Polizeiapparat unter den Teppich zu kehren.

Schweigend fuhren sie hinauf.

Vor der Tür zur Wohnung hatte sich noch ein Beamter postiert, und es standen einige Koffer der KTU mit Ausrüstung und unbenutzten Ganzkörperanzügen, Mundschutzen, Haarnetzen und Überziehern für die Schuhe herum.

»Haben Sie schon mit der vorläufigen Obduktion angefangen?«, fragte Axel den Uniformierten, während Khalid und er sich in anonyme, weiß gekleidete Gestalten verwandelten. Der Mann nickte.

Sie traten auf die ausliegenden Matten. Die Energie in der Wohnung war beinahe greifbar, in Weiß gehüllte Kriminaltechniker knieten auf dem Boden, suchten den Teppich ab, sammelten Gegenstände ein und nahmen mit klebriger Kunststofffolie Fingerabdrücke von Wänden und Türrahmen. Im oberen Teil der Wohnung war BB dabei, den Laptop zu fotografieren, der in einer Ecke auf einem kleinen Schreibtisch stand. Er hatte ihn umgedreht und machte Aufnahmen von der Unterseite. Mitten im Raum beugte sich Lennart Jönsson über die Leiche. Seine alte Ledertasche stand offen auf dem Boden. Auch er war weiß vermummt, aber der Blick hinter den kleinen Brillengläsern verriet, dass ihm ihr Eintreffen nicht entgangen war. Er untersuchte den Hals des Toten, den Rand der Schnittwunde, die Verletzungen an Fingern und Händen und im Gesicht, während Axel und Khalid schweigend zusahen.

Dann richtete er sich zu seiner vollen Größe auf, und der Ganzkörperanzug spannte sich über seinen Spitzbauch. Die Tränensäcke unter den Augen waren kleiner als gewöhnlich. Er schob eine Hand in die Tasche und holte eine Dose Kautabak hervor.

»Tja, meine Herren, sicher wollen Sie mal wieder so schnell wie möglich alles wissen.«

Er schob ein Stück Kautabak in den Mund, und ein leises, zufriedenes Stöhnen war zu hören.

»Ah, das tut gut. Der Geruch ist kaum zu ertragen. Er hat sich entleert, wahrscheinlich im Augenblick des Todes, aber vielleicht auch schon vorher, aufgrund der Misshandlungen. Außerdem hat er sich eingenässt, noch vor seinem Tod, nehme ich mal an. Das passiert oft, wenn die Leute merken, worauf es hinausläuft.« Er sah sie an.

»Was ist mit den Augenlidern?«, fragte Axel.

»Da war er noch am Leben. Aus den Schnittwunden ist Blut gelaufen. Und dann die Tränen«, sagte er und verzog das Gesicht, sodass sein Unbehagen deutlich sichtbar wurde. »Sie beweisen, dass das Herz noch pumpte. Ich kann nicht sagen, womit es gemacht wurde, einer Schere oder einem scharfen Messer.«

»Todesursache?«

»Kurz und knapp: Ihm wurde die Kehle durchgeschnitten, eine Riesensauerei das Ganze. Wahrscheinlich nur ein Schnitt, wie es aussieht. Habt ihr ein Messer gefunden?«

»Nein«, antwortete Axel.

»Tja, das wäre natürlich hilfreich. Das Blut muss nur so aus der Halsschlagader gespritzt sein. Die Luftröhre wurde durchtrennt und hat sich anschließend mit Blut gefüllt. Bei seinen letzten Atemzügen muss er es wie ein Vulkan ausgespuckt haben. Deshalb haben wir hier direkt unter ihm diese Pfütze und dann seitlich abgehend dieses strahlenförmige Muster. Ich gehe davon aus, dass es in genau der Position geschehen ist, in der er jetzt sitzt.«

»Kann man so etwas tun, ohne danach selbst völlig blutverschmiert herumzulaufen?«, fragte Khalid.

»Ja, durchaus«, sagte Lennart. »Kommen Sie her.« Er schob Axels Partner hinter den Stuhl, auf dem Sten Høeck saß. »Stellen Sie sich hierhin. Nehmen wir an, Sie packen ihn an den Haaren, er ist gefesselt, Sie ziehen seinen Kopf ein Stück nach hinten, sodass der Hals freiliegt und angespannt ist. Er ist proppenvoll mit Blut, das ins Gehirn und wieder zurück gepumpt wird, und dann führen Sie das Messer …«

»Danke, ich glaube, ich weiß, was Sie meinen«, sagte Khalid und machte einen Schritt von dem Schweden weg. Lennart zog die Augenbrauen hoch.

»Wir haben uns noch gar nicht vorgestellt. Sind Sie neu?«

Axel schaltete sich ein.

»Nein, Khalid ist nicht neu. Er ist beim PET. Unser Opfer hat ein paar Jahre für den Dienst gearbeitet, und wir checken, ob es zwischen dem hier und seinem früheren Arbeitgeber irgendeine Verbindung gibt.«

»Kooperation, wie schön! Das kann ja vielleicht ein Pflaster auf die Wunden der Vergangenheit sein«, sagte der Schwede und warf Axel über den Rand seiner Brille hinweg einen aufmunternden Blick zu. Dann sah er wieder auf die Leiche. »Nehmen wir mal an, der Mörder stand hier, dann kann er es ohne Weiteres getan haben, ohne sich mit Blut zu besudeln. Aber es muss ja schon so einiges passiert sein, bevor das Opfer hier zu sitzen kam.«

»Ja. Und? Kannst du uns dazu etwas sagen?«

»Nicht viel, nur dass er über einen längeren Zeitraum brutaler Gewalt ausgesetzt war. Inwieweit, bevor er gefesselt wurde, kann ich nicht sagen, aber wenn man Sten Høecks körperliche Verfassung berücksichtigt, braucht es schon einiges, um ihn zu überwältigen.«

»Was zum Beispiel?«

»Na ja, ich bezweifle, dass simple Gewalt gereicht hätte. Ich vermute, jemand hat ihn mit einer Waffe in Schach gehalten, hat ihn betäubt oder er war bewusstlos, als er gefesselt wurde. Die Schläge gegen den Kopf können durchaus so heftig gewesen sein, dass er das Bewusstsein verloren hat.«

»Todeszeitpunkt?«

»Er ist jetzt bei 25°, also würde ich mal sagen ungefähr zwei, drei Uhr letzte Nacht.«

BB war an den Panton-Tisch getreten, der hinter ihnen stand, und fotografierte einige Blutspuren.

»Erik!«, rief er in die untere Etage der Wohnung. »Hast du Proben von den Blutspuren auf dem Tisch genommen?«

»Ja«, kam die Antwort, »bei euch oben ist alles fertig.« BB nickte, nahm den Laptop, den er kurz zuvor fotografiert hatte, und stellte ihn auf den Tisch. Interessiert beobachtete Axel sein Tun. Lennart räusperte sich.

»Sonst noch was, Axel?«, fragte er.

»Was denkt ihr wegen der Augen? Was hat das zu bedeuten? BB, hast du eine Idee?«, fragte Axel.

»Ich denke mal, es hat irgendwas mit Hinsehen zu tun.«

»Das war auch mein erster Gedanke«, sagte Lennart, »aber vielleicht ist es auch eine Art Gruß an uns, eine Signatur.«

»Könnte es vielleicht eine Foltermethode sein?«, fragte Khalid.

Beide Männer schauten ihn forschend an.

»Nein, da gibt es einfachere Methoden«, erwiderte Lennart, der am Balkan und in Ruanda einiges gesehen hatte. »Ich würde ihm die Nägel ausreißen, die Finger abschneiden, eine Plastiktüte über den Kopf ziehen, ihn mit einer Zange misshandeln, Rasierklingen, einem Hammer, am besten die Geschlechtsteile oder andere empfindliche Stellen malträtieren, es gibt so viele Möglichkeiten.«

»Also geht es darum, nicht die Augen zu verschließen, sondern hinzusehen. Ist es das, was ihr meint?«, fragte Axel.

Nachdenklich und mit einer langsamen Bewegung nahm BB die Brille von der Nase.

»Vielleicht wollte der Täter sein Opfer zwingen zuzusehen, was er ihm antut. Haben sie das nicht auch in *Red Dragon* so gemacht, mit diesem Journalisten?«

»Du meinst Freddy Lounds, aber dem wurde die Zunge abgebissen«, sagte Lennart.

»Unsinn, der Mörder wollte, dass Freddy ihn sieht, während er …«

»Du wirst langsam dement, BB. Dolarhyde sagte: Wenn du die Augen nicht aufmachst, nagel ich dir die Lider an die Stirn. Aber er hat es nicht getan. Stattdessen hat er ihm die Zunge abgebissen und ihn angezündet. Vorher hatte er ihn an einen Rollstuhl gefesselt.«

»Okay, vielleicht können wir das kleine Filmquiz auf später verschieben, ja? Mir ist schon klar, dass ich der Neue in der Klasse bin, aber ich habe nun mal die Anweisung, alle elektronischen Geräte sicherzustellen, auf denen sich für den PET relevante Dokumente befinden können, insbesondere solche, die der Geheimhaltung unterliegen«, sagte Khalid.

»Nicht schon wieder«, murmelte BB.

Axel sah den Schweden an, der Khalid ignorierte.

»Ich bin ja kein Techniker«, sagte Lennart und warf BB einen Blick zu, »aber der, der das hier angerichtet hat, muss schon ein ziemlich gut gebauter und gut trainierter Kerl gewesen sein. Trotzdem bin ich sicher, dass er bei der Auseinandersetzung mit dem Opfer auch so einiges abbekommen hat.«

»Unterstützen«, hörte Axel hinter seinem Rücken Khalid zu BB sagen.

Genervt sah BB Khalid über den Rand seiner Brille hinweg an.

»Unterstützen?«

»Ja, unterstützen, das ist Ihr Job, nicht wahr?«

»Ich brauche zum Henker niemanden, der mir erzählt, was mein Job ist. Ich habe schon Projektile aus Decken und Wänden geholt und Blutlachen vermessen, als an Sie noch niemand überhaupt gedacht hat.«

»Das mag ja sein, aber Sie werden mir jetzt die Computer und die Telefone übergeben. Die Belange des PET haben Priorität, wenn es um die nationale Sicherheit geht«, sagte Khalid.

Axel hörte die Unsicherheit in seiner Stimme, als er die letzten vier Worte aussprach. Auch Lennart wandte sich jetzt von der Leiche ab und betrachtete Khalid und den Kriminaltechniker.

»Die nationale Sicherheit«, sagte BB und deutete auf den Toten. »Das da hat nichts mit der nationalen Sicherheit zu tun. Das ist ein toter Mann, und das hier ist ein Tatort. Ich berichte dem verantwortlichen Ermittlungsleiter, in dessen Zuständigkeitsbereich das Verbrechen fällt. Wenn das ein Problem darstellt, Kollege, empfehle ich, im Polizeigesetz nachzuschlagen.«

Es war ein extrem schmaler Grat. Wäre Khalid weiß gewesen, hätte es als eine emotionale Diskussion unter Kollegen durchgehen können, aber Khalid war nicht weiß. Er machte einen Schritt auf BB zu.

»Hör mal zu, alter Mann, du solltest besser aufpassen, was du sagst.«

Axel trat zwischen die beiden und legte eine Hand auf Khalids Arm.

»Sonst was?«, höhnte BB neben ihm. »Komm schon, sonst was?«

Axel war nicht sicher, was er tun sollte. Sowohl Khalid als auch BB sahen ihn abwartend an.

»Ich nehme den Computer und allen anderen Elektronikkram an mich, und dann klären wir das mit Darling. Niemand will Sie austricksen«, sagte er an Khalid gewandt. »Die Handys nehmen wir auf jeden Fall mit ins Präsidium, um die Kontakte zu überprüfen.«

»Ich protestiere gegen diese Vorgehensweise«, sagte Khalid, und Axel spürte den Druck, unter dem der PET-Mann stand.

»Hören Sie, ich sage, wir finden eine Lösung. Und auf den Handys werden ja wohl kaum Staatsgeheimnisse schlummern. Wir wollen nur herausfinden, mit wem er Kontakt hatte, besonders in der letzten Zeit«, log Axel.

»Wenn Sie wüssten, was man heutzutage so alles auf einem Handy findet«, erwiderte Khalid, machte auf dem Absatz kehrt und ging die Treppe hinunter. Unten drehte er sich noch einmal um und sah zu ihnen hinauf.

»Immer wieder ein Vergnügen, mit den stets freundlichen und entgegenkommenden Kollegen der Polizei Kopenhagen zusammenzuarbeiten«, sagte er mit seiner sanften, melodischen Stimme, die den beißenden Sarkasmus seiner Aussage unterstrich.

»Ich fahre jetzt«, sagte Axel zu BB und Lennart, »Besprechung heute Nachmittag im Präsidium.« Er hörte, wie Khalid die Wohnungstür hinter sich zuschlug. »Das gilt auch für dich, BB.«

Sauertöpfisch starrte BB auf die Stelle, an der Khalid eben noch gestanden hatte.

»Solange ich mir von diesem HB-Männchen nicht sagen lassen muss, was ich zu tun habe.«

12

2007

Jens Jessen erschien in der Einsatzzentrale, um ein wenig der Stimmung nachzuspüren, wie er sagte. Als er ging, bat er sie mitzukommen. Sie folgte ihm in sein Büro, ein Musterbeispiel geschmackvoller Ministerialmöblierung am Rande des Geschlechtslosen. Nachdem sie Platz genommen hatte, betrachtete sie die Frau auf dem Bild, das auf dem Schreibtisch stand. Sie war schön, braunes Haar, Sommersprossen und braune Augen, schielte sie leicht? Cecilie Lind, Juristin wie Jens Jessen, Anwältin, war mit Axel Steen von der Polizei Kopenhagen verheiratet gewesen und hatte ein Kind mit ihm, lebte aber jetzt mit Jens Jessen zusammen. So froh Henriette war, Jens als Chef zu haben, so wenig begriff sie, wie eine Frau sich von ihm sexuell angezogen fühlen konnte. Sie sah aus dem Fenster auf die Trabantenstadt Søborg und dachte daran, wie die Nacht mit Danny zu Ende gegangen war.

Sie hatte seinen Arm gepackt, noch bevor er hatte zuschlagen können, und die Energie seiner Bewegung genutzt, um ihm den Arm auf den Rücken zu drehen und seinen Körper nach unten zu drücken. Er war so überrascht gewesen, dass er so gut wie keinen Widerstand geleistet hatte.

»Was zur …?«, hatte er noch keuchend von sich gegeben, dann lag er auch schon bäuchlings auf dem Boden. Sie wusste, dass Arm und Schultergelenk schmerzten, aber es war ihr nicht genug, also bohrte sie ihm ihr Knie in den Rücken. Hörte sie eine Rippe brechen? Kaum, aber ihre Behandlung würde ihm noch ein paar Tage zu schaffen machen.

»Was zur Hölle soll das, du blöde Schlampe? Ich wollte doch nur …«

»Halt die Schnauze! Wenn eine Frau Nein sagt, dann heißt das auch Nein, du Vollidiot«, zischte sie ihm ins Ohr und verdrehte dabei seinen Arm noch weiter. Danny schrie vor Schmerzen, und sie verspürte Lust, ihn zu schlagen, die letzten Stunden aus ihm rauszuprügeln, sodass sie einfach wieder Henriette Nielsen sein konnte, einfach ganz normal, kein ehemaliges psychisches Wrack, keine Spinnerin, die Sicherheit in den Armen eines glatzköpfigen fünfundzwanzigjährigen Handyverkäufers suchte, eines aufgeblasenen Narren, der nichts als seinen Willen bekommen wollte. Gegen ihren Willen. Der glaubte, sie stehe auf solche Spielchen. Oder noch schlimmer: den es anmachte, dass es sie nicht anmachte.

»Auch wenn wir vorhin gebumst haben: Ein Nein ist ein Nein!«, schrie sie. Noch einmal verstärkte sie ihren Griff, richtete sich halb auf und versetzte ihm einen Schlag zwischen die Schulterblätter, dass er zu husten begann. Oder heulte er?

»Ich wollte dich doch nur umarmen, zum Abschied«, röchelte er.

»You wish«, hatte sie nur gesagt, ihn losgelassen und war aus der Wohnung gestürmt.

Jens Jessen ging in ein kleines Büro nebenan, führte ein Telefongespräch auf Englisch und ließ sie warten. Nach dem Briefing war er fast den ganzen Morgen außer Haus gewesen, und Henriette ging davon aus, dass er sich noch einmal mit den Amerikanern getroffen hatte.

»Alles unter Kontrolle, Henriette?«

»Ja.«

»Schön. Wir müssen die Möglichkeit in Betracht ziehen, dass sich die Anzahl der Zielpersonen erhöht.«

»Das ist kein Problem. Wir haben alle ihre Kontakte unter digitaler Überwachung.«

»Du hast mich falsch verstanden. Es geht nicht um ihre Kontakte hier, sondern darum, dass sie möglicherweise Unterstützung erhalten. Dass mehr als zwei kommen, dass sie mit anderen zusammenarbeiten, die auf dem Weg hierher sind.«

»Gibt es konkrete Indizien oder Informationen?«

Jens blinzelte ein paarmal, und das war für sie Antwort genug. Sie war irritiert, dass sie es so spät erfuhr – erst wenige Stunden, bevor sie landeten.

»Es ist eine Möglichkeit. Deshalb hatte ich dich gebeten,

hinter den Kulissen ausreichend Leute bereitzuhalten, für den Fall, dass wir mehr Objekte überwachen müssen als zunächst angenommen.«

Er hatte es vor einer Woche zum ersten Mal erwähnt, aber sie war davon ausgegangen, dass es dabei um lokale Kontakte der Brüder hier in Kopenhagen ging, wie man es von früheren Überwachungen Terrorverdächtiger kannte. Es ärgerte sie, dass sie nicht an zusätzliche Zielpersonen aus dem Ausland gedacht hatte – die Möglichkeit, Jens zu beeindrucken und Punkte für eine Beförderung zu sammeln, war eng mit der Fähigkeit zu proaktivem Denken und zum Lesen zwischen den Zeilen verbunden.

»Wir haben ausreichend Leute in Bereitschaft. Denkst du an ein Spezialteam?«

»Ja, in der Tat, und je mehr ich darüber nachdenke, umso sinnvoller erscheint es mir, selbst mit Sten Høeck darüber zu sprechen.«

Noch eine schallende Ohrfeige. Sie schlug zurück.

»Okay, allerdings wäre es hilfreich, du hättest Informationen darüber, über welche Personen wir sprechen, wie viele es sind und wann sie voraussichtlich kommen werden.«

Jens Jessens Stimme war kalt, als er antwortete.

»Es ist nicht erforderlich, dass du oder der Rest des Teams wissen, um wen es sich handelt. Aber du hast recht, die übrigen Fragestellungen sind durchaus relevant. Leider kann ich nichts darüber sagen, da ich es nicht weiß, und unseren Kooperationspartnern geht es ebenso.«

»Ändert sich dadurch das ursprüngliche Ziel der Operation?«, fragte sie vorsichtig.

»Das wäre?«

Es war ganz und gar nicht Jens' Stil, derartig banale Fragen zu stellen, es musste also eine bestimmte Absicht dahinterstecken.

»Terroristischen Handlungen vorzubeugen und sie zu verhindern.«

Er rührte sich nicht.

»Lass es mich so sagen: Diese Operation kann die bedeutendste deiner und meiner Karriere beim Dienst werden. Und es geht in hohem Maße um Vorbeugung, wenn auch auf eine etwas andere Art, als wir es gewohnt sind.«

Die Mundwinkel formten ein mechanisches Lächeln, die Augen starrten sie manisch an, und wieder wunderte sie sich darüber, dass eine Frau diesen Mann attraktiv finden konnte.

»Ich habe noch eine Besprechung. Jede Kleinigkeit wird mir sofort berichtet, Henriette, und es werden keine operativen Entscheidungen ohne meine Genehmigung getroffen.«

13

2011

Khalid wartete auf dem Treppenabsatz unweit der Tür zu Sten Høecks Wohnung.

»Nehmen Sie mich mit in die Stadt? Ich bin heute Morgen mit dem Taxi gekommen.«

»Ja, sicher«, sagte Axel, obwohl er sich darauf gefreut hatte, seinen neuen Partner erst einmal los zu sein. Sie nahmen den Fahrstuhl nach unten und stiegen in seinen Wagen.

Axels Handy vibrierte. Es war seine Freundin.

»Na, wie kommt mein ganz privater Mordermittler mit seinem neuen Fall klar?«

»Du hast davon gehört?«

»Ich glaube, es gibt nicht allzu viele Polizisten in Kopenhagen, die es nicht gehört haben. Wie sieht's aus? Schlimm?«

»Na ja, gut sieht's jedenfalls nicht aus. Es gibt eine Menge Dinge, denen wir nachgehen müssen. Kanntest du Sten Høeck?«

Axel spürte, wie Khalid neben ihm verkrampfte.

»Ja, früher kannte ich ihn sogar ziemlich gut. Wie ich höre, ist Khalid dein neuer Partner. Wie läuft's zwischen euch beiden?«

Axel zögerte. »Hralid«, hatte sie gesagt. Er war sicher, dass Khalid es gehört hatte. Gerne hätte er sie nach ihm gefragt, aber das war im Moment ausgeschlossen. »Ganz wunderbar«, sagte er und stieg aus dem Wagen.

»Du kannst gerade nicht reden, oder?«

»Nein.«

»Ich wollte auch nur sagen, dass ich mich schon freue, dich morgen bei Darlings Party zu sehen. Es wird mir schwerfallen, die Finger von dir zu lassen. Oder muss ich das vielleicht gar nicht?«

»Nein, das brauchst du nicht mehr. Ich freue mich auch, dich zu sehen.«

Axel verabschiedete sich. Hralid?

Er versuchte, Darling zu erreichen, um das Revier um Sten Høecks Computer zu markieren, aber sein früherer Partner antwortete nicht. Er setzte sich wieder ins Auto und sagte:

»Na schön, Sie können die Computer haben. Die Handys schicken wir zu euch raus, sobald mein Kollege damit fertig ist. Aber ich muss darauf bestehen, dass ihr mir Dateien und

Protokolle über sämtliche Bewegungen auf seinen Rechnern zur Verfügung stellt, Mailverkehr, Internetaktivitäten, Chats, Datingseiten, einfach alles, was irgendwie von Bedeutung sein könnte. Falls ihr auf etwas mit Topsecret-Stempel stoßt, könnt ihr es ja für euch behalten.«

Es passte ihm ausgezeichnet. Auf diese Weise konnte er sich einen Überblick darüber verschaffen, was der PET verheimlichen wollte, ohne dass sie es merkten.

Khalid sah ihn an. Nickte. Vermutlich ahnte der PET-Mann, dass sie bereits eine Kopie gemacht hatten.

»Wo wollen Sie hin?«

»Nørrebro.«

»Und was wollen Sie da?«

»Per wohnt dort.«

»Welcher Per?«

»Stens Freund. Der, der zu Besuch bei ihm war.«

Axel wandte den Blick von der Fahrbahn ab und blickte Khalid prüfend an, in der Hoffnung, dass der ihn auf den Arm nahm. Aber sein neuer Partner zuckte mit keiner Wimper.

»Sie kennen ihn?«

»Ja, Per Larsen, er war früher beim Dienst, ganz netter Kerl, ist aber vor ein paar Jahren ausgestiegen.«

»Seit wann wissen Sie das?«

»Seit eben erst. Ich habe ein paar Namen überprüft. Die Nachbarin kann eigentlich nur ihn gemeint haben.«

»Sie wussten es also erst, als ich aus der Wohnung kam?«

»Ja.«

Axel schüttelte den Kopf. Es war höchstens eine Minute vergangen, nachdem Khalid die Wohnung verlassen hatte und sie auf dem Treppenabsatz wieder zusammengetroffen waren.

»Per Larsen also. Wie gut kennen Sie ihn?«

»Aus alten Zeiten eben.«

»Und Sie hatten nicht vor, mich über ihn zu informieren? Wer er ist, was er beim PET gemacht hat, warum er aufgehört hat?«

»Es gibt nicht viel über ihn zu sagen. Er war Analytiker, so eine Art Mädchen für alles.«

Axel ließ den Motor an.

»Wohnen Sie auch in Nørrebro?«, fragte er.

»Ja.«

»Schon länger?«

»Schon mein ganzes Leben.«

»Komisch, ich habe Sie nie dort gesehen.«

»Nein. Haben Sie denn viele Bekannte mit Migrationshintergrund?«

»Ja, schon ein paar.«

»Auch solche, die Sie nicht eingebuchtet haben?«

»Ja, auch solche.«

»Dafür habe ich Sie ziemlich oft gesehen.«

»Tatsächlich?«

»Ja, klar, Sie sind eine Legende, nicht nur bei der Polizei, auch auf der Straße.«

»Was Sie nicht sagen.«

»Die Leute haben Angst vor Ihnen. Vor Ihrem Temperament. Sie sind berühmt dafür, Amok zu laufen, wenn Sie Ihren Willen nicht bekommen. Ich weiß alles über Sie. Jens Jessen, Cecilie Lind und Moussa. Bei den Leuten da draußen im Viertel sind Sie bekannt wie ein bunter Hund. Die Banden hassen Sie.«

»Ja, ich weiß, deshalb bin ich umgezogen.«

Es war lange her, dass er mit jemandem zusammengearbeitet hatte, der ihn derartig verunsicherte – falls überhaupt jemals.

»Sie sind ja auf einmal so schweigsam.«

»Hören Sie, ich habe das alles hinter mir gelassen. Vergangenheit ist Vergangenheit und Privatleben ist Privatleben.«

»Das sagen die Palästinenser auch immer. Vergangenheit ist Vergangenheit, aber so einfach ist das nicht. Die Vergangenheit holt einen immer ein, irgendwann muss man bezahlen. Oder glauben Sie etwa, für Sie gilt das nicht?«

Er konnte nicht mehr. Eine Sekunde lang überlegte er, ob er seinen Kollegen gegenüber früher ein genauso großes Arschloch gewesen war, kam aber zu dem Ergebnis, dass dem nicht so war. Bei Weitem nicht. Die meiste Zeit über hatte er den Mund gehalten und nur zugeschlagen, wenn es unbedingt notwendig gewesen war. So wie jetzt.

»Und was ist mit Ihnen, big shot? Sie haben ein paar Jahre undercover gearbeitet, oder? Unter Ihren eigenen Leuten. Dann kennen Sie sich ja aus. Und dabei sind Sie noch nicht mal ein richtiger Polizist. Sie sind einer von denen, die sie nach dem elften September angeworben haben. Von richtiger Polizeiarbeit haben die da draußen in Søborg nicht die geringste Ahnung, und Sie sind das beste Beispiel dafür.«

Zum ersten Mal sah Khalid leicht erschüttert aus.

»Ich bin Polizist genau wie Sie.«

»Ja, sicher«, sagte Axel herablassend. »Was sagt denn Ihre Vergangenheit dazu, dass Sie undercover Ihre eigenen Leute ausspioniert und Informationen an den PET weitergegeben haben? Holt Ihre Vergangenheit Sie etwa nicht ein?«

»Vergangenheit ist Vergangenheit, und sie wird eines Tages an deine Tür klopfen und dir die Rechnung präsentieren. Und ich bezahle, wenn es so weit ist. Ich habe keine Angst.«

Axel hätte ihm am liebsten den Kopf abgerissen. Hatte er nicht eben erst angedeutet, dass sich die Nørrebro-Gangs an Axel rächen würden? Hatte er nicht gesagt, Axel werde von seiner Vergangenheit eingeholt? Er atmete tief ein.

»Was ist mit Sten Høeck? Erzählen Sie mir von der Zusammenarbeit mit ihm.«

»Das kann ich nicht, Verschlusssache.«

»Wenn es Relevanz für die Ermittlungen hat, ist es keine Verschlusssache mehr.«

»Hat es nicht.«

Axel gab auf.

Unter einem grauen entzündeten Himmel fuhren sie über den Ørestads Boulevard Richtung Innenstadt. Die Sonne mühte sich, verlieh aber nur der untersten Schicht der Wolken eine ungesunde gelbliche Farbe, die an den Rand einer verschorften Wunde erinnerte. Er sah auf die Bauten rechter Hand, große, futuristische Klötze, moderne und von preisgekrönten Stararchitekten entworfene Paläste, die der Straße den Rücken zuwandten. Die Hochbahn der Metro ruhte auf Betonsockeln, die in länglichen Bassins fußten, und die Glasfassaden der Häuser spiegelten den grauen Himmel und verdoppelten den abweisenden und kalten Eindruck der Bebauung. Die Straße bestand nur aus zwei schmalen Fahrbahnen, es musste der engste Boulevard der Welt sein – es war so unendlich dänisch, ihn überhaupt so zu nennen. Wie ein kleines Hühnchen, das sich aufplusterte und schrie: »Seht her, seht her«.

Ørestaden war ein neuer Stadtteil für ihn. Kopenhagen wuchs, und erst als sie den Kreisverkehr am Grønjordskollegiet erreichten, wo er gewohnt hatte, als er mit neunzehn Jahren nach Kopenhagen gekommen war, fühlte er sich wieder auf vertrautem Terrain.

Er warf einen Blick auf Khalid, der in sein Handy vertieft war.

»Wie spricht man Ihren Namen eigentlich aus?«

Khalid sah von dem Telefon in seiner Hand auf.

»Hralid«, sagte er.

»Und woher kommen Sie?«

»Baggesensgade.«

»Jetzt kommen Sie schon, woher stammen Ihre Eltern?«

»Palästina. Warum fragen Sie?«

»Ich wollte Ihnen nicht zu nahe treten.«

»Wo sind Sie geboren?«

»Stadtkrankenhaus Århus.«

»Und aufgewachsen?«

»Risskov.«

»Und was sind Sie dann? Däne? Århusianer? Oder halber Däne und halb aus Risskov?«

»Ich …«

»Und ist es normal, dass Ihre Kollegen Sie darüber ausfragen, woher Sie stammen und woher Ihre Familie kommt, an einem Tatort?«

Khalid warf Axel einen kurzen Blick zu. Nicht der kleinste Riss eines Lächelns war in dem Panzer zu entdecken.

»Okay, ich hab's begriffen«, sagte Axel. »Wie lange sind Sie schon beim PET?«

»Ein paar Jahre.«

»Eingesetzt wo?«

»Terrorbekämpfung, Überwachung, Analyse, so was eben.«

»Waren Sie bei Operationen zur Terrorbekämpfung direkt involviert?«

»Ja.«

»Inwiefern?«

»Darüber darf ich nicht sprechen. Was ist mit Ihnen, was haben Sie die letzten Jahre gemacht?«

»Letztes Jahr wurde ich angeschossen, aber das wissen Sie sicher. Und jetzt bin ich wieder auf dem Damm.«

»Nicht so ganz, oder? Sie ziehen das eine Bein nach.«

»Das hat nichts zu bedeuten.«

»Und was haben Sie gemacht, nachdem Sie angeschossen worden waren?«

»Reha und Urlaub, ungefähr ein Jahr lang. Und jetzt habe ich wieder angefangen. Mord ist mein Spezialgebiet, darin bin ich gut.«

»Aber Sie sind ein bisschen eingerostet, hab ich recht?«

»Wie meinen Sie das?« Ein ›zum Teufel‹ konnte er sich gerade noch verkneifen.

»Sie haben keinen Mordfall mehr gehabt, seit Sie voll auf Drogen waren, bei uns draußen in Søborg randaliert und den König von Nørrebro erschossen haben.«

Axel ging in die Eisen und manövrierte den Wagen an den Rand der Njalsgade. Er bremste so scharf, dass der hinter ihnen fahrende Wagen um ein Haar aufgefahren wäre.

»Erstens habe ich Moussa nicht erschossen. Und zweitens steigen Sie jetzt aus meinem Wagen, auf der Stelle.«

»Immer mit der Ruhe, Mann, nichts für ungut.«

»Steigen Sie einfach aus«, sagte Axel.

»Warum?«, fragte Khalid, kam Axels unmissverständlicher Aufforderung aber doch nach.

»Kommen Sie gut in die Stadt. Ich nehme Sie wieder mit, wenn Sie gelernt haben, sich zu benehmen.« Axel zog die Tür zu.

»Was soll das denn?«, schrie Khalid und trat gegen die Tür.

Axel fuhr los. Er fühlte sich gut. Sonnenstrahlen brachen

durch die Wolkendecke, als er die Langebro überquerte, und er sah auf das Wasser des Hafens, das einer verknitterten Folie glich. Er liebte das Unstete des Sommers – im einen Moment war er kalt und nass, im nächsten überflutete die Sonne die Stadt und tauchte sie in Goldgelb.

14

2011

Einmal, als Papa sie abholen wollte, hatte sie Mama mit ihm sprechen hören. Mama hatte gefragt, ob sie kurz auf Anton aufpassen könne, aber Anton hatte nur im Wohnzimmer gesessen und mit seinen Autos gespielt. Also war sie zur Flurtür geschlichen und hatte gelauscht.

Mama sagte, Papa solle schleunigst zusehen, dass er sich einen anderen Job suche. Dass sie froh war, dass es ihm wieder so gut gehe und er alles unter Kontrolle habe, aber dass Emma immer noch Angst habe, es werde ihm etwas zustoßen.

Sie konnte nicht hören, was Papa sagte, und deshalb schob sie sich noch dichter an die Tür heran. Aber sie konnte sich auch so denken, dass Papa anderer Meinung als Mama war, wegen dem, was danach kam.

Mama hatte die Stimme gehoben und in dieser eigentümlichen Mischung aus Schreien und Flüstern, die nur sie beherrschte, gezischt, dass man verdammt noch mal doch auch nicht Kriegsreporter oder Soldat im Irak war, wenn man Kinder und seine sieben Sinne noch beisammenhatte, und dass er zum Teufel noch mal seinen Job doch auch erledigen können müsse, ohne jedes Mal halb tot geprügelt oder zusammengeschossen zu werden und auf den Titelseiten der Revolverblätter zu landen.

Emma wusste, dass sie sich jeden Moment zurückziehen musste, denn Papa würde plötzlich ins Zimmer gestürmt kommen – das tat er immer, wenn sie stritten. Und dann würde Mama schreien, er solle einfach verschwinden.

Sie hörte ihre Mama noch sagen: »Es ist deine Schuld, dass deine neunjährige Tochter bei dir wohnen will. Nicht, weil sie dich vermisst oder sich hier nicht mehr wohlfühlt, sondern weil sie eine Scheißangst hat, du könntest sterben, weil du schon so oft Mist gebaut hast, und weil sie denkt, dass sei die einzige Art, auf die sie sicher sein kann, dass dir nichts passiert. Wenn sie könnte, würde sie dir sogar noch bei der Arbeit hinterherlaufen. Siehst du denn nicht, wie krank das ist, Axel?«

Und dann kam Papa zur Tür hereingeschossen. Als er sie entdeckte, versuchte er, zu lächeln, als sei das Ganze halb so schlimm, aber das Lächeln war nicht echt. Er ging in die Küche und ließ sich ein Glas Wasser volllaufen, und dann kam er zu ihr und umarmte sie.

Emma begann zu weinen. Sie hasste es, wenn sie sich stritten, aber das Schlimmste war, dass sie wegen ihr stritten. Dann wollte sie »Entschuldigung« sagen und ihnen erklären, dass alles in Ordnung sei und sie nicht traurig sein sollten, dass sie nicht immer bei ihnen beiden sein konnte.

Papa hatte gesagt: »Schon gut, Emma, das wird schon alles werden. Wir kriegen das hin.«

Aber sie glaubte ihm nicht. Denn sie hatte gesehen, wie wütend er einen Moment zuvor noch gewesen war.

15

2007

Henriette Nielsen stand unter Zeitdruck, als sie das Café au Lait betrat. Die Unterredung mit Jens Jessen hatte nicht auf ihrer Tagesordnung gestanden, und es beunruhigte sie, eine Operation zu leiten, über deren Hintergründe sie nicht voll und ganz im Bilde war.

Khalid saß ganz hinten im Café. Sie gaben sich einen flüchtigen Kuss auf die Wange, ein Teil seines Covers, und Khalid nannte sie Habibi. Er hatte einen Tisch für sie gefunden, an dem er mit dem Rücken zur Wand sitzen und das Lokal überblicken konnte – ein Undercovermann durch und durch.

»Wie läuft's? Alles okay?«, fragte sie. Ihr war klar, dass er ein hohes Risiko einging, von seinen eigenen Leuten enttarnt und verstoßen zu werden. Er war ein Suchender voller Zweifel, der gleichzeitig, von unbändigem Ehrgeiz getrieben, etwas aus sich zu machen, einen Unterschied machen wollte. Und ihr war bewusst, dass sein Wunsch, Teil einer Gemeinschaft zu sein, einen Ort zu haben, an den er gehörte, akzeptiert zu werden, seine stärkste Antriebskraft war. Sie vermutete, dass er die Entscheidung, seinen Leuten den Rücken zuzuwenden, schon vor langer Zeit getroffen hatte, wenn auch unbewusst.

»Ja, alles okay, Henriette.«

»Du wirkst angespannt.«

Ihr Plan war, Khalid so nah wie möglich an die Brüder heranzubringen, sodass er – falls machbar – die Zelle infiltrieren konnte und in die Planungen des Anschlags einbezogen wurde.

»Ich bin auch ziemlich angespannt, aber im positiven Sinne. Ich werde alles tun, um diese Kerle aufzuhalten.«

»Gut. Vielleicht gibt es ja eine Möglichkeit, dich in ihren inner circle zu bringen. Ist es bei euch im Milieu schwierig, an eine Waffe zu kommen?«

»Nicht besonders.«

»Was passiert, wenn du es versuchst?«

Er dachte nach.

»Dann werden ein paar Leute ziemlich überrascht sein. Ausgerechnet von mir würden sie das wohl kaum erwarten. Aber das ist vielleicht gar keine schlechte Idee.«

»Du gehst regelmäßig in die Moschee und zum Studienkreis. Wir nehmen an, dass Shakir seinen Kontakt zum Studienkreis wieder aufnimmt. Wenn du gerade so diskret vorgehst, dass sie mitbekommen, dass du dir eine Waffe besorgt hast, und wenn sie wissen, dass du nicht kriminell bist, sondern ein Gläubiger, dann kann dich das vielleicht in ihre Nähe bringen.«

»Vielleicht.« Er verstummte.

»Stimmt etwas nicht?«

»Du weißt schon, dass Anwar ein anderes Kaliber ist als die üblichen Terrorverdächtigen, mit denen wir es bisher zu tun hatten, oder?«, sagte er.

»Ja, sicher, ich kenne sein CV. Bandenmitglied mit dreizehn, Drogenkurier, Einbrüche, Diebstahl und Körperverletzung.«

»Er ist zehn Jahre jünger als ich, aber ich kenne ihn aus dem Viertel. Er war ein Hitzkopf, aber ein eiskalter Hitzkopf. Keiner, mit dem man sich anlegen wollte.«

Etwas Ähnliches hatte sie auch schon von anderen Kontakten im Milieu gehört.

»Und? Wie schätzt du seinen Übertritt ein?«

»Seinen Übertritt zum Islam? Er ist genauso wenig Allahs Diener wie ich. Er hat nur einen anderen Platz gesucht, um seinen Hass auszuleben.«

»Kann er sich eine Waffe verschaffen? Ohne große Schwierigkeiten?«

»Nicht so einfach. Er ist ja inzwischen ein frommer Mann, und das Gerücht, er wolle sich eine Waffe besorgen, würde sich blitzschnell verbreiten und an ihm kleben bleiben. Das wiederum würde sein Cover ruinieren, und eine Menge Leute würden sich von ihm abwenden. Deshalb könnte es schon funktionieren, wenn er hört, dass ich mir eine Waffe besorgt habe.«

»Aber ein paar von deinen Leuten würden einen Helden in ihm sehen, oder etwa nicht?«

Es war ein wunder Punkt, jedes Mal wenn sie sich trafen. So hart und kompromisslos er besonders mit den Palästinensern ins Gericht ging, so klar und unmissverständlich er sich bei ihren Anwerbungsgesprächen von Terror, häuslicher Gewalt, Diskriminierung von Frauen distanziert hatte, so wenig akzeptierte er, dass andere sich kritisch über seine Leute äußerten.

»Ein paar, ja, aber nur sehr wenige, Henriette.«

Wieder schwieg er, trank seinen Kaffee. Sie wartete. Er blickte auf:

»Weißt du, Anwar kommt wahrscheinlich nicht so leicht an Waffen heran, aber er kann mit ihnen umgehen. Ich habe es ein paarmal gesehen.«

»Du hast gesehen, wie er mit Waffen hantierte?«

»Ja, natürlich. Wo lernt ihr Bullen schießen?«

»Auf dem Schießstand.«

»Na also, und du glaubst doch wohl nicht, dass die Jungs, die bei den Bandenkriegen um sich ballern, vorher noch nie eine Waffe in der Hand hatten, oder?«

»Und du warst dabei?« Sie war überrascht.

Er zuckte mit den Achseln. Plötzlich wurde sie von einer brennenden Lust auf ihn durchflutet.

»Aber ihr könnt doch nicht einfach so auf den Schießstand gehen und trainieren?«

Er hob die Augenbrauen und sah sie lächelnd an.

»Aber vielleicht lässt sich der Besitzer des Schießstands ja überreden, seine Anlage gegen gutes Geld für einen Polterabend zur Verfügung zu stellen, ohne dass irgendjemand davon erfährt?«

»Du machst mich neugierig. Erzähl.«

»Ich war einmal mit ihm und noch sieben Troublemakern da. Ich bin nur mitgekommen, weil mein Cousin dabei war. Sie nannten es Spaßschießen. Aber ich kann dir sagen, dass es für Anwar alles andere als Spaß war. Mit Pistolen und AKs kann er umgehen wie kein Zweiter.«

»Gibt es sonst noch informative Goldadern aus deiner Vergangenheit, von denen ich nichts weiß?«

»Wenn mir noch was einfällt, bist du die Erste, die davon erfährt, Henry.«

Er sagte nichts mehr, lächelte nur. Sie sollte jetzt besser gehen.

»Wie kommt es eigentlich, dass du keine süße palästinensische Frau und fünf hübsche Kinder zu Hause hast?«

Er sah sie an, und sie hielt seinem Blick stand.

»Ich habe die Richtige noch nicht getroffen. Und ich habe darauf bestanden, selbst zu wählen.«

»Also bist du nie verheiratet gewesen?«

»Doch, schon, aber es funktionierte nicht. Sie war aus dem Libanon. Wir waren viel zu verschieden.«

»Keine Freundin hier aus Dänemark?«

»Nein.«

»Warum nicht?« Sie konnte beinahe zusehen, wie er sich zurückzog.

»Sollte eben einfach nicht sein.«

»Nicht mal eine oder zwei fürs Bett? Das kann doch nicht wahr sein. Sie müssen dir doch nachlaufen, Khalid.«

»Nein.«

Sie studierte sein Gesicht, meinte, etwas Unbestimmbares unter dem ebenso einschmeichelnden wie entwaffnenden Lächeln auszumachen.

»Liegt es daran, dass du sie nicht mit nach Hause bringen kannst? Oder nicht willst?«

»Ich habe die Richtige eben einfach noch nicht getroffen.«

»Deine Familie hätte also nichts gegen eine Liebe aus Dänemark?«

»Nein.« Sie sah ihm an, dass er log, aber es war egal.

»Und was ist mit dir?«, fragte er.

»Ich treffe mich mit jemandem. Er ist kein Polizist. Ein Verhältnis mit einem Kollegen käme für mich nicht infrage.«

Sie hatte zweimal gelogen. Es gab niemanden, den sie traf, und sie hatte mit mehreren Kollegen beim PET und auch aus anderen Diensten geschlafen, jedoch nie mit einem ihrer Agenten oder einem Vorgesetzten, und erst recht nicht im Verlauf einer Operation wie dieser. Aber die Lügen verfehlten ihre Wirkung nicht.

Er sah sie an, ernst und etwas traurig.

»Wie auch immer, es gibt Wichtigeres, womit wir uns beschäftigen müssen«, sagte sie und stand auf. Er sah aus, als wolle er etwas sagen, aber sie gab ihm keine Gelegenheit dazu, sondern beugte sich zu ihm hinunter und küsste ihn auf beide Wangen.

16

2011

Axel erreichte den Bunker, wie das Präsidium unter den Kollegen genannt wurde, gleichzeitig mit einem Gewitterschauer, der sich polternd aus dem Süden genähert hatte. Normalerweise nahm er stets den Haupteingang; es war ein Ritual, am Säulenhof für die im Dienst gestorbenen Kollegen vorbeizugehen und einen Blick hineinzuwerfen, aber der Regen prasselte so heftig, dass er den direkten Weg hinauf zu Mord nahm, wie das Dezernat für ihn immer noch hieß. Dass es nach der Strukturreform vor zwei Jahren offiziell die Bezeichnung *Personengefährdende Kriminalität* trug, nahm er nur am Rande zur Kenntnis.

Obwohl es mehr denn je auf ihn zutraf, denn wie Khalid festgestellt hatte, war er mit Mord in letzter Zeit so gut wie gar nicht in Berührung gekommen. Nur zweimal hatte er Bereitschaft gehabt, und Sten Høeck war das erste Opfer seit seiner Rückkehr in den Dienst, das sich ausgerechnet dann umbringen ließ, als Axel als verantwortlicher Mordermittler auf dem Dienstplan stand.

Sein neuer Chef, Janus Josephsen, der dritte in drei Jahren, hatte ihn von Mordfällen ferngehalten, seit Axel nach Reha und Arbeitsunfähigkeit ins Dezernat zurückgekehrt war. Die jüngeren Kräfte sollten Erfahrung sammeln, lautete die offizielle Begründung.

Er fühlte sich gedemütigt, schluckte Enttäuschung und Wut aber hinunter. Stattdessen wurden ihm Fälle von Körperverletzung, Brandstiftung und alles, was sonst noch reinkam, übertragen, und er tat sein Bestes, obwohl es ihn kaltließ. Seine alten Schutzgeister, John Darling und Jens Jessen, waren weg, und er hatte immer Schutzgeister gebraucht, die fünfe gerade sein ließen, was seine unorthodoxen und grenzüberschreitenden Methoden anging.

Die neue Führungsebene interessierten Meriten aus der Vergangenheit nicht, und Axel brauchte den Job, brauchte das Geld, brauchte Stabilität in dem Leben, das er für Emma und sich auf die Beine zu stellen versuchte.

Hinter vorgehaltener Hand wurde getuschelt, denn alle wussten, dass Mord seine Kernkompetenz war, und nicht selten tauchten junge Kollegen in seinem Büro auf und fragten ihn um Rat – hinter dem Rücken des Chefs. Zwei, drei waren sogar bei Josephsen vorstellig geworden und hatten gefragt, ob sie Axel bei der Analyse der Spuren in den Fällen, an denen sie gerade arbeiteten, hinzuziehen könnten, aber der Chef hatte abgelehnt. Axel konnte sich des Eindrucks nicht erwehren, dass sein Ruf als unbequemer, unberechenbarer und eigensinniger Mitarbeiter und Kollege die Ursache dafür war und der Chef ihn lieber heute als morgen loswerden wollte. Das war Axel gewohnt, der Unterschied war nur, dass er nicht auf seine typische Art und Weise damit umgehen konnte. Er war dabei, ein neues Kapitel in seinem Leben aufzuschlagen. Sein alter Lebensstil hatte ihn um ein Haar ins Grab gebracht, nicht nur wegen des Alkohols, des Haschischs und der harten Drogen, die er hinter sich gelassen hatte, nicht nur wegen der Schüsse, die seinen Körper beinahe in Stücke gerissen hatten, sondern auch wegen der zunehmenden Anzahl manischer Amokläufe in seinem Arbeitsleben und der immer bedingungsloser werdenden Suche nach Leidenschaft in seinem Privatleben. Eines der Ziele, die er sich gesetzt hatte, bestand darin, seine Aggressionen und sein impulsives Wesen zurückzunehmen und auch in Stresssituationen entspannt zu bleiben und positiv zu denken. Er versuchte es. Er wollte gut sein. Er wollte die Menschen um sich herum nicht mehr mit sich runterziehen. Und deshalb hatte er sich gefügt. Er wollte Ruhe in sein Leben bringen. Zuhören, nachdenken, an den richtigen Stellen die Schnauze halten und nicht gleich aus der Haut fahren. Aber es fiel ihm schwer. Es war, als habe er den Mund zu voll genommen, als habe er zu viel Gutmenschentum und Ordnung auf einmal in sein neues Leben gestopft, und das hatte zu Rückschlägen geführt.

Der Ausbruch Khalid gegenüber war kein Rückschlag gewesen, es hatte andere Gelegenheiten gegeben, bei denen er den schraubstockartigen Griff, in dem er sein Leben hielt, gelöst und sich dem Axel Steen überlassen hatte, der er im Hinterzimmer seiner Seele immer noch war. Aber er verspürte keinerlei Lust darauf, dass sich das allzu häufig wiederholte.

Deshalb war er auf der Hut, als er Janus Josephens Büro betrat. Das Bemerkenswerteste an seinem Chef waren eine sonderbar zurückgekämmte Mozarttolle, ein spitzes Kinn, schmale Lippen und zwei pissgelbe kalt blickende Augen.

Er war bekannt als ein frankophiler Speichellecker mit einem guten Blick für die Fälle, die Pluspunkte auf der Karriereleiter einbrachten, und der sich nie zu schade dafür war, Erfolge und Ideen seiner Mitarbeiter ans eigene Revers zu heften – kurz gesagt ein veritabler Schleimscheißer. Wie einer seiner Vorgänger hatte er die pathetische Angewohnheit, die Fingerspitzen beider Hände gegeneinanderzusetzen, während er sprach, was wohl den Genuss unterstreichen sollte, den seine eigenen Worte und seine vermeintlich messerscharfe Intelligenz bei ihm hervorriefen.

Aus der Falte auf der Stirn über dem affektierten Lächeln schlussfolgerte Axel, dass sich der Chef mit schwerwiegenden Problemen herumschlug. Er ließ sich auf dem Stuhl gegenüber Josephsen nieder und berichtete von der bisherigen Entwicklung der Ermittlungen im Mordfall Høeck. Als er geendet hatte, schwieg er und wartete. Die Kunstpause fand ein Ende, als Josephsen seinen rechten Daumen in die Luft streckte, Axel mit einem Blick fixierte, der erbarmungslose Analyse seines Gesprächspartners zum Ausdruck bringen sollte, und die Spitze des linken Zeigefingers an die des wartenden Daumens setzte.

»Drei Punkte«, sagte er.

»Erstens: Sie hätten mich anrufen müssen, und zwar sofort. Wenn der PET in einen Fall verwickelt ist, bin ich umgehend davon in Kenntnis zu setzen.« Pause. »Immer.« Finger Nummer zwei schoss in die Höhe, und auch er bekam Besuch vom linken Zeigefinger.

»Zweitens: Ich bin über jeglichen Kontakt mit dem PET auf dem Laufenden zu halten, ständig, und gibt es Klärungsbedarf auf Führungsebene, also mit John Darling oder eine Stufe höher, machen Sie das nicht auf eigene Faust. Das hat über mich zu laufen, auch wenn Sie noch so viele Fälle mit ihm zusammen aufgeklärt haben und er immer noch ihr Busenfreund ist. Und ganz egal, ob Sie Jens Jessen kennen oder nicht. Sie halten sich an den Dienstweg.«

Neue Pause. Begleitet von einem konzentrierten Blick, der Geistesgegenwart und analytische Urteilskraft signalisieren sollte.

»Wann ist Lagebesprechung?«

»In zwei Stunden.«

Der dritte Finger wurde aktiviert. »Gut. Ich komme dazu, und ich ziehe John Darling hinzu, da Sie ihn ohnehin schon kontaktiert haben. Eventuelle Kompetenzstreitigkeiten werde ich in einem kurzen Vorgespräch mit ihm ausräumen«, sagte er und schien beinahe sexuell erregt zu sein bei dem Gedanken daran, ein Vieraugengespräch mit John Darling zu führen, der drei Gehaltsgruppen über ihm rangierte.

Axel nickte und stand auf. Josephsen blinzelte und hielt noch immer den Daumen ausgestreckt in der Luft, sein mechanisches Lächeln musste er bei einem Teambuilding-Seminar eingeübt haben.

»Und übrigens, Steen: Gute Arbeit, weiter so!«

Er hatte eine weitere Runde durchgestanden. In alten Zeiten hätte er das Gefühl gehabt, Scheiße fressen zu müssen, aber jetzt ließ er es einfach über sich ergehen – der Idiot hatte recht und Axel seine Ruhe.

Er war in Sten Høecks Personalakte vertieft, als Vicki Thomsen in sein Büro kam. Die Unterlagen gaben nur Basisinformationen preis, Ausbildung, Fortbildungen und sonstige Kompetenzen. Einige der Operationen, bei denen Sten Høeck mitgewirkt hatte, waren aufgelistet, aber als Axel die Seiten über die Antiterroreinsätze aufschlug, verbarg sich der allergrößte Teil des Inhalts hinter fetten schwarzen Strichen.

»Hast du seine Telefone und die Kopien seiner Computer gecheckt?«, fragte Axel.

»Ja, und es sind eine ganze Menge Mails und SMS zwischen ihm und einem gewissen Per Larsen hin und her gegangen, über alles Mögliche. Zum Beispiel schreibt Sten diesem Per, er habe Probleme mit seinem Computer, und Per verspricht, sich den Salat anzusehen. Dann sind da noch ein paar Mails seines Arbeitgebers, sowohl Personalbüro als auch Firmenleitung. Vor drei Monaten wurde er zu zwei Gesprächen eingeladen, aber es hört sich nicht so an, als ginge es dabei um gemütliches Beisammensein. Und dann hätten wir da noch eine ganze Sintflut von Mails verschiedener Frauen, die von unschuldigen Grüßen über offensichtliches Flirten bis hin zu detaillierten Schilderungen dessen reicht, was Sten mit ihnen im Bett gemacht hat oder noch machen wird.«

Axel lächelte.

»Sonst noch was?«, fragte er.

»Schwer zu sagen. Auf dem Rechner sind eine Reihe Fotos.«

»Von Frauen, die nichts als ein bezauberndes Lächeln tragen?«

»Nein, so ein Typ war er anscheinend nicht. Bilder aus seinem Arbeitsleben, sowohl beim PET als auch bei der Reederei. Sie liegen in einem Ordner, den er ›Stenpix‹ genannt hat. Ich hab dir das Material geschickt.«

Axel fand Vickis Mail und klickte auf den Anhang. Einhundertneunundachtzig Bilder. Er begann, eins nach dem anderen aufzurufen.

»Irgendwas von Bedeutung?«

Die Bilder zeigten Sten Høeck bei Übungseinsätzen und festlichen Zusammenkünften in dem Unternehmen, für das er zuletzt gearbeitet hatte, auf ein paar Aufnahmen waren Überwachungsfahrzeuge zu sehen, und ein Foto zeigte Sten und einen weiteren Mann neben einem arabisch aussehenden

Typen, der im Gegensatz zu seinen beiden Nebenleuten alles andere als fröhlich in die Kamera blickte.

»Ja, stopp, das da«, sagte Vicki. »Ist das nicht merkwürdig?«

»Warum?«

»Wird der Mann gerade verhaftet?«

»Dem Gesichtsausdruck nach zu urteilen durchaus möglich, allerdings trägt er keine Handschellen oder so.«

»Genau. Ich dachte nur, dass der PET ja keine Leute festnimmt, oder?«

»Und wer ist der Typ rechts?«

»Keine Ahnung.«

»Sieht aus wie ein Agent, aber ich habe ihn noch nie gesehen«, sagte Axel, der mittlerweile ziemlich viele Mitarbeiter des PET kannte.

»Vielleicht ist es ja auch überhaupt nicht wichtig, ich dachte nur, es sieht merkwürdig aus. Deshalb bin ich eigentlich auch gar nicht gekommen, sondern wegen seines Sexlebens. Wir haben jetzt neun Frauen vernommen, die im letzten Jahr ein sexuelles Verhältnis mit ihm hatten. Und es gibt sicher noch ein paar mehr.«

»Besondere Verdachtsmomente?«

»Nein, nicht direkt. Sie mochten ihn, standen auf ihn und auf das, was er mit ihnen gemacht hat, aber so was wie Liebe war bei keiner im Spiel.«

Axel dachte an die Nachbarin. Hatte es sich bei ihr nicht etwas anders angehört?

»Wieso meinst du das?«

»Sie sind alle so abgeklärt. Keine von ihnen bildet sich ein, es sei mehr zwischen ihnen gewesen als gelegentlicher Sex.«

»Aber es muss doch Freunde oder Ehemänner geben, die sich betrogen fühlen.«

»Bis jetzt nicht. Sten Høeck war ausschließlich an Singles, polygamen Frauen oder Frauen interessiert, die von ihrem Partner die Genehmigung hatten, sich auch anderweitig zu vergnügen.«

»Aber es kann ja wohl nicht sein, dass es in diesem Swingerklub niemanden gibt, dessen Gefühle verletzt worden sind«, sagte Axel.

»Da stimme ich dir zu. Wir müssen alle genauer unter die Lupe nehmen und checken, ob nicht doch irgendwo Eifersucht im Spiel war. Auf der anderen Seite habe ich so meine Zweifel, ob Sten wirklich ein so großer Don Juan war, wie alle meinen.«

»Wie kommst du darauf? Die Frauen haben sich doch die Klinke in die Hand gegeben.«

»Ja, kann sein, aber er sucht sie sich nicht aus. Es scheint so, als ob sie ihn ausgesucht haben. Es ist keine wirkliche Tiefe in den Beziehungen gewesen. Wenn eine Frau ihn haben wollte, dann hat sie ihn auch bekommen.«

Axel dachte an sein bisheriges Leben. Hatten die Frauen nicht auch immer ihn ausgesucht? Und war es ihm nicht genug gewesen, ausgesucht zu werden? Doch, jedenfalls solange sie ihm nicht zu nahe kamen. War es Sten Høeck ebenso gegangen?

»Gute Arbeit, Vicki. Du bleibst dran, auch wenn es noch keine klare Spur gibt. Es kann gut sein, dass wir den Mörder in diesem Personenkreis finden.«

»Danke. Ich habe dir die Berichte und die Videos von den Vernehmungen geschickt, nur für den Fall, dass du sie dir ansehen willst.«

17

2011

Einmal war Emma nachts aufgewacht. Im Haus war es ganz still gewesen. Sie war aufgestanden und hatte sich aus dem Zimmer und auf den Flur geschlichen. Ihr Papa war am Abend noch da gewesen. Er war oft da. Und manchmal blieb er sogar zum Essen. Dann standen seine Stiefel draußen an der Treppe, nicht nebeneinander, so wie es sich gehörte, sondern der eine im rechten Winkel zu dem anderen und beide mitten im Flur. Sie ging hinunter ins Wohnzimmer, aber er war nicht dort. Also schlich sie zurück.

Im Schlafzimmer lagen Papa und Mama im Bett. Sie schliefen. Mama hatte Papa den Rücken zugedreht, aber sie sah nicht wütend oder sauer aus. Sie konnte sehen, dass Papa seinen Arm über Mamas Schulter gelegt hatte. Sein Gesicht lag ganz dicht an Mamas Nacken. Mama schnarchte.

Zurück in ihrem Zimmer kramte Emma ihren Nintendo hervor, schlüpfte unter die Bettdecke und schaltete den Ton aus. Sie war glücklich. Wenn Papa wieder bei ihnen wohnte, würde das Ziehen in ihrem Bauch ganz bestimmt weggehen. Dann müsste sie nicht mehr tagelang daran denken, wo er war und was er machte oder ob Mama plötzlich zum Krankenhaus fahren musste, weil Papa vielleicht sterben würde. Das wollte sie nicht noch einmal erleben.

Am nächsten Morgen war Papa weg. Aber sie hatte keine Bauchschmerzen. Bis sie ihre Mama fragte, ob Papa bei ihr geschlafen habe.

»Nein, warum fragst du, Schatz?«

»Weil ich heute Nacht aufgewacht bin und gesehen habe, wie ihr zusammen im Bett gelegen habt.«

Mama hatte sie ganz komisch angeguckt.

»Ja, das stimmt. Papa war müde, und es war spät, also hat er noch ein bisschen geschlafen, bevor er weg ist«, sagte sie und klang so, als sei ihr das gerade erst wieder eingefallen.

»Aber dann seid ihr doch wieder zusammen, oder?«

»Nein, das sind wir nicht, Papa hat nur hier geschlafen«, sagte sie, als sei es etwas ganz Normales, sah dabei aber trotzdem so aus, als habe Emma sie beim Schummeln im Kalaha erwischt.

»Dann verstehe ich das nicht.«

»Was denn, Schatz?«

»Dass ihr keine Sachen anhattet.«

»Ach so, das. Das stimmt, aber das ist ein bisschen schwer zu erklären. Weißt du, so wie du dich nach Papa sehnst, sehnen sich Papa und Mama auch manchmal nacheinander, und dann ist es sehr schön, zusammen im Bett zu liegen.«

»Also seid ihr nicht wieder zusammen?«

»Nein.«

Die Bauchschmerzen waren wieder da.

Papa war alleine.

18

2007

In der Maschine aus Frankfurt hatten die Brüder zwölf Reihen voneinander entfernt gesessen, weshalb sie nicht gleichzeitig ausstiegen. Henriette stand etwa fünfundzwanzig Meter vom Gate entfernt, eine Hand am Griff eines roten Rollkoffers. Sie trug ein graues Businesskostüm, in dem sie sich nicht besonders wohlfühlte. Die meisten Einsatzleiter hätten sich wahrscheinlich dafür entschieden, in der Zentrale zu bleiben und die Ereignisse von dort zu verfolgen, aber sie wollte dabei sein, wenn sie ankamen.

Shakir, der Jüngere der beiden, tauchte zuerst auf. Er sah dünner aus als auf den Bildern, die sie von ihm hatten, und sie vermutete, dass Verpflegung und körperliche Anstrengungen im Trainingslager in Wasiristan ihn ein paar Kilos gekostet hatten. Er wirkte nervös, sein Blick war unstet, während er mit einer ledernen Umhängetasche über der Schulter das Gate durchquerte. Er blieb nicht stehen, um auf seinen Bruder zu warten, sondern ging weiter Richtung Ankunftshalle. Sie wies Team eins und zwei an, ihm zu folgen.

Bei früheren Einsätzen am Flughafen Kastrup zur Überwachung Terrorverdächtiger hatten sie die Zielpersonen stets sowohl am Gate als auch an der Passkontrolle angehalten und ihre Papiere sorgfältig und ausführlich überprüft, sodass ausreichend Zeit blieb, ihr Gepäck in aller Ruhe zu durchsuchen. Aber dieses Mal hatte Henriette ihre Leute instruiert, Anwar und Shakir nicht weiter zu behelligen als mit der obligatorischen Passkontrolle. Sie durften auf keinen Fall Verdacht schöpfen.

Zwei Kollegen in Overalls von Flughafenarbeitern standen am Ende des Gates. Sie hatten den Auftrag zu beobachten, ob die Brüder mit anderen Passagieren Kontakt aufnahmen. Noch bevor Anwar auf der Bildfläche erschien, erhielt Henriette die Meldung, dass er mit einem zirka dreißigjährigen Weißen sprach, das Gespräch werde auf Englisch geführt. Henriette gab Anweisung, den Mann an der Passkontrolle zu überprüfen und an ihm dranzubleiben. Jetzt konnte sie ihn sehen, wie er den Kopf leicht zur Seite gedreht hielt und mit der Zielperson sprach, die direkt hinter ihm ging.

Anwar trug kurz geschnittene Haare, war sonnengebräunt, muskulös und glatt rasiert. Die Fotos, die sie aus Islamabad bekommen hatten, zeigten ihn mit Vollbart. Die Augen verbarg er hinter einer Sonnenbrille und wirkte im Gegensatz zu seinem jüngeren Bruder nicht abgemagert. Er verabschiedete sich von dem Mann, schaute sich kurz um und ging weiter. Henriette war sechs, sieben Meter hinter ihm, und aufgrund der vielen Menschen war es einfach, ihm auf seinem Weg durch den Flughafen zu folgen. Gleich würde sich zeigen, wie gut er war. Die am besten Trainierten verfügten über Techniken, Verfolger ausfindig zu machen und abzuschütteln. Als sie etwa hundert Meter gegangen waren, bog er unvermittelt scharf ab und verschwand auf eine Toilette. Henriette zog sich weit genug zurück und wartete. Fünfzig Meter weiter betrat er die nächste Toilette, und sie ging weiter Richtung Gepäckausgabe und informierte alle, vorsichtig zu sein, die Brüder waren auf der Hut.

Der Knopf im Ohr informierte sie darüber, dass sich Shakir und Anwar langsam durch die Ankunftshalle bewegten. Das Personal an der Passkontrolle war durch PET-Leute ersetzt worden, die sicherstellen sollten, dass die Pässe Seite für Seite abfotografiert wurden, es aber zu keinen Verzögerungen kam. Nachdem sie die obligatorische Kontrolle hinter sich hatten, betrat Shakir einen Kiosk und ließ den Blick über Zeitungen und Bücher wandern, ohne etwas zu kaufen, vier Minuten lang. Anwar schlenderte eine Ladenpassage entlang, erst dann gingen beide weiter zur Gepäckausgabe.

Zwanzig Minuten waren veranschlagt, um die Koffer zu

überprüfen, und sechs Kollegen, die Hände in Plastikhandschuhen, standen mit Kameras bereit, als das Gepäck von den Wagen geladen wurde. Es musste schnell gehen, zwanzig Minuten waren das Maximum, und weil die Brüder sich in der Ankunftshalle Zeit gelassen hatten, um sicherzugehen, dass sie nicht überwacht wurden, mussten sie am Ausgabeband nur kurz warten, bevor ihre Koffer auf sie zurollten.

Henriette postierte sich an dem Gepäckband nebenan. Anwar stand mit dem Rücken zu ihr, aber sie konnte Shakirs Gesicht sehen. Etwa dreißig Meter trennten die Brüder voneinander. Von ihrer Position aus war es Henriette nicht möglich zu erkennen, ob Anwar sich die Anwesenheit seines kleinen Bruders in irgendeiner Weise anmerken ließ, aber Shakir schaute immer wieder verstohlen zu dem Mann auf der anderen Seite des Gepäckbandes hinüber, und zweimal glitt ein etwas verlegenes Lächeln über seine Lippen.

Der blonde Weiße, mit dem Anwar gesprochen hatte, als er aus dem Flugzeug kam, wurde an der Passkontrolle zum Grund seines Aufenthalts in Dänemark befragt. Er sei Geschäftsmann aus Kanada und habe verschiedene Termine in Kopenhagen, behauptete der Mann. Sie ließen sich den Kontakt der Firma geben, deren Einladung er gefolgt war, und riefen an. Danach ließen sie ihn gehen.

Als die Koffer über das Band rollten, verließ Henriette das Gebäude und begab sich zum Wagen der Einsatzleitung, in dem Per aufgekratzt, aber konzentriert wartete. Abwechselnd blickte er auf einen der sechs Videobildschirme, die verschiedene Bereiche der Ankunftshalle zeigten, unter anderem die Passkontrolle, die Gepäckausgabe und den Ausgang.

Shakir setzte sich nicht in Bewegung, nachdem er seinen

Koffer vom Band genommen hatte. Beinahe regungslos blieb er, wo er war.

»Was macht er da?«, fragte Per.

»Er wartet auf etwas. Oder auf jemanden«, antwortete Henriette.

»Ja, das sehe ich auch. Auf seinen Bruder vielleicht?«

Plötzlich wünschte sie, sie wäre draußen am Gepäckband geblieben. Shakir wartete nicht auf seinen Bruder. Suchend blickte er sich um.

»An alle Einheiten: Shakir im Auge behalten. Er steht am Gepäckband und wartet auf jemanden. Darauf achten, mit wem er Kontakt aufnimmt.«

In der Zwischenzeit hatte auch Anwar seinen Koffer an sich genommen. In dem Augenblick, in dem er in Richtung Ausgang losging, setzte sich Shakir ebenfalls in Bewegung.

»Keiner aus der Gepäckhalle folgt ihnen. Wahrscheinlich gibt es einen dritten Mann. Bleibt noch dort, der Erste geht nach zwei Minuten, dann einer nach dem anderen.« Sie hatte jetzt nur noch ein Team in der Ankunftshalle, und es musste sich aufteilen, denn keiner der Brüder ging zu Walid, der auf dem Kurzzeitparkplatz wartete. Shakir verschwand unter der Erde, um die U-Bahn zum Hauptbahnhof zu nehmen. Sie waren davon ausgegangen, dass sich Anwar seinem kleinen Bruder anschließen würde, aber er suchte einmal mehr mitsamt seinem Koffer eine Toilette auf.

»Nicht folgen«, sagte Henriette.

Drei Minuten später kam er wieder heraus, sah sich um und nahm den Aufzug hinauf zur Metro. Am Bahnsteig wartete er und zündete sich trotz des Rauchverbots eine Zigarette an.

»Was hältst du davon, Per?«

»Sie sind verdammt vorsichtig, oder?«

»Was war in den Koffern?«

»Nichts Besonderes, der Koran, Kleidung, Gewürze, alles auffällig unauffällig.« Intensiv starrte Per auf einen der Bildschirme. Sein Blick wanderte von Shakir, der wartend auf dem unterirdischen Bahnsteig stand, zu Anwar, der sich anschickte, in die Metro zu steigen. »Die sind wirklich gründlich«, sagte er. »Es gibt zwei Möglichkeiten«, fuhr er fort. »Entweder sie sind darauf trainiert, Überwachungsteams abzuschütteln.« Er warf einen Blick auf den Bildschirm, der den immer noch wartenden Walid zeigte, wie er neben seinem Wagen auf dem Parkplatz stand.

»Oder?«

»Oder sie wussten, dass wir auf sie warten.«

19

2011

Axel Steen dachte über das Gespräch nach, das er gerade mit Vicki geführt hatte. Sex und Eifersucht waren die ältesten Mordmotive der Welt. Die Brutalität, mit der der Mord an Sten Høeck begangen worden war, ließ den Schluss zu, dass sie es auch diesmal mit diesem oder einem ähnlichen Hintergrund zu tun hatten. Menschen, die andere aus Eifersucht umbrachten, handelten fast immer in einem Rausch aus Wut und Kontrollverlust, und dann wurde die Angelegenheit meistens sehr blutig. Und wenn jemand das Potenzial hatte, sich mit seinen Bettgeschichten einen Sack voller Probleme aufzuhalsen, dann Sten Høeck. Axel öffnete die Mail mit den Protokollen und den Videomitschnitten der Vernehmungen, um sich sein eigenes Bild darüber zu machen, in welchem Verhältnis die befragten Frauen zu dem Mordopfer gestanden hatten.

Vernehmung von Lene Juul Hansen, dreiunddreißig, Empfangsdame des Dachverbandes gewerblich tätiger Reedereien. Hat Sten Høeck in Verbindung mit einer Verbandskonferenz kennengelernt, nach der er sie eingeladen hat, zusammen auszugehen.

»Ich kannte Sten Høeck nicht besonders gut. Wir haben uns zweimal auf einen Kaffee getroffen.«

»Uns liegt ein umfangreicher Mailaustausch zwischen Ihnen und ihm vor. Daraus ist ersichtlich, dass mehr zwischen ihnen beiden war als zwei Tassen Kaffee. Sie hatten Sex.«

»Brauche ich jetzt einen Anwalt?«

»Nein, das ist nur eine Befragung. Wir sprechen mit allen, die in letzter Zeit Kontakt mit dem Mordopfer hatten.«

»Kommt das hier an die Öffentlichkeit? Ich meine, steht morgen in der Zeitung, was ich Ihnen sage?«

»Nein.«

Die Befragte sagt aus, dass sie sich über einen Zeitraum von acht Monaten mit Sten Høeck getroffen hat, entweder bei ihm oder bei ihr.

»Sten war ein Mann, ein richtiger Mann, maskulin und charmant. Er hat mir das Gefühl gegeben, ich sei etwas Besonderes. Wir hatten Sex. Wir haben über alles Mögliche gesprochen. Er hatte so eine ganz eigene Art, meinen Namen auszusprechen, wenn er mich anrief.«

»Wie meinen Sie das?«

»Etwa so.« Die Befragte spricht ihren Namen mit tiefer und verführerischer Stimme aus. »Danach hatte ich jedes Mal Lust auf ihn. Wir hatten kein festes Verhältnis, haben uns einmal im Monat getroffen, er war mein Liebhaber. Wir haben nie darüber geredet, dass mehr daraus werden könnte.«

Bei ihren letzten Treffen ist der Befragten nichts Besonderes an ihm aufgefallen, sie hat nie jemanden bei ihm angetroffen, er hat nie über etwas gesprochen, das mit dem Mord in Verbindung gebracht werden könnte. Sie ist geschieden und hat ein freundschaftliches Verhältnis zu ihrem Exmann – es gibt niemanden, der wegen ihres Verhältnisses mit Sten Høeck eifersüchtig gewesen sein könnte. Zuletzt haben sie sich vor siebzehn Tagen gesehen. Bei ihr.

Der gleiche Ablauf wie immer, sie haben gegessen, Weißwein getrunken, er hat sie ausgezogen, sie haben Liebe gemacht (Ausdruck der Befragten). Manchmal hat er bei ihr übernachtet, manchmal ist er hinterher wieder gegangen.

»Zu einem ganz bestimmten Teil von ihm bekam man keinen Zutritt. Ich würde nicht sagen, dass er dann abwesend wirkte, aber manchmal schien es so, als sei hinter all der Wärme und Zärtlichkeit nur Leere.«

Susan Schack, Journalistin bei Politiken, *siebenunddreißig.*

»Er rief hin und wieder an und fragte, ob er vorbeikommen könne, er habe auch eine Flasche Wein dabei. Und wenn es passte, habe ich eben Ja gesagt. So ging das ungefähr zweieinhalb Jahre lang.«

Lacht, als sie gefragt wird, ob sie ihn geliebt hat.

»Himmel, nein! Aber er hatte das, was man das gewisse Etwas nennt. Charme. Wärme. Er hat mir das Gefühl gegeben, begehrt zu werden, war ganz wild auf Sex, aber nicht auf diese schlüpfrige Art. Und es war schön. Er war keiner, mit dem man Abende lang tief greifende Gespräche führen konnte.«

»Können Sie das etwas genauer erläutern?«

»Was das angeht, war er einfach nicht interessant. Er hatte zu kaum etwas eine konkrete Meinung, aber das kann ja zur Abwechslung auch mal ganz angenehm sein. Ein paarmal haben wir es versucht, weil … Na ja, das tut man eben, aber ehrlich gesagt … Das war immer ziemlich öde. Obwohl er sich bemühte, aber er kam nie über allgemeines Blabla hinaus. Und eigentlich war ich daran auch gar nicht interessiert, also haben wir das sehr schnell sein lassen.«

»Und woran waren Sie interessiert?«

»Sex. Er rief meistens spätabends an und sagte: ›Susan, schläfst du schon?‹, oder: ›Wo warst du mein ganzes Leben lang?‹ Natürlich war das platt, aber seine Stimme war so verdammt geil.«

»Wirklich traurig, dass er tot ist, aber er war keiner, von dem ich mehr wollte. Ein Pausenfüller. Und ich glaube, das wusste er auch … Oder, na ja, vielleicht auch nicht. Wir haben nie darüber gesprochen, dass mehr daraus werden könnte. Ich habe niemandem von ihm erzählt und habe auch nicht vor, das zu tun.«

Er hat nie über etwas gesprochen, das mit dem Mord zu tun haben könnte. Das letzte Mal haben sie sich vor etwa vier Monaten gesehen.

Sissel Grabowski, vierundfünfzig, Gymnasiallehrerin. Lernte Sten Høeck im Warteraum der Ausländerbehörde kennen – er brauchte Visa für einige Mitarbeiter, sie für ihren afghanischen Schwiegersohn. Haben sich eineinhalb Jahre lang getroffen.

»Er war ein sehr sanfter Liebhaber, massierte mich immer

erst. Unter anderem. Er war richtig gut darin, rücksichtsvoll und sanft. Bei ihm fühlte ich immer eine extreme Wertschätzung meiner Persönlichkeit. Es tut mir wirklich leid zu hören, dass er tot ist. Wenn er meinen Namen sagte, dann …«

Axel gab auf. Er betrachtete die Bilder der Frauen. Man konnte nicht behaupten, Sten Høeck habe auf einen bestimmten Typ Frau gestanden. Die Erste war geschminkt, blondiert und für die Jahreszeit zu stark gebräunt. Die Zweite war schön, rotbraunes Haar und graublau strahlende Augen. Die Dritte war eine gepflegte Dame, klein, aber fein, fünfzehn Jahre älter als Sten. Er blätterte weiter zu den übrigen sechs, die ebenso unterschiedlich waren, was Aussehen, Alter, Beruf, Sexualleben und die Art betraf, auf die sie sich begegnet waren. Er hätte sich gerne die Bänder angehört, nicht komplett, nur die Stellen, an denen sie ihren Namen auf die Weise aussprachen, wie Sten ihn ihrem Empfinden nach gesagt hatte. Er stand auf und ging zu dem kleinen Waschbecken in der Ecke seines Büros mit dem Spiegel darüber und sah sich in die Augen. Lächelte sein charmantestes Lächeln, hob eine Augenbraue. Dann sprach er den Namen seiner Freundin aus. Versuchte es noch mal und noch mal, bis er Vickis Spiegelbild bemerkte, die in der Verbindungstür zu seinem Büro stand, die Augen beinahe so groß wie der offen stehende Mund. Es war seine eigene Schuld, die Büros waren allesamt mit Zwischentüren verbunden, und es galt das ungeschriebene Gesetz, dass man eintreten durfte, ohne anzuklopfen, wenn sie nicht zu waren. Und Axels Tür hatte einen Spalt breit offen gestanden.

»Bist wohl etwas aus der Übung, was?«, fragte sie.

Er kratzte sich am Kopf.

»Also ehrlich gesagt, werde ich aus den Vernehmungsprotokollen nicht viel schlauer, was Sten Høeck angeht.« Er registrierte, dass sie es offenbar als einen Vorwurf auffasste. »Faszinierend ist allerdings die Sache mit den Namen, und probieren geht ja bekanntlich über studieren. Außerdem hast du recht, ich bin etwas aus der Übung.«

Sie lächelte.

»Susan«, sagte sie mit künstlich tiefer und intensiver Stimme, »Lene, Sissel.«

»Mir scheint, ein bisschen Übung täte dir auch ganz gut«, sagte Axel.

»Das müssen wir auf später verschieben. Es gibt eine neue Entwicklung in Sachen Sten und die Frauen.«

Er folgte Vicki zum Besprechungsraum, der bis auf den letzten Platz gefüllt war. Das erste Gesicht, das er sah, war das von John Darling, seinem alten Kollegen und Vorgesetzten, neben ihm Khalid und auf der anderen Seite Josephsen, daneben BB. Um den Tisch herum saßen zwölf Kollegen aus dem Dezernat, der Vizepolizeichef, einer seiner Sprecher und zwei Sekretärinnen. Als er hereinkam, wandten sich alle Gesichter Axel zu. Er bat Vicki, ihn zum Ende des Tischs zu begleiten, und nickte in die Runde, bevor er sich setzte.

»Hallo zusammen. Wir haben heute Gäste vom PET bei uns. John Darling, den die meisten von euch ja noch aus seiner Zeit hier im Dezernat als Ermittler und Chef kennen und den der PET uns vor einem halben Jahr geklaut hat. Neben ihm seht ihr Khalid Taleb, der unsere Ermittlungen im Mordfall Sten Høeck unterstützt und dafür sorgt, dass mit allen sensiblen und eventuell der Geheimhaltung unterliegenden Informationen korrekt umgegangen wird. Außerdem ist er für den Teil der Ermittlungen zuständig, der Berührungspunkte mit dem PET betrifft. Wenn ihr also in dieser Richtung etwas habt, geht ihr direkt zu ihm. Bevor wir anfangen, möchte ich gerne ein paar Worte sagen, es sei denn, andere fühlen sich dazu angehalten.«

Er sah den Vizepolizeichef an, der den Kopf schüttelte, dann Josephsen, der säuerlich lächelte, weil ihm erst jetzt aufging, dass er die Gelegenheit versäumt hatte, in Anwesenheit eines Vertreters der obersten Chefetage ein paar paternalistische und moralinsaure Worte von sich zu geben.

Axel blickte noch einmal in die Runde und ließ die Stille wirken.

»Sten Høeck war ein ehemaliger Kollege. Im Laufe dieses Briefings werden Informationen über ihn und sein Sexleben ans Licht kommen, die so manchem sicher ein Lächeln ins Gesicht zaubern werden. Aber denkt daran, dass es auch einer von uns hätte sein können. Und im eiskalten Scheinwerferlicht der Ermittlungen wird jeder bloßgestellt. Es kann durchaus sein, dass er wegen einer seiner Affären oder im Zusammenhang mit seinem Job als Sicherheitschef in der Reedereibranche ermordet wurde, es kann aber auch andere Motive geben, nicht zuletzt besteht die Möglichkeit, dass die Hintergründe des Mordes in seiner Zeit beim PET liegen. Und wenn es so ist, wurde er wahrscheinlich umgebracht, weil er nur genau das getan hat, was ihr jeden Tag tut. Er war Polizist. Vergesst das nicht. Wir alle gehen dieses Risiko ein, jeden Tag. Und der, der dafür mit seinem Leben bezahlt, hat verdient, dass wir alles tun, um das Schwein oder die Schweine zu schnappen, die ihm das Leben genommen haben. Danke.«

Hätte einer der anderen Menschen in diesem Raum dieselben Worte ausgesprochen, sie hätten nicht halb so viel Gewicht gehabt. Das wusste er. Er war Axel Steen, der Bulle, der von den Toten auferstanden war. Er ließ den Blick über ihre Gesichter wandern und sah, dass er den richtigen Ton getroffen hatte. Sten Høeck war einer von ihnen gewesen. Das ließ den Tod näher heranrücken, und in diesem Moment konnte jeder Einzelne an diesem Tisch nur an eines denken: Hätte ich es sein können? Werde ich es eines Tages sein?

Axel fuhr fort und fasste den aktuellen Stand der Ermittlungen nach der Untersuchung des Tatorts durch die KTU und den bisherigen Vernehmungen zusammen. Anschließend übergab er Vicki das Wort. Zwar war sie nur Kriminalassistentin und es entsprach nicht den Gepflogenheiten, dass eine Kriminalassistentin ein Ermittlungs-Briefing leitete, aber sie war die Beste. Sie arbeitete selbstständig und verfügte über eine natürliche Skepsis Autoritäten gegenüber. Axel wusste, dass er sich auf sie verlassen konnte. Klein und stämmig, ohne dick zu sein, erinnerte sie ihn mit ihren Apfelbäckchen und den dicht nebeneinandersitzenden braunen Augen an ein Eichhörnchen. Die lockigen Haare wurden von einem einfachen Haargummi gebändigt. Jetzt stand sie auf und sah in ihre Papiere.

»Aktuell verschaffen wir uns einen Überblick über seinen Bekanntenkreis. Bislang haben wir neun Frauen befragt, die in den letzten Jahren eine sexuelle Beziehung mit ihm hatten, weitere neunzehn sind identifiziert. Es kann aber sein, dass wir auf mehr Namen stoßen, sobald wir uns seine Internetaktivitäten auf diversen Sites genauer ansehen.«

Trotz Axels einleitender Worte waren Flüstern und anerkennendes Pfeifen unüberhörbar. Auch Josephsen hielt sich nicht zurück, gab aber erst ein albernes Kichern von sich, nachdem er zuvor einen vorsichtigen Blick auf den Vizepolizeichef geworfen hatte, der die Augen Richtung Zimmerdecke verdrehte. Axel ignorierte sie.

»Die zentrale Frage in diesem Zusammenhang lautet natürlich: Ist Eifersucht das Motiv? Hat eine seiner Affären oder ein betrogener Ehemann oder Freund ihn aus Eifersucht ermordet? In den bisher durchgeführten Befragungen deutete nichts darauf hin, aber es gibt noch eine andere, konkretere Spur. Seine Anrufliste belegt, dass er gestern Abend zwischen 18.30 Uhr und 21.00 Uhr mit vier verschiedenen Personen telefoniert hat, zwei haben eine unterdrückte Nummer, die beiden anderen werden gerade zur Vernehmung hergebracht. Es handelt sich um Frauen.«

Während Vicki sprach, war Axel aufgestanden und hatte *Hauptmotive: Sex/Dating/Eifersucht* auf ein Whiteboard geschrieben. Jetzt sagte er:

»Das ist natürlich eine naheliegende Möglichkeit. Dagegen spricht allerdings ein wesentliches Detail, das diejenigen von euch, die am Tatort waren, sicher bemerkt haben. Das Physische. Sten Høeck wurde nicht von einer Person umgebracht, die kleiner ist als er. Er war in etwa so groß wie ich und deutlich muskulöser. Ich bezweifle, dass eine Frau den Mord begangen hat, aber es kann natürlich sein, dass eine Frau der Grund dafür ist, dass Sten getötet wurde.«

Axel wandte sich Bjarne zu und bat ihn, über die vorläufigen Ergebnisse der Untersuchungen des Arbeitsplatzes von Sten Høeck zu informieren.

»Tja, das solltest du wohl auch an die Tafel schreiben. Wie sich herausgestellt hat, hatte Sten Høeck überhaupt keinen Arbeitsplatz, die Reederei hat ihn vor zwei Monaten vor die Tür gesetzt. Als wir nach dem Grund fragten, wollten sie nicht mit der Sprache rausrücken, weil sie wohl Schiss haben, die Sache könnte an die Öffentlichkeit kommen. Im Moment hakt der Polizeichef auf Vorstandsebene nach und macht Druck.«

»Hast du eine Vermutung, warum er rausgeschmissen wurde?«, fragte Axel, während er den Namen der Reederei und *gefeuert* auf das Whiteboard schrieb.

»Ich geh mal davon aus, dass er seinen Schwanz nicht unter Kontrolle hatte.«

»Basiert deine Einschätzung auf irgendwelchen Fakten?«

»Nein, ist nur meine Vermutung. Er hat doch alles gevögelt, was nicht bei drei auf den Bäumen war, und das mögen sie bei Mærsk nicht besonders.«

»Und wie sieht's mit irgendwelchen Aktionen oder Vorfällen aus? Wie mir Kollege Khalid mitteilt, kriegt man es als Sicherheitschef in der Reedereibranche ja mit allem Möglichen und Unmöglichen zu tun«, stellte Axel fest.

»Es hat Fälle von Erpressung, Industriespionage und Geiselnahme samt Lösegeldforderung gegeben. Sten war jedes Mal involviert, aber auch das ist ein heikles Thema drüben bei Mærsk. Ich habe ihnen gesagt, dass wir bis morgen alles über die Erpressungen und Lösegeldforderungen brauchen, mit denen Sten zu tun hatte. Sie wollen eine Akte zusammenstellen«, sagte Bjarne. Axel notierte die genannten Themen auf der weißen Tafel.

»Sollten sie relevante Informationen zurückhalten, können wir mit Durchsuchungsbeschluss drohen, richtig?«, fragte Axel und sah den Vizepolizeichef an, ein aalglatter Jurist, der nickte und antwortete:

»Ultimativ ja, aber es sollte möglichst nicht so weit kommen.«

Ihr und eure verlogenen Befindlichkeiten, dachte Axel und sagte:

»Okay. Kann vielleicht etwas anderes dahinterstecken, etwas Persönliches, das nichts mit seinen Frauengeschichten zu tun hat? Sten war allgemein beliebt, galt als charmant, aber ist er vielleicht irgendjemandem auf die Füße getreten? Gab es jemanden, der es auf ihn abgesehen hatte? Wie sehen seine Finanzen aus, Bjarne?«

»Wir haben Gehaltsabrechnungen und Kontoauszüge gefunden. Er war ziemlich gut betucht, bei Mærsk zahlen sie nicht schlecht, und nach seinem Rausschmiss hat er als Sicherheitsberater gearbeitet. Da kommt einiges mehr bei rum als bei einem gewöhnlichen Bullengehalt, kann ich dir sagen.«

Axel schrieb *Feinde, Konflikte, Finanzen* auf das Board.

»Dann ist da noch eine Sache, und ich möchte, dass jeder von euch darüber nachdenkt: Es kam zu einem Kampf zwischen Sten und seinem Mörder. Sten wurde überwältigt, obwohl er ein durchtrainierter Mann mit vielen Jahren Erfahrung in allen möglichen Kampftechniken war. Wir wissen noch nicht, ob er betäubt wurde. Das würde natürlich einiges erklären, aber wir wissen, dass ihm die Augenlider abgeschnitten wurden, bevor er starb. Warum tut jemand so etwas? Alle Theorien sind gefragt, aber bevor ihr anfangt, sei gesagt«, jetzt blickte er Darling und Khalid direkt an, »dass dieses Detail, zusammen mit der Tatsache, dass ihm der Kopf nahezu abgetrennt wurde, natürlich zu Vermutungen in Richtung Terror und seiner Zeit beim PET führt, Folter, Rache, Hinrichtung. Wenn ihr auf den kleinsten Hinweis stoßt, der darauf hindeutet, informiert ihr Khalid und mich – wir übernehmen diesen Teil der Ermittlungen in offener und positiver Zusammenarbeit.«

Er sah in die Gesichter, einige schauten ihn verwundert an – alle wussten, dass Axel in den letzten Jahren jede Menge Ärger mit dem PET gehabt hatte.

Sein Blick blieb an Khalid hängen. Es war der Zeitpunkt

gekommen, ihn mit dem zu konfrontieren, was er von einem früheren Kollegen erfahren hatte, den er angerufen und nach Hintergrundinformationen zu Sten Høeck gefragt hatte.

»Sten Høeck war an allen bedeutenden Antiterroroperationen in Dänemark des letzten Jahrzehnts beteiligt. Er hat Observierungsteams und komplette Überwachungsoperationen geleitet. Und er war draußen auf der Straße, hatte Erfahrungen in Außeneinsätzen. Ist dabei etwas vorgefallen, das uns zu einem Motiv führen könnte? Hat er als Zeuge vor Gericht ausgesagt? Das müssen wir überprüfen. Wenn ihr dazu etwas herausfindet, mag es auch noch so unbedeutend erscheinen, gebt ihr das weiter.«

Khalid sah ihn überrascht an. Axel schrieb *Terror* auf das Whiteboard und blickte auf das Patchwork der üblichen Motive – aus irgendeinem Grund war er alles andere als überzeugt davon, dass die Ursache für den Mord hier zu finden war. Dann eröffnete Vicki das Brainstorming zu den abgetrennten Augenlidern, und er wies sie an, ihm einen kurzen Bericht zukommen zu lassen, bevor er mit Darling, dem Leiter des Morddezernats, Khalid und dem Vizepolizeichef im Schlepptau den Besprechungsraum verließ.

»Können wir kurz reden?«, fragte Axel, als die Tür hinter ihm ins Schloss fiel. Der alte Axel Steen wäre mit 180 km/h geflüchtet, aber er blieb stehen, bereit, sich der zu erwartenden Kritik zu stellen.

»Gut gebrüllt, Löwe«, sagte Darling.

Der Vizepolizeichef nickte und klopfte Axel anerkennend auf die Schulter.

»Hätte ich gewusst, dass Sie über diese Art von Talenten verfügen, hätte ich Sie als Redenschreiber in mein Vorzimmer gesetzt«, sagte er.

Josephsen lächelte gequält.

»Danke«, entgegnete Axel. Er hatte es unter Kontrolle, behielt den Überblick, und er hatte ihnen bewiesen, dass der alte, eigensinnige Axel Steen Vergangenheit und der neue in der Lage war, Aufgaben in weit größerem Umfang zu delegieren, als sie es gewohnt waren.

»In einer Stunde treffe ich mich mit BB und Lennart am Tatort, um den Tathergang zu rekonstruieren, und danach mache ich Feierabend. Meine Tochter ist heute Abend bei mir, aber ich bin natürlich erreichbar. Um alles andere kümmert sich Vicki.«

»Ich kann übernehmen«, sagte der Chef des Morddezernats mit falscher Unterwürfigkeit und einer Kollegialität, von der er bislang keinerlei Kostproben gegeben hatte, »falls es notwendig sein sollte, Sie haben meine volle Unterstützung, Axel.«

Axel überwand den Impuls, ihm das Nasenbein zu brechen.

»Ich bin sicher, der Fall ist bei Axel in den besten Händen«, erwiderte der Vizepolizeichef.

20

2007

Anwar fuhr nicht direkt in die Wohnung im Kapelvej. Er verschwand in der Menge am Nørreport, tauchte zwei Stunden später in Nørrebro wieder auf und begab sich erst dann in die Wohnung, in der sich sein Bruder bereits aufhielt.

Es war kein guter Anfang, weshalb eine Krisensitzung einberufen wurde. Henriette hatte sich kurz mit Sten Høeck und dem Überwachungsteam getroffen, das Anwar am Nørreport verloren hatte.

»Ein dunkelbrauner Pakistaner mit einem riesigen Koffer! Und er hängt euch ab, einfach so!«, hatte Sten wütend gebrüllt. »Ihr seid hiermit von der Operation abgezogen.«

Henriette hatte genickt und sie ein paar Idioten genannt, die man am besten so schnell wie möglich feuern sollte. Sie könnten sich auf eine Versetzung mit Kurs auf das untere Ende der Karriereleiter gefasst machen.

Jetzt saß sie in Jens Jessens Büro und bemühte sich, nicht auf ihren Fingernägeln zu kauen. Die Stille war schmerzvoll. Sie wartete darauf, dass Jens den Blick von der Tastatur abwandte. Per und Sten waren über zwei Bildschirme aus der Einsatzzentrale sowie einem Überwachungswagen auf der Straße zugeschaltet.

Sie sah Jens an. Sie bewunderte ihn für die Art und Weise, auf die er seine Macht ausübte. Er hob nie die Stimme, blieb immer ruhig, beherrscht und sachlich auf eine Art, die seine zuweilen brutalen Entscheidungen noch heftiger erscheinen ließ. Er war alles andere als ein Muttersöhnchen, wie so viele andere Juristen, die sie beim PET erlebt hatte. Je unangenehmer ein Gespräch zu werden versprach, umso direkter ging er zu Werke, suchte stets Blickkontakt, den Körper dem Gesprächspartner zugewandt, immer offen für die Version des Gegenübers. Und jedes Mal unbarmherzig in seinem Urteil. Auch heute verzichtete er auf leere Phrasen.

»Gab es einen dritten Mann?«

Alle hatten auf diese Frage gewartet. Und ihrer Einschätzung des Ablaufs am Flughafen nach war das durchaus eine Möglichkeit, aber das behielt sie erst mal für sich.

»Sieht nicht danach aus. Wir sind alle Aufzeichnungen durchgegangen«, sagte Sten Høeck von seinem Bildschirm aus.

Jens sah Henriette an. Es war unmissverständlich, dass er ihre Analyse der Vorkommnisse hören wollte.

»Wir sind dabei, die Passagierliste durchzugehen. Außer den Zielpersonen waren einhundertneunundachtzig Fluggäste an Bord der Maschine.«

»Und?«

»Außer Anwar und Shakir keine Araber und niemand aus dem Mittleren Osten. Wir überprüfen die Identität jedes einzelnen Passagiers, aber das ist nicht so einfach und braucht Zeit. Bis jetzt haben wir neunundsechzig gecheckt, vorläufig nichts Verdächtiges.«

Jens Jessen schloss die Augen und blickte Henriette dann durchdringend an.

»Ich schalte euch mal eben ab, bleibt aber bitte dran«, sagte er, und zwei Mausklicks später verloschen die beiden Bildschirme, auf denen gerade noch Sten und Per zu sehen gewesen waren.

»Wir haben das besprochen, Henriette: Es ist ein ganz entscheidender Bestandteil unserer Operation zu erfassen, ob sie weitere Kontakte haben oder ob es Mitverschwörer gibt. Wie lautet deine Schlussfolgerung?«

»Meine Schlussfolgerung lautet, dass alle ihre Manöver dazu dienten, mögliche Überwacher zu lokalisieren.«

»Aber es ist ihnen nicht geglückt, oder?«

»Nein, den Brüdern nicht. Sollte es einen dritten Mann gegeben haben, besteht die Möglichkeit, dass wir aufgeflogen sind.«

»Was glaubst du?«

»Es kann sein, dass in Frankfurt ein dritter Mann an Bord

gegangen ist. Er kann ihr Anführer, aber genauso gut nur ein Helfer sein. Ist er ein hochrangiges Mitglied der Organisation, wird er natürlich über einen falschen Pass verfügen, oder er ist ein Weißer. Und uns gänzlich unbekannt. Können uns die Amerikaner in dieser Sache vielleicht behilflich sein?«

Er ignorierte die Frage. Stattdessen schaltete er Sten und Per wieder zu.

»Habt ihr vielleicht ein paar geniale Ideen, was am Flughafen abgelaufen ist?«

»Wurden sie eventuell gewarnt? Waren sie darüber informiert, dass wir da sind? Das würde ihr Verhalten erklären«, sagte Per.

Jens Jessen nickte, sah aber alles andere als zufrieden aus. Die Haut an seinem Auge zuckte. Ein Anfall von Tics?

»Ich hoffe für euch, dass es nicht so ist«, sagte er.

»Ich glaube, es steckt nichts Besonderes dahinter«, schaltete sich Sten Høeck ein.

Mit einem leicht irritierten Gesichtsausdruck heftete Jens Jessen den Blick auf den Høeck-Bildschirm.

»Und wie kommst du darauf?«

»Wenn unsere beiden Freunde, die keiner der uns bekannten Islamistenzellen angehören, in Pakistan im al-Qaida-Trainingslager waren, dann ist es für sie von entscheidender Bedeutung, unerkannt zu bleiben, um für eine gewisse Zeit ein unauffälliges Dasein zu führen.«

Jetzt meldete Per sich wieder zu Wort, und Henriette beschlich das Gefühl, dass sie gerade Zeugin einer genauestens ausgetüftelten Erklärung ihrer beiden Kollegen dafür wurde, dass alles in bester Ordnung war.

»Sich unter die Leute mischen und in der Menge untertauchen: Seite eins des Handbuchs für Heilige Krieger. Und jetzt kehren sie für die ganz große Mission nach Hause zurück. Was ist also das Erste, das sie tun? Sie spielen Katz und Maus mit uns, um zu sehen, ob wir ihnen auf den Fersen sind.«

Jens Jessen unterbrach ihn.

»Aber das waren wir nicht.«

»Doch, Jens, genau das waren wir«, sagte Sten Høeck, »und du musst jetzt entscheiden, was du haben willst. Sowohl Per als auch ich wissen so gut wie nichts über die Zielpersonen. Henriette hat uns gebrieft, es habe absolute Priorität, dass die Observierung unbemerkt bleibt. Deshalb hat sie uns mehrmals zurückgepfiffen, nicht nur am Flughafen, sondern auch hinterher. Natürlich können wir ununterbrochen an ihnen dranbleiben, nichts leichter als das, aber dann ist das Risiko, dass sie uns entdecken, sehr groß.«

Es war Zeit, das Staffelholz an Per zu übergeben, der förmlich darauf brannte, die Analyse zu vertiefen, die Sten und er offenbar zusammengeschraubt hatten.

»Siehst du das denn nicht? Sie sitzen auf getrennten Plätzen im Flugzeug, gehen jeder für sich runter zum Gepäckband, reden mit anderen Passagieren, verhalten sich merkwürdig, während sie auf ihr Gepäck warten, und nehmen auch noch verschiedene Routen zum Kapelvej. Das ist ein Test, nichts weiter, sie testen, ob wir an ihnen dran sind.«

»Und sie haben uns nicht bemerkt, dank Henriette«, fügte Sten Høeck hinzu.

Jens Jessen blinzelte viermal schnell hintereinander.

»Ausgezeichnet, aber wir wollen doch nicht ganz vergessen, dass ihr sie aus den Augen verloren habt. Ich hoffe, ihr habt recht, wenn ihr euch gegenseitig bestätigt, ganz hervorragende Arbeit geleistet zu haben. Allerdings möchte ich noch einmal unterstreichen, dass diese Operation von allergrößter

Wichtigkeit ist – siehe den Topsecret-Status. Verschont mich also damit, euch für eure Schnitzer auch noch gegenseitig über den grünen Klee zu loben«, sagte er.

»Das tut auch niemand«, sagte Henriette mit leiser Stimme, in der Hoffnung, ihn nicht zu provozieren. Gegen Ende seiner Ausführungen hatte Jens Jessen die Stimme gehoben, was so gut wie nie geschah.

»Sonst noch was?«, fragte er.

»Nein.«

Er bedankte sich und schaltete die beiden Bildschirme mit Sten und Per ab.

»Hast du noch zwei Minuten?«, fragte Henriette.

»Ja?«

»Was ist mit den Amerikanern, können sie uns bei der Passagierliste unter die Arme greifen?«

Er sah sie an wie ein lästiges Etwas, das einfach nur verschwinden sollte. Sie wand sich innerlich unter seinem manisch intensiven Blick.

»Das haben sie bereits getan, Henriette. Und ich bin sicher, dass sie mit der Liste schon sehr viel weiter sind als ihr.«

Sie war schockiert. Dass die amerikanischen Freunde so unmittelbar in eine Operation auf dänischem Staatsgebiet involviert waren, dass sie Parallelermittlungen durchführen konnten, hatte sie nicht erwartet. Es schien, als könne Jens Jessen ihre Gedanken lesen.

»Betrachte es als Unterstützung eines Bündnispartners.«

»Warum verschwenden wir dann unsere Zeit damit?«, hakte sie trotzig nach, obwohl sie die Antwort bereits kannte.

»Weil es eine Operation des dänischen Geheimdienstes ist. Außer mir weiß niemand von der Beteiligung der Amerikaner. Und dir.«

21

2011

Bevor er sich zu dem Treffen mit BB und Lennart am Tatort auf den Weg machte, fuhr Axel in seine Wohnung in der Dovregade und zog sich um. Er räumte auf, was angesichts der zwei Zimmer eine überschaubare Aufgabe war. Seit eineinhalb Jahren wohnte er jetzt hier, und nach zwanzig Jahren in Nørrebro wurde Amager allmählich Bestandteil seiner Doppelhelix. Die Insel, wie viele das Quartier nannten, war eine Stadt für sich. Und sie wuchs. Ørestad im westlichen Teil war ein futuristisch anmutender Fremdkörper und gehörte nicht wirklich zu Amager, das mit seinen Arbeitern, Funktionären der unteren und oberen Mittelschicht und den vielen originellen Typen immer noch an eine mittelgroße Provinzstadt irgendwo in Jütland erinnerte, bar jeden Elements einer Entertainment-Community für Leute mit zu viel Freizeit und zu viel Geld, zu der sich das restliche Kopenhagen mittlerweile entwickelt hatte. Die Amagerbrogade war proletarisch und retro zugleich, ohne es zu wissen. Und die Kriminalität war die der guten alten Tage, das organisierte Verbrechen mit Migrationshintergrund hatte noch nicht Fuß gefasst – vom Kongelunden bis Christianshavn war die Insel immer noch Rockerland.

Das Haus, in dem er wohnte, stammte aus den Vierzigern und brauchte dringend eine liebevolle Hand. Er war umgeben von Rentnern, Studierenden, Migranten und Sozialhilfeempfängern, und direkt um die Ecke lag ein großes, mit Mitteln des sozialen Wohnungsbaus errichtetes Wohngebäude. Ging man ein Stück die Straße hinunter, erreichte man Sundholm, die größte Herberge für Obdachlose der Stadt. Dreihundert Meter in der anderen Richtung erstrahlte Eberts Villadorf mit seinen neunzig Prachtbauten aus der Zeit der Jahrhundertwende, ein Klein-Hellerup, als habe es jemand genau im Herzen der Scheißinsel verloren – so war Amager: befreiend planlos besiedelt, von Menschen aller Art.

Er ging hinunter zu seinem Wagen und fuhr zur Acht. Ein koksgraues Grummeln aus kilometerhoch am Horizont aufgetürmten Wolken hatte den Regen abgelöst. Einmal mehr verschluckten ihn Ørestads Steinkuben und Glasfassaden mit ihrem vollständigen Fehlen weicher Formen und alles Organischen. Axel fuhr am Fields und am schwarzen Pharmasilo von Ferring vorbei, wo der Boulevard anstieg und die Autobahn nach Schweden überquerte. Mehr fertige und halb fertige Gebäude, dann wieder offenes Land, und draußen am Horizont konnte er die Acht erkennen. Er parkte vor dem Café, ging über einen Grünstreifen und missachtete ein Hinweisschild, das besagte, die Treppe sei den Bewohnern des Komplexes vorbehalten. Dann machte er sich an die hunderteinundsechzig Stufen, und obwohl die Beine gegen Ende des Aufstiegs merklich schmerzten, war er nicht einmal besonders außer Atem, als er oben ankam. Der Wind blies heftig, und er warf einen nervösen Blick auf das Land unter sich, die grünbraune Ebene des Fælled, und auf die Wasserbecken am Fuß des Gebäudes, die mit ihrem Versprechen von Frieden und ewigem Vergessen lockten. Eilig lief er zu der Wohnung, wo er auf BB und Lennart in weißen Ganzkörperanzügen stieß. Lennarts Blick schien ihn zu durchbohren, und er fühlte sich wie ein Lügner und ein Junkie.

»Alles in Ordnung, Axel?«, fragte Lennart.

»Ja.«

»Gut, ich habe ein bisschen was für dich.«

Die Leiche war entfernt worden, aber die Blutlache, der Geruch und das Durcheinander waren mehr als genug, damit Axel Sten Høecks traurig düsteren und leeren Blick vor sich sah. Die viel zu großen Augen ohne Lider. Lennart begann:

»Meiner Vermutung nach wurde er mit einer der beiden Flaschen da auf den Kopf geschlagen, und dann sind bei ihm die Lichter ausgegangen.«

»Und was ist mit den Spuren auf der Treppe?«

»Die sind von Leuten, die in seinem Blut herumgetrampelt sind, diese Nachbarin, Ingela Gudmundsson, James Craw von der Hausverwaltung, der Mörder und du selbst. Unten und auf der Treppe gibt es keine Blutspritzer, die auf einen Kampf hindeuten. Ich stimme Lennart zu, das Ganze hat sich hier oben abgespielt«, sagte BB.

»Aber wenn er bewusstlos geschlagen wurde, woher kommen dann die Abwehrverletzungen an den Händen und die Wunden im Gesicht?«, fragte Axel.

»Immer mit der Ruhe, Axel, dazu komme ich jetzt. Das hängt alles mit dem halb abgerissenen Ohr, dem Riss in der Stirn und der großen Menge Blut direkt über dem Ohr zusammen. Der Täter hat ihm die Flasche aufs Haupt geknallt – wir haben Haare an den Scherben gefunden – und ihm dann die Reste der zerbrochenen Flasche noch mal übergezogen. So ist die Verletzung über dem Ohr zustande gekommen.«

»Aber Sten Høeck war keiner, dem man einfach so eine Flasche aufs Haupt knallt.«

»Nein, also haben wir uns das genau angesehen, und ich würde sagen, der Schlag kam von hinten. Sten muss sich in der Hocke befunden oder gesessen haben, sodass er völlig unvorbereitet war. Außerdem haben wir Spuren einer ordentlichen Menge Rotwein in seinem Magen gefunden. Ich kann nicht genau sagen wie viel, aber er hatte einiges getrunken.«

Axel hatte noch weitere Einwände, aber Lennart hob abwehrend die Hand.

»Geduld, Axel. Das erklärt zunächst mal, wie er kampfunfähig gemacht wurde, aber alles deutet darauf hin, dass er wieder zu sich gekommen ist, als er noch nicht oder erst teilweise gefesselt war. Dann ist es zu mehr Gewaltanwendung gekommen. Der Täter hat ein Messer benutzt, daher die Schnitte an Händen und Fingern, und wahrscheinlich ist Sten wieder ohnmächtig geworden oder hatte mit den Folgen der Schläge auf den Kopf zu kämpfen. Jedenfalls ist es dem Täter gelungen, ihn an den Stuhl zu fesseln, und der Rest der Verletzungen ist erst danach entstanden. Zuerst jede Menge Schläge auf Kopf und Körper, dann wurde sein Kopf fixiert und der Täter hat ihm die Augenlider abgeschnitten, mit einer Schere. Das verraten uns die leicht gezackten Schnittwunden, der Täter musste mehrfach ansetzen – tja, und schließlich und endlich hat er ihm die Kehle durchgeschnitten.«

»Wie können die Augenlider abgeschnitten werden, ohne dass es zu allen möglichen anderen Verletzungen im Gesicht kommt?«

»BB und ich haben Reste von Gaffa-Tape an einigen Stellen seines Gesichts gefunden, also gehe ich davon aus, dass er sich nicht rühren konnte. Extrem brutal, das Ganze. Aber ging es nur darum, ihn zu quälen, oder wollte der Mörder ihn zwingen, etwas Bestimmtes zu sehen?«

»Was denkst du, BB?«

BB ging zu dem Esstisch, vor dem der Stuhl stand, auf dem sie Sten Høeck gefunden hatten. »Während er misshandelt wurde, hat der Laptop die ganze Zeit über direkt hier vor ihm gestanden. Das sieht man an den Blutspuren, aber als wir kamen, stand er da drüben«, sagte er und zeigte auf einen kleineren Tisch in der Ecke des Raums, »weshalb er oberste Priorität hat, wenn ihr mich fragt. Deshalb war ich auch nicht besonders scharf darauf, ihn deinem neuen Freund vom PET zu übergeben. Der Mörder wollte Sten Høeck etwas zeigen, bevor er ihn getötet hat.«

»Und du meinst, er hat ihm die Lider abgeschnitten, damit er die Augen nicht davor verschließen konnte?«

»Das ist jedenfalls eine Möglichkeit.«

»Aber es gibt noch eine andere Möglichkeit«, sagte Axel.

Die beiden Männer sahen ihn fragend an.

»Vielleicht hat der Mörder Sten Høeck aufgenommen.«

22

2011

Emma mochte den Mann von oben nicht. Ihre Mama sagte, es ginge nicht anders, weil sie es sich sonst nicht leisten konnten, in ihrem Haus zu wohnen, nachdem Jens ausgezogen war.

Am ersten Tag war er runter zu ihnen ins Wohnzimmer gekommen, hatte sich auf den Boden gesetzt und Antons Autos in die Hand genommen, eins nach dem anderen. Er hatte ihren kleinen Bruder gefragt, was für Autos es seien, aber Emma konnte sehen, dass es ihn eigentlich nicht interessierte. Als er sie fragte, womit sie am liebsten spiele, antwortete sie nur, sie spiele nicht mehr.

Er mag Kinder, sagte ihre Mutter. Aber das stimmte nicht. Er mochte keine Kinder, er mochte nur Anton. Manchmal spielten die beiden ein Spiel, bei dem Anton in einen Pappkarton kriechen und sich verstecken sollte. Saß er drinnen, schaute er durch eins der Grifflöcher und wartete darauf, gefunden zu werden. Wenn er »Kuckuck« sagte, kam der Mann von oben und fand ihn. Anton kreischte dann vor Lachen.

Anton hatte ihm den Namen *Der Mann von oben* gegeben, weil er in einem ausgebauten Zimmer auf dem Speicher wohnte. Mama hatte den Namen auch ein paarmal benutzt, und so war es irgendwie dabei geblieben, aber in Wirklichkeit hieß er Thomas.

Mama sagte, der Mann von oben sei ja fast nie da, und deshalb sei es gut, dass sie ihn gefunden hatten. Auf diese Art, die bedeutete, dass Emma das doch sicher auch meinte, sagte sie, er sei doch ganz nett.

Sie war nicht sicher, dass Mama recht hatte.

23

2011

Er fuhr nach Hause und stellte den Wagen ab, nahm das Rad und rollte auf die Amagerbrogade. Das Wetter war vollständig umgeschlagen, der Himmel reines Hellblau, und der brüchige Sommer verwob sich hell und leicht mit dem stillstehenden Feierabendverkehr und machte die Stadt hektisch und verführerisch. Freiheit hing in der Luft, eine Droge, die an allen seinen Sinnen zog und zerrte.

Er hatte Rückenwind, der ihn wie eine unsichtbare Hand durch Amager schob, vorbei an den Wällen und am Christians Torv, der vor Christiania-Neugierigen nur so wimmelte und an einen überfüllten Aschenbecher erinnerte, weiter über die Brücke ins Stadtzentrum Indre By und am Kongens Have entlang, wo sich die Bäume mit ihrem satten Grün vor dem Blau des Himmels abzeichneten und süßer Blütenduft die Luft durchzog. Und dann Nørreport, ein Schock aus heißen, giftigen Abgasen und den Dieselmotoren der Busse, die tief im Innern der gelben Körper jedes Mal elektrisch röhrten, wenn hochgeschaltet wurde, dazwischen Hunderte Fahrradfahrer, die auf schwungvoll kreisenden Rädern durch den Sommer streiften. Er spürte Lust, einfach zu verschwinden, ein Teil des Organismus zu werden, ohne daran zu denken, wohin er musste. Er flog den Seen entgegen und erreichte die Brücke. Einen Augenblick lang vergaß er, dass Nørrebro ein abgeschlossenes Kapitel für ihn war, dass er Emma abholen musste, dass sein Körper ein durchlöcherter Schutzschild war, der selbst bei der kleinsten Bewegung schmerzte, und dass sein Leben aufgehört hatte, ein ziellos im Strom treibendes Floß zu sein. Auf der Dronning Louises Bro bremste er, wendete das Rad und fuhr unten an den Seen entlang, ein wenig schockiert über die Lust, einfach alles loszulassen und in Kopenhagen zu versinken.

Als er die Kartoffelfelder erreichte, wie die Leute das Wohngebiet nannten, in dem Emma mit ihrer Mutter und ihrem kleinen Bruder Anton lebte, schwang er sein schlechtes Bein über die Stange des Rades und wurde von einem Kind empfangen, das durch den kleinen Vorgarten jubelnd auf ihn zulief. Es war nicht sein eigenes. Der zweijährige Anton, Sohn von Jens Jessen, hohes Tier beim PET, Axels ehemaliger Chef und ehemaliger Lebensgefährte der Mutter seiner Tochter, der Mann, dessentwegen sie Axel verlassen hatte, warf sich in seine Arme. Von all dem wusste Anton nichts. Er drückte den Kopf an Axels Hals und sagte »Akgel, Akgel, Akgel«.

Axel hörte Reifen auf dem Asphalt hinter sich, ein Motor erstarb und eine Tür wurde zugeschlagen. Er drehte sich um und sah Antons Vater ins Gesicht, zum ersten Mal seit Monaten. Jens Jessen kam auf sie zu, augenscheinlich verlegen ob der Situation.

»Du hältst das falsche Kind auf dem Arm«, sagte er mit einer etwas zu neutralen Stimme, als dass es noch entspannt hätte wirken können.

Axel stellte Anton auf den Boden, aber der Junge hielt seine Hand fest und machte keine Anstalten, zu seinem Vater zu laufen.

»Na komm, Anton, lass Axel los«, sagte Jens, ging in die Hocke und breitete die Arme aus.

Der Junge ging zu ihm. Jens Jessen blickte zu Axel auf.

»Willst du Emma abholen, oder …?«, rutschte ihm auf eine Art heraus, die sowohl ihn als auch Axel überraschte. Er hätte genauso gut fragen können, ob Axel wieder mit Cecilie zusammen war.

»Ja.«

Axel drehte sich um und klopfte an die Tür, bevor er sie öffnete. Noch vor eineinhalb Jahren war es auch Jens Jessens Zuhause gewesen, und Axel wusste, dass es ihm nicht leichtfiel hierherzukommen. Er schaute ins Wohnzimmer. Seine Tochter saß an einem Tisch und malte, und er hörte Cecilie in der Küche hantieren. Einmal war es sein größter Traum gewesen, nach einem langen Arbeitstag zu ihnen nach Hause zu kommen, sie dort sitzen zu sehen und zu wissen, dass er es war, auf den sie warteten. Aber dieser Traum war tot. Er hängte die Jacke an einen Haken im Flur, streifte leise die Schuhe ab und schlich sich von hinten an Emma heran.

Cecilie entdeckte ihn. Einen Moment lang, bevor er seiner Tochter die Hände über die Augen legte, sah er Cecilies Blick, den Blick, den er schon bei ihrer ersten Begegnung gesehen hatte, die gelben Sprenkel in der braunen Iris, das leichte Schielen, das Verlangen und Begierde zu etwas Verzerrtem, Fehlerhaftem, Verwirrendem und ganz und gar Wunderbarem machte, die vollen Lippen …

»Papa!«, rief Emma.

Er ließ ihren Kopf los und hob sie hoch, drückte sie an sich. Sie gab ihm einen Kuss.

»Ich hab dich vermisst«, sagte er.

»Ich habe ein Kaninchen bekommen«, sagte sie. »Es heißt Wuschel. Willst du es sehen?«

»Hallo, ihr beiden, kann ich euch etwas zu trinken anbieten? Kaffee, Wein?«, fragte Cecilie an ihn und Jens Jessen gerichtet, der Axel ins Haus gefolgt war. Es schien ihm peinlich zu sein, sein Blick wich ihrem aus und er rang sich ein abwehrendes und unsicheres Lächeln ab, als wolle er nicht antworten, bevor Axel gesagt hatte, ob er bleibe.

»Ich habe schon Kaffee getrunken«, log Axel. Er wollte gerne so schnell wie möglich hier raus und Emma mitnehmen.

Auch Jens Jessen lehnte dankend ab. Er sah Cecilie kaum an, wie Axel bemerkte. Jens fragte, ob sie Antons Tasche gepackt habe, und sie ging mit ihm in den Flur, wo die Tasche stand. Axel konnte nicht anders, als sie zu beobachten. Cecilie sah Jens in die Augen, wenn sie etwas zu ihm sagte, und er krümmte sich beinahe unter ihrem Blick und schien zurückzuweichen. In ihrem Blick und seinem Ausweichen entdeckte

Axel Reste jener Vertrautheit, die es zwischen Cecilie und Jens einmal gegeben hatte, aber auch die Entfremdung, die Verzweiflung, den Kummer und die Unterwürfigkeit. Und zum ersten Mal ließ es ihn völlig kalt. Jens Jessen rief ihm ein »Tschüss« zu und verschwand mit seinem Sohn auf dem Arm durch die Haustür nach draußen.

»Wenn du so weit bist, können wir gehen«, sagte Axel zu Emma.

»Nein, ich will nicht gehen«, entgegnete sie.

»Jetzt hör aber auf, Emma, seit zwei Tagen sprichst du von nichts anderem, als mit Papa Pommes essen und ins Kino zu gehen, und jetzt ist er da«, schaltete sich Cecilie ein. Sie sah Axel an. »Ich muss erst in einer halben Stunde los. Setz dich doch noch ein paar Minuten, dann geht das Ganze vielleicht nicht so holterdiepolter. Du kannst Papa ja auch noch dein Kaninchen zeigen, Schatz.«

»Ja, ja, Papa muss Wuschel sehen!«

Axel sah von Emma zu Cecilie und dann wieder in Emmas Gesicht. Dreißig Jahre Altersunterschied, aber genau der gleiche Blick. Beide warteten darauf, dass er etwas sagte.

»Okay, du zeigst mir dein Kaninchen, und dann gehen wir«, sagte er zu Emma und lächelte Cecilie an. Du musst das nicht um meinetwillen tun, schienen ihre Augen zu sagen. Und wie so oft dachte er, dass sie wie die Sonne war, die wieder und wieder hinter einer dichten schwarzen Wolkendecke verschwand.

»Wie läuft's mit Jens und Anton?«, fragte Axel und bereute es im selben Moment.

»Er will zu mir zurück. Aber das will ich nicht, und das habe ich ihm auf jede nur erdenkliche Weise und in aller Ruhe erklärt.«

Axel bückte sich und schnürte seine Schuhe.

»Er denkt, dass wir … Na ja, du weißt schon … That we are getting back together.«

»Wovon sprecht ihr?«, fragte Emma.

»You and me«, fügte Cecilie hinzu, um sicherzugehen, dass er verstanden hatte, was sie meinte. Axel fingerte weiter an den Schnürsenkeln herum, wollte vermeiden, ihr in die Augen sehen zu müssen.

»Nichts, Schatz, nur langweiliges Erwachsenenzeugs. Wolltest du Papa nicht dein Kaninchen zeigen?«

Plötzlich war er sehr froh darüber, dass es Wuschel gab und dass Emma ihn an der Hand nahm und in den kleinen Garten hinter dem Haus zog. Draußen gingen sie zu einem kleinen Stall, in dem ein Kaninchen vor sich hin mümmelte. Als sie allein waren, fiel Axel auf, dass sich ihre Miene verhärtete, als ob jede Regung erlosch und all die Freude, die sie in sich trug, mit einem Mal verflog. Ihr Blick wurde konzentriert, auf der Stirn bildete sich eine Falte, die auch nicht vollständig wieder verschwand, als sie das graubraune Kaninchen aus seiner Behausung nahm.

»Hier, siehst du? Er ist doch richtig süß, oder?«

Axel nahm ihr das verängstigte Tier ab. Das Fell war weich, und er spürte die Wärme des kleinen Körpers. Panisch wanderte der Blick der braunen Äuglein hierhin und dorthin, das Herz schlug ungesund schnell, wie er meinte, und eine Sekunde lang blitzten die Erinnerungen an seine Panikattacken auf, sein Herz könne aufhören zu schlagen, einfach so. Zwei Jahre waren seitdem vergangen.

»Warum kann ich nicht bei dir übernachten?«, fragte Emma

»Weil ich arbeiten muss.«

»Mama sagt, du musst nicht arbeiten, aber es könnte etwas passieren, und dann musst du arbeiten.«

»Das stimmt auch. Ich muss mich bereithalten, und wenn das Telefon klingelt, muss ich los.«

»Wenn jemand stirbt?«

»Nein, nicht unbedingt.«

»Ist es gefährlich?«

»Nicht die Spur.«

»Und es ist niemand hinter dir her oder so?«

»Nein, Schatz. Wie kommst du denn darauf?«

Er setzte das Kaninchen zurück in den kleinen Stall, schloss die Tür und zog Emma an sich. Sie löste sich von ihm und sah ihn an.

»Du stirbst doch nicht, oder?«

»Nein, Emma, mir passiert nichts. Das ist vorbei. Du musst keine Angst haben.«

»Du musst auch aufhören zu rauchen.«

»Komm, setz dich zu mir«, sagte er und ließ sich auf einer weißen Gartenbank neben einem alten Pflanztisch nieder. Er legte die Arme um sie und versprach ihr aufzuhören. Sie saßen ganz still, er drückte sie an sich und hoffte, die Angst zu vertreiben, die sie plagte, seit die Medien damals in großen Aufmachern darüber berichtet hatten, dass er bei einer Schießerei mit einigen Nørrebro-Gangstern um ein Haar getötet worden wäre – eine Auseinandersetzung, derentwegen er den Stadtteil verlassen hatte, um die Sicherheit seiner Tochter nicht unnötig zu gefährden.

Sie traten in die Küche, und Axel fragte Emma, ob sie jetzt gehen könnten. Das neunjährige Mädchen nickte stumm, das Gesicht zur Maske versteinert. Er hörte Cecilies Absätze auf der Treppe. Sie kam herein, und wieder wurde er daran erinnert, wozu er Nein gesagt hatte, die Sommersprossen auf ihrer leicht gebräunten Haut, die sinnlichen Lippen und die Augen, deren heißer Blick alles durchdrang – zumindest ihn.

»Wie sieht's mit dem Haus aus? Hast du dich entschieden, was du tun willst?«

»Ja, wir bleiben erst einmal hier. Ich habe einen Mieter gefunden, Mitte dreißig, Bauingenieur aus Jütland, ein netter Typ, die Kinder mögen ihn. Und er ist nur selten hier, ist viel unterwegs.«

Axel lächelte freundlich. Er versuchte, die Kontrolle zu behalten. Es durften keine Risse aufbrechen.

»Wir gehen jetzt. Ich lasse mein Rad stehen. Gegen zehn sind wir wieder da. Bist du dann zu Hause?«

»Ja, ich muss zu einer Podiumsdiskussion, um 21.30 Uhr soll Schluss sein.«

Emma umarmte Cecilie, dann verließ sie mit Axel das Haus.

Während der Busfahrt in die Stadt gab Emma sich wortkarg. Das war nichts Besonderes, ihr Zusammensein war schwieriger geworden, seit er clean war. Oder vielleicht war er auch nur klar genug im Kopf, um die Nuancen wahrzunehmen. Oft biss sie sich blind an einer Sache fest, die er ihr einfach nicht erlauben konnte, und dann war sie meistens stundenlang sauer. Besonders schlimm war es, wenn er sie von der Schule abholte. Eben spielte sie noch mit ihren Freundinnen und rannte schreiend vor Lachen über den Schulhof, dann entdeckte sie ihn und ihr Gesicht schien zu verwelken, als ob sie von einem Moment auf den anderen auf eine andere Frequenz umschalte, die auf ewigen Konflikt eingestellt war.

Cecilie meinte, Emma stelle ihn auf die Probe, um zu sehen, ob er für sie da sei, ganz egal wie sie sich aufführe, dass sie teste, ob sie sich auf ihn verlassen könne. Konnte er ihr glauben? War Cecilie, von der er sich vor einem Jahr endgültig verabschiedet hatte, eine sachliche und neutrale Beobachterin des Verhältnisses zwischen ihm und seiner Tochter? Vielleicht nicht, aber er hatte sich entschieden, ihrem Urteil zu vertrauen – schließlich hatte sie während der letzten sechs Jahre zwei- bis dreimal so viel Zeit mit Emma verbracht wie er. Und sie war eine gute Mutter.

Er hatte eine Burgerbar in der Frederiksborggade ausfindig gemacht, und sie aßen und redeten über Emmas Kaninchen, die Sommerferien und die Schule. Er betrachtete seine Tochter, das Muster der Sommersprossen auf ihrer Nase, das sie von ihrer Mutter geerbt hatte, ihre großen braunen Augen, den Überbiss, der sich immer dann zeigte, wenn sie lachte, die breiten Lippen, die am Strohhalm des Milchshakes zu kleben schienen, die Wangen, die sich zusammenzogen, das Schlürfen und gründliche Absaugen der letzten Reste Schaums vom Boden des Glases. Ein leises Kichern. Hin und wieder gelang es ihm, ihr ein Lächeln abzuringen, und dann war er glücklich.

Noch glücklicher wäre er gewesen, Emma hätte bei ihm übernachtet, aber er hatte Bereitschaftsdienst im Morddezernat, und es konnte sein, dass er von jetzt auf gleich losmusste. Er hatte den Verdacht, dass man ihm den Job zugeschoben hatte, weil alle morgen auf Darlings Party eingeladen waren und auf keinen Fall plötzlich angerufen werden wollten, weil irgendwo eine Leiche aufgetaucht war. Er hatte kein Problem damit. Der Gedanke, Emma mitten in der Nacht zu wecken und bei Cecilie abzuliefern, weil er arbeiten musste, war unerträglich. Deshalb waren sie um zehn wieder zurück. Emma war müde, Cecilie schweigsam, und so konnte Axel dem verminten Idyll der Kartoffelfelder ohne Schrammen entkommen. Er radelte nach Hause in die Dovregade und stellte das Fahrrad vor dem Haus ab. Langsam stieg er die Treppe hinauf, ein Stechen im Oberschenkel. Sein Handy klingelte. Es war Vicki.

»Hej, Axel, störe ich?«

»Nein, ich bin gerade nach Hause gekommen.«

»Ich bin jetzt fast durch mit seinen Mails und Dokumenten, und da ist so einiges, das wir uns ansehen sollten. Er wurde wegen seiner ganzen Affären gefeuert, bei Mærsk hielten sie das für ein Sicherheitsrisiko. Er hatte Verhältnisse mit zwei Mitarbeiterinnen. In der Abmahnung steht, das sei mit der Personalpolitik des Unternehmens unvereinbar.«

»Und das müssen wir uns näher ansehen?«

»Ich überprüfe die beiden Verhältnisse, ob es da jemanden gibt, der vielleicht eine offene Rechnung mit ihm begleichen wollte. Außerdem ist auf der Festplatte jede Menge vertrauliches Material, Antiterroreinsätze und so weiter.«

»Was genau?«

»Dokumente, Verhörprotokolle, Videoaufzeichnungen von Überwachungen. Ein paar Tausend Stunden von ein und derselben Wohnung.«

»Hast du dir das angesehen?«

»Ja, aber man wird nicht wirklich schlau daraus, wenn man keinen Anhaltspunkt und auch sonst nichts Konkretes hat, wonach man sucht.«

»Okay. Was noch?«

»Eine ganze Reihe Mails von verschiedenen PET-Leuten, ich hab sie dir weitergeleitet. Per Larsen ist ziemlich häufig dabei, anscheinend waren sie Freunde, aber irgendetwas stimmt da nicht. Per schreibt zum Beispiel, dass er draußen am Vestre-Friedhof war und Blumen aufs Grab gelegt hat. Und Sten antwortet, er müsse das vergessen und die Vergangenheit hinter sich lassen.«

»Irgendwelche Andeutungen, wer der Tote war?«

»Nein, aber das könnten wir ja herausfinden, indem wir Per fragen.«

»Hast du Kontakt mit ihm aufgenommen?«

»Nein, ich dachte, das sei Khalids Spezialgebiet.«

»Ist es auch. Bestimmt hat er schon versucht, Per zu erreichen, aber bis jetzt habe ich dazu nichts von ihm gehört. Ich kümmere mich darum. Auf Dauer können wir ihn das sowieso nicht alleine machen lassen, wir müssen die Zügel ein wenig anziehen.«

»Gute Idee, wie mir scheint. Es gibt nämlich auch einen Mailaustausch zwischen Sten Høeck und Khalid. Und zwischen Sten Høeck und Jens Jessen.«

»Irgendwas Auffälliges?«

»Nein, höfliche Grüße und man müsse sich mal wieder treffen und so. Aber genau betrachtet können wir ja nicht einfach zusehen, wie sie sich selbst überprüfen.«

»Dein Misstrauen hat mir schon immer gefallen, Vicki. Ich bin ganz deiner Meinung. War das alles?«

»Nein, in seinem Adressbuch taucht ein Psychologe auf, und es gibt einige SMS, in denen sie Termine vereinbaren.«

»Okay, schick mir die Nummer von diesem Seelendoktor, dann schaue ich da morgen mal vorbei.«

»Es ist eine Sie.«

»Sieh an. Noch eine letzte Sache, Vicki. Wo hast du die Kopien von Sten Høecks Festplatte?«

»Auf meinem Rechner im Büro.«

»Das geht nicht. Das ist zu riskant, für den Fall, dass wir Probleme bekommen.«

»Eine Kopie der Kopie?«

»Ja, eine Kopie auf einem USB-Stick, falls plötzlich irgendjemand aufmarschiert und die Herausgabe der Originalkopie verlangt.«

»Meinst du wirklich, das könnte passieren?«

»Ich hoffe nicht, aber beim PET weiß man nie. Ich komme morgen ins Präsidium. Gute Arbeit, Vicki.«

Er zog sich aus, machte seine Übungen, drei Durchgänge, bis er schweißgebadet war. In der Küche rieb er eine große Knolle Ingwer in ein Glas Orangensaft und trank es aus. Dann ging er ins Bett. Eine Weile lag er da und spielte Mahjong auf seinem iPad, bevor ihm die Augen zufielen.

24

2011

An Christi Himmelfahrt erwachte er um sechs, hatte geschlafen wie ein Stein und fühlte sich auch immer noch wie einer, als er aufstand. Sein Körper war schwer und steif und sein Kopf schmerzte, als sei der Cortex eine harte, verkrustete Hautabschürfung. Er trank jede Menge Wasser und rauchte eine Zigarette, was seinem Kopf einen neuen Stromschlag verpasste. Dann schluckte er drei Pillen und begann mit seinen Übungen. Fünfundvierzig Minuten später war er bereit.

Sein Körper war ein Paradoxon – einerseits gezeichnet von Schussverletzungen, andererseits besser in Form als je zuvor. Doch so fühlte es sich nicht an. Die Schmerzen setzten ihm immer wieder Grenzen. Es war noch nicht einmal so, dass es besonders wehtat, aber es ging ihm auf die Nerven, denn es erinnerte ihn daran, wie anfällig, wie angreifbar er war. Oft besänftigte er Schmerzen und Nerven mit Tabletten, obwohl er nicht wenig Lust auf andere schmerzstillende Mittel verspürte, stärkere, solche, die man rauchen konnte.

Er nahm das Rad und fuhr zum Rundetårn, wo Sten Høecks Psychologin im dritten Stock eines Altbaus nebenan praktizierte. Er hatte sie unter ihrer Privatnummer angerufen, und sie hatte ihn gebeten, in die Praxis zu kommen, trotz des Feiertags.

Psychologen hatten ihn immer nervös gemacht, denn er war sicher, dass sie über einen Schlüssel zu seinem Inneren verfügten, den er selbst nicht besaß. Bis vor zwei Jahren war er der Meinung gewesen, diese Art von Hilfe nicht nötig zu haben, aber seitdem waren in seinem Leben Dinge geschehen, die ihn eines Besseren belehrt hatten. Deshalb hatte er nach seinem letzten großen Fall eingewilligt, nicht nur die Ereignisse, die ihn in die Drogenhölle getrieben und beinahe das Leben gekostet hatten, mit einem der Polizeipsychologen aufzuarbeiten, sondern eine Therapie zu machen. Es hatte geholfen, allerdings nicht, was die Unsicherheit Psychologen gegenüber anging.

Eine Frau in den Sechzigern, in rostroten und braunen Gewändern, einem Schal und einer Art Hosenanzug, der teuer aussah, öffnete die Tür. Sie sah ihn mit warmen und aufmerksamen Augen an, aus denen auch eine gewisse Verletzlichkeit sprach, und vom ersten Moment an fühlte er sich wohl in ihrer Gesellschaft.

Sie führte ihn zu einem Sofa und bat ihn, Platz zu nehmen. Auf dem Tisch davor standen ein Glas Wasser und eine Pappschachtel mit Papiertaschentüchern. Von draußen drangen Vogelgezwitscher und der morastige Klangteppich der Købmagergade zu ihnen, Schritte, Stimmengewirr, aus dem sich plötzlich Bruchstücke von Sätzen herausschälten, ein Straßenmusikant, der *We Shall Overcome* sang.

»Wie lange war Sten Høeck bei Ihnen in Behandlung?«

»Eineinhalb Jahre.«

»Warum?«

»Es gab verschiedene Dinge in seinem Leben, mit denen er nicht zufrieden war. Die ihn regelrecht quälten.«

»Kann eins dieser Dinge der Grund dafür sein, dass er ermordet wurde?«

»Darauf kann ich nicht antworten, die Frage ist zu allgemein formuliert. Wofür wird man ermordet? Kann das im Großen und Ganzen nicht alles sein, wenn die Umstände die richtigen oder besser die falschen sind?«

»Es braucht schon einiges, um einen Menschen umzubringen. Nicht zuletzt einen guten Grund.«

»Sie müssen schon konkreter fragen. Ich bin an die Schweigepflicht gebunden und betrachte diese nicht als aufgehoben, weil Sten tot ist.«

»Haben Sie eine Krankenakte über ihn? Oder Notizen?«

»Ja, aber die werde ich Ihnen nicht aushändigen.«

Axel musste sich beherrschen. Er atmete tief durch und gab sich keine Mühe, seine Gefühlslage vor der Frau auf der anderen Seite des Tischs zu verbergen.

»Sten Høeck hatte ein sehr bewegtes Sex- und Liebesleben, in dem allein im letzten Jahr mindestens fünfzehn Frauen eine Rolle spielten. Ist vielleicht eine seiner Liebschaften zur Qual für ihn geworden oder hat ihn verfolgt oder ihm sonst auf irgendeine Weise Probleme bereitet?«

»Nein.«

»Da war nichts? Gar nichts?«

»Nein.« Sie sah ihn an. »Für diejenigen, die Sten kannten, war es kein Geheimnis, dass er ein Schürzenjäger war, sich aber nie an eine Frau band. Das war ein Punkt, über den wir sehr intensiv gesprochen haben, und mein Eindruck war, dass er den Frauen gegenüber immer sehr klar zum Ausdruck gebracht hat, was er wollte und was er nicht wollte, sodass sie sich keine falschen Hoffnungen machten.«

»Er hat also mehr als ein Dutzend Frauen gefickt und Sie wollen mir erzählen, dass keine eifersüchtig oder wütend auf ihn war?« Axel fiel es immer schwerer, das zu glauben.

»Das habe ich nicht gesagt, aber ich habe nie erlebt, dass er sich deswegen Gedanken gemacht hätte. Sorgen machte ihm viel mehr sein Trieb, aber darum geht es Ihnen ja nicht.«

»Nein. Also warum kam er hierher?«

»Sten war wegen etwas ganz Konkretem hier.«

»Und das wäre?«

Sie lächelte auf eine Art, die deutlich machte, dass sie ihre Unterhaltung nicht die Spur komisch fand.

»Ich möchte Ihre Ermittlungen nicht behindern, und ich merke, dass Ihnen sehr daran gelegen ist, Ihre Arbeit gut zu machen, aber diese Art von Fragen werde ich nicht beantworten. Sie können mich gerne nach konkreten Dingen fragen, von denen Sie annehmen, dass Sie für Ihre Ermittlungsarbeit relevant sind, und dann werden Sie Antworten von mir bekommen, aber solange ich nicht davon überzeugt bin, dass es so ist, werde ich nicht Stens Leben vor Ihnen ausbreiten.«

»Sten ist tot. Wie kann ihm das noch schaden? Meinen Sie nicht, wir sollten uns darauf konzentrieren, den Mann zu schnappen, der ihn getötet hat?«

»Ich meine, man soll das tun, was man zur Aufgabe hat.«

Axels Geduld war allmählich aufgebraucht, und er hatte keine Ahnung, wie er zu ihr durchdringen sollte.

»Lassen Sie mich anders fragen. Könnte die Ursache dafür, dass er zu Ihnen kam, in irgendeiner Weise mit dem Mord in Verbindung stehen?«

»Nein, das bezweifle ich. Sten quälten Dinge, die er erlebt hatte, und sie waren auch der Grund dafür, dass er hierherkam.«

»Und worauf bezogen sich diese Dinge?«

Wieder das Lächeln, das kein Lächeln war, sondern eher eine Grimasse, die ihrem Gesicht alle Wärme nahm, die es sonst ausstrahlte.

»Sie können natürlich jederzeit mit einer richterlichen Anordnung wiederkommen. Dann übergebe ich Ihnen selbstverständlich meine Notizen.«

»Warum tun Sie das nicht einfach jetzt?«

»Weil es Prinzipien gibt, an die man sich halten muss, wenn man mit Menschen arbeitet. Es geht um Vertrauen. Und um Vertraulichkeit.«

»Das ist mir schon klar. Aber wenn Menschen ermordet werden, ist es mit den Prinzipien vorbei.«

Er schob das Rad bis zum Nørreport und stieg in die S-Bahn Richtung Buddinge Station. Im Zug rief er Vicki an, die Sten

Høecks ehemaligen Chef von der Reederei zur Vernehmung ins Präsidium bestellt hatte.

»Er war ziemlich redselig. Scheint fast so, als hätten sie ihre Strategie geändert. Sten Høeck entpuppte sich als die Katze im Sack, sagte er. Nicht besonders engagiert, was die Arbeit betraf, erledigte alles nur so nebenher. Sie mussten einen ausländischen Security-Dienstleister engagieren, um ein Konzept gegen Kaperungen zu erarbeiten, weil Sten damit nicht in die Gänge kam. Ganz anders sah das aus, was ein paar der Mitarbeiterinnen im Unternehmen anging. Einmal tauchte der Bruder einer der Frauen in Stens Büro auf und bedrohte ihn, und dann haben sie ihn gefeuert. Eine Abmahnung hatte er schon kassiert. Es ging dabei gar nicht mal um seine Affären, damit hätten sie sogar leben können, aber sie wollten ihn loswerden, und da kam ihnen diese Sache als Vorwand gerade recht. Er hat eine Abfindung bekommen, neun Monatsgehälter, am Hungertuch hat er also wohl kaum genagt.«

»Okay, was ist mit diesem Bruder?«

»Wir fahren später zu ihm.«

»Gut. Gib mir ein Update, sobald ihr da wart.«

»Das kannst du erst mal vergessen, heute sind alle auf Darlings Gartenparty.«

Es gab viele lose Enden im Mordfall Sten Høeck, aber nur eine Sache brannte Axel tatsächlich auf den Nägeln: die Vergangenheit des Opfers beim PET, seine Fälle und die Möglichkeit, dass einer davon der Grund dafür war, dass jemand ihn umgebracht hatte.

Deshalb hatte er bereits heute Morgen John Darling angerufen, der voll und ganz mit den Vorbereitungen für seine Party beschäftigt war, und ihn gebeten, einen Termin beim

PET anzusetzen, damit er sich die in Sten Høecks Wohnung beschlagnahmte IT-Ausrüstung abholen könne. Zwar verfügte er über Kopien, aber sie würden Verdacht schöpfen, wenn er nicht darauf bestand. Und es war ein guter Vorwand, um sie nach konkreten Informationen zu Stens Arbeit für den Dienst zu fragen. Darling hatte keine Zeit, bei dem Treffen dabei zu sein, aber er hatte eine Stunde später zurückgerufen und gesagt, sie würden eine Akte zusammenstellen, aus der alles hervorginge, Stens wichtigste Operationen, Drohungen gegen ihn, Kollegen, mit denen er sich privat getroffen hatte, Verdachtsmomente gegen ihn, falls es welche gab. Khalid und ein Jurist würden die Übergabe der IT und der Unterlagen vornehmen, draußen bei ihnen in Søborg, heute Nachmittag.

Er verließ die Bahn und ging unter der Brücke hindurch zum Waschbecken, wie viele das Hauptquartier des PET im Klausdalsbrovej nannten – nicht nur, weil das Gebäude früher eine Wäscherei beherbergt hatte, sondern auch, weil der Dienst bekannt dafür war, sich nie die Hände schmutzig zu machen, die Drecksarbeit normalsterblichen Polizisten zu überlassen und sich hinter vaselineglatten Phrasen wie »im Interesse internationaler Beziehungen« und »Gefährdung der nationalen Sicherheit« zu verstecken, was nichts anderes hieß, als dass die Kollegen von der Kriminal- und der Schutzpolizei einen Scheiß von ihnen erfahren würden.

Axel trat an den Empfangstresen und stellte sich vor. Die Dame auf der anderen Seite maß ihn mit kühlem Blick und brachte ihn, ohne ein Wort zu verlieren, in einen Raum, in dem Khalid an einem länglichen Tisch saß.

»Was soll das?«, fragte Axel. »Wo ist euer Jurist? Und wo ist Sten Høecks IT?«

Khalid zuckte mit den Achseln. »Sorry, aber das liegt nicht in meinen Händen.«

»Haben Sie mit Per Larsen gesprochen?«

»Ja, ich war bei ihm zu Hause, aber es war niemand da. Und ich habe ein paarmal versucht, ihn anzurufen.«

»Versuchen Sie es noch mal. Fahren Sie zu ihm, heute, hinterlassen Sie eine Nachricht. Wir müssen mit ihm sprechen, und zwar so schnell wie möglich.«

»Gibt es einen besonderen Grund dafür, dass Sie unbedingt mit ihm sprechen wollen?«

»Ja, ich möchte meine Arbeit tun, und zwar ordentlich. Und dazu gehört, allen Spuren nachzugehen. Das ist der Grund.«

Die Tür ging auf, und zu Axels Überraschung kam Jens Jessen herein, gefolgt von zwei der verhasstesten Chefjuristinnen des Dienstes und drei Leibwächtern, die ganz hinten im Raum Platz nahmen.

Axel war sofort klar, dass er am Arsch war, er konnte es in den kalten Blicken lesen, mit denen Jens Jessens Begleiterinnen ihn ansahen. Zum Glück hatten sie Kopien von Sten Høecks Festplatten gemacht. Allerdings sollte das Glück nicht von Dauer sein.

Jens Jessen gab ihm die Hand. Heute war er ein anderer als der von Schuldgefühlen gebeutelte Teilzeitpapa, dem Axel gestern begegnet war. Jetzt saß ihm ein top getunter und fokussierter Mann gegenüber, dessen physische Präsenz bis auf Axels Seite des Tischs ausstrahlte und die ihn erschreckte, so wie sie es während der letzten sechs Jahre getan hatte, in denen sich der schlanke und durchtrainierte Glatzkopf zwar auch auf gute, zumeist aber auf so viele schlechte Arten und Weisen in sein Arbeits- und Privatleben gedrängt hatte, dass es Axel schwerfiel, den Überblick zu behalten.

Jens Jessen setzte sich, und sein Gefolge tat es ihm nach. Ihre Mienen strahlten Macht und Überlegenheit gepaart mit schmallippiger Arroganz aus.

»Tja, Axel, das hier sieht nicht gut aus, ganz und gar nicht. Aber bevor wir anfangen, musst du eine Vertraulichkeitserklärung unterschreiben.«

Die Frau rechts neben ihm schob ein Dokument über den Tisch.

»Eine was?«

»Ich glaube, du hast mich schon verstanden. Du sollst eine Erklärung unterschreiben, wonach du keine der Informationen verwenden darfst, die du während dieses Treffens erhältst. Das gilt ebenso für Informationen, die du dir über Sten Høecks Computer oder ein anderes seiner digitalen Gadgets verschafft hast.«

Axel hatte den Braten gerochen. Unterschrieb er, waren ihm die Hände gebunden.

»Du machst Witze, Jens. So kann ich nicht arbeiten. Wenn sich herausstellt, dass sie für die Ermittlungen relevant sind, wäre es ein Pflichtversäumnis meinerseits, sie nicht zu verwenden. Worauf willst du hinaus?«

»Ich will darauf hinaus, dass auf Sten Høecks Computer Dokumente und Videomaterial gefunden wurden, die strengster Geheimhaltung unterliegen und die er aus irgendeinem Grund auf seiner Festplatte hatte, als er beim PET ausgeschieden ist. Ein gravierender Verstoß gegen unsere Sicherheitsbestimmungen.« Er machte eine Pause, zog ein Dokument aus dem Papierstapel vor ihm auf dem Tisch und hielt es hoch. Dann sah er Axel an und las. »›Ein ebenso ernster Verstoß gegen die Sicherheitsbestimmungen ist darin zu sehen, dass besagtes Material gestern um 10.21 Uhr von einer unbekannten Person auf einen USB-Stick oder auf eine externe Festplatte kopiert wurde.‹ Unsere Techniker haben das zweifelsfrei festgestellt, und ich nehme an, du weißt, um wen es sich bei dieser Person handelt. Es geht in diesem Material um einen äußerst ernstzunehmenden Anschlag auf die nationale Sicherheit unseres Landes, und wir können nicht zulassen, dass es drüben bei euch im Präsidium kursiert und Gott weiß wer es in die Finger kriegt. Außerdem ist mir zu Ohren gekommen, dass du und einige deiner Kollegen Khalid Taleb, der zur Unterstützung der Ermittlungen im Mordfall Sten Høeck abgestellt ist, um sicherzustellen, dass kein vertrauliches Material in die falschen Hände gerät, in der Ausübung seines Dienstes behindert habt. Deshalb habe ich Brian Boldsen zu einem späteren Zeitpunkt zum Gespräch einbestellt, da ich davon ausgehe, dass er die Festplatten kopiert und dir die Kopien zur Verfügung gestellt hat.«

»Da bist du auf dem Holzweg. Es gehört zur üblichen Vorgehensweise am Tatort, als Erstes Kopien von allem digitalen und elektronischen Material zu machen. Um nichts anderes habe ich BB gebeten.«

»Axel, wir wollen deine Ermittlungen wirklich gerne unterstützen, auch wenn wir meinen, dass kein Zusammenhang zwischen dem Mord und Stens Arbeit hier beim PET besteht. Um unser Entgegenkommen unter Beweis zu stellen, bin ich bereit, dir Informationen zu allen Operationen zu geben, die relevant sein können, du bekommst Zugriff auf Aktenauszüge, fallbezogene Unterlagen, Urteile, die Daten aller Personen, die für einen Racheakt infrage kommen, solltest du in diese Richtung denken. Aber vorher musst du diese Erklärung unterschreiben und uns eure Kopien übergeben. Und zwar jetzt.«

Axel gab sich geschlagen. Er wusste, dass Vicki eine Kopie der Kopie hatte.

»Meine Kollegin Vicki Thomsen hat die Kopie. Sowohl sie als auch die Kopie befinden sich in diesem Moment im Präsidium.« Die drei Bodyguards am Ende des Zimmers standen auf und verschwanden. »Und was BB angeht: Er ist komplett unschuldig.« Er warf Khalid einen wütenden Blick zu. »Es war ausschließlich meine Verantwortung, dass das Material kopiert wurde. BB hat nur die Hardware geliefert. Die Kopie wurde zu einem Zeitpunkt gemacht, als ich noch nicht wusste, dass ihr das Ganze unter der Decke halten wollt.«

Es war gelogen, und wieder sah er zu Khalid hinüber, der ihn jetzt ans Messer liefern konnte. Aber der PET-Mann saß nur da und sagte nichts.

»Stimmt das, Khalid?«, fragte Jens Jessen.

»Ja.«

»Dann betrachte ich die Sache als erledigt, sofern wir die Kopien bekommen. Bleibt also noch Sten Høeck.« Er schob ein umfangreiches Dossier über den Tisch. »Das sind zusammenfassende Darstellungen der Operationen, an denen er mitgewirkt hat, und du kannst seinen Computer mitnehmen. Vertrauliche Dokumente wurden gelöscht, ebenso ein paar Mails. Wie weit seid ihr damit gekommen?«

»Nicht sehr weit. Bisher haben wir nur versucht, uns einen Überblick über die Heerscharen von Frauen zu verschaffen, mit denen er was hatte«, sagte Axel.

»Sten Høeck war Leiter der Observierungseinheit von 2000 bis 2008, also bis er gekündigt hat. Er war ein äußerst erfahrener Überwacher und selbst oft auf der Straße im Einsatz, hat die Observierungseinheit aufgebaut und war in die bedeutendsten Operationen in führender Position involviert. Dabei geht es nicht nur um Antiterroreinsätze, die öffentlich bekannt sind, sondern auch um zwei geplante Attentate auf das Königshaus sowie eines auf den Ministerpräsidenten, die unter Verschluss gehalten wurden, um niemanden auf dumme Gedanken zu bringen. Er war in alle Überwachungen größeren Umfangs unter unserer Regie einbezogen oder wusste zumindest davon.«

Axel nickte. Die beiden Juristinnen standen auf und verließen den Raum, sodass nur noch Khalid, Jens und er übrig waren.

»Jetzt denkst du wahrscheinlich, dass dadurch das Spielfeld ziemlich groß wird, aber die Sache ist die, dass niemand außer den Kollegen beim Dienst wusste, was er konkret gemacht hat, und das macht das Spielfeld wiederum ganz schön klein«, sagte Jens Jessen.

»Wie könnt ihr euch da so sicher sein? Aus meiner Sicht gibt es keine Garantie dafür, dass der Mörder nicht doch herausgefunden hat, wer er war und wen er überwacht hat.«

»Nein, eine Garantie kann nicht mal ich dir ausstellen. Wir sind die Operationen durchgegangen, bei denen er im Außendienst im Einsatz war, wir haben uns seine Vergangenheit hier beim PET angesehen, mit wem er zusammengearbeitet hat, ob er Feinde hatte und so weiter. Das findest du alles in den Unterlagen, und ich überlasse es natürlich dir, einzuschätzen, ob etwas Relevantes dabei ist.«

»Hat er als Zeuge vor Gericht ausgesagt?«

»Ja, zweimal, beides Antiterroreinsätze.«

»Hat ihn das nicht zur Zielscheibe gemacht?«

»Wir glauben nein. Es hat keinerlei Aktivitäten im Netz gegeben, die darauf hindeuten, dass der Mord aus Rache für die Rolle verübt wurde, die er in diesen Fällen gespielt hat. Aber auszuschließen ist es natürlich nicht.«

»Ist er in anderen Zusammenhängen in der Öffentlichkeit aufgetreten?«

»Nein, das war nicht Stens Stil. Aber das steht alles in dem Material hier. Sowohl ich als auch meine Mitarbeiter haben den ganzen Tag daran gearbeitet, es zusammenzustellen.«

Axel fragte sich, ob auch Mitarbeiterinnen daran beteiligt gewesen waren und ob eine davon vielleicht seine Freundin war. Er hoffte, nicht, aber es war natürlich möglich.

25

2007

Anwar ging ins Badezimmer und drehte den Wasserhahn auf. Henriette sah ihn, wie er sich das Gesicht wusch, die Hände, die muskulösen Unterarme, sich mit den nassen Händen durch die Haare strich und sich schließlich die Füße wusch. Dann ging er ins Wohnzimmer und rollte den Gebetsteppich aus. Er war allein.

Gestern Abend hatten die Brüder ihren Onkel Mohammad Lakhani in der Bangertsgade besucht und mit der Familie zu Abend gegessen. Shakir hatte die Wohnung im Kapelvej vor einer Stunde verlassen und war zur CBS gefahren, wo er sich eingeschrieben hatte, bevor er nach Pakistan gegangen war. Anwar war am Morgen beim Bäcker am Nørrebro Runddel und anschließend am Blågårds Plads gewesen, wo er sich mit ein paar alten Freunden aus dem Bandenmilieu getroffen hatte.

Henriette und Per saßen in der Einsatzzentrale, Sten war in

Nørrebro. Sie hatten eine Wohnung in der Peter Fabers Gade gefunden, nur hundert Meter von der der Brüder entfernt, und Sten war mit einem Team Techniker dort und machte alles bereit. Sie lag perfekt, auf der anderen Seite der Nørrebrogade und damit außerhalb des Milieus im Blågårdsgadeviertel, das schwer zu überwachen war. Es gab dort zu viele junge Männer und Jungs, die einen Bullen einen Kilometer gegen den Wind riechen konnten, selbst wenn es ein Bulle in PET-Verkleidung war.

Er schien völlig in sich gekehrt zu sein. Sie studierte sein Gesicht, während er betete, seinen durchtrainierten Körper, hörte sein fremdartiges Murmeln. Als er fertig war, ging er in die Küche und trank Wasser. Dann setzte er sich vor den Computer, und Henriette bereitete sich innerlich auf eine weitere Reise durch den Dschihad-Dschungel des Internets vor. Aber stattdessen loggte er sich auf Hotmail ein.

Per hatte seit zwei Stunden kein Wort gesagt, jetzt war er mit einem Schlag hellwach.

»Henriette, Monitor drei, er hat sich auf einem Mailkonto eingeloggt, das wir nicht kennen.«

Monitor drei zeigte alles, was auf dem Bildschirm des stationären Rechners der Brüder vor sich ging. Das Postfach meldete keine neuen Nachrichten, aber das schien Anwar nicht zu interessieren. Vielmehr öffnete er den Ordner *Entwürfe* und klickte einen Text an.

Sten Høeck meldete sich in ihrem Headset.

»Hat er den geschrieben, ohne dass wir es mitbekommen haben?«

»Wohl kaum«, sagte Per, »den hat ein Freund geschrieben, der nicht entdeckt werden will. Das ist ihre Methode. Schicken sie eine Mail, riskieren sie, der NSA ins Netz zu gehen.

Stattdessen legen sie ein Hotmailkonto an, zu dem sie beide Zugang haben. Einer loggt sich ein, schreibt eine Mail, speichert sie in *Entwürfe* und loggt sich wieder aus. Anschließend loggt sich der andere auf demselben Konto ein, liest den Text und antwortet vielleicht darauf, fügt etwas hinzu oder löscht ihn einfach, nachdem er ihn gelesen hat, und loggt sich wieder aus. Solange sie nur über *Entwürfe* kommunizieren, fliegen sie unter Radar – es sei denn, sie haben es mit uns zu tun«, sagte Per und betonte die letzten Worte mit unüberhörbarer Begeisterung.

»Was steht da?«, wollte Henriette wissen.

»Gesegnet sei Allah, lieber Bruder, bla, bla, bla, jede Menge Höflichkeitsfloskeln und Grüße, komm endlich zur Sache, Brüderchen, der Reis gedeiht, in zwei Wochen werden wir gemeinsam die Ernte einfahren, Mohammed ist der einzige Prophet, bla, bla. Vergiss nicht, jeden Morgen die Felder zu wässern. In drei Wochen werden die Lämmer geschlachtet. Halte dich bereit. Allah segne alle deine Taten, und so weiter und so fort. Ich lasse eine komplette Übersetzung anfertigen und behalte im Auge, ob er antwortet«, sagte Per. Anwar starrte eine Weile auf den Bildschirm und begann, langsam mit dem Oberkörper vor und zurück zu wippen, während er leise vor sich hin nuschelte.

»Was sagt er?«

»Das ist der Schwertvers, Sure 9:5 des Koran, gehört auf jeder Dschihad-Hitliste zu den Top drei. Dort heißt es, dass es halal ist, uns alle einen Kopf kürzer zu machen und so. Nicht besonders clever von ihm, juristisch betrachtet«, sagte Per.

Anwar beugte sich vor und las den Text auf dem Bildschirm noch einmal. Dann löschte er ihn und loggte sich aus.

Allahu Akbar. Er stand auf, ging leise summend in die Küche und nahm einen Joghurtdrink aus dem Kühlschrank. Danach setzte er sich wieder vor den Rechner, sein Singsang war verstummt.

Anwar klickte auf den Button des Internetbrowsers, tippte *xporn* ein und es öffnete sich eine Homepage mit unzähligen kleinen Fenstern, in denen reichlich nackte Haut und noch mehr Geschlechtsorgane in Nahaufnahme zu sehen waren.

In ihrem Headset stieß Sten Høeck einen lang gezogenen Pfiff aus.

Anwar scrollte nach unten, stoppte bei einem Suchfeld und gab *blonde facial* ein. Die Suche resultierte in noch mehr kleinen Fenstern, die Bilder blonder Frauen zeigten, die Gesichter fleckig, bespritzt, teilweise oder ganz mit Sperma bedeckt. Früher hätte ich mich geschämt, vielleicht wäre es mir sogar peinlich gewesen, einen Menschen in so einer intimen und für ihn demütigenden Situation auszuspionieren, dachte Henriette, aber sie hatte so viele Überwachungsvideos von Menschen gesehen, die sich auszogen, auf der Toilette saßen, unter der Dusche standen, onanierten, Sex hatten, dass es sie vollkommen kaltließ. Hoffentlich beeilt er sich wenigstens, dachte sie, als Anwar seine Hose öffnete, in die Hand spuckte und begann, seinen Penis zu reiben und zu kneten, während er einen Film anklickte und eine Blondine mit dunklen Haarwurzeln in einem kleinen Zimmer mit brauner Tapete auf dem Bildschirm erschien. Sie war nackt, hatte viel zu viel Lidschatten aufgetragen und in ihrem Mund steckte ein Schwanz.

»Allahu Akbar«, sagte Sten Høeck in ihrem Headset.

Mouthfuck and cumshot lautete der Titel des Films, und sie sah, wie Anwars Hand seinen Penis bearbeitete, als sei er ein

Stempel, während auf dem Bildschirm ein Paar Hände den Kopf der Frau packten und der Schwanz noch tiefer in ihren Mund gestoßen wurde, sodass sie die Augen schließen musste, um den Brechreflex unter Kontrolle zu halten.

»Einfach nur ekelhaft«, sagte Henriette.

Ab und zu durfte die Frau kurz Luft holen, Speichel lief ihr über das Kinn, die Augen schimmerten feucht und vom Brechreiz generierte Tränen verteilten die Mascara auf ihren Wangen. Aus Anwars Augen sprachen Wut und geifernder Wahn.

Was geht in diesem Menschen vor?, dachte sie.

Wieder meldete sich Sten Høeck in ihrem Headset.

»Siehst du das, Henriette? Er rastet völlig aus, ist vollkommen weggetreten«, war seine Stimme zu hören.

»Ja, mit einem halben Auge«, antwortete sie, obwohl sie die Augen geschlossen hielt und nur das Würgen und Keuchen der Frau, die oral vergewaltigt wurde, und Anwars lauter werdendes Stöhnen hörte.

»Wetten, dass er sich anschließend bei einem schönen Kopf-ab-Video entspannt?«, sagte Sten.

Sie warf einen kurzen Blick auf den Monitor, auf dem Anwars Körper krampfhaft zuckte. Endlich der Orgasmus, Gott sei Dank. Es kam so gut wie kein Sperma aus seinem Schwanz. Vielleicht ist er deshalb so scharf auf Filme mit Frauen, die Spermaflecken im Gesicht haben, dachte sie.

»Ich tippe, er geht duschen und betet anschließend.«

»Du bist doch sonst so ein kluger Kopf, Henriette. Er hat eben erst gebetet. Übrigens haben sich die Kollegen gemeldet, die seinen kleinen Bruder beschatten. Er sitzt an der CBS in der Kantine und trinkt Kaffee mit einem Mann, der wie ein Europäer aussieht, aber deutlich älter ist als er.«

»Gut, beide observieren, Shakir dürft ihr auf keinen Fall aus den Augen verlieren. Ich komme zu dir.«

Sie war froh, einen Grund gefunden zu haben. Sie musste raus, musste weg, weg von Anwar und seinen Pornofantasien, weg von den weinenden Augen der Frau. Für den Bruchteil einer Sekunde sah sie Khalid vor sich. War er auch so? Würde ihn so etwas heißmachen? Würde es ihn anmachen, ihr seinen Schwanz in den Mund zu stoßen und sie beinahe bis zur Bewusstlosigkeit oral zu ficken? Die Bilder im Kopf brachten sie einen Moment lang aus der Fassung. Sie hatte nichts mit ihm und wollte auch nichts von ihm, sagte sie sich. Er ist mein Agent, nichts weiter, meine Erfindung, mein Joker. Einer von ihnen, der einer von uns geworden ist. Sie und wir in einem.

Sie wandte sich an Per.

»Lagebesprechung, sobald du die Übersetzung hast. Es gibt jetzt ein Zeitfenster.«

»Ja, sieht so aus. In zwei Wochen passiert was, wahrscheinlich irgendein Treffen. Und in drei Wochen sollen die Lämmer geschlachtet werden. Dann knallt's. Wir müssen herausfinden, mit wem sie sich treffen und welche Lämmer sie schlachten wollen. Und dann lassen wir sie hochgehen. Wir haben sie am Haken, Henriette.«

Er hatte recht, aber nach ihrem letzten Gespräch mit Jens Jessen hatte sie das untrügliche Gefühl, diese Operation werde anders ablaufen, als Per es sich vorstellte. Es würde keinen Zugriff geben, wenn sie genug Beweise hatten – einen Zugriff würde es erst geben, wenn Jens Jessen zufrieden war.

26

2011

Am Nørreport stieg er auf sein Rad und fuhr mit einem Pappkarton voller Aktenauszüge und fallbezogener Unterlagen zurück nach Amager. Er hatte das Material bereits in der S-Bahn überflogen: neben Aktenauszügen eine Liste mit Namen von Festgenommenen, Angeklagten und Verurteilten im Zusammenhang mit Operationen, an denen Sten Høeck beteiligt gewesen war, dann drei Namen von Frauen, mit denen er ein Verhältnis gehabt hatte. Axel war erleichtert, dass der Name seiner Freundin nicht dabei war. Und schließlich etwas, das seine Aufmerksamkeit auf sich zog: eine äußerst überschaubare Auflistung mit Namen und Dienstnummern der PET-Mitarbeiter, mit denen er nach seinem Ausscheiden aus dem Dienst noch Kontakt gehabt hatte. Es handelte sich um einen Mann aus der Observierungseinheit und eine Sekretärin, auf deren Namen sie auch bereits bei ihren Ermittlungen gestoßen waren – noch eine Frauenbekanntschaft. Aber kein Khalid Taleb. Und kein Jens Jessen.

Als er nach Hause kam und den Karton öffnete, kam ihm der Gedanke, das Material als Entschuldigung zu benutzen, um Darlings Gartenparty fernzubleiben. Er begann zu lesen, zunehmend irritiert wegen der vielen Schwärzungen – allzu weit reichte das Vertrauen der Kollegen vom PET offenbar nicht. Der Großteil des Materials bezog sich auf drei Antiterroroperationen, und bei der einen waren die Streichungen so massiv, dass er entschied, diese als erste näher unter die Lupe zu nehmen. Auf den ersten einhundertvierzig der zweihundertsiebzig Seiten war so gut wie nichts gestrichen, auf den letzten einhundertdreißig waren hingegen mehr als zwei Drittel des Textes geschwärzt. Die Kapelvej-Operation, wie die Medien die Aktion getauft hatten, lag dreieinhalb Jahre zurück. Zwei junge Männer pakistanischer Herkunft waren in ihrer Heimat im Trainingslager gewesen und dann nach Dänemark zurückgekehrt, um einen größeren Terroranschlag zu verüben, einer der beiden hatte eine Vergangenheit im Bandenmilieu. Eine Stunde lang las Axel, bevor er auf die Uhr sah.

Darlings Party hatte vor einer Viertelstunde begonnen. Er hatte seinem früheren Kollegen versprochen zu kommen, er hatte seiner Psychologin versprochen, wieder unter Menschen zu gehen, und er hatte seiner Freundin versprochen, sich dort mit ihr zu treffen. Also riss er sich los und leitete die üblichen Instandsetzungsarbeiten ein, duschte, rasierte sich und holte eine frische Jeans, ein weißes Hemd und eine dunkelblaue Anzugjacke aus dem Schrank. Er sah gut aus, fühlte sich aber nicht wohl in seiner Haut. Es war das erste Mal, dass er zu einer Party ging, seit er clean war. Sicher, er war bei ein paar Empfängen im Kollegenkreis und einigen Abendessen gewesen, aber jedes Mal hatte er sich nackt und verletzlich gefühlt, als habe er jedes Gespür für Small Talk und Geselligkeit verloren.

Das Haus lag im Sorrentovej. Früher war die Gegend billiges Einfamilienhaus-Land für Handwerker und arme Akademiker gewesen, Gasbeton und in Eigenleistung angebaute Wintergärten, aber durch die Metro und den Amager Strandpark mutierte sie zu einem der begehrtesten Villenviertel der Stadt. Die Schwalben, die blühenden Apfelbäume und das Gefühl von Luft zwischen den Häusern unter einem weißblauen Abendhimmel riefen Erinnerungen an Risskov, das Land seiner Kindheit, in ihm wach und trugen zu dem wachsenden Unbehagen bei, das ihn beschlich, als er das Rad abstellte und das Stimmengewirr vernahm, das aus dem Garten zu ihm drang. Er war eine Stunde zu spät dran, sein Mut war auf Bodennebelniveau gesunken, als er sich im Spiegel betrachtet hatte, das narbige Gesicht, den baufälligen Körper, der immer noch mit den Schussverletzungen zu kämpfen hatte, obwohl das Ganze über ein Jahr zurücklag, und die Angst, die er im Alltag unter Kontrolle hatte, die aber jedes Mal den Arm hob und eifrig mit den Fingern schnipste, sobald er unverbindliche Konversation betreiben sollte, ohne sich auf seine Arbeit, Alkohol, Haschisch oder Drogen stützen zu können.

Er fühlte sich unwohl, als er auf den Klingelknopf drückte, hatte nicht die geringste Ahnung, was er anderes sagen sollte als ›Guten Abend‹. Nichts geschah. Er ging zur einen Seite des Hauses, offenbar der falschen, um in den Garten zu gelangen, denn zwischen Hauswand und der Hecke zum Nachbargrundstück waren höchstens fünfzig Zentimeter Platz. Aber er war auf dem Weg, und umkehren wäre riskant. Es war eine schlechte Idee, wie sich zeigen sollte. Er hatte unauffällig ankommen wollen, aber jetzt bog er um die Ecke des Hauses und stand direkt hinter der Bar und neben der Zapfanlage, inmitten eines enormen Arsenals Flaschen voller Spirituosen und neben John Darling, der Bermudashorts und einen Strohhut trug – ein äußerst aparter Anblick. Er konzentrierte sich auf John. Vor ihm erstreckte sich ein Meer aus bekannten und weniger bekannten Gesichtern, die wie Schlaglichter aus der Hölle aufflackerten, eine Suppe aus Lächeln und sommerlicher Ausgelassenheit. Noch hatte ihn kaum jemand bemerkt, doch dann rief Darling: »Axel Steeeeeen, dead man walking!!! Willkommen!«, und legte ihm den Arm um die Schultern, ein Verhalten, das in krassem Gegensatz zu der sonst stets pressetauglichen Korrektheit stand, für die der kürzlich ernannte Operative Chef des PET bekannt war. Aber Axels ehemaliger Partner war bereits deutlich angetrunkener, als er ihn je zuvor erlebt hatte. Die fünfzehn bis zwanzig Menschen, die ihnen am nächsten standen, richteten ihre Aufmerksamkeit auf sie, und für ein bis zwei Sekunden trat Stille ein, bevor Grüße gerufen wurden und er in Gesichter sah, die ihn anstarrten. Münder öffneten sich, Köpfe wurden zusammengesteckt, Lippen bewegten sich dicht an Ohren, alles begleitet von Flüstern und unvermeidlichen Blicken. Sein Ruf war ihm offenbar vorausgeeilt, der Drogenkonsum, der im Laufe seiner letzten großen Ermittlung explodiert war, und jetzt der Sten-Høeck-Fall, der *das* Gesprächsthema des Tages war, wie er hören konnte.

Er spürte den Drang, sich einen Schutzschild anzutrinken, ein paar Gläser zu kippen, einen Joint zu rauchen, sich eine Line reinzuziehen, darauf zu scheißen, was die anderen tuschelten. Als wäre alles nicht schon schlimm genug, drückte Darling ihm einen »Welcome-Drink« in die Hand, murmelte: »Ach ja, du trinkst ja nicht mehr«, und tauschte ihn gegen eine Cola aus.

»Und? Wie sieht's aus?«, brüllte Darling ihm ins Ohr. »Bist du gut drauf?«

Axel nuschelte eine Antwort, schob sich um die Bar herum und mischte sich auf der Suche nach einem weniger prominenten Platz unter die Leute. Alles um ihn herum erschien ihm stechend und grell, die orangefarbenen Welcome-Drinks in Plastikgläsern mit knallbunten Sonnenschirmchen obenauf, die Cocktailhäppchen, das Lächeln in den Mundwinkeln, das künstliche und zu laute Lachen, die tiefen Ausschnitte der sonnengebräunten Frauen, die schlagfertigen Bemerkungen, die durch die Luft segelten, randvoll mit Ironie und Sarkasmus. Es roch nach verbrannter Haut, Schweiß und Parfüm, und am liebsten hätte er auf dem Absatz kehrtgemacht, doch plötzlich umarmte ihn Darlings Frau, Psychologin und wenigstens ebenso betrunken wie ihr Mann, und stellte ihn zwei Kolleginnen vor.

Axel schüttelte einer kleinen Frau in prall gefüllter geblümter Bluse mit Rüschen und enormen Mengen Rouge auf den Wangen die Hand. Dann drehte Darlings Frau ihn herum und sagte:

»Und das hier ist Joan. Sie arbeitet auch bei der Polizei. Kennt ihr euch vielleicht?«

Axel sah in das Gesicht einer Frau, die ihr Haar kurz geschnitten trug und deren braune Augen seinen Blick nüchtern und kühl erwiderten. Aber er wusste, dass sich dieser Blick innerhalb einer Sekunde verändern konnte, fürsorglich und umarmend werden konnte, so wie er es oft bei ihren Therapiesitzungen erlebt hatte, in deren Verlauf er mehrere Male zusammengebrochen war und wie ein kleiner Junge geschluchzt hatte, lange und befreiend.

»Ja, wir kennen uns«, sagte Axel, während er ihrem Blick standhielt. »Tatsächlich ist sie dafür verantwortlich, dass ich heute hier bin. Sie meint, ich solle hinaus in die Welt ziehen und mich unter Leute begeben.«

Die drei Frauen schwiegen. Joan beugte sich vor und legte leicht die Hand auf seinen Arm. Es war das erste Mal, dass sie ihn berührte. Bisher hatten sie sich nicht einmal die Hand gegeben.

»Wir müssen nicht miteinander sprechen. Um ehrlich zu sein, wusste ich gar nicht, dass Sie auch hier sind«, sagte sie so leise, dass Axel sich fragte, ob die beiden anderen Frauen sie hören konnten.

Neun Monate lang war er bei ihr in Behandlung gewesen. Sie hatten an dem gearbeitet, was sie seinen Approach anderen Menschen gegenüber nannte, die Wut und die Aggressionen, und gemeinsam hatten sie einen neuen Verhaltenskodex auf die Beine gestellt. Axel musste versuchen, eine positive Einstellung zu finden – nicht um anderer, sondern um seinetwillen, Dinge beiseiteschieben anstatt wütend werden, der Welt offen und vorurteilsfrei begegnen. Der neue Axel – so verstand er sich selbst – war gar nicht neu, »so sind Sie nämlich eigentlich, unter all dem anderen, Sie haben sich nur versteckt«, sagte sie. Vielleicht hatte sie recht. Er hatte ihr von der inneren Lähmung erzählt, dem Gefühl, dass nichts mehr etwas bedeutete, er nur seine Tochter Emma noch spüren konnte, aber ansonsten vollkommen leer war. »Das ist eine Phase«, hatte sie gesagt, »das kommt wieder, Sie müssen sich der Welt nur ohne Drogen und Alkohol stellen, ohne all ihre Abwehrmechanismen.«

»Das ist kein Problem, das ist völlig okay«, log er und fügte hinzu: »Da drüben ist jemand, dem ich mal eben Guten Tag sagen muss.« Der Drang nach einem Joint oder einem Drink wurde wieder stärker, sein ganzer Körper schrie förmlich danach. Er zündete sich eine Zigarette an und schlug sich zu Vicki und Bjarne durch, die Belanglosigkeiten über den gestrigen Mord austauschten. Axel grüßte sie und zog sich die Zigarette innerhalb von zwei Minuten rein. Dann nahm er Vicki beiseite und fragte, ob sich die PET-Leute wie zivilisierte Menschen verhalten hatten.

»Ja, mal abgesehen davon, dass sie meinen Laptop mitgenommen haben.«

»Aber du hast doch eine Kopie von Sten Høecks digitalem Dasein gemacht, oder?«

»Ja, und ein Freund, der sich mit so was auskennt, hat mir erklärt, wie man das hinkriegt, ohne Spuren zu hinterlassen.«

»Hast du mir alles gemailt?«

»Nein, ich habe noch eine Kopie gemacht«, sagte sie, griff in ihre Tasche und drückte ihm einen USB-Stick in die Hand.

»Danke.«

Vicki ging zurück zu Bjarne. Axel sah sich um.

Er entdeckte BB, der sich mit Lennart unterhielt. Hinter ihnen stand eine kleine Gruppe PET-Juristen und Chefs, in ihrer Mitte Jens Jessen und seine beiden Gouvernanten, die heute auch bei ihrem Treffen dabei gewesen waren. Ihre Arschkriecherei war unübersehbar, höflich lachten sie über alles, was ihr Vorgesetzter von sich gab. Am Rande der Gruppe streunte Josephsen herum. Seine pissgelben Augen waren feucht von der Gier, der Cheftroika des PET so nahe wie möglich zu kommen. Axel spürte Brechreiz aufsteigen, fühlte sich eingekesselt vom Übelsten, das er kannte, schleimigen Karrieretypen in eng sitzenden italienischen Poloshirts und silberfarbenen Sommerjacketts, aalglatte Menschen in glatt gebügelten Hemden, alles nur noch übertroffen von ihren geifernden und machtgeilen Mäulern, immer bereit, die zu fressen, die in der Nahrungskette unter ihnen rangierten, und die Scheiße zu schlucken, die von oben kam.

Hinter Jens Jessen stand eine hochgewachsene Frau, vertieft in ein intensives Gespräch mit einem noch größeren Mann. Henriette Nielsen und Khalid Taleb. Axel bemerkte den konzentrierten Blick seiner braunen Augen, die Zunge, die über die Lippen fuhr, während er auf eine Gelegenheit wartete, zu Wort zu kommen. Sie trug ein weißes Kleid, das sich eng an ihren Körper schmiegte. Dann sah sie zu ihm herüber und lächelte, und eine Sekunde lang musste er an den Blick denken, mit dem sie ihn vor knapp zwei Jahren angesehen hatte, als sie sein Leben rettete.

Sie wandte sich ein wenig von Khalid ab, nachdem sie ihn entdeckt hatte. Ihre langen, sanften Locken, das etwas breite Gesicht, die kleine Furche im Kinn und die leuchtend hellblauen Augen verliehen ihr eine raue Schönheit. Noch einen Moment ließ sie den Blick auf ihm ruhen, sodass Khalid es bemerkte und ebenfalls in seine Richtung sah. Sie drehte sich wieder zu seinem neuen Partner um. Sie kennen sich gut, dachte Axel. Wie gut? Jens Jessen hinderte ihn daran, weiter über diese Frage nachzudenken.

»Axel, wie laufen die Ermittlungen?«

»Ausgezeichnet, wenn man mal davon absieht, dass ich heute die meiste Zeit damit verbracht habe, in einer Besprechung mit ein paar PET-Juristen zu hocken.«

Er lächelte.

»Tut mir leid, dass das Ganze so formell abgelaufen ist, aber du weißt ja, dass ich in diesen Dingen hundertprozentig korrekt vorgehen muss. Ich kann nicht zulassen, dass unsere private Bekanntschaft Einfluss auf dienstliche Belange nimmt.«

»Ist schon okay, Jens.«

»Tatsächlich wollte ich schon länger mal mit dir sprechen.«

»Ja?«

»Ja, es geht eigentlich nur um …« Er hielt inne. »Na ja, du weißt schon, Cecilie … und wir sind ja jetzt irgendwie in derselben Situation, du und ich, wenn ich mal so sagen darf. Und da dachte ich, ob ich mal mit dir sprechen kann, weil ich dich etwas fragen wollte.«

»Wir sind nicht in derselben Situation, Jens.«

»Nein … na ja … vielleicht nicht. Du siehst sie ja öfter als ich. Ich dachte schon, ihr seid vielleicht wieder zusammen.«

»Das sind wir nicht.«

»Gut, okay.« Er schien erleichtert, und Axel ging davon aus, dass er eine Antwort auf die Frage bekommen hatte, die ihn beschäftigte.

»Dieser Khalid, was ist das eigentlich für ein Typ?«

»Fähiger Mann.« Jens Jessen sah nicht unbedingt glücklich aus.

»Stimmt was nicht mit ihm?«

»Mein Vorgänger hat ihm weitestgehend freie Hand gelassen, und ich bin jetzt gezwungen, die Zügel ein wenig anzuziehen. Weihnachtskarten werden wir uns wohl kaum schicken.«

»Freie Hand? In welchem Zusammenhang?«

»Informanten, Agenten aus dem islamistischen Milieu. Mir war das alles zu unorganisiert, zu riskant. Außerdem war Geld im Spiel, und das ging mir zu weit, das konnte ich nicht einfach so weiterlaufen lassen. Und das passt ihm natürlich nicht.«

»Er hat keine polizeiliche Ausbildung, oder?«

»Nicht direkt, hat nur ein paar Kurse besucht. Er ist ausgebildeter Linguist, und er kennt das Milieu, war selbst ein Teil davon, mehr oder weniger. Ein paar Jahre haben wir ihn undercover eingesetzt, hat sich als ziemlich fähig erwiesen. Aber frag Henriette, sie hat intensiven Kontakt mit ihm.«

Axel registrierte die kaum hörbare Betonung des Adjektivs der letzten Bemerkung, ignorierte sie aber.

»Hast du dir eigentlich mal überlegt, zu uns zu wechseln?«, fragte Jens. »Ich meine, jetzt wo John schon bei uns ist.«

»Ich bleibe, wo ich bin. Mord ist mein Spezialgebiet.«

»Es kann durchaus gesund sein, ab und zu mal was Neues zu probieren. Und wir haben auch so unsere Spezialgebiete. Wäre das nichts für dich?«

»Du meinst Undercovereinsätze, Zeugenschutz und Informanten?«

»Ja.« Er sah Axel an.

»Ich glaube nicht, dass es in dieser Stadt noch ein Fleckchen gibt, wo ich als verdeckter Ermittler arbeiten könnte«, sagte Axel.

Axels Ablehnung schien keinerlei Eindruck auf Jens Jessen zu machen.

»Denk drüber nach. Das Angebot steht«, sagte er und ein paar Tics überzogen seine Augen, bevor er sich zurück in die Masse aus menschlichen Körpern schlängelte.

Dann kam sie auf ihn zu. In ihrem Blick konnte er lesen, dass sie nicht vorhatte, es noch länger zu verbergen, und einen Moment lang war er der glücklichste Mann auf Erden. Ihre Augen waren so blau, glichen Topasen, und er verspürte Lust, in ihre kristallklare Farbe einzutauchen, in den warmen, neckischen Blick. Er lächelte und errötete gleichzeitig. Sie war beinahe genauso groß wie er, trat ganz dicht an ihn heran, und er legte einen Arm um sie und küsste sie. Sowohl Bjarne als auch Vicki, die in der Nähe standen, verstummten.

Er dachte über das nach, was Jens Jessen gerade angedeutet hatte, und über das, was er kurz zuvor gesehen zu haben glaubte. Sie hatte ihm von den Affären erzählt, die sie mit PET-Kollegen gehabt hatte, etwas, das ihn normalerweise dazu gebracht hätte, sie alle zu hassen, um sich dann giftgrünen Minderwertigkeitskomplexen und siedender Eifersucht hinzugeben. Aber er hatte geschwiegen und sich bemüht, der angeblich gar nicht so neue Axel Steen zu sein, der die Dinge beiseiteschob und der Welt vorurteilsfrei gegenübertrat. Er wusste, dass es nichts mit ihr zu tun hatte, dass er nur unermüdlich auf der Suche nach dem Abgrund war, ein Jäger der Apokalypse, der es nicht ertragen konnte, dass jemand, den er liebte, auch von anderen begehrt wurde, dass etwas Intimes vorgegangen war, dass es einen Raum gab, in dem diejenige, die er liebte, Vertrauen, Nähe, Hingebung erlebt hatte. Und dass er sich nicht in diesem Raum befunden hatte. Erst, als er diesen Raum zugelassen hatte, waren Hass und Eifersucht leise zischend verdampft.

Er hätte sich ja auch dagegen wehren können, hätte eine andere finden können, nicht ausgerechnet sie, eine, die nichts mit Polizei und PET zu tun, die nicht mit seinen Kollegen zusammengearbeitet hatte, die nicht Jens Jessens engste Mitarbeiterin war. Er hätte sich nicht in Henriette Nielsen verlieben müssen.

27

2007

Henriette Nielsen war auf dem Weg zu einem Treffen mit Khalid, als sie einmal mehr zu Jens Jessen gerufen wurde. Es irritierte sie, dass er sich ständig einmischte.

»Wie ich höre, hatte der jüngere unserer beiden Brüder eine Unterredung mit einem Mann, an der CBS.«

»Ja, wie sich herausgestellt hat, ist dieser Mann zurzeit dabei, eine Elektronikfirma zu gründen. Shakir wollte wissen, wie er an bestimmte Komponenten herankommt. Unter anderem hat er nach Pentrit gefragt.«

»Bombenbau?«

»Bomben, Plastiksprengstoff, aber das zeigt uns auch, dass sie noch ein paar Baustellen haben. Pentrit ist die auslösende Komponente bei einem Zünder für Plastiksprengstoff, alleine ist es allerdings zu fast nichts zu gebrauchen. Aber es ist natürlich ein gutes Zeichen, und in einem Gerichtsverfahren kann es eine wichtige Rolle spielen. Was meinst du, Zugriff?«

»Nein, das ist noch zu früh.« Mit seinen großen, fragenden Augen sah er sie konzentriert an. »Von jetzt an werden mir Bilder von sämtlichen Personen zugemailt, mit denen die beiden Zielpersonen Kontakt haben beziehungsweise kommunizieren. Das gilt auch für ihren Mailaustausch und ihre Internetaktivitäten, ich erhalte von allem Kopien.«

»Selbstverständlich.« Das war sein gutes Recht, allerdings hatte er derlei Dinge bisher nie angeordnet.

»Und was ist mit dem dritten Mann am Flughafen? Der, von dem ihr angenommen habt, dass er ein Auge darauf hatte, ob die Brüder überwacht werden. Gehörte er tatsächlich zu ihnen? Und wenn ja, seid ihr an ihm dran?«

»Das wissen wir noch nicht.«

»Vergiss ihn, Henriette.«

»Warum?«

»Weil der Mann, nach dem wir suchen beziehungsweise auf den wir uns vorbereiten müssen, kein Laufbursche oder Helfershelfer ist, kein kleiner Fisch, der auf einem Flughafen herumschleicht und überwacht, ob sein Fußvolk überwacht wird. Er ist der Kopf des Ganzen, leitet die Operation. Aber es ist nicht sicher, dass er kommt.«

»Und du kannst mir nicht mehr über ihn sagen? Aussehen, Alter?«

Jens Jessen sah sie an, als sei sie eine Plage.

»Nein, du weißt schon zu viel.«

Mithilfe ausländischer Kooperationspartner hatten sie inzwischen einhundertsechsundsiebzig Passagiere überprüft, die an Bord der Maschine aus Frankfurt gewesen waren, und noch waren weder Terrorverdächtige, falsche Identitäten oder sonst irgendetwas aufgetaucht, das die Alarmglocken schrillen ließ. Henriette war überzeugt, dass es sich bei dem dritten Mann um ein Produkt der überhitzten Stimmung am ersten Tag ihrer Operation handelte. Aber der Zweifel blieb.

Routine stellte sich bei allen Beteiligten ein, sowohl bei Stens Observierungsteams als auch in der Leitungsgruppe. Und bei den Zielpersonen. Sie lebten einigermaßen spartanisch, holten Dürümrollen und Hummus bei der Schawarmabude in der Blågårdsgade. Shakir betete öfter als sein Bruder, nahm nur arabisches Essen zu sich und besuchte die Moschee in Ydre Nørrebro, seit Jahren ein Sammelpunkt für Menschen, die sich zur strengsten und fanatischsten Auslegung des Islam bekannten. Jeden Tag ging er zur CBS, doch schien es so, als tue er das nur, um etwas zu tun und seinem Bruder zu demonstrieren, dass er aktiv war. Anwar war ein Widerspruch in sich. Auch er aß arabische Gerichte und betete, aber weniger regelmäßig als Shakir. Doch wenn er betete, dann mit intensiver Hingebung, und oftmals forderte er seinen Bruder auf, es ihm gleichzutun, und dann hockten sie da und leierten Koransuren herunter und nuschelten vor sich hin, Gott sei groß, bis sie sich in einen tranceartigen Zustand versetzt hatten. Henriette nahm an, dass sie es im Trainingslager eingeübt hatten. War er alleine, aß Anwar Pizza und Bagels und hörte Beyoncé und Shakira – alles durch und durch haram. Er machte Spaziergänge im Viertel, besuchte seinen Onkel und seine alten Gangsterfreunde aus der Blågårdsgade, und dann konnte es vorkommen, dass er nachts nach ein bisschen Small Talk mit den Dealern am Blågårds Plads und gesättigt von Cola und Burgern nach Hause kam und anfing, mit einem Feuereifer zu beten, der den seines Bruders weit übertraf. Hinterher setzten sie sich meistens vor den Computer und sahen sich Mitschnitte berühmter Prediger, Enthauptungsvideos und Propagandafilme aus dem Irak oder Afghanistan an, in denen Mudschahedin ihre Gewehre hochhielten und feuerten, bis die Magazine leer waren, gefolgt von Bildern aus militärischen Trainingslagern in den Bergen, zusammengeschnitten mit Aufnahmen toter amerikanischer Soldaten, deren Leichen nach einem Bombenattentat auf der Straße verstreut lagen. »Allahu Akbar«, sagte Shakir dann, und sie begannen wieder Phrasen zu leiern, bis sie scheinbar in Trance fielen.

Stundenlang konnte Anwar beinahe regungslos auf seiner Matratze liegen, um dann, wenn er alleine war, plötzlich aufzuspringen, den Computer hochzufahren und sich einen runterzuholen, manchmal fünf-, sechsmal am Tag, während er auf vollbusige amerikanische Hausfrauen oder junge, unschuldig dreinblickende Mädchen glotzte. Alle bekamen eine Ladung Deckweiß ins Gesicht, wie Sten Høeck es so poetisch ausdrückte.

Alle waren blond.

Sie hielt Anwar für den Gefährlicheren der beiden, sollte es zu einem Nahkampf kommen, aber auch für den, dessen Wurzeln des Glaubens weniger tief reichten. Und deshalb war die Bereitschaft seines Bruders, es zum Märtyrer zu bringen, wahrscheinlich größer. Falls sie ein Selbstmordattentat planten.

Heute wollten sie sich in einem Café am Christianshavn treffen und zu Mittag essen. Dieselbe Coverstory für den Fall, dass einer von Khalids Freunden oder Bekannten hereinkam. Er kam fünf Minuten nach ihr, sie sah ihn schon von Weitem, wie er die Umgebung scannte, bevor er das Café betrat – sehr professionell, und das gefiel ihr.

Er küsste sie flüchtig auf die Wangen, setzte sich und sah ihr lächelnd in die Augen. Sie saßen in einer ruhigen Ecke des Cafés, wo sie ungestört waren.

»Ich habe zwei Pistolen besorgt«, sagte er. »Fällt das unter erstattungsfähige Auslagen?«

»Ja, sicher. Welches Fabrikat?«

»Eine Glock und eine H&K, wahrscheinlich ehemalige Dienstwaffen der Polizei.«

Sie schob ihre Jacke zurück, sodass er den Schaft ihrer H&K sehen konnte, die in ihrem Schulterholster steckte.

»So eine?«, fragte sie.

Khalid nickte.

»Ja, aber ein älteres Modell.«

»Glock haben wir nie benutzt, vor H&K hatten wir die Walther PPK, aber die war nicht ganz so effektiv, nicht so durchschlagskräftig wie die hier.«

Er sah sie an. Das Lächeln war beinahe verschwunden.

»Du hast Erfahrung damit?«

»Natürlich. Ich bin eine gute Schützin.«

»Das meinte ich nicht. Hast du schon mal jemanden erschossen?«

»Ja.«

Er schwieg abwartend, aber sie wollte nicht darüber sprechen.

»Okay, woher hast du sie?«, fragte sie stattdessen. Es schien, als sei er enttäuscht darüber, dass sie das Thema wechselte, aber dann nahm er sich zusammen und sagte:

»Henriette …«

»Ja, ja, sorry, aber irgendwann musst du es uns sagen. Was hast du dafür bezahlt?«

»Achttausend, hab Rabatt bekommen, um der alten Freundschaft willen.«

»Ich kümmere mich darum, dass du das Geld erstattet bekommst, aber du musst sie abgeben.«

»Ist das dein Ernst?«

»Ja.«

»Das kommt nicht infrage. Wenn sie herauskriegen, dass ich sie nicht mehr habe, bin ich am Arsch.«

»Du könntest sie doch einfach weiterverkauft haben.«

»Machst du Witze?« Verärgert fixierte er sie. »War das nur ein Spielchen, dass ich mir Waffen besorgen sollte? Alles Zeitverschwendung? Wenn ich sie weiterverkaufe, bin ich für Anwar und seinen beknackten Bruder uninteressant, weil sie die Waffen dann bei einem eventuellen Anschlag nicht benutzen können, nicht wahr? Und Sinn der ganzen Aktion war doch, dass ich an sie herankomme, oder etwa nicht?«

»Ja, schon, aber inzwischen haben sich andere Möglichkeiten ergeben, Khalid. Wahrscheinlich werden wir die Sache mit dir und den Waffen fallen lassen, und bis dahin bist du vorsichtig. Wenn sie dahinterkommen, dass du auf sie angesetzt bist, kann dich das dein Leben kosten.«

»Ich kenne diese Typen besser als irgendjemand von euch.

So denken die nicht. Denen würde nicht mal im Traum einfallen, dass ich für den PET arbeiten könnte. Ich habe die Waffen, die Jungs am Blågårds Plads wissen Bescheid, ich gehe in die Moschee, und ich bin sicher, dass Anwar oder Shakir auf irgendeine Weise Wind davon bekommen. Dann sehen wir, was passiert.«

Bei dem Gedanken daran, dass ihr Agent palästinensischer Abstammung mit zwei Pistolen samt scharfer Munition drüben in Nørrebro herumlief, war ihr alles andere als wohl zumute. Aber sie konnte sich nicht dazu durchringen, ihm hier und jetzt seinen Enthusiasmus zu nehmen.

Ihr Telefon gab einen Piepton von sich, eine SMS von Per.

»Habe herausbekommen, was ›Vergiss nicht, jeden Morgen die Felder zu wässern‹ bedeutet. Besser, du kommst hierher.«

28

2011

Es war etwas Neues. Sie waren seit eineinhalb Monaten zusammen, doch es kam ihm so vor, als seien sie schon viel länger ein Paar, denn wenn sie bei ihm war, musste er nicht ständig daran denken, wer oder was er war und warum er die Dinge getan hatte, die er getan hatte. Sie akzeptierte ihn.

Sie waren sich bei dem Empfang begegnet, den Darling aus Anlass seines vierzigsten Geburtstags gegeben hatte. Axel war den anderen Gästen so gut es ging aus dem Weg gegangen, hatte sich aber verpflichtet gefühlt, länger als unbedingt nötig zu bleiben, da er und Darling eine lange Vergangenheit als Ermittlerteam hatten, und er wusste, dass seine Anwesenheit seinem ehemaligen Partner und Vorgesetzten viel bedeutete. Gerade, als er meinte mit seinem vierten Glas Cola mehr als seine Pflicht erfüllt zu haben, war Henriette Nielsen zusammen mit ein paar Kollegen vom PET aufgetaucht.

Nachdem sie Darling begrüßt hatte, war sie direkt auf ihn zugesteuert. Ein plötzliches und für ihn selbst überraschendes Gefühl von Glück und Erleichterung hatte ihn gepackt, so heftig, dass ihm Tränen in die Augen traten und er kämpfen musste, um sie zurückzuhalten.

Es war fast eineinhalb Jahre her, dass sie sich gesehen hatten. In einer Lagerhalle, wo er tödlich verwundet auf dem Boden gelegen hatte und nur noch wenige Sekunden davon entfernt gewesen war zu sterben. Dann war sie gekommen und hatte ihn gerettet. Sie war im Krankenhaus gewesen, als er im Koma lag, ein Blumenstrauß mit einer Karte hatte es ihm verraten. Ein paarmal hatte er versucht, sie zu erreichen, allerdings ohne Erfolg, und der Gedanke, sich nicht persönlich bei ihr bedankt zu haben, rief ein flaues Gefühl bei ihm hervor.

Sie hatte sich an einigen der Gäste vorbeigeschoben und lächelte, die blauen Augen blauer als irgendetwas anderes, das er kannte. Forschend und besorgt hatten sie ihn angesehen.

»Axel, wie schön, Sie zu sehen«, sagte sie ruhig und mit rauer Stimme.

Er stand auf, und es fühlte sich an, als zerspringe etwas in ihm, und Unbehagen und Angst verflüchtigten sich beinahe im selben Moment. Sie machte Anstalten, ihm die Hand zu reichen, aber er breitete die Arme aus und zog sie an sich, legte den Kopf auf ihre Schulter, war erstaunt, wie groß sie war, und ließ den Tränen freien Lauf. Hinterher dachte er, dass gerade ihre Größe entscheidend dafür gewesen war, dass er hatte loslassen können – er fühlte sich auch physisch geborgen.

»Was haben Sie denn, Axel?«

Sanft hatte sie ihn von sich weggeschoben, an den Armen gehalten und ihn angesehen, und er hatte geweint und gelacht, über sich selbst, über seine Tränen, aus Erleichterung.

»Es ist nur … Ja, ich weiß auch nicht, Henriette. Ich komme mir hier etwas verloren vor, und dann kommen Sie hereingeschneit, einfach so. Ich hatte nicht damit gerechnet, Sie hier zu sehen.«

Er sah sie an, das dunkelbraune Haar, das in zarten Locken auf die Schultern fiel, die kleine Furche in ihrem Kinn, die schwarze Mascara, die ihre leuchtend blauen Augen einrahmte, die ihn schon bei ihrer ersten Begegnung vor vier Jahren im Zusammenhang mit den Ermittlungen in einem Mordfall in einem schäbigen Hotel in Nørrebro angezogen hatten.

»Ich wollte mich noch bei Ihnen bedanken.«

Sie hielt ihn jetzt an den Schultern und sah ihn immer noch lächelnd an.

»Sie sehen gut aus. Sie sind am Leben. Das ist gut.«

»Ja, danke, nur fühlt es sich gerade nicht besonders gut an.«

»Wie geht es Ihnen? Sind Sie wieder gesund? Als ich Sie zuletzt gesehen habe, waren Sie mehr tot als lebendig.«

»Ich bin wieder gesund. Und ich bin clean. Ein paar Knochen knirschen manchmal noch ziemlich, aber damit kann ich leben. Ich fühle mich hier nur nicht besonders wohl.«

»Da sind Sie nicht der Einzige.«

Plötzlich sprudelten die Worte aus ihm heraus, die letzten Minuten, als er sicher gewesen war, er würde sterben. Sie, wie sie durch die Tür in die Halle gekommen war und ihn gerettet hatte. Der Hubschrauber, der Flug zum Krankenhaus, wie er sich damit abgefunden hatte, dass es vorbei war, und wie er das Leben losgelassen hatte. Der Aufwachraum im Krankenhaus, Cecilie, die an seinem Bett gesessen hatte, obwohl er gehofft hatte, sie würde es sein, Henriette. Die Reha, die Psychotherapie, der Entzug, die Angst vor dem Rückfall. Emmas Angst, es könne ihm etwas zustoßen, er werde sterben, sein idiotischer Chef, der ihn am liebsten loswerden wollte, und der neue Axel, der versuchte, alles gut und richtig zu machen, aber unentwegt am Rande des Fiaskos balancierte. Alles, worüber er sonst nicht sprechen konnte, sprudelte als ein unentwirrbares Knäuel aus Gefühlen, Anekdoten, nervösem Lachen und rhetorischen Fragen in einem atemlosen Redefluss aus ihm heraus. Dann bemerkte er ihren überraschten und leicht besorgten Blick und hielt inne.

»Entschuldigung, dass ich Sie damit überfalle«, sagte er. »Es war nur … Als Sie plötzlich vor mir standen …« Auf einmal fand er keine Worte mehr für das, was er sagen wollte. Hatte er sie erschreckt?

»Von Ihnen lasse ich mich gerne überfallen, Axel.«

Und dann waren sie zusammen gegangen, offenbar ohne dass jemand es bemerkte. Sie streiften durch die Stadt, die Stadt, die er liebte, erzählten sich Geschichten aus ihrem Leben, kamen an Orten vorbei, die ihnen etwas bedeuteten, Straßen voller Schmerz und Verlust. Da war die Bank, auf der ihm seine erste Liebe, eine junge Frau von der Polizeischule, den Laufpass gegeben hatte, die Wohnung in der Nørrebrogade, wo alles vor die Hunde gegangen war, wo er versagt hatte und verlassen worden war und Chancen vertan hatte, große Chancen, beinahe sein Leben, und das Jugendzentrum, wo sie nach mehreren Aufenthalten in der geschlossenen Jugendpsychiatrie des Bispebjerg-Krankenhauses und der Zeit bei ihren Eltern in Vedbæk, in der sie auf Psychopharmaka und in mentaler Lähmung vor sich hinvegetiert hatte, ihre erste wirkliche Freundin kennengelernt und sich auf eine Beziehung mit ihr eingelassen hatte, ein Park, in dem sie einen Sommer lang geschlafen hatte, nachdem sie zu Hause ausgezogen war, gemeinsam mit Bella, einer deutschen Hausbesetzerin, Amager und die Polizeischule mit ihren inkompetenten und rassistischen Fossilien von Lehrern und die kleine Wohnung am Bryggen, die sie sich mit ihrer Jugendliebe Lars geteilt hatte, der aber sehr schnell genug von ihr und ihrem Ehrgeiz gehabt hatte.

Axel zeigte ihr Orte, an denen er Grenzen überschritten hatte, weit überschritten hatte, das Haus, wo er ein Opfer gerächt hatte, indem er den Täter sterben ließ. Und sie erzählte ihm davon, wie oft sie das, woran sie glaubte, hatte verraten müssen, im Dienste einer höheren Sache. Menschen waren wie Schachfiguren benutzt worden, einige hatte es das Leben gekostet, sagte sie, und war aus Scham darüber verstummt. Aber sein Leben hatte sie gerettet, zu einem Zeitpunkt, an dem alle anderen ihn aufgegeben hatten, und das war ihm mehr als genug. Er verzieh ihr alles.

Schließlich waren sie bei ihr zu Hause gelandet, hatten sich geliebt, und es war schön und zärtlich gewesen, ohne Leistungsdruck, ihre Küsse ein Spiel, lang und fließend und endlos, sie waren nackt gewesen, Haut an Haut, und er mehr glücklich als erregt. Und als sie danach im Bett gelegen hatten, erschöpft und verschwitzt, erlöst und glücklich, hatte er gedacht, er habe seine Droge gefunden.

Jetzt stand sie ihm hier in Darlings Garten gegenüber, ihr

Blick ruhte in seinem und er spürte, dass die anderen Gäste sie beobachteten. Sie blinzelte kurz, und erst da ging ihm auf, dass sie leicht angetrunken war. Sicher war sie nervös gewesen bei dem Gedanken daran, sich hier mit ihm zu zeigen, auch wenn es ihre Idee war. Er wäre gerne groß gewesen, souverän, unbeeindruckt von den Blicken der anderen, aber er fühlte sich nicht wohl in seiner Haut. Die Situation war ihm unangenehm und er wollte weg.

»Hej, wie ich höre, kommen du und Khalid immer besser miteinander aus«, sagte sie. Etwas zu laut, etwas zu entspannt.

»Ja, stimmt. Netter Typ.«

»Ja, er ist gut und ein angenehmer Kollege obendrein.«

»Sicher. So angenehm, dass ich ihn gestern aus dem Auto geworfen habe.«

»Du hast was?« Sie lachte laut auf, und er liebte sie dafür.

»Ja, ich habe es nicht mehr ausgehalten. Er hat mich provoziert. Hat Andeutungen gemacht, ich müsse mich damit abfinden, dass mich eines schönen Tages einer dieser Vollpfosten aus Nørrebro abknallen wird, dass mich meine Vergangenheit einholt.«

Wieder lachte sie laut und sah sich nach Khalid um. Dann lehnte sie sich zu ihm hin und flüsterte:

»Aber ist das nicht ein grober Verstoß gegen den neuen Axel-Steen-Kodex? Du bist doch jetzt ein feiner Kerl, der nett zu seinen Kollegen ist und am liebsten die ganze Welt umarmen würde.«

»Fällt manchmal ganz schön schwer.«

»Das ist mir scheißegal, solange du mich liebst. Liebst du mich heute Nacht?«

Wieder dieses Unbehagen. Die Leute sahen sie an, sie war schön, und er war peinlich berührt.

»Ich werde mein Bestes tun.«

»Du und Khalid, das wird schon noch. Vielleicht liegt es daran, dass ihr euch ziemlich ähnlich seid. Er erinnert mich ein bisschen an dein altes Ich, und draußen bei uns in Søborg ist er auch nicht besonders beliebt. Er ist zu eigensinnig, findet Jens.«

»Ich finde, er ist ein aufgeblasener Gockel.«

»Gib ihm eine Chance, Axel. Ist das nicht vielleicht nur so ein Macho-Ding, das zwischen euch läuft? So eine Art Hahnenkampf? Khalid ist in vielen Dingen ziemlich altmodisch, ein Gentleman der alten Schule sozusagen – nicht so sehr wie du, natürlich, aber ihr seid euch da einigermaßen ähnlich.«

»Hahnenkampf? Worum sollten wir denn kämpfen?«, fragte Axel und versuchte, so neutral wie möglich zu klingen.

Sie zögerte und schenkte ihm dann ein strahlendes Lächeln.

»Jedenfalls nicht um mich, Axel. Seid ihr denn jetzt wieder gute Freunde?«

»Keine Ahnung. Ich bemühe mich wirklich, Konflikte zu vermeiden, und bis jetzt ist es mir auch ganz gut gelungen, und dann schickt ihr mir diesen Idioten auf den Hals.«

»Du sollst ja auch nicht einfach alles schlucken und zu allem freundlich lächelnd Ja und Amen sagen, oder? Du sollst doch Grenzen ziehen, richtig? Ist schon in Ordnung, dass du ihn rausgeschmissen hast, dann weiß er, woran er ist. Können wir beide uns nicht allmählich von hier absetzen?« Ihr Gesicht war jetzt ganz dicht an seinem. »Ich will so gerne nach Hause und deinen Schwanz in mir spüren.«

Wieder küsste sie ihn, und als sie ihre Zunge in seinen Mund schob, war es mehr, als er ertragen konnte. Sanft befreite er sich und sagte:

»Ja, sehen wir zu, dass wir wegkommen.«

»Stimmt was nicht? Darf ich das nicht tun, während die anderen zusehen?«

Noch einmal küsste sie ihn mit Zunge, sodass er beinahe verging vor lauter Unbehagen. Gleichzeitig spürte er die einsetzende Erektion.

Er löste sich von ihr. Sprachlos vor Überraschung sah sie ihn an, und er fragte sich, was sie mit ihren Küssen erreichen wollte. Wollte sie den anderen etwas demonstrieren? Oder galten sie tatsächlich ihm? Und warum konnte er sich nicht einfach entspannen und sich treiben lassen?

»Ich hole mir noch einen Drink. Inzwischen kannst du dir ja überlegen, was du eigentlich willst«, sagte sie, drehte sich um und ließ ihn stehen. Die Glut in ihren Augen war erloschen.

Mit seinem leeren Colaglas in der Hand stand er da und fühlte, dass sämtliche Blicke auf ihn gerichtet waren. Er zündete sich eine Zigarette an und schlenderte an einigen Büschen vorbei, bis er eine kleine Bank fand, die sich hinter ein paar Stachelbeersträuchern verbarg, und setzte sich.

Er starrte auf das Gras vor seinen Füßen und inhalierte, sah die Ameisen, die zwischen den Halmen herumkrabbelten, und wünschte, er wäre genauso klein wie sie und könnte in der Dunkelheit zwischen den Wurzeln verschwinden. Er musste sich diesem neuen Leben stellen, musste sich unter Menschen begeben. Es war ihm gelungen, eine Art Regelung mit Cecilie zu finden, wonach er Emma öfter sehen konnte als je zuvor, fünf Tage jede zweite Woche. Und obwohl es immer schwerer für ihn wurde, mit ihr klarzukommen, war er dabei, ein neues Verhältnis zu ihr aufzubauen. Ein anderes Verhältnis, in dem er für sie da war, alles absagte, was über das unbedingt notwendige Arbeitspensum hinausging, wenn sie bei ihm war, ein Verhältnis, in dem sie zusammen Dinge taten, die sie nur für sich taten. Und Henriette gab ihm Ruhe. Es war vielleicht keine welterschütternde Leidenschaft, aber etwas weniger war gut genug, wenn es nach ihm ging, und er konnte er selbst sein.

Er sah auf die Uhr. Schon elf. Niemandem würde es auffallen, wenn er ging, aber was war mit Henriette?

Er musste sich wenigstens verabschieden. Sie stand ein kleines Stück von ihm entfernt, zusammen mit Jens Jessen und Khalid und einigen anderen, die er nicht kannte, wahrscheinlich Kollegen vom PET, wie er annahm. Sie schaute zu ihm herüber, und er konnte sehen, dass sie noch ein wenig betrunkener war als vorhin, ein warmer, etwas verschwommener Blick, der auf ihn gerichtet war, ihn aber nicht richtig festhalten konnte. Dennoch schien sie sich zu freuen, als sie ihn entdeckte. Er musste jetzt sein Bestes tun und sie von den anderen loseisen und zusehen, dass sie hier wegkamen, aber als er Jens Jessens selbstverliebtes Lächeln sah, wusste er, dass er es nicht hinbekommen würde.

»Ah, Axel, wir haben gerade über dich gesprochen«, sagte Jens und sah dabei unglaublich zufrieden aus. Und genau in diesem Moment packte Axel eine absurde Form von Eifersucht, wie er sie bisher nicht erlebt hatte, obwohl er sich in diesem Fach längst einen Doktortitel erarbeitet hatte. Vier lange Jahre, in denen sie mit Jens Jessen zusammen gewesen war, hatte er sich nach Cecilie gesehnt, war besessen gewesen, und jetzt, als er die Chance, sie zurückzubekommen, ungenutzt hatte vorüberziehen lassen, hatte er endlich seinen Frieden mit Jens Jessen und all seinen mal schutzengelartigen, mal die eigene Macht demonstrierenden undurchsichtigen Winkelzügen gemacht, die sein Leben beeinflussten. Er sah in Jens' Augen und wusste, dass die Tatsache, dass er, Axel, mit Henriette zusammen war, dem PET-Chef neue Hoffnung gab, Cecilie werde ihm eine zweite Chance geben, und irgendetwas in Axel wollte ihm diese Hoffnung nehmen. Er hatte sie nicht verdient.

»Ja?«

»Na ja, wir sprachen darüber, dass es doch wirklich interessant ist, dass ein Mann wie du, der dem Nachrichtendienst ja nun ziemlich skeptisch gegenübersteht, ein ums andere Mal in Fälle verwickelt wird, die auch uns betreffen. Und jetzt auch noch ganz privat auf Tuchfühlung geht.«

»Wir sprechen nicht über die Arbeit, wenn wir zusammen sind«, sagte Henriette defensiv und machte dabei plötzlich einen sehr nüchternen Eindruck.

»Ich bin dem PET gegenüber nicht skeptisch, ich kann nur Geheimniskrämerei nicht ausstehen. Bei meiner Arbeit geht es darum, aufzudecken, Fälle zu lösen. Bei euch hat Verschleierung Methode. Das ist doch der Kern eurer Arbeit, oder etwa nicht?«

Mit einem kaum merklichen Kopfschütteln gab Henriette ihm zu verstehen, er solle aufhören. Aber es war zu spät.

»Wir sind doch alle Polizisten«, sagte Jens Jessen.

»Nein, das sind wir nicht«, erwiderte Axel, und die entspannte Stimmung verflog im selben Augenblick. »Du bist zum Beispiel Jurist. Bei der Polizei sind wir alle Polizisten, bei euch läuft alles Mögliche herum, Manipulation und Geheimniskrämerei sind Alltagsgeschäft, taktische Spielchen und politische Tagesordnungen, Informationen und Dokumente, die nicht überprüft werden können und vielleicht gar nicht existieren, Interessen ausländischer Mächte und nationale Sicherheit, die wie ein Damoklesschwert über allem schweben, ein schwarzes Loch, das alles aufsaugt, was nicht ans Tageslicht soll. Und es gibt immer Ziele, die jedes Mittel rechtfertigen, und die Mittel sind Menschen, die ihr für eure Spielchen benutzt und die den Preis dafür bezahlen. Bei meiner Arbeit gibt es nur ein Ziel: die Wahrheit finden und den Fall aufklären.«

Er atmete tief ein und sah die hochgezogenen Augenbrauen, und es war ihm scheißegal.

»Natürlich gibt es auch Polizisten bei euch.« Er sah Henriette an, sodass niemand einen Zweifel daran haben konnte, wen er meinte. Wie versteinert blickte sie ihn an, und er wusste, dass er alles zunichtegemacht hatte. »Und vor ihnen habe ich allergrößten Respekt. Ohne sie würde bei euch alles den Bach runtergehen. Ohne sie wäre ich jetzt tot. Sie bleiben stets im Hintergrund, sind aber das Fundament für alles, was ihr tut.«

Khalid stieß einen lang gezogenen Pfiff aus, ob aus Anerkennung oder Hohn konnte Axel nicht sagen. Jens Jessen schwieg, nur die großen Augen blinzelten manisch. Henriette drehte sich um und steuerte auf die Bar zu, wo John Darling versuchte, mit einem Cocktailshaker zu jonglieren.

Axel sah in die Gesichter der Umstehenden. Die meisten glotzten ihn mit offenem Mund an.

»Meine Herren, ich hoffe, ich habe Ihnen die prächtige Stimmung nicht verdorben. Zeit, ins Bett zu gehen.« Er nickte kurz und folgte Henriette.

Sie stand an der Bar. Und rauchte, was sie sonst nie tat.

»Das Fass ist gleich leer, John. Vielleicht holst du schon mal ein neues?«, sagte Axel, und trotz seines Zustands begriff Darling, dass es in diesem Moment angenehmere Aufenthaltsorte gab als die Bar.

Henriette wandte sich ihm zu. Aus ihren Augen sprachen Müdigkeit und Enttäuschung.

»Das war nicht nötig, Axel. Er ist mein Vorgesetzter, drei von ihnen sind meine Vorgesetzten. Was hast du dir dabei gedacht?«

»Ich denke nicht, ich sage meine Meinung.«

»Du bist so kindisch. Wozu soll das gut sein? Warum musst du dich hinstellen und ihnen an den Kopf knallen, sie seien keine Polizisten? An dem Abend, an dem wir beide zum ersten Mal allen zeigen, dass wir zusammen sind?«

Sie leerte die Hälfte ihres Glases, Gin Tonic, vermutete er. Axel war peinlich berührt und hasste sich dafür. Er hatte Lust, ihr das Glas aus der Hand zu reißen und den Rest in einem Zug hinunterzustürzen. Aber er wandte sich ab und bemerkte, dass Khalid sie im Auge behielt.

»Ich wusste, dass das hier keine gute Idee war. Ich tauge für so was einfach nicht, erst recht nicht, seit ich clean bin. Ich hätte wegbleiben sollen.«

»Nein, das hättest du nicht, ich bin gerne mit dir zusammen, ich bin stolz auf dich. Ich dachte nur, du hättest dir einen neuen Stil zugelegt. Ich hatte gehofft, du …«

»Was hattest du gehofft, Henriette? Dass ich ein netter Junge geworden bin? Der herumsteht und dämlich grinst, während sich diese Witzfigur von Jens Jessen darüber lustig macht, dass wir zusammen sind? Wahrscheinlich glaubt er jetzt, seine Chancen bei Cecilie seien gestiegen.«

Sie hämmerte ihr Glas auf die Theke.

»Nein, zum Teufel, von dieser Schlampe will ich kein Wort mehr hören. Du hast nicht die geringste Ahnung, wie sie dich verarscht hat.«

Sie kippte den Drink hinunter und verließ die Bar in Richtung Terrassentür. Axel gab auf, suchte Darling und klopfte ihm auf die Schulter, winkte Khalid kurz zu und ging zu seinem Fahrrad.

29

2011

Der Verkehr auf der Holmbladsgade war nicht so dicht wie gewöhnlich, offenbar hatten viele den Brückentag freigenommen. Die Sonne schien weiß zur Seitenscheibe herein, dann verschwand sie hinter Wolken, alles wurde blaugrau. Anfang der Neunziger, als er die Polizeischule besuchte, hatte Axel eine Zeit lang am Prags Boulevard gewohnt, und daher kannte er die Kofoeds Schule und verband sie mit volltrunkenen Grönländern, psychisch Kranken und Junkies.

Damals hatte ein Teil der abgehalfterten Schüler dem Viertel am Ende der Holmbladsgade einen farbenfrohen und zuweilen lautstarken Akzent verliehen, aber als Axel um die Ecke zur Nyrnberggade bog, hatte er noch an keiner Straßenecke auch nur eine einzige Carlsberg-Dose in zittrigen Händen zu Gesicht bekommen.

»Das Tor der Dämonen hat geschlossen«, sagte er zu Khalid, der ihn fragend ansah.

»Der Song von Gasolin: ›Ich kam am Tor der Dämonen vorbei, draußen bei Kofoeds Schule. Ein paar standen da herum und soffen sich zurück in die Hölle.‹ Hier säuft sich anscheinend niemand mehr zurück in die Hölle. Wissen Sie, was Per hier gemacht hat?«

»Nein, ich habe nur gehört, dass er hier arbeitet.«

»Von wem?«

»Einem Kollegen, der ihn hier zufällig getroffen hat.«

Axel war sicher, dass er log.

»Okay.«

Sie stiegen aus dem Wagen und betraten einen großzügigen Eingangsbereich. Ein riesiges Gemälde von Hans Scherfig, das eine afrikanische Savanne zeigte, zierte die Wand. Während er es betrachtete, ging ein Grönländer in einem Kittel mit Wäscherei-Logo an ihnen vorbei und grüßte sie mit einem freundlichen »Hej«. Ihm folgte ein dürrer Glatzkopf mit hervorstehenden Augen, der eine Schürze trug. Auch er grüßte sowohl Axel als auch Khalid, der Axel verwundert ansah. Axel war sicher, dass sie einen Bullen zehn Kilometer gegen den Wind riechen konnten, und es war alles andere als guter Brauch, dass Leute, die in der Regel nichts als Probleme mit der Polizei hatten, ihnen auf diese Weise begegneten. Er ging hinüber zum Empfangstresen.

»Axel Steen, Polizei Kopenhagen. Ich bin auf der Suche nach einem Ihrer Mitarbeiter, Per Larsen. Kann mir da jemand weiterhelfen?«, fragte er.

»Per … Per, er ist heute nicht da.«

»Das dachte ich mir schon. Wir haben es bei ihm zu Hause versucht, aber da ist er auch nicht. Ich muss mit ihm sprechen, einer seiner besten Freunde ist gestorben. Gibt es vielleicht irgendeinen Kollegen, der uns weiterhelfen kann?«

Drei Minuten später kam ein Mann in den Vierzigern die Treppe herunter und auf sie zu. Leif Poulsen war Lehrer für Medientechnik und kannte Per seit etwa dreieinhalb Jahren.

Sie folgten ihm in den dritten Stock und kamen in einen

Raum voller Computer, Drucker und Leuchttische. Überall saßen junge Männer und arbeiteten konzentriert. Sieht kaum schlimmer aus als in einer durchschnittlichen Zeitungsredaktion, dachte Axel. Leif Poulsen führte sie in ein kleines Büro, in dem seit geraumer Zeit niemand mehr aufgeräumt hatte. Sie setzten sich.

»Wann haben Sie Per zuletzt gesehen?«

»Letzte Woche. Montag, glaube ich.«

»Was tut er hier?«

»Er arbeitet ehrenamtlich für uns. Das heißt, wir bekommen einen kleinen Zuschuss für ihn, aber wir können ihn uns trotzdem nicht leisten. Vor dreieinhalb Jahren hat man ihn bei der Polizei an die Luft gesetzt. Kennen Sie ihn?«

Khalid schaltete sich ein.

»Ja, ich kenne ihn. Er ist ein Zauberer, wenn es um Computer geht, unter anderem.«

»Unter anderem, ja. Als er damals zu uns kam, hat er sich seinen eigenen Arbeitsbereich aufgebaut, hat bei der Produktion unserer Zeitung und beim Schreiben der Artikel geholfen. Und bei der Programmierung der Homepage. Seit letztem Jahr hat er ein kleines Büro oben im vierten Stock. Dort hat er den Schülern manchmal bei ihren Mails an die Behörden und den Online-Formularen geholfen.«

»Wie ist er über die Runden gekommen? Ich meine finanziell?«, fragte Axel.

»Tut mir leid, aber darüber kann und will ich nicht mit Ihnen sprechen, danach müssen Sie ihn schon selbst fragen. Soweit ich weiß, hatte er ein Problem mit Alkohol und ist deshalb gefeuert worden. Das hat er euch nie vergessen.«

Khalid ergriff wieder das Wort.

»Sie sagten, Sie haben Per vor zehn, zwölf Tagen zuletzt gesehen. Ist das normal, dass er sich so lange nicht hier blicken lässt?«

Leif Poulsen zögerte und setzte eine besorgte Miene auf.

»Nein, das ist nicht normal. Tatsächlich habe ich ein paarmal versucht, ihn zu erreichen. Es kommt hin und wieder vor, dass er in ein Loch fällt und dann eine Weile wegbleibt, aber normalerweise ist er dreimal die Woche hier und hat oben in seinem kleinen Reich auch so was Ähnliches wie feste Bürozeiten.«

»Und es ist einfach so okay, wenn er länger nicht auftaucht?«

»Wie gesagt, er arbeitet praktisch ehrenamtlich. Ich habe versucht, ihn anzurufen.«

Khalid sah aus, als wolle er noch weiterbohren, aber Axel hob die Hand zum Zeichen, dass ihr Gespräch beendet war.

»Danke für Ihre Hilfe. Haben Sie noch andere Kontaktdaten von ihm außer der Telefonnummer und der Adresse in Nørrebro?«

»Nein.«

»Wo könnte er sonst noch sein?«

»Keine Ahnung. Seine Mutter wohnt in einem der alten Kästen drüben in Amager. Er besucht sie manchmal, aber ansonsten …«

»Nochmals danke für Ihre Hilfe. Falls wir noch Fragen haben, dürfen wir uns wieder bei Ihnen melden?«

»Ja, natürlich.« Er reichte Axel eine Visitenkarte. »Geben Sie mir bitte Bescheid, wenn Sie ihn erreichen. Nicht, dass ihm am Ende noch etwas zugestoßen ist.«

Er begleitete sie nach unten. Jede einzelne Person, der sie begegneten, grüßte nicht nur ihn, sondern auch Axel und Khalid. Unten angekommen, wandte sich Khalid an die Dame am Empfangstresen und fragte:

»Sagen Sie, warum grüßen alle hier?«

»Unsere Schüler sind eben höflich, Herr Wachtmeister. Und das ist ja wohl nicht gefährlich.«

Khalid lachte.

»Nein, es ist nur so … undänisch.«

Draußen ging Axel mit schnellen Schritten zu ihrem Auto. Khalid eilte ihm nach.

»Was ist denn los?«

»Wir müssen nach Nørrebro.«

30

2011

Emma machte sich Sorgen. Sollte Thomas etwa Mamas neuer Freund werden? Er war nett. Nicht dick und nicht alt, und eine Glatze hatte er auch nicht. Mama hatte gelacht, als sie es hörte, und gesagt, sie müsse sich deswegen keine Gedanken machen. Aber bei den Erwachsenen wusste man ja nie. Sie konnte sich nicht erinnern, wann Jens Mamas Freund geworden war, aber sie konnte sich daran erinnern, wie er ausgezogen war. Mama hatte geweint und Jens ganz seltsam ausgesehen. Irgendwann hatte er gerufen: »Hör doch, Cecilie, ich verzeihe dir alles, und zusammen werden wir eine Lösung finden, glaub mir.« Sie hatte nicht alles hören können, was Mama sagte, nur ein Murmeln, es sei zu spät. Und dann war er ausgezogen. Jetzt kam er manchmal und holte Anton ab, aber er war ganz schön sonderbar geworden, noch sonderbarer als früher. Er war schon immer ein bisschen seltsam gewesen, aber sie mochte ihn, denn man konnte seltsame Spiele mit ihm spielen und er sprach eine merkwürdige Sprache. Aber jetzt war sein Gesicht immer wie versteinert, und meistens stand er da wie ein Eisklotz.

Ihre beste Freundin Ursula hatte Angst, ihre Eltern könnten sich scheiden lassen. Nachdem die Zwillinge auf die Welt gekommen waren, stritten sie sich ständig, und wenn sie sich mal nicht stritten oder um die Zwillinge kümmerten, waren sie müde und wollten nur noch schlafen. Und wenn sie nicht müde waren und nur noch schlafen wollten, mussten sie sich wieder um die Zwillinge kümmern. Ursula hatte gesagt, es sei megaätzend, wenn sie sich scheiden ließen, und das konnte Emma verstehen, obwohl sie anders darüber dachte.

Erwachsene ließen sich nun mal scheiden. Das war ganz normal. Wenn sie erwachsen war, würde sie auch ein Kind bekommen und sich dann von dem Vater scheiden lassen. So machte man das eben.

Und das hatte sie Ursula gesagt, aber Ursula war sauer geworden, und jetzt waren sie keine Freundinnen mehr.

31

2011

»Jetzt kommen Sie schon, Khalid, das stinkt doch wohl zum Himmel! Er geht nicht an sein Handy, er erscheint nicht zur Arbeit, er ist nicht zu Hause. Lassen Sie sich die Telefonnummer der Mutter geben und fragen Sie sie, ob sie weiß, wo er ist.«

Sie fuhren über die Knippelsbro. Khalid rief eine Nummer an, die Axel nicht kannte. Zwei Minuten später hatten sie eine Adresse und eine Telefonnummer. Khalid wählte, aber es meldete sich niemand.

Das Himmelfahrtswochenende hatte die Straßen entvölkert, sodass sie das Zentrum zügig hinter sich brachten. Als sie die Dronning Louises Bro überquerten und nach Nørrebro kamen, meldete sich die Sehnsucht nach seinem Viertel, seinem Zuhause. Er spürte ein Ziehen im ganzen Körper. Die Seen lagen wie blank polierte Spiegel aus purem Silber da, und in den Fenstern der Hausfassaden am Dosseringen blitzte die Sonne und blendete ihn.

»Ich wusste gar nicht, dass Sie mit Henriette zusammen sind«, sagte Khalid, der seit dem vergeblichen Anruf geschwiegen hatte.

Axel hatte heute morgen eine SMS von Henriette bekommen: »Puh, was für ein Abend. War ziemlich betrunken, aber mit dir war auch nicht gut Kirschen essen. Sehen wir uns heute Abend? Vermisse dich. Kuss H.«

Er hatte geantwortet, er vermisse sie auch, aber Emma sei heute Abend bei ihm.

Axel hatte keine Lust auf Small Talk mit Khalid über seine Beziehung mit Henriette, erst recht nicht, nachdem sie den gestrigen Abend so richtig in den Sand gesetzt hatten. Deshalb gab er nur ein »Hm« von sich.

Vor dem Haus Ecke Svanevej und Frederikssundsvej stiegen sie aus. Axel drückte sämtliche Klingeln, bis sich die Tür summend öffnete. Hastig stieg er die Treppe hinauf, bis er vor Per Larsens Wohnung stand. Er wusste es sofort. Die Tür war verschlossen, also hob er die Klappe am Briefschlitz an, sagte dreimal »Fuck« und griff nach seinem Telefon.

»Axel Steen hier. Wir brauchen deine Truppe hier draußen, BB, und einen Schlüsseldienst.«

Er gab die Adresse durch, als Khalid auf ihn zukam.

Halt dich zurück, dachte er, merkte aber, dass es zu spät dafür war.

»Was haben Sie gestern gemacht?«, blaffte er.

»Wovon reden Sie? Ich war auf der Party, und ich habe nichts gemacht, jedenfalls nichts mit ihr.«

»Was Sie auf der Party gemacht haben, ist mir scheißegal, Sie Volltrottel«, zischte Axel, doch es war gelogen. Aber warum versuchte er überhaupt, sich einzureden, dass es ihn nicht interessierte, was gestern noch passiert war, nachdem er die Party verlassen hatte? Er musste sich jetzt auf andere Dinge konzentrieren, dennoch legte der Gedanke die Lunte an das Pulverfass seiner Wut auf Khalid, und er explodierte, weil sein Partner Scheiße gebaut hatte.

»Aber mir ist nicht scheißegal, ob Sie Ihre Arbeit tun, und zwar gründlich. Sind Sie überhaupt hier gewesen?«

»Ja, bin ich.«

»Aber nicht gestern, obwohl ich Ihnen gesagt habe, Sie sollten nachsehen?«

»Nein, ich habe es nicht mehr geschafft vor der Party.«

»Diese beschissene Party!«

»Ich bin vor zwei Tagen hier gewesen, nachdem Sie mich aus dem Auto geworfen haben.«

»Scheiße, Khalid. Waren Sie hier oben?

»Ja, war ich.«

»Hier vor dieser Tür?«

»Ja.«

Axel trat an ihn heran, bis sein Gesicht nur noch zwanzig Zentimeter von dem Khalids entfernt war.

»Was zum Teufel stimmt dann nicht mit dem Zinken, den Sie da im Gesicht haben? Heuschnupfen? Erkältung? Oder alles voller Popel?«

Khalid wollte etwas sagen.

»Nein, halten Sie jetzt bloß die Klappe! Riechen Sie das etwa nicht? Verdammt noch mal, Khalid!« Er konnte sehen, dass seinem Partner allmählich aufging, was er meinte, aber er war noch nicht fertig.

»Das bringen sie euch in den Kursen über falsche Bärte und dunkle Sonnenbrillen wohl nicht bei, was? Das kann man auch nur an einem einzigen Ort lernen, im richtigen Leben.«

Er packte Khalid, drückte ihn hinunter an den Briefschlitz und hob wieder die Klappe an. Ruckartig richtete sein Partner sich auf, der Brechreiz war ihm deutlich anzusehen.

»Totes Fleisch, Khalid, totes Menschenfleisch, danach stinkt es hier, und ich verwette Ihren verstopften Riechkolben darauf, dass Per Larsen hinter dieser Tür liegt, tot, und das seit mindestens einer Woche. Was Ihnen vor zwei Tagen hätte auffallen müssen, wenn Sie sich bemüht hätten, Ihre Nase Richtung Briefschlitz zu bewegen.«

Dann wirbelte er herum, um dem Geruch zu entkommen und einem weiteren Ausbruch vorzubeugen. Er schäumte vor Wut. Auf Khalid, auf Henriette. Auf sich selbst, darauf, dass er viel zu nett gewesen war und die Ermittlungen vernachlässigt hatte.

Eine halbe Stunde später wurde die Tür geöffnet. Hinter dem Mann vom Schlüsseldienst hatte sich eine Schlange aus Menschen in weißen Ganzkörperanzügen und Schuhüberziehern, ausgerüstet mit Mundschutz und Haarnetz, gebildet, die bis auf die Treppe reichte. Axel stand als Erster in der Reihe, dann folgten drei Kriminaltechniker, angeführt von

BB, und Khalid sowie zwei Beamte, die neugierige Nachbarn beruhigen und von der Tür wegschicken sollten. Der Geruch nach Tod, verwesendem Fleisch, gegen den auch der Mundschutz machtlos war, strömte ins Treppenhaus, süßlich, ekelerregend und alles durchdringend.

Axel betrat die Wohnung und hörte, wie die Techniker hinter ihm Schutzmatten auslegten. Im Schlafzimmer entdeckte er Per Larsen. Er lag im Bett. Axel starrte ihn aus vier Metern Entfernung an. Er schien zu schlafen. Seine Hände lagen ordentlich gefaltet auf der Bettdecke, die sorgsam bis über die Brust gezogen war. Die Augen waren geschlossen, der Gesichtsausdruck friedlich, die Haut aufgedunsen und grünlich. Er war tot, aber überall an ihm war Leben. Kleine Fliegen. Übelkeit stieg in Axel hoch. Er trat an das Bett, musste ihn nicht einmal berühren, um sicher zu sein, dass der Körper längst die Temperatur des Raums angenommen hatte. Der Gestank war jetzt nahezu unerträglich. Er sah die Maden in Nasenlöchern, Augen und am Rand des offen stehenden Munds. Überall waren geschlüpfte Fliegenlarven. Er beugte sich über ihn. Studierte sein Gesicht, hob die Bettdecke an. Der Gestank wurde infernalisch, und ganze Schwärme kleiner Fliegen stiegen auf. Ihrer Größe nach zu urteilen lag er seit mindestens einer Woche hier. Die Todesursache war auf den ersten Blick nicht feststellbar, aber Axel war sicher, dass jemand ihn umgebracht hatte.

Die Wohnung war sparsam möbliert, ein Sofa, ein Fernseher, ein Sessel, ein Regal mit drei Brettern voller Bücher. Im Schlafzimmer ein Kleiderschrank aus Mahagoni, aus dem ihm die Sachen entgegenfielen. Aber trotz der wenigen Möbel wirkte die Wohnung klaustrophobisch auf Axel. Zeitungen waren zu Türmen aufgestapelt, auf dem Boden verteilt lagen einzelne Ausgaben, überall standen Rotweinflaschen, überfüllte Aschenbecher, Pfeifen, Tabak und Pfeifenreiniger, leere Gläser mit rubinroten Rändern, deren Kristalle matt schimmerten. Eine Schicht aus Vogelkacke und Straßendreck an den Fenstern filterte die hereinfallenden Sonnenstrahlen. Axel riss eines sperrangelweit auf, blickte nach unten auf den Svanevej, auf Freitag, Überstundenabbau, Wochenende und Sommer auf den Bürgersteigen. Tut. Tut.

»Was glauben Sie, wie lange er tot ist?«, fragte Khalid.

»Eine Woche auf jeden Fall, die Fliegen müssen erst einmal schlüpfen, und es dauert ein paar Tage, bis sie so groß werden wie die hier«, sagte Axel und deutete mit dem Kopf auf den Leichnam von Per Larsen.

»Auf den ersten Blick sieht das nicht nach Mord aus«, sagte Khalid.

Axel sah ihn an und schüttelte den Kopf.

»Jetzt hören Sie mal zu. Er wurde umgebracht, daran gibt es keinen Zweifel, und das wüssten Sie auch, wenn Sie einen Tatort lesen könnten. Die Frage lautet nicht, ob er ermordet wurde, sondern wie.«

Es war das heillose Durcheinander. Nichts in der Wohnung war so aufgeräumt und ordentlich wie die Leiche. Ein Alkoholiker legte sich nicht so ins Bett, um zu schlafen. Per Larsen war zurechtgemacht worden. Es bestand die Möglichkeit, dass er eines natürlichen Todes gestorben und danach von einem Verwandten oder einem Freund, der ihm auf seiner letzten Reise einen würdevollen Abschied bereiten wollte, in Szene gesetzt worden war. So etwas war schon vorgekommen, aber Axel glaubte nicht daran.

Ein junger Mann mit einer großen Tasche kam herein. Er stellte sie in einer Ecke ab und ging auf Axel zu.

»Wer sind Sie?«, fragte Axel.

»Leo Marquardt, Gerichtsmedizin.«

Bevor Axel sich vorstellen konnte, fuhr der andere fort.

»Und Sie sind Axel Steen. Lennart hat viel von Ihnen erzählt.«

»Warum ist Lennart nicht hier?«

»Von Zeit zu Zeit macht sogar er mal frei.«

Das gefiel Axel überhaupt nicht. Für ihn war Lennart ein unersetzlicher Bestandteil einer Mordermittlung, und das seit zehn Jahren.

»Er muss genauestens untersucht werden. Sehen Sie mal, ob Sie die Todesursache schon jetzt und hier feststellen können, aber zuerst nehmen die Techniker ihn unter die Lupe.«

Der Mann sah hinüber zu der Leiche, während er sich Gummihandschuhe über die Finger zog.

»Sieht ganz friedlich aus.«

»Ebendeswegen. Die ganze Wohnung ist ein einziger nach Alkohol stinkender Saustall, und er liegt ordentlich in seinem frisch gemachten Bett. Für mich sieht das nach einer schlechten Inszenierung aus. Finden Sie das nicht auch merkwürdig?«

Marquardt lachte nervös und sah Axel an.

»Doch, schon. Haben Sie eine Theorie?«

»Ich arbeite nicht mit Theorien. Ich arbeite mit Fakten. Und deshalb wäre es sehr hilfreich, wenn Sie so schnell wie möglich die Todesursache diagnostizieren könnten, damit wir hier weiterkommen. Also lasse ich Sie jetzt mal lieber in Ruhe arbeiten.«

Er ließ Leo Marquardt mit der Leiche im Schlafzimmer zurück und ging ins Wohnzimmer. Blätterte in den Zeitungsstapeln. Aus allen Zeitungen, die er aufschlug, war etwas herausgeschnitten worden. Bei den Büchern im Regal handelte es sich überwiegend um Fachliteratur. Quantenphysik. The big bang. Wörterbücher Englisch, Persisch, Arabisch, Kurdisch. Auf einem Stuhl lag eine Jacke. Er durchsuchte die Taschen und fischte ein abgegriffenes Portemonnaie aus Leder heraus. Versicherungskarte. Kreditkarte. Führerschein. Das Bild glich dem Mann im Bett. Per Larsen. Geboren 1969. Er fand weitere Karten, die Rabattkarte einer Kaffeebar, die Visitenkarte der Kofoeds Schule und noch drei Visitenkarten, zwei davon mit den Kontaktdaten kommunaler Beratungsstellen samt Namen der Berater und schließlich die eines Journalisten der *Information,* den er kannte. Eine Handynummer war darauf notiert. Er steckte sich die Karte in die Tasche. Dann suchte er nach persönlichen Papieren, aber vergeblich, und das war der zweite merkwürdige Fakt an diesem Tatort. Der dritte bestand darin, dass vereinzelte Stellen des Esstischs gründlich sauber gewischt worden waren, ebenso in der Küche, was natürlich ohne Bedeutung, aber genauso gut ein Indiz dafür sein konnte, dass jemand Spuren verwischt hatte.

Er ging zurück zu Leo Marquardt.

»Können Sie schon etwas sagen?«

»Nicht sehr viel. Keine Spuren von Gewaltanwendung. Ich vermute, er ist an einem Schlaganfall oder einem Aneurysma gestorben. Er war nicht besonders gut in Form, der Alkoholmissbrauch ist offensichtlich. Genaues kann ich erst sagen, wenn wir ihn obduziert haben.«

»Wie lange liegt er schon hier?«

»Hm, auf jeden Fall länger als vier Tage, meiner Schätzung nach aber eine Woche oder länger.«

Das stimmte mit der Aussage Leif Poulsens von der Kofoeds

Schule überein, der elf Tage lang nichts von seinem Kollegen Per Larsen gehört hatte.

Und es bedeutete, dass Per Larsen vor Sten Høeck ermordet worden war.

32

2011

Thomas hatte sie gefragt, wann sie ihren Vater das nächste Mal sah. Sie hatte keine Lust zu antworten. Weil er sich nicht einmischen sollte. Weil sie wollte, dass er auszog. Seit er eingezogen war, kam Papa nicht mehr so oft. Oder war das schon so gewesen, bevor er eingezogen war? Sie erinnerte sich nicht.

Es gab eine besondere Art von Erwachsenen, die sich nicht für Kinder interessierte, aber gelernt hatte, so zu tun als ob, damit die anderen Erwachsenen sie gut leiden konnten. Darum sagten sie »Meine kleine Freundin« und streichelten einem über den Kopf und sagten »Was für ein schönes Kleid du anhast« oder irgendeinen ähnlichen aufgesetzten Unsinn, wenn sie mit den anderen Erwachsenen und deren Kindern zusammen waren. Aber waren die anderen Erwachsenen nicht da, dann waren ihnen Kinder völlig egal. Von diesen Erwachsenen hielt man sich am besten fern.

So ein Erwachsener war Thomas.

»Er kommt heute«, hatte sie gesagt. Denn das stimmte. Und sie freute sich darauf, aber irgendwie freute sie sich auch nicht. Weil es schwer war, mit Papa zusammen zu sein. Sie wurde so leicht sauer auf ihn. Ohne, dass sie verstand, warum. Es passierte einfach. Aber sie hatte keine Bauchschmerzen, wenn sie bei ihm war. Und dann konnte sie sie selbst sein. Und dann wurde sie sauer. Und ärgerte ihn. Und fand ihn nervig. Früher hätten sie sich gezankt. Aber jetzt nicht mehr. Papa wurde nie mehr richtig sauer. Und das störte sie. Und dann konnte sie nicht anders. Und dann fing sie an zu weinen.

33

2011

Er setzte Khalid an der Ecke zur Blågårdsgade ab. Sie vereinbarten keinen Termin für eine Lagebesprechung, verabschiedeten sich nur kurz, und Axel war froh, ihn loszuwerden. Er fuhr weiter zum Dosseringen und parkte, nahm die Visitenkarte aus der Tasche und rief an.

»Martin Lindberg.«

»Hej Martin, Axel Steen hier.«

Ein Moment Stille am anderen Ende.

»Ja, wie kann ich dir behilflich sein?«

»Ich rufe wegen Per Larsen an. Du kennst ihn doch, oder?«

»Ja, was ist mit ihm?«

»Ich würde gerne mit dir über ihn sprechen.«

»Du weißt, dass das nicht geht. Er ist eine Quelle.«

»War.«

»Was?«

»War eine Quelle. Er ist tot. Wir haben ihn heute in seiner Wohnung aufgefunden.«

Wieder wurde es still. Dann meinte Axel, ein Fluchen zu hören.

»Vielleicht bist du ja unter diesen Voraussetzungen doch bereit, über ihn zu sprechen. Ich habe deine Karte mit deiner Nummer in seinem Portemonnaie gefunden.«

»Wurde er ermordet?«

»Es scheint so, als sei er eines natürlichen Todes gestorben, aber ich bin nicht sicher. Daher würde ich gerne hören, was du über ihn weißt.«

»Okay, das ist schon ein Schock für mich. Wir haben uns ein paarmal getroffen. Tja, ich bin dir wohl noch etwas schuldig vom letzten Mal.«

Letztes Mal war vor vier Jahren gewesen, als Axel Lindberg eine Videoaufzeichnung eines gewaltsamen Übergriffs polizeilicher Einsatzkräfte gegen einen Demonstranten zugespielt hatte, den die Führungsebene abgestritten hatte. Lindberg arbeitete damals für die Redaktion eines linksorientierten Nachrichtenportals.

»Indirekt warst du sogar der Grund dafür, dass *Information* mich haben wollte.«

»Ist mir nicht entgangen, dass du dem unabhängigen Enthüllungsjournalismus den Rücken gekehrt hast und jetzt für ein etabliertes Blatt arbeitest. Können wir uns treffen, in einer Stunde?«

»Ja, Café Blå Time in der Store Kongensgade.«

Martin Lindberg sah immer noch so aus, wie Axel ihn in Erinnerung hatte. In das blonde widerspenstige Haar hatten sich ein paar graue Strähnen gemischt, ein kleines Netz aus Falten umgab die braunen Augen, und die Lederjacke war durch ein Modell aus Wildleder ersetzt worden, doch hielt er sich mit seinen abgetragenen Jeans und den Converse, die sicher einmal weiß gewesen waren, jetzt aber irgendwo zwischen Braun und Grau changierten, an den Bekleidungskodex der Presse. Die selbst gedrehte Zigarette hinter dem Ohr war verschwunden, stattdessen hatte er eine Sonnenbrille in die blonden Haare geschoben.

Axel gab ihm die Hand, sie bestellten Kaffee und setzten sich an einen der kleinen verchromten Tische draußen vor dem Café, wo sie rauchen durften.

»Tut mir wirklich leid, das zu hören. Per war ein etwas sonderbarer Typ, verfügte aber über ein unglaubliches Wissen. Ausgebildeter Journalist mit einem Näschen für Storys. Ich habe ihn oft als Hintergrundquelle hinzugezogen.«

»Was genau meinst du damit?«

»Er kannte die Strukturen des PET aus dem Effeff und wusste, wie unser Geheimdienst arbeitet. Außerdem wusste er alles über Flüchtlingsgruppierungen aus dem Mittleren Osten, das radikalislamische Milieu und wie der PET es infiltriert.«

»Warum hat er beim PET aufgehört?«

»Ich weiß es nicht, aber er war nicht gerade glücklich über die Art und Weise, wie der Dienst arbeitete.«

»Ging es um Alkohol?«

»Offiziell, ja. Allerdings machte er manchmal Andeutungen, er hätte den Dienst quittiert, weil ihm die Methoden des PET gegen den Strich gingen. Ich glaube, er fühlte sich im Stich gelassen. Aber er trank tatsächlich sehr viel. Hin und wieder, wenn er voll war, tischte er alle möglichen Geschichten auf.«

»Zum Beispiel?«

»CIA-Überflüge über dänisches Hoheitsgebiet. Der Polizeichef sei mit hundertachtzig geblitzt und die Sache unter den Teppich gekehrt worden. Vertuschungen. Gewaltsame Übergriffe bei Verhaftungen. Abgesprochene Aussagen in Untersuchungsausschüssen.«

»Konntest du was damit anfangen?«

»Ich habe mir Notizen gemacht und ihn darauf angesprochen, wenn er nüchtern war, aber dann hat er sich immer ziemlich zugeknöpft gegeben.«

»Hast du ihm geglaubt?«

»Natürlich habe ich ihm geglaubt. Er hat auch etwas über dich erzählt. Es gebe Gerüchte, du hättest einen Mann sterben lassen, der seine Tochter vergewaltigt hatte.«

»Man soll nicht alles glauben, was man so hört.«

»Es ist nicht relevant, was ich glaube. Das einzig Relevante ist, was ich dokumentieren kann.«

»Konntest du denn irgendeine seiner Geschichten dokumentieren?«

»Nein, das ist ja das Schwierige am Journalismus. Es ist nicht schwer, Storys zu finden, die einem den Cavling einbringen würden, das Schwierige ist, sie zu dokumentieren. Erst dann hat man den Preis auch wirklich verdient.«

»Aber du hast recherchiert?«

»Ja, klar, aber es war eine heikle Angelegenheit. Es bestand das Risiko, dass jemand dahinterkam, wer meine Quelle war. Und Per stand sowieso schon auf der Abschussliste.«

»Bei wem?«

»Der Polizei.«

»Und beim PET? Oder sonst jemandem?«

»Was weiß ich? Polizei, PET, für mich ist das alles dieselbe Mischpoke. Er bekam Besuch, freundschaftliche Gespräche unter Kollegen.«

»Diese Geschichten, die er dir erzählt hat, gab es da irgendwas, das ihn besonders beschäftigt hat?«

»Ja, die Überflüge der CIA. Er behauptete steif und fest, alles darüber zu wissen, sogar wenn er nüchtern war, aber mehr wollte er nicht sagen.«

»Hast du die Sache weiterverfolgt?«

»Ja, ich habe zwei, drei andere Quellen beim PET angezapft.«

»Und was haben sie gesagt?«

»Sie wollten seine Behauptungen nicht bestätigen. Und Per bekam Probleme, also habe ich einen anderen Weg eingeschlagen und die Politik aufgescheucht. Es wurden auch ein paar Fragen nach Überflügen der CIA gestellt, und schließlich richtete man eine Arbeitsgruppe ein, die irgendwann einen Bericht vorlegte. Die reine Auftragsarbeit. Völlig überraschend kam man zu dem Ergebnis, es sei nicht nachweisbar, dass es unrechtmäßige Überflüge der CIA über dänisches Hoheitsgebiet gegeben habe.«

»Was für Probleme bekam Per?«

»Die interne Ermittlung des PET tauchte bei ihm auf, durchsuchte seine Wohnung.«

»Haben sie was gefunden?«

»Das weiß ich nicht, aber Per ist danach beinahe völlig zusammengebrochen.«

»Hatte er denn relevantes Material?«

»Meinem Eindruck nach ja, ganz eindeutig.«

»Als ich in seiner Wohnung war, habe ich nichts gefunden. Überall lagen Zeitungen herum, aus denen etwas ausgeschnitten war, aber die Ausschnitte waren auch nirgends auffindbar.«

»Wenn er voll war und über Fehlurteile und Justizirrtümer schwadronierte, behauptete er immer, er habe alles dokumentiert, sowohl schriftlich als auch auf Film. Er nannte sie Schweine, Aasfresser und Geier, polterte und tobte, aber ich glaube, er hatte Angst, den letzten Schritt zu gehen und zum Angriff zu blasen.«

»Also glaubst du, er hatte so etwas wie ein Archiv?«

»Ja, aber sicher bin ich nicht, ist nur so ein Bauchgefühl. Er wusste ja, dass der PET ihn im Visier hatte, also würde er sein Material wohl kaum bei sich zu Hause aufbewahren. Er war schließlich kein Idiot.«

»Und dieses Archiv, wo könnte das sein?«

»Keine Ahnung. Es muss ja nicht unbedingt allzu groß sein, vielleicht hatte er alles auf einem USB-Stick. Was ist mit seiner Arbeit? Oder zu Hause bei seiner Mutter? Habt ihr da mal nachgesehen?«

»Hatte er vielleicht sonst noch mit jemandem Kontakt?«

»Er hatte ein paar Freunde an der Kofoeds Schule, und manchmal traf er sich mit einem ehemaligen PET-Kollegen, einem gewissen Sten, der aber wohl auch nicht mehr für den Dienst arbeitet.« Er schwieg. »Was bekomme ich dafür?«

»Nichts. Wir sind quitt.«

»Aber wenn du etwas findest, zum Beispiel über die CIA-Überflüge, dann höre ich von dir, okay?«

»Verlass dich nicht darauf.«

»Doch, das tue ich. Ich kenne dich, Axel Steen, du willst immer, dass die Wahrheit ans Licht kommt.«

Bevor sie sich verabschiedeten, fragte er Lindberg:

»Du sagtest, du hast ein paar der Storys recherchiert, die er erzählt hat, wenn er betrunken war. Was hast du aus dem Gerücht gemacht, ich hätte einen Mann sterben lassen, der seine Tochter vergewaltigt hat?«

»Nichts, Axel Steen. Was soll man sonst gegen solche Schweine tun?«

34

2007

Jeden Morgen drehte Anwar seine Runde. Sein Ziel war die Bäckerei im Kvickly am Nørrebro Runddel, wo er ein Brötchen kaufte. Anschließend ging er wieder nach Hause. Es gab mehrere Bäckereien, die näher zur Wohnung im Kapelvej lagen, sogar arabische Bäcker boten ihre Waren feil, aber Anwar ging jedes Mal zur selben Bäckerei. Der schnellste Weg führte den Kapelvej hinunter bis zur Nørrebrogade und dann bis zum Runddel, aber er variierte seine Route. Manchmal nahm er einen der Wege, die über den Nørrebro-Friedhof führten, oder folgte erst der Nørrebrogade und bog dann auf den Friedhof ab.

»Das ist das Feld, das er jeden Morgen wässern soll. Irgendwo auf seinem Weg befindet sich ein Zeichen, dass er einen toten Briefkasten leeren soll. Das bedeutet es«, sagte Per mit triumphierendem Lächeln.

Der Bildschirm vor ihm zeigte eine Karte, auf der alle Routen markiert waren, die Anwar genommen hatte. Hinter ihm standen Henriette und Sten Høeck und blickten auf den Monitor.

»Wenn wir davon ausgehen, dass er nach einem Zeichen oder einem Signal Ausschau hält, dann muss er jeden Tag bestimmte Punkte auf seiner Route abgehen – nicht unbedingt sowohl auf dem Hin- als auch auf dem Rückweg, sondern nur einmal«, fuhr Per fort und sah sie an. Ein Schweißfilm lag auf seinem Gesicht, und er roch streng.

»Wenn ich nun alle Punkte entferne, an denen er nicht jeden Tag vorbeikommt, bleiben drei Möglichkeiten. Und bupp«, sagte er und drückte eine Taste.

Jetzt waren auf der Karte nur noch ein Stück des Kapelvejs, ein Teil der Lindenallee am Nørrebro-Friedhof und ein kurzer Abschnitt des Jagtvej markiert.

»Gute Arbeit, Per.«

Henriette war sicher, dass sich irgendwo an einem dieser drei Punkte ein Zeichen für Anwar befand, eine Schnur, um einen Baum gebunden, ein Stein auf einem Grab, ein Kreidestrich, ein Stück Tape oder Isolierband an einer Mauer. Ein toter Briefkasten war eine klassische Agentenmethode zwecks geheimer Weitergabe von Informationen oder Gegenständen zwischen zwei Personen, ohne dass diese sich begegnen mussten. Es wurde ein Zeichen oder ein Signal vereinbart, das den Agenten darüber informierte, dass in dem toten Briefkasten eine Nachricht auf ihn wartete. Der Briefkasten konnte sich unter einer Bank befinden, im Spülkasten der Toilette irgendeines Cafés, unter einem Abfalleimer, im Hohlraum einer Mauer.

Henriette war überzeugt, dass Anwar Nachrichten bekam, und sie hätte viel dafür gegeben zu sehen, wie es vor sich ging. Nicht weil sie glaubte, es bestehe die Chance, dass sie und ihre Kollegen die Nachrichten ebenfalls lesen konnten, sondern weil sie wissen wollte, von wem sie kamen.

Am nächsten Morgen waren sie bereit. Vier Teams warteten am Friedhof und folgten ihm abwechselnd die ganze Strecke.

An ihren Jacken waren Mikrokameras versteckt. Henriette wäre gerne dabei gewesen, aber Sten Høeck hatte rigoros abgelehnt, weil Anwar sie schon am Flughafen gesehen hatte und sie wiedererkennen konnte. Insgesamt waren sechzig Observierer nach einem minutiös ausgearbeiteten System im Einsatz, um das Risiko, dass die Brüder einen der Überwacher bemerkten, zu minimieren. Und so saß Henriette an diesem Morgen gemeinsam mit Sten und Per in der Peter Fabers Gade vor den Monitoren und sah zu, wie Anwar die vierzig Meter von der Wohnung im Kapelvej bis zum Friedhofseingang zurücklegte.

»Den Kapelvej können wir ausschließen«, sagte Per. »Das wäre viel zu dicht an der Wohnung. Wir müssen uns auf die beiden anderen Abschnitte konzentrieren.«

Auf halbem Weg die Lindenallee hinunter setzte Anwar sich auf eine Bank. Er nahm einen Zettel aus der Innentasche seiner Jacke, riss ihn in kleine Stücke und ließ sie neben der Bank auf die Erde rieseln.

»Er zerreißt einen Zettel. Die Fetzen werden eingesammelt, sobald er außer Sichtweite ist«, sagte sie in ihr Headset, sodass alle im Außeneinsatz sie hören konnten.

Sten Høeck sah sie wütend an.

»Niemand sammelt irgendetwas ein, alle warten auf meine Anweisung.« Er riss sich das Headset vom Kopf und zeigte mit dem Daumen in Richtung Küche. Henriette folgte ihm.

»Zum Teufel, Sten, was soll das? Das ist unsere Chance, an Informationen zu kommen und vielleicht etwas gegen ihn in die Hand zu bekommen.«

»Ich gebe die Anweisungen an die Teams, Henriette. Was du gerade gesehen hast, ist keine Nachricht an ihn, sondern eine Falle, ein Test. Er kommt zurück und sieht nach, ob die

Papierschnipsel noch daliegen. Überlass das verdammt noch mal mir, Henriette.«

Sie gingen zurück zu Per, die Stimmung war angespannt.

»Haben wir Papier in unserem Einsatzwagen in der Nørrebrogade, das genauso aussieht?«, fragte Sten Høeck seine Leute.

»Wir haben alles Mögliche an Papier, Boss«, kam es zurück.

»Seht nach, ob wir welches haben, das dem auf dem Friedhof gleicht, und zwar zu hundertzehn Prozent. Wenn ja, sammelt die Schnipsel auf und ersetzt sie durch unser Papier. Gruppe drei folgt ihm, aber mit ausreichendem Abstand, und informiert, sollte er den Friedhof wieder betreten. Gruppe zwei überprüft das Papier.«

Auf einem der Monitore konnten sie beobachten, wie zwei Männer mit Handschuhen die Papierschnipsel neben der Bank einsammelten und durch neue ersetzten.

Zwei Minuten später kam die Meldung.

»Ein Zettel ohne Text.«

Sten Høeck funkelte Henriette wütend an.

Inzwischen hatte Anwar sein Brötchen in Empfang genommen und war auf dem Weg zurück auf den Friedhof.

Sten Høeck war nicht ihr Vorgesetzter, sie waren beide Vizekriminalkommissare, und als Einsatzleiterin hatte sie das letzte Wort. Doch ließ sie ihm weitgehend freie Hand, denn er war besser als gut. Zwar waren seine pausenlosen Charmeoffensiven so gut wie jeder Frau gegenüber zuweilen enervierend, aber er kannte alle Tricks. Und dass sie die Brüder bis hierhin in diesem Umfang überwachen konnten, ohne Verdacht zu erregen, war ausschließlich sein Verdienst.

»Was schlägst du vor?«, fragte sie.

»Willst du sehen, wohin Anwar sieht?«

»Ja, bisher haben deine Leute ja nichts Konkretes geliefert, oder? Es nützt also nichts, immer hinter ihm zu bleiben.«

»Nein, deshalb sollten wir versuchen, vor ihm zu gehen. Wir sind uns einig über die beiden Abschnitte, auf denen das Zeichen versteckt ist, wie wir vermuten, korrekt?«

»Ja.«

»Wenn wir nun drei, vier Mann mit Mikrokameras am Rücken ausstatten, die auf diesen Abschnitten abwechselnd vor ihm hergehen, sehen wir, wohin er sieht. Aber du solltest dir nicht zu viel davon versprechen.«

»Warum?«

»Wenn er ein Profi ist, dann schaut er nur kurz und unauffällig auf die Stelle, an der sich das Zeichen befindet. Und glaub mir, er ist ein Profi. Oder zumindest äußerst vorsichtig.«

»Verdammt Sten, das macht ihn auch nicht besser, als er ist. Er ist ein *gangster gone priest* und war ein paar Monate im Trainingslager. Er ist verflucht noch mal kein Spion, der aus der Kälte kam.«

»Nein, nein, so habe ich das auch nicht gemeint.«

»Morgen machen wir es so, wie du vorgeschlagen hast.«

»Okay.«

»Was ist mit der Person, die das Zeichen anbringt?«

»Was soll mit ihr sein?«

»Können wir sie lokalisieren?«

»Nicht, wenn wir den Ort nicht kennen, an dem sie das Zeichen anbringt. Wenn wir den ganzen Bereich überwachen, ist das Risiko, dass wir entdeckt werden, viel zu hoch.«

»Ja, und das darf auf keinen Fall passieren.«

»Was glaubst du, wer es ist?«

Henriette wusste es nicht, aber es bestand die Möglichkeit,

dass es der dritte Mann war, auf den Jens Jessen so manisch fixiert zu sein schien. Aber das durfte sie nicht sagen.

»Ich weiß es nicht, ein Handlanger vielleicht, oder eine zentrale Person, genauso professionell wie Anwar. Ist Letzteres der Fall, müssen wir extrem vorsichtig sein.« Sie überlegte. »Können wir vielleicht Kameras installieren?«

»Ja, schon, aber auch dabei müssen wir höllisch aufpassen. Wir operieren in unmittelbarer Nähe zum Bandenmilieu. Machen wir einen winzigen Fehler, fliegen wir auf. Wäre ich der Zeichengeber, würde ich mich auf der Friedhofsallee gar nicht blicken lassen. Ich würde das Zeichen in einem Baum anbringen, den man von der Allee aus sehen kann. Oder ich würde mich nachts an die Mauer schleichen und es dort anbringen.«

»Ja, aber wir müssen dieses verdammte Zeichen finden, Sten. Mir ist egal, ob wir dem Mann folgen können, der es anbringt, aber ich brauche Bilder von ihm.«

Am nächsten Tag hefteten sie sich erneut an Anwars Fersen. Sie hatten sich geeinigt, es bei zwei Mann zu belassen, die wechselweise vor ihm hergingen. Henriette studierte zusammen mit Sten und Per die Aufnahmen der Mikrokameras, starrte auf Anwars vergrößertes Gesicht, die angespannte Miene. Das bandenmäßige Gehabe war kontrollierten Bewegungen gewichen, die signalisierten, dass er auf der Hut war. Sie folgte seinem Blick, während er die Lindenallee entlangging.

»Was, wenn es weder die Allee noch der Jagtvej ist? Was, wenn wir etwas übersehen haben, auf der Nørrebrogade oder an einem Haus auf der anderen Straßenseite?« Sie war frustriert, das hier würde zu nichts führen.

»Wir fangen gerade erst an, Henriette, ganz ruhig«, sagte Sten Høeck. »Falls du mal ein Ventil brauchst, um ein bisschen Druck abzulassen …«

»Halt die Klappe, Sten.«

»Ich bin da, Schätzchen, du musst nur wollen.«

»Spar dir deinen Schätzchen-Scheiß, Sten. Du gehst mir auf die Nerven.«

»Achtung, da war was«, sagte Sten. Sie notierten Zeitpunkt und Ort. Es passierte an diesem Morgen noch sechsmal, dass Anwars Augen zur Seite blickten und kurz auf einem Punkt verharrten, nur einen Moment lang, und wer ihn für einen gewöhnlichen Passanten hielt, hätte nichts bemerkt. Im Jagtvej wurde sein Blick unruhiger, wanderte hierhin und dorthin, doch sorgte der Straßenverkehr für deutlich mehr Bewegung und Nebengeräusche, als es sie auf dem Friedhof gab.

»Ich gehe raus und sehe mir die Punkte an«, sagte Henriette. Sten Høeck versteifte sich und sagte:

»No way.«

Macht er das, weil ich eine Frau bin?, dachte sie. Ist dieser ganze Macho-Mist, dieses Ich-liebe-alle-Frauen-Getue in Wirklichkeit nur ein Cover für Angst und Hass? Warum hat er es auf mich abgesehen?

Sten Høeck atmete tief ein.

»Das ist keine gute Idee, Henriette. Ich will nicht, dass du erkannt wirst. Per kann das übernehmen, er hat ein fotografisches Gedächtnis. Wenn jemand das Zeichen entdeckt, dann er.«

Sie verzichtete auf eine weitere Auseinandersetzung, nahm sich aber vor, ihm bei nächster Gelegenheit auf den Zahn zu fühlen und herauszufinden, was für ein Problem er zum Teufel mit ihr hatte.

Per wurde als versoffener Obdachloser auf der Suche nach Pfandflaschen ausstaffiert – sehr viel mussten sie gar nicht ändern. Er nahm sein Cover sehr ernst und genehmigte sich unterwegs ein paar Bier, kam aber nicht mit leeren Händen zurück.

»Es gibt drei mögliche Punkte«, sagte er. »Einen Kreidestrich auf der Lindenallee, der definitiv nicht von spielenden Kindern stammt. Blau, kann vom Regen weggewaschen werden, das scheint mir also nicht sehr wahrscheinlich. Eine Schnur an einem Ast in der Nähe von Niels Bohrs Grab, aber da ist einigermaßen beschwerlich ranzukommen. Und schließlich ein Stück gelbes Tape, das in ungefähr zwei Metern Höhe an der Friedhofsmauer im Jagtvej klebt. Ich bin sicher, das ist es. Man sieht, wie er den Kopf hebt und dort hinschaut.«

Per zeigte ihnen den Ausschnitt der Aufnahme. Sie sahen, wie Anwar zweimal aufblickte, einmal, als er durch das Tor vom Friedhof auf den Jagtvej trat und um die Ecke bog, und zum zweiten Mal, als er noch fünf Meter von dem gelben Tape entfernt war.

Für das untrainierte Auge geschah nichts, dennoch war eine Veränderung in seinen Gesichtszügen auszumachen.

»So sieht es aus, wenn man den Gesichtsausdruck vorher und nachher nebeneinanderstellt«, sagte Per und glühte förmlich vor kindlicher Freude.

Das erste Bild zeigte Anwar auf dem Friedhof, kurz bevor er den Jagtvej erreichte. Stimmte ihre Annahme, dass es sich bei dem gelben Tape um das Zeichen handelte, mussten Anspannung und Angst, keine Nachricht vorzufinden, hier am größten sein. Sein Blick schien abwesend, er ganz auf sich selbst konzentriert, zwei Furchen liefen von der Mitte der Stirn hinunter zur Nasenwurzel, die Kiefermuskeln wirkten beinahe verkrampft. Per deutete mit einem Kugelschreiber auf die Merkmale. Das zweite Bild zeigte dasselbe Gesicht, doch waren die beiden Furchen verschwunden, der Blick zwar immer noch in eine undefinierbare Ferne gerichtet, aber jetzt sehr viel ruhiger.

»Ja, verdammt«, sagte Henriette. »Das ist es, du bist einfach super, Per.«

»Den gelben Streifen Tape, Henriette«, sagte Per, »hat sein Kontaktmann dort hingeklebt.«

35

2011

Er fuhr ins Präsidium, nachdem er Vicki angerufen hatte, die trotz Kater schon frühmorgens im Büro erschienen war, um das Eifersuchtsmotiv weiterzuverfolgen, und ihre Ergebnisse mit ihm besprechen wollte. Per Larsens Tod hatte ihm eine Art Stromschlag versetzt, und Axel war entschlossener denn je, der Sache auf den Grund zu gehen. Auch das Gespräch mit Lindberg hatte seinen Teil dazu beigetragen. Zwar gab es nicht sehr viele Parallelen zwischen den Mordfällen Høeck und Larsen – falls der Fall Larsen überhaupt ein Mord war – aber es erschien ihm äußerst unwahrscheinlich, dass zwei ehemalige PET-Mitarbeiter, die beide im Bereich Terrorabwehr tätig gewesen waren, innerhalb so kurzer Zeit zu Tode kamen, ohne dass es eine Verbindung geben sollte.

Vicki saß rotäugig an ihrem Schreibtisch und klapperte auf der Tastatur ihres Rechners herum, als er hereinkam.

»Wir haben den Bruder der Reederei-Mitarbeiterin vernommen, mit der Sten eine Affäre hatte. Er bestreitet nicht, ihm Prügel angedroht zu haben und dass es ihm ganz und gar nicht leidtut, dass er tot ist. Aber er hat ein Alibi für die gesamte Mordnacht, war auf Geschäftsreise in Oslo.«

»Was ist mit den anderen Frauen?«

»Wir haben insgesamt zweiundzwanzig vernommen, mit denen er Sex hatte, in den letzten zwei Jahren. Wir haben ihren Hintergrund überprüft, Ehen und eheähnliche Verhältnisse, Freunde und eventuelle Geliebte. Nichts, was uns weiterbringt.«

»Und die Anrufe auf Stens Handy am Abend vor dem Mord?«

»Vier Gespräche. Zwei kurze, beide Male wurde er angerufen. Wir haben die Nummern, können aber die Besitzer nicht zurückverfolgen. Und er hat zwei Frauen angerufen. Wir haben mit beiden gesprochen. Er wollte sich mit ihnen treffen, aber sie hatten keine Zeit.«

»Und wo stehen wir jetzt?«

»Tja, aus meiner Sicht kam einer der beiden anonymen Anrufe wahrscheinlich von seinem Mörder, aber über das Telefon können wir ihn nicht ausfindig machen. So wie ich das sehe, ist das Eifersuchtsmotiv vorläufig tot, es sei denn, wir stoßen noch auf etwas Konkretes, einen konkreten Verdacht, jemanden, der ihn hasst. So irrsinnig das auch klingt, wenn man bedenkt, wie viele Frauen er gevögelt hat, aber ich glaube nicht, dass wir das Motiv in diesem Umfeld finden.«

»Nein, der Kompass zeigt in eine andere Richtung, aber du behältst das im Auge?«

»Ja.«

»Wir müssen uns auf den PET-Winkel konzentrieren.«

Der Fall Per Larsen verstärkte seine Vermutung, dass Rache das Motiv war, nach dem sie suchten. Neben Politikern und Mohammed-Karikaturisten standen Militärs, Polizisten und besonders Geheimdienstmitarbeiter ganz oben auf den Todeslisten der Islamisten. Hatten sie es tatsächlich mit einem Mörder zu tun, der es auf PET-Leute abgesehen hatte, mussten sie schnell sein, um weitere Morde zu verhindern. Aber zuerst mussten sie die Verbindung zwischen den zwei Todesfällen finden.

»Sieht so aus, aber vorher hast du noch einen Termin bei Josephsen. Er war eben hier und hat nach dir gefragt, hat irgendwas von Neuausrichtung der Ermittlungsstrategie erzählt«, sagte Vicki.

Das klang beschissen.

Axel ging in sein Büro und entdeckte Josephsen, der auf dem Schreibtischstuhl saß und vor und zurück wippte, die Hände über dem Bauch gefaltet, die schmalen, ausgetrockneten Lippen zu einem missbilligenden Schmollmund gespitzt.

»Ich muss mit Ihnen reden.«

»Ich bin gerade ziemlich beschäftigt.«

»Das muss warten. Ich glaube, Sie haben nicht verstanden, wie der Hase hier in meinem Dezernat läuft«, sagte Josephsen, und Axel dachte: Ich war schon in diesem Dezernat, als du noch in Windeln herumgelaufen bist, du kleine Schmeißfliege.

»Ich hatte mich doch klar ausgedrückt, als ich sagte, dass der Kontakt zum Geheimdienst über mich zu laufen hat.«

»Ich habe den PET nicht kontaktiert, man hat mir einen ihrer Leute zur Seite gestellt, und ich bin nicht dafür verantwortlich, was er weitergibt«, erwiderte Axel.

»Nichtsdestotrotz ist man dort sehr irritiert darüber, dass Sie offenbar vorhaben, gegen den PET zu ermitteln.«

»Ich ermittle in jede Richtung. Zwei frühere PET-Mitarbeiter sind tot, und wir müssen herausfinden, ob es einen Zusammenhang zwischen den Morden gibt.«

»Ganz genau, und darüber wollte ich mit Ihnen sprechen. Gemäß der Absprache mit dem PET liegt dieser Teil der Ermittlungen nicht in Ihren Händen, Steen. Sie kümmern sich um alle anderen möglichen Motive. Der PET überprüft selbst, ob es eine Verbindung zwischen den Morden und der Tätigkeit der Opfer für den Dienst gibt.«

Axel war kurz davor, zu explodieren. Das ergab keinen Sinn, mehr noch, es war ausgesprochen dämlich und hirnlos und vollkommen falsch, aber er versuchte, sich zu beherrschen.

»So funktioniert das nicht. Man kann nicht in einem Mord ermitteln, wenn man von vorneherein gesagt bekommt, wen man zu verdächtigen hat und wen nicht.«

»Sie dürfen jeden verdächtigen, aber Sie ermitteln nicht gegen den PET. Sollten sich entsprechende Verdachtsmomente ergeben, kommen Sie damit zu mir, und ich bespreche das mit John Darling und Jens Jessen.«

»Sie sagen mir also, dass ich die Fälle nur dann aufklären soll, wenn sich herausstellt, dass sie nichts mit dem PET zu tun haben? Wenn das so ist, will ich das schriftlich, damit man mir hinterher keine Dienstversäumnisse anhängen kann.«

»Sie bekommen gar nichts schriftlich. Sie können die Ermittlungen weiterführen, wenn Sie sich an die Einschränkungen halten, die ich Ihnen gerade klargemacht habe. Oder Sie können sich aus den Ermittlungen verabschieden, und zwar sofort. Ihre Entscheidung.«

»Heißt das, Darling ist beim PET für die Ermittlungen in dieser Sache zuständig?«

»Ja, und er ist direkt Jens Jessen unterstellt.«

»Was ist mit Khalid Taleb? Ist er raus aus dem Fall?«

»Das weiß ich nicht.«

»Okay. Dann ist das wohl nicht zu ändern. Allerdings muss ich auf ein Problem aufmerksam machen, das Sie aber sicher schon bedacht haben. Juristisch sind wir für Mordermittlungen zuständig, es liegt in unserer Verantwortung, einen Fall zu lösen, und es liegt in unserer Verantwortung, die Ermittlungen sachlich, vollumfänglich und unvoreingenommen durchzuführen. Sollte sich – rein hypothetisch – zeigen, dass es in den Reihen des PET einen Mörder gibt oder dass unter der Regie des PET Fehler gemacht wurden, die man zu vertuschen versucht, und Sie haben die Anweisung gegeben, dass der PET die Ermittlungen dazu selbst durchführt, dann sind Sie sich hoffentlich im Klaren darüber, wer dafür zur Verantwortung gezogen wird, sollte das Ganze eines Tages ans Licht kommen.«

Josephsen fuhr sich mit der Hand durch die französische Schmachtlocke über seiner Stirn und bedachte Axel mit einem blendenden, überlegenen Lächeln, sagte: »Danke für die Belehrung!«, und verließ den Raum, aber Axel hatte keinen Zweifel, dass er ihm einiges zu denken mitgegeben hatte.

Nachdem er gegangen war, setzte sich Axel auf seinen Schreibtischstuhl und starrte die gegenüberliegende Wand an. Sollte er klein beigeben? Er hatte Probleme mit Henriette, Probleme mit Emma und ihrer Angst, er hatte Probleme damit, mit anderen Menschen zusammen zu sein. Sollte er sich noch mehr Probleme schaffen, indem er sich mit Josephsen anlegte? Sollte er die kleine Chance, die er mit der Rückkehr zu Mord bekommen hatte, aufs Spiel setzen?

Vielleicht ging es einfach nicht mehr, vielleicht war seine Art, an einem Mordfall zu arbeiten, zu einseitig, wie Cecilie ein paarmal angedeutet hatte. Vielleicht war es an der Zeit, sich etwas anderes zu suchen. Aber bis dahin musste er tun, was sein Gewissen ihm vorschrieb.

Er stand auf und ging zurück zu Vicki. Sie blickte von ihrem Schreibtisch auf, als er hereinkam.

»Wir dürfen im Fall Høeck und Larsen nicht gegen den PET ermitteln«, sagte er. »Das übernehmen die Kollegen vom Geheimdienst selbst.«

»Klingt, als habe sich der Justizminister das ausgedacht«, sagte sie kopfschüttelnd. »Machen die das nicht immer so, wenn sie sich in die Scheiße geritten haben?«

»Ja, stimmt schon.« Er lächelte. »Was meinst du dazu?«, fragte er.

»Ich meine, wir sollten vorsichtig sein, den Ball flach halten, aber uns ganz raushalten?« Sie lachte. »Das kann nicht dein Ernst sein.«

»Genau. Wir können nicht einfach die Hände in den Schoß legen, dann könnten wir uns auch gleich zum Knöllchenschreiben melden. Aber du solltest nicht riskieren, deine Karriere zu ruinieren, nur weil du mit mir zusammenarbeitest.«

»Ich wollte mit dir zusammenarbeiten, seit ich im Morddezernat bin. Ich bin dabei, solange wir auf der richtigen Seite des Gesetzes bleiben.«

»Das ist nicht gerade meine Stärke, aber das weißt du ja, oder?«

»Und ob.«

»Hast du dir das Material angesehen, das wir eigentlich nicht haben dürfen?«

»Ja.«

»Und?«

»Ich habe alle Mails herausgefiltert, die mit dem PET zu tun haben, sowohl die, die zwischen Sten und Per hin und her gegangen sind, als auch die zwischen Sten und dem Dienst. Es sind nicht besonders viele. Und dann habe ich mir so viel wie möglich von den Überwachungsvideos angesehen. Die Kapelvej-Operation, du erinnerst dich?«

»Ja, sicher, war ja groß in den Medien.«

»Das ist die coolste Überwachung, von der ich je was mitbekommen habe. Die zwei Brüder konnten nicht mal einen Furz lassen, ohne dass es aufgenommen wurde. In der Wohnung waren zehn Kameras installiert, und soweit ich sehen kann, haben sie vierundzwanzig Stunden am Tag aufgezeichnet, drei Wochen lang.«

»Und was haben sie aufgezeichnet?«

»Ich weiß ja nicht, wonach wir suchen. Sie laufen in der Wohnung herum, trainieren, beten, holen sich einen runter, sehen sich Enthauptungsvideos an, aber das ergibt ja kein Motiv für den Mord an Sten Høeck.«

»Nein, aber Sten war bei praktisch allen Antiterroroperationen dabei. Warum hat er nur die Videos von dem Kapelvej-Einsatz gespeichert? Und warum machen unsere Freunde vom PET deswegen so einen Aufstand?«

»Machen sie das denn?«

»Ja, machen sie. Gestern haben sie mir die Akten zu den wichtigsten Operationen übergeben, an denen er beteiligt war, und genau bei dieser Sache sind große Teile geschwärzt.«

»Ich mache weiter mit den Videos, aber es würde schon

sehr helfen, wenn ich wüsste, wonach ich Ausschau halten soll.«

»Teilen wir sie uns auf.«

»Super Idee, Axel, dann bleiben für jeden von uns bloß noch zweitausendsechshundert Stunden übrig.«

Er wollte Emma abholen. Plötzlich freute er sich darauf, abzuschalten und den Fall beiseitezulegen. Lange hatte er sich auf einen Mord gefreut, aber bereits am dritten Tag wurden die Ermittlungen von Politik und Jurisdiktion torpediert und alle möglichen Interessen standen im Vordergrund, nur nicht die Aufklärung des Falls. Es hing ihm zum Hals heraus.

Sein Handy klingelte. Es war Lennart.

»Schäm dich, Axel. Du hättest dir wenigstens so lange Zeit lassen können, diesen Typ zu finden, bis mir nach der Party gestern Abend der Schädel nicht mehr brummt.«

»Tut mir leid, Lennart, ein paar von uns bemühen sich eben, einen klaren Kopf zu behalten.«

»Du bist gestern ziemlich plötzlich verschwunden.«

»Ja, Nüchternheit hat nun mal ihre Grenzen, besonders an einem solchen Abend. Irgendwann hat es keinen Spaß mehr gemacht.«

»Hat es dir überhaupt Spaß gemacht?«

»Henriette und ich haben uns gestritten, der Abend war also nicht ganz perfekt.«

»Halt sie fest, Axel, ich glaube, sie ist gut für dich.«

»Warum rufst du an?«

»Hast du eigentlich eine Ahnung, Axel, wie sich das anfühlt, so einen Kerl aufzuschneiden, der schon zu Lebzeiten halb verwest war? Und das auch noch mit einem veritablen Kater? Na ja, lassen wir das, wenn sich jemand mit den

Nachwirkungen des Alkohols auskennt, dann du. Unmittelbar sieht es so aus, als sei er eines natürlichen Todes gestorben. Kein Aneurysma, keine Hirnblutung, die Schlussfolgerung der Obduktion wird also wohl lauten, dass die Todesursache nicht festgestellt werden kann. Abgesehen von seinem massiven Alkoholkonsum war mit ihm alles in Ordnung. Er hat schlicht und ergreifend seinen letzten Atemzug getan. Und das kommt in den besten Familien vor.«

»Und du bist sicher? In der Wohnung sah alles nach einem Tatort aus.«

»Es gibt keine äußeren Anzeichen dafür, dass er umgebracht wurde. Trotzdem kann er natürlich Opfer eines Verbrechens geworden sein. Das wird sich zeigen, wenn wir die Ergebnisse der toxikologischen Untersuchung bekommen.«

»Und wann wird das sein?«

»Die Gerichtsmedizin braucht dafür normalerweise zwei Wochen, es sei denn, es eilt und jemand macht Druck. Aber was man so hört, sind deine Chefs nicht besonders erpicht darauf.«

»Welchem Verbrechen könnte er denn zum Opfer gefallen sein?«

»Tja, er könnte mit einem Kissen erstickt worden sein, zum Beispiel. Vielleicht hat er geschlafen oder war völlig betrunken. Vielleicht wurde er mit irgendwas betäubt.«

»Aber kann man das denn nicht sehen, wenn er erstickt wurde?«

»Nein, kann man nicht, allerdings gibt es meistens Indizien, Hämatome, falls er festgehalten wurde, Hautreste unter den Fingernägeln, und es ist eine leichte Ausdehnung der Lunge feststellbar, aber aufgrund des mehrtägigen Verwesungsprozesses wird das schwer nachzuweisen sein. Außerdem gibt es keine Spuren, die belegen, dass er um sein Leben gekämpft hat.«

»Okay.«

»Der PET hat für morgen eine Besprechung wegen der Obduktion angesetzt. Sehe ich dich da?«

»Ich bin nicht eingeladen.«

»Betrachte dich hiermit als eingeladen. Schließlich hast du ihn gefunden.«

»Ja, gutes Argument. Schick mir eine SMS, wann diese Besprechung stattfindet. Ich muss jetzt los. Ich habe Emma versprochen, dass sie heute Abend bei mir ist.«

»Moment noch, da ist noch etwas anderes. Wegen Sten Høeck.«

»Ja?«

»Wir haben Spuren einer erheblichen Menge Rotwein in seinem Magen gefunden, und man kann nur für ihn hoffen, dass er total stramm war, wenn man daran denkt, was er durchgemacht hat. Sein Körper weist jede Menge Verletzungen auf. Und er wog hundertneun Kilo und war eins neunzig groß und muskulös – der Mann oder die Frau, der oder die ihn umgebracht hat, kann nicht klein gewesen sein.«

»Nein, das glaube ich auch.«

»Ich sage nicht, dass die Fälle nicht zusammenhängen, wenn wir mal davon ausgehen, dass Per Larsen einem Verbrechen zum Opfer gefallen ist, aber der Modus Operandi ist sehr unterschiedlich. Ich würde auf zwei Täter tippen, und das minimiert die Wahrscheinlichkeit eines Zusammenhangs beträchtlich.«

»Ja, das ist mir klar. Aber sag mal, hältst du mich von dem Abend mit meiner Tochter ab, um mir eine kriminalwissenschaftliche Vorlesung zu halten?«

»Nein, nein, tatsächlich wollte ich noch mal wegen der Augen mit dir sprechen. Es kann ja etwas damit zu tun haben, dass Sten Høeck die Augen vor etwas verschlossen hat und dann gezwungen wurde hinzusehen.«

»Ja, aber das sagtest du neulich schon.«

»Nein, BB und ich sagten, der Mörder wollte ihn zwingen zu sehen, was er ihm antut. Denk darüber nach. Das andere ist konkreter. Sten Høeck hat die Augen vor etwas verschlossen, und dafür wurde er bestraft. Vielleicht wurde er sogar gezwungen, es sich diesmal anzusehen oder noch einmal anzusehen – das würde den Computer auf dem Tisch vor ihm erklären. Wovor würde ein Mitarbeiter des PET am liebsten die Augen verschließen?«

»Einem Verbrechen. Im Dienste einer höheren Sache. Das ist richtig gut, Lennart, aber ich habe auch nicht den kleinsten Ansatzpunkt.«

»Den findest du schon noch. Ich höre deiner Stimme an, dass du fast schon wieder in Topform bist und dieses ganze Positiv-denken-Gesülze sein lässt. Das ist ausgezeichnet. Nur lass die Finger vom Alkohol und anderen Drogen, verstanden?«

»Mach ich, Papa.«

»Satansbraten.«

36

2011

Die Tür ging auf, und Emmas braune Augen sahen ihn freudestrahlend an. Für einen Moment vergaß er den Scheißtag, der hinter ihm lag, und nahm sie in die Arme.

»Hej, Schatz.« Er schaute ins Wohnzimmer. »Wo ist Mama?«

»Draußen hinter dem Haus.«

Emma lief zum Sofa und starrte in den Fernseher.

Er durchquerte das Wohnzimmer und die offene Küche und öffnete die Tür zu dem kleinen Garten. Hastig drehte Cecilie ihm den Rücken zu und ließ eine Zigarette zu Boden fallen.

»Ach, du bist es nur.« Sie hob den Stummel auf, zog daran und drückte ihn aus.

»Hast du auch wieder angefangen?«, fragte Axel. »Ich dachte, es reicht, wenn sie sich Sorgen macht, ich könnte sterben.«

Sie fixierte ihn mit zusammengekniffenen Augen.

»Misch dich nicht ein, Axel. Ich mische mich auch nicht in dein Leben ein.«

Sie gingen ins Haus.

»Hast du schon gegessen?«

»Ja«, log er. Er wollte gerne so schnell wie möglich mit Emma verschwinden. »Wir wollen dann auch los, sonst können wir mit dem Abend ja nichts mehr anfangen.«

»Emma, iss noch deine Nudeln, dann können du und Papa los.«

Sie trug einen Teller mit etwas, das wie Bolognesesoße aussah, zu ihrer Tochter ins Wohnzimmer.

Emma begann zu essen, den Blick fest auf den Bildschirm geheftet. Unübersehbar hatte sie darin eine gewisse Übung.

»Wie läuft's bei dir?«, fragte Cecilie, und Axel konnte hören, dass sie sich nicht nach seinem allgemeinen Wohlbefinden erkundigte.

»Der neue Fall hält mich ganz schön auf Trab. Ständig tauchen neue Erkenntnisse auf.«

»Ja, Jens hat mir erzählt, dass dich so einiges auf Trab hält.« Bei den letzten drei Worten hob sie unüberhörbar die Stimme. »Er war vorhin hier und hat Anton abgeholt.«

Natürlich, Jens. Darum war die Stimmung so ganz anders als vor zwei Tagen. Das hatte er ihm zu verdanken. Oder nicht? Hatte er Axels und Cecilies Trennung zementiert, indem er ihr von Henriette erzählte? Es musste ja so laufen, oder etwa nicht?

Er kannte sie seit gut zehn Jahren. Sechs Jahre waren vergangen, seit sie ihn verlassen hatte. Ein paarmal waren sie einander wieder nähergekommen, aber nie so sehr wie zu der Zeit, als er aus dem Krankenhaus entlassen und langsam wieder er selbst geworden war. Sie hatten sich getroffen, waren mit Emma zur Psychologin gegangen, und eines Abends, nachdem er Emma hier in diesem Haus ins Bett gebracht hatte, war es passiert. Er hatte an ihrer Bettkante gesessen und ihr Harry Potter vorgelesen, und Cecilie war hereingekommen und hatte ihm eine Hand auf die Schulter gelegt, um sich abzustützen, als sie auf einen Stuhl stieg und frisch gewaschene Sachen in Emmas Kleiderschrank legte. Nachdem sie fertig war, stieg sie von dem Stuhl herunter und legte wieder die Hand auf seine Schulter, und diesmal blieb sie eine kurze

Weile dort liegen, auf dem Stoff seines T-Shirts, bevor sie ging. Es brannte, da wo die Hand ihn berührt hatte. Und im Rest seines Körpers. Sie hatten sich geliebt, als er nach unten ins Wohnzimmer gekommen war, auf dem Sofa, und dann war er mit ihr hoch und ins Bett gegangen, und sie hatten dagelegen und sich in den Armen gehalten, bis er gegangen war, gegen vier in der Nacht, damit Emma nichts merkte.

Damals, an diesem Abend, in dieser Nacht, hatte er sich glücklich gefühlt, vielleicht weil er es so gerne wollte. Aber hinter dem Glück lauerte eine Angst, ein Gefühl, nur zu Besuch im Leben eines anderen Mannes zu sein, eines Mannes, den es nicht mehr gab, aber in einem Leben, nach dem er sich noch immer sehnte.

Sie hatten es versucht, aber es funktionierte nicht. Es war, als ob das, was zwischen ihnen gewesen war, das, was er so stark gefühlt hatte, dass er in den Jahren, nachdem sie gegangen war, geglaubt hatte, es werde ihn umbringen, verschlissen war, als sei nur noch eine goldfarbene Einöde aus versunkenen Hoffnungen, Versagen und Eifersucht übrig. Und was sie auch taten, sie konnten die Wärme zwischen ihnen nicht wiederfinden. Also hatte er sich zurückgezogen. Ein paar Monate lang war er noch geblieben, wenn Emma und ihr kleiner Bruder im Bett lagen, hatte auf dem Sofa gesessen, bis sie kam und die Füße auf seinen Schoß legte. Er massierte sie und sie sahen dabei fern, küssten sich manchmal und schliefen manchmal dabei ein. Aber es war eine Distanz zwischen ihnen, und sie wuchs und wuchs. Selbst wenn sie sich liebten, war sie da. Er wusste nicht, was es war. Ob es sein neues Leben war, in dem es keinen Rausch und keine Drogen gab, hinter denen er seine Unsicherheit verstecken konnte, in dem er nicht auf einer geifernden Woge aus Lust und Begierde reiten konnte, in dem alles nackt und entblößt war und er sich viel zu verletzlich und klein fühlte, oder ob etwas zwischen ihnen endgültig zerbrochen war.

»Du bist nicht hier«, hatte sie an irgendeinem Abend gesagt.

»Das bist du auch nicht«, sagte er.

»Es ist so viel passiert. Wir sind nicht mehr dieselben wie früher«, sagte sie.

Eine Weile saßen sie da, ohne sich anzusehen. Und das Schweigen zwischen ihnen wurde größer.

»Ich kann das hier nicht, Cecilie.«

»Ist es meine Schuld? Ist es etwas, das ich getan habe?«

»Nein, aber ich kann die Gefühle nicht mehr finden, die wir hatten. Ich weiß nicht, was passiert ist.«

Es tat ihm gut, es zu sagen. Es lag eine Nüchternheit, eine Sachlichkeit darin, die er mochte, die aber gleichzeitig seine Lebensfreude auszulöschen schien. Er fühlte sich jämmerlich, als sei das Leben farb- und leidenschaftslos. Als sauge er Schmerz und Kummer auf wie ein alter Kreideschwamm in einem verlassenen Klassenzimmer. Sogar wenn sie sich liebten, wenn er in sie eindrang, waren es nur Bewegungen und Physik. Er fühlte Lust, aber sie saß im Körper, nicht im Herzen, da war zu viel Wirklichkeit und zu wenig Traum.

So wie jetzt. Er wusste, dass er das Haus auf den Kartoffelfeldern nicht zusammen mit seiner Tochter verlassen konnte, ohne eine oder mehrere Konfrontationen mit Cecilie durchzustehen.

»Jens, ja«, sagte er. »Die Sache ist kompliziert. Zwei seiner früheren Mitarbeiter wurden ermordet. Alle sind sehr betroffen deswegen.«

»Was ist das für eine Sache, Papa? Ist jemand hinter dir her?«

»Nein, Emma, so ist es nicht«, sagte Cecilie. »Emma und ich haben über etwas gesprochen, nach dem sie dich gerne fragen würde, aber sie traut sich nicht, und deshalb soll ich es tun.«

»Okay«, sagte Axel und sah lächelnd zu Emma hinüber. »Worum geht es, Schatz?«

Rasch verließ Emma ihren Platz vor dem Fernseher, lief zu Cecilie und versuchte, ihr den Mund zuzuhalten.

»Nein, Mama, ich will nicht, du darfst es nicht sagen.«

»Okay, okay, Schatz, bist du sicher?«

»Ja, ich bin sicher.«

Emma setzte sich an den Tisch, aß weiter ihre Pasta und schien wieder im Fernsehprogramm versunken zu sein, aber Axel war sicher, dass ihre Antennen auf Empfang standen.

Cecilie sah ihn an und schwenkte dabei sanft ihr Rotweinglas.

»Stimmt etwas nicht?«, fragte sie.

»Nein, nicht im Geringsten.«

»Seltsam, wie sich die Rollen manchmal verschieben, nicht? Früher hättest du alles getan, um mich zurückzubekommen, jetzt kannst du nicht schnell genug zur Tür rauskommen.«

Er packte sie am Arm und zog sie in den Flur.

»Cecilie, hör auf damit, erst recht vor Emma. Ich weiß nicht, was Jens dir erzählt hat, aber es hat nichts mit dir und Emma zu tun. Es tut mir leid, dass die Dinge zwischen uns so sind, wie sie nun mal sind, aber ich kann es nicht ändern.«

»Habe ich gesagt, dass sie sich ändern sollen?«

Sie sah ihn mit trotzigem und herausforderndem Blick an,

und wieder blitzte ein Stück seiner Vergangenheit in Axels Erinnerung auf, düstere Gedanken an Verlust und alles verzehrende Sehnsucht.

»Nein, das hast du nicht. Was wollte Emma sagen?«

Cecilie schob eine Locke hinter ihr Ohr.

»Sie ist zurzeit sehr ängstlich. Die Psychologin sagt, es sei Nachholbedarf aus den letzten Jahren, die ganze Unsicherheit, die sie wegen dir gefühlt hat, und dass wir ihr maximale Sicherheit geben müssen.«

Darin waren sie sich einig, aber es war fast mehr, als er ertragen konnte, wenn sie obendrein auch noch die Verschmähte spielte.

»Das versuche ich ja auch.«

»Emma möchte, dass du hier schläfst, dass wir alle zusammen im selben Bett schlafen. Wie eine Familie.«

Axel hatte keine Ahnung, was er sagen sollte.

»Ja glaubst du vielleicht, mir gefällt das?«, sagte Cecilie.

»Nein, aber das geht nicht.«

»Das habe ich ihr auch gesagt, aber das ist es, was sie sich wünscht. Ich sage ja nur, was sie sagt. Soll ich dir das verschweigen, nur weil du …«, sie atmete tief durch und bekam ihre Worte unter Kontrolle, »weil du es nicht willst?«

»Nein, natürlich nicht, aber Cecilie, keiner von uns will das.«

»Will was?«

»Lass das, Cecilie. Es ist ja gut, dass Emma es sagt, aber das Wichtigste ist doch, dass wir ihr zeigen, dass wir zusammenstehen, dass wir ihre Mama und ihr Papa sein können, auch wenn wir nicht zusammenleben.«

»Sag du mir nicht, wie es mir geht«, sagte sie leise und sah zu Boden.

»Das tue ich auch nicht.«

Dann hob sie den Kopf und sah ihm fest in die Augen, und er fühlte sich wieder, als würde er durchleuchtet.

»Du bist sehr vernünftig geworden, Axel Steen. Seltsam, erst habe ich mir das jahrelang von dir gewünscht, und wenn es endlich so weit ist, passt es doch nicht richtig zu dir.«

Immerhin lächelte sie. Und in ihrem Lächeln lag nicht nur Bitterkeit, dahinter schimmerte ein wenig Zärtlichkeit.

Sie gingen wieder zu Emma, die dabei war, ihre Tasche zu packen.

»Vergiss deinen iPod nicht«, sagte Cecilie.

Während der Fahrt nach Amager war Emma schweigsam. Sie zog ihren iPod aus der Tasche und steckte sich die In-Ears in die Ohren. Er hatte gelernt, ihr Raum zu geben, nicht gleich irgendwelche angestrengten Bemühungen zu unternehmen, um die Stimmung aufzuhellen. Fünf Minuten später nahm sie die Kopfhörer wieder ab. Jetzt schien sie gereizt zu sein.

»Bist du müde, Schatz?«

»Haben wir nicht irgendwas Süßes?«

»Nein, es ist schon spät, du sollst jetzt nichts Süßes mehr in dich hineinstopfen.«

»Nur ein bisschen.«

»Ich habe sowieso nichts.«

Sie öffnete das Handschuhfach und nahm eine Packung Läkerol heraus.

»Du hast gelogen, also darf ich auch was essen.«

»Leg sie wieder weg, Emma. Du nimmst bitte nichts davon, wenn ich es sage.«

Sie warf die Packung zurück in das Handschuhfach. Drehte das Gesicht zur Seitenscheibe. Cecilie hatte gesagt,

Emma sei die letzten drei Nächte aufgewacht und habe nach ihm gerufen.

»Mama sagt, du träumst nachts von mir, du hättest Albträume.«

»Mmm.«

»Können wir was dagegen tun? Hast du vielleicht eine Idee? Falls ja, sag's mir bitte, auch wenn es sich vielleicht nicht machen lässt.«

»Mama hat es dir gesagt.«

»Hat was gesagt?«

»Ich hör's dir doch an.«

»Hat was gesagt, Emma?«

»Dass ich gerne will, dass wir alle in einem Bett schlafen, bei uns zu Hause.«

»Das willst du gerne?«

»Ja. Nein. Ich will nur gerne wissen, wo du bist.«

Tränen liefen ihr über die Wangen. Sie überquerten die Langebro.

»Mir passiert nichts.«

»Die ganzen Sachen, die sie sagen, die ganzen Männer, die es auf dich abgesehen haben. Warum kann das nicht einfach weggehen? Warum kannst du nicht einfach wieder nach Nørrebro ziehen? Ich hasse Amager.«

Das war nichts Neues. Es hatte viel zu viele Veränderungen gegeben, zu denen sie sich verhalten musste. Cecilies Trennung von Jens Jessen, der Abschied aus Nørrebro und die Wohnung in der Dovregade. Amager stand symbolisch für alles, was sie quälte.

Mehrere Male schon hatte sie ihn angefleht, mit ihr nach Nørrebro zu fahren, ihr zu versprechen, dass sie wieder dorthin zogen. Und er konnte ihr nicht erklären, dass es unmöglich war, weil er nicht riskieren wollte, ihr Leben in Gefahr zu bringen.

Trotz ihrer Größe trug er sie die Treppe hinauf in die Wohnung. Sie aßen ein Eis und sprachen über Harry Potter, dann brachte er sie ins Bett und blieb bei ihr sitzen, bis sie eingeschlafen war. Er ging ins Wohnzimmer, fuhr den Laptop hoch und schob den USB-Stick, den Vicki ihm gegeben hatte, in die Buchse. Klickte sich zu den Überwachungsvideos durch und öffnete die letzten fünf Kameraeinstellungen, so wie sie es abgesprochen hatten. Er begann mit dem Flur. Eine Kamera war in einer Ecke über der Garderobe angebracht und nahm jeden auf, der die Wohnung betrat. Es waren zweiundzwanzig Dateien. Er öffnete die erste und stellte fest, dass sie vierundzwanzig Stunden erfasste, ebenso wie die nächste. Er ging zurück zur ersten und spielte das Video ab. Drei Personen betraten die Wohnung. Er loggte sich im Kriminalregister ein, rief den Kapelvej-Fall auf und erkannte die beiden pakistanischen Brüder wieder. Die dritte Person war eine junge Frau, die offenbar zum Putzen kam. Er spulte die Aufzeichnung im Schnelldurchlauf ab und switchte nur auf Normalgeschwindigkeit, wenn Menschen auf dem Bildschirm erschienen. Vierzig Minuten dauerte es, bis er sich durch die ersten vierundzwanzig Stunden gearbeitet hatte. Dann öffnete er die nächste Datei und konzentrierte sich wieder auf die Personen. Diesmal tauchten nur die beiden Männer auf, ebenso bei den dritten und vierten vierundzwanzig Stunden. In den fünften vierundzwanzig Stunden erschien erneut die Frau. Inzwischen war es nach zwölf, und er notierte sich, welche Aufzeichnungen er durchgesehen hatte. Dann entschied er sich für Datei Nummer zweiundzwanzig, die drittletzten vierundzwanzig Stunden. Wieder die beiden

Brüder. An einem Punkt fiel ihm auf, dass die Zeitanzeige vorwärtssprang, als sei ein Stück aus der Aufzeichnung herausgeschnitten worden. Er spulte zurück. Es fehlten ein paar Minuten. Er behielt die Zeitanzeige im Auge und stellte fest, dass an drei Stellen längere Sequenzen fehlten. Dann ging er zurück in den Ordner *Flur 1* und verglich die Größe der Dateien. Datei zweiundzwanzig war eine der kleinsten. Die Dateien der ersten zweieinhalb Wochen hatten alle die gleiche Größe, nur die der letzten drei Tage waren kleiner. Nichts deutete darauf hin, dass die Kamera nur aufgezeichnet hatte, wenn sich in ihrem Bereich etwas bewegte, denn es gab stundenlange Sequenzen ohne die kleinste Bewegung oder irgendein Geräusch.

War das hier das gleiche Material, zu dem auch die Verteidiger Zugang bekommen hatten? Hatten sie nicht Anspruch auf die vollständigen Überwachungsvideos? Hatten sie bemerkt, dass etwas fehlte? Vielleicht war es ein Weg herauszufinden, warum der Kapelvej-Fall von solcher Bedeutung für den PET war, ohne dass der Geheimdienst mitbekam, dass Axel gegen ihn ermittelte.

Er ging ins Bett.

Zweimal in dieser Nacht rief Emma im Halbschlaf nach ihm, und er ging zu ihr und hielt sie im Arm, bis ihre Atemzüge wieder regelmäßig wurden.

Am nächsten Morgen ließ er sie schlafen, während er neben ihr im Bett lag, den Laptop auf dem Bauch, und das Netz nach Informationen über ungesetzliche Überflüge der CIA durchkämmte. Nach einer TV-Doku war eine heftige Debatte entbrannt und ein Untersuchungsausschuss eingesetzt worden, aber einige Journalisten hatten weitergebohrt – nicht zuletzt Lindberg. Axel nahm sich vor, ihn noch einmal zu kontaktieren, um dem Skandalpotenzial der Sache auf den Grund zu gehen.

In Emmas Schule wurde heute Quartalsgeburtstag gefeiert: Alle Kinder, die im zweiten Quartal Geburtstag hatten, bekamen ein kleines Geschenk, und es wurden Spiele gespielt und Lakritz-Wettessen veranstaltet. Und er kam darum herum, Emma bei Cecilie abliefern zu müssen. Sie war müde und übellaunig, als sie aufwachte, und er hüpfte wie ein Hofnarr hierhin und dorthin, machte Frühstück und half, ihre Sachen zusammenzusuchen und die Tasche zu packen. Das schlechte Gewissen wegen ihrer seelischen Schmerzen und ihrer Angst fraß ihn beinahe auf. Er fuhr sie zur Schule, und sie parkten in einer Nebenstraße der Øster Søgade. Auf dem kurzen Fußweg zur Schule nahm sie seine Hand.

»Du sagst nichts«, sagte sie.

»Wie meinst du das?«

»Du begrüßt nicht meine Freundinnen und sagst nichts zu den Jungs, wenn sie fragen, ob du Polizist bist. Oder ob es stimmt, dass du diesen Gangster erschossen hast. Oder sonst irgendwas.«

»Aber ich muss ihnen doch antworten, wenn sie mich fragen.«

»Dann kommst du nicht mit. Dann sagen wir jetzt hier tschüss.«

»Na gut, dann halte ich eben den Mund. Versprochen.«

»Und wenn wir die Treppe raufgehen, bestimme ich, worüber wir gerade sprechen.«

»Okay, worüber zum Beispiel?«

»Ich sage vielleicht: Wohin fahren wir in Urlaub, Paps?«

»Dann antworte ich: Wir wollten doch campen.«

»Nein, du sagst, wir fliegen nach Spanien oder Italien, aber sonst nichts.«

»Aber darüber haben wir doch noch gar nicht gesprochen.«

»Das ist doch egal, Paps.«

»Darf ich die anderen Eltern begrüßen? Ich meine, wenn sie mich begrüßen?« Er konnte sich ein Lächeln nicht verkneifen und drückte ihre Hand.

Sie sah ihn an, und er meinte, eine gewisse Zufriedenheit in ihrem Gesicht zu erkennen. Dann sah sie wieder geradeaus und sagte:

»Vielleicht … aber nur leise.«

37

2007

Sie bekam kaum Gelegenheit, die Konsequenzen des gelben Tapestreifens zu durchdenken, bevor sie zu Jens Jessen beordert wurde.

»Es wird erwartet, dass sich eine Person mit Anwar und Shakir in Verbindung setzt, kurz bevor sie zuschlagen. Für das Gelingen der Operation ist es ganz entscheidend, dass wir diesen dritten Mann lokalisieren und observieren, ohne dass jemand darüber informiert wird, wer er ist und was er hier macht, hast du mich verstanden?«

»Voll und ganz. Was tun wir, wenn die Terrorbedrohung konkret wird? Ordnen wir Zugriff an?«

»Wir werden die Lage laufend analysieren. Und wenn es so weit ist, werde ich umgehend informiert.«

»Soll das heißen, dass wir diese Person nicht selbst überwachen?«

»Das wird sich noch entscheiden, aber es ist durchaus möglich, dass unsere ausländischen Kooperationspartner ihn kennen, und dann ist es nicht notwendig.«

»Wenn ich das also richtig verstehe, ist das Ziel der Operation nicht, einen Terroranschlag zu verhindern, sondern diesen Mann zu lokalisieren und festzunehmen?«

»Du kannst das verstehen, wie du willst, aber es wird sich womöglich herausstellen, dass dieser Mann das Hauptziel der Operation ist.«

»Wer ist er, Jens?«

Er sah sie nur an.

»Noch einmal: Wenn dieser mysteriöse Mann dabei ist, einen Terroranschlag zu planen, wovon wir ausgehen müssen, und wir zu dem Ergebnis kommen, dass dieser Anschlag unmittelbar bevorsteht, ordnen wir dann Zugriff an?«

»Selbstverständlich, aber diese Entscheidung treffe ausschließlich ich, ganz gleich, was passiert. Es kann sein, dass wir hier sehr viel weitergehen müssen als gewöhnlich.«

»Okay. Ich gehe davon aus, dass ich nicht mehr darüber erfahre, wer das eigentliche Ziel ist.«

»Korrekt, Henriette, aber niemand hindert dich, deine eigenen Überlegungen anzustellen.« Er sah sie eindringlich an und richtete sich in seinem Stuhl auf. »Wenn es zu einer Festnahme der eigentlichen Zielperson kommt, dann ist es ganz entscheidend, dass dies ohne Aufmerksamkeit geschieht. Keine Presse, kein SEK. Und nicht zusammen mit den anderen Verdächtigen. Sten ist über den Topsecret-Status der Operation informiert. Sollte also jemand nach dem dritten Mann fragen, lässt du ihn abblitzen, hast du das verstanden?«

Sie hatte sehr gut verstanden, und es ging ihr allmählich auf die Nerven, dass er ständig danach fragte. Und sie hatte verstanden, dass die Zeit, Fragen zu stellen, vorüber war, obwohl der Gedanke, eine Überwachungsoperation zu leiten, ohne etwas über die Zielperson zu wissen, ja noch nicht einmal wissen zu dürfen, ihr alles andere als angenehm war.

Von jetzt an konzentrierte sich die Operation auf Anwar, das Zeichen und den toten Briefkasten. Vom wem bekam er Nachrichten? Und wo war der tote Briefkasten? Auf diese Fragen mussten sie Antworten finden. Sie folgten Anwar weiterhin auf seinen Rundgängen durch Nørrebro und installierten eine Kamera in dem Gebäude gegenüber der Mauer, an der sie das gelbe Tape entdeckt hatten.

»Es ist nur eine Frage der Zeit, bis wir noch eine Ratte in der Falle haben«, sagte Sten Høeck optimistisch.

Henriette war sich da nicht so sicher. Was, wenn sich die Ratte nicht mehr im Jagtvej blicken ließ? Es war gängige Praxis, mehrere Punkte für Zeichen und auch mehr als einen toten Briefkasten zu benutzen.

Es verging ein Tag, zwei, und sie verfielen wieder in diese Mischung aus Rastlosigkeit, Gereiztheit und Sich-in-Geduld-Üben, die sie überwunden geglaubt hatten. Es durfte keine Rolle spielen, das war Henriette bewusst. Warten war ein Hauptbestandteil ihrer Arbeit, und wer damit nicht umgehen konnte, sollte sich besser schnellstens einen neuen Job suchen.

Sie sah den jungen Männern in der Wohnung an, dass sie wenigstens genauso litten wie das Überwachungsteam – besonders der Jüngere der beiden war ungeduldig und nervös und fragte Anwar wiederholt, ob er etwas von *ihm* gehört habe. Aber Anwar verneinte jedes Mal, keine Nachricht, keine Anweisung, die es auszuführen galt, nichts. Hatte man die Rolle des potenziellen Opferlamms bei einem Terroranschlag übernommen, wollte man es möglichst schnell zu Ende bringen, vermutete Henriette. Und es schien, als ob die fünf Gebete täglich, die vielen Stunden vor dem Computer, in denen sie mit Extremisten aus aller Welt über geglückte Dschihad-Angriffe, über die Ungläubigen und Heuchler der westlichen Welt und über den Krieg gegen die USA und alle Alliierten des Satans im Irak und in Afghanistan chatteten, alles nur noch schlimmer machten. Der kleine Bruder ging immer noch regelmäßig zur CBS, was sie als reines Schauspiel einstuften. Meistens saß er eine Stunde lang in der Mensa und las und kehrte danach in die Wohnung zurück. Anwars Tagesablauf war etwas abwechslungsreicher. Nach dem Frühstück ging er seine Runde, er besuchte alte Freunde, traf sich mit ihnen in einem der Wasserpfeifencafés des Viertels oder am Blågårds Plads. Hatte sein Bruder die Wohnung verlassen, schaute er sich Pornos an und onanierte dabei wie ein Wahnsinniger.

Ein Merkmal früherer Antiterroreinsätze war gewesen, dass sich die Verdächtigen mit der Herstellung von Sprengstoff befassten, aber außer Shakirs Treffen mit dem Mitarbeiter der Elektronikfirma an der CBS vor fast zehn Tagen hatte sich in dieser Richtung nichts getan. Sie verfügten über keine Waffen, kauften keinen Dünger und gingen nicht auf matas.dk, um sich chemische Komponenten für die Herstellung von TATP zu besorgen, sie studierten keine Anleitungen zum Bombenbau und planten augenscheinlich auch keinen Sabotageakt. Aber eine Sache gab Henriette das Gefühl, dass sie es mit genau den gleichen Idioten von Extremisten zu tun hatten wie bei bisherigen Einsätzen: Sie studierten Karten und Stadtpläne von Kopenhagen. Und dabei widmeten sie zwei Orten ihre besondere Aufmerksamkeit: Christiansborg und Kastellet. Sitz der Regierung und des Verteidigungsministeriums.

Keinem der Beteiligten ihrer Operation war entgangen, dass in zehn Tagen der amerikanische Verteidigungsminister zu einem inoffiziellen Besuch nach Kopenhagen kam. Eine Sondereinsatzgruppe beschäftigte sich damit, den Ablauf des Besuchs bis ins kleinste Detail zu analysieren.

Das Datum stimmte mit der Zeitangabe in der Mail überein, die Anwar vorige Woche gelesen hatte: In drei Wochen werden die Lämmer geschlachtet.

Khalid rief an und bat um ein Treffen. Seit ihrer kleinen Diskussion über die Pistolen hatte er sich sehr zurückgehalten. Sie las ihn am Nørreport auf, und sie fuhren zum Hellerup Havn und machten einen Spaziergang die Mole entlang. Die Möwen kreischten, und drei Mädchen stolperten in Inlinern über den Beton. Die Sonne hielt sich hinter einem dünnen Schleier weißer Wolken versteckt.

»Mit den Waffen hatte ich kein Glück. Ich bin sicher, sowohl Anwar als auch Shakir wissen, dass ich sie habe. Ich sehe Shakir regelmäßig in der Moschee, ich bin nicht aufdringlich, aber es kommt mir nicht so vor, als bräuchten sie Hilfe, was das angeht«, sagte Khalid.

»Nein, den Eindruck habe ich auch. Ich denke, wir sollten die Sache fallen lassen und die Waffen abliefern. Ich übernehme sie und gebe sie weiter.«

Sie sah ihn an. Er war ein Traum von einem Agenten, analytisch denkend, intellektuell, außergewöhnlich kreativ und vielseitig einsetzbar. Aufgrund seiner Größe konnte er auf den ersten Blick Furcht einflößend wirken, auch nahm er kein Blatt vor den Mund, aber sowohl im Laufe ihrer Anwerbungsgespräche als auch bei späteren Briefings hatte sie hinter den Panzer blicken können und einen verletzlichen und zerrissenen Mann entdeckt. Ein überzeugter Anhänger von Demokratie und Aufklärung, den Idealen der dänischen Gesellschaft, die von Verrückten wie Anwar und seinem kleinen Bruder bedroht wurden, war Khalid keineswegs blind dafür, wie bescheiden es um die Verwirklichung dieser Ideale oftmals stand – nicht zuletzt für seine Landsleute. Und er war sich sehr wohl bewusst, dass seine Herkunft es ihm schwer machte, sowohl das Milieu zu kritisieren, aus dem er kam, als auch die Kultur, in der er lebte und arbeitete. So war er ein Grenzgänger zwischen zwei Weltanschauungen, und sie wusste, dass das, was er für sie tat, für ihn eine Brücke zwischen diesen Welten war, und sie würde für ihn durchs Feuer gehen, weil er so entschlossen war.

»Du bekommst meine Guns nicht, Henry. Ich muss sie wieder ins System einschleusen, sonst kriege ich Ärger.«

»Dann sieh zu, dass du sie loswirst, zum Teufel, und dann tun wir so, als hätte ich nie was davon mitgekriegt. Und lass dich um Himmels willen nicht damit erwischen.«

»Keine Sorge, ich hab das unter Kontrolle. Was anderes: Du hast mich mal gefragt, ob ich etwas von einem toten Briefkasten wüsste. Ich habe alle Lokalitäten überprüft, die ihr mir gegeben habt. Heute Vormittag war ich im Wasserpfeifencafé am Blågårds Plads, wo Anwar ab und zu mal aufkreuzt. Ich bin ein paar Stunden geblieben und habe gearbeitet und geraucht. Irgendwann kam ein Mann herein, ein Ausländer. Er sprach Englisch, bestellte Minztee und setzte sich an einen leeren Tisch.«

»Und?«

»Er passte nicht dorthin, verstehst du? Teurer Anzug, freundliches Lächeln, wirkte auf mich aber wie ein kalter

Fisch. Tote Augen, erinnerte mich an einen Soldaten. Und ich bin sicher, dass er lauschte, was an den anderen Tischen so geredet wurde. Eine Gruppe junger Männer aus Pakistan unterhielt sich ziemlich lautstark, und ich wette, er verstand jedes Wort. Ich bin zu ihm gegangen und habe ihn nach einer Zigarette gefragt, auf Arabisch, und er hat in fließendem Arabisch geantwortet, es tue ihm leid, aber er rauche nicht, mit levantinischem Akzent. Ich tippe mal, er ist Syrer.«

»Und was hältst du davon?«

»Es ist schon außergewöhnlich, wenn man Urdu und Arabisch versteht und auch noch fließend Englisch spricht. Wenn er Syrer ist, wo hat er dann Urdu gelernt?«

»In den Trainingslagern?«

»Das ist eine Möglichkeit. An einer Hand fehlte ihm der kleine Finger, und er hatte eine Narbe am Hals. Er sah mich nur kurz an, aber sein Blick sagte: ›Schieb ab‹.«

»Und das hast du dann getan?«

»Ja, ich habe mich wieder an meinen Tisch gesetzt.«

»Du bist ihm nicht gefolgt, oder?«

»Nein, natürlich nicht. Aber ich habe den Besitzer des Cafés – wir kennen uns – gefragt, wer dieser Fremde ist, und er sagte, er sei schon zweimal da gewesen, hat nur an seinem Tisch gesessen und Tee getrunken. Und ist zur Toilette gegangen.«

Sie hatten das Ende der Mole erreicht und machten sich auf den Rückweg.

»Gut, Khalid. Wir werden uns das ansehen. Gute Arbeit.«

Es muss noch eine Überwachungskamera installiert werden, dachte sie, um die Gäste des Cafés zu überprüfen. Ihr war nicht entgangen, dass Khalids Augen jedes Mal zu leuchten schienen, wenn sie ihn lobte.

»Es ist ziemlich wahrscheinlich, dass Anwar und Shakir

Hilfe bekommen, oder? Es muss einen dritten Mann geben, der ihnen Waffen besorgt, oder wie siehst du das?«, fragte Khalid.

In einiger Entfernung bemerkte Henriette eine Frau mit Halstuch, die auf sie zukam. Sie schob einen Kinderwagen vor sich her.

»Ich weiß es nicht«, sagte sie und hakte sich bei Khalid unter. »Aber das werden wir bald herauskriegen.«

Khalid sah auf sie herunter, als sei er überrascht wegen des Körperkontakts, löste sich aber nicht von ihr. Sie nickte der Frau mit dem Halstuch und dem Kinderwagen diskret zu. Er schien enttäuscht zu sein.

»Alles okay mit dir, Khalid?«, fragte sie. »Falls du irgendwas brauchst, gibst du mir Bescheid, in Ordnung?«

Sein Arm glitt aus ihrem Griff.

»Ich brauche nichts.«

Die Frau schaute sie im Vorübergehen an. Als sie ein Stück entfernt war, blieb Henriette stehen und fasste ihn am Ellbogen. Er sah sie an, und sein Blick machte es nicht einfacher.

»Gibt es etwas, worüber wir sprechen müssen, Khalid? Etwas zwischen dir und mir?«

38

2011

Er hatte sich von Emma verabschiedet, und ein Gefühl der Leere machte sich in ihm breit, begleitet von der Versuchung, beim nächsten Straßendealer einen Joint zu kaufen. Er bekämpfte den Drang nach Seelenfrieden, indem er ins Präsidium fuhr und sich mit Vicki besprach, die ihm berichtete, es sehe nicht danach aus, als sei das Motiv für den Mord an Sten Høeck im Zusammenhang mit seiner Arbeit für die Reederei zu finden. Der Sicherheitschef war weder bedroht noch erpresst worden, und es gab keine Indizien, die auf Feindschaften in Verbindung mit seinem Tun für die Reederei hindeuteten.

»Hattest du Zeit, dir die Aufzeichnungen anzusehen?«, fragte sie.

»Ja, und dabei ist mir ein Gedanke gekommen. Bei der Gerichtsverhandlung kam doch zur Sprache, dass die Wohnung massiv überwacht wurde, richtig?«

»Ja.«

»Und wer hat als Zeuge ausgesagt?«

»Moment, das habe ich hier. Sten Høeck und Henriette Nielsen.« Sie warf einen Blick auf Axel. »Du kannst sie ja fragen.«

»Kann es vielleicht sein, dass der Mörder dadurch die Verbindung zu Sten Høeck hergestellt hat? Nehmen wir mal an, jemand will sich wegen des Kapelvej-Falls an der Polizei rächen, wäre Sten dann nicht ein naheliegendes Ziel?«

»Ja, schon, Sten und Henriette.«

»Sollten wir uns dann nicht auf die Verurteilten und ihr Umfeld konzentrieren?«

»Sicher, aber ich fürchte, das kannst du erst mal vergessen.«

»Warum?«

»Erstens ist das PET-vermintes Gebiet. Und zweitens gibt es Gerüchte, dass gerade eine groß angelegte Razzia läuft.«

»Was?«

»Der PET hat heute Morgen zwölf Adressen durchsucht,

und sie sind dabei, einigen Gefängnissen einen Besuch abzustatten.«

»Zum Teufel! Adressen in unserem Zuständigkeitsbereich?«

»Ja, war ein Riesenaufruhr heute Morgen. Keiner wusste, was los war, und von den Streifen kamen alle möglichen Meldungen rein. Und dann ist Josephsen aufgetaucht und hat uns erklärt, wir sollten uns da raushalten.«

»Dieser Schlappschwanz.«

Das bedeutete, dass der PET die Morde als Racheakte einstufte und jetzt gegen die Verurteilten und deren Dunstkreis ermittelte.

Axel fragte sich, welche Rolle Khalid eigentlich spielte. Er war der unbekannte Faktor der Ermittlung, stand in Opposition zu Jens Jessen und hatte Axel ein Signal gegeben, dass er auf seiner Seite stand, aber nachdem sie Per Larsens Leiche gefunden hatten, hatte er nichts mehr von ihm gehört. Und dann war da noch die Kleinigkeit, dass zwischen ihm und Sten Høeck einige Mails hin- und her gegangen waren. Und er Axel gegenüber nichts davon erwähnt hatte.

Axel nahm sein Handy und rief ihn an. Khalid meldete sich mit einem Brummen.

»Hej, Khalid, sind Sie heute bei der Besprechung in der Gerichtsmedizin dabei?«

»Nein, Axel, das geht nicht.«

»Wo sind Sie denn gerade?«

»Das ist streng geheim«, lachte er. »Und ich habe strikte Anweisung, keine Informationen mit Ihnen auszutauschen, die den Fall betreffen. Sowohl von Jens Jessen als auch von Ihrer Freundin.«

»Glänzend, dann können Sie sicher sein, dass die Morde

an Ihren alten Freunden Sten und Per niemals aufgeklärt werden.«

»Sie sind echt hart, Axel. Ich kann immerhin so viel sagen, dass ich auf dem Weg zu einem großen Gefängnis am Stadtrand von Kopenhagen bin, um mit einem Mann zu sprechen, der wegen eines versuchten Terroranschlags verurteilt wurde und einsitzt.«

»Weil ihr glaubt, es geht um Rache?«

»Ja, das hat sich ein Superermittler wie Sie natürlich längst ausgerechnet.«

»Natürlich. Das ist ja großartig, da wäre ich gerne dabei gewesen.«

»Ich hätte Sie auch gerne dabeigehabt, aber das ist keine gute Idee, wenn ich meinen Job behalten will. Tut mir leid, ich muss los.«

Axel wurde nicht schlau aus Khalid. Er war ihm von Anfang an auf die Nerven gegangen, und gleichzeitig hatte Axel das Gefühl, dass er etwas oder jemanden deckte, das oder der mit dem Fall in Verbindung stand. Auch wenn die Zusammenarbeit mit Khalid vielleicht schon wieder zu Ende war, bevor sie richtig begonnen hatte, war er entschlossen, dieser Verbindung auf den Grund zu gehen.

Dann rief er Henriette an. Der SMS von gestern waren keine weiteren gefolgt.

»Hej, Axel, ich bin auf dem Weg zu einer Besprechung. Ich habe nur eine Minute. Was auf der Party passiert ist, tut mir wirklich leid. Nicht nur, dass ich ziemlich angetrunken war, sondern auch, dass du dich so aufgeregt hast. Können wir uns sehen? Es gibt etwas, worüber wir sprechen müssen.«

»Ja, aber kannst du mir vielleicht sagen, was zum Henker in meinem Mordfall vor sich geht? Stimmt es, dass ihr die

Hälfte der muslimischen Bevölkerung in Großkopenhagen verhaftet habt, weil ihr glaubt, Stens und Pers Tod ist das Payback für eine eurer Operationen?«

»Ich darf nicht mit dir darüber sprechen. Wann können wir uns sehen?«

»Denn dann muss ich dir sagen, dass du dir besser einmal zu viel als zu wenig über die Schulter schaust. Soweit ich weiß, warst du neben Sten Høeck die Einzige, die in der Kapelvej-Operation vor Gericht als Zeugin ausgesagt hat.«

»Kann ich heute Nachmittag bei dir vorbeikommen? Wir müssen reden. Ich stehe wahnsinnig unter Druck, aber wir müssen uns treffen.«

»Ja, natürlich kannst du vorbeikommen. Aber Henriette, ich meine das ernst. Du brauchst Personenschutz, wenn da was dran ist.«

»Richten wir gerade ein, Axel, es wird gut auf mich aufgepasst.«

»Okay, schick mir eine SMS, wenn du so weit bist. Ich habe hier sowieso nichts zu tun. Man hat mir diesen beschissenen Fall mit zwei Toten aufgehalst, und das Einzige, was ich tun darf, ist herausfinden, ob es eine gibt, die sie gebumst haben, und sie deshalb umgebracht wurden. Und falls dem nicht so ist …«

»Ich wünschte, es wäre so einfach, Axel. Beruhige dich und lass uns alles besprechen, wenn ich da bin. Ich melde mich.«

Sie legte auf.

Vicki sah ihn an.

Dann sagte sie: »Henryyyyy!«, mit Sten Høecks einschmeichelndem Tonfall. »Vielleicht würde es helfen, wenn du einen etwas entgegenkommenderen Ton anschlägst, Axel.«

»Das liegt mir nicht.«

»So? Ich dachte, das wäre dein neuer Stil.«

»Ist dir bei den Überwachungsvideos etwas aufgefallen?«

»Außer, dass sie stinklangweilig sind?«

»Es sieht so aus, als ob sie nicht gleich lang sind. Die Dateien sind unterschiedlich groß. Bei einigen fehlt etwas. Und ich bezweifle, dass das ein Zufall ist.«

»Trifft das auf alle Kameraeinstellungen zu?«

»Das weiß ich noch nicht. Ich habe mir den drittletzten Tag etwas näher angesehen. Bei *Flur 1* ist an drei Stellen etwas aus der Aufzeichnung herausgeschnitten worden, insgesamt ungefähr zwanzig Minuten. Bei der Aufzeichnung der Kamera in der Küche gibt es jede Menge Zeitsprünge, alles in allem fehlen gut zwei Stunden. Ich habe mir die Zeitpunkte rausgeschrieben und schicke sie dir nachher zu. Du überprüfst dann bitte, ob das bei deinen Dateien an diesem Tag auch so ist.«

»Das stinkt, oder? Und zwar genauso abartig wie der Soloauftritt unserer sauberen PET-Freunde, der gerade abläuft.«

»Ganz genau, Vicki. Und wonach stinkt es?«

»Danach, dass deine Freundin, der Exmann deiner Exfrau und ihre Kollegen die Aufzeichnungen gekürzt haben.«

»Müsste einem Verteidiger so etwas nicht auffallen?«

»Doch, wenn er auf Zack ist, aber das sind ja längst nicht alle. Wenn ich richtig informiert bin, erhalten sie das Material von der Staatsanwaltschaft und müssen selbst nachhaken, dass ihnen alles vorgelegt wird, falls etwas fehlt.«

»Ich gehe der Sache nach. Ich schlage vor, du hältst hier die Stellung, was den Teil der Ermittlung angeht, mit dem wir uns beschäftigen dürfen. Und ich sehe mir ein paar Dinge mal etwas genauer an. Unter anderem spreche ich noch mal mit Per Larsens Kollegen an der Kofoeds Schule. Jetzt, wo Per tot ist, sagt er uns vielleicht mehr.«

39

2011

Er fand Leif Poulsen in dem kleinen Büro, das diesmal nicht unaufgeräumt, sondern geradezu verwüstet wirkte. Der Lehrer für Medientechnik kroch auf dem Boden herum, las Papiere auf und legte sie zu Stapeln zusammen.

»Was ist denn hier passiert?«, fragte Axel. »Darf man eintreten?«

Leif Poulsen blickte auf. Zuerst schien er verwirrt zu sein, dann änderte sich sein Gesichtsausdruck, als ihm klar wurde, wer in der Tür stand. Wütend sah er Axel an.

»Lieber nicht. Ein paar Ihrer Kollegen waren heute hier zu Besuch. Und sie haben nicht nur dieses Chaos hinterlassen, sondern auch meinen Rechner mitgenommen. Dürfen die das überhaupt?«

»Ich schätze mal, sie haben sich auf das Gesetz zur Bekämpfung terroristischer Aktivitäten berufen. Und dann dürfen die so ziemlich alles.«

»Ihr seid wirklich ganz schön schräg drauf.«

»Wie hießen die Kollegen denn?«

»Liam und Brian. Beide Modell Kleiderschrank. Nicht besonders höflich, haben einfach alles aus den Regalen gerissen. Drei Techniker waren auch dabei, aber offensichtlich mit Stummheit geschlagen. Sie haben Kopien von unserem gesamten Netzwerk gezogen, ohne auch nur ein Wort von sich zu geben.«

»Das tut mir leid. Ich wusste nichts von dieser Aktion. Ich fürchte, Per hat irgendwo Staatsgeheimnisse versteckt.«

»Was läuft hier eigentlich? Diese beiden Muskelprotze haben mir nicht einmal verraten, was mit Per passiert ist.«

»Rauchen Sie?«, fragte Axel.

»Ja.«

»Am besten, wir gehen nach draußen und rauchen eine Zigarette, dann erkläre ich Ihnen, so viel ich kann.«

Sie gingen hoch in den vierten Stock, wo es eine Dachterrasse gab, und kamen an einem noch kleineren Büro als dem Leif Poulsens vorbei. An der Glastür hing ein Schildchen mit der Aufschrift *Unterstützung bei digitalem Schriftverkehr und behördlichen Angelegenheiten.* Anscheinend war dem Büro nicht die gleiche Behandlung wie dem eine Etage tiefer zuteilgeworden. Am liebsten hätte Axel sogleich den Schlüssel verlangt, aber es war besser, erst einmal verloren gegangenes Vertrauen in die Arbeit der Behörden zurückzugewinnen. Leif Poulsen hatte einen Freund verloren, und anstatt ihn in angemessener Art und Weise darüber in Kenntnis zu setzen, was passiert war, hatten die Arschlöcher aus Søborg einfach sein Büro durchwühlt. Das hatte er nicht verdient.

Der Lehrer für Medientechnik trat an das Geländer der Terrasse und zündete sich eine Zigarette an. Axel folgte seinem Beispiel, vermied es aber, über die Brüstung nach unten zu sehen.

»Wir haben Pers Wohnung überprüft, nachdem wir hier bei Ihnen waren. Er lag tot im Bett. Dem Geruch nach zu urteilen muss er schon vor ein paar Tagen gestorben sein, mindestens vor einer Woche. Ich kann Ihnen nicht sagen, woran er gestorben ist, aber vor drei Tagen haben wir einen seiner früheren Kollegen aufgefunden, auf bestialische Weise ermordet. Er und Per waren Freunde. Sten Høeck, sagt Ihnen der Name etwas?«

»Nichts.«

»Wir wissen nicht, was genau passiert ist, aber es fällt mir schwer zu glauben, dass das ein Zufall sein soll. Und der PET setzt Himmel und Hölle in Bewegung, um herauszufinden, ob das alles etwas mit der Vergangenheit der Toten beim Geheimdienst zu tun hat. Und wenn ich ehrlich sein soll, würde ich das auch liebend gerne wissen, aber aus einem ganz anderen Grund.«

»So kamen die mir gar nicht vor.«

»Was meinen Sie damit?«

»Ich hatte den Eindruck, sie waren auf der Suche nach Material aus Pers Zeit beim Geheimdienst. Sie fragten mich nach Polizeiberichten, Unterlagen mit *Streng-vertraulich-Stempel,* Überwachungsvideos und solchem Zeugs, ob ich etwas gesehen habe oder irgendwas darüber wisse.«

»Na ja, eben weil es etwas mit den Morden zu tun haben kann.«

»Morde? Per wurde also ermordet?«

»Ja, ich bin mir ziemlich sicher, aber es ist noch nicht bestätigt. Ich habe volles Verständnis dafür, dass Sie nichts über ihn sagen wollten, als wir gestern hier waren, schließlich war er Ihr Freund. Aber jetzt stellen sich die Dinge anders dar. Er ist tot, und ich will denjenigen finden, der ihn getötet hat. Deshalb frage ich Sie noch einmal: Ist Ihnen irgendetwas an ihm aufgefallen? War er irgendwie verändert?«

»Ja, das war er tatsächlich. In letzter Zeit war er ganz schön dünnhäutig, ging bei jeder Kleinigkeit gleich an die Decke und wirkte ein paarmal ziemlich … na ja, angeschlagen. Zweimal habe ich ihm gesagt, er solle besser nach Hause gehen.«

»Warum?«

»Er hatte getrunken, das können wir hier nicht tolerieren.«

»Hat er irgendwas gesagt, das uns weiterhelfen könnte?«

»Vor ein paar Wochen erwähnte er mal, er müsse zu einem wichtigen Treffen. Die Geschichte werde umgeschrieben, sagte er, redete irgendwas, er lasse die Heuchler und Aasgeier jetzt endgültig hochgehen. Er habe das Missing Link gefunden, das ihm noch gefehlt habe, so was eben.«

»Und was hielten Sie davon?«

»Es war nicht gut für ihn. Per war ein durch und durch guter und anständiger Mensch, trotz seiner Trinkerei. Aber er war ein gebrochener Mann, er muss etwas erlebt haben, das ihn zerstört hat. Und zwar in der Zeit, als er beim PET war. Ich habe ihm immer gewünscht, er könnte seinen Frieden damit machen, aber in den dreieinhalb Jahren, die ich ihn kannte, ist es leider nicht so gekommen. Und ich habe auch nicht daran geglaubt, dass es ihm gelingen würde. Es war nicht das erste Mal, dass er davon sprach, es würden sich große Dinge tun, aber passiert ist nie etwas.«

»Haben Sie eine Ahnung, worum es bei diesem Treffen ging?«

»Nein, aber Per redete oft von Überflügen der CIA über dänisches Hoheitsgebiet, wenn er betrunken war. Sagte, er hätte Beweise. Dann leg sie doch auf den Tisch, habe ich ihm gesagt, aber es tat sich nichts.«

»Worüber sprechen wir hier? Dass die CIA Flughäfen in Dänemark für Zwischenlandungen nutzt? Oder geht es darum, dass dänische Staatsbürger außer Landes gebracht wurden?«

»Beides. Und wohl noch Schlimmeres. Er sagte, die Amerikaner hätten den PET in der Tasche. Unsere Leute würden alles tun, um den großen Bruder glücklich zu machen.«

»Haben Sie jemals irgendwelche dieser Beweise gesehen?«

»Nein, und wenn er nüchtern war, tat er das Ganze ab. Nicht als Unwahrheit, aber er wollte nicht mehr darüber sprechen.«

»Ich bin Mordermittler. Das ist das Einzige, was ich kann. Die Wahrheit finden. Und ich will die Wahrheit finden, warum Per sterben musste. Er war Ihr Freund. Sollte ich auf meiner Suche nach der Wahrheit Dinge finden, Beweise, die Per gesammelt hat, werde ich absolut nichts unter den Teppich kehren, egal, wie unangenehm es für den PET und das ganze System werden sollte. Aber ich brauche Hilfe. Und im Moment können nur Sie mir helfen.«

Der Mann sah Axel an. Schätzte ihn ein.

»Ich weiß, wer Sie sind. Sie sind eine Berühmtheit. Sie haben den Mord am Jugendzentrum aufgeklärt. Und den Gerüstmann geschnappt. Wären Sie vor ein paar Jahren nicht beinahe draufgegangen?«

»Ja.«

»Kommen Sie mit.«

Leif Poulsen schnippte die Zigarettenkippe weg, überquerte die Terrasse und ging den Flur zu dem kleinen Büro entlang. Vor der Glastür angekommen, zog er einen Schlüssel aus der Tasche und öffnete.

»Ich weiß nicht, ob Sie hier etwas finden. Der Rechner ist nicht mit unserem Netzwerk verbunden. Per hat ihn benutzt, und vor ihm saß Jutta in diesem Büro.«

»Hatte er keinen Laptop?«

»Doch, aber der ist nicht hier. Jedenfalls habe ich ihn nicht gesehen.«

Axel setzte sich und fuhr den Rechner hoch. Es gab mehrere Ordner, die mit Pers Namen bezeichnet waren. Einer enthielt den Schriftverkehr mit Behörden über Vorruhestandsregelungen, Zuschüsse für Mobiliar, Entzugstherapien, Zahnarztrechnungen, und er klickte die einzelnen Dokumente kurz an, um sicher zu sein, dass sich dahinter nichts anderes verbarg. Ein anderer hieß *Untersuchungsausschuss*, ein dritter *CIA-Stellungnahmen_zur_§_20-Frage*. Er ging sie durch. Sie enthielten neunundsiebzig Dokumente, alle aus dem Parlament, außerdem drei Unterverzeichnisse. Zwei davon waren leer. Als er das dritte öffnen wollte, verlangte der Rechner ein Passwort.

»Haben Sie eine Idee, wie das Passwort dafür lauten könnte?«, fragte Axel und deutete auf den Bildschirm.

»Nein, leider nicht«, antwortete Leif Poulsen.

»Kann ich mir vielleicht einen USB-Stick ausleihen?«

Leif Poulsen verschwand, war aber ein paar Augenblicke später zurück. Axel kopierte drei Ordner, dann verabschiedete er sich. Als er auf die Straße trat, rief er Vicki an.

»Ich bin auf dem Weg in die Gerichtsmedizin und gebe einen USB-Stick für dich unten an der Pforte ab. Darauf findest du Dateien, die ich auf Pers einzigem Rechner hier draußen gefunden habe, von dem der PET nichts weiß. Ein Ordner ist verschlüsselt, vielleicht kann einer der Techniker das Passwort knacken. Kümmere dich bitte darum.«

Er brach die Verbindung ab, schaffte es aber nicht einmal, das Handy wieder in die Tasche zu stecken, bevor es einen brummenden Laut von sich gab. Der Schwede schrieb eine SMS, die PET-Leute kämen erst in zwei Stunden zur Besprechung der Obduktionsergebnisse. Er hatte also noch Zeit, ließ sich die Adresse von Pers Mutter durchgeben und fuhr los. Sie wohnte nur dreihundert Meter von seiner Wohnung entfernt in der Dovregade in einem Riesenkasten in Eberts

Villadorf. Schon von Weitem sah er, dass er zu spät kam. Zwei schwarze bullige SUV standen vor dem Haus. Pers Mutter hatte Besuch vom PET. Er stellte den Wagen ab und ging auf der gegenüberliegenden Straßenseite an dem Haus vorbei, warf einen Blick auf die rote Backsteinfassade hinter dem verwilderten Garten. Es war niemand zu sehen, aber er ging davon aus, dass Liam und Brian das Haus der gleichen Behandlung unterzogen wie Leif Poulsens Büro. Und vielleicht war Henriette auch dabei. Als die Haustür geöffnet wurde, ging er eilig weiter.

Noch eine SMS ließ sein Handy brummend vibrieren.

»Ich kann in zehn Minuten bei dir sein. Kuss, Henriette.«

40

2007

»Träumst du nicht manchmal von was anderem als dem hier, Henriette?«

Sie war nicht sicher, was er mit ›dem hier‹ meinte. Die Arbeit, die Zustände auf der Welt, sie und ihn? Brach sein Panzer auf, kamen ihm Zweifel? Letzteres war nur allzu normal für einen Agenten und erforderte Aufmerksamkeit, Fürsorge und Gespräche.

»Ich weiß nicht, Khalid.«

»Ich habe schon eine Scheidung hinter mir.« Er sah sie an, und sie konnte ihren eigenen fragenden Blick von seinen Augen ablesen.

»Ja?«

»Das will ich nicht noch einmal durchmachen«, sagte er. Das hier würde schlimm werden, das spürte sie.

»Nein, natürlich nicht.«

»Nächstes Mal will ich mir sicher sein. Aber das ist nicht so einfach …«

»Ich denke mal, ein Mann wie du kann sich doch in den oberen Regalen bedienen. Freie Auswahl.«

Er lächelte und sah sie wieder an. Sie wartete.

»Ja, nur so manches Regal ist längst leer geräumt, weißt du. Du hast ja zum Beispiel auch einen Freund.« Ihr war klar, dass er wusste, sie hatte gelogen. Aber das änderte nichts.

Sie sah ihm in die Augen und hörte die scharfen Kanten ihrer Stimme von der ersten Silbe an.

»Ja, das habe ich, Khalid. Und selbst wenn es nicht so wäre, würde es niemals ein Du und Ich geben. Aus einem einzigen Grund: Ich bin deine Chefin, deine Sicherheit ist meine Verantwortung, und diese Dinge trenne ich voneinander. Und zwar immer.«

Ihr Telefon klingelte, und sie konnte gerade noch seinen verletzten Gesichtsausdruck wahrnehmen, bevor er sich abwandte und über das Meer sah. Sie schaute auf das Display. Sten Høeck.

»Per hatte recht. Das gelbe Tape ist das Zeichen. Wir haben die Aufnahme eines Mannes, der einen Streifen außen an die Friedhofsmauer klebt. Wir folgen Anwar, vielleicht finden wir den Briefkasten.«

»Ich habe eine Vermutung, wo er ist«, sagte sie und sah in Khalids Richtung.

»Was? Warum zum Teufel hast du auf einmal eine Vermutung?«

»Quellen, Sten, Quellen. Ich bin gleich bei euch.«

Sie unterbrach die Verbindung und sprach Khalid an.

»Hast du etwa einen siebten Sinn oder so was? Der Mann, den du heute Vormittag im Café gesehen hast … Ich wette, er hat Anwar das Zeichen gegeben. Jedenfalls klebt wieder ein gelber Streifen Tape an der Friedhofsmauer. Und wenn es stimmt, dann haben wir was zu feiern. Dann bist du der Star der Woche, Khalid.«

Sie sah ihm an, dass er sich geschmeichelt fühlte, auch wenn seine Augen schmale Schlitze waren.

»Schön, Henriette, gut. Das ist wirklich gut.«

»Du kommst mit nach Søborg und siehst dir die Bilder an, die wir von ihm haben.«

Sie wusste, dass er die Undercover-Arbeit satthatte und unbedingt ein offizieller Teil der Operation werden wollte.

»Natürlich.« Er lächelte. Weil er es muss, dachte sie. Sie konnte nur hoffen, nicht gerade ihren besten Agenten verloren zu haben.

41

2011

Er betrat seine Wohnung, hängte die Jacke an die Garderobe und schnupperte an seinen Achselhöhlen. Das Geräusch des Straßenverkehrs vom Sundholmsvej, das schwache Pfeifen des Windes im Treppenhaus, Kindergeschrei im Hinterhof. Sie würde in fünf Minuten hier sein, wollte mit ihm sprechen. Er war sicher, dass es um den Fall ging. Aber das war ganz und gar nicht das, was er jetzt brauchte. Vielmehr sehnte er sich danach, den Nachgeschmack der Party neulich Abend auszuradieren, seine Zweifel und die innere Unruhe zurück in ihre Zellen zu schicken. Aber er wusste, es war kein Selbstläufer – es fiel ihm nicht mehr so leicht wie früher, sich gehen zu lassen, selbst bei ihr. Außerdem war er frustriert darüber, die Kontrolle über seinen Fall verloren zu haben, und erst recht darüber, dass sie und ihre Kollegen vom PET ihm den einzigen Ermittlungsansatz aus der Hand genommen hatten, den zu verfolgen logisch erschien. Kam sie jetzt direkt von Pers Mutter? Konnte sie deshalb so schnell hier sein? War Khalid auch dort? Mit ihr?

Hralid. Er hatte nicht vergessen, wie sie seinen Namen aussprach.

Es klopfte, und er öffnete die Tür. Sah in die hellblauen Augen, registrierte ihr unsicheres Lächeln, den fragenden Blick, und er liebte sie dafür. Sie machte einen Schritt, und er blieb einfach stehen, zog sie an sich, hielt sie fest, lange. Sie war etwas kleiner als normalerweise, dachte er, und bemerkte die praktischen Schuhe mit den Gummisohlen, die sie nur trug, wenn sie im Außeneinsatz war, und er dachte: Ja, sie kommt direkt von Pers Mutter. Aber es war ihm gleichgültig.

»Ich habe nicht viel Zeit«, sagte sie mit dem Mund an seinem Hals.

»Dann wollen wir sie lieber nicht verplempern.«

Er zog den Kopf ein wenig zurück, und sie drehte ihm das Gesicht zu, sodass er sie küssen konnte. Ein zögerlicher Kuss, dann noch einer, mehr, die Zunge, tastend, fordernd, er schmeckte sie, ihr ganzer Körper steckte in der Berührung, im Aufeinandertreffen der Lippen, die sich öffneten, schlossen, sanft bissen. Wieder schob er die Zunge in ihren Mund, ließ sie kreisen, gierig.

Ihre Arme schlossen sich um seinen Oberkörper, ihre Hände glitten seinen Rücken hinunter.

»Komm«, sagte er, nahm ihre Hand und ging ins Schlafzimmer. Neben dem Bett standen sie sich gegenüber. Er zog sein T-Shirt über den Kopf, und sie betrachtete ihn, seine Brust, mit einer Mischung aus Hunger und Vorfreude, die ihn glücklich machte. Er zog sich weiter aus, sie ließ die Jacke auf den Boden fallen und begann, ihre Bluse aufzuknöpfen, streifte ihre Schuhe ab. Sie trug einen weißen Sport-BH, der sie flachbrüstig erscheinen ließ, aber als sie ihn ablegte, wirkten ihre Brüste wie befreit, sie waren groß und hingen ein wenig. Sie knöpfte ihre Hose auf, ließ sie auf den Boden gleiten, der weiße Baumwollslip landete lautlos daneben.

Sie trat an ihn heran, und er legte seine Arme um sie, spürte ihren Körper, ihre Haut war sonnenwarm und feucht von Schweiß, er schob die eine Hand zwischen ihre Beine, spürte den Saft ihrer Vagina, ließ eine ihrer Brüste die andere Hand füllen, schloss sie um die weiche Wölbung, spürte, wie die Brustwarze zwischen seinen Fingern hart wurde, und sie öffnete den Mund und drängte mit der Zunge in seinen.

Dann befreite sie sich aus seiner Umarmung, legte sich aufs Bett, spreizte die Beine und blickte ihn an. Er sah ihre Schamlippen, feucht glänzend und umgeben von Haaren, spürte Lust, sein Gesicht zwischen ihnen zu vergraben, die langen, starken Beine und Arme, die Brüste, voll und schön, das wellige braune Haar und der hellblaue Blick. In einer einzigen Bewegung glitt er in sie hinein. Spürte ihre Waden an der Rückseite seiner Oberschenkel. Sie küssten sich, während er sich in ihr bewegte. Als er kurz davor war zu kommen, hielt sie inne.

»Du solltest besser aufhören, wenn du nicht willst, dass …«

Er küsste den Rest des Satzes weg, fickte sie weiter, bis er schreiend zum Höhepunkt kam.

»Du hast mich drüben bei Darling ganz schön sitzen lassen. Ich wollte das hier, ich wollte einfach nur mit dir nach Hause und dich spüren«, flüsterte sie in sein Ohr.

Er hielt sie umarmt. Küsste sie wieder.

»Ja, der Abend ist beschissen gelaufen. Das Ganze ging mir nur auf die Nerven. Ich musste einfach Dampf ablassen. Es fällt mir eben manchmal noch schwer, mich zu beherrschen.«

Der Schweiß auf seiner Haut war kalt, er spürte die Schussverletzungen. Sie legte sich auf die Seite und stützte den Kopf auf die Hand, die andere zog sanfte Kreise auf seiner Brust.

»Damals, bei dem Undercovereinsatz, war ich ein Bulle, der so tat, als sei er ein Junkie. Aber vielleicht bin ich einfach nur ein Junkie, der so tut, als wär er ein Bulle«, sagte er.

»Nein, das bist du nicht, du bist fantastisch, Axel, du siehst es nur nicht. Das braucht Zeit. Du brauchst Zeit. Und das mit uns braucht Zeit. Und wir müssen über die Dinge reden, die sich zwischen uns schieben.«

Er spürte Unbehagen, wollte gerne aus dem Bett und nach draußen. Die Luft zwischen ihnen war wieder rein, aber dennoch war die Intimität zu viel. Sie zog ihn an sich.

»Auf eine Art warst du mir näher als je zuvor, jetzt eben.«

»Ja«, sagte er, und die widersprüchlichen Gefühle drohten ihn innerlich zu zerreißen. »Außerdem bin ich frustriert wegen meinem Fall. Es geht mir an die Nieren, dass man mir keine freie Hand lässt.«

»Ja, das verstehe ich«, sagte sie und drehte den Kopf so, dass ihre Lippen nicht mehr auf seiner Wange lagen. Sie vergrub das Gesicht an seinem Hals, sagte eine Weile nichts, aber er spürte, dass etwas zwischen ihnen stand, nachdem er den Fall erwähnt hatte. Sie seufzte.

»Darüber wollte ich mit dir reden.« Sie zog sich von ihm zurück. »Wir können uns nicht mehr sehen, bis der Fall abgeschlossen ist. Ich kann das nicht, das Risiko ist zu hoch, dass ich dir gegenüber nicht den Mund halten kann. Und es steht zu viel auf dem Spiel.«

»Das ist doch verdammt noch mal nicht dein Ernst, Henriette.«

Sie stand auf und suchte ihre Sachen zusammen.

»Ich habe keine Wahl, Axel.«

»Wer sagt das?«

»Ich sage das. Ich sehe keine andere Möglichkeit.«

»Was zum Teufel soll das? Du kommst hierher und wir lieben uns, und dann haust du einfach ab, um Topsecret-Spielchen mit Jens Jessen zu spielen.«

»Ich sage dir jetzt etwas, Axel, und das kommt nicht von mir. Der Fall, an dem Sten und Per zusammen mit uns gearbeitet haben, unterliegt der höchsten Geheimhaltungsstufe, absolute Verschlusssache. Kämen die Dinge ans Licht, wäre das eine Katastrophe. Und es hat nichts mit dem Mord zu tun.«

»Glaubst du das oder weißt du das?«

Sie zögerte, und das war ihm Antwort genug.

»Ich weiß es.«

»Warum habt ihr dann heute alle überfallen, die auch nur am Rande mit dem Fall zu tun haben? Warum haben du und deine beiden Gorillas vorhin die Wohnung von Pers Mutter durchsucht, wenn es keine Verbindung gibt?«

Sie sah ihn an. Auf ihrer Stirn bildete sich eine Falte.

»Weil wir genauso sind wie du, Axel, wenn du ermittelst. Wir drehen jeden Stein um, wir gehen jeder Spur nach. Und das weißt du ganz genau. Ich leite die Ermittlungen in dieser Sache, und deshalb dürfen wir nicht mehr miteinander sprechen. Erst recht nicht, wenn du nicht begreifst, dass du die Finger von diesem Teil des Falls zu lassen hast. Bitte, Axel, halt dich raus, um deiner selbst willen.«

Sie war jetzt vollständig bekleidet. Axel lag immer noch nackt im Bett, stand aber jetzt auf. Sie zog ihre Jacke über.

»Herrgott, Henriette, was redest du für einen Mist.«

Sie sah ihn unglücklich an.

»Axel, du musst mit meinem Job leben. Ein großer Teil besteht nun mal aus geheimdienstlichen Zwängen. Es gibt Quellen und Interessen, die nicht kompromittiert werden dürfen. Das hätte unüberschaubare und verheerende Konsequenzen für viele Menschen. Deshalb bitte ich dich, mir zu vertrauen, uns nur etwas Zeit zu geben. Halt dich von mir fern, halt dich vom PET fern, lös den Fall, dann sehen wir uns in ein paar Tagen oder vielleicht in ein paar Wochen wieder, und alles ist wie vorher. Denk doch mal daran, wie schön wir es hatten, gerade eben erst, verdammt noch mal!«

»So läuft das nicht, Henriette. Ihr könnt mich nicht einfach aufs Abstellgleis bugsieren. Ich löse den Fall auf meine Art, ob es euch passt oder nicht.«

Sie hatte Tränen in den Augen.

»Du bist unmöglich, Axel. Ich muss jetzt gehen. Ich wünschte wirklich, du würdest dich raushalten.«

42

2007

Sie blickte auf den Bildschirm. Per hatte das Bild vergrößert. Die Kamera hatte den Mann erfasst, nachdem die Dunkelheit hereingebrochen war, aber im Schein der Straßenlaterne war sein Gesicht deutlich zu erkennen. Er war groß. Denkerstirn, schwarzes Haar, kurz geschnittener Bart, unübersehbar aus dem Mittleren Osten, ein harter Ausdruck auf dem markanten Gesicht. Per war wie elektrisiert, sie spürte das Vibrieren seines Körpers, obwohl sie einen Meter von ihm entfernt stand.

»Das ist er«, sagte Khalid, und sowohl sie als auch Per wandten sich ihm zu und sahen ihn an. »Kein Zweifel«, fügte er hinzu.

Es hielten sich nur drei Personen in der Einsatzzentrale des PET-Hauptquartiers in Søborg auf. Sten Høeck war in der Wohnung in Nørrebro.

»Ist Jens schon informiert?«, fragte sie.

Per sah sie erschrocken an.

»Er war schon hier, bevor ihr kamt.«

»Was hat er gesagt?«

»Nichts, hat mich nur angewiesen, ihm das gesamte Material zuzuschicken.«

»Okay, dann wollen wir mal.« Sie rief Sten an. »Hast du das Bild gesehen?«

»Ja.«

»Sagt dir das was?«

»Nein, auf den ersten Blick nicht.«

»Wir müssen ihn finden. Das hat ab sofort oberste Priorität. Wo ist Anwar?«

»Auf dem Weg ins Wasserpfeifencafé. Ich nehme an, er holt die Nachricht. Wir sind an ihm dran.«

»Besteht die Chance, an die Nachricht zu kommen?«

»Vergiss es, Henriette. Entweder zerreißt er sie in kleine Schnipsel und spült sie das Klo runter oder er verschluckt sie. So vorsichtig wie die sind, verwischen sie alle Spuren sofort.«

Sie brach die Verbindung ab und sah Per an. Er wich ihrem Blick aus. Wegen Khalid? Weil sie einem Agenten von draußen Zutritt zum Allerheiligsten gewährt hatte, und das auch noch, obwohl sie unmissverständliche Anweisungen hatten, die Operation im engsten Kreis durchzuziehen, nur sie, Sten, Per und Jens?

»Wer ist er, Per?«

»Ich weiß es nicht.« Die Antwort kam viel zu schnell.

»Du hast mit Jens gesprochen?«

»Das habe ich doch grade gesagt.«

Er fühlte sich nicht wohl in seiner Haut. Sie wusste, dass er die Identität des Mannes kannte, anders konnte es nicht sein – oder doch? Per mit dem Elefantengedächtnis, Per, der sein Herz an den Mittleren Osten verloren hatte, an die Geschichte, die Kultur und die Religion, aber die islamistischen Diktaturen mit ihrer Mittelaltermoral hasste, die Korruption, die Gewalt, die Folter. Per, der alles über die al-Qaida wusste, über die al-ğamā'a al-islāmiyya, die Taliban und ihre Verzweigungen, Verbrüderungen und Schnittmengen, Per, der die Geografie der Torabora-Berge und Wasiristans auswendig kannte, der Mekka besucht hatte, den Felsendom in Jerusalem und die Rote Moschee in Islamabad. Wenn es auch nur das Geringste über den Mann auf dem Bild zu wissen gab, dann wusste er es. Hatte Jens ihm einen Maulkorb verpasst? Wurden ihr Informationen vorenthalten, obwohl sie die operative Einsatzleitung innehatte? In diesem Moment hasste sie den PET, die Geheimniskrämerei und die Angst, die in ihrem Kielwasser trieb, die Angst, sich zu verplappern und etwas zu verraten, die Angst, nicht zum inner circle zu gehören, die Angst vor allem.

Und plötzlich stand Jens im Raum. Er sah einen nach dem anderen an, als habe ihr Deo versagt. Khalid musterte er mit gerunzelter Stirn, die sich noch ein wenig mehr zusammenzog, als er Henriette in die Augen sah.

»Was macht er hier?«, fragte er.

»Khalid hat unseren Mann in einem Café in der Blågårdsgade gesehen, wo sich aller Wahrscheinlichkeit nach ein toter Briefkasten befindet. Er hat ihn als den Mann auf dem Bild identifiziert«, antwortete Henriette.

»Gute Arbeit«, sagte Jens Jessen tonlos und lächelte freudlos in Khalids Richtung. Henriette entging nicht, wie unangenehm Khalid die Situation war, es war, als schrumpfe der hochgewachsene Mann zusammen. Sie spürte den Drang, Jens ins Gesicht zu schreien, er solle sich gefälligst anständig benehmen, aber es lag nichts Ungewöhnliches in seinem Verhalten. Die oberste Führungsebene legte dieses Gehabe regelmäßig an den Tag.

»Ich muss mit dir reden«, sagte Jens zu ihr. Sie gingen nach nebenan.

»Er verschwindet, und zwar jetzt. Ich dachte, ich hätte mich unmissverständlich ausgedrückt.«

»Das hast du auch, aber Khalid ist der Einzige, der unserem Mann im wahren Leben begegnet ist, und aufgrund seiner Beobachtungen und seines Kontakts mit ihm konnte er uns ein paar sehr relevante Informationen geben.«

»Zum Beispiel?«

Henriette gab ihm einen vollständigen Bericht.

»Na, ausgezeichnet. Schreib bitte einen Bericht, basierend auf Khalids Beobachtungen und mit allem, was ihr sonst noch über den Mann habt. Schick mir das Ganze zu, samt der Fotos. Wir müssen ihn unbedingt finden, aber er darf uns in Gottes Namen nicht bemerken, verstanden? Ich kriege raus, wer er ist.«

»Per soll also nicht versuchen, seine Identität festzustellen?«

»Ganz genau, Per hat verstanden, worum es hier geht. Und falls nicht, fliegt er umgehend raus. Per soll das tun, was er gut kann: für das Feintuning der Operation sorgen, zusammen mit Sten, und im Blick behalten, dass wir immer genug Leute haben und wissen, was in der Wohnung vor sich geht.«

Per war ihr Spürhund, die Wühlmaus mit Tunnelblick – das, wofür Jens ihn einsetzen wollte, war eine Verschwendung von Ressourcen, aber sie sagte nur »okay«.

Sie gingen wieder zu den beiden Männern. Khalid beschrieb Per den Akzent, der ihm bei dem Mann im Wasserpfeifencafé aufgefallen war.

»Klingt nach Irak, Syrien oder Jordanien«, schlug Per vor, und Khalid nickte und fuhr enthusiastisch fort:

»Ich vermute, er ist sehr gebildet, hat mit Sicherheit eine westliche Universität besucht. Das müsste rauszukriegen sein.« Sie wünschte sich nichts sehnlicher, als dass er den Mund hielt. Mit jedem Wort, das er sagte, hob er das Grab aus, in dem seine Karriere beerdigt werden würde, aber er war nicht zu bremsen: »Und ich gehe davon aus, dass er eine militärische Ausbildung absolviert hat. Jedenfalls sah er so aus, als habe er schon ein paar Kampfeinsätze hinter sich.« Per hatte Henriette und Jens bemerkt und hörte nicht mehr zu. Khalid drehte sich zu ihnen um.

Sie konnte ihm beinahe nicht in die Augen sehen, so beschämend war die Situation. Und er las es in ihrem Gesicht, griff nach seiner Jacke und zog sie an. Sie wusste, wie sich Agenten im Außeneinsatz fühlten. Für sie war alles undurchschaubar, man gab ihnen keinen Überblick über die Operation, und wenn sie dann doch mal Zutritt zum Mutterschiff erhielten, waren sie versessen darauf, ihre Fähigkeiten unter Beweis zu stellen, und gierten danach, in die Zusammenhänge eingeweiht zu werden und bestätigt zu bekommen, dass sie gute Arbeit geleistet hatten.

»Genug der Ratespielchen«, sagte Jens Jessen. »Khalid, Ihre Informationen sind für uns von großem Wert, und ich bin Ihnen wirklich dankbar. Aber Ihr Platz ist da draußen, da werden Sie gebraucht.«

Henriette wandte den Blick ab. Die Luft schien schwer wie Blei. Der Agent, der vor die Tür geschickt wurde, gedemütigt, ausgeschlossen aus dem Zentrum der Macht, der Einwandererjunge, der seine Leute hintergangen hatte, um ein Teil des Ganzen zu werden, Jens Jessen mit seinen manisch starrenden Augen und der große, schöne, muskulöse Khalid mit dem ruhigen und klaren Blick, der längst durchschaut hatte, dass man ihn ins Getto zurückschickte, dorthin, wo er hingehörte.

Sie folgte ihm auf den Flur. Sie würde Aufbauarbeit leisten müssen, später, hoffentlich nicht zu spät.

»Du kannst meinen Wagen nehmen«, sagte sie.

Er lächelte melancholisch. Sie berührte ihn am Ellbogen, wollte ihn am liebsten umarmen, doch im selben Moment trat Jens Jessen auf den Flur und schaute sie beide an. Sein Blick registrierte die Berührung, und sie zog die Hand zurück, als habe sie sich verbrannt, während ihr Chef sich wie ein Tänzer an ihnen vorbeischob und über die Schulter hinweg sagte:

»Henriette, ich erwarte ein Paket von dir, und zwar so schnell wie möglich.«

»Ich nehme die S-Bahn, das passt besser zu einem Mann, der da draußen gebraucht wird«, sagte Khalid und drehte ihr den Rücken zu.

43

2011

Sie war weg. Er fühlte sich alleine. Auf eine Art, die er nur allzu gut kannte. Die er kannte, so lange er sich zurückerinnern konnte. Es machte ihm Angst und ließ ihn kleiner werden, und er hätte alles dafür gegeben, dieses Gefühl loszuwerden. Auch in seinem neuen Leben hatte er erst einen Versuch mit Cecilie gestartet, nachdem er eine Weile klar im Kopf gewesen war und sie hatte spüren können, die Einsamkeit. Und jetzt mit Henriette. Wenn er es nicht tat, um dieses Gefühl des Verlassenseins nicht erleben zu müssen, das ihn zurückzuwerfen drohte, bis er kurz davor war aufzugeben, dann wusste er nicht, wofür er es tat.

Wenn er seine Entscheidungen rechtfertigen sollte, versuchte er stets, sich davon zu überzeugen, dass er nach Liebe suchte, dass der, der sich nicht voll und ganz hingab, sie nicht bekam. Aber die Sache war die, dass sie ihn immer teuer zu stehen gekommen war, sie war so alles verschlingend wie die

Drogen und der Alkohol; Frauen, Sex, Verliebtsein und Leidenschaft, in der er sich verlieren und sich selbst vergessen konnte – die Sehnsucht nach etwas, von dem er nicht einmal wusste, was es war, lag tief in ihm verborgen, aber er kam ihrer Erfüllung sehr nahe, wenn er mit jemandem zusammen war, den er liebte und begehrte. Und dann verlor er sie, und alles was blieb, war die Sehnsucht. Und sein Selbsthass. Und jetzt Henriette, derer er sich so sicher gewesen war. Sie hatte sich für den Job und gegen ihn entschieden. Wut packte ihn. Auf sie, aber noch mehr auf sich selbst, weil er es nicht ertragen konnte. Genau so hatte er ja sein Leben während der letzten zehn Jahre auch gelebt. Trotz Cecilie. Trotz Emma.

Sein Handy brummte. Der Schwede erinnerte ihn daran, dass die PET-Leute in vierzig Minuten zur Besprechung der Obduktionsergebnisse erscheinen würden. Wollte er dabei sein oder wollte er einfach nur den Bericht auf seinem Schreibtisch haben? Er wollte dabei sein, er musste hier weg, musste an etwas anderes denken.

Der Mundschutz verlieh Anonymität. Man konnte nicht erkennen, ob sich unterhalb der Augen ein Lächeln einstellte. Darling hielt sich fern von ihm. Jens Jessen sah angespannt und hektisch aus, seine Augen glühten förmlich. Axel hustete, schob sich ein paar Ga-Jol-Lakritz in den Mund. Obwohl es nach Desinfektionsmitteln und Reinigungsflüssigkeiten roch, war der Gestank davon, dass Lennart die halb verweste Leiche aufgeschnitten hatte, nicht besser geworden.

»Tja, meine Herren, er hat schlicht und ergreifend aufgehört zu atmen. Das kann viele Ursachen haben, aber es liegen keine Anzeichen dafür vor, dass wir es hier mit einem Verbrechen zu tun haben.«

»Was soll das heißen?«, fragte Jens Jessen.

»Das soll heißen, dass das Ergebnis der Obduktion lautet: Todesursache nicht feststellbar. Er war Alkoholiker, und zum Zeitpunkt seines Todes hatte er einiges intus. Fettleber, Ansatz von Leberzirrhose, der Bauchspeicheldrüse ging es auch nicht sonderlich gut und der Luftröhre sieht man den Alkoholkonsum ebenfalls an. Alles in allem wäre es wohl so oder so in nicht allzu ferner Zukunft passiert.«

»Aber was ist denn passiert?«, fragte John Darling.

»Er hat aufgehört zu atmen.«

»Wann ist er gestorben?«, fragte Axel.

»Schwer zu sagen. Sechs Tage ist es mindestens her, aber auch nicht mehr als zehn.«

»Das passt. Er wurde zuletzt vor zwölf Tagen gesehen«, sagte Axel.

Lennart sah in die Runde.

»Er ist also ganz einfach eines natürlichen Todes gestorben«, fasste Jens Jessen in zufriedenem Tonfall zusammen, und Axel nahm an, dass es für sie einfacher war, so viel wie möglich unter den Teppich zu kehren, wenn sie Per als Mordopfer abschreiben konnten.

»Das habe ich nicht gesagt. Ich sage nur, dass ich aufgrund dieser Obduktion die Todesursache nicht feststellen kann. Feststellen konnte ich allerdings, dass sich am Rand der Lungen eine leicht erhöhte Menge Luft angesammelt hat, was ein Hinweis darauf sein könnte, dass er erstickt wurde, zum Beispiel mit einem Kissen, das ihm jemand aufs Gesicht gedrückt hat. Ich kann es nur nicht beweisen.«

»Du kannst also nicht ausschließen, dass er ermordet wurde«, konstatierte Axel.

»Ganz genau. Das bleibt vorläufig ungeklärt. Ein Verbrechen kann ich nicht nachweisen, der Rest ist eure Sache.«

»Wir haben ebenfalls keine Hinweise auf ein Verbrechen gefunden«, ergriff Jens Jessen das Wort. »Am Tatort gab es keine Spuren eines Kampfs oder etwas Ähnliches.«

Der Schwede sah Jens Jessen an, als sei er ein Fremdkörper, der nichts in seinem Obduktionssaal verloren hatte.

»Na, dann ist ja alles in bester Ordnung, meine Herren Wachtmeister. Steen und Darling, ihr haltet ja stets die Augen offen und habt einen guten Blick für Anomalien – sollte mit diesem Toten etwas nicht stimmen, dann findet ihr es heraus, da bin ich sicher. Mir fehlt noch das Ergebnis der toxikologischen Untersuchung. Ich gebe euch Bescheid, sobald die Resultate da sind, das kann aber ein paar Wochen dauern.«

Der Schwede sah Axel an, der Darling ansah, der den Blick abwandte. Als Axel an Lennart vorbeiging, flüsterte der Gerichtsmediziner: »Was für ein verdammter Idiot. Gut, dass Cille ihn in den Wind geschossen hat!«

Als sie auf dem Flur waren und den Mundschutz abgenommen hatten, hastete Jens Jessen zur Toilette. Axel trat an Darling heran.

»Was geht hier vor, John? Hast du alles vergessen, was du früher mal draufhattest?«

»Was meinst du damit?«

»Du warst nicht am Tatort, aber du hast doch mit Sicherheit Fotos gesehen. Per Larsen liegt fein säuberlich aufgebettet, die Hände auf der Decke gefaltet, in einer Wohnung, die einer Säuferhöhle gleicht, in der eine Bombe hochgegangen ist. Man fühlt sich ja fast an Mao auf dem Totenbett erinnert. Das stinkt doch zum Himmel.«

»Wir schließen in keinster Weise aus, dass Per ermordet wurde.«

»Na, dann verstehe ich anscheinend unsere Sprache nicht

mehr. Wozu sollte die Runde Verbaldiarrhö da drinnen denn zum Teufel sonst gut sein? Und warum hast du nichts gesagt?«

»Wir haben die Ergebnisse der Obduktion besprochen, und ich für meinen Teil habe sehr gut verstanden, was Lennart gesagt hat.«

»Was läuft da bei euch? Warum kann ich nicht einfach meine Ermittlungen durchführen, und zwar in alle Richtungen? Was habt ihr auf seinem Computer gefunden?«

»Das darf ich dir nicht sagen. Jens Jessen hat eine vollumfängliche Informationssperre verhängt und einen Techniker damit beauftragt, sowohl Pers als auch Sten Høecks gelöschte Mails wiederherzustellen. Das Ergebnis habe nicht einmal ich zu Gesicht bekommen und werde es wahrscheinlich auch nie zu sehen kriegen.«

»Und damit gibst du dich zufrieden?«

»Axel, ich bin Mitarbeiter des PET. Das ist nicht wie früher bei uns auf dem Revier, das solltest selbst du kapieren.«

»Und wer zum Henker ermittelt bei euch in dem Fall?«

»Henriette und Jens. Außer ihnen ist niemand autorisiert, sämtliches Material ist ihnen vorzulegen, bevor irgendein anderer überhaupt einen Blick darauf werfen darf. Es wird einen Grund dafür geben, dass Teile der Ermittlung Verschlusssache sind und wir nicht erfahren warum, ob dir das nun passt oder nicht.«

Die Tür zur Herrentoilette ging auf und Jens Jessen trat auf den Flur. Er bemerkte sie, und im nächsten Moment glitt sein Körper mechanisch auf sie zu, wie ein ferngesteuerter Roboter.

»Tauschen hier zwei alte Kollegen etwa Staatsgeheimnisse aus?«, sagte er jovial. Darling wurde nervös.

»Nein, Jens, ich wundere mich nur, dass man mich die

Todesfälle Larsen und Høeck nicht als zusammenhängende Mordfälle untersuchen lässt, solange etwas anderes nicht bewiesen ist.«

»Kommt Zeit, kommt Rat, Axel. Und du hast doch sicher alle Hände voll zu tun, den Freundes- und Bekanntenkreis der beiden unter die Lupe zu nehmen und eine schöne, altmodische Mordermittlung durchzuführen, während wir prüfen, ob es Verbindungen zu unserer Arbeit gibt.«

»Aber das ergibt keinen Sinn. Man kann niemanden zu Per Larsens Tod befragen, ohne dass sofort von PET, Justizirrtümern und CIA-Überflügen die Rede ist.«

Zu Axels Überraschung schien Jens Jessen trotz seiner Erwähnung der CIA völlig unbeeindruckt.

»Ich will dich nicht ganz außen vor lassen, Axel. Also unserer Einschätzung nach ist das Motiv möglicherweise innerhalb einschlägiger Islamistenkreise zu suchen. Sten Høeck hat ein paarmal vor Gericht ausgesagt und war ihnen bekannt, und Per Larsen war sein Freund, eine instabile Persönlichkeit mit einem Alkoholproblem, der alle möglichen Typen kannte und sicher so manches Mal seinen Mund nicht halten konnte. Jedenfalls liegen uns Indizien vor, die in diese Richtung deuten.«

Er legte eine kurze Kunstpause ein.

»Aus diesem Grund haben wir heute die interne Gefährdungsstufe heraufgesetzt und allen Mitarbeitern eingeschärft, besonders vorsichtig zu sein. Du siehst, wir nehmen diese Ermittlung nicht auf die leichte Schulter, Axel. Wir ziehen wirklich alle Möglichkeiten in Betracht.«

»Habt ihr Per Larsen überwacht? Oder abgehört?«, fragte Axel. Irritiert erwiderte Jens Jessen seinen Blick.

»Wie kommst du denn auf die Idee?«

»Das wäre doch nur logisch.«

»Ich kann es nicht ausschließen, aber ich weiß es momentan nicht. Wir überprüfen alle möglichen undichten Stellen, auch ehemalige Mitarbeiter, sofern sich Verdachtsmomente ergeben.«

44

2007

»Henriette, sieh dir das hier mal an«, sagte Per. Sie befanden sich in der Wohnung in der Peter Fabers Gade.

Sie setzte sich neben ihn, und er spielte die Aufnahme der Überwachungskamera am Flughafen ab. Sie zeigte das Gate, an dem die Passagiere das Flugzeug verlassen hatten.

Da war er. Anzug und kleiner Reisekoffer. Kein Bart, aber die Kopfform mit der markanten Stirn war unverkennbar.

»Zum Teufel …«

»Ja, er ist mit demselben Flug gekommen.«

»Jens hatte recht. Es gab einen dritten Mann. Wer ist er?«

»Fernando Gomez, vierundvierzig Jahre alt, spanischer Geschäftsmann. Es gibt ihn tatsächlich, der Pass ist also nicht gefälscht, aber ob er wirklich so aussieht?«

»Wohl kaum. Wir müssen ihn finden. Hotels, Autovermietungen, Kreditkarten.«

»Das läuft schon.«

Ihr Telefon klingelte. Es war Sten Høeck.

»Anwar war im Wasserpfeifencafé und ist jetzt wieder zurück in der Wohnung. Logg dich mal ein, sie sehen sich ein

Video auf Anwars Handy an. Irgendein Cousin redet auf sie ein, Brille, Talibanbart und Dauerwelle.«

Per zauberte das Bild aus der Wohnung auf den Monitor.

»Das ist Awala«, sagte er ohne Zögern. »Er gehört zu den Top Five der al-Qaida. Ideologe. Jemenit, vermögend, hat enge Verbindungen zu az-Zawahiri. Er ist sehr religiös. Wurde zuletzt in Afghanistan gesehen. Keiner, von dem man eine Geburtstagskarte bekommt, es sei denn, man ist wichtig für ihn.«

»Was sagt er?«, fragte Henriette.

Per spulte zurück und bemühte sich, so gut zu übersetzen, wie es ihm möglich war.

»Liebe Brüder, Assalam alaikum. Friede sei mit euch. Ihr seid ausersehen, eine große Aufgabe zu erfüllen, mit der ihr die Ungläubigen treffen werdet. Gott ist groß. Gepriesen sei Allah. Ihr seid Frontkämpfer für den wahren Glauben und werdet eure Aufgabe zur Freude unseres Gottes erfüllen. Möge Allah euch, eure Familien und eure Taten segnen. Mögen Friede und Gottes Gnade mit euch sein.«

»Nichts Konkretes?«

»Ich habe nicht alles mitbekommen. Wir hätten Khalid nicht wegschicken sollen, er könnte es uns problemlos übersetzen«, murmelte er. »Aber es ist ganz normal, dass er nichts Konkretes sagt. Awala hat mit dem operativen Geschäft nichts zu tun. Das hier dient nur dazu, ihnen den Rücken zu stärken, die Moral aufrechtzuerhalten. Ich habe schon früher davon gehört, aber jetzt sehe ich es zum ersten Mal. Die Aufnahme liegt auf einer Speicherkarte, und ich wette, er hat sie eben im Café aus dem toten Briefkasten gefischt«, sagte Per.

Das kommt genau zum richtigen Zeitpunkt, dachte sie, die beiden laufen in der Wohnung herum wie Löwen im Käfig.

»Du musst diesen Gomez finden, und zwar schnell«, sagte sie zu Per. Sie rief Jens an und informierte ihn über die neueste Entwicklung. Er schien nicht überrascht zu sein, und sie beschlich das eigentümliche Gefühl, dass sie ihm nichts erzählt hatte, was er nicht schon wusste.

Als sie das Gespräch gerade beenden wollte, sagte er:

»Du hast eine Besprechung, Henriette, in einer Stunde im Hotel Admiral.«

»Mit wem?«

»Unseren amerikanischen Freunden. Wir fahren zusammen hin.«

Eine halbe Stunde später hatte Per Fernando Gomez im Hotel Central ganz in der Nähe des Hauptbahnhofs ausfindig gemacht. Er hatte am Tag der Landung eingecheckt, hatte zwei Übernachtungen gebucht und wieder ausgecheckt. Die Überwachungskameras des Hotels zeigten einen Mann, der wusste, wo sich die Linsen befanden, und der sich stets abwandte, kam er in ihre Nähe. Aber sie hatten genug Fotos von ihm. Zur Sicherheit mailte sie sie an Jens Jessen.

»Entweder ist er bei Sympathisanten untergekommen, oder er ist unter einer anderen Identität in einem anderen Hotel abgestiegen«, sagte sie.

»Letzteres ist wohl das Wahrscheinlichste«, meinte Per. »Alles andere ist zu riskant. Wenn er ein Profi ist, dann weiß er, dass die meisten Sympathisanten beobachtet werden.«

»Ja, wir müssen alle Hotels im Großraum Kopenhagen überprüfen. Wir brauchen die Gästelisten von dem Datum an, an dem er im Central ausgecheckt hat, und gehen alle Männer zwischen zwanzig und sechzig durch. Du nimmst dir so viele Leute von den Analysten, wie du brauchst. Kriegst du das hin?«

»Natürlich.«

»Und du weißt nicht, wer er ist? Du hast ihn nicht erkannt?« Sie sah ihn mit kaltem Blick an.

Er schüttelte den Kopf. Macht nichts, dachte sie. Entweder weiß ich es in einer halben Stunde, oder ich habe die unangenehmste Besprechung meines Lebens vor mir.

45

2011

Er stieg aufs Rad und machte sich auf den Weg nach Hause. Während er in die Pedale trat, versuchte er, sich einen Überblick über das zu verschaffen, womit er weitermachen konnte. Zweitausendsechshundert Stunden Überwachungsvideos einer Antiterroroperation, die vielleicht nicht das Geringste mit den Morden zu tun hatte. Per Larsens alkoholumnebeltes Gerede von geheimen CIA-Überflügen. Beides war verbotene Zone, was seine Ermittlungen betraf. Was blieb dann noch? Zwei Morde mit einem stark abweichenden Muster. Spuren an beiden Tatorten, die keine Übereinstimmungen ergaben. Nichts passte zusammen.

An der Knippelsbro hielt er an, trug das Rad die Steintreppe hinunter und rollte weiter bis zum Schwarzen Diamant. An einer Bank, die Aussicht über Christianshavn bot, blieb er stehen und setzte sich. Wie eine Platte grau geriffelter Vergessenheit lag das Wasser vor ihm. Er zog sein Telefon aus der Hosentasche.

BB meldete sich sofort.

»Ist einer der Berichte über die Spurensicherung an unseren Tatorten fertig?«

»Ja, den von der Acht habe ich dir geschickt. Nicht viel Neues, die Analyse der Fußspuren in den Blutlachen auf dem Fußboden zeigt, dass außer Sten Høeck noch drei Personen in der Wohnung waren: die Nachbarin, James Craw von der Gebäudeverwaltung und der Mörder. Er hat Adidasschuhe getragen, wie du sie überall in Dänemark bekommst, Größe vierundvierzig. Auf den Bericht zu Per Larsen musst du bis morgen warten. Und die DNA-Analysen bekommen wir erst in ein paar Tagen, von beiden Tatorten.«

»Was hältst du von der Sache mit Per Larsen?«

»Er wurde ermordet, Axel, da bin ich sicher. Lennart hat doch gesagt, dass er mit einem Kissen erstickt wurde.«

»Nicht ganz, er hat gesagt, es sei eine Möglichkeit. Hast du irgendwas gefunden, das seine These unterstützt?«

»Die Wohnung wurde durchsucht, anschließend hat der Täter versucht, seine Spuren zu verwischen, davon können wir mit ziemlicher Sicherheit ausgehen. Das Kopfkissen weist Bissspuren und Speichelrückstände auf – schon klar, das beweist nichts, untermauert aber die Kissen-Theorie immerhin. Und dann ist da ja auch immer noch die Art und Weise, wie er dalag. Das ergibt alles keinen Sinn. Wir haben jede Menge Haare und Fingerabdrücke sichergestellt, die meisten stammen von dem Verstorbenen, aber ein alter Bekannter ist auch dabei, der noch bei uns im Register schlummert: Martin Lindberg. Du erinnerst dich doch an ihn, oder?«

»Ja, ich habe mit ihm gesprochen. Er war mit Per befreundet, oder besser Per war eine seiner Quellen. Ich denke, wir können ihn von der Liste streichen.«

»Na schön, aber es gibt noch andere Abdrücke, zu denen

ich keine Übereinstimmungen gefunden habe. Also sobald ihr jemanden im Visier habt, können wir einen Abgleich machen. Ich bin überzeugt, dass er ermordet wurde. Das wird natürlich nicht in meinem Bericht stehen, aber solltest du etwas finden, irgendetwas, ist es ziemlich sicher, dass es technische Beweise gibt, mit denen du arbeiten kannst.«

»Okay.« Das waren gute Neuigkeiten. Das einzige Problem bestand darin, dass er im Fall Per Larsen nichts hatte, gar nichts.

Axel legte auf und fuhr nach Hause. Als er den Sundholmsvej erreichte, fuhr er geradeaus weiter, anstatt nach links in die Dovregade abzubiegen.

Er wollte noch einen letzten Halt im Dienste der Sache einlegen. Für heute.

Axel stellte das Rad vor dem Café ab, trat ein paar Schritte zurück und ließ den Blick die Fassade des Gebäudes hinaufwandern. Ganz allmählich ging die Sonne unter, und ihr glühender Schein spiegelte sich in den Fenstern an der Westseite der Acht. Er entschied sich, den Gehweg zu nehmen, weil er ihn am westlichen Rand des Hauses ganz nach oben führen würde und er dabei zusehen konnte, wie die Sonne den Himmel über seiner Stadt rot färbte. Er schaute über die Ebene des Fælled und spürte einen unbehaglichen Schauer, während er an leer stehenden Wohnungen vorbei die Höhe erklomm. Als er Sten Høecks Domizil erreicht hatte, begann er, die Räume zu inspizieren. Er nahm sich einen nach dem anderen vor, arbeitete methodisch und gründlich, Regal für Regal, Quadratmeter für Quadratmeter. Es musste etwas geben, jeder hatte etwas zu verbergen. Und wenn Sten Høeck vertrauliche Informationen des PET hatte mitgehen lassen, würde er sie kaum auf seinem Computer speichern. Nachdem er mit der unteren Etage fertig war, ging er in den ersten Stock. Er bemühte sich, die Konzentration hochzuhalten, aber sein Unterbewusstsein kehrte die ganze Zeit über zu dem einen Punkt in der Wohnung zurück, den er fürchtete wie der Teufel das Weihwasser. Er durfte nicht. Nein, er würde alles andere unter die Lupe nehmen und dann verschwinden. Dennoch wusste er, was geschehen würde. Er wusste es, seit Henriette sich heute von ihm verabschiedet hatte.

Nach eineinhalb Stunden intensiven Suchens hatte er nichts Auffälliges gefunden, abgesehen von einem schwarzen Gummidildo von beunruhigenden Ausmaßen mit dem Namen King Kong. Er konnte sich kaum vorstellen, dass Sten Høeck ihn nötig gehabt hatte. Einsam und vergessen lag er am Boden einer der Schubladen der Schlafzimmerkommode unter zwei Stapeln verschiedenfarbiger Unterhosen. Axel warf einen Blick auf das Bett und versuchte, sich auszumalen, was dort vorgegangen war, und die Zeugenaussagen kamen ihm in den Sinn, die vielen Frauen, die von Sten Høecks Stimme geschwärmt hatten und die sie hatte schwach werden lassen. Dann ging er ins Wohnzimmer, wo die Panoramafenster eine wunderbare Aussicht über den Fælled boten, hin zu der Stelle, von der er sich hatte fernhalten wollen. Die Hausbar.

Er öffnete eine Flasche russischen Wodka, nahm sich nicht einmal die Zeit, daran zu riechen, sondern setzte sie an den Mund, nahm einen Schluck und ließ ihn einen Moment lang auf der Zunge liegen. Die Härchen auf der Haut schienen sich den Rücken hinunter aufzurichten, und ein eisiges Gefühl zog von der Lendengegend bis unter die Schädeldecke. Dann goss er nach, bis der Mund voll war, und schluckte. Er trank. Stöhnte auf vor Glück und Wohlbehagen und stieß zwischen den Schlucken dreimal ein lautes »Ahhhh« hervor. Ein kalter Schauer durchlief seinen ganzen Körper.

Schon als Lennart gesagt hatte, er dürfe sich keinen Rückfall leisten, hatte er gewusst, dass es passieren würde. Als er dagestanden und den Blick über die Ebene hatte schweifen lassen, angezogen von dem Abgrund hinter den Fenstern, war ihm klar gewesen, dass er irgendwann loslassen würde. Er hatte Lust auf einen Joint, aber so dreckig ging es ihm nicht. Noch nicht.

Es war das sechste Mal innerhalb der letzten knapp zwei Jahre, dass er trank. Es war falsch, natürlich, aber auch nicht weiter schlimm. Im Gegensatz zu den alten Zeiten hatte er es unter Kontrolle, ganz und gar, jedenfalls redete er sich das ein, wohl wissend, dass es eine Lüge war. Jeder Mund voll, den er schluckte, war eine Katastrophe. Wieder setzte er die Flasche an. Jetzt durchflutete eine angenehme Wärme seinen Körper, ein wohlig stechender Schmerz im Rücken, kleine Nadeln bohrten sich in seine Haut, und er wand sich vor Wonne und spürte das behagliche Glimmen des Alkohols in seinem leeren Magen.

Fuck, es war einfach nur gut!

Er sah sich in dem Raum um. Unter dem großen Oberlicht entdeckte er eine schmale, ausklappbare Stiege. Er schob einen Eames-Stuhl darunter, stellte sich darauf, zog sie herunter und setzte einen Fuß auf die Sprosse vor ihm, mühte sich weiter nach oben, bis er an den Griff heranreichen konnte. Er riss das Fenster auf, erklomm noch drei Sprossen und schob den Kopf durch die Öffnung. Er war auf dem Gipfel, im doppelten Sinne. Höhenangst? Wer zum Teufel litt schon unter Höhenangst? Links von ihm fiel das moosbedeckte Dach schräg ab, rechts von ihm erstreckte sich dagegen eine ebene, solide schwarze Dachfläche. Es war wunderschön. Er stieg wieder nach unten, griff nach der Wodkaflasche und versicherte sich, dass die Zigaretten in seiner Tasche steckten. Dann machte er sich wieder an den Aufstieg, kletterte durch das offen stehende Fenster und setzte sich auf das Dach. Starrte in die Sonne, die gerade am Horizont versank, zündete sich eine Zigarette an und nahm einen Schluck aus der Flasche. Die Zeit verging, und er rührte sich nicht, bis er aufstand und pinkelte. Dann ließ er sich wieder nieder, kramte sein Telefon hervor und drückte auf die Nummer, die unter ihrem Namen stand.

»Henry«, sagte Axel mit Sten Høecks voller und schmeichelnder Stimme, die vor Brustbehaarung und Geilheit nur so strotzte. »Wo bist du mein ganzes Leben lang gewesen?«

»Axel? Bist du das? Was ist denn in dich gefahren? Das klingt ja richtig krank.«

»Henry«, versuchte er es noch einmal.

»Hör auf damit, du hörst dich an wie Sten Høeck. Das ist ja echt gruselig. Bist du betrunken oder was?«

Er musste noch daran arbeiten, kein Zweifel. Vielleicht wirkte es nur auf Frauen, mit denen man ein oberflächliches sexuelles Verhältnis hatte, vielleicht wirkte es nicht bei jemandem, den man liebte. Er schaute in den roten Himmel über der Stadt und wusste, dass er es völlig falsch angepackt hatte.

»Ich bin Axel Steen«, sagte er dann.

»Axel, was ist los mit dir?«

»Nichts. Ich bin der, der ich immer bin, ich sage, was ich meine, ich habe keinen Bock auf halb gare Eifersuchtsspielchen mit Jens Jessen oder Khalid, ich habe keinen Bock auf halbe Wahrheiten, Henriette, ich will dich, aber wenn du damit nicht klarkommst, gibt es kein uns.«

»Aber ich will dich doch auch, Axel. Nur kannst du nicht

einfach daherkommen und verlangen, dass ich meinen Job aufs Spiel setze. So funktioniert das nun mal nicht. Diesen Fall kann nur ich bearbeiten, und ich kann nicht einfach sagen, ich will abgezogen werden.«

»Wovor habt ihr solche Angst?«

»Wovor hast *du* solche Angst?«

»Ich habe Angst, dich zu verlieren.«

»Du wirst mich nicht verlieren.«

Er nahm das Telefon vom Mund und gönnte sich noch einen ordentlichen Schluck aus der Flasche.

»Was geht da bei dir vor, Axel?«

»Nichts.«

»Bist du betrunken? Hast du Alkohol getrunken?«

»Ja.«

»Wo bist du?«

»Das ist doch ganz egal. Vergiss es einfach. Ich bin okay.«

»Axel, was geht da vor? Wo bist du? Du klingst so seltsam.«

»Es bläst hier oben nur ein bisschen«, sagte er. »Ich bin okay. Ist ja auch alles scheißegal. Es war schön, mit dir zu sprechen. Ich mache mich gleich auf den Nachhauseweg. Wir dürfen ja nicht miteinander sprechen, hast du selbst gesagt. Wir müssen warten, bis ich den Fall gelöst habe.«

»Ich komme zu dir.«

»Nein, das tust du nicht. Du hast es selbst gesagt. Wir dürfen uns nicht sehen.«

»Axel, verdammt noch mal. Ich komme.«

Er unterbrach die Verbindung.

Die Sonne war jetzt so gut wie verschwunden, und das war er ganz genauso. Wieder setzte er die Flasche an und schloss die Augen. Warme Farben hinter den Lidern, die eine angenehm kreisende Bewegung vollführten, das Rot verwandelte sich in Violett, dann in Blau, Orange, Gelb. Er konnte noch immer ihre besorgte Stimme hören. Axel, verdammt noch mal, hatte sie gesagt. Auf eine Art, aus der die Angst um ihn sprach.

Er schloss die Augen, und das Letzte, das er sah, waren die Lichter der Stadt, die dem unteren Rand des Himmels einen körnigen, gelblichen Schimmer verliehen, bevor die Dunkelheit den letzten Rest des Tages verschlang, die glasklare blaue Sommerdunkelheit.

46

2007

»Nennen Sie mich Marko, Miss Nielsen«, sagte der Frosch und deutete eine Verbeugung an, als sie sich die Hand reichten. Seine grünen Augen erforschten ihre, sodass sie sich wie unter einem Mikroskop und gleichzeitig begehrt fühlte.

Die CIA-Leute hatten bereits unter den Holzbalken und Spiegeln im Restaurant Salt Platz genommen, als sie ankamen. Der Frosch hieß Volster, sein Kollege stellte sich als Bjorkman vor, ohne Vornamen. Sie waren vollendet höflich auf eine Art, wie man sie bei dänischen Männern so gut wie nie erlebte, dachte Henriette. Sie begrüßten sie zuerst, obwohl Jens ihr Chef war, und wetteiferten beinahe darum, den Stuhl für sie vom Tisch rücken zu dürfen. Weder Volster noch Bjorkman ließ sich anmerken, dass sie größer war als sie beide. Bjorkman erfüllte alle Vorstellungen eines Europäers von einem Amerikaner, breiter muskulöser Kiefer, scharf hervortretende

Wangenknochen unter dunkelblauen Augen, die sich mit einem Ausdruck von Überlegenheit und einstudierter Freundlichkeit in den Blick desjenigen bohrten, der ihn ansah. Die Haare waren höchstens einen Zentimeter lang und trugen zum viereckigen Gesamteindruck seines Gesichts bei. Sie tippte auf die Army. Genau wie Volster war er ausgesprochen gut gekleidet. Die Anzüge saßen wie angegossen, die Krawatten waren perfekt gebunden und die Hemdkragen erstrahlten in gipsstarrer symmetrischer Reinheit. Bjorkman trug Dunkelblau mit einem aquariumgrünen Schlips, der leuchtete, als seien Smaragde in den Stoff eingewebt. Sportlich wäre eine himmelschreiende Untertreibung gewesen – er strahlte eine effektive und flusenfreie Männlichkeit aus, die sie ganz und gar nicht anzog, obwohl er in ihren Augen ein gut aussehender Mann war. Volster dagegen: dunkelblau karierter Anzug mit Weste, die er, wie sie vermutete, nur trug, um die Goldkette seiner Taschenuhr vor einem angemessenen Hintergrund zu präsentieren. Er war ebenso durchtrainiert wie sein Kollege, etwas kleiner und machte den Eindruck eines unbarmherzigen, amüsierten und zynischen Fachmanns, der schon alles gesehen hatte und den nichts mehr schockieren konnte. Kein Härchen auf dem Kopf, die Augen leicht hervorstechend, der Hals zu lang und ein stetes Lächeln unter dem durchdringenden Blick – du erinnerst mich an einen Frosch, dessen Zunge jeden Augenblick hervorschnellen und töten kann, wenn ihm danach ist, dachte Henriette.

Bjorkmans Dienstbezeichnung wurde nicht genannt, er titulierte sich als Spezialist in Sachen islamistischer Terrorismus mit vorübergehender Stationierung in der amerikanischen Botschaft Kopenhagen. Volster hingegen war Head of Counterintelligence and Special Agent Operations der CIA.

Die ersten zehn Minuten vergingen mit Bjorkmans Briefing über Gomez. Jens hatte ihr unterwegs eingeschärft, sie solle die Fragen ihrer amerikanischen Freunde zu der Operation möglichst genau beantworten. Keiner der Männer verzog eine Miene dabei, nur als sie den fehlenden kleinen Finger erwähnte, schnalzte Volster mit der Zunge, als habe er eine Fliege gefangen. Als Bjorkman fertig war, übernahm Volster.

»Miss Nielsen, wir haben viel Gutes über Sie gehört, und wir sind froh, dass diese Operation in Ihren kompetenten Händen liegt.«

Sie hatte sein »Nennen Sie mich Marko« mit einem »Nennen Sie mich Henriette« gekontert, aber es hatte keinen Effekt, und zum ersten Mal in ihrem Leben spürte sie, dass die Anrede »Miss« ihre Unzulänglichkeit innerhalb einer hierarchisch strukturierten Gesellschaft unterstrich, Frau, unverheiratet, polizeiliche Ausbildung, Untergebene, aber zuallererst Frau. Je höflicher Volster sich verhielt, umso stärker wurde dieses Gefühl.

»Wir erwarten seit geraumer Zeit einen Anschlag in Europa. Nach Madrid und London war die al-Qaida ziemlich am Arsch. Ihr habt eure Sicherheitsmaßnahmen verschärft, ihr habt den Geheimdiensten zusätzliche Mittel und neues Handwerkszeug zur Verfügung gestellt, und die Zusammenarbeit zwischen uns wurde intensiviert. Eure Bevölkerung trägt den Kampf gegen den Terror mit, hat sich weiter vom Islam distanziert als zuvor, aber paradoxerweise hat sich dadurch gleichzeitig die Grundlage für die Rekrutierung junger Gotteskrieger durch radikale Islamisten verbessert. Nicht zu vergessen die Karikaturen. Wir wissen schon seit einer Weile, dass etwas geplant ist, und nun ist also Dänemark das Ziel.«

Als einer der Kellner den nächsten Gang servierte, machte

Volster eine Pause und fixierte sie mit stechendem Blick, bevor er auf seinen Teller schielte und etwas von »fantastic new nordic cuisine« murmelte. Henriette schaute auf das Schweinefilet mit grünen Erdbeeren, Maiskolben und Dill und wünschte, er würde endlich zur Sache kommen.

»Es gibt kein einleuchtenderes Ziel für Osama bin Laden und seine Schergen als Dänemark – abgesehen von den USA natürlich –, aber euch empfindlich zu treffen wäre ein großer Sieg für seine Organisation. Nur eine Sache könnte noch größer sein.«

Noch eine Pause, während der er ein saftiges Stück Schwein langsam zwischen seine Zähne bugsierte, ausgiebig kaute und sie dabei ansah.

»In fünf Tagen kommt der amerikanische Verteidigungsminister zu einem inoffiziellen Besuch nach Kopenhagen, um unsere gemeinsamen Kriegsanstrengungen und die weitere Zusammenarbeit zwischen unseren Nationen zu diskutieren. Wir sind sicher, dass er die Zielperson ist. Eine so gut geschützte Zielperson erfordert natürlich etwas Außergewöhnliches. Es erfordert Manpower, Koordination und Überblick, es erfordert vielleicht sogar ein Ablenkungsmanöver. Über all das verfügt Gomez, wie ihr ihn nennt.«

Neue Pause.

»Wir nennen ihn Abu Bilal. Das ist sein richtiger Name. Er ist sechsundvierzig Jahre alt, Iraker und Anfang der Neunziger bei Saddam in Ungnade gefallen. Er ging nach Syrien und diente beim Militär, machte Karriere als Spion, Abhören und Observieren von Regimegegnern, Folter – auf diesem Gebiet soll er phänomenal sein. Im Jahr 2000 tauchte er unter und erschien erst drei Jahre später in Afghanistan und danach im nördlichen Pakistan wieder auf der Bildfläche.«

Er schwieg und nickte Bjorkman zu, der ihr zwei Fotografien zuschob. Sie zeigten einen Mann in den Zwanzigern. Es konnte Gomez sein, aber sie war nicht sicher.

»Das sind die einzigen Bilder, die wir von ihm haben. Sie sind aus seiner Zeit als Major in Saddams Armee. Angenehmer Zeitgenosse, nicht wahr? Aber wir haben Zeugenaussagen, und wir haben Fingerabdrücke, die ihn mit mehreren Terroranschlägen und versuchten Anschlägen in den letzten sechs Jahren in Verbindung bringen. Heute gehört er zum inner circle, operativer Leiter, zuerst im Irak, dann auf der ganzen Welt. Und jetzt ist er hier. Bei euch.«

Volster lächelte, seine Augen leuchteten, als brenne ein Feuer in ihnen.

»Um der Wahrheit die Ehre zu geben, Miss Nielsen, dies ist eine der bedeutendsten Operationen für uns seit langer Zeit.«

Und das will einiges heißen, sagte sie zu sich selbst. Aber jetzt sollten wir auf den Boden der Tatsachen zurückkehren.

»Was wissen Sie über die konkrete Planung eines Anschlags hier in Dänemark? Zeit, Ort, Personenkreis?«, fragte sie, um die Fassung zu bewahren, als ihr allmählich klar wurde, was das Gesagte implizierte.

Bjorkman übernahm wieder, und während sie ihn sagen hörte, die Operation sei seit Langem geplant, die Führungsebene der al-Qaida habe den Auftrag gegeben, die Brüder seien nichts als Verschleißmaterial, bestenfalls Märtyrer, die sich für die Sache opferten, fragte sie sich, ob es tatsächlich sein konnte, dass Jens den Amerikanern versprochen hatte, ihnen Gomez oder Abu Bilal auszuliefern. Konnte er das? War es überhaupt legal? Sie erinnerte sich daran, wie er vor nicht allzu langer Zeit zu ihr gesagt hatte, im Kampf gegen den Terrorismus sei alles legal.

»Wir wissen nicht genau, was sie vorhaben«, beschloss Bjorkman seine Ausführungen.

»Wir haben die Brüder voll und ganz unter Kontrolle und rechnen damit, auch Abu Bilal im Laufe des Tages zu lokalisieren«, sagte sie, »in Dänemark ist es nicht so einfach, sich zu verstecken. Aber wir sind unsicher, was ihren Operationsmodus betrifft. Sie sprechen nie über Waffen oder konkrete Anschlagspläne.«

»Seien Sie sicher, die haben sie«, antwortete Bjorkman, während Volster zum zweiten Mal seine Taschenuhr konsultierte. »Keine Waffen, aber konkrete Pläne. Es ist normal, dass die Brüder noch nicht vollständig eingeweiht sind. Werden sie festgenommen, können sie nichts verraten, das ist nichts weiter als die übliche Vorgehensweise in ihren Kreisen. Kleine Zellen, die von der Existenz anderer nichts wissen und das Ziel der Operation erst kurz vor ihrem Einsatz erfahren. Das nennt man Need-to-know-Prinzip, genau wie bei uns«, sagte Bjorkman, und sie empfand sein banales Gerede als Zurechtweisung. Und wie konnte er sich erdreisten zu behaupten, sie könne sicher sein, dass sie konkrete Pläne hatten? Das hier war ihre Operation, sie war an ihnen dran, nicht Bjorkman.

»Was ist mit Abu Bilal? Was spielt er für eine Rolle?«

»Unserer Einschätzung nach wartet er auf etwas.«

»Worauf?«

»Das wissen wir nicht, aber höchstwahrscheinlich auf Sprengstoff oder Waffen, durchschlagskräftige Waffen, Raketensysteme oder etwas in der Art«, antwortete Bjorkman. Sein Tonfall wirkte zunehmend desinteressiert, seine Antworten wurden kürzer und sie konnte sich des Eindrucks nicht erwehren, dass ihr Kontingent an Fragen so gut wie aufgebraucht war.

»Und wie kommt er da ran? Auch das ist in Dänemark nicht so einfach«, sagte sie und konnte sich ein »im Gegensatz zu den USA« gerade noch verkneifen.

Volster räusperte sich und ergriff das Wort.

»Das wissen wir nicht. Aber so weit wird es ja hoffentlich nicht kommen, oder, Miss Nielsen? Die beiden jungen Männer interessieren uns nicht. Unser Interesse gilt ausschließlich Abu Bilal. Er ist von enormem Wert für uns. Er verfügt über Informationen, die uns auf die Spur der obersten Führungsebene der al-Qaida bringen können und uns in die Lage versetzen, die Verantwortlichen für einige der schwersten Angriffe unserer Zeit auf die Demokratie zur Rechenschaft zu ziehen.«

Henriette sah die beiden Amerikaner an und wartete. Als sie nichts sagten, fuhr sie fort.

»Warum habe ich das Gefühl, dass wir ihn nicht festnehmen werden, sobald wir ihn gefunden haben?« Sie sah erst Volster und dann Jens an. Jens spielte den Ball zurück zu Volster.

»Zunächst müssen wir sicher sein, dass er es ist. Wir brauchen seine Fingerabdrücke. Dann würden wir gerne erfahren, worauf er wartet. Auf was oder auf wen.«

Sie nickte.

»Es ist entscheidend für uns, dass er keinerlei Verdacht schöpft, dass wir – entschuldigen Sie bitte, ihr – ihn beschattet. Und es ist zwingend erforderlich, dass so wenige Menschen wie möglich von seiner Anwesenheit in Dänemark wissen. Das gilt sowohl im Hinblick auf die Observierung als auch auf eine Festnahme.«

Jeglicher Zweifel war verflogen. Jens hatte ihn den Amerikanern versprochen. Es musste auf höchster Ebene geklärt worden sein. Sie war überrascht, nicht wegen der Konsequenzen für ihre Operation, sondern weil man sie informiert und damit in den innersten Kreis aufgenommen hatte. Sie konnte ein Lächeln nicht unterdrücken, als sie sagte:

»Was das Erste betrifft, sehe ich kein Problem. Keiner der an der Observierung Beteiligten wird über seine wahre Identität in Kenntnis gesetzt. Punkt zwei ist nicht so einfach zu handhaben. Nach dänischem Recht ist er innerhalb von vierundzwanzig Stunden nach seiner Festnahme einem Haftrichter vorzuführen, und dann ist die Hölle los. Es sei denn …« Sie ließ den Rest des Satzes zwischen ihnen in der Luft schweben und sah Jens an.

Volster breitete die Arme aus und ließ seinen leuchtenden Blick von ihr zu Jens wandern, der bestätigte, dass auch diese Angelegenheit aus der Welt geschafft werde.

»Darüber brauchen wir uns keine Gedanken zu machen. Es wird alles nach Plan laufen«, sagte Jens.

Fünf Minuten später war das Mittagessen beendet.

Volster ergriff ihre Hand, als sie sich verabschiedeten. Gleich kriege ich noch den ersten Handkuss meines Lebens, dachte sie, aber er sah ihr nur in die Augen, drückte sanft ihre Hand und sagte:

»Ich freue mich schon darauf, Sie wiederzusehen, Miss Nielsen. Sie haben Eindruck auf mich gemacht.«

In Jens' Audi fuhren sie zurück nach Søborg.

»Ist das hier das, was ich glaube?«

»Das weiß ich nicht, Henriette. Was glaubst du denn?«

»Ist das mit dem Chef geklärt?«

»Ja.«

»Und mit dem Ministerium?«

»Ich habe den Chef informiert, und wir sind gemeinsam zu dem Ergebnis gekommen, dass diese Maßnahme innerhalb unseres operationellen Ermessensspielraums liegt. Setzen wir das Ministerium in Kenntnis, bekommt die Politik Wind von der Sache, und die feinen Herren werden sich in die Hose scheißen vor Angst, es könnte etwas an die Öffentlichkeit dringen und sie müssten die Konsequenzen tragen. Die Aktion würde eingestampft werden, Abu Bilal würde uns entweder durch die Lappen gehen oder hier in Dänemark ins Gefängnis wandern und schweigen wie ein Grab.« Er sah sie an. »Henriette, das hier ist der dickste Fisch, den wir jemals am Haken hatten.«

»Nur, dass wir ihn nicht ausnehmen dürfen, habe ich recht?«

»Mach dir darüber keine Gedanken, Henriette. Das Einzige, was für dich von Bedeutung ist, sind Abu Bilal und die Brüder, die Operation, verstanden? Wir dürfen uns keine Fehler erlauben. Wir gehen folgendermaßen vor: Du und Sten kümmert euch um Abu Bilal, mit Per als Back-up. Wir müssen ihn finden, und zwar jetzt. Und sobald wir ihn haben, stellen wir seine Fingerabdrücke sicher. Außer uns darf niemand etwas über seine Identität erfahren. Auch nicht Khalid.« Er warf ihr einen kurzen Blick zu. »Keiner von der Terrorbekämpfung und auch niemand aus den Observierungsteams, verstanden?«

»Und wenn wir ihn ausfindig gemacht haben, bleiben nur wir drei an ihm dran?«, fragte sie.

»Natürlich nicht, Sten wird das regeln. Wir brauchen mehr Leute, um ihn zu überwachen. Wie du ja selbst von Vulster gehört hast, ist die Gefahr, dass jemand ihn kennt und weiß, mit wem wir es zu tun haben, verschwindend gering.«

»Okay.«

»Und wenn wir ihn festnehmen, muss das getrennt von Anwar und Shakir ablaufen, verstanden? Sie dürfen nicht mitbekommen, dass wir ihn haben. Niemand darf etwas davon mitbekommen. Sten übernimmt die konkrete Festnahme.«

»Und was tun wir, wenn sie sich heute Abend treffen und Informationen über eine konkrete Aktion gegen ein konkretes Ziel austauschen und wir Kenntnis von einem unmittelbar bevorstehenden Anschlag erhalten? Sollen wir dann den Zugriff durchführen?«

»Nein, dann informierst du mich umgehend. Niemand führt den Zugriff durch, bevor ich es nicht angeordnet habe.«

»Okay«, sagte sie wieder. Sie war sicher, dass es nichts anderes bedeutete als »bevor ich mit dem Frosch und Bjorkman gesprochen und sie ihren Segen gegeben haben.«

47

2011

Er meinte, Geräusche zu hören, als käme jemand auf ihn zu. Es war Jens Jessen, der schallend lachte, ihn auslachte, weil er Cecilie zurückbekommen würde und Axel sich mit Henriette begnügen musste. Aber ich begnüge mich nicht, versuchte er zu sagen, jedoch vergeblich, er drang nicht durch. Cecilie war auch da, sie hielt Emma an der Hand und trug Anton auf dem anderen Arm. Jetzt ziehen wir alle zusammen, sagte sie wieder und wieder. Wir schlafen im selben Bett, wie eine richtige Familie. Zusammen, zusammen, lallte er. Sie trug ihr Hochzeitskleid, und sie war zum Sterben schön.

Träumte er oder war er wach? Es war ihm unmöglich, die Frage zu beantworten. Er blinzelte ein paarmal und sah in die Augen von Jens Jessen. Aber es war nicht Jens Jessen, sondern ein Kapuzenpulli, der ein Gesicht verbarg. Axel schloss die Augen wieder und war sich mit einem Mal im Klaren darüber, dass er nicht träumte. Ein Gesicht befand sich direkt über ihm. Er hörte, wie das Fenster zugezogen wurde, und fuhr ruckartig hoch. Jemand hatte ihn ausgesperrt, er saß auf dem Dach fest. Etwas stimmte nicht. Etwas stimmte ganz und gar nicht. Die Person, die er gesehen hatte, hatte an diesem Tatort nichts verloren. Und war davon überrascht worden, ihn hier vorzufinden. War es der Mörder? Hatte Axel die Wohnungstür offen stehen lassen? Abgeschlossen hatte er sie jedenfalls nicht. Wollte die Person die Wohnung durchsuchen, so wie er es vorhin getan hatte? Immer neue Fragen poppten in seinem Kopf auf, allerdings ohne ihn zu einer Handlung bewegen zu können. Er war stockbesoffen. Die Erkenntnis versetzte ihn in Panik. Er packte den Fensterrahmen und zog, ohne Ergebnis. Es blieb ihm nichts anderes übrig, als zum Rand des Dachs zu gehen und nach unten zu sehen. Fünf Meter unter ihm befand sich die Terrasse. Viel zu tief.

Er machte ein paar Schritte zur Seite und betrachtete die moosbewachsene Schräge, die bis nach unten in den ersten Stock führte – die grüne Rampe, die sich in Richtung der Ebene des Fælled erstreckte, war das attraktivste Element der Wohnanlage und maß die komplette Höhe des Gebäudes. Er hörte Schritte in der Dunkelheit. Schnelle Schritte. Es klang, als sei der Kapuzenpulli auf der Treppe, die parallel zur Ebene nach unten führte. Wieder schaute Axel auf die grüne Loipe. Sie fiel sehr steil ab. Er hielt noch immer die Wodkaflasche in der Hand, nahm einen kräftigen Schluck, bevor er sie fallen ließ, und murmelte: »Was soll schon passieren.« Er ignorierte sein lädiertes Bein und seine Höhenangst und rannte los. Als er fast unten angekommen war, verlor er das Gleichgewicht, stürzte und rutschte und rollte weiter, bis er auf das Dach des Cafés krachte. Er rappelte sich hoch und taumelte zum Rand. Wenn er sich an der Kante festhielt, konnte er bequem nach unten schwingen und sich fallen lassen. Er rührte sich nicht und horchte. Keine Schritte. Er konnte sich nicht vorstellen, dass die Person schneller als er nach unten gekommen war. Der Mann musste noch hier sein. Er hörte den Wind und das Stimmengewirr im Café unter ihm. Vom Fælled her näherte sich ein Rad, Stimmen in der Dunkelheit, aber kein Mann mit Kapuzenpulli und keine Schritte auf der Treppe. Er kletterte über den Rand und ließ sich auf den Boden gleiten. Sollte er Verstärkung anfordern? Nein, nicht jetzt. Er stank nach Wodka. Er stieg die Treppe hinauf, tastete nach seiner Dienstwaffe. Sah auf jedem Etagenabsatz in den Korridor dahinter, der zu den Wohnungen führte. Ungefähr aus jeder zweiten fiel Licht auf den Korridor. Er klopfte an die Türen und fragte, ob sie jemanden bemerkt hatten, der die Treppe runtergerannt sei.

Im dritten Stock blaffte ihn ein Mann in Unterhemd an, noch bevor er fragen konnte:

»Wohnst du hier?«

»Nein, ich …«

»Dann schieb ab, wir sind keine Touristenattraktion, wir wohnen hier, kapiert?«

Axel hielt ihm seinen Dienstausweis unter die Nase.

»Hör mal, Schweinchen Schlau, ich ermittle in einem Mordfall und verfolge einen Mann auf der Flucht. Ist hier in den letzten paar Minuten jemand vorbeigekommen?«

Schockiert sah der Mann ihn an, presste ein »Nein« hervor und Axel hastete weiter. Im sechsten Stock hatte er Glück, eine Frau hatte den Kapuzenpulli gesehen, wie er in vollem Lauf die Treppe hinuntergerannt war. Axel konnte sich kaum vorstellen, dass der Flüchtende schneller als er selbst unten angekommen sein sollte. Vielleicht hatte der Kapuzenpulli ihn unten gesehen und war wieder nach oben gelaufen, aber wo war er dann?

Er lief weiter die Treppe hinauf, bis er oben angekommen war und den Innenhof und den Fußweg nach unten überblicken konnte. Mit schnellen Schritten folgte er dem Weg und bemerkte eine Gruppe junger Männer, die vor einer der Wohnungen in Decken gehüllt um einen Tisch mit leeren Weinflaschen, Kaffeetassen und Teelichtern saßen.

»Ist hier in den letzten paar Minuten ein Mann vorbeigekommen?«

Ein Stimmengewirr erhob sich, und es wurde in entgegengesetzte Richtungen gezeigt, man widersprach sich gegenseitig, aber einen Mann im Kapuzenpulli hatte niemand gesehen.

Entweder war der Kapuzenpulli doch vor ihm unten angekommen, oder er besaß einen Wohnungsschlüssel, was bedeutete, dass die Acht sein Zuhause war. Aber was hatte er in Sten Høecks Wohnung gewollt? Eine Spur verwischen, die er hinterlassen hatte? Kaum vorstellbar, die hätten sie gefunden. Es musste um etwas anderes gehen, etwas, das Sten Høeck versteckt hatte und das niemand finden sollte.

48

2007

Sie traf sich mit Per und Sten in der Wohnung. Die Überprüfung der Hotelgäste hatte bislang nichts ergeben. Per lagen Informationen über eine Vielzahl von Männern vor, die am gleichen Tag in einem Kopenhagener Hotel eingecheckt hatten, an dem Gomez im Hotel Central ausgecheckt hatte. Aber es war kein Treffer dabei.

»Wenn er clever ist, hat er am gleichen Tag eingecheckt wie im Hotel Central«, sagte Per. »Ich mache mich dann wohl mal daran, alle männlichen Hotelgäste zu überprüfen, die seit seiner Landung in Kopenhagen eingecheckt haben.«

Sie hatte Sten und Per kurz über die neue Zielperson ihrer Operation ins Bild gesetzt – nur so weit, wie sie dazu autorisiert war. Der mysteriöse Gomez. Sten Høeck nickte, als sei er keineswegs überrascht, aber Per schien sehr angespannt zu sein. Sie ging davon aus, dass Sten mehr wusste, als er sagte und Per wahrscheinlich ohnehin längst erraten hatte, wer Gomez tatsächlich war. Aber sie schwiegen beide und stellten keine Fragen, was gut war, denn es zeigte, dass sie sich voll und ganz auf die Operation konzentrierten.

»Was Neues aus der Wohnung?«, fragte sie Sten.

»Nein, seit gestern nicht. Erst haben sie sich das Video mit diesem Weihnachtsmann mit Talibanbart angesehen, danach haben sie zwei Stunden lang gebetet. Sind immer vor und zurück gewippt, als hätten sie einen Dachschaden. Sie waren völlig durchgeschwitzt vor lauter Hingabe. Anwar sah fast noch durchgeknallter aus, als wenn er sich einen runterholt.«

»Was ist mit dem Video?«

»Als es zu Ende war, ist Anwar zur Toilette gegangen und hat etwas in Papier eingewickelt und ins Klo geschmissen, das wie eine Memory-Card aussah, und gespült.«

»Gut. Hört zu: Wir konzentrieren unsere Überwachung also ab sofort auf Gomez, die Brüder lassen wir aber nicht aus den Augen. Haben wir Gomez lokalisiert, müssen wir jederzeit den Zugriff durchführen können. Sten, du stellst ein Team zusammen, das ihn überwacht, sobald wir ihn gefunden haben. Nur die besten Leute, am liebsten Unsichtbare. Er darf uns unter keinen Umständen, und ich betone, unter keinen Umständen bemerken. Und es müssen Leute sein, die keine Fragen stellen.«

»Meine Leute stellen keine Fragen«, sagte Sten gekränkt.

»Holla, Anwar hat seinen Hotmail-Account geöffnet«, unterbrach Per sie.

Sie rückten mit ihren Stühlen an seinen Bildschirm heran.

»Was schreibt er?«, fragte sie.

Per beugte sich vor.

»Nichts, er liest. Da steht: Bruder. Ist die Wohnung sicher? Habt ihr getan, was ihr tun solltet, damit uns niemand entdeckt? Werden wir überwacht? Sofortige Bestätigung. Allah ist der Größte.« Per legte eine Pause ein, und auf einem zweiten Bildschirm konnten sie sehen, dass Anwar antwortete. »Wir sind allein. Wir haben alle Methoden angewendet, seit wir gelandet sind. Die Ungläubigen wissen nichts, keine Überwachung.«

Sie rührten sich nicht. Warteten. War Abu Bilal online?

»Nun mach schon«, flüsterte Sten.

Dann las Per laut vor: »Ich komme heute noch in die Wohnung und bleibe bei euch bis zu unserem großen Tag«, gleichzeitig bewegten sich Anwars Finger über die Tastatur.

Anwar löschte den Text und schrieb: »Gepriesen sei Allah!«

Henriette spürte ein Ziehen der Erleichterung im Magen. Endlich tat sich etwas, jetzt kam Bewegung in die Sache, sie waren ganz dicht dran. Sie rief Jens Jessen an und informierte ihn über die neue Entwicklung. »Yes!«, schrie er beinahe in den Hörer und fügte eilig hinzu:

»Wir brauchen Abu Bilals Fingerabdrücke, so schnell wie möglich. Wenn sie in den nächsten Tagen die Wohnung verlassen, geht ihr rein und stellt sie sicher.«

Er legte auf und sie war sicher, dass er bereits die Nummer ihrer amerikanischen Freunde wählte.

Per verließ die Wohnung, um Abendessen zu besorgen. Er übernahm diesen Gang jeden Tag, und Henriette ging davon aus, dass er die Gelegenheit nutzte, um aufzutanken, wahrscheinlich Rotwein, damit sein Motor nicht ins Stocken geriet. Auch sein exorbitanter Verbrauch blauer Ga-Jol konnte die Alkoholfahne nicht immer kaschieren.

Als sie alleine waren, fragte Sten:

»Was läuft hier, Henriette?«

»Was meinst du?«

»Du weißt, was ich meine. Das hier ist eine andere Kategorie als unsere bisherigen Operationen. Unser Freund Gomez gehört nicht gerade zu den sympathischsten Zeitgenossen, oder?«

»Ich weiß nicht mehr als du.«

Er sah sie prüfend an.

»Dann weißt du, dass sich etwas zusammenbraut, Henriette. Das hier ist kein Nullachtfünfzehn-Einsatz. Gestern erhielt ich von Jens die Anweisung, ein Team für den Zugriff zusammenzustellen. Keine von unseren Leuten. Er hat nur gesagt, dass es nicht um die Brüder geht. Und dass es keine Zeugen geben darf.«

»Dann weißt du alles, was du wissen musst. Das hier ist wichtig, Sten, wirklich wichtig. Und vertraulich. Besonders Letzteres.«

Er sah sie schweigend an.

»Mehr weiß ich nicht«, sagte sie.

»Vielleicht ist es auch besser, nicht zu viel zu wissen«, sagte Sten Høeck.

49

2011

Er folgte dem Weg bis nach unten zum Büro der Hausverwaltung, wo James hinter einem der erleuchteten Fenster vor einem Computerbildschirm saß.

Axel steckte sich eine Zigarette an, in der Hoffnung, sie würde seine Alkoholfahne übertünchen. Während er rauchte, betrachtete er den Mann. Schwarz konnte unmöglich seine natürliche Haarfarbe sein. Er musste rothaarig oder zumindest rotblond sein, die Haut war überzogen mit mohrrübenfarbenen Pigmentflecken, wie man sie nur bei rothaarigen oder sehr blassen Menschen fand. Er ging zur Tür und klopfte.

James stand auf und öffnete. Sah ihn prüfend an.

»Womit kann ich behilflich sein?«

Axel berichtete ihm von seinen Erlebnissen.

»Sie haben auf dem Dach gesessen? Das ist nicht erlaubt.«

Axel unterdrückte ein Rülpsen.

»Erzählen Sie das Sten Høeck. Schließlich hat er diese Stiege angebracht.«

»Das ist mir durchaus bekannt, aber er hat sie aufgrund von Brandschutzbestimmungen nachgerüstet. Wenn dieser Mann, wie Sie sagen, wieder nach oben ins Gebäude verschwunden ist, dann muss er einen der Aufzüge benutzt haben.«

»Und dafür haben alle im Haus einen Schlüssel?«

»Ja.«

»Von wie vielen sprechen wir?«

»Zurzeit sind dreihundertneunundfünfzig von vierhundertsechsundsiebzig Wohnungen verkauft, also sind schon mal dreihundertneunundfünfzig Schlüssel im Umlauf. Das können Sie mit zwei multiplizieren, und dann haben wir noch die Extraschlüssel, Wohnungsmakler, Mieter, die ausgezogen sind, Handwerker, was weiß ich. Da kommen schnell mal tausend Schlüssel zusammen.«

»Ich möchte eine komplette Liste der Hausbewohner mit Kontaktdaten. Morgen rücken wir an und nehmen von jedem männlichen Bewohner zwischen fünfzehn und fünfzig eine DNA-Probe, um ausschließen zu können, dass einer von ihnen unser Mörder ist.«

James sah ihn überrascht an. Axel fragte sich, ob die Überraschung von der Ankündigung, DNA-Proben nehmen zu wollen, herrührte oder weil es offensichtlich war, dass er betrunken war.

»Okay.«

»Das gilt übrigens auch für Sie und Ihren Kollegen.«

»Selbstverständlich.«

Er verließ das Büro und ging zu seinem Fahrrad. Eine Eingebung ließ ihn umkehren, zum nächstgelegenen Fahrstuhl gehen und noch einmal nach oben zu Sten Høecks Wohnung fahren. Er war vorsichtig, als er an die Tür herantrat. Lauschte. Von drinnen war kein Laut zu hören, nur der Wind pfiff über das Dach. Er fühlte sich nüchtern. Und durstig. Einsetzender Kopfschmerz. Er öffnete, trat ein und schloss die Tür hinter sich. Ging zum Barschrank und überlegte, ob er aufs Dach klettern, die Wodkaflasche holen und so den Beweis für seinen Rückfall verschwinden lassen sollte. Aber er wollte keine Spuren an der Stiege oder am Fenster ruinieren. Er würde wohl dazu stehen müssen. Wieder spürte er ein Ziehen im Magen, als er den Barschrank öffnete. Irgendetwas in ihm wollte einfach nur die Flaschen austrinken, eine nach der anderen, und in das idiotische und lallende Vergessen des Vollrauschs sinken, aber ein anderes Gefühl war stärker als dieser Trieb. Er nahm eine Flasche nach der anderen heraus und untersuchte sie. Keine war aus klarem Glas. Schließlich fand er, wonach er gesucht hatte. In einer mattgrünen Flasche Remy Martin schlug etwas gegen den Boden, als er sie schüttelte. Es war kein Cognac mehr in der Flasche, nur ein USB-Stick, eingewickelt in Plastik und Tape. Mit Mühe konnte er ihn herausfingern, schob ihn in die Tasche und setzte den Korken zurück auf die Flasche. Dann fuhr er nach Hause.

In seiner Wohnung brannte kein Licht, weshalb er davon ausging, dass Henriette nicht da war. Er checkte sein Handy, vier SMS und fünf Anrufe, alle von ihr.

»Wo bist du?«

»Bin es leid, zu warten. Melde dich, Axel.«

»Muss jetzt los. Ruf an, wenn du das liest.«

»Hoffe wirklich, du bist okay.«

Er schrieb, sie solle sich keine Sorgen machen, er sei zu Hause, alles sei gut.

Er drückte *Senden,* machte sich auf den Weg hinüber zur Tankstelle, kaufte einen Sixpack und eine Schachtel Zigaretten und ging wieder nach Hause. Fuhr den Rechner hoch und schob den Stick in die USB-Schnittstelle.

Es waren zahlreiche Dateien darauf abgespeichert, alle bezeichnet mit Datum und Uhrzeit. Er öffnete die erste. Es war ein Überwachungsvideo aus der Wohnung. Er sah es durch. Dann öffnete er den Ordner mit seinen Notizen und klickte die Liste an, in der er die Zeiträume erfasst hatte, die ihnen von den Überwachungsvideos fehlten. Sie stimmten mit den Dateien überein. Jetzt fehlte nichts mehr. Die nächsten drei Stunden sah er alles durch. Der Sixpack blieb unangetastet. Was er auf dem Bildschirm sah, änderte alles. In der Wohnung waren nicht zwei, sondern drei Männer gewesen.

50

2007

»Wa 'alaikum assalam wa rahmatullahi wa barakatuh.« Die Stimme klang rau und leise. Sie konnten ihn jetzt genau sehen. Henriette hatte keinen Zweifel, dass es Abu Bilal war. Er gab erst Anwar und dann Shakir die Hand, jeweils gefolgt von einem dreifachen Bruderkuss. Die beiden zeigten ihm die Wohnung. Er hatte zwei große Taschen bei sich und trug Jeans, eine schwarze Windjacke, ein rotes T-Shirt und Nike-Schuhe. Spontan hätte man ihn für einen Südeuropäer gehalten.

»Ist etwas passiert?«, fragte Anwar.

»Nein, nichts Ernstes. Im Hotel hat mich ein Mann angesprochen, ein Italiener. Ich spreche viele Sprachen, aber kein Italienisch. Damit ist mein Leben als Lorenzo Rossi zu Ende.

Ich heiße jetzt Peter Jones und komme aus Brighton, vergesst das nicht«, sagte er und lächelte, während er einen Pass hochhielt.

Per übersetzte, so schnell er konnte.

»Ich werde mich ein paar Tage hier aufhalten müssen. Brüder! Lasst uns dafür beten, dass unser Vorhaben gelingt.«

Henriette hatte sofort in Søborg angerufen und den Namen Lorenzo Rossi durchgegeben. Sie mussten das Hotel finden, in dem er die letzten Tage verbracht hatte, und sein Zimmer versiegeln lassen, bevor es gereinigt wurde. Sie brauchten seine Fingerabdrücke.

Nach dem Gebet fragte Shakir, was ihre Aufgabe sein werde. Abu Bilal wies ihn freundlich, aber bestimmt zurück, packte seine Schultern und sah ihm in die Augen, während er ihn ermahnte, Stärke und Glauben zu zeigen.

»Du wirst es bald erfahren.«

Er bat sie, sich zu setzen.

»Ihr werdet euer gewohntes Leben fortsetzen. Zur CBS gehen, euch im Viertel sehen lassen. In die Moschee gehen. Niemand darf Verdacht schöpfen. Absolviert ihr euer Training und studiert den Koran?«

Sie nickten beide.

»In seiner Gesellschaft wirken sie klein und demütig«, sagte Henriette.

»Ich glaube, sie haben Angst«, entgegnete Per.

»Lügt mich nicht an. Ihr müsst jeden Tag trainieren, mehrere Stunden, damit ihr körperlich in Topform seid. Und ihr müsst den Koran lesen, um mental vorbereitet zu sein. Ihr habt die Worte des Scheichs an euch gehört – eine solch große Ehre wird nur wenigen zuteil, eine solch wichtige Aufgabe, wie sie euch erwartet, wird nur wenigen anvertraut.«

»Allah ist groß«, murmelte Shakir. Er hatte Tränen in den Augen.

»Jetzt lobpreisen sie Mohammed und bombardieren sich gegenseitig mit Höflichkeitsfloskeln«, sagte Per.

»Ich brauche ein Zimmer für mich allein«, sagte Abu Bilal. Anwar führte ihn in den Raum, in dem der Rechner stand, machte eine ausladende Handbewegung und sagte:

»Mein Haus ist dein Haus, verehrter Bruder.«

Anwars kleiner Bruder wurde losgeschickt, um an der Schawarmabude in der Nørrebrogade Falafel, Hummus und Pickles für Abu Bilal zu holen.

Sten informierte seine Leute im Außendienst, dass Shakir im Viertel unterwegs war. Henriette rief Jens an und berichtete, die Zielperson sei angekommen. Danach ließ sie sich vor den Bildschirmen nieder und studierte Abu Bilal. Alles an ihm strahlte Wachsamkeit aus, mit der Ruhe einer Katze bewegte er sich durch die Wohnung und überprüfte sie auf Überwachungstechnik. Henriette betete, dass die neueste Elektronik, von der Sten und die Amerikaner geschwärmt hatten, hielt, was sie versprach, und nicht zu entdecken war. Abu Bilals Gesicht war sanft und ernst zugleich, wie eine Maske, die ihm Anonymität verlieh, hinter der sich aber ein Cocktail aus Wut, grotesker Zielstrebigkeit und tiefer Verachtung für den Feind verbergen musste. Was trieb diesen Mann an? War es Religion, der einzig wahre Glaube? Kaum. Sein unstetes Dasein als Militär sowohl im Irak als auch in Syrien deutete darauf hin, dass es ihm um etwas anderes ging. Prestige, Status, Kampf? Saddams Schergen hatten ihn gefoltert, bevor ihm die Flucht geglückt war. Unter der Folter hatte er den Finger verloren. Die Narben am Hals verdankte er einem amerikanischen Raketenangriff, bei dem viele seiner Mitstreiter ihr Leben gelassen hatten, er aber mit Brandwunden am Hals und auf der Brust davongekommen war. Er ist ein Kämpfer, dachte sie. Er sucht den Kampf, führt seine Aufträge ohne Zögern durch, ein Killer, ein Soldat.

51

2011

Klingeltöne aus der Hölle; er tastete nach dem Handy und schwor sich, nie wieder Alkohol zu trinken. Kopfschmerzen, Durst. Erst gegen fünf Uhr morgens hatte er sich ins Bett geschleppt, Kopf und Körper bleischwer von Sten Høecks Wodka. Verdammt, er hatte sich volllaufen lassen, und zwar nach allen Regeln der Kunst. Warum nur? Wenn er es doch nicht nötig hatte. Jetzt ekelte es ihn vor sich selbst. Er sah auf die Uhr. Zweieinhalb Stunden Schlaf. Die Nummer kannte er nicht.

»Axel Steen hier.«

»Hier spricht Ingela Gudmundsson, die Nachbarin von Sten Høeck.«

»Ja?«

»Mir ist noch etwas eingefallen, das vielleicht wichtig sein könnte.«

»Ja?«

»Als Sie neulich hier waren, Sie und Ihre Leute, als Sten … gefunden wurde, habe ich ein Gespräch zwischen Ihnen und zwei Ihrer Kollegen mitangehört. Ich stand draußen auf meiner Terrasse, um etwas frische Luft zu schnappen, und Sie und die beiden anderen diskutierten über irgendwelche Handys und Computer.«

»Ja?«

»Nun ja, eine der Stimmen kam mir bekannt vor … also nicht Ihre, und auch nicht diese schwedische, aber die dritte.«

»Ja?«

»Ja, und inzwischen ist mir wieder eingefallen, woher ich sie kannte. Ich habe Ihnen doch erzählt, dass ich in Stens Wohnung einmal einem seiner Freunde begegnet bin und die Stimme von noch einem zweiten gehört habe. Ich bin mir sehr sicher, dass es dieselbe Stimme war, die ich auf der Terrasse gehört habe.«

WAS?, hätte er am liebsten gebrüllt, sagte aber nur »Okay, und wessen Stimme war das?«, obwohl er nur zu gut wusste, was jetzt kam.

»Na ja, ich habe dann um die Ecke geschaut, und Sie standen neben einem sehr großen und gut aussehenden Mann ausländischer Bauart, mit einer sehr angenehmen und schönen Stimme, die man nicht so schnell vergisst.«

»Und Sie irren sich nicht?«

»Doch, vielleicht, aber so viele von der Sorte laufen beim PET ja wohl nicht herum, oder? Sten hatte ja auch so eine fantastische Stimme, er konnte …«

»Ja, danke, es war absolut richtig, dass Sie angerufen haben.«

»Ich dachte nur, es sei vielleicht wichtig.«

»Wann war das?«

»Vor knapp einem halben Jahr.«

»Danke.«

Er brach das Gespräch ab.

Khalid. Er hatte Sten und Per nicht nur als Kollegen gekannt, er hatte Mails mit ihnen ausgetauscht, sie hatten sich privat getroffen. Alle drei. Und Khalid hatte es nicht für notwendig gehalten, es auch nur zu erwähnen.

Es überraschte Axel, aber wichtiger war die Frage, um wen es sich bei dem dritten Mann auf den Überwachungsvideos handelte. Dem Mann, den offensichtlich niemand kennen durfte und der der Grund dafür war, dass Axel in seinem Mordfall nicht so ermitteln konnte, wie er es wollte. Wegen ihm hatte der PET Akten geschwärzt und Videos manipuliert. Aber brachte Axel das dem Mörder näher?

Er fuhr ins Präsidium. Unterwegs rief er Vicki an, der er die fehlenden Filmausschnitte letzte Nacht noch zugemailt hatte.

»Das sieht verdammt noch mal ziemlich seltsam aus, Axel. Wo hast du das gefunden?«

»Auf einem USB-Stick in Sten Høecks Wohnung, am Boden einer leeren Cognacflasche.«

»Hmm. Hoffentlich hast du sie nicht getrunken?«

»Nein, die nicht. Ich bin okay. Ich bin auch gleich da, dann müssen wir uns abstimmen, wie wir weiter vorgehen.«

»Ja, das sollten wir schleunigst tun. Josephsen sitzt mir im Nacken, er will Resultate sehen.«

Kurz bevor er sein Büro erreichte, fing eine Sekretärin ihn ab. Er solle sich beim Chef einfinden, sagte sie, umgehend.

»Axel, kommen Sie rein.« Das Lächeln war aufgesetzt, erinnerte Axel an rissigen Lack auf einem alten Schmuckkästchen. »Wie läuft's? Geht's voran?«

»Nicht besonders, aber womöglich haben wir eine neue Spur. Als ich gestern am Tatort war, um mir alles noch mal in Ruhe anzusehen, habe ich auch einen Blick aufs Dach geworfen. Plötzlich wurde hinter mir das Dachfenster von einer Person im Kapuzenpulli zugezogen, die offenbar die Wohnung durchsuchen wollte. Er ist abgehauen und irgendwo in dem Wohnkomplex verschwunden, hatte höchstwahrscheinlich einen Schlüssel. Natürlich kann ich nicht garantieren, dass es unser Mörder war, aber es ist eine Möglichkeit.«

»Glänzend. Wie gehen wir weiter vor?«

»Wir bekommen eine Liste sämtlicher Bewohner der Acht sowie weiterer Leute, an die Schlüssel ausgegeben wurden, wahrscheinlich noch heute Vormittag. Und dann werden wir sie überprüfen.«

»Soll jeder Einzelne verhört werden?«

Axel fragte sich, wie man so wenig über Polizeiarbeit wissen und trotzdem Chef werden konnte.

»Nein. Wir werden die Liste mit dem Strafregister abgleichen, und mit Ihrer Genehmigung würde ich sie auch gerne dem PET zur Verfügung stellen, sodass die Kollegen überprüfen können, ob einer oder mehrere Namen in einem ihrer Fälle eine Rolle spielen oder im Archiv auftauchen. Kommt dabei nichts heraus, müssen wir ein größeres Netz auswerfen und von allen Männern zwischen fünfzehn und fünfzig, die Zugang zu dem Gebäude haben, eine DNA-Probe nehmen. Ich werde das noch heute veranlassen.«

»Natürlich haben Sie meine Genehmigung. Gute Arbeit!«

Zurück in seinem Büro rief Axel Darling an und berichtete ihm von der Liste.

»Wie läuft eure Islamistentreibjagd?«

»Ziemlich arbeitsintensive Sache.«

»Du plauderst doch keine Staatsgeheimnisse aus, wenn du mir verrätst, ob ihr jemand Bestimmten im Visier habt?«

»Nein, sicher nicht, aber bisher gibt es noch keinen Durchbruch, weder bei denen auf freiem Fuß noch bei denen, die im Gefängnis sitzen. Trotzdem kann natürlich immer noch Rache das Motiv sein, obwohl ich nicht daran glaube.«

»Und wieso nicht?«

»Weil sie so nicht arbeiten. Ich bin zwar kein Spezialist auf dem Gebiet, aber wenn sie sich an denen rächen wollten, die sie hier in Europa haben hochgehen lassen, würden sie einen neuen Terroranschlag planen. Der Ball liegt also bei dir im Feld.«

»Ja, nur leider habe ich kein Spielfeld. Gibt es nicht noch andere Möglichkeiten als ein paar Extremisten, die sich rächen wollen? Könnte es vielleicht sein, dass ihr bei einer eurer Operationen ein paar Leuten an den Karren gefahren seid, denen jetzt der Arsch auf Grundeis geht und die Sten Høeck deshalb umgebracht haben?«

»Tja, schon, wir prüfen das gerade, aber darüber darf ich nicht sprechen.«

Sie verabschiedeten sich, und Axel ging in Vickis Büro.

»Und? Was sagst du zu den Videos?«

»Dass ein dritter Mann in der Wohnung war. Und es in der Sache nur zwei Verurteilte gibt. Wer ist er?«

»Ich habe keine Ahnung, aber zufällig zu Besuch gekommen ist er jedenfalls nicht. Er ist der Anführer, so viel steht fest, auch wenn ich kein Wort Arabisch oder Urdu verstehe.«

»Und auf welche Weise steht er mit den Morden in Verbindung?«

»Ich weiß es nicht, Vicki. Es ist nicht mal sicher, dass er überhaupt etwas damit zu tun hat, aber wir müssen mehr über ihn herausbekommen.«

»Warum?«

»Bauchgefühl, und falls dir das nicht reicht: Weil Sten

Høeck diese Ausschnitte sorgfältig versteckt hat. Weil gestern ein Mann in seiner Wohnung war, und ich bin mir ziemlich sicher, dass er nach diesen Videos gesucht hat. Weil Per Larsen ein umfangreiches Archiv hatte, das noch nicht gefunden wurde. Und weil beide tot sind. Habt ihr den Code zu der Datei auf Pers Computer geknackt?«

»Nein, wir arbeiten noch daran.«

»Ich muss dich darüber informieren, dass man mir sehr deutlich zu verstehen gegeben hat, es werde meine Karriere bei der Polizei ruinieren, wenn ich versuche, mehr über den Kapelvej-Fall herauszukriegen. Staatsgeheimnisse – und ich bin überzeugt, der dritte Mann ist dieses Staatsgeheimnis oder zumindest ein Teil davon. Du solltest dir also gut überlegen, ob du weiter dabei bist. Es kann dich teuer zu stehen kommen.«

»Ich habe es mir überlegt. Ich bin dabei.«

Axels neues Wissen verschaffte ihm keinen größeren Spielraum für seine Mordermittlung. Er konnte die Personen, die mit dem Kapelvej-Fall zu tun hatten, nicht befragen, solange sie nicht an anderer Stelle in den Ermittlungen auftauchten. Aber er musste versuchen, den dritten Mann zu identifizieren. Also nahm er das Rad, fuhr nach Nørrebro und an der Wohnung im Kapelvej vorbei, deren Fassade wohl eine Million Mal im Fernsehen gezeigt worden war. Er sah die Straße hinauf und hinunter und dachte, es müsse unmöglich sein, in diesem Viertel einen Überwachungswagen zu stationieren, in Nørrebro, wo jedes Kind einen Bullen zehn Meter gegen den Wind riechen konnte. Aber er wusste auch, dass der PET bei groß angelegten Operationen mit Überwachung immer einen Wagen in unmittelbarer Nähe hatte, um eingreifen zu können, falls es notwendig sein sollte. Er schob das Rad um die Ecke und ging die Bangertsgade hinunter, wo, wie er dem Material des PET entnommen hatte, der Onkel der beiden Brüder und seine zwei Töchter wohnten. Er entdeckte den Gemüsehändler in der Griffenfeldsgade, die primär somalisches Territorium war, und betrat den mit Waren vollgestopften Laden. Der Onkel, Mohammad Lakhani, stand freundlich lächelnd hinter dem Verkaufstresen. Eine junge Frau schaute kurz durch den Vorhang zum Hinterzimmer, und Axel erkannte ihr Gesicht sofort wieder. Es war das Mädchen, das in der Wohnung sauber gemacht hatte. Er konnte sie nicht verhören, aber er hatte ein Foto des dritten Mannes ausgedruckt, das er ihr zeigen wollte. Zwar war auf keinem der Videos zu sehen, dass sie dem mysteriösen Anführer begegnet war, trotzdem war es einen Versuch wert. Er zog sich hinter ein Regal mit Gewürzen zurück und wartete. Nach ein paar Minuten kam sie aus dem Hinterzimmer und sagte etwas zu ihrem Vater. Als sie sich auf die Gewürzregale zubewegte, trat Axel mit einem Bund Kräuter in der Hand vor und fragte:

»Ist das Koriander?«

»Nein, das ist Minze«, sagte sie in fließendem Dänisch.

Dann legte er seinen Dienstausweis und das Bild des dritten Mannes vor sie auf eine Bananenkiste und fragte:

»Kennen Sie ihn?«

Sie warf einen Blick hinüber zu ihrem Vater, der gerade einen Kunden bediente, schaute dann auf das Bild und sah schließlich Axel an.

»Nein.«

»Sie haben ihn noch nie gesehen?«

Jetzt war die Aufmerksamkeit des Vaters geweckt. Er kam auf sie zu.

»Nein.«

»Auch nicht in der Wohnung im Kapelvej?«

Sie sah ihren Vater nervös an und sagte etwas auf Pakistanisch. Sein kundenfreundliches Lächeln machte skeptischer Wachsamkeit Platz.

»Was wollen Sie? Ich habe gestern doch schon alles gesagt, weder die al-Qaida noch die Islamische Befreiungsfront oder sonst irgendjemand hat Kontakt mit mir aufgenommen. Ich will einfach nur in Frieden leben.«

Axel hatte die Tochter im Auge behalten, die augenscheinlich etwas sagen wollte. Was war es? Hätte er es erfahren, wenn der Vater nicht dazugekommen wäre?

»Ich möchte niemanden in Verlegenheit bringen. Ich möchte nur mit Ihrer Tochter sprechen.«

»Worüber?«

»Darüber, ob sie diesen Mann kennt.«

Er zeigte auf den Ausdruck.

»Woher sollte sie ihn kennen? Sind Sie auch vom PET, wie die Männer, die gestern hier waren? Kommen Sie hierher, um auf unserem Leid herumzutrampeln, in unseren Wunden zu wühlen? Ist unser Verlust nicht schon groß genug? Lasst uns einfach in Ruhe!«

Axel hob die Hände zum Zeichen, dass er keinen Streit wollte. Seine Sprechzeit war offensichtlich abgelaufen. Auf dem Weg nach draußen fragte er sich, ob der Laden immer noch überwacht wurde – falls ja, hatte er ein Problem mehr.

Als er ins Präsidium zurückkehrte, fand er eine Nachricht von Vicki. Er entdeckte seine Kollegin in ihrem Büro.

»Es gibt etwas Neues. Zwei Frauen aus der Acht haben eine polizeiliche Vergangenheit, und eine von ihnen hat sogar einen Exmann, der wegen Körperverletzung und Nötigung gegen sie und ihren neuen Freund, der auch schon wieder ihr Ex ist, vorbestraft ist. Und jetzt rate mal, mit wem sie ins Bett gestiegen ist.«

»Also noch eine?«

»Wir haben diesen Exmann zum Verhör vorgeladen.«

Axel ging zurück in sein Büro, klickte sich ins Internet und googelte die Antiterroroperation im Kapelvej. Die Namen von Anwars und Shakirs Verteidigern hatte er schnell gefunden. Er rief an.

»Hans Poulsen.«

»Hier spricht Axel Steen von der Polizei Kopenhagen.«

»Wie kann ich Ihnen behilflich sein?«

»Ich habe eine Frage zu einem Fall, den Sie vor dreieinhalb Jahren übernommen haben. Die Terrorsache im Kapelvej.«

»Ja?«

»Das Beweismaterial bestand zum großen Teil aus den Überwachungsvideos aus der Wohnung. Wie viel davon haben Sie zu sehen bekommen?«

»Die Polizei hat uns einige Sequenzen zur Verfügung gestellt, die meine Kollegen und ich durchgesehen haben.«

»Und Sie haben nicht nachgehakt, um mehr zur Verfügung gestellt zu bekommen?«

»Nein, hätten wir das tun sollen? Es handelte sich immerhin um mehrere Tausend Stunden.«

»Ich sage nicht, dass Sie das hätten tun sollen, ich weiß ja nicht, wie Sie arbeiten, aber theoretisch hätte es doch sein können, dass auf den Bändern etwas zu sehen war, das Ihre Klienten entlastet hätte.«

»Ja, schon möglich, aber wir haben um keine weiteren Bänder gebeten. Auf dem, was man uns zur Verfügung gestellt hatte, gab es nichts, das unsere Klienten entlasten konnte.«

»Okay. Wie viele Menschen waren auf den Bändern zu sehen, die man Ihnen zur Verfügung gestellt hat?«

»In der Wohnung im Kapelvej?«

»Ja.«

»Nur meine Klienten.«

»Keine Frauen?«

»Nein.«

»Und auch keine anderen Männer?«

»Nein. Hätte dort jemand zu sehen sein müssen?«

»Das weiß ich nicht. Ich ermittle in einem Mordfall, und eine Person, die im Zusammenhang mit den Ermittlungen steht, behauptet, zeitweise sei ein dritter Mann in der Wohnung gewesen. Haben Ihre Klienten das ebenfalls behauptet?«

»Sie sind nicht mehr meine Klienten. Und nein, nicht dass ich wüsste.«

»Okay, danke.«

52

2011

Jens war Thomas von oben begegnet. Eigentlich hatte er ihn kaum gesehen, hatte nur zu Boden gestarrt, während er ihn grüßte und Antons Sachen zusammensuchte. Noch mehr als sonst, als sei es ihm peinlich. Aber Thomas hatte Jens angesehen, die ganze Zeit über, als würden sie sich kennen. Erst als er bemerkte, dass Emma ihn beobachtete, wandte er sich ab.

Mama war unterdessen in der Küche gewesen und hatte deshalb nichts davon mitbekommen. War er ein Freund von Jens? War er hier, um aufzupassen, dass Papa nicht wiederkam? Papa war der Grund dafür, dass Mama und Jens sich getrennt hatten, da war sie sicher. Und jetzt hatte Jens vielleicht einen Spion bei ihnen im Haus eingeschleust, der Papa im Auge behalten sollte. So etwas Ähnliches hatte sie mal in einem Buch gelesen.

Bevor Jens ging, schaute er in die Küche und sagte zu Mama, Thomas müsse eine Sicherheitsüberprüfung durchlaufen, wegen Jens' Arbeit.

»Jens, das ist doch lächerlich«, sagte sie.

»Ja, aber so sind nun mal die Regeln. Nur eine Formalität, es sei denn, er ist Terrorist.«

Bei den letzten Worten hatte er gelächelt, Mama aber nicht, und dann war er gegangen.

Emma hörte, wie Mama nach oben ging, an Thomas' Tür klopfte und ihm erzählte, er müsse sich einer Sicherheitsüberprüfung unterziehen. Mama klang, als sei ihr das Ganze ziemlich unangenehm. Aber Emma freute sich. Jetzt würde endlich herauskommen, dass er ein Schwindler war.

53

2011

Axel stieg auf sein Rad und fuhr über die Langebro. Er sah hinüber zum Bryggen und den Penthouses etwas weiter südlich. Als er Anfang der Neunziger nach Kopenhagen gekommen war, war der Bryggen noch ein raues Viertel gewesen, geprägt vom gleichen Lokalpatriotismus, wie man ihn in Nørrebro fand, Kneipen, Einzelhandelssterben und Schlangen auf den Fluren der Arbeits- und Sozialämter. Längst hatte es sich wie der Rest der Stadt in einen Vergnügungspark mit Hafenfront verwandelt, der im Sommerhalbjahr vierundzwanzig Stunden am Tag geöffnet hatte. Er fuhr die Njalsgade hinunter, vorbei an der Metro und der neuen Universität und fühlte sich erst einigermaßen wohl, als er das Obdachlosenheim Sundholm und einen Kiosk passierte, vor dem zwei Trunkenbolde mit lederbraunen und vom Alkohol aufgedunsenen Gesichtern darüber stritten, auf wen die nächste Runde ging. Nach der Dovregade erreichte er die Dyvekes Allé, und als er an der Kreuzung zum Englandsvej anhalten musste, beschlich ihn das Gefühl, beobachtet zu werden. Er sah sich um, konnte aber nichts Verdächtiges entdecken und schrieb es dem Mangel an Schlaf und dem hartnäckigen Kater zu, die ihn im einen Augenblick aufputschten und im nächsten in kaum zu ertragende Müdigkeit stürzten. Er lehnte das Rad gegen ein verrostetes Geländer und sah hinüber zu der hübschen alten Villa, die von einem wild wuchernden Garten umgeben war. Auf dem Weg zur Haustür musste er sich ein paarmal bücken, um keinen der Äste der Apfelbäume links und rechts des schmalen Pfads ins Gesicht zu bekommen.

Er klingelte, und leise Schritte stimmten ihn hoffnungsfroh, nun endlich Per Larsens Mutter kennenzulernen.

Es wurde geöffnet, und durch den Türspalt sah eine kleine Frau mit weißem Haar aus freundlichen grünen Augen zu ihm auf.

»Schon wieder die Polizei?«, fragte sie.

Axel lächelte.

»Ja, aber nicht die Polizei, die Ihnen gestern schon einen Besuch abgestattet hat.«

»Das wollen wir erst mal sehen«, sagte sie spitz, löste die Sicherheitskette und öffnete die Tür. Sie trug ein blaues Kleid, das an einen Morgenmantel erinnerte.

»Mein Name ist Axel Steen. Darf ich Ihnen mein Beileid aussprechen?«

»Ja, das dürfen Sie gerne«, sagte sie und ging vor ihm her durch das Haus, das staubig und säuerlich roch, als sei in den Fünfzigern das letzte Mal gelüftet worden.

Sie betraten ein Wohnzimmer, in dem überall Pflanzen standen, große Regale mit ledergebundenen Büchern, zerschlissene Perserteppiche auf dem Boden, der Geruch langstieliger Zigarillos in der Luft und ein kleines Porzellantablett mit Keksen auf einem weißen Damasttischdeckchen.

»Und was wollen *Sie?*«, fragte sie mit Betonung auf dem ›Sie‹.

»Ich stelle Ermittlungen wegen Pers Tod an. Wir sind nicht ganz sicher, dass er eines natürlichen Todes gestorben ist.«

»Nein«, sagte sie, und dann nichts mehr, und es überraschte Axel, der erwartet hatte, sie werde schockiert darüber sein, dass ihr Sohn nicht einfach nur gestorben, sondern möglicherweise einem Verbrechen zum Opfer gefallen war.

»Aber das haben Ihnen wohl schon die Kollegen vom PET erzählt.«

»Nein, haben sie nicht.«

Sie sah ihn an.

»Kenne ich Sie nicht irgendwoher?«

»Ich fürchte, wir hatten noch nicht das Vergnügen«, antwortete er.

»Nein«, sagte sie zögernd, während ihre Augen sein Gesicht absuchten, »aber vielleicht aus den Medien?«

»Ja, vielleicht, ich war in ein paar Fälle verwickelt, die ein wenig Aufmerksamkeit nach sich gezogen haben.«

»Dachte ich's doch.«

»Sie scheinen nicht sehr überrascht darüber zu sein, dass Ihr Sohn womöglich umgebracht wurde.«

»Nein, ich bin nicht überrascht, dass er tot ist. Er führte ja einen sehr ungesunden Lebenswandel, und er hatte häufig mit Dingen zu tun, die nicht ganz ungefährlich waren.«

»Woran denken Sie dabei?«

»Hören Sie, Herr Wachtmeister, ich habe mein ganzes Leben lang in der Versicherungsbranche gearbeitet, die letzten zehn Jahre als Direktorin, ich verstehe ein bisschen was von Risiken und Gefahren. Und wenn Sie sich mit Pers Leben beschäftigt haben, wovon ich ausgehe, dann wissen Sie, dass er einen großen Teil seiner Zeit Angelegenheiten widmete, in denen das System versagt hatte. Und ich rede hier nicht von Essen auf Rädern, obschon ich Ihnen versichern kann, dass dieses System laufend versagt. Ich rede von unserer Justiz, und es gibt kaum eine andere Institution in Dänemark, die so viel Macht auf sich vereinigt wie unsere Justiz, also ist es natürlich nicht ungefährlich, sich mit diesem System anzulegen. Obwohl ich nicht damit gerechnet habe, dass es ihn das Leben kosten könnte.«

»Was ist ›es‹?«

»Wie meinen?«

»Sie sagten ›es‹, dass ›es‹ ihn das Leben kosten könnte. Was meinen Sie mit ›es‹?«

»Wenn ich das wüsste. Die letzte Sache, an der er arbeitete, bevor sie ihn rausgeworfen haben, hat ihn sehr mitgenommen. Es wurden viele Fehler gemacht, Mutter, sagte er ein paarmal, aber mehr auch nicht. Er meinte, es sei besser, wenn ich nicht zu viel wisse, und in Anbetracht des Besuchs, den ich gestern bekommen habe, war das sicher eine kluge Entscheidung.«

»Haben die PET-Leute etwas mitgenommen?«

Sie lachte leise.

»Nun ja, besonders clever waren sie ja nicht gerade. Per hatte ein paar Kartons vorbereitet, für den Fall, dass sie kämen, Zeitungsausschnitte und Bücher mit Unterstreichungen, alles Mögliche, womit sie sich eine Weile beschäftigen konnten, ohne etwas Kompromittierendes zu finden. Ich weiß nicht, was es war, aber ich sollte ihnen sein Büro zeigen, wo die Kartons standen, und ihnen sagen, das sei sein Archiv.«

»Und haben sie sich damit zufriedengegeben?«

»Der Glatzkopf, der dabei war, schien nicht besonders glücklich. Ich glaube, ich weiß, wer er ist, und er war nicht gerade Pers Kragenweite. Dann war da noch eine ziemlich große Frau, freundlich, aber auch sie hatte Per wohl auf irgendeine Weise im Stich gelassen. Jens Jessen und Henriette Nielsen, wenn ich mich richtig erinnere. Sie begnügten sich mit den Kartons und einem schnellen Gang durchs Haus und einem Blick in Pers altes Zimmer.«

Axel lächelte. Der Moment war gekommen, den Durchbruch zu ihr zu versuchen. Normalerweise hätte er eine seiner Brandreden gehalten, aber die alte Dame war viel zu gewitzt, als dass sie sich von Worten überrumpeln ließ.

»Ich bin nicht hier um festzustellen, ob Per vertrauliches Material entwendet hat. Ich bin hier, um herauszufinden, warum er tot ist.«

»Na, das ist doch ganz ausgezeichnet.«

»Und damit mir das gelingen kann, ist es ganz entscheidend, dass Sie mir Zugang zu seinem privaten Archiv verschaffen, Frau Larsen.«

Sie sah ihn lange an.

»Ja, ich hatte schon so ein Gefühl, dass jemand wie Sie auftauchen würde. Oder lassen Sie es mich so sagen, ich hatte es gehofft. Ich habe denen nicht gezeigt, wo es ist, obwohl sie das Recht hatten, das ganze Haus auf den Kopf zu stellen.«

Wieder schaute sie ihn an, und es kam ihm vor, als könnten die blassen grünen Augen durch ihn hindurchsehen.

»Aber sagen Sie mir, Axel Steen, laufe ich nicht Gefahr, dass Ihre Kollegen von gestern herausfinden, dass ich sie … nun ja, ausgetrickst habe, wenn sie dahinterkommen, dass ich jemand anderem gegeben habe, wonach alle suchen?«

»Ich werde mein Bestes tun, dass genau das nicht passiert, aber das Risiko besteht natürlich. Aber ist es das nicht wert, wenn es darum geht, Pers Tod aufzuklären?«

Sie antwortete nicht, sondern stand auf und bat ihn, ihr zu folgen.

Im Flur des zweiten Stocks blieb sie stehen und deutete auf einen Holzgriff in der Decke.

»Wir müssen da hinauf«, sagte sie.

Axel stieg auf einen Stuhl und zog an dem Griff. Eine Luke mit einer hölzernen ausziehbaren Leiter öffnete sich. Er zog den Stahlstift, der die unterste Sprosse mit der Luke verband, heraus und ließ die Leiter langsam und ihrem eigenen Gewicht gehorchend nach unten gleiten, bis die unterste Sprosse den Boden des Flurs erreicht hatte.

»Soll ich alleine hinaufgehen oder begleiten Sie mich?«, fragte er.

»Alleine würden Sie niemals finden, wonach Sie suchen«, sagte sie und stieg vorsichtig nach oben.

Er folgte ihr, und sie betraten einen großen Speicher, warm und trocken. In den Sonnenstrahlen, die durch die trüben Dachfenster hereinfielen, tanzte der Staub. Überall standen Kisten und Kartons, alte Möbel, jede Menge Plunder, und an der Decke hingen reihenweise Modellflugzeuge. Axel sah sich nach einem Regal um, entdeckte aber keins, und schlagartig kam ihm der Gedanke, die Frau neben ihm könnte vielleicht nicht ganz bei Sinnen sein.

»Per war ziemlich introvertiert, sagte nur manchmal: ›Eines Tages werden sie kommen und alles mitnehmen wollen, was ich gesammelt habe. Du musst mir versprechen, dass sie das hier nicht bekommen‹.«

Sie schob sich an einer Kleiderstange vorbei, auf der alte Mäntel hingen, und drückte gegen die Wand dahinter. Eine zuvor praktisch unsichtbare Tür glitt zur Seite und offenbarte einen mit Regalen vollgestellten Raum. Bücher, Aktenordner, Schnellhefter, altmodische Archivschränke und Haufen vergilbter Zeitungsausschnitte. Mittendrin stand ein Tisch.

»Das hier war Pers Büro«, sagte sie. »Da haben Sie wohl ein paar Jahre zu tun, Herr Wachtmeister. Viel Vergnügen.«

Axel drehte sich zu ihr um.

»Einen Augenblick, ich habe noch ein paar Fragen. Wann haben Sie Per zum letzten Mal gesehen oder von ihm gehört?«

»Donnerstagmorgen vergangener Woche. Er rief an und sagte unser gemeinsames Abendessen ab, ein wichtiges Treffen sei ihm dazwischengekommen.«

»Hat er gesagt, mit wem er sich treffen wollte? Oder worum es ging?«

»Nein, aber er freute sich wie ein kleines Kind.«

»Okay. Gibt es hier einen Computer?«

»Ja, sicher.« Sie schloss die Tür und hob einen Stoffbeutel, der dahintergelegen hatte, vom Boden auf, nahm ein MacBook heraus und reichte es ihm.

Er stellte es auf den Schreibtisch und schaltete es ein.

»Kennen Sie das Passwort?«, fragte Axel und zeigte auf den Rechner.

»Aisha«, sagte sie. »Es bedeutet ›die, die lebt‹.«

Er meinte, in dem Material, das der PET zur Verfügung gestellt hatte, schon einmal auf den Namen gestoßen zu sein.

»Geben Sie gut darauf acht, Pers ganzes Leben steckt darin«, sagte sie.

Axel ging zu einem der Regale und überflog die Titel der Bücher. Fachliteratur über Terror, Spezialwörterbücher Arabisch, Urdu und Englisch standen in Reih und Glied. Seine Hand glitt über die Rücken, und am liebsten hätte er jedes einzelne herausgenommen und gespürt, es studiert und nachgesehen, ob Per Notizen gemacht hatte.

»Für wen tun Sie das?«, fragte sie unvermittelt, und er zuckte zusammen, hatte die Frau völlig vergessen.

Es war eine gute Frage, die nicht einfach zu beantworten war. Er wollte den Fall lösen, die Erklärung, die er immer und jedem gab, der fragte, Gerechtigkeit für die Opfer, die Schuldigen für ihre Taten zur Rechenschaft ziehen. Aber er spürte, dass dieser Fall mehr in sich barg als ein gewöhnlicher Mord, es war, als kämpfe er gegen etwas Größeres, das versuchte, ihn und seine Suche nach der Wahrheit zu zermalmen. Ob dieses Größere auch Per zermalmt hatte?

Sein Schweigen schien sie nicht zu irritieren.

»Tun Sie es für Per?« Ihre Augen waren feucht und die Stimme brüchig. »Er war ein guter Junge. Er ist nur zu weit rausgeschwommen, ins Tiefe, wo er nicht mehr stehen konnte. Er war so naiv, als er beim PET anfing, glaubte, es sei einfach, Gutes zu tun. Und dann wurde er zwischen all den faulen Kompromissen und goldenen Mittelwegen zerrieben.«

»Was wollte er mit all dem hier?«

»Er arbeitete an einem Buch über den Geheimdienst und die Justiz. Alles würde drinstehen, sagte er. Aber ich glaube, er hatte Angst, damit an die Öffentlichkeit zu gehen, solange ich noch lebte. Er fürchtete, der ganze Staub, den das Buch aufwirbeln würde, könnte mich umbringen. Jetzt ist es anders gekommen.«

Sie machte eine Pause und rieb mit der Schuhspitze über einen unsichtbaren Flecken im Teppich. Dann hob sie den Kopf und sagte:

»Werden Sie es tun?«

Axel antwortete nicht.

»Verstehen Sie, ich bin sehr traurig, weil mein Sohn tot ist. Aber ich bin noch trauriger, weil er nicht mehr tun konnte, was er sich vorgenommen hatte. Es gibt nichts Traurigeres, als dass man sein Leben nicht lebt und seine Talente nicht ausschöpft. Und Per hatte viele Talente, aber die falschen Leute machten sie sich zunutze. Er hatte Depressionen, ärztlich diagnostiziert, bekam Medikamente verschrieben, aber ich glaube, er trank stattdessen Rotwein. Er bekam nicht das Leben, das ich ihm gewünscht hätte, aber er glaubte daran, dass man Gutes tun sollte, er glaubte an die Wahrheit.«

»Ich werde tun, was ich kann«, sagte Axel.

Die Frau nickte, verließ den Raum, schloss die Tür hinter sich und war weg.

Axel blickte wieder auf das Regal. Eine Reihe französischer, deutscher und englischer Bücher über Geheimdienste, CIA, den elften September, Konspirationstheorien. Die nächste halbe Stunde blätterte er in Archivakten und Ordnern mit Dokumenten dänischer Behörden, des Justizministeriums, der Reichspolizei, des PET und Stellungnahmen verschiedener Ausschüsse für das Parlament. Zeitungsausschnitte und Anhörungsprotokolle über Gefangenentransporte der CIA im dänischen Luftraum füllten einen ganzen Regalmeter. Er setzte sich an den Computer, schob einen USB-Stick in die Schnittstelle und begann, die Festplatte zu kopieren. Sein Zeitgefühl verschwand, und er versank in Pers Bibliothek. Eine Stunde verwandelte sich in zwei, während er darauf wartete, dass der Kopiervorgang abgeschlossen wurde. Er rief Vicki an.

»Ich bin hier draußen bei Pers Mutter. Ich habe sein Archiv gefunden. Am besten, du kommst her.«

»Kannst du es nicht ins Präsidium bringen?«

»Dann müsste ich einen Lkw mieten. Es ist unfassbar. Er arbeitete an einem Buch über den PET und die CIA.«

»Okay. Ich bin die Überwachungsvideos durchgegangen, die du bei Sten Høeck gefunden hast. Es gibt immer noch eine Lücke, und zwar in der Aufnahme vom vorletzten Tag. Eine Stunde und dreizehn Minuten fehlen, um genau zu sein, und in dieser Zeit war der dritte Mann in der Wohnung.«

»Haben wir was übersehen?«

»Nein, ich habe alles noch mal gecheckt.«

»Dann muss es um das gehen, was sie rausgeschnitten haben.«

Der Kopiervorgang war jetzt beinahe abgeschlossen.

»Okay, ich komme. Wie ist die Adresse?«

Axel gab sie ihr, beendete das Gespräch und sah zu, wie der Balken sich langsam auf das Ende zubewegte. Es fehlte noch ein Prozent. Dann zog ein Geräusch seine Aufmerksamkeit auf sich, das die Idylle des Villenviertels mit seinem Vogelgezwitscher zerstörte. Bullige Motoren, über den Asphalt kreischende Reifen und quietschende Bremsen. Er trat an eines der Dachfenster. Was er sah, ließ ihn einen ungeduldigen Blick auf den Computer werfen. Noch eine Minute. Vier schwarze SUV mit Allradantrieb blockierten die komplette Straße, zwei die Bürgersteige und zwei die Fahrbahn. Türen wurden zugeschlagen, schwarz gekleidete Männer eilten durch den Garten. Mehr brauchte er nicht zu sehen. Der Gedanke war ihm gekommen, aber er hatte ihn als eine Ausgeburt des Katers und seiner Paranoia abgetan: Sie überwachten ihn. Und hörten sein Telefon ab.

In derselben Sekunde, in der die Kopie der Festplatte vollständig war, zog er den Stick ab und verließ das Archiv. Schloss die Tür sorgfältig und schob die Kleiderstange an ihren Platz. Er ging zu dem Dachfenster, das zum Garten hinter dem Haus zeigte, öffnete es und tastete mit den Fingern die angrenzenden Dachpfannen ab. Auf Zehenspitzen lugte er über die Kante hinunter zu den Fliederbüschen, sog die duftende Luft ein und beobachtete einen Moment lang die Schwalben am Himmel. Dann fand er eine lose sitzende Dachpfanne und schob den Stick darunter. Er schloss das Fenster, lief zu der Stiege und ging nach unten. Als sein Fuß den Boden des Flurs erreichte, bog der erste PETler um die Ecke zur Treppe. Die Stiege zum Speicher war entdeckt, aber das spielte keine Rolle, sie hatten ohnehin gehört, was er zu Vicki gesagt hatte. Er hätte also sowieso nicht leugnen können, dass er Pers Archiv gefunden hatte. Nur für die Mutter tat es ihm leid.

Der Mann, den er noch nie zuvor gesehen hatte, legte ihm eine Hand auf die Schulter und rief nach unten:

»Er ist hier oben.«

Axel schob die Hand des Mannes weg und sah ihn an.

»Wenn du mich noch einmal anrührst, ist es das Letzte, was du in deinem Leben tust.«

Er war frustriert und wütend. Darüber, abgehört und beschattet und von den eigenen Kollegen bei seinen Ermittlungen behindert zu werden. Darüber, dass er in dem Fall einfach nicht weiterkam. Es gab keinen Zweifel, dass Per etwas entdeckt hatte, das eine Bedrohung für den PET darstellte, und kurz davor gewesen war, damit an die Öffentlichkeit zu gehen. Aber zuallererst war Axel frustriert darüber, dass ihn das alles dem Mörder keinen Millimeter näherbrachte.

Dann hörte er aus dem Erdgeschoss eine Stimme, die ihm einen kalten Schauer über den Rücken jagte.

»Bringt ihn her«, drang der charakteristische, raue Kopenhagener Dialekt zu ihm herauf.

Er ging die Stufen hinunter, dicht gefolgt von dem PET-Mann.

Pers Mutter stand zwischen Henriette und einer Handvoll schwarz gekleideter Kollegen, die ihn ansahen.

»Axel Steen«, sagte sie, »ich dachte, wir hätten eine Abmachung, dass du dich aus diesem Teil der Ermittlungen raushältst.«

Sie sah schön aus, obwohl sie sich bemühte, kalte Professionalität auszustrahlen. War es wirklich erst vierundzwanzig Stunden her, dass sie sich geliebt hatten? Sein altes Leben war genau mit dieser Art Dramen und Konflikte gepflastert gewesen, aber er hatte geglaubt, es ändern und hinter sich lassen zu können, und diejenige, die ihm diesen Glauben gegeben hatte, war Henriette. Und jetzt stand sie hier. Er spürte den

Drang, sie zu packen und zu schütteln, heißer Zorn stieg in ihm auf und er fühlte sich verraten.

»Per ist tot, und ich will wissen, warum. Und wieso ihr hier herumtrampelt wie Elefanten im Porzellanladen.«

Henriette ignorierte ihn. Ihre steifen Bewegungen und der kalte Blick ihrer Augen ließen die letzten Reste von Begierde in seinem Körper verdampfen. Seine Wut steigerte sich, als sie sagte:

»Fangt an, das ganze Haus wird auf den Kopf gestellt.«

»Hier wird gar nichts auf den Kopf gestellt. Geht einfach nach oben auf den Speicher, da findet ihr, wonach ihr sucht. Und dann behandelt ihr eine ältere Dame, die gerade ihren Sohn verloren hat, mit etwas mehr Respekt, verstanden?«

»Du hast hier gar nichts zu sagen«, murrte Henriette, ohne ihn anzusehen.

Ein schwaches »Ähem« war neben ihr zu vernehmen.

»Ja?«, antwortete sie kühl und sah auf Per Larsens Mutter herunter.

»Ich würde dann doch gerne einen Durchsuchungsbeschluss sehen, bevor irgendjemand an meinen Sachen herumfingert. Soweit ich weiß, ist das in einem Rechtsstaat immer noch guter Brauch, nicht wahr?«

Henriette sah sie an, ohne eine Miene zu verziehen.

»Der wird nachgereicht. Das hier fällt unter ›Gefahr im Verzug‹. So wie ich die Sache sehe, besteht das Risiko, dass sich das, wonach wir suchen, ansonsten plötzlich in Luft auflösen könnte.«

»Frau Larsen, diese Menschen können Rechtsstaat nicht einmal buchstabieren. Ich entschuldige mich im Namen meiner Kollegen, denn selbst würden sie das niemals tun«, sagte Axel und sah dabei Henriette an.

»Fangt auf dem Speicher an«, wies Henriette ihre Leute an und drehte sich dann zu den beiden Bodybuilder-Typen hinter ihr um.

»Liam, du und Brian durchsucht Axel Steen und konfisziert alles, was er bei sich hat. Anschließend bringt ihr ihn nach Søborg.«

»Ihr seid doch verdammt noch mal krank im Kopf!«

Henriette ging die Treppe hinauf, ohne ein Wort zu sagen oder ihn auch nur anzusehen. Axel bemühte sich, seine Wut unter Kontrolle zu halten, niemand sollte ihm ansehen, wie er sich fühlte. Mit Liam und Brian hatte er früher schon zu tun gehabt, und er verspürte nicht die geringste Lust, ihnen die Chance zu geben, ihre Aggressionen an ihm auszulassen. Dazu waren sie zu groß und zu gut trainiert. Stumm fügte er sich der Leibesvisitation, bei der nichts anderes zum Vorschein kam als seine Dienstwaffe, Zigaretten, Schlüsselbund, Portemonnaie, Handy und etwas Kleingeld.

Es wurde ihm alles abgenommen. Als Liam ihm Plastikhandschellen anlegen wollte, packte Axel ihn am Arm.

»Das wird nicht passieren, hast du das verstanden?« Er sah ihm in die Augen. »Wir sind Kollegen. Ich habe kein Verbrechen begangen. Wenn du mir die Dinger anlegst, dann schwöre ich, dass du es bereuen wirst, und zwar den Rest deines Lebens.«

Liams Blick verriet ihm, dass der PET-Mann nur auf Widerstand von Axel wartete. Und dass man ihm die Plastikhandschellen anlegen würde, noch bevor er bis drei zählen konnte. Die beiden knallten ihn gegen die Wand und drehten ihm die Arme auf den Rücken. Liam lachte.

Sie packten ihn an den Oberarmen und führten ihn aus dem Haus und durch den Garten. Als sie auf die Straße kamen, sah er Vicki, die etwa zwanzig Meter entfernt auf dem Bürgersteig mit zwei schwarz gekleideten Männern diskutierte. Die beiden hinderten sie daran, weiter Richtung Villa zu gehen.

»Hände weg, ihr Vollidioten! Ihr bringt mich verdammt noch mal nirgendwohin.«

Dann bemerkte sie Axel und rief:

»Axel, was zum Teufel geht hier vor? Diese Arschlöcher wollen mich mitnehmen.«

Inzwischen standen überall Schaulustige herum, die zurückgehalten wurden. Ein Fotograf drückte wie wahnsinnig auf den Auslöser seiner Kamera, und Axel wandte das Gesicht ab und duckte sich.

»Schafft mich in dieses Scheißauto und deckt mich zu«, zischte er und dachte an Emma. Bekam sie Bilder von dem hier zu sehen, konnte das katastrophale Folgen haben. Sie stießen ihn auf den Rücksitz und warfen seine Jacke über ihn. Dann hörte er, wie die Vordertüren aufgingen, zwei Männer in den Wagen stiegen und die Türen wieder zufielen.

Am liebsten hätte er geschrien, so rasend machte ihn die Demütigung. Als sie ein Stück gefahren waren, richtete er sich auf und schüttelte die Jacke ab.

»Bin ich verhaftet?«, fragte er, während sie aus der Stadt herausfuhren.

Keiner seiner Begleiter zuckte auch nur mit der Wimper.

»Ich bin Polizist. Ihr könnt mich nicht verhaften, ohne mir den Grund zu nennen und mich über meine Rechte zu belehren. Wärt ihr also so freundlich, mir die Handschellen abzunehmen, den Wagen anzuhalten und mich aussteigen zu lassen?«

Liam sah seinen Kollegen an, der nur mit den Schultern

zuckte. Eine andere Reaktion war nicht auszumachen, und Axel ließ sich in den Sitz fallen und sah Kopenhagen hinter der Scheibe vorbeiziehen, während er versuchte, sich an den Gedanken zu gewöhnen, dass er einmal mehr auf sich allein gestellt war.

Er wurde in ein Büro gebracht, und Liam leistete ihm Gesellschaft, war aber nach wie vor wenig gesprächig. Axel nutzte die Zeit, um Revue passieren zu lassen, wo er mit seinen Ermittlungen stand. Zwei frühere PET-Mitarbeiter waren tot. Es gab eine schon länger zurückliegende Antiterroroperation, bei der es um einen dritten Mann gegangen war, den man in dem verfügbaren Material über den Einsatz ausradiert hatte. Konnte es sich um einen Undercoveragenten handeln? Oder war er ein Teil der Story über die CIA, die Per so umgetrieben hatte? War er an die Amerikaner ausgeliefert worden? Das konnte der Grund für Jens Jessens hysterische Geheimniskrämerei und das massive Eingreifen des PET sein, aber es erklärte nicht, warum Sten Høeck und Per Larsen umgebracht worden waren. Hatte man sie getötet, weil sie eine Zusammenarbeit mit der CIA jenseits von Recht und Gesetz aufdecken wollten? Wenn es so war, dann war er hier am falschen Ort. Dann saß er möglicherweise genau denen gegenüber, die für die Morde verantwortlich waren. Aber der Gedanke, der PET würde ehemalige Mitarbeiter auf diese Weise eliminieren, war zu absurd. Natürlich versuchten sie zu verhindern, dass Topsecret-Informationen über den Kapelvej-Fall an die Öffentlichkeit gelangten, das war keine Überraschung, besonders wenn zwei ihrer früheren Männer, die an der Operation beteiligt gewesen waren, plötzlich tot waren. Aber ihre Reaktion war so rigoros, dass etwas faul sein musste. Mehr als faul. Es musste einen Zusammenhang geben, aber im Moment hatte er nur Bruchstücke, die kein schlüssiges Bild ergaben, was die Morde anging.

Ihm fehlte ein Motiv.

54

2007

Sechzehn Stunden waren vergangen, seit Abu Bilal die Wohnung im Kapelvej betreten hatte. Er hatte sich über mögliche Fluchtwege ins Bild setzen lassen und den Hinterhof inspiziert, war aber ansonsten nicht vor die Tür gegangen. In der Nacht hatte er an einem Laptop mit Internetverbindung über ein Handy gearbeitet. Sie hatten nicht alles sehen können, was er schrieb, und sie hatten versucht, sich in das Handy zu hacken, aber ohne Erfolg. Per hatte Teile der Texte abfotografieren können, allerdings waren sie verschlüsselt und sie kannten den Code nicht. Dennoch wurde alles an Jens weitergeleitet, und Henriette hoffte, dass die Amerikaner etwas damit anfangen konnten. Am nächsten Morgen hatte Abu Bilal die Brüder angewiesen, die Wohnung zu verlassen, da er ein paar Dinge zu erledigen habe, bei denen er allein sein müsse. Shakir machte sich auf den Weg zur CBS, während Anwar das Wasserpfeifencafé in der Blågårdsgade aufsuchte.

»Du musst dein gewohntes Leben beibehalten«, hatte Abu Bilal zu Anwar gesagt. »Freunde besuchen, einen draufmachen wie in alten Zeiten, Bier trinken, Haschisch rauchen mit den alten Kameraden, keinerlei Abweichungen.«

Sten hatte vorgeschlagen, Khalid in die Wohnung zu schicken, um Abu Bilals Fingerabdrücke sicherzustellen, und wieder waren sie sich in die Haare geraten.

»Warum?«

»Das ist Feindesland da draußen, ein Weißer würde sofort auffallen.«

»Hast du keinen passenden Mann?«

»Ich habe einen mit tamilischen Eltern, aber er kann kein Wort Arabisch, und vielleicht wird es nötig sein. Khalid ist bekannt und kennt sich aus im Viertel, er ist unsere beste Möglichkeit.«

»Das gefällt mir nicht. Er ist dafür nicht ausgebildet.«

»Jetzt hör aber auf, Henriette, er sieht aus wie einer, der zum Frühstück kleine Kinder verspeist. Und er weiß sich zu helfen und zu verteidigen, wenn es sein muss. War er nicht mal Boxtrainer?«

»Ja, schon, aber unser Mann ist kein Boxer, sondern ein Mörder und Terrorist.«

»Gib dem Jungen eine Chance, Henriette, das würde ihm guttun. Er braucht das jetzt. Und man kann wohl davon ausgehen, dass er seinen Landsleuten immer noch ziemlich nahesteht. Jetzt kann er beweisen, dass er sich für die richtige Seite entschieden hat.«

»Er muss einen Scheiß beweisen, Sten.«

»Henriettööö! Entspann dich! Läuft da was zwischen euch beiden? Ich will ihm doch nur helfen.«

»Du bist ein beschissener Rassist, Sten.«

Jetzt saß sie mit ihm und Per in der Wohnung in der Peter Fabers Gade und beobachtete, wie Abu Bilal ein umfangreiches Trainingsprogramm absolvierte. Sit-ups, Rückenstrecker, Liegestütze auf den Fingern. Er war gerade bei achtundsechzig angekommen, als ihr Handy klingelte. Es war Khalid. Sie hatten sich geeinigt, dass sie ihn kontaktieren und fragen würde, ob er den Auftrag übernehmen wolle. Seit seinem Besuch in Søborg hatten sie nicht miteinander gesprochen. Sie hatte ununterbrochen gearbeitet, und sie wusste nicht, was sie zu dem sagen sollte, was im Hauptquartier vorgefallen war. Und der Rausch, bei dieser Topsecret-Operation zum inneren Zirkel zu gehören, hatte ihr Unbehagen über Khalids Begegnung mit Jens und die Demütigung ihres Agenten in den Hintergrund gerückt. Sie ging in die Küche und schloss die Tür hinter sich, um in Ruhe mit ihm sprechen zu können.

»Was ist los, Henriette? Ich habe lange nichts von dir gehört.«

»Wir sind gerade ganz schön busy. Ich kann nicht darüber sprechen.«

»Geht es um diesen Typen, den ich gesehen habe? Passiert etwas bei den Brüdern? Ich habe Anwar vorhin gesehen. Er hängt drüben am Blågårds Plads herum, mit ein paar von Moussas Jungs.«

»Können wir uns treffen?«

»Ja, natürlich. Heute?«

»Ja. Ich weiß, dass es in letzter Zeit etwas schwierig für dich war, aber wenn der Druck steigt, wird der Ton nun mal rauer. Ich würde gerne mit dir reden. Ich habe einen Auftrag für dich.«

Es wurde an die Tür geklopft.

»Nyhavn, heute Nachmittag. Ich muss jetzt Schluss machen. Ich schicke dir eine SMS.«

Per steckte den Kopf zur Tür herein.

»Du musst sofort kommen, Henriette. Wir haben ein Problem.«

55

2011

Die Tür ging auf, und Jens Jessen kam herein.

»Handschellen abnehmen, sofort, und dann raus hier«, herrschte er Liam an, der das Plastik durchschnitt und mit gesenktem Blick den Raum verließ.

»Hej Axel.«

Axel sagte nichts.

»Das hier ist nicht gut.« Jens Jessens Augen fixierten Axel.

»Das ist jetzt schon das zweite Mal, dass du das in Verbindung mit diesem Fall sagst, aber es ist das erste Mal in meiner Laufbahn als Ermittler, dass ich von meinen eigenen Leuten daran gehindert werde, meine Arbeit zu tun.«

»Sicher, aber das meinte ich nicht. Das hat im Gesamtzusammenhang nichts zu bedeuten. Es ist nicht gut, dass du so agierst, wie du agierst. Ich warne dich. Wir haben zwar einiges gemeinsam, aber du riskierst deinen Job, wenn wir uns nicht vertrauen können.«

»Jetzt hör mal zu, ich bin verantwortlich für die Ermittlungen im Mordfall Sten Høeck. Einen Tag nach seinem Tod rücken mir deine Juristen auf die Pelle und wir treffen eine Absprache über den weiteren Verlauf der Ermittlungen. Wieder einen Tag später finde ich Per Larsen tot auf, und dann werde ich von dem Teil der Ermittlungen, der mit der Vergangenheit beider Mordopfer beim PET zu tun hat, entbunden, wie ihr so schön sagt. Vertrauen sieht anders aus.«

»Das ist jetzt alles ganz egal, das kannst du dir für deinen Betriebsratsvertreter aufsparen, wenn du gefeuert wirst. Du hast Probleme am Hals, die weit ernster und schwerwiegender sind als alles, in das du dich bisher verrannt hast – und das will was heißen –, wenn du nicht auf das hörst und nicht das tust, was ich dir sage.«

»Der dritte Mann«, sagte Axel.

Jens Jessen starrte ihn an, kniff die Augen zusammen.

»Der dritte Mann?«, fragte er aggressiv.

»Ja, der dritte Mann in der Wohnung. Wer ist er?«

»Was weißt du von ihm?«

»Ich weiß, dass er da war.«

»Es gibt ihn nicht. Verstehst du, was ich sage? Er existiert nicht, und dabei wird es auch bleiben.«

»Und warum?«

»Weil es ihn nicht gibt.«

»Und du bist sicher, dass er nichts mit den Morden zu tun hat?«

»Hundertprozentig sicher. Es gibt ihn nicht. Das ist alles, was du wissen musst. Deine Kollegin Vicki Thomsen hat das übrigens begriffen und ihn bereits vergessen, wie sie mir eben versicherte. Du hast ihn auf Sten Høecks Kopien der Überwachungsvideos gesehen. Na schön, aber du wirst ihn aus deinem Gedächtnis streichen.«

»Was hat er getan?«

»Axel, der Bereich ist absolutes No-Go. Du bist nicht daran interessiert, mehr über ihn zu erfahren, glaub mir. Zu deinem eigenen Besten. Würde ich dich nicht persönlich kennen, könntest du jetzt schon eine Nummer beim Arbeitsamt ziehen. Wenn du auf diesem Kurs weitersegelst, ist das der direkte Weg zu einem Rausschmiss erster Klasse.«

»Ich bin keinen Kurs gesegelt, ich bin den Weg gegangen, den mir die Ermittlungen vorgegeben haben. Der Zusammenhang zwischen den beiden Mordopfern ist der Kapelvej-Fall.«

»Ja, das ist ein Zusammenhang, aber bist du dir sicher, dass es nicht noch andere gibt? Außerdem wissen wir nicht, ob Per ermordet wurde. Vielleicht hast du etwas übersehen.«

»Vielleicht, aber für meinen Geschmack gibt es in diesem Fall zu viele Vielleichts, Jens.«

»Ja, aber daran lässt sich nichts ändern. Ich hoffe, wir können dieses Gespräch jetzt beenden. Und ich hoffe, du hast die Botschaft verstanden. Genauso sehr hoffe ich, dass du den Mord an Sten Høeck aufklärst, immerhin läuft da draußen ein Mörder herum. Lös einfach diesen Fall, Axel.«

Als er das Büro verließ, übergab ihm Liam sein Handy, seine Schlüssel, sein Portemonnaie und das Kleingeld. Brian stand neben ihm, die Arme vor der Brust verschränkt.

»Ich halte immer mein Wort«, sagte er zu ihnen.

»Sag einfach wann und wo, und wir machen das unter uns aus, Mann gegen Mann.«

»Fickt euch, Max und Moritz. Ich bin sicher, ihr kennt ein paar gute Stellen draußen im Hareskoven, wo ihr euch ab und zu mit euren Nazifreunden trefft und wehrlose Einwanderer zusammenschlagt. Aber so einfach machen wir uns das nicht. Merkt euch meine Worte: Irgendwann, wenn ihr einmal vergesst, euch umzusehen, bin ich hinter euch, und dann werdet ihr bezahlen, mit Zins und Zinseszins, dafür, dass ihr einem Polizisten Handschellen angelegt und ihn vor Presse und Kollegen gedemütigt habt. Ich finde allein nach draußen.«

Erleichtert ging er den Flur entlang. Vicki musste ihnen erzählt haben, dass sie Sten Høecks Kopien der Überwachungsvideos gefunden hatten, also wussten sie nichts von dem

USB-Stick auf dem Dach, so viel stand fest, sonst wäre Jens darauf zu sprechen gekommen. Die Frage war allerdings, was er angesichts der Drohungen des PET-Chefs damit anfangen konnte. Und ob darauf etwas anderes zu finden war als das, was Sten Høeck am Boden einer leeren Cognacflasche versteckt hatte.

Nach ein paar Schritten fiel sein Blick durch eine halb offen stehende Tür.

Henriette saß vor einem Bildschirm, vertieft in das, was sie sah. Lautlos ging er weiter.

Er fuhr mit der S-Bahn zurück ins Stadtzentrum. Inzwischen war es sieben. Am Nørreport stieg er aus und ging hinüber zum Ørstedspark. Er setzte sich auf eine Bank in der Nähe des kleinen Aussichtsstegs, wo sie vor sieben Jahren eine Leiche aus dem Wasser gefischt hatten. Damals hatte er sich Finger und Seele an dem Fall verbrannt und seine Ehe mit Cecilie vor die Wand gefahren, aber er vermisste dieses Feuer.

Sein Handy spielte Dylan. Er nahm den Anruf an und hörte die Stimme seiner Tochter.

»Hej, Paps, ich vermisse dich.«

»Hej, Schatz, ich vermisse dich auch. Wie geht's dir?«

»Gut. Und dir? Bist du okay?«

»Ja, ich bin voll und ganz okay, Emma. Ich bin auf dem Weg von der Arbeit nach Hause. Ich freu mich schon, wenn wir uns in ein paar Tagen sehen.«

»Okay, Paps, mach's gut, ich muss jetzt ins Bett. Bis dann. Kuss, Kuss, Kuss.«

Er sah über das Wasser, das glatt und glänzend im Abendlicht lag und alles, was sich in ihm spiegelte, Seegras, Blüten,

Baumwipfel und den Himmel, in reinstem Kodachrome wiedergab. Dann rief er Sten Høecks Psychologin an.

»Sie sagten, es habe etwas gegeben, das Sten Høeck so sehr zusetzte, dass er zu Ihnen gekommen ist. Ging es dabei um etwas, das vor etwa dreieinhalb Jahren bei einem Einsatz passierte, als er an der Überwachung zweier junger Pakistaner in einer Wohnung in Nørrebro beteiligt war? Und dann kam ein dritter Mann dazu?«

»Ja, aber mehr kann ich dazu nicht sagen.«

»Bitte, hören Sie. Sten Høeck ist nicht der einzige Tote. Sein bester Freund und Kollege, der ebenfalls in die Sache verwickelt war, wurde inzwischen auch umgebracht, wir haben es mit einem Doppelmord zu tun. Ich suche nach dem Motiv, und ich bin ziemlich sicher, dass es in diesem Nørrebro-Einsatz zu finden ist. Wenn Sie etwas wissen, sagen Sie es mir bitte.«

»Hmm … Wenn das so ist … Er sagte, es sei etwas Fürchterliches geschehen, und er hätte es verhindern können. Aber er habe es nicht getan, weil es wichtigere Interessen gab. Und das quälte ihn.«

Mehr erfuhr er nicht. Es war jetzt schon neun, und die Abenddämmerung war bleich und milchig geworden. Er nahm die Metro bis zur Amagerbro und ging das letzte Stück zu Frau Larsens Villa in der Dyvekes Allé zu Fuß. Sie trug dasselbe blaue Kleid und sah sehr müde aus.

»Ich hoffe, die Kollegen haben nicht zu viel Schaden angerichtet«, sagte Axel.

»Sie haben sie hierhergeführt, nicht wahr?«, fragte sie.

»Sie sind wegen mir gekommen, sie haben mein Telefon abgehört.«

»Und sie dachten, ich würde einem gewöhnlichen Wachtmeister etwas geben, das ich ihnen vorenthalten hatte?«

»Vielleicht, aber ich glaube, so weit denken meine Kollegen nicht. Ich glaube, sie wollten mich einfach nur an der kurzen Leine halten. Und das hier war ein unerwarteter Bonus für sie.«

Es war gelogen. Er hatte schon das Gefühl gehabt, beschattet zu werden, als er zu Pers Mutter unterwegs gewesen war. Außerdem musste der PET ein Einsatzteam unter Henriettes Leitung in der Nähe gehabt haben, andernfalls wären sie nicht in der Lage gewesen, nach nur wenigen Minuten vor Ort zu sein. Waren sie ihm schon seit Tagen gefolgt? Seine Freundin, die er liebte? Es war einfach nur krank.

»Und was wollen Sie jetzt?«

»Ich habe eine Kopie der Festplatte von Pers PC gemacht, bevor sie kamen. Die möchte ich gerne holen.«

»Wenn sie oben auf dem Speicher war, dann wird daraus nichts. Sie haben alles ausgeräumt und mitgenommen.«

»Waren sie draußen auf dem Dach?«

»Nein.«

»Dann ist sie noch da.«

Als er den USB-Stick geholt hatte und das Haus verlassen wollte, ergriff sie seinen Arm. Er spürte den Druck der dünnen, knochigen Finger bis ins Mark.

»Sie halten Ihr Versprechen doch, oder?«

56

2011

Bewaffnet mit einem USB-Stick und Aufnahmen, die er nicht verwenden durfte, machte er sich auf den Heimweg. Festnahme, Leibesvisitation, Handschellen, von zwei PET-Gorillas gedemütigt und aus der Stadt eskortiert und von Jens Jessen zurechtgestutzt, diesem eiskalten Scheißkerl. Emma, die in ständiger Angst lebte, es könne ihm etwas zustoßen. Und Henriette, was war eigentlich mit ihr? Hatte er sich wirklich so sehr in ihr getäuscht? Die Beziehung mit ihr war ein Rettungsanker gewesen. Er konnte es nicht ertragen, allein zu sein, und dann war sie zu ihm gekommen, und er hatte geglaubt, er sei von seiner Sehnsucht erlöst, seinem Verlangen danach, zu jemandem zu gehören, mit jemandem zusammen zu sein, der ihn verstand, so wie er war. Und war sie nicht genau wie er? Kam nicht auch bei ihr der Job zuerst, vor allem anderen? Auch vor ihm? Vor ihren Gefühlen füreinander? Und reichte ihm das? Er wusste, dass es nicht genug war. Sie musste immer für ihn da sein, und das war man nicht, wenn man den verhaften ließ, den man liebte.

Er ging die Amagerbrogade hinauf. Was zum Henker tat er bloß auf Amager? Verglichen mit Nørrebro war die Insel wie eine Ambulanzklinik ohne Patienten. Amager war eine einzige beschissene Lüge, wie alles andere in seinem Leben, zumindest im Augenblick, sein Kampf gegen den Alkohol und die Drogen, seine Beziehung mit Henriette, seine positive Einstellung, Herrgott, es hing ihm alles zum Hals heraus, und nicht zuletzt dieses Viertel, das versuchte, Stadt zu spielen, dachte er, als er die ramponierte Hauptstraße entlangschlenderte. Amager war der krankhafte Traum, ein mittelgroßes dänisches Provinznest in der Hauptstadt zu eröffnen, das von einem Rocker namens Johnny und einem Provinzsheriff auf Kurs gehalten wurde, der wie Karl Stegger aussah. Hängeärsche in Jogginghosen, ein Baumarkt mit Frühstücksbuffet für neunundfünfzig Kronen am Samstag, auf Amager gab es genauso viele Sonnenstudios wie in Herning, und die Insel hatte den gleichen Minderwertigkeitskomplex gegenüber der Hauptstadt und beherbergte den gleichen selbstzufriedenen Nationalismus wie ein jütländisches Provinzkaff. Wie in aller Welt hatte er jemals glauben können, er könnte hier leben?

Er spazierte die Dovregade hinunter, aber anstatt nach oben in seine Wohnung zu gehen, stieg er auf sein Rad und fuhr Richtung Zentrum. Er fühlte sich wie befreit, als er die Wälle passierte und Christianshavn erreichte, den Marktplatz, ein 24-Stunden-Paradies für Grönländer, Säufer und Jugendliche, die nach Christiania wollten oder von dort kamen, Drogenrausch und Lust auf Gewalt im Blick. Er radelte weiter durch das Zentrum, den Tivoli der Gothersgade mit seinen Spelunken und Nachtclubs entlang, deren Angestellte auf der Straße standen, rauchten und auf die Angebote der Nacht warteten. Kongens Haves friedliche Idylle und dann endlich die Seen. Er stieg ab und schob das Rad über die Dronning Louises Bro. Blieb in der Mitte stehen, lehnte sich gegen die Brüstung aus Granit und zündete sich eine Zigarette an. Die Fenster im Søtorvspalæ schimmerten golden, und ein großer Mond hing tief, bleich und tropfend über dem Gelände des Stadtkrankenhauses.

Er sollte nicht hier sein, aber er konnte nirgendwo anders sein.

Er wandte sich Richtung Nørrebro und ging los. Die Kuppeln der Lampen schwebten über der Brücke wie das Versprechen einer magischen Nacht. Er ging an der Skulptur der jungen Liebenden und an der Würstchenbude am Beginn der Nørrebrogade vorbei, die vor ihm lag wie eine schwarze Ader des Lebens, ein brüllender Rausch aus Freude, Ausgelassenheit und Lust, all dem, was er vermisste.

Axel überquerte die Straße, betrat die Pontonbrücke vor der Kaffeebar und bestellte ein großes Bier vom Fass. Er suchte sich einen Liegestuhl und rückte ihn so zurecht, dass er das Leben auf dem Weg beobachten konnte, der an den Seen entlangführte. Leute radelten vorbei, das Geräusch von Laufschuhen auf dem Weg, Gruppen junger Menschen, ein Paar auf einer Bank, die Frau küsste den Mann, nahm sein Gesicht in ihre Hände und sah ihn aus weit geöffneten Augen voller Glück und Geilheit an. Hatte er auf Amager jemals ein Paar gesehen, das sich küsste?

Sein Glas war leer, und er bestellte noch ein Bier. Die kühle und klare Flüssigkeit weckte Lust auf mehr. Mehr Bier, lachen, küssen, tanzen, mehr Leben, als seine positive Einstellung ihm eingebracht hatte. Hatte er etwa nicht überlebt? War er etwa nicht ins Leben zurückgekehrt? Und sollte das etwa nicht gefeiert werden? Er trank aus und ging durch die Baggesensgade Richtung Blågårds-Viertel, das jahrelang sein Revier gewesen war. Wovor musste er hier schon Angst haben? Er bog nach rechts ab und steuerte die Bars am Ende der Blågårdsgade an, betrat die Harbo Bar und trank ein paar Bier, betrachtete die anderen Gäste, die alle mindestens fünfzehn Jahre jünger waren als er und seine Anwesenheit nicht mal zu bemerken schienen. Dann ging er über die Straße ins Props, hing an der Theke herum und lauschte einem Gespräch dreier junger, angetrunkener Kerle, Literaturstudenten, die sich über die ganzen miesen Krimis und schlechten Bestsellerromane ausließen, die den Buchmarkt überschwemmten. Die Dunkelheit brach herein, und er musste nach draußen auf die Nørrebrogade, ihre schmutzige Luft in seine Lungen saugen, ihren Puls spüren und in ihrem Meer aus Lichtern versinken. Leben und Licht.

Allmählich setzte die Wirkung des Alkohols ein, und er war glücklich. Hier gehörte er hin. Hier konnte er leben, Drohungen hin oder her. Er ging die Straße hinauf und landete in der Ølbar, ließ sich mit einem großen Bier und einem Whisky auf einem der Barhocker am Fenster nieder, verfolgte das ruhige Kommen und Gehen auf der Elmegade und vergaß sich selbst. Er war hier, und er war nicht hier. So war er. Er konnte nicht anders. Er war ein Beobachter, der die stickige Wut der Stadt in sich aufnahm, ihren täglichen Kampf, sich selbst zu überleben, den ständigen Strom aus Menschen, überallhin unterwegs, ihren Überfluss aus Geilheit und begrabenen Träumen, Leben und Tod, Vergessen und Freude.

Er versank in seinen Erinnerungen an Cecilie und ihre ersten Jahre und fragte sich, ob er aufgehört hatte, sie zu lieben. Schließlich hatten sie es nicht geschafft. Hatte er schon vor langer Zeit damit aufgehört, und war das, wonach er sich sehnte, nur ein schwaches Abbild ihrer verlorenen Liebe? Er sah sie vor sich, wie sie ihn eines Abends in seiner Wohnung in der Nørrebrogade besucht hatte, während der Unruhen um das Jugendzentrum vor vier Jahren, als sie noch mit Jens zusammen gewesen war. Wie sie ihre Bluse aufgeknöpft und ihn dabei angesehen hatte, ihr leichtes Schielen, die bernsteinfarbenen Sprenkel in ihren Augen, die leuchteten vor Schmerz und Begierde, Wahnsinn und Verlangen. Etwas unergründlich Verletzliches hatte in ihrem Blick gelegen, das nicht zu ihr zu passen schien, zu ihrer Tatkraft, ihrer Entschlossenheit, ihrer Fähigkeit, Entscheidungen zu treffen und sich aus allem herauszureden, aber es war der Blick gewesen, für den er gelebt und geatmet hatte. Was machte das aus ihm? War er krank, weil es das war, wonach er sich sehnte, und nicht nach all den Dingen, die gut für ihn waren? Er spulte den Rest der Sequenz ab, wie er es schon Hunderte Male zuvor getan hatte, sah, wie sie nach hinten griff und den Verschluss ihres BH aufhakte, sah ihre Brüste, das zarte Lächeln auf ihren Lippen, als sie ihn stöhnen hörte. Dann schob sie die Daumen unter das Gummi ihres Slips, beugte sich vor und ließ ihn nach unten gleiten, bis er auf dem Boden lag und sie heraustrat. Nackt stand sie vor ihm und sah ihn an, während er versuchte, sich aus seinen Sachen zu befreien. Er bestellte noch ein Bier und dachte an Henriette, die so anders als Cecilie war. Die Ruhe, die er erlebt hatte, als er das erste Mal mit ihr schlief. Weil sie beinahe so groß war wie er, war es ihm vorgekommen, als gebe er sich ihr genauso sehr hin wie sie sich ihm, das Gefühl, sie erobern, sie unbedingt befriedigen zu müssen, war weg. Sie war so unkompliziert, hatte er gedacht. Er konnte ihr alles erzählen, und sie wurde nicht wütend, sie wurde nicht eifersüchtig, auch wenn sie Cecilie nicht gerade ins Herz geschlossen hatte. Er hatte sich auf sie verlassen können, hatte nicht jedes Mal einen Finger in die Luft halten müssen, um zu erahnen, ob das Barometer vielleicht gerade auf Sturm stand. Und jetzt das. Dieses Gefühl, dass alles gleichgültig war, dass sie bereit war, ihre zerbrechliche Beziehung wegzuwerfen, ohne mit der Wimper zu zucken, für ihren Fall. Das letzte Mal, als sie sich geliebt hatten, war es rein und einfach gewesen. Er wollte Nähe, wollte sie spüren, ihr nahe sein, aber war das überhaupt möglich? Hatte die Wirklichkeit sie nicht auseinandergerissen, noch bevor der Schweiß auf seiner Haut erkaltet und getrocknet war?

Er verließ die Ølbar und trat auf die Nørrebrogade. Die schrille Sirene eines Krankenwagens, die Busse, die unzähligen roten Bremslichter versetzten ihn in einen tranceartigen Zustand, und er ging los, ohne zu wissen wohin. Einer Eingebung folgend hielt er ein Taxi an und ließ sich in den Jagtvej fahren, wo Henriette wohnte. Er würde mit ihr reden, ihr sagen, dass sie einander festhalten mussten. Er ließ sich auf den Rücksitz und in die kühle Umarmung des Kunstleders sinken. Tue ich das, weil ich betrunken bin, will ich mich deshalb mit der Welt versöhnen, fragte er sich. Dann bezahlte er und stand plötzlich auf der Straße vor ihrem Haus, erleichtert darüber, dass er etwas tat. Auf sein Klingeln öffnete niemand, und er fuhr mit der Hand über sämtliche Kontakte der Haussprechanlage. Ein mehrstimmiges »Ja?« und »Hallo?« erhob sich, und gleichzeitig ertönte das Summen des Türöffners. Er stolperte ins Haus und eilte die Treppe hinauf bis in den vierten Stock, wo er an ihre Tür klopfte. Sie musste da sein. Er klopfte lauter, hämmerte, rief ihren Namen, wieder und wieder, bis die Tür zur Nachbarwohnung aufging und ein Mann mittleren Alters im Unterhemd erschien, der ihn besorgt musterte.

»Verzieh dich«, fauchte Axel. Der Mann sah ihm ins Gesicht und leistete der Aufforderung umgehend Folge. Wo zum Teufel steckte sie? War sie bei Khalid?

Er ging wieder nach unten auf die Straße, winkte ein Taxi heran und ließ sich zur Ecke Åboulevarden/Blågårdsgade bringen. Unterwegs rief er den Kontakt ›Khalid‹ in seinem Handy auf. Er wohnte im Murergården, einem sozialen Wohnungsbau in der Korsgade. Axel bezahlte, stieg aus und entdeckte den Namen auf einem der Schildchen der Gegensprechanlage. Als eine Frau das Gebäude verließ, huschte er, ohne zu klingeln, hinein. Schnell stieg er die Stufen hinauf, spürte keinerlei Beschwerden im Bein, fühlte sich stark und bereit, die Dinge mit Khalid ein für alle Mal zu klären. Musik und murmelnde Stimmen drangen aus der Wohnung auf den Flur. Plötzlich wurde er nervös. War Henriette tatsächlich hier? Hielten sie ihn zum Narren?

Er hämmerte gegen die Tür, starrte auf den Spion und meinte zu hören, dass jetzt jemand direkt dahinter stand. Wieder hämmerte er gegen die Tür.

»Khalid, machen Sie auf, verdammt noch mal!«, rief er.

Die Tür wurde aufgerissen, und eine Frau mit Kopftuch und Kind auf dem Arm erschien. Axels Wut und Paranoia versanken in einem Sumpf aus alkoholumnebelter Restwürde.

»Was wollen Sie?«, fragte sie. Dunkler Zorn blitzte in ihren Augen. »Warum zum Teufel schlagen Sie uns fast die Tür ein? Wissen Sie nicht, wie spät es ist?«

»Entschuldigen Sie bitte. Ich möchte mit Khalid sprechen. Ist er da?«

»Was wollen Sie von ihm?«

»Ich bin ein Arbeitskollege. Aber wenn es gerade ein schlechter Zeitpunkt ist, kann ich ein anderes Mal …«

»Schlechter Zeitpunkt«, murmelte sie kopfschüttelnd, schob die Tür bis auf einen schmalen Spalt zu, hängte die Sicherheitskette ein und verschwand in der Wohnung. »Khalid, du hast Besuch!«, hörte Axel sie rufen.

Kurz darauf erschien Khalid im Türspalt und sah ihn verwirrt an.

»Axel, was machen Sie denn hier?« Ein forschender Blick, gefolgt von einem Lächeln. »Sind Sie betrunken?«

Axel breitete die Arme aus. »Ich will reden.«

Besorgt schaute Khalid über die Schulter nach hinten und hakte die Sicherheitskette auf.

»Ja, aber kommen Sie erst mal rein.«

Er verschwand in der Wohnung, die überraschend groß war, und Axel hörte, dass er mit der Frau sprach.

»Wer ist dieses besoffene Schwein, Khalid? Ich habe ihn schon mal irgendwo gesehen.«

»Wir arbeiten zusammen. Entspann dich, Zafir.«

»Ihr arbeitet zusammen? Das ist doch ein Bulle.«

»Ja, er hat mich gefragt, ob ich ihm bei ein paar Dingen mit seinem Computer helfen kann.«

Sie wechselten die Sprache, und Axel wurde Ohrenzeuge eines hitzigen Wortgefechts, verstand aber nur einzelne Brocken wie ›Betriebssystem‹, ›Daten‹, ›Scheißbullenschwein‹, ›ich will ihn nicht hierhaben‹ und ›Trouble‹. Khalid hob die Stimme, und ein Kind fing an zu weinen. Axel wollte gehen, er hatte einen Fehler gemacht, der Alkohol hatte ihm die Sinne verwirrt. Dann hörte er ein Murmeln, und Khalid erschien wieder. Jetzt trug er eine Jacke.

»Hier ist es gerade nicht so günstig. Lassen Sie uns woandershin gehen.«

Auf dem Weg die Treppe hinunter blieb Khalid stehen.

»Besser, wir fahren. Ich will nicht auf der Straße mit Ihnen gesehen werden. Ich dachte, Sie kämen nicht mehr nach Nørrebro.«

»Ich gehe, wohin es mir verdammt noch mal passt.«

»Ganz ruhig, Bullenschwein«, sagte Khalid.

»Der Letzte, der Bullenschwein zu mir gesagt hat, ist tot.«

Khalid hob die Augenbrauen, als brauche es einiges mehr, um ihn zu schockieren. Er öffnete die Haustür und spähte nach beiden Seiten.

»Kommen Sie.«

Mit schnellen Schritten ging er hinüber zu einem alten Toyota Corolla und schloss auf.

»Jetzt machen Sie schon, Mann!«

Axel stieg ein, und Khalid startete den Wagen und fuhr los.

»Was zur Hölle ist denn bloß in Sie gefahren?«

»Was meinen Sie? Ich statte Ihnen doch nur einen kleinen Besuch ab.«

»Sie tauchen hier in meinem Viertel auf und hämmern an meine Tür. Sie sind total besoffen. Glauben Sie etwa, ich hätte nicht sowieso schon genug Probleme?«

»Vielleicht. Ich wusste ja gar nicht, dass Sie für die IT-Abteilung der Polizei unseres schönen Königreichs arbeiten.«

Khalid schoss über eine gelbe Ampel auf den Åboulevarden und sah Axel mit einer Mischung aus Wut und Belustigung an.

»Sie sind ja so verdammt clever. Ich arbeite für die Reichspolizei, so viel wissen meine Leute. Und es ist ja noch nicht mal gelogen. Niemand weiß, dass ich beim PET bin, nur Zafir hat einen Verdacht. Und den haben Sie mit Ihrem Auftauchen nicht unbedingt entkräftet.«

»Ich wusste nicht, dass Sie Frau und Kind haben.«

Khalid lachte.

»Zafir ist meine Schwester. Das Kind ist ihr Sohn.«

»Sie wohnen mit Ihrer Schwester zusammen?«

»Und meiner Mutter.«

»Und was ist mit dem Mann Ihrer Schwester?«

»Er sitzt. Deshalb ist sie auf Bullen auch gerade nicht besonders gut zu sprechen. Verstehen Sie, was ich sage?«

»Ja ja, schon gut. Parken Sie am besten da vorne«, sagte er. Sie waren jetzt auf der Øster Farimagsgade, und Axel hatte Lust auf mehr Bier. »Da unten beim Park gibt's eine Bar. Da haben wir unsere Ruhe.«

»Die ist doch längst geschlossen. Es ist nach zwölf.« Khalid sah ihn an. »Was wollen Sie eigentlich von mir?«

»Ich will herausfinden, was mit Ihnen nicht stimmt. Warum Sie beim kleinsten Gegenwind gleich so dünnhäutig reagieren. Mir weht andauernd der Wind ins Gesicht.« Axel sagte es ohne einen Hauch von Aggression in der Stimme. »Das ist alles.«

Aber es war gelogen. Wie er von Sten Høecks Nachbarin erfahren hatte, war Khalid zusammen mit Per in Stens Wohnung gewesen, und er wollte wissen, was der PET-Mann mit der Kapelvej-Operation zu tun gehabt hatte. Und er wollte wissen, was zwischen ihm und Henriette lief. Oder wollte er eigentlich *nur* das wissen? Er war durcheinander, und die Energie, die ihn vor ein paar Minuten noch beflügelt hatte, war auf ein Minimum zusammengeschrumpft.

»Ich bin genauso daran interessiert, den Fall zu lösen, wie Sie es sind, aber man lässt mir nun mal keine freie Hand.«

»Kann Henriette nicht helfen? Sie ist doch Ihr Schutzengel, oder?«

»Ist *das* Ihr Problem, Axel? Sie sind so leicht zu durchschauen. Ich will keine Probleme, weder mit Ihnen noch mit sonst jemandem.«

»Man kann seinen Job nicht ordentlich machen, ohne Probleme zu bekommen, Khalid.«

»Sie wissen einen Scheiß über meine Probleme. Ich habe ganz andere Probleme als Sie. Es ist nichts zwischen mir und Henriette, und es ist auch nie etwas gewesen. Bei einem Undercover-Einsatz war sie meine Chefin, und sie ist mein Führungsoffizier, da kennt man sich nun mal ganz gut.«

Sie waren über die Farimagsgade bis nach Østerbro gekommen, und Khalid parkte den Wagen vor Kruts Karport.

»Nein, Sie bleiben sitzen, ich hole uns etwas zu trinken, und dann halten wir irgendwo, wo wir in Ruhe reden können.«

Axel hoffte auf mehr Bier, aber als Khalid zwei Minuten später wieder erschien, hatte er nur zwei große Pappbecher Kaffee bei sich. Sie fuhren in die Stockholmsgade und parkten bei der Østre Anlæg. Axel kurbelte die Seitenscheibe herunter und steckte sich eine Zigarette an. In den Baumkronen hörte er das trockene Flüstern des Windes. Eine Weile saßen sie nur da und nippten an der brühend heißen Flüssigkeit. Der Kaffee machte ihn hungrig. Er spürte immer noch den Alkohol im Blut.

»Sind Sie religiös?«

»Nein.«

»Aber Ihre Schwester trägt Kopftuch.«

»Ein Kopftuch hat nichts mit Religiosität zu tun. Es ist ein Statement, aber das begreift ihr einfach nicht. Und *sie* begreifen nicht, dass ihr eine unterdrückte Frau seht, die häuslicher Gewalt ausgesetzt ist, sobald ihr ein Kopftuch seht.«

»Ihr und sie, niemals wir. Wo gehören Sie eigentlich hin?«

»Ich gehöre hierher, nach Dänemark, aber ich bin Palästinenser und verbinde auch sehr viel damit. Ich versuche nur, mein Leben zu leben, ohne als das eine oder das andere abgestempelt zu werden.«

»Dann haben Sie sich aber einen ziemlich sonderbaren Job ausgesucht.«

»Wie meinen Sie das?«

»Führen Sie nicht ein Doppelleben? Seit – wie lange jetzt schon? – acht Jahren? So lange sind Sie doch schon beim PET, oder? Und, hat man Sie da draußen im Führerbunker inzwischen akzeptiert? Ich würde drauf wetten, dass dem nicht so ist.«

»Worauf wollen Sie hinaus? Mache ich Ihnen eine Freude, wenn ich sage, Sie haben recht? Dass Sie alles durchschaut haben und wissen, wie schwierig es ist? Dass vor zwei Jahren jemand diese gezeichneten Schweinereien über den Propheten aus der *Jyllands Posten* an meinen Spind geklebt hat? Oder dass ein paar der Gorillas da draußen meinen, mein Vorname klinge so, als ziehe man einen ordentlichen Klumpen Schleim aus dem Hals hoch und rotze anschließend auf den Bürgersteig? Dass es immer sie und wir sind, und dass ich nirgendwo hingehöre? Dass ich der weiße Neger bin? Der Quoten-Kanake? Wollen Sie das von mir hören?«

»Nein, ich kann mir durchaus vorstellen, dass es nicht einfach ist, für den PET zu arbeiten, wenn die eigenen Landsleute eines der Hauptziele sind.«

»Das können Sie sich ganz und gar nicht vorstellen, Axel. Na schön, meine Schwester hat Sie ein besoffenes Schwein genannt, aber Sie sind ein glückliches Schwein. Niemand wirft Ihnen Knüppel zwischen die Beine, nur weil Sie aus Århus sind. Das interessiert überhaupt niemanden.«

Axel sagte nichts.

»Sehen Sie, ich habe Jugendliche in einem Boxklub trainiert, fünfzehn Jahre lang. Mit Ihnen würde ich in zehn Sekunden fertig werden. Ich spreche Arabisch, Englisch, Urdu, Türkisch und Dänisch. Ich finde mich in jedem Milieu zurecht und kann Vertrauen aufbauen. Ich hatte ein Netz von dreißig Informanten in unterschiedlichen religiösen Kreisen aufgebaut, bevor Jens Jessen auf mich aufmerksam wurde. Und ich bin nichts. Ich habe keinen Titel, keine Dienstwaffe, nicht mal einen Dienstausweis, obwohl ich Gott weiß wie viele beschissene Kurse auf der Polizeischule belegt habe. Und dann bekomme ich die Chance, bei einem Fall dabei zu sein, einem wichtigen Fall, und ich soll mit Axel Steen zusammenarbeiten, dem berühmten Axel Steen. Also habe ich mich darauf eingestellt. Ich wusste ja, dass Sie nicht ganz normal sind. Das sagen alle. Und es ist verdammt noch mal nicht einfach, mit Ihnen umzugehen.«

»Wir hatten wirklich keinen besonders guten Start, Khalid.«

»Ja, aber vergessen wir's einfach. Das ist ja jetzt ganz egal. Ich habe sowieso nichts mehr mit dem Fall zu tun.«

Allmählich wurde Axel etwas klarer im Kopf.

»Welche Rolle haben Sie in der Kapelvej-Sache gespielt?«

»Ich sollte nicht darüber sprechen. Sie sind mit Henriette zusammen. Sie kennen Jens. Wenn Sie wüssten, was für ein Regime das da draußen in Søborg ist. Die Stasi war ein Pfadfinderlager verglichen mit der Stimmung beim PET. Alle haben Angst, und die Wände haben Ohren.«

»Aber was war Ihre Aufgabe, als Sie damals für Henriette gearbeitet haben?«

»Kann ich Ihnen vertrauen?«

»Hundertzehnprozentig. Wenn Sie mir allerdings etwas erzählen, das für die Aufklärung des Falls von Bedeutung ist, dann kann es keine Verschwiegenheit geben.«

»Während der Operation war ich verdeckt in der Szene unterwegs. Ich war dicht an den beiden Brüdern dran. Und an ihrem Onkel.«

»Warum ist diese ganze Sache so … mysteriös?«

»Ich stand am unteren Ende der Hierarchie, deshalb weiß ich nicht, was damals passiert ist. Nur der inner circle hatte den großen Überblick.«

»Was können Sie mir über den Onkel sagen?«

»Er ist in Ordnung. Er ist kein Extremist.«

»Und was ist mit der Tochter? Ich habe sie im Laden gesehen.«

»Was reden Sie da? Aisha ist tot.«

»Was? Aber ich …«

»Das muss ihre kleine Schwester gewesen sein, die Sie gesehen haben. Aisha ist gestorben, nachdem die Kapelvej-Sache abgeschlossen war. Drei Wochen später, ein Thrombus im Herz.«

»Aber sie war doch noch jung?«

»Ja, sicher, neunzehn, es war ganz fürchterlich für die Familie. Ich kannte sie. Eine Zeit lang ist sie auch zum Boxen gekommen.«

»In den Boxklub? Ein muslimisches Mädchen mit Kopftuch?«

»Jetzt hören Sie schon auf, Sie dämlicher Däne. Haben Sie nicht gesagt, Sie kennen eine ganze Menge Einwanderer? Oder sind das etwa nur Schweden und Norweger? Ja, ich hatte eine Gruppe für Mädchen, und sie war dabei. Ihrem Vater hat sie gesagt, sie ginge ins Schulcafé, um mit den anderen Mädchen Hausaufgaben zu machen. Sie war einfach fantastisch. Sehr aufgeschlossen. Sie kannte auch sämtliche der Jungs unten am Blågårds Plads, sogar Moussa akzeptierte sie.«

»Wie war ihr Verhältnis zu Anwar und Shakir?«

»Gut, soweit ich weiß, bis Allah die beiden am Arsch gekriegt und ihnen weisgemacht hat, sie seien sein Schwert im Kampf gegen die Ungläubigen, und sie zu irgendeinem kranken Selbstmordattentat angestiftet hat.«

»Warum hat sie in der Wohnung im Kapelvej sauber gemacht?«

»Weil ihr Vater es ihr gesagt hat. Alle in der Familie dachten, die beiden Jungs hätten eine große Zukunft vor sich. Schließlich waren sie an der Uni und an der CBS eingeschrieben. Sie waren die Hoffnungsträger der Familie und mussten unterstützt werden.«

»Und was ist mit der Tochter passiert?«

»Ich weiß es nicht. Sie ist gestorben, einfach so. Eine Zeit lang gab es Gerüchte, sie habe sich in einen dänischen Mann verliebt.«

»Wer war dieser Mann?«

»Das habe ich nie herausgefunden.« Er sah Axel forschend an. »Wonach suchen Sie eigentlich?«

»Nach einer Antwort auf die Frage, warum Sten und Per tot sind.«

»Ja, das ist mir schon klar, aber was für eine Rolle spielt das Ganze in dem Zusammenhang?«

»Vielleicht gar keine, aber die Kapelvej-Operation war so wichtig für die Mordopfer, dass sie Kopien der Überwachungsvideos gemacht und sich große Mühe gegeben haben, sie gut zu verstecken.«

»Sie wissen etwas und sagen es mir nicht.«

Ja, dachte Axel, ich weiß zum Beispiel, dass du mir nicht die Wahrheit gesagt hast, was deinen Kontakt zu den beiden Toten angeht. Aber dazu wirst du bald Gelegenheit haben.

»Ja, aber Sie werden es bald erfahren.«

»Wissen Sie, was passiert ist?« Khalid sah ihn mit sorgenvoller Miene an.

»Nein. Aber so langsam habe ich eine Ahnung.«

Als er nach Hause kam, fühlte er sich wie erschlagen und sein Körper schmerzte beinahe überall. Er ging ins Bett, ohne seine Übungen zu machen, ohne noch ein Bier zu trinken, ohne sich auszuziehen. Stellte den Wecker auf vier und schlief ein. Als er aufwachte, starrte er eine Weile in die Dunkelheit. Dann zündete er sich eine Zigarette an und begann, die Dateien mit den Überwachungsvideos von Pers Harddisk auf seinen Rechner zu überspielen. Es waren die gleichen Filme, die er in Sten Høecks Wohnung gefunden hatte. Er öffnete die Mail, die Vicki ihm geschickt und in der sie ihm den Zeitraum mitgeteilt hatte, der in dem Mitschnitt vom vorletzten Tag fehlte. Er öffnete die entsprechende Datei, klickte auf Vollbild und schob den Cursor auf 15.43 Uhr. Es vergingen fünf Minuten, bis er wusste, was in der Wohnung geschehen und dass es grauenvoll war. Und für wen es grauenvoll gewesen war. Als er den Film ein zweites Mal ansah, musste er sich übergeben.

57

2007

Sie beendete das Gespräch mit Khalid und folgte Per.

»Was ist los?«

»Das Mädchen ist gekommen. Aisha. Um sauber zu machen«, sagte Per.

Verzweifelt ließ Henriette den Blick über die Bildschirme wandern, hörte ein Wimmern, bevor sie sie entdeckte. Abu Bilal hatte sie in sein Zimmer gezerrt. Jetzt stand er hinter ihr und drückte ihr ein Messer an die Kehle. Ihr Kopftuch lag auf dem Boden.

»Was tun wir?«, fragte Per. Seine Stimme zitterte vor Anspannung.

»Wir bewahren die Ruhe«, sagte sie.

»Das sieht nicht gut aus, Henriette. Das sieht gar nicht gut aus.«

»Halt den Mund.«

Abu Bilals Fragen prasselten auf das Mädchen ein, das antwortete, so gut es konnte, schluchzend vor Angst.

»Was sagt er?«

Per schniefte.

»Er fragt sie, wer sie ist und was sie hier tut. Sie sagt, Anwar und Shakir seien ihre Cousins und dass sie gekommen sei, um sauber zu machen. Sie wohne in der Nähe, sagt sie.«

Abu Bilal brüllte irgendetwas.

»›Wer bin ich?‹, schreit er. ›Ich weiß es nicht, ich kenne Sie nicht. Ich wusste nicht, dass jemand hier ist‹, antwortet sie.«

Henriette rief Jens Jessen an. Sten Høeck hatte die ganze Zeit über dagesessen und geschwiegen. Jetzt stand er auf.

»Wir müssen eingreifen«, sagte Per. »Was, wenn er ihr etwas antut?«

»Entspann dich verdammt noch mal, Per. Wir greifen nicht ein«, sagte Sten.

Sie erreichte Jens. Während sie ihm berichtete, was in der Wohnung vor sich ging, und er viermal wiederholte, dass sie unter keinen Umständen eingreifen durften, die ganze Operation werde dadurch gefährdet, sah sie, wie Abu Bilal Aisha auf das Bett zwang.

»Er vergewaltigt sie, Jens. Wir müssen eingreifen.«

»Niemand greift ein, verstanden? Wenn ihr jetzt in die

Wohnung geht, werdet ihr nicht nur gefeuert, sondern habt auch noch eine Anklage wegen Gefährdung der nationalen Sicherheit am Hals. Ich komme zu euch. Haltet mich auf dem Laufenden.«

Per weinte. Henriette spürte Brechreiz, aber sie musste die Kontrolle behalten.

»Reiß dich zusammen, Per«, fuhr sie ihn an. »Was sagen sie?«

»Das kann ich nicht, das kann ich nicht. Wir können doch nicht einfach zusehen. Wir müssen etwas tun.«

Die nächste halbe Stunde lang vergewaltigte Abu Bilal das Mädchen auf dem Bett und drückte ihr dabei das Messer an den Hals. Die ganze Zeit über redete er auf sie ein, und sie sah ihn an. Noch nie hatte Henriette Augen gesehen, aus denen solche Angst sprach.

Per heulte und war außerstande zu übersetzen. Er hatte den Blick von den Bildschirmen abgewandt, aber vor dem Wimmern und Schluchzen des Mädchens gab es kein Entkommen, und es vermischte sich mit dem Heulen ihres Kollegen zu einer Tonspur, die Henriette von innen auffraß. Irgendwann stand Per auf und sagte, er müsse hier raus. Sten Høeck schob sich zwischen ihn und die Tür.

»Du gehst nirgendwohin, Per, und schon gar nicht in die Wohnung.«

»Aber wir könnten doch klingeln und uns als Paketdienst ausgeben.«

Sten sah sie an.

»Das geht nicht. Wir riskieren, dass er Verdacht schöpft, dass wir an ihm dran sind.«

»Ich stimme Henriette zu, Per. Wir haben Anweisung, nicht einzugreifen.«

Henriette konnte nicht mehr hinsehen. Per schniefte und heulte. Sten Høeck stand reglos da und flüsterte: »Scheiße, Scheiße, Scheiße«.

Einmal lief sie zur Toilette und übergab sich.

Als Abu Bilal fertig war, riss er Aisha hoch und redete weiter auf sie ein. Per übersetzte wieder:

»Er sagt, sie soll sich herrichten und nach Hause gehen. Dass er ihre Schwester umbringen werde, ihren Vater und ihre beiden Cousins, wenn sie auch nur ein Sterbenswörtchen sagt, und zuletzt werde er zu ihr kommen und sie …«, er musste ein paarmal tief Luft holen, »… von der Möse bis zum Hals aufschlitzen, wenn sie jemandem auch nur verrät, dass sie ihn gesehen hat.«

Aisha verließ die Wohnung, kaum dass Abu Bilal sie losgelassen hatte. Sie trug wieder ihr Kopftuch, ihre Schultern zitterten.

Henriette war schockiert, bemühte sich aber, die Ruhe zu bewahren, weil Sten und vor allem Per wie gelähmt wirkten. Doch sosehr sie sich auch einredete, der Kampf gegen den Terror sei ihr übergeordnetes Ziel, sosehr sie sich Jens' Anweisungen, das Treffen mit dem Frosch und seinem Schoßhund in Erinnerung rief, sie konnte nicht vor der Frage davonlaufen, die sich ihr ins Gewissen bohrte: Bin ich wirklich Polizistin geworden, um bei einer Vergewaltigung zuzusehen, ohne einzugreifen?

Jens Jessen war die Ruhe selbst, als er eintraf.

»Wie ist die Lage?«, fragte er. Sie erzählte, was vorgefallen war. Auf den Bildschirmen konnten sie beobachten, dass Abu Bilal sein Trainingsprogramm wieder aufgenommen hatte.

»Ihr habt euch vollkommen korrekt verhalten«, sagte er. »Es ist schrecklich, aber notwendig. Alles in Ordnung mit euch?«

Per war immer noch wie paralysiert. Zusammengesunken kauerte er auf seinem Stuhl und starrte vor sich hin.

»Wir haben nichts getan, wir haben es einfach zugelassen«, sagte er geistesabwesend.

»Hör mir zu, Per, ihr auch: Wir befinden uns im Krieg, und jeder Krieg fordert Opfer. Das hier war ein Opfer, das gebracht werden musste. Ich kann euch nicht mehr sagen, aber wir verfolgen höhere Ziele, als ihn wegen Vergewaltigung vor Gericht zu stellen. Ihr müsst mir vertrauen. Unser Ziel ist es, viele Menschenleben zu retten.«

»Was tun wir jetzt?«, sagte Henriette.

»Ihr tut gar nichts.«

»Und was ist, wenn das Mädchen zusammenbricht und alles rauskommt? Wenn Anwar es erfährt?«

»Dann fliegt uns alles um die Ohren, und ihr müsst bereit sein einzugreifen, bevor sie sich gegenseitig umbringen. Aber ist das wahrscheinlich? Wird sie nicht doch eher schweigen?«

Das wird sie hoffentlich nicht tun, dachte Henriette. Sie betrachtete Abu Bilal, der gerade Sit-ups neben dem Bett machte, auf dem er eben noch das Mädchen vergewaltigt hatte. Sie wünschte ihm den Tod. Er sollte in der Hölle schmoren. Und sie hasste sich dafür, dass sie es hatte geschehen lassen, ohne etwas zu unternehmen, hasste ihren Kadavergehorsam.

Jens Jessen forderte sie auf, ihn in die Küche zu begleiten.

»Schöne Grüße von Volster. Er ist natürlich auch erschüttert über das, was passiert ist, aber er lässt euch sagen, dass ihr das Richtige getan habt.«

Wie konnte er bereits wissen, was passiert war? Jens war eingetroffen, unmittelbar nachdem Aisha die Wohnung verlassen hatte. Hatten die Amerikaner ebenfalls Zugriff auf die Überwachungskameras?

»Priorität hat nach wie vor, seine Fingerabdrücke zu bekommen. Und dann müssen wir abwarten, wie sein nächster Zug aussieht«, sagte Jens.

»Wenn das hier rauskommt, Jens, dann sind wir erledigt. Das ist doch völliger Wahnsinn!«

»Henriette, das hier kommt nicht raus, dafür werden wir sorgen, du und ich. Und es ist kein Wahnsinn. Wir können diesen Feind nicht bekämpfen, ohne Verluste hinzunehmen. Und diese Verluste müssen wir in Kauf nehmen, wenn sie uns in die Lage versetzen, Resultate zu erzielen, die die Kosten bei Weitem übersteigen. Und das tun sie in diesem Fall.«

Sie war nicht sicher, dass er recht hatte, aber sie gab sich geschlagen. Sie fühlte sich ausgebrannt und unglücklich, ihr war schlecht.

Sie ging zurück zu Sten und Per. In dem kleinen Raum herrschte eine Stimmung wie auf einer Beerdigung. Sie sahen zu, wie Aisha nach Hause kam und sich schluchzend auf ihr Bett warf. Wie ihre Schwester zu ihr kam und wie Aisha ihren Fragen mit der Begründung auswich, sie habe schlimme Menstruationsschmerzen.

»Das ist gut«, sagte Sten.

Was ist daran gut?, dachte Henriette, wusste aber, was er meinte. Es deutete darauf hin, dass das Mädchen den Mund halten würde. Wozu kann das jemals gut sein, fragte sie sich.

Sie beobachteten Anwar, der auf dem Nachhauseweg im Gemüseladen seines Onkels vorbeischaute, hörten, wie die Schwester ihm erzählte, Aisha sei übel geworden, als sie in der Wohnung sauber gemacht habe. Sie registrierten Anwars erschreckten Gesichtsausdruck und seinen hastigen Abschied. Er lief beinahe zurück in die Wohnung.

»Team eins und Team zwei bereithalten für den Zugriff.

Volle Bewaffnung«, sagte Sten Høeck in sein Headset. Sie warteten, sahen ihn die Haustür öffnen und die Treppe hinaufstürmen, sahen Abu Bilal, der auf den Knien lag, das Gesicht gen Mekka gewandt. Sie sahen Anwar, wie er die Wohnungstür aufschloss, und sie sahen das Messer, das neben dem Gebetsteppich lag.

58

2011

Axel stand auf dem Parkplatz vor dem Hauptquartier des PET in Søborg und wartete. Er hatte einen Kater, war aber weder übernächtigt noch ausgelaugt, sondern einfach nur wütend. Letzte Nacht hatte er einen der Dolmetscher, mit denen die Polizei regelmäßig zusammenarbeitete, aus dem Bett geholt und ins Präsidium bestellt, wo er ihm die Tonspur der Aufnahme vorspielte. Der Mann bekam die Bilder nicht einmal zu sehen, doch die beiden Stimmen, das Schluchzen und das Weinen des Mädchens, ihre Angst, erschütterten ihn merklich. Axel ging es ähnlich, und endlich begriff er, warum der Mörder Sten Høeck die Augenlider abgeschnitten hatte.

Um Viertel nach zehn fuhr Jens' schwarzer Audi vor. Neben ihm auf dem Rücksitz saß ein Leibwächter, zwei weitere stiegen aus dem Wagen dahinter. Ihre Blicke scannten den Parkplatz, bevor Jens Jessen zusammen mit dem dritten Bodyguard aus dem Audi auftauchte. Axel ging auf sie zu, bis einer der Leibwächter ihn warnend ansprach und ein zweiter ihm den Weg verstellte. Der dritte wollte Jens gerade zurück in den Wagen bugsieren, als der PET-Chef aufblickte und Axel erkannte. Überraschung spiegelte sich in seinem Blick.

»Axel, was ist denn los?«, fragte er, während die beiden Leibwächter Axel zurückhielten.

»Wir beide müssen uns mal unterhalten, zusammen mit Henriette. Also sag diesen Kleiderständern, sie sollen ihre Hände wegnehmen, es sei denn du willst, dass sie erfahren, was damals im Kapelvej passiert ist.«

Jens Jessen flüsterte dem Mann vor ihm etwas zu und gab den beiden anderen ein Zeichen, Axel loszulassen und sich zurückzuziehen.

»Also, was ist in dich gefahren?«

»Lass das, Jens. Das Rennen ist gelaufen. Ich weiß alles. Aisha. Die Vergewaltigung. Ich weiß, warum Sten und Per ermordet wurden. Es ist alles auf den Videos, die ihr unter Verschluss gehalten habt.« Er packte Jens am Arm und führte ihn Richtung Eingang. Die Leibwächter warfen ihnen skeptische Blicke nach. Jens Jessen wirkte erschüttert. Sie kamen zum Empfang und Jens zog seine Karte durch die Schließanlage und warf der Frau hinter der Theke ein mechanisches Lächeln zu.

»Er ist mein Gast. Um die Registrierung kümmern wir uns später.« Auf dem Weg den Gang entlang zum Hauptgebäude verlangsamte Jens das Tempo seiner Schritte. Er hatte die Fassung noch nicht zurückgewonnen.

»Können wir beide das nicht unter uns regeln?«, fragte er.

Axel schüttelte den Kopf, führte ihn weiter zu Henriettes Büro und stieß die Tür auf. Sie fuhr von ihrem Stuhl hoch.

Axel warf die Tür hinter sich zu. Er sah ihrem Blick an, dass sie ahnte, was auf sie zukam. Hatte sie die ganze Zeit über damit gerechnet, dass er es herausfinden würde? Ihr Rückzug aus seiner Wohnung vor zwei Tagen stand für ihn plötzlich in einem ganz anderen Licht.

»Setz dich«, sagte er. »Du auch, Jens.«

»Was zum Teufel soll das werden, Axel?«, begann Henriette, aber er sah sie nur an, gab ein »Schscht!« von sich und legte sein Handy auf den Tisch.

»Hier wird nichts aufgenommen!«, rief Jens Jessen.

»Ich nehme nichts auf. Ich warte auf einen Anruf. Und ihr zwei Volltrottel haltet jetzt einfach mal für zehn Minuten die Klappe, dann erkläre ich euch, warum ihr froh sein könnt, überhaupt noch am Leben zu sein, obwohl ihr wiederholt die Ermittlungen behindert habt.«

Er blieb vor ihnen stehen.

»Die Observierung im Kapelvej lief rund um die Uhr, und es saß immer jemand vor den Bildschirmen. Und zwar nur drei Personen, um genau zu sein: Per, Sten und du, Henriette. Weil das Ganze ja so heikel war. Schließlich durfte niemand wissen, wer der dritte Mann war. Oder habt ihr etwa mal 'ne Stunde Pause gemacht und abgeschaltet? Damit das Dreckschwein ein neunzehnjähriges Mädchen vergewaltigen konnte, dem niemand zu Hilfe gekommen ist? Ich wünschte, es wäre so gewesen, für euch und für Sten und Per. Aber so war es nicht, oder? Ihr hattet zehn Bildschirme, Herrgott!«

Aufgebracht fuhr er sich mit beiden Händen durch die Haare.

»Ihr habt es geschehen lassen, ohne einzugreifen. Ihr habt einen erwachsenen Mann ein Mädchen vergewaltigen lassen, und ihr habt dabei zugesehen. Ihr habt nichts getan. Wisst ihr, wozu euch das macht? Das macht euch zu Mitschuldigen.

Vielleicht nicht vor dem Gesetz, aber nach meinen Begriffen. Und ich versichere euch, dass der Mörder der gleichen Auffassung ist wie ich.«

Er sah die Überraschung in ihren Gesichtern, und sie verwirrte ihn. Wussten sie etwa, wer Per und Sten getötet hatte?

»Er macht euch dafür verantwortlich, weil ihr zugesehen habt, und ihr habt doch zugesehen, oder? Genau deshalb habt ihr mich ja die letzten fünf Tage mit verbundenen Augen im Hamsterrad laufen lassen. Nicht, weil ihr ein schlechtes Gewissen wegen dieses abartigen Verbrechens habt, sondern weil es eine Katastrophe für eure Operation wäre, wenn dieses Verbrechen ans Tageslicht kommt, richtig?«

»Hör zu, Axel«, sagte Henriette, »es gibt nichts, das die Vergewaltigung mit den beiden Morden in Verbindung bringt.«

Axel war erschüttert. Wusste sie es wirklich nicht?

»Was stimmt verdammt noch mal eigentlich nicht mit dir? Hast du das Video etwa nicht gesehen?«

»Ganz ruhig, Axel, ich habe es gesehen.«

»Dann hast du doch auch gehört, was der Täter zu ihr sagt, oder nicht?«

Sie schwieg. Er sah ihr an, dass sie es nicht wusste. Sein Blick suchte Jens Jessen. Wusste er es?

»Habt ihr es euch etwa nicht übersetzen lassen?«

Niemand sagte etwas.

»Ihr habt die Aufnahme einfach vernichtet, ist es das? Mein Gott, das darf doch alles nicht wahr sein! Begreift ihr nicht, dass der Mörder eine Kopie hat oder zumindest ganz genau weiß, was passiert ist und was gesagt wird? Er ist hinter denen her, die dafür verantwortlich sind, dass nicht eingegriffen wurde. Er ist hinter euch her.«

»Woher willst du das wissen?«

»Weil ich mir die Tonspur habe übersetzen lassen, Henriette, und mir angehört habe, was der Scheißkerl zu ihr sagt!«

Sprachlos sahen sie ihn an. Er brüllte:

»Die Augenlider, zur Hölle! Sie fleht mit einem Messer an der Kehle um ihr Leben, und er sagt, dass sie die Augen aufmachen und ihn ansehen soll, während er sie vergewaltigt …«

Er atmete tief ein. Allein der Gedanke an die Aufnahme ließ ihm übel werden.

»… wenn nicht … wenn nicht, dann schneide ich dir die Augenlider ab! Kapiert ihr es jetzt? Sten Høeck wurden die Augenlider abgeschnitten. Es geht um Rache, nicht um irgendeine Islamismusscheiße oder Terror. Rache, weil ihr im Dienste irgendeines schwachsinnigen höheren Interesses jegliche Menschlichkeit mit Füßen getreten habt. Wie konntet ihr das tun? Ihr hattet doch Zeit genug einzugreifen. Das Ganze dauert ja keine fünf Minuten, sondern siebenundvierzig. Siebenundvierzig Minuten!«

Er war fassungslos. Ihre Mienen verrieten sie.

»Ich sehe es euch an. Ihr habt wirklich zugesehen, und ihr habt entschieden, nicht einzugreifen.«

»Was glaubst du, wie wir uns dabei gefühlt haben? Aber es hätte die gesamte Operation gefährdet.«

»Fick dich, Jens. Während du dich unwohl gefühlt hast, wurde eine neunzehnjährige Frau vergewaltigt, vor deinen Augen. Ihr seid doch krank!«

Sein Telefon leuchtete auf. Es war Vicki. Er nahm es vom Tisch und hielt es ans Ohr.

»Was hast du rausgefunden?«

»Es stimmt, Aisha starb drei Wochen, nachdem die Sache abgeschlossen wurde. Aber darüber steht nichts im Bericht des PET. Sie erscheint nur auf der Liste der Festnahmen und

Verhöre. Es wurde keine Anklage gegen sie erhoben. Es gibt kein Protokoll ihrer Aussage.«

»Okay.«

»Da ist noch etwas. Ich hab sie durch den Computer geschickt. Sagtest du nicht, sie sei an einem Herzinfarkt gestorben?«

»Ja.«

»Das trifft nicht zu. Sie hat Selbstmord begangen. Mit einer Überdosis Tabletten.«

59

2007

»Ist meine Cousine hier gewesen?«, fragte Anwar.

Abu Bilal hatte sich erhoben und hielt das Messer hinter dem Rücken in der Hand.

»Nein, lieber Bruder. Das heißt, ich weiß es nicht, ich war für ein paar Stunden nicht hier.«

Anwar schien erleichtert. Er entschuldigte sich und erklärte den Hintergrund der Frage.

Abu Bilal wurde wütend, weil ihn niemand darüber informiert hatte, dass die Cousine von Zeit zu Zeit zum Saubermachen komme. Das sei eine Nachlässigkeit, sagte er, sie dürfe die Wohnung auf keinen Fall noch einmal betreten.

Anwar verbeugte und entschuldigte sich. Abu Bilal ließ das Messer in seine Tasche gleiten.

Henriette rief Khalid an.

»Nyhavn, vorm Havfruen, in einer Stunde«, sagte sie.

Sie nahm ein Taxi, sie musste dringend etwas trinken. Eine halbe Stunde vor der verabredeten Zeit war sie am Treffpunkt und hatte den Schock über das, was sie gesehen hatte, mit zwei großen Glas Weißwein verdünnt, als er eintraf.

»Ist was nicht in Ordnung, Henriette?«, fragte er und setzte sich ihr gegenüber.

»War einfach nur ein beschissener Tag.«

»Aber Habibi, du siehst ja fürchterlich aus.«

Er legte eine Hand auf ihre Schulter, und sie spürte die Tränen, die in ihr aufstiegen. Sie musste sich zusammenreißen. Er stand auf, kam um den Tisch herum, setzte sich neben sie und legte die Arme um sie. Dann weinte sie.

»Aber Liebes, was ist denn nur passiert? Hat dir jemand etwas angetan?«

Nein, zum Teufel, niemand hat mir etwas angetan, ICH habe jemandem etwas angetan, hätte sie am liebsten über den ganzen Nyhavn geschrien.

»Nein, nein, das ist es nicht. Es ist nichts. Es geht um meine Eltern«, log sie. »Mach dir keine Gedanken.«

»Erzähl, danach geht es dir sicher besser.«

Auf irgendeine Weise half ihr die Lüge sich zusammenzunehmen.

»Nein, Khalid, ich möchte nicht darüber sprechen.« Sie wischte die Tränen unter den Augen weg, und er ließ sie los. Dann ging sie zur Toilette, um ihre Mascara wieder herzurichten. Es war ein Fehler, sich von ihm trösten zu lassen, aber sein Körper und seine Augen boten Stärke und Zuflucht, und vielleicht konnte sie die schrecklichen Ereignisse des Nachmittags für eine kurze Weile vergessen. Gerade jetzt sehnte sie sich nach seiner Umarmung, seiner Berührung.

Auf dem Weg zurück zum Tisch bestellte sie noch ein Glas

Weißwein, war es das vierte? Never mind, sie hatte es sich verflucht noch mal verdient. Sie setzte sich neben ihn und gab nach, lehnte sich gegen ihn. Wieder nahm er sie in die Arme.

Eine Zeit lang saß sie so da und versuchte, das Chaos in ihrem Kopf unter Kontrolle zu bekommen. Ihre Chefs hatten sie gelobt, aber sie hatte eine Todsünde begangen.

Sie öffnete die Augen und sah eine Gruppe junger Männer den Kai entlangschwanken, unter ihnen ein Gesicht, das sie kannte. Ihr Körper versteifte sich, ihr Herzschlag beschleunigte. Khalid und sie saßen im Außenbereich des Restaurants hinter einem niedrigen Blumenkübel und nur einen Meter von dem Kopfsteinpflaster entfernt, über das Horden von Touristen und volltrunkene Schweden an ihnen vorbeitrieben. Es gab keine Möglichkeit, sich zu verstecken. Sie spürte, wie sich Schweiß in ihren Achselhöhlen sammelte und an den Seiten des Körpers herunterlief. Er hatte sie noch nicht gesehen. Sie versuchte, tief durchzuatmen und ihren Puls in den Griff zu bekommen.

»Was ist denn bloß los, Liebes?«, fragte Khalid und sah sie an. »Ist dir nicht gut?«

Sie lächelte ausweichend, sah zu Boden und hoffte inständig, er würde sie nicht bemerken, voll wie er war, oder dass es ihm peinlich sein und er einfach weitergehen würde, wenn er sie doch bemerkte. Ihre Hoffnung erfüllte sich nicht. Danny mit den Wikingertattoos blieb wie vom Blitz getroffen stehen, als er sie erkannte. Er war betrunken, aber nicht so betrunken, dass er nicht hätte anfangen können zu lärmen:

»He, Jungs, da sitzt ja diese gottverdammte Sado-Schlampe, von der ich euch erzählt hab.«

Er zeigte auf Henriette.

Khalid stand auf. Er bebte vor Zorn.

»Verschwindet hier«, sagte er, und allein der Tonfall seiner Stimme hätte jeden dazu bewogen, Abstand zu halten, wirkte aber nicht auf fünf junge Männer, die einen Cocktail aus Alkohol und überschüssigem Testosteron intus hatten.

»Pass bloß auf, Mann, dass sie dich nicht ans Bett kettet und zusammenschlägt, so wie sie es mit mir gemacht hat.«

»Ist das die SM-Bitch, ist das echt diese SM-Bitch?«, lallte einer der anderen Kerle.

»Scheint nicht mehr ganz frisch zu sein, Danny«, nuschelte ein Dritter, der näher gekommen war, um sie genauer zu betrachten.

»Zieht jetzt einfach Leine«, sagte Khalid.

»Bist du hier der Bestimmer, oder was?«, schrie Danny wütend. »Bist du nicht, verdammte Scheiße, und deine Schlampe da ist total gestört. Vor ein paar Wochen wollte sie mich unbedingt ins Bett kriegen, und dann bricht sie mir drei Rippen, nur weil ich sie hinterher noch mal umarmen wollte. Blöde Drecksschlampe.«

Henriette war sitzen geblieben in der Hoffnung, es würde vorübergehen. Sie hatte sich bemüht so zu tun, als gebe es sie gar nicht. Sämtliche Gespräche um sie herum waren verstummt, Hunderte Blicke richteten sich auf sie. Jetzt stand sie auf.

»Gehen wir, Khalid.«

»Fuck, Alter, sie ist groß, Danny.«

»Ja, verzieh dich, du beschissene Hure!«

Khalid war schneller auf der anderen Seite des Blumenkübels, als sie es bei einem Mann seiner Größe für möglich gehalten hätte. Noch bevor Danny sich rühren konnte, hatte Khalid ihm den Arm auf den Rücken gedreht, bis er vor Schmerzen aufschrie.

»Hier gibt es keine Huren und Drecksschlampen, kapiert?

Und auch keine Bitches. Du entschuldigst dich, und zwar augenblicklich, oder ich breche dir den Arm.«

»Entschuldigen? Ich entschuldige mich doch nicht bei so einer Drecksschlampe.«

Einen Moment lang standen Dannys Kameraden ratlos herum, dann drang einer von ihnen auf Khalid ein, der Danny mit einem Arm losließ und dem Angreifer die Rückseite seiner Faust ins Gesicht hämmerte. Der junge Mann brach zusammen und schlug auf das Kopfsteinpflaster. Das hier passiert einfach nicht, dachte Henriette.

»Was seid ihr denn für beschissene Gewaltpsychopathen!«, brüllte einer der anderen, die sich in hoffnungslosen Angriffspondituren um Khalid herum aufbauten. Sie ging dazwischen, hob ihren Ausweis und schob das Jackett zurück, sodass ihre Dienstwaffe zu sehen war.

»Mund halten, und zwar alle. Ihr verschwindet jetzt von hier und nehmt Danny mit. Und du«, sagte sie und zeigte auf Danny, »du hältst die Schnauze, es sei denn, du hättest gerne Besuch von der Kriminalpolizei, die dich über deine Rechte aufklärt und dich wegen versuchter Vergewaltigung festnimmt, verstanden? Lass ihn los, Khalid, wir gehen.«

Im selben Moment, in dem Khalid Danny freigab, ging sie los. Sie sah über die Schulter. Danny stolperte langsam rückwärts in die andere Richtung über das Kopfsteinpflaster.

»Sie is'n Bulle, Danny, heilige Scheiße. Komm schon.«

Khalid holte sie ein, und je größer der Abstand zu der Gruppe hitziger junger Männer wurde, umso lauter wurden ihre Rufe. Bullenschlampe, Kanaken-Fickerin, Paki-Schwein. Sie sah Khalid an. Sein Hemd war blutig. Er wandte den Blick ab und beschleunigte seine Schritte. Sie musste beinahe laufen, um mithalten zu können.

»Warte, Khalid«, sagte sie, »warte auf mich!« Khalid umrundete das Ankerdenkmal an der Ecke zum Kongens Nytorv und stürmte weiter. Sie gab auf und blieb zurück.

60

2011

»Was spielt ihr eigentlich für ein Spielchen? Warum steht davon nichts in den Akten? Drei Wochen nach der Vergewaltigung nimmt sie sich mit einer Überdosis Kopfschmerztabletten das Leben, und ihr haltet es nicht mal für nötig, das aktenkundig zu machen? Ich weiß nicht, warum sie Selbstmord begangen hat, aber ich habe eine Vermutung, und ich versichere euch, dass ich das nicht auf sich beruhen lassen werde. Euch muss es ja ziemlich gelegen gekommen sein, dass sie abgekratzt ist.«

»Willst du etwa andeuten, wir hätten etwas damit zu tun? Das ist doch völlig absurd«, sagte Jens Jessen.

»Ich sage euch, wie es jetzt weitergeht. Als Erstes müssen wir diesen Mörder finden, und ihr werdet mir dabei nicht länger Knüppel zwischen die Beine werfen. Ihr stellt mir sämtliches Material zur Verfügung, ohne Einschränkungen, oder ich verkaufe euch an den Meistbietenden. Und da draußen laufen eine Menge Journalisten herum, die sich die Finger nach dieser Story lecken würden.«

»Du bist nicht in der Position, uns zu drohen, Axel. Wir arbeiten gerne mit dir zusammen, um diesen Fall zu lösen, aber das muss vernünftig und mit Rücksichtnahme auf den heiklen Charakter der Operation vonstattengehen.«

»Wie ist der Mörder an die Informationen gekommen? Ist das dein Ansatz?«, fragte Henriette.

»Ja, natürlich. Es ist dreieinhalb Jahre her. Warum ausgerechnet jetzt? Wie hat er herausgefunden, dass sie vergewaltigt wurde? Wer wusste davon? Hat sie jemandem davon erzählt? Ist sie zur Polizei gegangen? Wir brauchen Antworten auf diese Fragen, und zwar schnell. Also: Was wisst ihr darüber?«

Henriette sah Jens Jessen an, und Axel wusste, dass er ihnen nicht trauen konnte. So arbeiteten sie ganz einfach nicht, das Sortieren von Informationen, das Zurückhalten von zentralen Fakten, ihre ganzen beschissenen Need-to-know-Prinzipien waren ihnen in Fleisch und Blut übergegangen und allgegenwärtig.

»Wir wissen nichts«, sagte Jens Jessen. »Nur, dass sie Selbstmord begangen hat, und nach den Informationen, die uns vorliegen – Henriette hatte Khalid ja im Umfeld der Familie platziert –, hat sie es aus Scham und Verzweiflung getan. Wie sagte er noch? Sie ist daran zugrunde gegangen.«

»Wusste Khalid, dass sie sich umgebracht hat?«

»Ja«, antwortete Henriette.

Axel war fassungslos. Offenbar logen beim Geheimdienst alle schneller, als zehn wilde Pferde rennen konnten.

»War sich Aisha darüber im Klaren, dass es von allem, was in der Wohnung vorgefallen war, Aufzeichnungen gab?«

Henriettes Miene wurde zu Stein. Leise und resigniert antwortete sie:

»Ja. Wir haben alle im Umfeld der Brüder verhört, nachdem die Operation abgeschlossen war. Ich habe ihr Bilder gezeigt, wie sie die Wohnung betritt, um sauber zu machen. Sie brach völlig zusammen.«

Axel war nicht sicher, dass sie die Wahrheit sagte, aber das musste warten.

»Wir müssen das gesamte Umfeld noch mal durchgehen. Wen kannte das Mädchen? Wer ist in der Lage, sich diese Informationen zu beschaffen, und ist darüber hinaus bereit, Aisha zu rächen? Und nicht zuletzt: Wer ist imstande, Sten Høeck zu überwältigen und zu töten? Er war ja ziemlich gut gebaut. Das schränkt den Kreis in meinen Augen beträchtlich ein. Ich glaube, den Vater und die Schwester können wir ausschließen, sie sind körperlich dazu ganz einfach nicht in der Lage. Aber wussten sie, dass Aisha vergewaltigt wurde?«

»Wir glauben, nein.«

»Glauben reicht hier nicht. Wenn sie es wussten, haben sie vielleicht jemandem davon erzählt. Die Person, die sie rächt, muss ihr nahegestanden haben, sehr nahe. Khalid hat von Gerüchten gesprochen, sie hätte sich in einen Dänen verliebt. Könnt ihr dazu etwas sagen?«

Jens Jessen sah Henriette an.

»Darüber ist uns nichts bekannt. Sie stand für uns nie im Fokus. Und Khalid hat das mir gegenüber nie erwähnt«, sagte sie.

»Und die ganz große Frage ist natürlich, warum der Mörder sich nicht an dem Vergewaltiger rächt. Aber die Antwort darauf kenne ich ja bereits«, sagte Axel.

»Ja, weil es ihn nicht gibt«, sagte Jens Jessen. »Soweit irgend möglich, lasse ich dir freie Hand, aber ich muss darauf bestehen, dass dieser Fall anders angepackt wird als eine gewöhnliche Ermittlung. Du kannst nicht einfach in Nørrebro herumlaufen und jedem erzählen, dass das Mädchen vergewaltigt wurde. Das darf nicht bekannt werden. Ich stimme zu, dass du dieser Spur nachgehen musst, aber ich kann nicht zulassen, dass jeder dahergelaufene Streifenpolizist die Hintergründe kennt.«

»Das können wir später noch besprechen«, antwortete Axel kühl. »Jetzt müssen wir uns auf die Frage konzentrieren, wie der Mörder erfahren hat, wer die Leute sind, die entschieden haben, Aisha nicht zu Hilfe zu kommen. So wie ich das sehe, gibt es fünf Möglichkeiten, und wenn ich mal davon ausgehe, dass ihr beide es ihm nicht verraten habt, bleiben noch drei.«

»Drei? Sten, Per und …?«, fragte Henriette.

»Ein internes Leck.«

»Das ergibt keinen Sinn«, sagte Jens Jessen. »Wenn jemand weiß, was der Topsecret-Status hier im Haus bedeutet, dann du. Außer uns vieren und jetzt dir weiß niemand etwas davon.«

»Es muss noch andere geben, die von der Existenz des Vergewaltigers wissen.«

»Ja, aber die wissen nichts von der Vergewaltigung.«

»Soll das heißen, dass beim PET keinerlei Informationen über diese Vergewaltigung vorliegen, keine Dateien, keinerlei Dokumente, nichts?«

»Ja«, sagte Jens Jessen, wobei sein Blick kurz aufflackerte. »Alles wurde gelöscht.«

Axel schüttelte den Kopf.

»Wann bist du dahintergekommen, dass Per und Sten Kopien von den Videos gemacht hatten?«

Verwunderung spiegelte sich in Jens Jessens Gesichtsausdruck.

»Ich wusste nicht, dass es Kopien gab. Und Sten hatte ja auch keine Kopie der Vergewaltigung. Per war ein Risiko, das war mir klar. Deswegen haben wir ihn auch im Auge behalten. Ich habe mich selbst mit ihm getroffen und über die Dinge gesprochen, die ihm bekannt waren und dass sein Schweigen von immenser Wichtigkeit war. Aber ich hatte keine Ahnung, dass er eine Kopie von allem hatte. Wir haben Pers Wohnung durchsucht, aber nichts gefunden.«

»Wenn das wahr ist, dann muss der Täter die Aufnahme von Per bekommen haben. Oder zumindest Informationen darüber, was darauf zu sehen war. Und dann käme auch Sten infrage. Tatsächlich machte es Sten sehr zu schaffen, dass ihr nicht eingegriffen habt.«

Beide sahen ihn überrascht an.

»Ja, er war loyal, kein Zweifel, aber er nahm psychologische Betreuung in Anspruch wegen der Schweinerei, die ihr durchgezogen habt. Andererseits deuten die Begleitumstände des Mordes an ihm darauf hin, dass er nichts preisgegeben hat. Also ist wahrscheinlich Per die Quelle. Darum kümmere ich mich. Ich will alles sehen, was ihr über ihn habt, Abhörprotokolle, Überwachungsbänder und ein Verzeichnis von allem, was ihr bei der Durchsuchung seiner Wohnung und zu Hause bei seiner Mutter konfisziert habt – alles, was für den Fall von Bedeutung sein kann.«

Jens Jessen sah Henriette an und sagte:

»Kümmerst du dich bitte darum?«

Sie nickte nur. Ein Gedanke ging ihr im Kopf herum, das sah Axel ihr an. Wahrscheinlich analysierte sie, was er eben gesagt hatte.

»Aber damit ist euer Stall nicht ausgemistet, wenn ihr mich fragt. Die Kapolvej-Sache war eine groß angelegte Operation, und einige eurer Kollegen müssen gewusst haben, dass ihr vier der inner circle seid. Wenn jemand über andere Kanäle von der Vergewaltigung gehört hat, könnte er zwei und zwei zusammengezählt und Per oder Sten unter Druck gesetzt haben.«

»Das klingt unwahrscheinlich«, sagte Jens Jessen. »Keiner unserer Mitarbeiter würde so vorgehen, Axel. Der eine oder andere würde vielleicht die Nase rümpfen, aber keiner, der noch alle fünf Sinne beisammen hat, rächt die Cousine zweier durchgeknallter Islamisten.«

»Du denkst an jemand Bestimmten, Axel«, sagte Henriette, und Jens Jessen sah sie verdutzt an, weil er ihnen nicht folgen konnte.

»Ja, wir müssen ihn genauer unter die Lupe nehmen. Er hat sowohl zu Per als auch zu Sten Kontakt gehabt, hat sie besucht. Ihr müsst seinen Mailverkehr und seine Telefongespräche im letzten Jahr überprüfen. Wenn es bei euch jemanden gibt, zu dem das Profil des Mörders passt, dann ist er es. Und wir können keinesfalls ausschließen, dass er der Mann ist, in den sich Aisha verliebt hatte.«

Henriettes Miene verriet, dass sie wusste, von wem er sprach. Schockiert schüttelte sie den Kopf.

»Wer?«, sagte Jens Jessen. »Wer ist es?«

ZWEITER TEIL

2011

61

Er hat getrunken. Es war ihr erster Gedanke, als Axel die Tür zu ihrem Büro aufstieß und Jens hereinschleifte. Seine Augen waren gerötet, aber der Blick war nicht wild und glasig, wie sie ihn aus seiner Chaos-Zeit in Erinnerung hatte. Düster und konzentriert starrte er sie an.

Während er sprach, beobachtete Henriette ihn. Er war in seinem Element. Von dem Moment an, in dem sie erfahren hatte, dass er die Ermittlungen im Mordfall Sten Høeck leitete, hatte sie es befürchtet. Das Ende der Liebe zwischen ihnen. Er würde der Sache auf den Grund gehen, bis in den letzten Winkel, und er würde niemals akzeptieren können, was sie getan hatten, würde es niemals verstehen. Und jetzt war er bei der Aufklärung des Falles weiter gekommen als sie. Und er brannte auf eine Weise, die sie nie zuvor an ihm bemerkt hatte, seit sie ein Paar waren.

Sie sah, wie konzentriert er war, angespannt und fokussiert, und sie wusste, das Rennen war gelaufen. Er hatte alles durchdacht, und sie machte sich Vorwürfe, sich Jens gegenüber nicht durchgesetzt und Axel in alles eingeweiht zu haben, denn es war ja ohnehin klar gewesen, dass er es herausfinden würde, auf seine Art. Dann hätte es vielleicht noch eine Chance gegeben, dass er ihr verzeihen würde, obwohl sie selbst nicht daran glaubte. Aber jetzt war es sowieso zu spät. Er war Axel Steen, und er verstand die Prioritäten nicht, die es in ihrer Welt gab und auf die man Rücksicht nehmen musste. Er würde seine Ermittlungen fortsetzen und auch den Rest herausfinden, und dann würde es richtig schlimm werden.

Sie sah Jens an, der Axels Worten mit sorgenvoller Miene lauschte. Er hatte immer noch nicht begriffen, wen Axel im Verdacht hatte.

Er würde die Morde aufklären, daran bestand für sie nicht der geringste Zweifel, aber nur die Götter wussten, was er mit seinem Wissen über den Kapelvej-Fall anfangen würde, sobald die Ermittlungen abgeschlossen waren. Er war ein Risiko, aber darüber musste Jens sich den Kopf zerbrechen. Er musste Axel klarmachen, welche Konsequenzen es hatte, wenn man Staatsgeheimnisse der Öffentlichkeit zutrug. Und um nichts weniger ging es hier, ein Staatsgeheimnis von bedeutenden Ausmaßen, solchen Ausmaßen, dass sie einen kindlichen Stolz gespürt hatte, zusammen mit Jens zum inner circle der Macht zu gehören, der alles überlagert hatte. Sie, die linkische, viel zu groß geratene Henriette, die nie irgendwo richtig hineingepasst hatte, war wichtig genug, all das zu wissen, was sie wusste. Es hatte sich wie ein Stinkefinger angefühlt, den sie ihrer Kindheit zeigte, dem demütigenden Ausgeschlossensein während der Schulzeit, dem fehlenden Rückhalt ihrer Eltern. Aber zuletzt war nicht ein Tag vergangen, an dem sie sich nicht gefragt hatte, ob ihr Leben vielleicht einfacher gewesen wäre, hätte sie nicht gewusst, wer Abu Bilal war.

Sie war sich darüber im Klaren, dass sie sich einer Art gedanklicher Übersprunghandlung bediente, zu verdrängen versuchte, was kommen würde. Er hatte den Namen noch nicht genannt, aber er würde fallen, unweigerlich, weil es schlicht logisch war.

Khalid. Die braunen tiefen Augen. Die warme Stimme. Sein großer, lebendiger Körper, an den sie sich einmal angelehnt hatte, ausgeruht hatte. Ihr Agent, den sie aufgebaut und gepflegt hatte, den sie für die gefährlichste Arbeit ausgebildet hatte, die es in ihrem Milieu gab: verdeckter Ermittler unter den eigenen Leuten. Er konnte es nicht sein. Er durfte es nicht sein.

Er war der einzige Mitarbeiter des PET gewesen, der die Familie kannte, der dicht an ihr dran gewesen war. Waren Gerüchte über die Vergewaltigung im Umlauf gewesen, konnte es durchaus sein, dass er sie aufgeschnappt hatte. Auch er war ein Mann, der so etwas nicht einfach auf sich beruhen lassen konnte. In diesem Punkt waren er und Axel sich sehr ähnlich, Gewalt gegen Frauen, Vergewaltigung, war ein absolutes No-Go für beide. Khalid hatte ihr einmal erzählt, seine Tante sei im Libanon vergewaltigt worden, sei nie darüber hinweggekommen und schließlich daran zugrunde gegangen. Die Art, wie er ihr davon berichtete, hatte ihr deutlich gemacht, dass es für ihn schlimmere Verbrechen als Mord gab. Aber konnte es sein? Konnten sie ihn verloren haben? Henriette wusste, dass er von ihr fasziniert gewesen war, und sie hatte ihn zurückgewiesen. Konnte das eine Rolle gespielt haben? Hatte er tatsächlich eine Hundertachtzig-Grad-Wende vollzogen? Vom weißen Neger, vom netten Kanaken, der es so gerne zu etwas bringen wollte in der dänischen Gesellschaft, der so hart dafür gekämpft hatte, akzeptiert zu werden, zum Polizistenmörder, der seine eigenen Kollegen umbrachte? Es erschien ihr undenkbar, aber vielleicht war es doch nicht ausgeschlossen, denn seine Ambitionen hatten sich nie erfüllt. Für eine kurze Zeit, noch unter ihrem alten Chef, hatte er weiter reichende Befugnisse erhalten, hatte einige kleinere Operationen geleitet. Aber dann war Jens zurückgekommen und hatte unter den handverlesenen Protegés seines Vorgängers aufgeräumt und dessen Initiativen eingestampft. Khalid war auf Normalmaß zurechtgestutzt worden, seine Zukunft beim PET war ohne Perspektive, obwohl er ein Multitalent war, das sich im Außeneinsatz genauso zurechtfand wie an einem Schreibtisch. Und er wusste, welche Fähigkeiten er besaß. Vielleicht hatte er dem Druck, seine eigenen Leute verraten zu haben, nicht mehr standhalten können. Denn als Verrat würden es die meisten von ihnen empfinden, als verdeckter Ermittler für die Polizei zu arbeiten und Informationen über Terrorverdächtige weiterzugeben. Vielleicht hatte es an seiner Seele genagt, hatte ihn innerlich aufgefressen, dieses Opfer gebracht zu haben und dann doch aufs Abstellgleis geschoben worden zu sein. War ihm klar geworden, dass die Leiter, die er hatte hinaufsteigen wollen, keine Sprossen mehr hatte?

Und dann war da die Sache mit den zwei Pistolen, die er

sich im Zuge der Kapelvej-Operation beschafft hatte. Wo waren die Waffen? Nach ihrer Unterredung damals hatte sie sich nicht mehr darum gekümmert. Konnte er sie jetzt benutzt haben, um Sten Høeck in seine Gewalt zu bekommen?

Axel legte gerade eine Kunstpause ein, und noch bevor er den Namen aussprechen konnte, stieß sie ihn aus: »Khalid.« Jens blinzelte ein paarmal schnell hintereinander. Sorgenvolle Falten bildeten sich auf seiner Stirn, aber flackerte da nicht auch Erleichterung auf? Axel verlangte, dass sie Khalids Tun und Lassen im letzten Jahr unter die Lupe nahmen. Das war nur vernünftig. Und fair. Sie glaubte nicht daran, er konnte es nicht sein, warum sollte er so weit gehen? Er war ihr Khalid, er war ihre Verantwortung. Aber ganz gleich wie sehr sie auch versuchte, sich selbst davon zu überzeugen, dass Axel sich irrte, ihr Zweifel schrumpfte doch auf ein Minimum zusammen. Denn Khalid war ja der Einzige, der es gewusst hatte. Der gewusst hatte, dass sie, Jens, Sten und Per für die Operation Troja verantwortlich gewesen waren und dass es daneben eine andere Operation gegeben hatte, die weit wichtiger gewesen war als die Sache mit den zwei Brüdern.

Er hatte Abu Bilal gesehen, noch bevor sie ihn zu Gesicht bekamen, war in der Wohnung gewesen und hatte seine Fingerabdrücke genommen. Natürlich konnte er zwei und zwei zusammenzählen. Und er hatte es getan. Wie hatte sie so naiv sein können? Es passte doch alles zusammen.

62

Er bekam Vicki, sonst niemanden. Obwohl Henriette und Jens über seine Enthüllungen erschüttert schienen, öffneten sie die Tür nur einen Spaltbreit, als die Zusammensetzung des Ermittlungsteams und dessen Bewegungsfreiheit diskutiert wurde. Sie wollten sichergehen, dass der Kreis der Eingeweihten so klein wie möglich blieb, aber immerhin durfte er auf alle Expertise innerhalb des PET zugreifen, die ihm notwendig erschien. Ursprünglich wollte Axel fünf Kollegen aus dem Morddezernat in seinem Team haben, aber davon konnte nicht die Rede sein. Niemand außerhalb des PET sollte hinzugezogen werden. Der Kompromiss hieß Vicki.

»Sie muss eine Vertraulichkeitserklärung unterschreiben«, sagte Jens Jessen. »Das gilt auch für dich.«

»Da lasse ich mich nicht noch einmal drauf ein. Letztes Mal hast du mich schon damit verarscht.«

»Wenn das so ist, wird es keine weiteren Ermittlungen geben, Axel, dann regeln wir das intern. Die Dinge, auf die du gestoßen bist, unterliegen höchster Geheimhaltungsstufe. In diesem Land wissen gerade einmal ein Handvoll Leute von der Existenz des dritten Mannes.«

Axel tippte auf den PET-Chef, vielleicht noch der Justizminister und der Staatssekretär, obwohl Politiker von solchen Dingen meistens lieber nichts wussten. Und er ging davon aus, dass von der Vergewaltigung an den höchsten Schaltstellen des Systems erst recht nichts bekannt war. Aber dafür war er nicht zuständig und es war ebenso wenig sein Spezialgebiet, weshalb er bei nächster Gelegenheit Martin Lindberg kontaktieren und ihn fragen würde, welche Probleme es in Dänemark geben konnte, wenn ein Festgenommener der CIA übergeben wurde, ohne vorher einem Richter vorgeführt worden zu sein. Denn so musste es gelaufen sein, darauf hätte er wetten können, und das Skandalpotenzial war groß, sonst hätte man die Angelegenheit nicht so penibel unter Verschluss gehalten.

Jens Jessen fuhr fort:

»Ich habe volles Verständnis für deine Frustration und deine Wut darüber, dass dir Informationen vorenthalten wurden, Axel, und ich erkenne an, dass du die Ermittlungen in die Richtung gebracht hast, die sie von Anfang an hätten nehmen sollen. Aber du musst auch Verständnis für das aufbringen, was hier auf dem Spiel steht. Du kennst unsere Welt nicht. Wir befinden uns im Krieg, und im Krieg gibt es Verluste. Manchmal muss man Risiken eingehen, um im Kampf gegen den Terror zu gewinnen. Es kann entscheidend sein, um viele unschuldige Leben zu retten, und man muss akzeptieren, dass es zu Kollateralschäden kommen kann.«

»Und die Vergewaltigung eines neunzehnjährigen Mädchens ist so ein Kollateralschaden?«

»Ich erwarte nicht, dass du das verstehst, aber ja, so ist es. Es war entscheidend, dass wir nicht eingegriffen haben. Das verschaffte uns einen Vorteil, den wir uns nicht hätten träumen lassen, und ich bitte dich, mir zu glauben. Kennt man die übergeordneten Zusammenhänge, mussten wir die Vergewaltigung in Kauf nehmen. Das war es wert.«

»Wenn das so ist, dann sind wir kein Stück besser als die Psychopathen, die wir bekämpfen.«

»Wie gesagt, ich bitte dich nicht, das zu verstehen, aber

ich muss unterstreichen, dass in dieser Sache Vertraulichkeit oberstes Gebot ist. Kannst du das nicht akzeptieren, bist du raus, raus aus der Ermittlung, raus aus der Polizei. Das ist keine Drohung, sondern Gesetzeslage. Und deshalb musst du diese Vertraulichkeitserklärung unterschreiben.«

Er schob ein Papier zu Axel hinüber. Axel las. Und unterschrieb.

Dann rief er Vicki an und bat sie, nach Søborg zu kommen und ihr gesamtes Material mitzubringen.

Er wandte sich wieder an Jens.

»Was ist mit Josephsen?«

»Ich kümmere mich um ihn, er wird dir nicht in die Quere kommen. Und für deine Kollegin gilt wie für alle anderen das Need-to-know-Prinzip. Sie erfährt nur, was sie unbedingt erfahren muss. Es ist völlig ausreichend, wenn sie weiß, dass eine Vergewaltigung das Motiv für das ist, womit wir es zu tun haben.«

»Was sage ich ihr, wenn sie fragt, wer der Vergewaltiger ist?«

»Das, was ich die ganze Zeit dazu gesagt habe: Er existiert nicht. Er ist verschwunden.«

»Du meinst, ihr habt ihn verschwinden lassen?«

»Axel, das hier ist das letzte Mal, dass wir darüber sprechen. Du kennst seinen Namen nicht, und du wirst ihn auch nicht erfahren. Er ist weg. Alles andere ist irrelevant.«

»Für mich wird es nie irrelevant sein, wenn ein Mann nach einer Vergewaltigung ungestraft davonkommt.«

»Glaub mir, Axel, er hat seine Strafe bekommen.«

Sie statteten ihn mit einer Personalkarte aus und stellten ihm einen Besprechungsraum als Einsatzzentrale sowie eine

Handvoll Techniker und Ermittler zur Verfügung. Henriette hatte die Überprüfung von Khalids Mailverkehr und seinen Telefonaten bereits veranlasst und ging davon aus, dass sie im Laufe des Nachmittags erste Ergebnisse erhielten.

»Wo ist Khalid jetzt?«

»Irgendwo hier im Gebäude, nehme ich mal an. Er ist immer noch an der Islamistenspur dran.«

»Belassen wir es dabei, bis wir mehr darüber wissen, was er zuletzt sonst noch getrieben hat«, sagte Axel.

Jens Jessen verließ den Raum, um ungestört telefonieren zu können. Henriette sah Axel mit ihren klaren hellblauen Augen an.

»Was bedeutet das hier für uns, Axel?«

»Es bedeutet das, was du gesagt hast. Wir sehen uns erst wieder, wenn dieser Fall abgeschlossen ist. Bis dahin sind wir Kollegen, sonst nichts.«

»Und was passiert dann? Ist dann Schluss? Zeigst du mir dann die kalte Schulter wegen dieses einen Fehlers, den ich gemacht habe?«

»Das kann ich nicht sagen, nicht jetzt.«

Sie wirkte verletzt, aber es gab keinen anderen Weg. Sie selbst hatte es so gewollt.

»Ich wünschte, ich könnte in deiner Welt leben, Axel, wo alles schwarz oder weiß ist. Aber es gibt sie nicht. Je weiter du in unsere Welt kommst, je mehr du weißt, umso mehr musst du mit Kompromissen leben, mit dem Schweigen über Dinge, die eigentlich ans Tageslicht kommen müssten, mit dem Verlust von Unschuldigen, es ist unvermeidbar. Eines Tages wirst du das verstehen. Ich dachte, das wäre dir klar geworden, als du letztes Jahr undercover gearbeitet hast.«

»Das war etwas anderes. Ich hatte keine Wahl.«

»Die hatten wir in dieser Sache auch nicht.«

»Man hat immer eine Wahl, wenn man im Auftrag anderer handelt, Henriette.«

»Du weißt nichts, Axel Steen.«

»Ja, mir fehlen tatsächlich ein paar Antworten.«

»Worauf?«

»Zum Beispiel auf die Frage, warum der Mörder Per nicht verstümmelt hat.«

»Ich weiß es nicht.«

Jens kam zurück, und Axel wiederholte seine Frage und sagte:

»Ich nehme an, weil Per ihm die Informationen gegeben hat. Wie hat Per auf die Vergewaltigung reagiert, und warum hat er ihm die Informationen gegeben?«

»Was Letzteres angeht, habe ich keine Ahnung«, sagte Henriette.

»Irgendetwas muss passiert sein. Einem der Kollegen drüben an der Kofoeds Schule hat er gesagt, es würden Dinge ans Licht kommen, die alles verändern. Aber er wusste doch die ganze Zeit schon von der Vergewaltigung. Warum also ausgerechnet jetzt?«

»Das wissen wir nicht«, sagte Jens Jessen.

»Aber wir wissen, wie er auf die Vergewaltigung reagierte«, sagte Henriette und warf Jens einen fragenden Blick zu. Er nickte.

»Er wollte es verhindern, wollte eingreifen und brach völlig zusammen, als Sten ihn zurückhielt. Am Tag danach lief er Amok. Wir hatten ihm gesagt, er solle ein paar Tage zu Hause bleiben, aber er tauchte hier auf, total betrunken, stürmte in Jens' Büro, mitten in eine Besprechung, und riss alles vom Tisch, brüllte irgendwas von Verrat und Schuld und Heuchelei. Er wurde wieder nach Hause gebracht. Ein paar Monate später haben wir ihn gefeuert.«

Jens Jessen übernahm.

»Wir haben versucht, ihn zu halten, aber es wurde immer schlimmer mit der Trinkerei. Er nahm Kontakt zu einem Journalisten auf, der anfing, Fragen zu stellen, harmlose Fragen zwar, aber es blieb uns nichts anderes übrig, als uns von ihm zu trennen.«

»Und das hat euch ja auch ziemlich gut in den Kram gepasst. Wie hat er es aufgenommen?«

»Nicht gut. Er drohte, alles Mögliche auffliegen zu lassen, und wir mussten ein paar Gespräche mit ihm führen. Schließlich haben wir eine Vereinbarung über eine Frühpensionierung für ihn zusammengestrickt, die ihm eine gute Altersversorgung garantierte. Danach hat er sich beruhigt.«

»Aber nicht sehr lange, oder?«

»Wir haben ihn die ganze Zeit über im Auge behalten, immer wieder mit ihm gesprochen, ich auch«, sagte Jens Jessen.

Ja, dachte Axel, und du hattest Kontakt zu Sten Høeck, genau wie Khalid, aber auch darüber stand nichts in dem Material, das ich von euch bekommen habe.

63

Es gab Mails sowohl an Per als auch an Sten Høeck, geschickt von Khalids PET-Adresse, gelöscht, aber von den Technikern wiederhergestellt. Und sie belasteten Khalid: Er hatte sich mit beiden getroffen, mal gemeinsam, mal nur mit einem von ihnen. Aus den Mails ging nicht hervor, wie das Treffen mit Sten zustande gekommen war, und danach hatte er sich nur noch mit Per alleine getroffen, um mit ihm über die *Operation A* zu sprechen.

Henriette war erschüttert. Als sie seinerzeit das Material zu sehen bekommen hatte, waren die Mails weder auf Pers noch auf Stens Rechner zu finden gewesen. Der Einzige, der Zugang zu den Telefon- und Mailaktivitäten der beiden Mordopfer hatte, war Jens Jessen, assistiert von einem Techniker. Jens hatte alle eventuell sensiblen Mails löschen lassen, aber es ergab keinen Sinn, Khalids Mails zu entfernen. Es sei denn, er wollte verhindern, dass Axel sie zu sehen bekam und so etwas über die Operation erfuhr, wofür er nicht autorisiert war.

Axel war in die Stadt gefahren und würde erst spät am Nachmittag zurück sein, aber das hier konnte nicht warten. Sie mussten Khalid verhören. Sie mussten ihn festnehmen. Hatte sie sich wirklich so in ihm getäuscht? Sie dachte zurück an den schrecklichen Tag, an dem Aisha vergewaltigt worden war und sie selbst sich mit Khalid am Nyhavn getroffen hatte. Danach war sie zurück in die Wohnung in der Peter Fabers Gade gefahren, um sich zu sammeln und das Chaos in ihrem Kopf zu ordnen. Per war da gewesen, betrunken, hatte Rotwein in sich hineingeschüttet, den er zur Tarnung in einen Coffee-to-go-Plastikbecher gegossen hatte. Sie hatte ihn nach Hause geschickt. Dann hatte Jens angerufen und grünes Licht für den Einsatz gegeben, Abu Bilals Fingerabdrücke sicherzustellen. Zuerst hatte sie Bedenken gehabt, Khalid in die Wohnung im Kapelvej zu schicken, sie dann aber fallen gelassen. Vielleicht konnte es Balsam auf seine Seele sein, hatte sie gedacht, ein Einsatz draußen im Feld hinter den feindlichen Linien, ein richtiger Agentenjob.

Sie erinnerte sich daran, wie Khalid am nächsten Vormittag in das Treppenhaus im Kapelvej trat. Sie saß zusammen mit Jens Jessen vor den Bildschirmen in der Peter Fabers Gade und verfolgte das Geschehen. Sie hatten ihn mit einem Scanner ausgestattet, den die Amerikaner zur Verfügung gestellt hatten. Abu Bilals Fingerabdrücke waren darauf abgespeichert, und sobald es eine Übereinstimmung gab, sollte Khalid die Wohnung wieder verlassen. Sten Høeck bezog in der mobilen Kommandostation an der Ecke Position, Überwachungsteams beobachteten alle drei Zielpersonen und eine schwer bewaffnete Eingreiftruppe hielt sich für den Fall bereit, dass etwas nicht so lief wie geplant und einer der beiden Brüder oder Abu Bilal Khalid zu nahe kamen. Anwar hockte mit ein paar alten Freunden aus dem Bandenmilieu in einer Saftbar am Blågårds Plads, während sich Shakir in der Mensa der CBS befand und im Koran las. Abu Bilal lief in Kopenhagen herum und vollführte einige professionelle Manöver, um eventuelle Verfolger aufzuspüren, aber Sten hatte ihn unter Kontrolle. Das größte Risiko für Khalid stellte Anwar dar – er konnte in wenigen Minuten zu Fuß zurück in der Wohnung sein.

Auf dem Bildschirm vor sich sah sie Khalid durch den Flur ins Wohnzimmer gehen, den Scanner in der Hand. Er führte das Gerät dicht am Türrahmen entlang, an dem sich Abu Bilal einmal mit der rechten Hand abgestützt hatte, wie sie wussten, aber ohne Resultat.

»Noch mal versuchen«, sagte Henriette in ihr Mikrofon, und er befolgte ihre Anweisung, aber es gab keine Übereinstimmung. Dann bewegte er sich weiter durch die Wohnung, Raum für Raum. Am längsten hielt er sich in dem Zimmer auf, in dem Abu Bilal schlief. Dann ging er ins Badezimmer und versuchte es mit den Zahnbürsten, scannte eine nach der anderen, ohne Ergebnis.

Henriette schickte ihn in die Küche, wo er zunächst den Tisch überprüfte, auf dem sich Abu Bilal noch am Morgen mit den Händen abgestützt hatte.

»Anwar setzt sich in Bewegung. Möglicherweise auf dem Weg nach Hause«, meldete sich Sten Høecks Stimme in ihrem Ohrhörer.

Sie behielt weiter Khalid im Auge. Er blieb ganz ruhig.

»Khalid, Anwar ist möglicherweise auf dem Weg nach Hause. Halte dich bereit, die Wohnung zu verlassen.«

»Ganz ruhig, ich habe alles unter Kontrolle«, sagte er. Sie hörte ihn sowohl in ihrem Ohr als auch aus den Lautsprechern der Bildschirme. Nicht der Hauch von Nervosität war ihm anzumerken. Methodisch arbeitete er die Platte des Küchentischs ab.

»Anwar in der Griffenfeldsgade, Eintreffen in siebzig Sekunden«, meldete Sten.

»Khalid, bereithalten für Verlassen der Wohnung«, sagte Henriette.

Das zog keine sichtbare Reaktion Khalids nach sich.

»Fünfzig Sekunden. Anwar hat den Gemüseladen seines Onkels passiert, Eintreffen in fünfzig Sekunden. Schaff ihn raus, Henry!«

»Raus da, Khalid, jetzt!«

»Ruhig bleiben«, antwortete er mit seiner tiefen, melodischen Stimme. »Gebt mir Bescheid, wenn er zwanzig Meter von der Haustür entfernt ist.«

»Was zum Henker ist in ihn gefahren?«, blaffte Jens.

Er will es so gerne, dachte Henriette, er will euch zeigen, wie gut er ist.

»Entspann dich, er weiß, was er tut«, sagte sie zu Jens.

Im selben Moment erhielten sie die Meldung von Sten Høeck, Abu Bilal habe im Foyer der Königlichen Bibliothek einen Spind geöffnet. Das musste warten.

»Anwar biegt um die Ecke zum Kapelvej, Eintreffen Haustür in fünfzehn Sekunden. Schaff deinen Araberfreund endlich da raus, Henry! Sofort!«

Khalid arbeitete immer noch mit dem Scanner.

»Er muss da verschwinden, augenblicklich«, stöhnte Jens.

»Halt die Klappe«, sagte Henriette. »Wir haben gesehen, dass er seine Abdrücke auf dem Tisch hinterlassen hat. Er weiß, was er tut.«

»Anwar ist fünfzehn Meter von der Haustür entfernt«, sagte sie zu Khalid.

Der Scanner gab einen Piepton von sich, und Khalid lächelte.

»Hol deinen Kanaken da raus, Henry!«, brüllte Sten in ihrem Ohr. »Anwar ist an der Tür. Fuck, er hat ein Match, diese kranke Sau hat es geschafft.«

Auf einem Bildschirm sah sie Anwar, der vor der Haustür stand und einen Schlüsselbund hervorkramte, auf einem anderen beobachtete sie Khalid auf dem Weg zur Wohnungstür. Trotz seiner Größe und seines Gewichts erzeugte er kein Geräusch. Er öffnete die Tür, trat ins Treppenhaus, zog sie leise hinter sich zu und schloss ab. Dann verschwand er die Treppe hinauf und von ihren Bildschirmen. Einen Moment später erreichte Anwar den zweiten Stock. Die anderen tobten, weil Khalid die Wohnung nicht geräumt hatte, als er die Anweisung dazu erhielt, aber die Begeisterung über den Erfolg des Einsatzes überschattete alles.

Wenn sie jetzt daran zurückdachte, fiel ihr auf, dass er sich mindestens eine Minute lang durch die Zimmer der Wohnung bewegt hatte, ohne etwas zu scannen. Sie klickte sich zu den Aufnahmen durch. Insbesondere in dem Raum, in dem Abu Bilal geschlafen hatte, hatte Khalid so gut wie nichts gescannt. Ein Pass lag auf dem Nachttisch, und sie sah, wie er ihn aufblätterte und einige Sekunden lang daraufstarrte. Er berührte seine Armbanduhr. Fotografierte er den Ausweis? Das Dokument verriet nicht Abu Bilals wahre Identität, und vielleicht war es nur Neugierde, aber es konnte auch ein Indiz dafür sein, dass er sich damals bereits im Klaren darüber gewesen war, dass in der Wohnung etwas passiert sein musste. Hatte er versucht, auf eigene Faust die Wahrheit herauszufinden? Sie hatte ihre Zweifel, aber es war ein weiterer Punkt, mit dem sie ihn konfrontieren musste.

Sie ging hinunter in den Besprechungsraum und begrüßte Axels Kollegin Vicki. Sie tauschten ein paar unverbindliche Bemerkungen über den Fall aus. Vicki machte einen klugen und konzentrierten Eindruck und gab Henriette zu verstehen, sie habe begriffen, dass der dritte Mann nicht zu ihrem Aufgabengebiet gehörte.

»Waren Sie dabei, als die beiden Brüder im Kapelvej festgenommen wurden?«, fragte sie. Henriette spulte in Gedanken zurück. Eine Stunde, nachdem Khalid die Wohnung verlassen hatte, war Abu Bilal mit einem Koffer im Kapelvej erschienen, den er aus dem Spind in der Königlichen Bibliothek abgeholt hatte. Er hatte ihn auf den Esstisch gestellt und geöffnet, die Brüder links und rechts neben sich.

»Allahu akbar«, stieß Shakir hervor, als der Deckel nach hinten klappte und den Blick auf drei Pistolen, eine Maschinenpistole, Munition und Plastiksprengstoff freigab.

»Das sind mindestens zehn Kilo. Damit können sie das

halbe Viertel in Schutt und Asche legen. Das ist nicht gut, Henriette, das hier ist ganz und gar nicht gut. Wir sollten sie uns greifen und das Zeug sicherstellen«, sagte Sten Høeck.

Es war Abend. Jens war schon seit ein paar Stunden nicht mehr da, also rief Henriette ihn an und setzte ihn über die Lage ins Bild. Seine Anweisung war dieselbe wie immer:

»Kein Zugriff, solange sie zusammen sind, erst wenn wir Abu Bilal separat festnehmen können.«

»Wir gehen ein verdammt hohes Risiko ein, Jens. Wenn die Scheiße hochgeht, sterben eine Menge Menschen.«

»Keine Diskussion. Abu Bilal wird ja wohl wissen, wie er mit seinem Sprengstoff umzugehen hat.«

Den Rest des Abends wies Abu Bilal die Brüder ein, wie der Sprengstoff zu handhaben sei und wie er mit einem Anruf per Handy gezündet wurde. In zwei Tagen würde der amerikanische Verteidigungsminister nach Kopenhagen kommen. Sie warteten. Die Nacht verging, der Morgen ebenso.

Sten wirkte immer gereizter, und wie üblich arbeitete er seine Nervosität an anderen ab. Er stauchte die Teams im Außendienst zusammen, nannte Henriette Schätzchen und bot ihr mehrmals eine schnelle Nummer auf dem Küchentisch an, um sich locker zu machen und ein bisschen was von der Anspannung abzubauen.

Abu Bilal wies die Brüder an, ihn allein zu lassen, aber in fünf Stunden zurück in der Wohnung zu sein. Eine Stunde später streifte er sich die Lederjacke über und verschwand ebenfalls. Sten verließ augenblicklich ihre Einsatzzentrale in der Peter Fabers Gade.

Zwanzig Minuten später rief er an:

»Wir haben ihn, Henry. Du kannst dir jetzt die Brüder schnappen, unser Vogel ist im Käfig.«

»Okay, was sagt er?«

»Nicht ein Sterbenswörtchen, ist wie weggetreten. Im Moment liegt er auf dem Boden unserer mobilen Einsatzzentrale und hat eine ordentliche Dosis Schlaftabletten intus.«

Sie erzählte Vicki von der Festnahme der Brüder und davon, dass der dritte Mann zu diesem Zeitpunkt bereits aus dem Spiel war. Sie beschrieb, wie Anwar und Shakir wie erleuchtet und voller Vorfreude am Esstisch gesessen und Pitabrot mit eingelegten Paprika und Hummus aßen. Im Treppenhaus befand sie sich in fünfter Position, hinter vier Männern des SEK. Als der Erste den Schlüssel ins Türschloss schob, blickten die Brüder erwartungsvoll auf, rechneten damit, dass ihr Terrormentor Abu Bilal hereinkommen würde. Stattdessen stürmten vier maskierte Männer und eine Frau in Kampfanzügen mit Maschinenpistolen im Anschlag die Wohnung und brüllten herum. Anwar konnte sich noch halb von seinem Stuhl erheben, bevor er umgeworfen und auf dem Boden fixiert wurde, wo Shakir schon lag und jammerte. Sie schafften es nicht mal, auch nur einen Blick in Richtung des Koffers mit den Waffen zu werfen.

»Aus den Zeitungsberichten geht hervor, dass die Polizei nicht in der Lage war zu dokumentieren, wie der Koffer in den Besitz der Festgenommenen gekommen war, aber das stimmt wohl nicht ganz?«, sagte Vicki.

»Offiziell ist das korrekt. Der Rest ist Verschlusssache, auch für Sie«, sagte Henriette.

Sie erzählte, wie sie den Brüdern Kapuzen übergestreift hatten, noch während sie am Boden lagen, und sie sich zu ihnen hinuntergebeugt und sie darüber in Kenntnis gesetzt hatte, dass sie wegen Verstoßes gegen den Antiterrorparagrafen festgenommen seien. Sie erzählte nicht, dass sie Anwar in die Seite getreten und der Belehrung über seine Rechte folgende Worte hatte folgen lassen:

»Dieser Koffer bringt dir lebenslänglich, du lächerliche Witzfigur. Und im Knast gibt's keine Blondinen mit aufgeblasenen Titten, auf die du abspritzen kannst.«

Sie erzählte auch nicht, wie sie zurück in Abu Bilals Zimmer gegangen war. Der Anblick des Betts war kaum zu ertragen, aber es musste getan werden. Sie holte einen schwarzen Müllsack hervor und stopfte Kopfkissen, Bettdecke und Laken hinein. Dann nahm sie Abu Bilals Kulturbeutel, verstaute ihn im Reisekoffer des Terroristen, ging nach unten auf die Straße und bugsierte alles in ihren Wagen.

Eine Weile hatte sie dagestanden und den Presseauflauf am Ende der Straße beobachtet, die auf einer Strecke von zweihundert Metern abgesperrt war. Wegen des Sprengstoffs wurden alle Häuser evakuiert. Dann war sie hinüber auf den Nørrebro-Friedhof gegangen und hatte Khalid angerufen. Sie informierte ihn über die Festnahme und lobte noch einmal ausdrücklich seinen Einsatz am Tag zuvor in der Wohnung der Brüder. Über den Vorfall am Nyhavn sprachen sie nicht.

Er hatte es bereits gewusst, die Nachricht hatte sich schon im Viertel herumgesprochen.

»Was ist mit dem Typen, dem ein Finger fehlt? Der, wegen dem ich in der Wohnung war, um seine Fingerabdrücke sicherzustellen. Habt ihr den auch einkassiert?«

»Nein, er ist uns durch die Lappen gegangen.«

»Soll das heißen, dass mein Auftritt in der Wohnung völlig umsonst war? Genau wie die Pistolen, die ich gekauft habe?«

»Ja, leider, aber das ändert nichts daran, dass du hervorragende Arbeit geleistet hast. Und du hast großen Anteil am

Erfolg der Operation – größer als du glaubst. Bei der anschließenden Besprechung gestern wurdest du ausdrücklich gelobt«, log sie.

Er sagte nichts. Es war das letzte Gespräch gewesen, das sie als Führungsoffizierin mit ihrem Agenten geführt hatte, bevor sich ihre Wege im PET trennten. Vor dreieinhalb Jahren. Jetzt musste sie ihn wegen eines Doppelmords an ihren früheren Kollegen verhören.

64

Martin Lindberg bat Axel, hereinzukommen. Sein winziges Büro glich mehr einer Höhle als einem Arbeitsplatz, vollgestopft mit Papierstapeln und einem Regal, das sich unter der Last von Ordnern und Aktenmappen bedrohlich krümmte. Zeitungen bedeckten den Schreibtisch und den größten Teil des Fußbodens. Lindberg hob einen schweren Stoß loser Blätter von einem Stuhl und forderte Axel auf, Platz zu nehmen.

»Gibt's was Neues in der Sache mit Per?«

»Nein. Es ist noch nicht endgültig bestätigt, aber ich bin sicher, dass er getötet wurde. Sobald ich mehr sagen kann, lasse ich es dich wissen. Stattdessen würde ich gerne etwas über CIA-Flüge im dänischen Luftraum erfahren. Was könnte Per gewusst haben, das für unser schönes Land so brisant ist?«

»Hat das etwas mit dem Mord an ihm und diesem anderen PET-Typen zu tun?«

»Wenn jede meiner Fragen mit einer Gegenfrage beantwortet wird, dann wird das ein langes und inhaltsloses Gespräch, das keinem von uns was bringt.«

»Wenn ich darauf eine Antwort bekomme, verspreche ich, keine Fragen mehr zu stellen. Vorläufig.«

»Es könnte sein, dass es etwas mit den Morden zu tun hat. Ich glaube es zwar nicht, aber ich kann es auch nicht ausschließen – erst recht nicht, wenn du mir nicht erzählst, was es eigentlich damit auf sich hat.«

»Wenn Per beweisen konnte, dass die dänischen Behörden von Flügen durch unseren Luftraum oder sogar Zwischenlandungen mit Gefangenen an Bord wussten, hätte das eine veritable Krise auslösen können.«

»Warum?«

»Weil die Regierung mehrfach versichert hat, dass ihr davon nichts bekannt ist. Das sagen so ziemlich alle Regierungen fast überall, aber es gibt ja zahlreiche Beispiele, dass solche Dinge tatsächlich stattgefunden haben. Du hast von extraordinary renditions gehört?«

»Ja.«

»Außerordentliche Auslieferungen, das heißt, die CIA fliegt illegale Kombattanten, wie es so schön heißt, in gecharterten Privatflugzeugen kreuz und quer über den Globus in Gefängnisse, von denen staatliche Stellen offiziell nichts wissen, überwiegend in Ägypten, Osteuropa, auf Guantánamo oder amerikanischen Militärbasen im Mittleren Osten und im Kosovo.«

»Seit dem elften September?«

»Ja, aber auch schon vorher. Die Amerikaner haben bereits in den Neunzigern Islamisten gekidnappt und nach Ägypten geschickt, wo sie vom dortigen Geheimdienst verhört wurden. Die Fragen erhielten die Ägypter von der CIA, an die sie dann wiederum die Antworten weitergaben. Das bekannteste Beispiel hierzulande ist Abu Talal, einer der wichtigsten Köpfe der ägyptischen Terrororganisation al-Dschamā'a al-islāmiyya. Wir hatten ihm Asyl gewährt, weil man ihn in Ägypten zum Tode verurteilt hatte, weshalb er nicht ausgewiesen werden konnte. Er verschwand 1995 in Kroatien. Nach allem, was bekannt ist, waren sowohl der PET, die CIA als auch ägyptische Agenten an ihm dran, als er seine Wohnung in Nørrebro verließ und nach Amsterdam fuhr, um von da nach Zagreb zu fliegen. Er wurde entführt, auf ein amerikanisches Kriegsschiff in der Adria gebracht und ein paar Tage lang verhört. Dann hat man ihn den Ägyptern übergeben, die ihn zu Tode gefoltert haben. Der PET hat stets geleugnet, von der Sache gewusst zu haben, und niemand konnte das Gegenteil beweisen oder sogar nachweisen, dass unsere Leute daran beteiligt waren. Aber es ist völlig klar, dass so eine Operation gegen einen Bürger, dem in Dänemark Asyl gewährt wurde, nicht ablaufen kann, ohne dass der PET informiert ist.«

»Und was ist mit den Überflügen?«

»Es ist nicht bewiesen, aber es kann nicht anders sein, als dass die CIA den dänischen Luftraum überflogen hat. Es hat auch Zwischenlandungen auf Grönland gegeben, als Teil eines streng geheimen Programms zur Sonderüberstellung von Terrorverdächtigen, aber ob dabei auch Gefangene an Bord waren, ist unklar.«

»Was ist so schlimm daran, diese Scheißkerle durch den dänischen Luftraum zu fliegen?«

»Axel Steen, wie du vielleicht weißt, leben wir in einem demokratischen Rechtsstaat. In diesem Land halten wir uns an die Menschenrechte. Wir foltern die Leute nicht und werfen sie auch nicht ohne Gerichtsverhandlung in geheime Gefängnisse. Deshalb darf man auch nicht den dänischen Luftraum für solche Zwecke benutzen oder gar zwischenlanden. Wenn du dich damit genauer befassen willst, kann ich dir ein paar Links zumailen.«

»Dafür ist mein Leben zu kurz, jedenfalls im Augenblick. Also erklär mir bitte einfach, was es bedeutet hätte, wenn Per beweisen konnte, dass es solche Flüge durch den dänischen Luftraum gegeben hat.«

»Die Regierung hat beteuert, von diesem CIA-Programm oder Flügen im dänischen Luftraum keine Kenntnis zu haben. Das Gleiche gilt für den PET, und hier wird es interessant. Warte mal, vielleicht finde ich es ja gerade.« Er wandte sich seinem Computerbildschirm zu und begann zu suchen, während er weitersprach.

»Sowohl das Justizministerium als auch der PET haben behauptet, vor unserer Berichterstattung nichts über Gefangenentransporte der CIA, Entführungen, Verhöre oder geheime Gefängnisse gewusst zu haben. Auch von den Yankees hätten sie darüber nie etwas gehört. Ah, hier ist es ja … In einer Anhörung vor dem Rechtsausschuss des Parlaments hat der Justizminister am 7. Februar 2008 zu Protokoll gegeben, es gebe ›keinerlei Zweifel daran, dass die Zusammenarbeit des Geheimdienstes mit ausländischen Kooperationspartnern in Übereinstimmung mit dänischem und internationalem Recht abläuft‹. Tja, sie wären ganz schön am Arsch gewesen, hätte Per bewiesen, dass die CIA mit Wissen oder sogar Zustimmung des PET im dänischen Luftraum herumkurvt.«

»Sprechen wir nur von Überflügen? Und ist Abu Talal der Einzige aus Dänemark, der entführt wurde?«

»Wieso fragst du?«

Er musste seine Worte mit Bedacht wählen.

»Wenn du sagst, dass sie vor dem elften September überall in Europa Ägypter entführt und gefoltert haben, was tun sie dann heute?«

»Es gibt jede Menge Fälle, in denen arabische Staatsbürger entführt wurden, aber nicht auf dänischem Grund und Boden. Zwar hat es Gerüchte gegeben, aber auch dazu hat die dänische Regierung Stellung bezogen. Hör zu: ›Die Regierung dieses Landes akzeptiert unter keinen Umständen, dass ausländische Geheimdienste ungesetzliche Maßnahmen auf dänischem Hoheitsgebiet durchführen. Die dänischen Behörden schreiten selbstverständlich sofort ein, sollten sie Kenntnis von solchen Maßnahmen erhalten‹.

Diese Stellungnahme reichte Axel. Sie erklärte, warum die Übernahme des dritten Mannes durch die Amerikaner so hochexplosiv war.

»Und wenn Per bewiesen hätte, dass es genau solche ungesetzlichen Maßnahmen gegeben hat?«

»Das wäre der größte Skandal, den unser Land seit Jahrzehnten gesehen hat. Der PET-Chef würde als Erster über die Klinge springen, und danach wären alle dran, die davon gewusst oder es sogar genehmigt haben, also wahrscheinlich der zuständige Staatssekretär, der Justizminister und der Staatsminister.« Lindberg lächelte. »Aber es müssten schon handfeste Beweise sein, andernfalls würde das Ganze in irgendeinem langatmigen Untersuchungsausschuss drei, vier Jahre vor sich hinköcheln und dann stillschweigend ad acta gelegt werden, wie es ja für gewöhnlich der Fall ist.«

65

Als er ins Hauptquartier des PET in Søborg zurückkam, konnte er weder Vicki noch Henriette finden. Er ging zu Jens Jessens Büro, aber auch dort war niemand. Also fragte er die Sekretärin, die ihn mit einem ernsten Blick ansah.

»Warten Sie bitte einen Moment, ein Kollege wird Sie in den Keller begleiten.«

Sie griff nach dem Telefon und sprach flüsternd in den Hörer, sodass Axel sie nicht verstehen konnte. Kurz darauf stand Liam in der Tür. Er trat beiseite, um Axel vorbeizulassen.

»Hätte nicht gedacht, dass du sogar höflich sein kannst. Was geht hier vor?«

Liam sah ihn kalt an.

»Immer wenn du auftauchst, gibt's Probleme. Einer unserer Kollegen wird verhört.«

Es konnte sich nur um Khalid handeln.

»Ja, und dann auch noch ausgerechnet einer, den du so sehr schätzt, nicht wahr? Hast du die Mohammed-Karikaturen an seinen Spind geklebt? Oder läufst du etwa herum und erzählst, dass sich sein Name wie ein Klumpen grüner Rotze im Hals anhört?«

Liam sah ihn mit offenem Mund an, und Axel vermutete, dass mindestens eine seiner Bemerkungen ins Schwarze getroffen hatte.

»Hat's dir die Sprache verschlagen, oder was, du Nazischwein? Ist dir vielleicht was aufgefallen? Gestern hast du mir noch Handschellen angelegt und mich öffentlich gedemütigt. Heute habe ich hier draußen bei euch mein eigenes Büro, eine Zugangskarte und Zugriff auf alle Informationen, die ich haben will, und sobald ich mit dieser Sache hier fertig bin, kümmere ich mich um dich und deinen sauberen Freund. Ich werde euren beschissenen Fremdenhass ans Licht zerren, sodass alle sehen können, was für Arschlöcher ihr seid. Darauf kannst du Gift nehmen.«

Liam sagte nichts mehr, sondern führte Axel in den Keller und klopfte an eine Stahltür. Vicki ließ ihn herein, und überrascht sah er sich um. Natürlich verfügte der PET über einen solchen Raum, wenn nicht sie, wer dann? Er sah durch die Scheibe in einen Verhörraum, der aus *24* kopiert zu sein schien, nur saß dort nicht Jack Bauer und nahm einen durchgeknallten Terroristen in die Mangel, der irgendwo eine Bombe versteckt hatte. Jens Jessen und Henriette standen vor einem Tisch, auf dessen anderer Seite Khalid mit versteinerter Miene saß.

»Was ist passiert?«, fragte Axel.

Vicki setzte ihn über Khalids Kontakte und die Treffen mit Sten und Per ins Bild.

»Er behauptet, Aishas Vater habe den Verdacht gehabt, dass seiner Tochter irgendetwas zugestoßen war, bevor sie starb. Angeblich hat der Vater ihn gebeten, der Sache nachzugehen, und als guter Muslim hat Khalid nichts weiter als seine Pflicht getan.«

»Ja, nur hat er mit ›guter Muslim‹ absolut nichts im Sinn. Was sagt der Vater?«

»Ich wollte warten, bis du hier bist, und dann zu ihm fahren. Kommst du mit?«

»Nein, ich glaube, es ist besser, wenn ich hier dabei bin. Warum verhören nur die beiden ihn?«

»Das stand nicht zur Diskussion.«

»Hast du alles mitgekriegt?«

»Nein, ich bin erst nach ungefähr einer Viertelstunde dazugekommen.«

»Okay, fahr jetzt zu dem Vater.«

Sie ging.

Ein paar Augenblicke lang beobachtete Axel die drei, hörte ihre Stimmen. Khalids weicher und wohlklingender Tonfall war verschwunden und hatte einem kurzatmigen Ausspucken von Worten Platz gemacht. Verzweiflung und Wut blitzten in seinen Augen auf. Jens Jessen war gerade dabei, mit trockener und arroganter Sachlichkeit Khalids Kontakte mit den Ermordeten durchzugehen.

Axel klopfte an die Tür zum Verhörraum.

Alle blickten auf. Henriette öffnete und schob den Kopf durch den Türspalt.

»Ich übernehme«, sagte Axel. »Schaffst du Jens bitte hier raus?«

Sie sah ihn irritiert an, drehte sich dann aber doch um und forderte ihren Chef auf, mit nach draußen zu kommen. Khalid reckte den Hals, um zu sehen, was vor sich ging. Jens schloss die Tür hinter sich.

»Es ergibt keinen Sinn, dass ihr ihn verhört. Er ist euer Kollege, außerdem wart ihr in die Sache verwickelt. Ich übernehme und mache ihm ein bisschen Dampf, bis wir hören, was der Vater zu sagen hat.«

»Willst du gar nicht wissen, was er bisher gesagt hat?«

»Nein, das Verhör beginnt jetzt. Sagen wir, ihr habt ihn ein wenig weichgeklopft, aber von jetzt an werden Verdächtige ausschließlich von mir verhört. Und ich ziehe es vor, dass ihr draußen wartet.«

Ohne ihnen Gelegenheit zum Protest zu geben, verschwand er in den Verhörraum.

»Sind Sie schuld daran, dass ich hier sitze?«, fragte Khalid, als er Axel sah.

Er trug ein großes graues Sweatshirt und Jeans, die Augen blickten desillusioniert und müde.

»War sie in Sie verliebt, Khalid? Waren Sie Aishas heimlicher Geliebter?«

»Was ist eigentlich los mit euch? Nein, natürlich war ich das nicht. Was wollt ihr von mir?«

»Ich gehe mal davon aus, dass unsere gemeinsamen Kollegen Ihnen das bereits erklärt haben. Falls nicht: Sie selbst sind der Grund dafür, dass Sie hier sitzen. Ich habe mich nur darüber gewundert, dass Sie bei Sten Høeck waren, in seiner Wohnung, und es nicht für nötig gehalten haben, mich im Laufe der Ermittlungen davon in Kenntnis zu setzen. Sie haben sogar so getan, als wüssten Sie nicht mal, wo sich die Wohnung überhaupt befindet. Können Sie mir das erklären?«

»Ich kann nicht erkennen, was das mit den Ermittlungen zu tun haben soll, dass ich bei ihm war.«

»Alle, die bei Sten Høeck in der Wohnung waren, sind für die Ermittlungen interessant.«

»Ich bin nicht interessant für die Ermittlungen. Ich habe nichts getan. Ich kannte sowohl Sten als auch Per, daraus habe ich Ihnen gegenüber auch kein Geheimnis gemacht, und es wäre mir niemals eingefallen, den beiden auch nur ein Haar zu krümmen.«

»Warum haben Sie dann nicht gesagt, dass Sie ein paarmal bei ihnen waren?«

»Sie waren alte Kollegen, und das ist ja wohl kein Verbrechen, oder?«

»Nein. Fangen wir von vorne an. Vor ungefähr drei Jahren haben Per und Sten innerhalb von ungefähr einem halben Jahr beim PET aufgehört. Welcher Art war Ihr Kontakt zu den beiden danach?«

»Ich habe mich einmal mit beiden gemeinsam getroffen und jeweils einmal mit jedem von ihnen allein.«

»Wie lange ist das her?«

»Ein knappes halbes Jahr. Aishas Vater sprach mich auf der Straße an, lud mich auf einen Tee ein. Aishas kleine Schwester, Yasmin, war auch da. Der Vater sagte, er hätte den Verdacht, dass damals irgendetwas mit Aisha passiert sein müsste, als sie in der Wohnung von Anwar und Shakir sauber gemacht hat. Und dass er Gerüchte gehört habe, ich hätte Verbindungen zur Polizei. Er bat mich, der Sache nachzugehen, flehte mich förmlich an. Er wolle seiner Tochter Frieden schenken, sagte er. Ich antwortete ihm, dass ich ein paar Leute bei der Polizei kenne und sehen würde, was ich tun kann.«

»Und was haben Sie getan?«

»Ich habe Sten angerufen und gefragt, ob wir uns vielleicht auf ein Bier treffen wollten. Dazu sagte er nicht Nein, und wir haben ein bisschen geredet, im Café Europa unten in der City. Ich sagte ihm, die Kapelvej-Sache sei die größte Operation gewesen, bei der ich bisher dabei war, und da wären ein paar Dinge, die ich nicht so ganz verstehen würde.«

»Und was sagte er dazu?«

»Er war ziemlich zugeknöpft. Meinte, es gäbe ja nun mal jede Menge Dinge beim Geheimdienst, die man nicht verstehen würde, das läge eben in der Natur der Sache. Ein Teil des Jobs.«

»Und damit haben Sie sich abspeisen lassen?«

»Nein. Ich habe ihn nach Aisha gefragt. Ich sagte, es kursierten Gerüchte, dass ihr in der Wohnung etwas zugestoßen wäre. Er antwortete, davon wisse er nichts, aber ich sah ihm an, dass er log.«

»Was haben Sie dann gesagt?«

»Nichts, ich bin ja kein Idiot. Wir haben dann noch über dies und das gesprochen. Er fragte mich, wie es so läuft beim Dienst und wie es Henriette geht. Er vermisse sie, die beste Chefin, die er je gehabt hätte, sagte er.«

»Hat er sonst noch was gesagt?«

»Nur, dass sie die Einzige war, die er nicht ins Bett gekriegt hat. Er wollte wissen, wie es ist.«

»Wie was ist?«

»Sie zu bumsen. Dazu konnte ich ihm nichts sagen.«

»Hat er noch irgendwas zu der Operation gesagt?«

»Nein.«

»Wie ist es dann weitergegangen?«

»Wir haben ein paar Bier getrunken, und irgendwann hat er mich gefragt, ob ich nicht Lust hätte, ihn mal zu besuchen. Per könnte dann ja auch kommen. Ich glaube, er vermisste seinen alten Job.«

»Und Sie haben die Einladung angenommen?«

»Ja, die beiden waren schließlich bei der Operation dabei gewesen.«

»Nur deswegen?«

»Wie meinen Sie das?«

»Haben Sie die Einladung deswegen angenommen oder weil Sie die beiden gut leiden konnten?«

»Ich hatte nichts gegen sie.«

»Ich frage, weil Sie sehr emotional reagiert haben, als Sie zum Tatort kamen und den toten Sten Høeck gesehen haben.«

»Ich mochte die beiden. Niemand verdient es, auf diese Art und Weise zu sterben.«

Axel machte eine Pause. Warf einen prüfenden Blick auf seinen Block, der mit Notizen über einen alten Fall vollgekritzelt war.

»Wie würden Sie Ihr Verhältnis zu Sten beschreiben?«

»Wir sind gut miteinander ausgekommen.«

»War er nicht einer von denen, die Ihnen hier beim PET das Leben schwer gemacht haben?«

»Da war nichts dergleichen.«

»Wenn man sagt, dass niemand es verdient hat, auf diese Art und Weise zu sterben, dann hört sich das so an, als hätte man nicht sonderlich viel für denjenigen übrig gehabt.«

»Ich weiß nicht, was Sie meinen.«

»Hat Sten Sie von oben herab behandelt, weil Sie Ausländer sind? Hat er die Mohammed-Karikaturen an Ihren Spind gehängt?«

»Unsinn. Ich wollte mit den beiden über die Operation sprechen, sonst nichts. Per war ein feiner Kerl, hat sich mir gegenüber immer anständig verhalten. Sten war etwas zurückhaltender. Manchmal sagte er Dinge, die man nicht anders verstehen konnte, als dass er mich nicht als einen von ihnen ansah. Als einen von euch.«

»Zum Beispiel?«

»Das Übliche: Die zahlen keine Steuern, die haben eine andere Kultur, die denken anders, haben kein Verhältnis zu Recht und Gesetz, das sind alles Schmarotzer, die den Staat ausnutzen. Dann sah er mich meistens an und sagte: Das gilt natürlich nicht für dich, Khalid.«

»Und?«

»Verstehen Sie nicht, was das heißt?«

»Doch, das heißt, dass er Sie für einen Menschen zweiter Klasse hielt.«

»Ja, aber er war kein Rassist. Er war nur so, wie die meisten von euch eben sind.«

»Also konnten Sie ihn doch nicht besonders gut leiden?«

»Genau betrachtet konnte er mich nicht leiden.«

»Und Per?«

»Wie gesagt, Per war in Ordnung. Leider hatte ich keine Gelegenheit, ihn näher kennenzulernen, bevor er gefeuert wurde. Er war irgendwie anders, nicht so karrieregeil wie die meisten hier, und er hatte nicht diese fürchterliche Angst, mal einen Fehler zu machen.«

Er dachte nach, und Axel sah ihm an, dass ihm klar wurde, woher Axel sein Wissen hatte.

»Sie wussten es die ganze Zeit über«, sagte er und sah Axel beeindruckt und gleichzeitig enttäuscht an.

»Ja, aber ich habe Ihnen vertraut, also spielen Sie jetzt nicht den verletzten Gettojungen, Khalid. Falls Sie in Ihrem Leben schon mal bei einem Verhör dabei gewesen sind, dann wissen Sie, dass das hier business as usual ist. Schluss mit den Samthandschuhen, ich ziehe Sie aus, ich häute Sie, bis Sie mir die Wahrheit erzählt haben.«

Er sah ihn an. Ließ die Zeit arbeiten. Khalid erwiderte seinen Blick.

»Worüber haben Sie mit ihnen gesprochen?«

»Über die Arbeit, den PET und darüber, wie es war, mit Jens und Henriette als Vorgesetzten zu arbeiten.«

»Und was haben die beiden gesagt?«

Khalid zögerte.

»Es war okay für sie«, log er. Axel beließ es dabei.

»Wurde auch über Fälle oder Operationen gesprochen?«

»Ja, wir haben ein paar Fälle angesprochen, auch die Kapelvej-Operation.«

»Erzählen Sie schon!«

»Ich bin darauf zu sprechen gekommen, als beide da waren. Sten wollte nichts sagen. Für ihn war die Sache abgeschlossen. Er ging in die Küche, und Per und ich blieben auf der Terrasse und rauchten. Ich hatte das Gefühl, dass Sten ihn mir auf dem Silbertablett servieren wollte. Per sagte, die Kapelvej-Sache habe sie beide ganz schön mitgenommen, und sie wäre auch der Grund dafür, dass sie beim PET aufgehört hätten. Aber mehr wollte er nicht sagen, weil er und Sten sich in dieser Sache nicht einig waren.«

»Was dann?«

»Ich habe mich mit Per alleine getroffen, im Café Castro in der Nørrebrogade, hab ihn mit Wein abgefüllt und ihm erzählt, dass Aishas Vater sich Gedanken machte, was mit seiner Tochter passiert war.«

»Und was sagte Per dazu?«

»Er sagte, er hätte noch nicht alle Teile beisammen, und er könnte nichts sagen, bevor er das Puzzle nicht zusammengesetzt hätte.«

»War das alles?«

»Nein, ich habe nachgehakt, ein bisschen Druck gemacht, und er sagte, es wäre etwas Schreckliches in der Wohnung geschehen, aber mehr durfte er nicht verraten.«

»Was haben Sie damit angefangen?«

Er wand sich.

»Ich bin wieder zu Aishas Vater gegangen und habe ihm gesagt, seiner Tochter sei nichts zugestoßen.«

»Obwohl Sie genau das Gegenteil erfahren hatten?«

»Ja.«

»Warum?«

»Weil … Ich konnte nicht anders. Haben Sie eine Tochter?«

»Ja, aber was hat das damit zu tun, dass Sie ihn belogen haben?«

»Was hätten Sie getan?«

»Es spielt keine Rolle, was ich getan hätte. Ich frage Sie, warum Sie gelogen haben.«

»Weil ich ein Feigling war. Ich konnte ihm nicht sagen, es sei etwas Fürchterliches passiert, aber ich wüsste nicht, was.«

»Was dachten Sie, was passiert war?«

»Dass sie vergewaltigt wurde.«

»Als wir kürzlich miteinander gesprochen haben, sagten Sie, Sie wüssten nichts von einer Vergewaltigung.«

»Ich wusste, dass ich Probleme bekomme, wenn herauskommt, dass ich eigene Nachforschungen angestellt habe.«

»Sie sagten, dass Gespräch mit Per habe Ihnen Anlass zu der Vermutung gegeben, das Mädchen sei vergewaltigt worden. Von wem?«

»Von einem der Brüder. Oder von dem Mann, der erst später in die Wohnung kam.«

»Und was haben Sie mit dieser Vermutung gemacht?«

»Was meinen Sie damit?«

»Ich habe die Besucherlisten des Gefängnisses überprüft, Khalid.«

»Ja, ich bin da gewesen. Sie haben alles abgestritten.«

»Und damit haben Sie sich zufriedengegeben?«

»Nein, ich habe versucht, sie zu provozieren.«

»Und was ist dabei herausgekommen?«

»Nicht sehr viel, sie sagten nichts, wirkten aber ziemlich überrascht. Deshalb gehe ich davon aus, dass Aisha entweder doch nicht vergewaltigt wurde oder aber zumindest nicht von einem der beiden Brüder. Aber ich wusste ja, dass es einen dritten Mann gegeben hatte, schließlich hatte ich ihn in Nørrebro gesehen. Für mich gab es keinen Zweifel, dass er es gewesen sein musste, falls das Mädchen vergewaltigt worden war.«

»Und an diesem Punkt haben Sie Ihre Nachforschungen eingestellt?«

»Nein, ich bin das Kriminalregister durchgegangen, um zu sehen, ob eine Vergewaltigung angezeigt worden war.«

»Und? War das der Fall?«

»Ja.«

Axels Puls schaltete zwei Gänge hoch. Er versuchte, seine Überraschung zu verbergen.

»Und wo war die Anzeige aufgenommen worden?«

»Bei euch, in Ihrem Dezernat.«

»Okay.«

»Wissen Sie nichts davon?«

»Nein. Wann wurde Anzeige erstattet?«

»Zwei Wochen nachdem die Operation abgeschlossen wurde.«

»Und was haben Ihre Nachforschungen ergeben?«

»Meine Nachforschungen haben ergeben, dass die Anzeige zu den Akten gelegt wurde. Weil es keine Beweise gab, dass sich zu dem Zeitpunkt, zu dem Aisha ihrer Aussage nach vergewaltigt worden war, einer der Brüder in der Wohnung aufgehalten hat. Und dass der dritte Mann, der sie angeblich vergewaltigt hatte, nicht existierte. Ich wusste nicht, was ich glauben sollte.«

»Was soll das heißen?«

»Beweise können verschwinden, wenn es der Sache dienlich ist.«

»Und dann haben Sie die Sache auf sich beruhen lassen?«

»Nein, ich bin zu Henriette gegangen.«

»Und was hat sie gesagt?«

»Sie sagte, es gäbe nichts, dem sie nachgehen könnten. Der dritte Mann wäre zwar in der Wohnung gewesen, hätte aber niemanden vergewaltigt, das wären alles falsche Anschuldigungen.«

»Hat sie sich nicht darüber gewundert, dass Sie danach fragten?«

»Doch, schon. Ich sagte ihr, ich wäre darüber gestolpert, als ich im Kriminalregister nach einer anderen Sache gesucht hätte.«

»Und das hat sie geschluckt?«

»Ich glaube nicht, aber sie bat mich eindringlich, das Ganze zu vergessen, und danach haben wir nicht mehr darüber gesprochen.«

»Und das ist die Wahrheit? Oder sagen Sie das, weil Sie wissen, dass Henriette das hier zu hören bekommt?«

»Das ist die Wahrheit.«

»Und damit haben Sie sich dann zufriedengegeben?«

»Ich hatte die ganze Zeit das Gefühl, dass an der Sache etwas faul war, aber was hätte ich denn tun sollen?«

»Nehmen wir mal an, Aisha wurde vergewaltigt. Dann hätte das doch auf den Überwachungsvideos zu sehen sein müssen, oder?«

Er sah Axel forschend an.

»Ja, schon.« Die Antwort kam zögernd.

»Und wenn das so ist, dann muss es jemand gesehen haben, nicht wahr?«

Es wurde an die Tür geklopft. Axel ignorierte das Geräusch.

»Worauf wollen Sie hinaus?«

»Stellen Sie sich nicht dumm, das sind Sie nämlich nicht.

Sie sind seit sieben, acht Jahren beim PET, Sie wissen genau, dass bei einer Operation von dieser Größe eine Vierundzwanzig-Stunden-Überwachung zum Prozedere gehört, dass ständig jemand vor den Bildschirmen sitzt und rund um die Uhr ein schwer bewaffnetes SEK bereitsteht, das jederzeit eingreifen kann.«

Er schwieg.

»Wenn es also zu einer Vergewaltigung gekommen ist, dann hätte sie verhindert werden können, verhindert werden müssen. Das ist es doch, was Sie denken, oder etwa nicht?«

»Ja, natürlich.«

»Und wer hätte das verhindern können?«

»Hören Sie auf!«

»Per und Sten hätten es verhindern können, richtig? Und jetzt sind beide tot, und Sie sind durch gründliche Ermittlungsarbeit dahintergekommen, dass Aisha vergewaltigt wurde. Sie haben Kontakt mit beiden aufgenommen, und Sie sind der Einzige, der wusste, dass Per und Sten für die Überwachung verantwortlich waren, dass Per und Sten vor den Bildschirmen gesessen und zugesehen haben, was in der Wohnung vor sich ging, weil Sie ja ebenfalls an der Operation beteiligt waren, richtig?«

Khalid fuhr sich mit beiden Händen durchs Haar.

»Das ist doch krank. Ich würde doch niemals …«

»Dann überzeugen Sie mich! Die Techniker überprüfen Ihre DNA und Ihre Fingerabdrücke. Wo waren Sie vorgestern Abend?«

»Ich war hier.«

»Kann das jemand bezeugen?«

»Ich logge mich mit meiner Zugangskarte ein, das können Sie überprüfen.«

Also hatte er ein Alibi für den Abend, an dem Axel den Mann mit dem Kapuzenpulli in der Acht gesehen hatte.

»Ich verstehe immer noch nicht, warum Sie mir nicht erzählt haben, dass Sie sich mit den beiden getroffen haben, nachdem Sie beim PET ausgeschieden waren. Es ist doch klar, dass das relevant für den Fall ist, genau wie Ihre Beteiligung an der Kapelvej-Operation und Ihr Wissen darüber, was mit Aisha passiert ist.«

»Ich bin beim PET, was erwarten Sie? Uns wird eingetrichtert, dass alles nach dem Need-to-know-Prinzip zu laufen hat. Fragen Sie Ihre Freundin, das steht über allem, bei jedem Einsatz.«

»Aber jetzt haben wir einen Mord aufzuklären, also lassen Sie diese beschissene Geheimniskrämerei. Sie haben Stens Leiche gesehen, Sie haben Per gesehen, fein säuberlich aufgebettet, aber tot. Spätestens da hätten Sie doch einsehen müssen, dass es nicht die Zeit ist, Informationen zurückzuhalten. Das ergibt alles keinen Sinn, es sei denn, Sie wollten mich ablenken, um zu verhindern, dass der Verdacht auf Sie fällt.«

Khalid schüttelte den Kopf.

»Obendrein haben Sie versucht, mir weiszumachen, Aisha sei an einem Thrombus gestorben.«

»Das war die offizielle Version seitens der Familie. Ich habe ihren Tod nicht mit den Morden an Sten und Per in Verbindung gebracht, und das tue ich immer noch nicht.«

»Und dann ist da Ihr Auftritt vor Pers Wohnungstür. Jeder konnte den Leichengeruch wahrnehmen, nur Sie nicht. Aber die Zeit arbeitete ja für Sie, die Maden waren schließlich dabei, Beweismaterial zu vernichten.«

»Ich habe das nicht getan, Axel. Ich könnte so etwas nie tun.«

»Wir machen eine Pause, bis wir Ihre Aussagen überprüft

haben und bis wir wissen, ob Aishas Vater Ihre Geschichte bestätigt. Denken Sie noch einmal gut nach. Wenn es noch etwas gibt, das Sie mir erzählen wollen, dann ist jetzt genau der richtige Zeitpunkt. Ich finde es sowieso heraus, ich finde alles heraus, immer.«

»Aishas Vater wird meine Geschichte nicht bestätigen. Er wird nichts sagen. Ich habe ihn ausdrücklich darum gebeten. Ich habe ihm gesagt, dass er unter keinen Umständen jemandem davon erzählen darf, dass er mich gebeten hat, mir Aishas Tod genauer anzusehen.«

»Das kommt Ihnen ja sehr gelegen, oder? Wir sprechen uns wieder.«

Er verließ den Raum, kochend vor Wut.

»Stimmt das?«, fragte er Henriette.

»Ja, es stimmt.«

Er war immer noch entsetzt darüber, dass sie dagesessen und zugesehen hatten, wie ein neunzehnjähriges Mädchen vergewaltigt wurde. Aber dass sie auch noch die Anzeige unter den Teppich gekehrt hatten, als Aisha zu ihnen gekommen war, hätte er sich in seinen kühnsten Träumen nicht vorgestellt.

Er sah Henriette an, fragend, während die Ausmaße des Betrugs an Aisha in sein Bewusstsein drangen. Die Erschütterung über ihr Verhalten erreichte eine neue Stufe, nicht nur wegen des abermaligen Verrats an dem Opfer, sondern auch, weil sie den Blick abwandte. Er hatte gehofft, sie würde etwas sagen, es erklären. Seit Khalid es erwähnt hatte, arbeitete sein Gehirn an dem, was sie getan haben mussten, doch war da immer noch ein Funken Hoffnung gewesen, dass es nicht so war, dass sie die Sache nicht vertuscht hatten, als das Opfer zu ihnen gekommen war und Gerechtigkeit verlangt hatte – zu denen, die es hatten geschehen lassen, zu denen, die die Beweise in den Händen hielten.

Er musste sich auf Khalid konzentrieren, er musste einen Mörder finden, doch das hier war so bodenlos, dass er für eine kurze Weile den Fokus verlor, am liebsten alles hingeschmissen hätte.

»Hast du die Entscheidung getroffen?«

Sie schüttelte den Kopf. Resignierend.

»Axel, es gab klare Anweisungen für alles, was mit dieser Operation zu tun hatte. Hätte ich dagegen verstoßen, wäre ich rausgeschmissen worden. Und Gerechtigkeit hätte man ihr so oder so nicht zuteilwerden lassen.«

Es war eine Wahrheit mit jeder Menge Interpretationsspielraum, aber Axel konnte nicht mehr.

»Wer hat die Anzeige auf den Schreibtisch bekommen?«, fragte er.

»Dein Kollege Bjarne Olsen.«

»Ich komme später wieder«, sagte Axel. »In der Zwischenzeit sprichst du kein Wort mit ihm.« Er verließ den Keller und ging nach oben. Das Haus wirkte wie ausgestorben, als er das Foyer durchquerte. Auf dem Parkplatz angekommen, zündete er sich eine Zigarette an und versuchte, Bjarne zu erreichen, sowohl auf dem Handy als auch im Präsidium, aber ohne Erfolg.

»Ich glaube, er hat einen Tag frei genommen«, sagte Vicki, als er sie anrief. »Ich bin auf dem Weg zu euch. Der Vater bestreitet alles, sagt, er habe seit Jahren keinen Kontakt zu Khalid gehabt. Er kennt ihn aus dem Viertel, behauptet aber, ihn wegen Aishas Tod nie um etwas gebeten zu haben. Tja, Khalid ist jetzt ganz schön am Arsch.«

»Okay, ich gehe wieder rein zu ihm und mache mit dem Verhör weiter.«

Axel beendete das Gespräch und ging zurück in den Keller. Die Aussage des Vaters stellte ein ziemliches Problem für Khalid dar, trotzdem war Axel von der Schuld seines ehemaligen Ermittlungspartners nicht überzeugt. Khalids Überraschung über den Zusammenhang, den Axel zwischen der Vergewaltigung und der Überwachung der Wohnung hergestellt hatte, wirkte echt. Offensichtlich war ihm der Gedanke bis dahin nicht gekommen, aber er behauptete ja auch, nach wie vor keine Verbindung zwischen der Vergewaltigung Aishas und den Morden an Sten Høeck und Per Larsen erkennen zu können. War Khalid unschuldig, dann traf seine Behauptung natürlich zu, denn dann wusste er nicht, dass der Täter Sten Høeck die Augenlider abgeschnitten hatte, weil der dritte Mann Aisha während der Vergewaltigung genau damit gedroht hatte. Aber Axel hatte seine Zweifel, was Khalid anging. Inzwischen hatte er so viele Seiten an ihm kennengelernt, dass er nicht mehr sicher war, was er ihm glauben konnte und was nicht.

66

Das Schlimmste, was passieren konnte, war, dass Papa absagte. Dass sie nicht zu ihm durfte, weil er arbeiten musste. Dann bekam sie richtig Angst. Ein paarmal hielt sie die Luft an und zählte, aber es half nicht. Papa war alleine, niemand passte auf ihn auf.

»Meinst du, Papa ist traurig, weil ich nicht zu ihm kommen kann?«

»Ja, Emma, das ist er, aber ihr seht euch ja bald.«

»Versprochen?«

»Ja, versprochen.«

»Was meinst du, wie es Papa jetzt geht?«

»Mit Papa ist alles in Ordnung, Emma, es geht ihm gut.«

»Ist er alleine?«

»Er ist auf der Arbeit, Emma, es passiert ihm nichts.«

Sie musste weinen, weil sie merkte, dass Mama sauer wurde.

»Emma, diese ganze Fragerei … Es gibt nichts, wovor du Angst haben musst.«

Emma war sicher, dass sie log und dass er bald sterben würde, und das sagte sie Mama auch, die antwortete, das werde nicht passieren. Und es hörte sich auch richtig an, nur, dass er letztes Mal auch fast gestorben wäre. Mama sagte natürlich, dass das nicht stimmte, aber Emma erinnerte sich noch gut daran, wie sie ihn im Krankenhaus besucht hatten. Er hatte ganz still dagelegen, mit Schlangen in der Nase und den Armen und hatte ausgesehen, als ob er schlafe. Emma durfte ihn nicht wecken. Er ist bewusstlos, sagte Mama, er wacht von alleine wieder auf, aber Emma konnte sehen, dass sie selbst nicht daran glaubte, weil Mama die ganze Zeit kurz davor war, in Tränen auszubrechen. Sie sprach mit den Ärzten und Papas Kollegen, aber nur im Flüsterton, damit Emma es nicht hörte, und alle guckten sehr ernst, außer wenn sie sie ansahen. Dann setzten sie ein breites Lächeln auf, das auf ihren Backen festzukleben schien. Und warum waren Oma und Jens die ganze Zeit bei ihr zu Hause und passten auf sie auf, während Mama bei Papa im Krankenhaus blieb? Wenn es doch nichts Ernstes war …

Einmal hatte eine Zeitung auf dem Tisch gelegen. Auf der Titelseite waren ein paar Bilder zu sehen, die Papa zeigten, und in der Überschrift stand, es sei auf ihn geschossen worden, und irgendwas von Drogen und einigen Toten. Auch auf dem großen gelben Werbeplakat vor dem Zeitungskiosk in der Farimagsgade war ein Bild von ihm. *Drogenring ausgehoben,* stand da mit großen Buchstaben, und darunter etwas kleiner: *Polizeiheld schwer verletzt.*

In der Schule sprachen die Jungs über ihn. Sie fanden ihn cool. Megacool. Plötzlich prasselten Fragen auf sie ein. Wie viele hat er umgelegt? Hat er wirklich fünf Gangster kaltgemacht? Wie oft wurde er getroffen? Kann man die Löcher sehen? Irgendwann hatte sie es nicht mehr ausgehalten.

Und heute hatte Papa angerufen und gesagt, er wisse nicht genau, ob sie übermorgen zu ihm kommen könne. Immerhin durfte sie mit ihm sprechen.

»Ist alles in Ordnung, Paps?«, hatte Emma gefragt.

»Mir geht es ausgezeichnet, Emma«, hatte er geantwortet, aber Emma hörte seiner Stimme an, dass es nicht die Wahrheit war.

67

Als er den Vorraum zum Verhörzimmer betrat, war Jens Jessen zurück.

»Sollten wir ihn nicht einem Haftrichter vorführen?«, sagte er. Seine Augen glühten wieder auf diese manisch intensive Art, die in Axel jedes Mal ein unangenehmes Gefühl hervorrief.

»Ja, sicher, aber wir haben noch Zeit, ungefähr zwanzig

Stunden, bis die Frist abläuft. Wir werden jetzt erst mal seine Alibis für die Tatzeiten auf Herz und Nieren prüfen. Und seine Aussage, er hätte Aishas Vater instruiert, uns nicht die Wahrheit zu sagen. Checkt ihr die Daten seiner Zugangskarte für den Abend, als mir dieser Mann im Kapuzenpulli in Sten Høecks Wohnung über den Weg gelaufen ist?«

Er wartete die Antwort nicht ab, sondern ging zu Khalid in den Verhörraum und setzte sich ihm gegenüber.

»In der Nacht, als Sten getötet wurde, wo waren Sie da?«

Khalid dachte nach.

»Ich bekam einen Anruf, ziemlich früh am Morgen. Ich war zu Hause, habe die ganze Nacht geschlafen.«

»Kann das jemand bestätigen?«

»Meine Schwester und meine Mutter.«

»Schön für Sie. Sie brauchen nämlich Hilfe. Aishas Vater sagt, er habe Sie nicht darum gebeten, Nachforschungen anzustellen, ob in der Wohnung irgendetwas mit seiner Tochter passiert sei. Und genau betrachtet macht es auch gar keinen Unterschied, ob er Ihre Geschichte stützt oder nicht, Sie hätten Sten ja so oder so umbringen können.«

»Aber wieso ich?«

»Weil vieles darauf hindeutet, dass die Vergewaltigung des Mädchens das Motiv für die Morde an Per und Sten ist. Und dass niemand eingegriffen hat. Außerdem wussten nur sehr wenige davon. Und nicht zuletzt haben Sie genau dazu Nachforschungen angestellt, ohne irgendjemandem etwas davon zu sagen.«

»Ich habe das nicht getan. Und ich verstehe immer noch nicht, wo die Verbindung zwischen Pers und Stens Tod und der Vergewaltigung ist. Dann müssten Henriette und Jens ja auch tot sein.«

»Ja, vielleicht haben Sie recht, Khalid, aber Jens und Henriette haben Personenschutz, seit wir das Motiv für die Morde kennen, und deshalb war es nicht so einfach für Sie, an die beiden ranzukommen, richtig? Oder vielleicht haben Sie es dann doch nicht fertiggebracht? Henriette? Haben Sie es einfach nicht gekonnt, als es drauf ankam?«

»Ich weiß nicht, was Sie meinen.«

»Ich glaube, das wissen Sie sehr gut, Khalid. Sie haben keine Freunde hier. Jeder hier ist sofort bereit, Sie wie eine heiße Kartoffel fallen zu lassen. Und als Sie herausbekommen haben, dass Per und Sten auf ihren Ärschen gesessen und zugesehen haben, wie das Mädchen vergewaltigt wurde, war das der Tropfen, der das Fass bei Ihnen zum Überlaufen gebracht hat.«

»Wenn sie das getan haben, dann ist das unverzeihlich.«

Meine Worte, dachte Axel.

»Aber trotzdem wäre ich niemals imstande, deswegen jemanden umzubringen.«

»Jetzt hören Sie mal zu: Sie kannten Aisha. Sie waren ihr Trainer. Sie war fantastisch, das haben Sie selbst gesagt. Der dänische Freund, in den sie verliebt war, war das in Wirklichkeit ihr Boxtrainer? Waren Sie das?«

»Jetzt machen Sie aber mal 'nen Punkt, Mann! Haben Sie denn vor gar nichts Respekt? Ich hatte kein Verhältnis mit ihr. Ich kannte sie. Ich respektierte sie. So ein Mensch bin ich nicht, und sie weiß das«, rief er und zeigte auf die halbtransparente Scheibe. »Ich bin nicht so, fragen Sie sie, verdammt noch mal! Ihr seid doch krank. Ihr seid auf nichts anderes aus, als Leute fertigzumachen. Seit acht Jahren arbeite ich hier, ich war immer loyal und habe meine Pflicht getan, habe immer getan, was man mir aufgetragen hat. Ich bin ein anständiger

Mensch, und ich sage jetzt überhaupt nichts mehr. Entweder ihr lasst mich gehen, oder ich verlange einen Anwalt.«

Bin ich zu weit gegangen?, fragte Axel sich. Oder ist er ein Meister im Method-Acting? Das würde sich herausstellen, früher oder später.

»Reißen Sie sich zusammen. Sie sitzen hier, weil Sie entscheidende Informationen zurückgehalten haben. Und weil unser Mörder über sehr spezielles Wissen verfügen muss, zu dem nur Sten, Per, Henriette, Jens und Sie Zugang haben. Sie haben ein Motiv. Und Sie konnten uns nichts präsentieren, das sie reinwäscht. Für heute belassen wir es dabei. Morgen früh bringen wir Aishas Vater hierher, zusammen mit einem unserer Dolmetscher, den Sie nicht kennen. Dann bekommen Sie Gelegenheit, dem Vater klarzumachen, dass er uns mitteilen muss, worum er Sie gebeten hat. Der Dolmetscher überwacht, was sie beide sagen. Und wir überprüfen Ihr Alibi.«

Er verließ den Raum.

Jens Jessen war gegangen, aber Henriette saß noch da und sah ihn an.

»Was denkst du?«, fragte sie.

»Ich glaube nicht, dass ich ausgerechnet mit dir darüber sprechen will. Er hat ein großes Problem, auch wenn das Motiv etwas schwach ist. Warum hat er nicht einfach euch alle vier erledigt? So hätte ich es jedenfalls gemacht.«

»Ist es das, was du gerne tun würdest?«

»Nein, Henriette, ist es nicht. Ich will nur diese Schweinerei aufklären, die ihr hinterlassen habt. Gibt es noch mehr, wovon ich nichts weiß? Zum Beispiel über dich und ihn?«

»Nein, ich glaube, du hast jeden Stein umgedreht, Axel.«

»Das glaube ich nicht.« Er sah auf sein Handy. Es war halb acht.

»Kümmerst du dich darum, dass er über Nacht hier irgendwo eingeschlossen wird?«

»Ja.«

»Im Moment ist er unsere erste Wahl. Morgen früh bringen wir Aishas Vater her und befragen ihn zu Khalids Aussage. Du fährst zu ihrer Schwester und der Mutter und stellst fest, ob er ein Alibi für den Abend und die Nacht hat, als Per ermordet wurde. Bis dann.«

Axel war ausgelaugt, aber zufrieden, als er nach Hause fuhr. Zum ersten Mal während der letzten sechs Tage lief seine Ermittlung in eine konkrete Richtung. Und er hatte einen Verdächtigen, der nach wie vor etwas verschwieg. Außerdem hatte er das Motiv gefunden und obendrein noch einen Justizskandal auf dem Silbertablett serviert bekommen. Er wusste nicht viel über den dritten Mann, ging aber davon aus, dass er einer der ganz dicken Fische sein musste, den die Amerikaner unbedingt in die Finger kriegen und außer Landes bringen wollten, damit sie sich ihn auf ihre ganz spezielle Art vornehmen konnten. Und das hatte nur gelingen können, wenn sie sich ihn heimlich, still und leise holten. Hätten die dänischen Kollegen eingegriffen und die Vergewaltigung verhindert, wäre seine Existenz ans Tageslicht gekommen, er wäre in einem dänischen Gefängnis gelandet und die Möglichkeiten, per Waterboarding sämtliche Informationen aus ihm herauszufoltern und ihn hinterher verschwinden zu lassen, wären gleich null gewesen. Axel ging davon aus, dass er längst tot war, und der Gedanke verschaffte ihm eine gewisse Befriedigung, obwohl dadurch das Verbrechen an Aisha nicht bestraft war. Und ebenso wenig wog es die Tatsache auf, dass die Vergewaltigung hätte verhindert werden können, wäre dem Interesse der Amerikaner an der Operation nicht Vorrang gegenüber dem Leben einer jungen, unschuldigen Frau eingeräumt worden. Verglichen mit Sten war Per eines sanften Todes gestorben, weil er hatte einschreiten wollen. Sten war geschlachtet und gefoltert worden dafür, dass er dem PET gegenüber loyal gehandelt hatte, trotz seiner Gewissensbisse. Alles, was Khalid erzählt hatte, passte ins Bild. Konnte es ein anderes Motiv geben? Nein, die abgeschnittenen Augenlider sprachen eine klare Sprache.

Er hatte sich noch nicht entschieden, was er mit seinem Wissen anfangen würde – ob er Lindberg die Story über den dritten Mann liefern sollte, ob er das überhaupt konnte, ohne seine Karriere aufs Spiel zu setzen –, das musste warten, bis der Fall gelöst war. In Axels Augen hatte der dritte Mann den Tod verdient für das, was er getan hatte, aber deshalb war er noch lange nicht der Ansicht, dass die CIA oder sonst irgendwelche Organisationen oder Gruppen das Recht hatten, Menschen hinter dem Rücken der Justiz aus Dänemark zu verschleppen und mit ihnen zu machen, was sie wollten. Etwas musste er also unternehmen.

Die gestrige Sauftour hatte einen Teil seiner Energie abgezapft, und er fühlte sich wie gelähmt vor Müdigkeit, als er die Stufen zu seiner Wohnung nach oben stieg. Sein Körper schmerzte, und ihm war bewusst, dass er eigentlich noch seine Übungen machen musste, um die Muskeln in Form zu halten, die die lädierten Bereiche zusammenhielten, aber er hatte keine Kraft mehr. Ein Dosenbier war noch übrig, und er leerte es in einem gierigen Zug, um den aufkommenden Kater und das Gefühl der Abhängigkeit unter Kontrolle zu halten, das leise knurrend seinen Körper in Besitz nahm. Er fiel aufs Bett und sackte weg. Irgendwann klingelte sein Telefon. Im Halbschlaf sah er auf das Display. Henriette. Aber er konnte einfach nicht und glitt zurück in die traumlose Dunkelheit des Schlafs.

68

Was weiß ich eigentlich darüber, was mit Abu Bilal geschehen ist, fragte sie sich. Und über den Deal, den Jens mit den Amerikanern gemacht hat? Sie lenkte den Wagen auf den Hof hinter dem Haus im Jagtvej. Von einer gewissen Erleichterung darüber, dass die Leibwächter abgezogen waren, konnte sie sich nicht freisprechen. Sie hatte den Personenschutz mit der Begründung, sie hätten einen Verdächtigen festgenommen, für beendet erklärt.

Es war Sten Høeck gewesen, der Abu Bilal von der Erdoberfläche hatte verschwinden lassen. Henriette wusste nicht einmal, wohin sie ihn gebracht hatten, ob er unmittelbar nach der Festnahme ausgeflogen worden war oder ob sie ihn erst noch in Dänemark verhört hatten. Sie hatte die Drecksarbeit erledigt, hatte aufgeräumt, die Vergewaltigung unter den Teppich gekehrt. Und dafür lobende Worte bekommen. Und eine Beförderung.

Aber was nützte ihr das jetzt? Sie sehnte sich nach Axel, mehr als je zuvor, nach seiner Nähe, seinem Blick, seinem Körper, danach, ihm alles zu erzählen, ein Geständnis abzulegen. Sie würde ihre Schweigepflicht brechen und es tun. Genau betrachtet wäre es vielleicht nicht einmal eine Verletzung der Schweigepflicht, wenn sie mit jemandem sprach, der ebenfalls an die Schweigepflicht gebunden war? Auf dem Weg von Søborg nach Hause in den Jagtvej war ihr klar geworden, dass sie genau das tun musste, ihm alles erzählen. Auch von ihrem Gespräch mit Aisha. Sie musste ihn bitten, ihr zuzuhören, an ihn appellieren. Und wenn sie alles gesagt hatte, konnte er sein Urteil fällen.

Sie fühlte sich alleingelassen. Ihre Berufung, ihre Überzeugung, etwas Wichtiges zu tun, einen Unterschied zu machen, all das war verschwunden. Sie verlor den Boden unter den Füßen, nicht nur wegen Axel, sondern auch, weil Jens sich völlig unmöglich aufführte. Er war ihr Mentor, förderte ihre Karriere, aber er war nicht mehr derselbe Mann, neben dem sie sich durch die Welt der Geheimdienste mit ihrem Labyrinth aus Fallgruben und versteckten Hinterhalten geschlagen hatte. Die Trennung von Cecilie Lind vor zwei Jahren machte ihm immer noch zu schaffen, und immer öfter wusste sie nicht mehr, woran sie mit ihm war, besonders dann nicht, wenn er diesen manisch starrenden Blick in den Augen hatte. Dann heckte er wieder irgendeinen waghalsigen Plan weit jenseits der Dienstvorschriften aus. Einmal hatte er sogar zu ihr gesagt, die Vergewaltigung sei ein Riesenglücksfall für ihre Operation gewesen. Sie hatte nichts mehr hören wollen. Nach Stens und Pers Tod drehte Jens ununterbrochen im roten Bereich, bestand darauf, als Erster Zugang zu ihren Computern zu bekommen. Normalerweise war es ihr Job, die Daten auf den Rechnern zu sichten und alles Relevante zu überprüfen, aber er ordnete unmissverständlich an, dass er sich das Ganze ansah, bevor es irgendjemand anders unter die Lupe nahm. Und er hatte einiges bereinigt. Ging es nur darum, dass man ihm den Stuhl vor die Tür setzte, wenn die Sache mit Abu Bilal rauskam? Oder war da noch etwas anderes? Es gab nach wie vor jede Menge Dinge im Zusammenhang mit dem Abschluss der Operation, von denen sie nichts wusste.

Axel war wichtiger als das alles. Sie würde ihn anrufen und in Ruhe mit ihm reden, sobald sie oben in der Wohnung war. Ihn fragen, ob sie nicht zu ihm kommen konnte. Nein, es konnte nicht warten. Sie nahm das Telefon und scrollte zu seinem Namen. Vielleicht sollte sie einfach zu ihm fahren. Jetzt. Und da sein. Frieden schließen, ihm nahe sein, so wie noch vor zwei Tagen. Sie hatte Fehler gemacht, aber sie würde versuchen, ihm zu erklären, dass man nicht einfach aus der Kette der Geheimhaltungen und Lügen ausbrechen konnte, weil man moralische Skrupel bekam. Nein, das würde nicht funktionieren, denn die Vergewaltigung war nicht einmal das Schlimmste. Schlimmer war das Nachspiel, als Aisha bei der Polizei auftauchte, um das Verbrechen anzuzeigen, und abgewiesen wurde. Henriette hatte alles aus sicherer Entfernung beobachtet. Danach fühlte sie sich so elend, dass sie einen aus Sicht des Geheimdienstes unverzeihlichen Fehler beging. Sie wollte es wiedergutmachen und fuhr zu ihr, erklärte ihr, was passiert war. Und dass der Mann, der ihr das angetan hatte, festgenommen, außer Landes gebracht und getötet worden war. Sie hatte geglaubt, es sei das Beste, was man für Aisha tun konnte, dass es ihre Wunden heilen würde, aber sie hatte sich fürchterlich getäuscht. Aisha sah sie fassungslos an, als sie es hörte.

»Aber ich bin doch zu euch gekommen! Ich dachte, so funktioniert die Gesellschaft hier. Dass man sich dem Staat anvertrauen kann. Dass hier nicht einfach Menschen umgebracht werden und niemand will etwas davon wissen. Oder vergewaltigt.«

»Er ist weg, ist das nicht genug? Er wurde weit härter bestraft, als es hier der Fall gewesen wäre.«

»Halten Sie mich für ein Tier? Denken Sie, ich freue mich über Ihre Version von Blutrache, bloß weil ich Kopftuch trage?«

»Nein, aber in diesem Fall gab es spezielle Begleitumstände«, versuchte sie zu sagen, wusste aber, dass bereits alles aus dem Ruder gelaufen war und sie niemals Kontakt zu ihr hätte aufnehmen dürfen.

»Ich habe bei euch vorgesprochen, es gibt Leute, die das herausfinden können. Ich habe die Regeln befolgt, die diese Gesellschaft aufgestellt hat. Ich bin hier geboren, ich bin dänisch. Und dann geschieht das Schlimmste, dem eine Frau ausgesetzt sein kann, verstehen Sie, ich werde niemals Mutter sein, werde niemals einen Mann haben …«

»Das ist doch gar nicht gesagt.«

»… und dann nehmt ihr nicht einmal meine Anzeige auf, ihr sagt einfach, es stimmt nicht, obwohl ihr alles auf Band habt. Ihr habt das Schändlichste einfach geschehen lassen, und dann sagt ihr, ich sei nicht vergewaltigt worden.«

»Das geht nicht gegen Sie.«

»Gehen Sie. Gehen Sie jetzt einfach.«

Am nächsten Tag war Aisha tot, und Henriette war zu Jens gegangen, fest entschlossen, zu kündigen. Aber er hatte sie überzeugt, dass sie bleiben müsse, kämpfen müsse, es sei das Beste, nicht zuletzt für sie, schließlich sei sie schneller und gescheiter im Kopf als die allermeisten Kollegen, sie könne etwas beitragen, etwas leisten, sie dürfe nicht aufgeben. Während der letzten drei Jahre hatte es sie innerlich zerfressen, dass sie eine so fürchterlich falsche Entscheidung getroffen hatte, nur weil sie es zu etwas bringen wollte, weiter nach oben wollte. Dann hatte sie Axel das Leben gerettet und zum ersten Mal seit Langem gespürt, dass sie vielleicht doch eine Mission hatte. Und vor ein paar Monaten war er in ihr Leben getreten und mit ihm die Hoffnung, die Hoffnung auf eine andere Zukunft.

Sie rief ihn an, weil sie wusste, dass er da war, direkt hinter der Wut, der Axel, den sie kannte. Er war da. Aber er ging nicht ans Telefon. Sie würde es noch einmal versuchen, wenn sie oben in der Wohnung war. Sie stieg aus dem Wagen und blickte sich um. War da jemand? Nein, sie sah wohl schon Gespenster. Sie aktivierte das Funkschloss des Wagens. Neben ihr parkte ein Lieferwagen, der einen großen Teil ihres Blickfelds blockierte. Knirschten da Schritte in der Nähe? Sie tastete nach der Dienstwaffe in ihrem Schulterholster und zog sie erst langsam, dann mit einer blitzschnellen Bewegung heraus, als sie einen Schatten hinter sich erahnte. Sie fuhr herum und machte einen Schritt rückwärts, erkannte aber zu spät, dass die Gefahr nicht aus der Richtung kam, in die sie starrte, sondern aus der, der sie gerade den Rücken zugedreht hatte.

69

Axel fuhr ins Präsidium, um mit Bjarne Olsen zu sprechen. Er saß mit hochrotem Kopf in seinem Büro und drehte Däumchen.

»Ach, der König aus PET-Land lässt sich mal wieder blicken! Was verschafft mir die Ehre?«

»Warum hast du nicht auf meine Anrufe geantwortet?«

»Ich war beschäftigt. All diese Damen, die Sten Høeck flachgelegt hat, sind ja jetzt auf meinem Schreibtisch gelandet, nachdem du unsere Vicki entführt und deinen neuen Freunden zum Fraß vorgeworfen hast.«

»Ich bin sicher, dieser Teil der Ermittlungen passt vortrefflich zu dir, aber du hättest dich melden müssen. Ich habe vier Nachrichten auf deinem Handy hinterlassen.«

»Na, na, Mister PET, jetzt tragen wir die Nase aber ein bisschen hoch, was? Sollte es deiner Aufmerksamkeit entgangen sein: Ich hatte gestern tatsächlich mal frei.«

»Und dann gehst du nicht ans Telefon?«

»Halt den Rand, Axel. Ich war die ganze Nacht im Kakadu, und ich habe nicht vor, mit dir darüber zu diskutieren, was ich in meiner Freizeit tue.«

»Fick dich, Bjarne, es ist wichtig. Ich brauche Informationen über eine Vergewaltigungsanzeige, die du vor dreieinhalb Jahren aufgenommen hast.«

»Und wer soll vergewaltigt worden sein?«

»Aisha Lakhani, neunzehn Jahre alt. Die Vergewaltigung stand in Verbindung mit dem Kapelvej-Fall, den wir uns gerade näher ansehen. Sagt dir das was?«

»Ja.«

»Hast du mit ihr gesprochen?«

»Ja, natürlich habe ich das. Lass mal sehen.« Er wühlte in ein paar Aktenstapeln herum, die auf dem Archivschrank hinter seinem Schreibtisch lagen. »Undurchsichtige Sache. War 'n hübsches Ding, die kleine Aisha, das war nicht zu übersehen, trotz Kopftuch. Warum fragst du nach ihr?«

»Was hast du gemacht?«

»Was glaubst du wohl? Ich habe ihre Behauptungen überprüft, habe die beiden Terrortypen verhört. Aber sie haben alles bestritten, diese kleinen Ziegenficker. Also bin ich zum PET marschiert, schließlich hatten die die Wohnung ja überwacht. Ich bekam sogar eine Audienz bei irgend so einer Vizekriminalkommissarin, eiskaltes Biest, riesengroß, dicke Möpse, schöne Augen.«

Er wischte sich über den Mund und rieb sich das Kinn. Axel wartete geduldig.

»Scheiße noch mal, es war die, an der du dich auf Darlings Party festgebissen hast, die, die du nagelst, wenn *du* mal frei hast.«

»Jetzt komm schon, Bjarne.«

»Sie sagte, an der Sache wäre nichts dran. ›Was glauben Sie eigentlich, wen Sie vor sich haben?‹, habe ich zu ihr gesagt. ›Ich glaube, Sie sind Bjarne Olsen‹, antwortete sie und sah mich seelenruhig an. ›Da können Sie von ausgehen, und ich lasse mich von euch Pissnelken nicht so einfach an der Nase herumführen.‹ Das machte auch keinen besonderen Eindruck auf sie, aber immerhin hat sie mir ein Band vorgespielt. Darauf war nichts von einer Vergewaltigung zu sehen. Ich habe dann noch freundlich angemerkt, es könnte ja zu einem anderen Zeitpunkt passiert sein. Sie sagte, sie könne mir 24-Stunden-Aufnahmen aus zehn verschiedenen Kamerawinkeln über einen Zeitraum von drei Wochen zusammenstellen. Das Angebot habe ich abgelehnt.«

»Und dann?«

»Tja, dann musste ich die Sache aus Mangel an Beweisen fallen lassen. Es gab nur die Aussage des Mädchens. Ich hatte nicht mal einen Verdächtigen. Als ich sie fragte, ob es einer der beiden Brüder gewesen sei, verneinte sie. Mehr konnte ich nicht tun.«

Das meiste hatte er schon im Vorhinein gewusst. Neu war,

dass Henriette diejenige gewesen war, die Bjarnes Ermittlungen blockiert hatte.

Sie tauchte in diesem Fall überall auf, und er hätte sich gewünscht, ihr an einigen Stellen seiner Ermittlung nicht begegnet zu sein. Jens Jessen traute er im Dienste der Sache alles zu, aber er hatte geglaubt, Henriette sei anders. Wahrscheinlich war er naiv. Wahrscheinlich hatte sie recht damit, dass man ihren Job nicht ausüben konnte, ohne wieder und wieder vor die Wahl zwischen Pest und Cholera gestellt zu werden und sich für das größere Übel entscheiden zu müssen, um sein Ziel zu erreichen. Und hatte er nicht allzu oft selbst alle Grenzen überschritten und hundertzehn Prozent gegeben, um einen Fall aufzuklären?

Er fuhr raus nach Søborg. Der Vergewaltigung Aishas war er auf den Grund gegangen, er wusste, was mit dem dritten Mann geschehen war, und er wusste, warum Per und Sten ermordet worden waren und dass diese drei Dinge zusammenhingen. Er fühlte ein gewisses Verständnis für das Motiv des Täters, wenn alles so war, wie er es vermutete. Würde jemand vergewaltigt, den er liebte, und eine Handvoll Polizisten hätte dabei zugesehen, es geschehen und hinterher sogar noch alles unter den Tisch fallen lassen, als das Opfer Hilfe suchte, wären in ihm auch unbändiger Hass und der Wunsch nach Rache aufgeflammt. Ganz oben auf der Liste der Menschen, die dafür bezahlen sollten, standen nicht Sten und Per, sondern Henriette und Jens – vorausgesetzt, der Täter verfügte über sämtliche Informationen. Er ging in den Keller und sah durch die Scheibe hindurch Khalid an, der wieder auf seinem Stuhl saß. Warum waren dreieinhalb Jahre vergangen? Was hatte die Morde in Gang gesetzt?

Vicki kam herein.

»Wo ist Henriette?«, fragte Axel.

»Sie wollte doch zu Khalids Mutter und seiner Schwester, um das Alibi zu überprüfen, oder?«

»Wie ist es mit Aishas Vater gelaufen?«

»Gut. Also für Khalid. Ich hatte einen Dolmetscher besorgt, mit dem wir öfter zusammenarbeiten, einen Pakistaner, der Khalid nicht kennt. Er hat alles überwacht, was sie sagten. Khalid hat dem Vater erklärt, er sei nicht mehr an sein Versprechen gebunden und solle alles erzählen, sonst sähe es schlecht für ihn aus, also für Khalid. Der Vater hat seine Geschichte uneingeschränkt bestätigt.«

»Na schön, aber deswegen ist er noch nicht vom Haken. Trotzdem müssen wir in andere Richtungen denken, müssen logisch denken, Vicki. Zwei Dinge können uns auf die Spur des Täters bringen. Erstens: Wie hat er von der Vergewaltigung erfahren? Und zweitens: Wie ist er an die Namen der vier Personen gekommen, die zugesehen haben, ohne einzugreifen? Im Moment sollten wir uns um Punkt zwei kümmern, weil nur ein sehr kleiner Personenkreis dafür infrage kommt.«

»Zum Beispiel Khalid.«

»Ja, aber vergessen wir ihn mal für ein Weilchen.«

»Dann bleiben wohl nur noch die vier selbst.«

»Ganz genau. Und Jens Jessen und Henriette können wir streichen.«

»Was ist mit Sten Høeck? Bist du sicher, dass er den Mund gehalten hat?«

»Ziemlich sicher. Er hat seiner Psychologin von der Vergewaltigung erzählt, aber Khalid hat nichts aus ihm herausbekommen. Also bleibt uns Per«, sagte Axel.

»Ja, aber wie findet der Täter Per?«

»Per redete viel, wenn er betrunken war, allerdings kaum etwas Konkretes. Weder sein Kollege an der Kofoeds Schule noch sein Journalistenfreund wissen etwas, jedenfalls deutet nichts in diese Richtung. Aber Per war auf einer Mission. Er sammelte Beweise dafür, dass der PET den dritten Mann den Amerikanern überlassen hat, damit sie ihn außer Landes bringen konnten.«

»Davon wusste ich bis jetzt nichts«, sagte sie.

»Davon darfst du auch nichts wissen.«

Sie biss sich auf die Unterlippe.

»So langsam dämmert mir einiges.«

»Lass uns später darüber sprechen«, sagte Axel.

»Hat Per nicht zu Khalid gesagt, er sei dabei, die letzten Stücke des Puzzles zusammenzusetzen?«, fragte sie.

»Ja, und wie wollte er das machen?«

»Beats me. Es gibt zu viel in dieser Sache, das ich nicht weiß.«

»Wenn Per beweisen wollte, dass der PET die Vergewaltigung eines Mädchens in Kauf genommen hat, weil der Täter der CIA übergeben werden sollte, was fehlte ihm dann noch dazu? Er hatte die Aufnahmen der Überwachungskameras, er hatte einen Speicher voller Material über ungesetzliche Gefangenenüberstellungen durch den PET und die CIA, und er hatte einen vertrauenswürdigen journalistischen Kontakt. Warum ist er nicht einfach damit an die Öffentlichkeit gegangen?«

»Weil er die Vergewaltigung nicht öffentlich machen wollte?«, fragte Vicki.

»Weil er nichts von dem Material öffentlich machen wollte, das er selbst zusammengetragen hatte. Dafür wäre er direkt ins Gefängnis gewandert. Vielleicht wollte er die Story über andere Kanäle einstielen. Und sie über einen Umweg Martin Lindberg servieren. Und was hat Per dann getan?«

»Er ist ausgebildeter Journalist, er wird wohl noch weiter recherchiert haben. Das ist es doch, was Journalisten tun, oder nicht?«

»Ja, sicher. Er wurde von der Operation abgezogen, bevor sie den dritten Mann festgenommen haben. Er wusste also nicht, was mit ihm passiert ist. Wo geht er also hin?«, fragte Axel.

»Wenn Sten Høeck ihm nichts sagen wollte – und davon müssen wir ausgehen – und er keine anderen Kontakte im PET mehr hatte, dann ist er wohl zu den beiden Brüdern im Knast gegangen.«

»Aber wozu?«

»Um sie zu einer Aussage zu bewegen, dass der dritte Mann tatsächlich existierte.«

»Denn dann würde die Story nicht von ihm kommen. Und um sie dazu zu bringen, erzählt er ihnen von der Vergewaltigung. Vielleicht haben sie schon vorher davon gehört, aber trotzdem ...«

»Und was passiert danach?«, fragte Vicki.

»Er gibt ihnen seine Karte und seine Nummer. Und wenn der Täter den beiden später ebenfalls einen Besuch abgestattet hat ...«

»Dann könnten sie ihm Pers Nummer gegeben haben. Verstehe. Hast du nicht gesagt, du hättest die Besucherliste der Brüder überprüft?«

Axel zuckte mit den Schultern.

»Axel? Du hast ihn angelogen?«

»Ich habe gepokert. Khalid ist gut, natürlich hat er die Besucherlisten überprüft.«

»Sehen wir sie uns an.«

»Ja, und wir müssen mit Henriette sprechen. Sie weiß, ob der PET über die Besuche informiert wird, die wegen geplanter Terroranschläge Verurteilte im Knast erhalten. Ich gehe mal davon aus, dass es so ist.«

Axel ging zu Khalid in den Verhörraum.

»Sie wissen ja jetzt, wie unsere Theorie über das Motiv für die beiden Morde aussieht.«

»Ja.«

»Ich kann Sie nicht gehen lassen, solange wir Ihr Alibi nicht überprüft haben, aber ich glaube, Sie haben nichts mit der Sache zu tun.«

»Aha.« Seine Stimme klang mechanisch.

»Als sie Anwar und Shakir im Gefängnis besucht haben, hat da einer von ihnen etwas über andere Besucher gesagt?«

»Sie waren mir gegenüber ja nicht gerade offen und freundlich eingestellt, und Anwar sagte, er habe keine Lust, zu jeder Tages- und Nachtzeit mit irgendwelchen Bullen zu quatschen.«

»Könnte Per bei ihnen gewesen sein?«

»Ja, könnte schon sein.«

»Könnte er den beiden seine Nummer gegeben haben? Ihnen erzählt haben, woran er gerade arbeitete?«

»Ja, das könnte er durchaus getan haben. Und jetzt sehen Sie zu, dass ich hier rauskomme.«

Axel ging hinaus. Vicki beendete gerade ein Telefongespräch.

»Und?«, fragte Axel.

»Das Gefängnis schickt uns gleich die Besucherliste der beiden Brüder.«

Per stand sowohl auf der Besucherliste für Anwar als auch für Shakir. Vor sieben Monaten war er bei ihnen gewesen, erst bei Anwar und einen Tag später bei Shakir. Danach tauchten acht weitere Namen auf, sechs arabische und zwei dänische. Vier von ihnen waren nur bei Anwar vorstellig geworden. Vicki bekam drei PET-Mitarbeiter zur Verfügung gestellt, um die Besucher zu überprüfen.

Axel rief Henriette an. Die Teilnehmerin war nicht erreichbar. Das hatte er bisher bei ihr noch nie erlebt, und es beunruhigte ihn. Er ging nach oben ins Büro von Jens Jessen, um ihn darüber zu informieren, dass er von Khalids Unschuld überzeugt war.

»Hattest du heute schon Kontakt mit Henriette?«, fragte Axel.

»Nein.«

»Wann hast du zuletzt mit ihr gesprochen?«

»Gestern Abend, kurz bevor sie nach Hause gefahren ist. Sie war ziemlich aufgebracht, meinte, wir hätten dir von Anfang an alles erzählen sollen. Rückblickend könnte sie recht haben.«

»Ihr habt immer noch Personenschutz, oder?«

»Wir haben den Personenschutz gestern Abend aufgehoben. Wir waren beide der Meinung, das sei nicht mehr nötig, nachdem wir Khalid festgenommen hatten.«

»Soll das heißen, dass sie keine Leibwächter hatte, als sie gestern nach Hause gefahren ist? Es war niemand bei ihr?«

»Zu Letzterem kann ich nichts sagen, ich bin ja nicht ihr Erziehungsberechtigter. Sie ist eine erwachsene Frau, Axel. Denkst du, sie könnte in Gefahr sein?«

»Was zum Henker ist eigentlich los mit dir, Jens? Ist dir das Hirn in den Arsch gerutscht, oder was? Natürlich ist sie in

Gefahr, genau wie du. Da draußen läuft ein Mörder herum, der Aisha rächen will, und ihr beide seid die letzten Namen auf seiner Liste. Begreif das endlich! Und sieh zu, dass du den Personenschutz an den Start kriegst, sofort!«

Die letzten Worte schrie er, und als er an der Sekretärin vorbeiging, erntete er einmal mehr einen missbilligenden Blick.

70

Emma wusste, dass es falsch war, aber sie ging trotzdem. Eigentlich sollte sie bis um vier Uhr in der Nachmittagsbetreuung bleiben, aber Mama hatte so viel zu tun, weshalb Emma die Erlaubnis bekommen hatte, die dreihundert Meter bis nach Hause in die Abildgaardsgade allein zu gehen. Mama hatte ihr einen Schlüssel gegeben, damit sie ins Haus kam. Und dann konnte sie auf dem iPad spielen, bis Mama mit Anton nach Hause kam.

Sie spielte gerne auf Mamas iPad. Wenn sie bei Papa war und er arbeiten musste, durfte sie immer lange spielen. Und bei Mama auch, weil sie sich meistens um Anton kümmern musste. Und sie liebte es, neue Spiele herunterzuladen. Manchmal kam sie gar nicht zum Spielen, weil sie so lange in den App Stores nach neuen Spielen suchte. Es war einfach das Beste, ein paar Spiele herunterzuladen und zu wissen, dass sie sie nachher ausprobieren würde.

Wenn sie spielte, hatte sie keine Bauchschmerzen.

Heute war kein guter Tag gewesen, und sie wollte einfach

nur nach Hause. Am Morgen hatte sie ihr neues MGP-T-Shirt angezogen. Es war lila, und die Buchstaben waren in bunten Farben aufgedruckt. Sie war ziemlich gespannt, aber niemand sagte etwas, als sie kam, obwohl alle es sahen. Später meinte Laura, die Farben wären hässlich und die Band MGP sowieso uncool. Sie verstand es nicht. Erst standen alle auf Justin Bieber, und plötzlich fanden sie ihn hässlich. Davor waren es Bratz, Barbie und Build-a-Bear gewesen, und auf einmal kam jemand und beschloss, dass sie ab jetzt out waren. Wer bestimmte eigentlich darüber?

Ursula war nicht so, aber Ursula war krank. Und vielleicht war sie immer noch sauer, weil Emma gesagt hatte, dass es auch Vorteile hatte, wenn Eltern sich scheiden ließen. Man bekam mehr Geschenke und durfte alles Mögliche, damit man dachte, es sei alles gar nicht so schlimm.

Vor einer Woche hatte sie sich mit der Zeit vertan und war schon um drei nach Hause gegangen. Niemand hatte etwas gesagt, und Mama hatte sie auch nichts erzählt. Seitdem war sie jeden Tag um drei gegangen. Jetzt war es zwar erst zwei, aber sie hatte keine Lust mehr auf Memory und holte ihre Tasche. Natürlich wusste sie, dass sie das nicht durfte, aber was sollte schon passieren, wenn sie nach Hause ging und ein bisschen spielte? Sie hatte keine Angst, allein zu sein. Sie hatte nur Angst, dass es Papa nicht gut ging, und die Angst ging weg, wenn sie auf dem iPad spielte.

Sie warf die Tasche in den Flur, streifte ihre Schuhe ab und ließ die Jacke auf den Boden fallen. Dann ging sie in die Küche und schnappte sich eine Rolle Kekse. Im Wohnzimmer war Mamas iPad nirgends zu sehen. Sie suchte, aber vergebens. Also hielt sie nach Mamas Laptop Ausschau, aber auch der schien verschwunden zu sein. Sie suchte in allen Zimmern, bis sie schließlich vor der Tür zu Thomas' Mansarde stand. Er hatte einen Computer. Auf dem Schreibtisch. Sie lauschte. Alles war still, er war nicht da. Trotzdem war es ein bisschen unheimlich, weil sie nicht wusste, was sie hinter der Tür erwartete. Sie war nur einmal in seinem Zimmer gewesen, kurz nachdem er eingezogen war. Er hatte Mama und sie und Anton eingeladen, sich sein Zimmer anzusehen. Es war nicht viel zu sehen, ein Bett, ein Tisch mit einem Stuhl, ein Sessel. Es sah nicht aus wie ein richtiges Zuhause. Es sah eher so aus, als versuche jemand, es wie ein Zuhause aussehen zu lassen, sich aber nicht besonders viel Mühe dabei gab.

Er war nur selten zu Hause, also konnte es ja nicht so schlimm sein, wenn sie ein bisschen auf seinem Computer spielte. Sein Zimmer schloss er immer ab, wenn er nicht da war. Zur Sicherheit klopfte sie ein paarmal, aber es waren nur der Wind in den Bäumen vorm Haus und die Autos auf der Øster Farimagsgade zu hören. Sie drückte die Klinke nach unten. Abgeschlossen, so wie sie es erwartet hatte. Sie ging bis zum Ende des Flurs, wo es eine Art Luke gab, durch die man in einen niedrigen Gang unter der Dachschräge gelangte. Ursula und sie hatten sich hier manchmal aus Spaß versteckt. Ein paar Meter weiter den Gang entlang gab es noch eine Luke, die in Thomas' Zimmer führte.

Der Computer stand auf dem Tisch. Es hatte sich nichts verändert, seit sie das letzte Mal hier gewesen war. Tatsächlich schien es beinahe so, als sei das Zimmer seitdem überhaupt nicht benutzt worden. Sie klappte den Bildschirm hoch, drückte auf die lange Taste und der Computer erwachte zum Leben. Eine Datei weckte ihre Neugier: PIX. Es waren jede Menge Bilder darin. Von Menschen. Ein Mann, der neben einer Frau stand. Noch mal derselbe Mann, diesmal hatte er andere Sachen an und saß in einem Restaurant, mit einer anderen Frau. Und in einem Café mit einer dritten Frau. Sie hielten sich an der Hand. Sie klickte weiter. Mehr Bilder mit allen möglichen Leuten. Huch, da war ja Paps. Und eine Frau, die sie noch nicht gesehen hatte. Sie war groß, fast so groß wie Paps. Sie redeten miteinander. Noch mehr Bilder von ihnen. Auf einem davon küssten sie sich. Emma bekam wieder Bauchschmerzen. Wenn die Frau Papas Freundin war, dann würde wohl nichts daraus, dass Mama und Paps wieder zusammenkamen.

Unten ging die Haustür auf. Mama war es nicht. Sie rief immer: »Hallo Schatz, wo steckst du denn?« Und Anton war es auch nicht, er konnte die Tür noch nicht alleine aufmachen. Sie klickte die Bilder weg und klappte den Bildschirm ein. Thomas kam die Treppe hoch, sie hörte seine Schritte.

71

Auf dem Weg nach unten in die Einsatzzentrale wählte er Henriettes Nummer. Wieder keine Verbindung. Sie mussten sie finden, und zwar jetzt. Sie hatte heute Vormittag zu Khalids Mutter und seiner Schwester gewollt, aber jetzt war es drei Uhr nachmittags, und so lange konnte die Vernehmung unmöglich dauern. Außerdem war es seltsam, dass sie offenbar ihr Handy abgeschaltet hatte. Er versuchte es noch einmal, ohne Erfolg.

In der Einsatzzentrale herrschte eine Atmosphäre energiegeladener Aktivität. Außer Vicki, die an ihrem Schreibtisch ganz hinten im Raum saß, waren elf PET-Leute anwesend, Spezialisten in Sachen Handyortung und -abhörung, Experten für die Überprüfung personenbezogener Daten, Internetnerds und eine Handvoll erfahrener Ermittler. Drei von ihnen kannte Axel, sie hatten früher zu der mobilen Ermittlereinheit gehört, die unter dem Namen Reisegruppe eine gewisse Berühmtheit erlangt hatte.

»Vicki, Henriette meldet sich immer noch nicht. Hast du etwas von ihr gehört?«

»Nein. Ich habe es ein paarmal versucht und auf ihre Mobilbox gesprochen.«

Er drehte sich um und sprach zu allen im Raum.

»Wir haben einen Notfall, alle aktuellen Maßnahmen, an denen ihr gerade arbeitet, werden ausgesetzt. Niemand hat etwas von Henriette Nielsen gehört, seit sie gestern Abend dieses Gebäude verlassen hat, und sie hätte längst hier sein oder sich melden müssen. Vielleicht gibt es eine einfache Erklärung dafür, aber im Moment müssen wir davon ausgehen, dass sie verschwunden ist. Ein Mörder ist hinter ihr her. Wir müssen ihr Handy orten, so schnell wie möglich. Wann wurde zuletzt damit telefoniert, mit wem hat sie gesprochen, wo ist es jetzt?«

Er lief nach unten zu Khalid, der immer noch in dem Verhörraum im Keller saß.

»Henriette ist seit gestern Abend verschwunden. Sie wollte heute Morgen mit Ihrer Mutter und Ihrer Schwester sprechen, um Ihr Alibi zu überprüfen.«

Axel reichte Khalid sein Handy.

»Rufen Sie Ihre Mutter an und fragen Sie, ob Henriette dort gewesen ist.«

Khalid rief an. Es folgte ein kurzer Wortwechsel auf Arabisch. Zweimal fragte er nach, dann sah er Axel alarmiert an.

»Sie hat gestern Abend gegen 22.00 Uhr angerufen und gesagt, sie wolle heute um zehn vorbeikommen, ist aber nicht aufgetaucht.«

72

In ihrem Kopf hämmerte der Schmerz. Der Schlag hatte sie an der linken Schläfe getroffen und sie war gestürzt. Sie konnte die Stelle nicht abtasten, deshalb war es schwierig einzuschätzen, wie schwer die Verletzung war, aber das feuchtkalte und gleichzeitig brennend heiße Gefühl verriet ihr, dass eine offene Wunde zurückgeblieben sein musste. Sie hörte Flugzeuge, weshalb sie davon ausging, dass sie sich auf Amager befand. Es roch neu und kalt. Es waren die einzigen Eindrücke, die sie hatte aufnehmen können, seit sie aufgewacht war. Panik hatte sie gepackt, als ihr klar wurde, dass sie gefesselt und geknebelt war und auch nichts sehen konnte. Es fühlte sich an, als habe ihr jemand eine Maske über das Gesicht gezogen, sodass nur ihre Nase frei war. Sie konnte sich nicht rühren. Sie hatte versucht zu schreien, aber es kam kein Laut aus ihrem Mund. Das einzige Geräusch, das sie zustande brachte, war ein Röcheln, das in ihrer Kehle festsaß. Das Gefühl, zweier ihrer Sinne beraubt zu sein und sich nicht bewegen zu können, war entsetzlich, es war, als seien die Gedanken in ihrem Kopf zu groß, als explodierten sie, sobald sie gedacht wurden.

Jetzt hörte sie Schritte. Schuhe auf einem Holzboden. Wieder schrie sie hinter ihrem Knebel, wieder verendete der Schrei als ein Würgen im Hals. Die Schritte verstummten.

»Niemand kann dich hören.«

Die Stimme war neutral, bar jeder Gefühlsregung.

»Ich gebe dir jetzt Wasser«, sagte sie.

Warum gibt er mir Wasser, wenn er mich ermorden will?, dachte sie, und ein Funken Hoffnung leuchtete auf.

Der Knebel blieb in ihrem Mund, nur das, was darüberlag, wurde entfernt. Dann war ein leises, plastikartiges Geräusch zu hören, als werde ein Pfropfen aus dem Knebel gezogen, und Wasser lief in ihren Mund. Verzweifelt versuchte sie, es zu kontrollieren, aber sie war so hart geknebelt, dass sie ihre Zunge nicht bewegen konnte. Das Wasser lief in ihren Hals, und sie musste schlucken und schlucken und bekam kaum noch Luft. Sie konnte den Kopf nicht bewegen, etwas lag um ihren Hals und ihre Stirn und fixierte ihn.

Er hält mich am Leben. Vielleicht muss ich noch nicht sterben. Aber Sten hat er auch erst gefesselt und gefoltert, bevor er ihn geschlachtet hat. Wird er mir das Gleiche antun?

Plötzlich kam kein Wasser mehr, der Knebel wurde geschlossen, die Maske wieder übergezogen.

73

Eine halbe Stunde später waren sie im Jagtvej. In der Wohnung gab es keinerlei Spuren von Henriette, keine Tasche, kein Handy, keine Anzeichen eines Kampfes. Auf dem Parkplatz hinter der Wohnanlage stand ihr Wagen. Daneben fanden sie Blutspuren, drei, vier Flecken auf dem Asphalt. Axel ließ ein Team der KTU kommen.

Sie schickten ein Bild von ihr an sämtliche Polizeiwachen, die es an alle Streifenwagen weitergaben. Ihr Handy war nicht zu orten. Zuletzt war es gestern Abend um 23.12 Uhr benutzt worden, an ihrer Adresse oder zumindest in unmittelbarer Nähe.

Ja, sie hatte gestern angerufen, jetzt fiel es ihm wieder ein. Er hatte geschlafen und es einfach nicht über sich gebracht, mit ihr zu sprechen, nach dem, was er gestern erfahren hatte.

In der Einsatzzentrale in Søborg herrschte beklemmende Enge. Darling war da, ebenso Khalid, Jens Jessen und Vicki sowie wohl zwanzig bis dreißig PET-Mitarbeiter.

Die Informationssperre war gelockert worden. Alle Polizisten in Kopenhagen wussten, dass eine Kriminalkommissarin des PET verschwunden war und dass es höchstwahrscheinlich einen Zusammenhang zu den Morden an zwei ehemaligen PET-Mitarbeitern in der vergangenen Woche gab.

Sie hatten alle Personen vernommen, die bei Anwar und Shakir im Gefängnis gewesen waren. Den Durchbruch erzielten sie, als sich herausstellte, dass ein Jurastudent namens Thomas Petersen, der auf der Besucherliste stand, noch nie etwas von den Brüdern gehört hatte. Aber vor einem halben Jahr war ihm sein Portemonnaie gestohlen worden. Der Mann, der seine Identität benutzt hatte, war nur bei Anwar gewesen. Er hatte auch eine Besuchsgenehmigung für Shakir erhalten, war aber nie bei dem jüngeren Bruder aufgetaucht. Wenn Axels Theorie zutraf, dann hatte Anwar ihm Pers Namen gegeben, und damit war Shakir uninteressant für ihn. Vicki und Bjarne fuhren nach Vridsløse, um Anwar zu verhören und das Gefängnispersonal zu befragen, ob sich jemand an den Mann erinnern konnte.

Axel dachte an Henriettes Anruf, und alles in ihm zog sich zusammen. Hatte er jegliches Gespür dafür verloren, wer sie wirklich war? Ich kenne sie doch, sie ist ein liebevoller und guter Mensch, und ich verurteile sie, ohne überhaupt mit ihr zu sprechen. Nicht einmal jetzt weiß ich, wie sie auf die Vergewaltigung reagiert hat. Vielleicht wollte sie mit mir darüber sprechen, vielleicht hat der Mörder sie genau in diesem Moment überrascht, vielleicht war ich ihre letzte Chance. Aber ich war kalt, habe mich in meinen verletzten Gefühlen gesuhlt. Vielleicht ist das ja meine Geschichte, mein Schicksal, die Geschichte meines Lebens? Dass ich fast immer viel zu wenig fühle, und wenn ich liebe, dann so heftig und so blind, dass ich keine Zwischentöne zulasse? Habe ich dich im Stich gelassen? Bist du tot? Er konnte es kaum ertragen, den Gedanken zu Ende zu denken.

74

Emma kletterte zurück in den Gang und zog die Luke in dem Moment hinter sich zu, in dem Thomas die Tür zu seinem Zimmer aufschloss. Mucksmäuschenstill saß sie da. Sie wagte nicht, sich zu rühren. Er durfte sie auf keinen Fall hören. Vor ihm hatte sie keine Angst, aber Mama würde schimpfen, wenn sie davon erfuhr, dass sie in seinem Zimmer gewesen war. Hinter der dünnen Wand hörte sie Thomas telefonieren. Er sagte, er wolle den Vertrag kündigen, weil er die Räumlichkeiten nicht mehr brauche. Telefonierte er mit Mama? Es klang nicht so. Sie hielt die Luft an und zählte bis fünf, nicht etwa, weil sie Bauchschmerzen hatte, sondern weil ihr langweilig wurde und sie sich ein wenig die Zeit vertreiben wollte. Weiter als bis fünf zu zählen traute sie sich nicht, weil sie dann vielleicht so laut ausatmete, dass er sie doch noch hörte. Nach einer Weile verließ Thomas sein Zimmer, schloss die Tür hinter sich ab und ging die Treppe runter. Emma kroch aus ihrem Versteck, und gleichzeitig kam Mama mit Anton zur Haustür herein. Mist.

Jetzt saß sie in ihrem Zimmer. Sie war wütend auf Mama. Sie hatte ihr von den Bildern von Paps und der Frau erzählen wollen, aber es war ganz anders gekommen. Es war erst drei, und Mama war richtig sauer, weil Emma schon zu Hause war. Emma wollte nicht lügen, und als Mama fragte, wann sie gekommen sei, erzählte sie, dass ihr in der Nachmittagsbetreuung in der Schule langweilig geworden und sie um zwei gegangen war. Und die letzten paar Tage immer um drei.

Das ist nicht in Ordnung, hatte Mama gesagt, dreimal hintereinander. Und dann hatte sie Emma geschimpft und gefragt, was eigentlich nicht mit ihr stimme, und dass sie so etwas nicht noch einmal machen dürfe, wenn sie das nicht vorher ausgemacht hätten. Außerdem wollte Mama mit der Leiterin der Nachmittagsbetreuung sprechen, denn dort musste man ja wohl darauf achten, dass die Kinder nicht einfach kamen und gingen, wie sie Lust hatten. Und das wollte Emma nicht, weil die Betreuerinnen ja gar nichts dafürkonnten, sondern es allein ihre Schuld war, und außerdem sollten die anderen Kinder in der Gruppe nichts davon mitbekommen. Sie bettelte, Mama solle nicht mit der Leiterin sprechen, aber sie hörte gar nicht zu, und plötzlich schrie Emma sie an, sie hasse sie und sie sei die blödeste Mama der Welt. Und

Mama wurde richtig böse und schickte sie auf ihr Zimmer. Und deshalb hatte Emma sie gar nicht nach dem fragen können, was doch viel wichtiger war. Ob Paps eine neue Freundin hatte.

75

Sie musste geschlafen haben, erst der Klang der Stimme weckte sie.

»Ihr wart zu dritt. Dich habe ich, jetzt fehlt mir nur noch dein Chef, und dann ist getan, was getan werden muss.«

In der Hoffnung, ihn in ein Gespräch zu verwickeln, versuchte sie, etwas zu sagen. Es waren ja nicht nur sie drei gewesen. Warum zählte er Per nicht mit? Weil Per dagegen gewesen war? Trotzdem hatte er ihn ja getötet, zwar nicht auf so bestialische Weise wie Sten, aber er hatte ihn ermordet. Oder war er es vielleicht gar nicht gewesen? Sie konnte keine Ordnung in ihre Gedanken bringen.

»Eigentlich solltet ihr den gleichen Preis zahlen wie ich. Den verlieren, den ihr liebt. Aber das wurde ein bisschen kompliziert. Sten Høeck liebte ja niemanden. Er hat bis zuletzt geschwiegen, wusstest du das? Sogar, als ich ihm die Augenlider abgeschnitten habe. Harter Hund. Was man so hört, bist du ja auch ein zähes Biest.«

Wieder stöhnte sie, wütend, weil sie nichts sagen konnte.

»Aber ich könnte dich natürlich am Leben lassen.«

Er machte eine Pause.

»Und mir stattdessen den holen, den du liebst. So, wie ihr

es mir angetan habt. Axel, heißt er nicht so? Dieser nette Typ mit dem Narbengesicht? Du hast die Wahl. Der Knebel bleibt drin. Du musst nur einfach noch mal stöhnen, wenn er an deiner Stelle sterben soll.«

Sie konzentrierte sich mit aller Macht darauf, nicht den geringsten Laut von sich zu geben.

76

Axel wurde schwarz vor Augen. Es war 22.15 Uhr und Henriette seit beinahe vierundzwanzig Stunden verschwunden. Sie waren nicht weitergekommen. Anwar hatte sich geweigert, etwas über den Mann zu sagen, der ihn im Gefängnis aufgesucht hatte. Axels Körper schmerzte, seine Gedanken drehten sich im Kreis, kehrten aber beständig zu Henriettes Anruf zurück. Selbstvorwürfe sind ein Luxus, den ich mir nicht leisten kann. Sie wird irgendwo festgehalten, wurde gekidnappt, ist vielleicht schon tot. Ich muss handeln. Ich muss diese Ermittlung endlich voranbringen.

Eine Hand legte sich auf seine Schulter.

Er blickte in Darlings Augen.

»Ist es nicht Zeit, dass du nach Hause fährst, Axel? Es ist spät. Heute wird sich wahrscheinlich sowieso nichts mehr tun, und falls doch, bist du der Erste, der es erfährt.«

Axel fuhr sich durchs Haar.

»Fahr nach Hause und versuch zu schlafen. Ich übernehme hier.«

»Und wenn ihr etwas hört?«

»Hier sitzen zwanzig Leute und ermitteln in alle denkbaren Richtungen. Wir übersehen nichts. Es gibt keinen Ort in Kopenhagen, an dem er sich mit ihr zeigen kann, ohne dass wir es erfahren.«

Aber es quälte ihn. Es war kein gutes Zeichen, dass sie nicht schon längst etwas gehört hatten. Das deutete darauf hin, dass der Täter ein Profi war, dass alles geplant war, und wie sollte er dann verhindern, dass Henriette sein drittes Opfer wurde?

»Was ist mit den Überwachungskameras?«

»Wir überprüfen gerade alle Kameras im fraglichen Teil von Nørrebro. Es kann nicht lange dauern, bis wir den Wagen haben.«

»Ich kann jetzt nicht nach Hause gehen. Das ergibt keinen Sinn.«

Er stand auf. Ihm war schwindelig. Sein Körper sehnte sich nach Balsam auf die seelischen Wunden.

Als könne er seine Gedanken lesen, sagte Darling:

»Henriette deutete an, du hättest wieder angefangen zu trinken.«

»Hör auf damit, John, du bist nicht mein Vater. Es war ein Ausrutscher und hat nichts zu bedeuten. Ich habe diese Ermittlung vom ersten Tag an geleitet, und hätte dein Chef mir nicht alles Mögliche verheimlicht, wären wir vor fünf Tagen schon ein ganzes Stück weiter gewesen.«

»Ich weiß nicht, was da gelaufen ist, Axel. Ich hoffe nur, dass du nicht die Kontrolle verlierst.«

»Lass diesen Fürsorge-unter-Kollegen-Scheiß. Sag mir lieber, wie wir Henriette finden. Wo ist eigentlich Khalid?«

»Er ist nach Hause gefahren.«

»Warum?«

»Ich glaube, er ist nicht gerade begeistert darüber, die letzten vierundzwanzig Stunden unten im Keller verbracht zu haben. Außerdem ist er mir zu tief in die Sache verwickelt, als dass ich ihn in der Ermittlergruppe haben wollte.«

»Bullshit, John, er war damals bei der Kapelvej-Operation dabei, er war der Mann hinter den feindlichen Linien. Alle anderen sind weg, abgesehen von Jens. Und er kennt die aktuelle Ermittlung bis ins kleinste Detail. Ich brauche ihn.«

»Tja, dann wirst du wohl selbst mit ihm reden müssen. Er schien mir nicht besonders motiviert, für uns noch mal auch nur einen Finger krumm zu machen.«

Vicki kam zu ihnen.

Sie zeigte ihm ein Bild, auf dem der dritte Mann zwischen Sten und einem weiteren Mann stand. Das Teil, das Per in seinem Puzzle noch gefehlt hatte. Per war abgezogen worden, noch bevor die Operation abgeschlossen war. Deshalb hatte er nicht gewusst, was mit dem dritten Mann geschehen war, aber das hier war ein hieb- und stichfester Beweis dafür, dass man ihn festgenommen hatte.

»Das ist mir jetzt gerade zwar scheißegal, Vicki, aber ich würde darauf wetten, dass der Typ links Amerikaner ist«, sagte Axel.

77

»Wusstest du, dass er am Leben ist? Der Vergewaltiger. Er ist euch durch die Lappen gegangen, wurde ein paarmal gesehen, in Pakistan und Afghanistan, von nachrichtendienstlichen Quellen. Er ist immer noch aktiv. Per wusste es nicht, er war nur daran interessiert, ob die CIA ihn bekommen hatte. Das letzte Mal, als ich Per gesehen habe, habe ich die ganze Geschichte aus ihm herausgequetscht. Ich habe das Band gesehen, und da wurde mir klar, dass Aisha noch am Leben wäre, wenn ihr anders gehandelt hättet. Und nicht nur das. Sie wäre nicht vergewaltigt worden, wenn ihr eingegriffen hättet. Stattdessen habt ihr ihn davonkommen lassen. Weißt du warum?«

Sie konnte weder nicken noch den Kopf schütteln, nur in den Knebel stöhnen. Aber das führte zu keiner Reaktion. Das konnte nicht sein. Sie versuchte, sich zu bewegen. Bleib hier, verdammt, rede mit mir, schrie sie innerlich. Abu Bilal ist nicht am Leben, er ist tot. Oder er verfault seit über drei Jahren in irgendeinem illegalen amerikanischen Foltergefängnis. Es konnte einfach nicht wahr sein, dass er am Leben war. Hatte Jens sie hintergangen? Sie war sicher, dass die Amerikaner ihn bekommen hatten. Und wenn es so war, dann hatten sie hoffentlich per Waterboarding sämtliche Informationen aus ihm herausgepresst. Gab es noch andere Möglichkeiten? War er von Anfang an ihr Mann gewesen? War er ein amerikanischer Agent? Das ergab keinen Sinn.

Und wenn die gefühlskalte Stimme hier in diesem Raum Per nicht getötet hatte, wer war es dann gewesen? Sie dachte an das Material auf Pers Computern, das Jens gelöscht hatte, bevor sie die Rechner zu sehen bekam. Hatte es sich dabei um Informationen über Abu Bilal gehandelt, die sogar vor ihr geheim gehalten wurden? Oder ging es um Informationen, die zu dem Mörder führen konnten und von denen Jens wusste, dass sie da waren? Und wenn das zutraf, wie hatte er davon wissen können? Bei dem Gedanken wurde ihr übel, und sie musste kämpfen, um den Brechreiz unter Kontrolle zu halten und sich nicht zu übergeben. Sie konnte nicht klar denken. Er spielte mit ihr. Sie durfte nicht glauben, was er sagte. Natürlich war Abu Bilal tot.

78

Was den Wagen betraf, mit dem der Täter Henriette vermutlich entführt hatte, gab es keinen Durchbruch. Die Überwachungskameras diverser Banken in Nørrebro ergaben keinerlei Anhaltspunkte. Axel konzentrierte sich auf die Frage, wie der Mörder von der Vergewaltigung Aishas erfahren hatte. Er wusste nicht, wem die junge Frau davon erzählt hatte – falls sie überhaupt mit jemandem darüber gesprochen hatte. Aber irgendwo musste er anfangen, und er entschied sich für Nørrebro. Unterwegs rief er Khalid an.

»Was wollen Sie?«

»Ich will, dass Sie zusammen mit mir diesen Fall lösen.«

»Ich bin raus, Axel. Ich will damit nichts mehr zu tun haben.«

»Sie sind nicht raus. Sie haben gerade erst angefangen, und Sie werden mir helfen, Henriette und unseren Mörder zu finden. Wenn Sie nicht in fünf Minuten unten auf der Straße stehen, komme ich rauf zu Ihnen und hämmere an Ihre Tür und schreie herum, bis ganz Nørrebro weiß, dass wir gute Freunde sind.«

»Wir sind keine Freunde.«

»Was ist mit Henriette?«, sagte Axel. »Soll sie einfach so sterben, weil Sie sich ungerecht behandelt fühlen? Wir müssen alles tun, um sie zu finden, verstehen Sie? Alles!«

Axel brach die Verbindung ab. Als er in die Murergade einbog, stand Khalid am Straßenrand.

»Und? Was darf ich diesmal für Sie tun?«

»Wir müssen Aishas Schwester dazu bringen, mit uns zu reden. Ich habe es schon mal versucht, aber sie wollte nichts sagen. Vielleicht spricht sie mit Ihnen.«

»Die Familie hat in den letzten Tagen viel durchgemacht. Ich bin nicht sicher, ob wir ihnen das zumuten können.«

»Wir haben keine Zeit für Samthandschuhe, Khalid. Vielleicht entscheiden Minuten darüber, ob wir ihn finden, bevor er Henriette umbringt.«

Sie parkten vor dem Laden in der Griffenfeldsgade und bogen um die Ecke zur Bangertsgade, wo der Vater und die Schwester in einem Block des gemeinnützigen Wohnungsbaus lebten. Khalid klingelte und sagte etwas auf Urdu in die Sprechanlage.

»Es läuft auf Dänisch ab, und ohne den Vater«, sagte Axel, als sie die Treppe hinaufgingen.

»Okay, wir machen es so: Ich stelle den Kontakt her und beschäftige den Vater so lange, wie Sie brauchen, um Yasmin zu befragen. Aber lassen Sie mich zuerst mit beiden reden.«

Der Vater öffnete die Tür.

Khalid redete auf Urdu auf ihn ein, zeigte ein paarmal auf Axel und nannte Aishas Namen, nickte ihm zu und wechselte ins Dänische: »Verstehen Sie, es ist wichtig, es geht um Leben und Tod, verstehen Sie das? Ihr dürft keine Informationen zurückhalten, die Leben retten können.«

Sie wurden eingelassen.

Yasmin erschien im Flur. Sie trug eine lange Seidenjacke, eine Hose und Kopftuch und erstarrte, als sie Axel sah. Khalid ging mit dem Vater ins Wohnzimmer.

»Haben Sie gehört, was Khalid gesagt hat?«

»Ja.«

»Was ist mit Ihrer Schwester in der Wohnung passiert?«

»Es ist nichts passiert. Das habt ihr doch selbst gesagt.«

»Vergessen Sie, was wir gesagt haben. Erzählen Sie mir, was Sie wissen!«

»Warum sollte ich das tun?«

»Weil da draußen ein Mann herumläuft, der Menschen tötet, die mit der Sache zu tun hatten.«

Sie sah ihn erschrocken an, dann blickte sie zu Boden.

»Wenn Sie etwas wissen, dann müssen Sie es mir sagen. Ich will Ihnen nicht drohen, aber es ist wirklich ernst. Ich will nur die Wahrheit finden. Wenn Ihrer Schwester etwas zugestoßen ist, dann besteht jetzt die Möglichkeit, ihr Gerechtigkeit zu verschaffen.«

Wenn sie weiß, was damals wirklich geschehen ist, dann sind Worte nicht genug – dann erfahre ich rein gar nichts von ihr.

»Meine Schwester ist tot«, sagte Yasmin und sah ihm fest in die Augen. »Ihr war etwas Schreckliches zugestoßen. Das Allerschlimmste. Und danach hat ihr niemand geholfen.«

»Was hat sie Ihnen erzählt?«

»Sie hat in der Wohnung sauber gemacht, und eines Tages, kurz bevor die Polizei unsere Cousins verhaftete, kam sie nach Hause, und es ging ihr sehr schlecht. Sie weinte und wollte nichts sagen. Als die Wohnung gestürmt wurde, wollte sie wissen, wer festgenommen worden war. Sie konnte nicht verstehen, dass ihr nur Anwar und Shakir mitgenommen hattet. Da war noch ein dritter Mann, sagte sie zu mir. Er ist über mich hergefallen. Wo ist er? Wir wurden alle aufs Polizeirevier gebracht und verhört, und als sie wiederkam, war sie wie versteinert. Sie haben Aufnahmen von allem, was passiert ist, sagte sie. Es gibt keine größere Schande.«

»Was hat sie dann getan?«

»Wir haben darüber gesprochen. Wir dachten, er sei einer von euch, ein Polizeispion. Sie entschloss sich, Anzeige zu erstatten. Zwei Tage später beging sie Selbstmord.«

»Was war passiert?«

»Sie wandte sich an die Polizei, die für den Fall zuständig war, und kam wieder nach Hause. Vater durfte nichts davon wissen, und dann rief ein Polizist hier an, und sie ist allein hingegangen. Einer von Ihren Kollegen fragte sie, ob sie Anwar oder Shakir anzeigen wolle, und sie erzählte ihm von dem dritten Mann. Aber es hieß nur, es habe keinen dritten Mann in der Wohnung gegeben. Wissen Sie, wie schwer es ist, mit so etwas zur Polizei zu gehen? Es ist die größte Schande. Und als sie sich entschied, Anzeige zu erstatten, geschah nichts.«

Zuerst glänzten die Augen feucht, dann kamen die Tränen, aber sie ignorierte sie, griff nur nach einem Päckchen Einwegtücher.

»Wer weiß etwas davon?«

Yasmin zögerte.

»Aisha hat nur mir davon erzählt, niemandem sonst.«

»Was ist mit Ihrem Vater?«

»Er weiß es nicht, aber ich glaube, er ahnt, dass damals etwas Fürchterliches vorgefallen sein muss.«

»Gibt es vielleicht jemanden, der erst seit Kurzem davon weiß oder es kürzlich erst herausgefunden hat?«

Sie schwieg, saß eine Weile da, rang die Hände und sah starr zu Boden. Dann hob sie den Blick und sah ihn mit klaren Augen an.

»Ich habe ihm das Tagebuch gegeben.«

»Wem?«

»Ich habe Mikkel das Tagebuch gegeben.«

»Welchem Mikkel? Was für ein Tagebuch?«

»Mein Vater darf niemals davon erfahren, verstehen Sie? Er könnte nicht damit leben. Er ist sehr konservativ, und er hat nur noch mich.«

»Ich verspreche Ihnen, dass er nichts davon erfahren wird. Nicht von uns.«

»Aisha schrieb Tagebuch. Sie hat aufgeschrieben, was passiert ist. Auf Dänisch. Sie hatte einen Freund, mit dem sie sich traf, hier im Viertel. Sie liebte ihn.«

»Einen Dänen?«

»Ja. Mikkel. Ich weiß nicht, wie er mit Nachnamen heißt. Sie haben sich heimlich getroffen.«

»Waren sie ein Liebespaar?«

»Sie wollten es jedenfalls gerne sein. Er war ganz verrückt nach ihr. Sie musste ihn sogar bitten, nicht mehr in den Laden zu kommen, wenn Vater da war, weil alle sehen konnten, dass er in sie verliebt war.«

»Und ihm haben Sie das Tagebuch gegeben?«

»Ja.«

»Wann?«

»Vor einem halben Jahr.«

»Warum nicht früher?«

»Weil er nach Aishas Tod verschwand. Er war bei der Beerdigung, und dann war er weg.«

»Was wissen Sie über ihn?«

»Nicht viel. Sie waren ungefähr drei Monate zusammen. Sie hatte sich in ihn verliebt. Ich glaube, er war Soldat.«

»Wie sah er aus?«

»Er war so groß wie Sie. Blonde Haare, etwas blass. Muskulös. Ein typischer Däne eben, nur sehr nett. An dem Tag, als Aisha starb, sagte sie zu mir, ich müsse Mikkel das Tagebuch geben, falls ihr etwas zustoße. Ich habe nicht darüber nachgedacht. Vor der Beerdigung fiel es mir wieder ein, und ich habe danach gesucht, um es ihm zu geben. Aber ich konnte es nicht finden, ihr hattet ja die ganze Wohnung durchwühlt. Erst ein paar Monate später habe ich es zufällig in unserem Zimmer entdeckt, unter ihrer Matratze. Aber da war er ja schon längst weg.«

»Und wann haben Sie diesen Mikkel dann wieder getroffen?«

»Vor einem halben Jahr stand er plötzlich im Laden. Zuerst habe ich ihn gar nicht erkannt. Er sah viel älter aus. Und irgendwie gezeichnet. ›Wo bist du gewesen?‹, habe ich ihn gefragt. ›In Afghanistan‹, antwortete er, ›die letzten drei Jahre.‹ Er hat als Berater für irgendeine Firma gearbeitet. Ich habe ihm das Buch gegeben. Ich hatte es meiner Schwester versprochen.«

»Wie alt ist er?«

»Vielleicht Ende zwanzig, Anfang dreißig, ich weiß es nicht genau.«

»War er hier im Viertel bekannt?«

»Ich glaube nicht.«

»Wissen Sie, wo er wohnte?«

»Nein, aber ich nehme mal an, irgendwo hier in der Nähe.«

»Haben Sie seitdem noch mal von ihm gehört?«

»Nein, ich habe ihn weder gesehen noch etwas von ihm gehört.«

»Was stand in dem Tagebuch?«

»Sie hat viel über ihre Gefühle für ihn geschrieben, ihre

Hoffnungen und dass sie sich Sorgen machte, weil er Däne war. Und sie hat aufgeschrieben, was ihr zugestoßen war, die Vergewaltigung, und was danach passierte, wie sie zur Polizei gegangen ist, und dass sie niemandem wünschte, so etwas durchmachen zu müssen. Und schließlich, dass sie nicht länger leben wollte.«

»Wenn Sie etwas von ihm hören, dann müssen Sie mich sofort anrufen. Es ist sehr wichtig.«

»Versprechen Sie mir, dass mein Vater nichts erfährt.«

»Ich verspreche es.«

Axel ging ins Wohnzimmer zu Khalid und Yasmins Vater.

»Wir müssen los, sofort«, sagte er nur. Erst draußen auf der Treppe sprach er weiter. »Wir haben einen Namen. Aisha hatte einen dänischen Freund, Mikkel, hier aus dem Viertel. Sagt Ihnen das was?«

»Nein.«

»Er war Soldat und Unternehmensberater in Afghanistan, wahrscheinlich Söldner für eine der großen Sicherheitsfirmen, wenn es stimmt, was Yasmin sagt. Wir schicken einen Phantombildzeichner zu ihr, kümmern Sie sich bitte darum. Sie fahren«, sagte Axel und setzte sich auf den Beifahrersitz seines Wagens, rief Darling an und gab ihm den Namen. Dann suchte er nach einer weiteren Nummer in seinem Telefonbuch und versuchte, sich an die Zeitverschiebung gegenüber Afghanistan zu erinnern. War es jetzt Morgen da unten? Jedenfalls nicht mitten in der Nacht. Er fand den Eintrag Frank Jensen und rief an. Knisternd baute sich eine Satellitenverbindung auf, und das Freizeichen schien von einem Ort Lichtjahre weit weg zu kommen. Frank war ein Kollege aus alten Tagen, der eine Zeit lang für die Dänische Reichspolizei in Makedonien gearbeitet, anschließend aber gekündigt hatte. Heute war er für die private britische Sicherheitsfirma ArmorGroup tätig.

Es dauerte eine Weile, aber dann war Franks Stimme zu hören, dünn und zerbrechlich.

»Axel Steen hier. Wie geht's dir, Frank?«

»Beschissen, um ehrlich zu sein. Sobald mein Vertrag ausläuft, verschwinde ich hier. Was kann ich für dich tun?«

»Ich suche nach einem Dänen, der für eine private Sicherheitsfirma in Afghanistan gearbeitet hat, wahrscheinlich während der letzten drei Jahre. Er hat das Land vor zirka einem halben Jahr verlassen.«

»Hm, ganz spontan klingelt da nichts bei mir, aber ich werde sehen, was ich tun kann.«

»Wie viele von euch gibt's denn da unten?«

»Eine Handvoll vielleicht, im Irak und in Afghanistan, meistens ehemalige Soldaten, aber auch ein paar Expolizisten. Wie heißt er?«

»Mikkel mit Vornamen.«

»Du hast ja nicht gerade sehr viel für mich.«

»Er war früher Soldat. Kann er vielleicht bei euch angestellt gewesen sein?«

»Ja, kann durchaus sein, oder bei Blackwater. Es gibt ein paar Möglichkeiten.«

»Kannst du mir die Namen aller Dänen besorgen, die in den letzten dreieinhalb Jahren in Afghanistan für eine private Sicherheitsfirma gearbeitet haben?«

»Wie gesagt, ich sehe, was ich tun kann.«

»Es eilt.«

»Das tut es bei dir doch immer, Axel. Hat er was ausgefressen?«

»Ja, wahrscheinlich hat er zwei deiner früheren Kollegen umgebracht.«

»Sten Høeck?«

»Ja, unter anderem.«

»Sonst noch was?«

»Er hat meine Freundin entführt. Wir wissen nicht, ob sie noch lebt.«

»Ich kümmere mich sofort darum. Du hörst von mir, Axel.«

»Danke, Frank.«

79

»Du darfst noch etwas sagen oder eine letzte Frage stellen. Wenn du schreist, ist es das Letzte, was du in deinem Leben tust.«

Er nahm ihr den Knebel aus dem Mund. Sie fuhr sich mit der Zunge über die Lippen, unterdrückte den Impuls zu schreien. Lass mich leben, lass mich leben, lass mich leben, wollte sie flehen, wusste aber, dass es ihr nicht helfen würde. Sie musste versuchen, ihn in ein Gespräch zu verwickeln. Zeit war das Einzige, was ihr helfen konnte. Zeit. Und Axel. Nur sie konnten zu ihrer Rettung verschmelzen, konnten das SEK zu ihr führen, bevor er …

»Ich habe versucht, Aisha zu helfen, nachdem es passiert war. Ich war bei ihr und wollte es ihr erklären, ihr sagen, was ich sagen durfte. Und dass er seine Strafe bekommen hatte.«

»Ich weiß. Das steht in ihrem Tagebuch. Ein bisschen spät, dass sich dein Gewissen gerührt hat, findest du nicht? Kurz danach hat sie Selbstmord begangen. Und außerdem stimmt es nicht, was du ihr gesagt hast. Er hat seine Strafe nicht bekommen, er ist nicht tot.«

»*Doch,* ist er«, rief sie, und der Schmerz in ihrem Kopf explodierte. »Ich weiß nicht, wer Ihnen weisgemacht hat, dass er lebt. Das ist nicht wahr. Er ist tot, oder er sitzt seit drei Jahren in einem Gefängnis, das wir uns beide nicht ausmalen können. Gefoltert und zerstört.«

»Glaubst du das wirklich? Ich weiß, dass er lebt, aber ich weiß auch, dass ich nie an ihn herankommen werde. Du hast vergessen, deine Frage zu stellen.«

»Warum tun Sie das? Worin besteht Ihre Verbindung zu Aisha? Ich kann mich nicht erinnern, dass Sie irgendwo in den Unterlagen auftauchen.«

»Das waren zwei Fragen. Ich habe sie geliebt. Wir wollten heiraten. Sie war bereit, sich von ihrem Vater zu verabschieden und sich für die Liebe und für mich zu entscheiden. Es war alles vorbereitet. Ihr habt nichts über mich gefunden, weil wir es heimlich tun wollten. Erinnerst du dich an sie?«

Ja, sie erinnerte sich gut an sie. Der reine, klare Blick, sie war blendend schön. Sie hatte das Kopftuch abgenommen, als sie miteinander gesprochen hatten.

»Ja. Es tut mir so leid, was passiert ist, schrecklich leid. Ich wollte kündigen …«

»Aber das hast du nicht getan, nicht wahr? Und jetzt bist du hier. Und du hast es nicht anders verdient.«

»Haben Sie Per Larsen umgebracht?«

Er presste ihr den Knebel wieder in den Mund. Panik packte sie, ihr ganzer Körper krampfte sich vor Angst zusammen.

»Nein, ihn habe ich nicht umgebracht. Er lag tot im Bett. Ich habe ihn nur ordentlich zurechtgemacht, seine Hände gefaltet und so weiter.« Er schwieg. »Deine Zeit ist abgelaufen.«

80

Axel war verzweifelt. Er hatte das Motiv, den Vornamen des Mörders und einiges an Hintergrundinformationen, und dennoch blieb der Mann außer Reichweite. Es war drei Uhr nachts, trotzdem hatten sie zusätzliches Personal für die Jagd nach Henriettes Kidnapper und dem mutmaßlichen Mörder Sten Høecks und Per Larsens hinzugezogen. In sämtlichen Dateien und öffentlichen Registern wurde nach Männern zwischen achtzehn und vierzig mit Vornamen Mikkel gesucht, die in der fraglichen Zeit in Nørrebro gewohnt hatten. Heraus kam eine Liste mit neunundvierzig Namen. Auch Jens Jessen lief in der Einsatzzentrale herum. Er telefonierte, und Axel hörte, wie er den Diensthabenden des Militärischen Nachrichtendienstes anbrüllte, er solle gefälligst den Finger aus der Nase ziehen und seine Leute darauf ansetzen, einen ehemaligen Soldaten zu finden, der als Sicherheitsberater in Afghanistan gearbeitet hatte.

»Idioten«, rief er, nachdem er aufgelegt hatte. »Ich versuche es bei Beyer.« Axel kannte den Namen: ehemaliger Abteilungsleiter im PET, jetziger Staatssekretär im Verteidigungsministerium.

»Ja, Lars? Tut mir leid, dich zu stören, aber wir brauchen deine Leute auf dem Spielfeld, jetzt. Es geht um einen Soldaten namens Mikkel … Nein, das ist nicht viel, ich weiß, aber er hat zwei unserer früheren Mitarbeiter ermordet und meine beste Agentin gekidnappt. Nach seiner Zeit in der Armee hat er als Sicherheitsberater in Afghanistan gearbeitet … Ja, genau, während der letzten dreieinhalb Jahre. Nein, das kann nicht bis morgen früh warten.«

Axel saß über die Phantomzeichnung gebeugt da, die nach den Beschreibungen angefertigt worden war, die Yasmin ihnen gegeben hatte. Zurzeit liefen sechs Teams draußen in Nørrebro herum und hatten bereits dreizehn Mikkels aus den Federn geholt – ohne Ergebnis.

Um 6.30 Uhr waren sie immer noch nicht weitergekommen. Niemand ging nach Hause, auch Khalid nicht. Axel versuchte, noch einmal alles zu durchdenken. Es gab keine Garantie dafür, dass Mikkel tatsächlich in Nørrebro gewohnt hatte. Das Viertel wimmelte nur so von Leuten, die von außen kamen, um Stimmung und Atmosphäre aufzunehmen.

Er wandte sich an Khalid.

»Was ist mit der Beerdigung? Waren Sie dabei?«

»Ja.«

»Yasmin sagte, unser Mann sei auch dort gewesen. Ihr habt doch sicher gefilmt oder Bilder gemacht?«

Er zögerte.

»Ja, ich gehe mal davon aus. Das ist doch die übliche Praxis, oder?«, fragte Khalid einen der Experten aus der Überwachung.

»Ja, sicher, zumindest wenn davon ausgegangen wird, dass Sympathisanten auftauchen.«

»Aber sie war ja keine Terroristin.«

»Nein, aber sie war in die Sache verwickelt. Wir müssten irgendwo eine Datei mit Bildern haben. Ich suche mal.«

»Wir haben es eilig!«, brüllte Axel den Mann an. »Finden Sie diese verdammten Fotos!«

Ihre Suche war längst zu einem Wettlauf mit der Zeit geworden. Obwohl es auch etwas gab, das dagegen beziehungsweise für eine Methodik sprach, die er nicht durchschaute. Wenn sich der Mörder zum Ziel gesetzt hatte, alle vier zu töten, wieso ließ er sich Zeit, die ihnen Gelegenheit gab, ihm auf die Spur zu kommen? Wollte er seinen Rachefeldzug vielleicht gar nicht fortsetzen? Hatte er etwas anderes mit Henriette vor?

»Ich habe sie«, sagte der Techniker, und Axel, Vicki und Khalid scharten sich um seinen Bildschirm. Auf dem ersten Bild erkannte Axel den muslimischen Teil des Westfriedhofs. Ein Sarg war zu sehen, um den viele Männer herumstanden. Er entdeckte den Vater, und nicht weit von ihm entfernt Khalid.

»Weiterklicken, schneller«, sagte Axel.

»Stopp«, sagte Khalid im selben Moment, in dem auch Axel ein Gesicht bemerkte, das ihm bekannt vorkam.

Das Bild zeigte eine Reihe Männer, und über der Schulter eines der Trauernden sah er Züge, von denen er wusste, dass er sie schon einmal gesehen hatte, nur … irgendwie anders. Eine blonder Mann, wohl etwa Mitte zwanzig.

»Fuck, fuck, fuck«, murmelte Khalid.

»Vergrößern«, sagte Axel, und eine Sekunde später gab es keinen Zweifel mehr. »Verdammte Scheiße, das kann doch nicht sein.«

»Um wen geht es denn?«, fragte Vicki verwirrt.

»Das ist dieser Kerl aus der Acht, mit blonden Haaren und etwas jünger. Er arbeitet in der Hausverwaltung, James irgendwas.«

»Und er ist unser Mikkel?«, fragte sie.

»Das ist nicht sicher, aber es ist schon ein sonderbarer Zufall, oder? Zu viel Zufall, wenn ihr mich fragt«, sagte Khalid.

Axel wandte sich an die anderen im Raum und rief:

»Okay, wir haben Bilder von ihm und einen Namen, James Craw. Er arbeitet in der Acht. Wir brauchen seine Adresse. Jetzt.«

Er drehte sich wieder zu Vicki und Khalid um.

»Ich fahre raus nach Amager. Kommt ihr mit?«

Axel fiel ein, dass er James' Mobilnummer hatte, dass er ihn angerufen hatte, dass James in der Nacht dort gewesen war, in der ein Mann mit Kapuze ihn auf dem Dach von Stens Wohnung überrascht hatte. Und dass sie ihn nicht gründlich genug überprüft hatten, obwohl er nach der Nachbarin der Erste am Tatort gewesen war. Jetzt zeigte sich, dass er vor Ingela Gudmundsson bei Sten Høeck gewesen war.

»Ich habe seine Nummer«, sagte er zu Vicki und gab sie ihr. »Sieh zu, ob du das Handy orten kannst.«

»Sollten wir mit dem Besuch in der Acht nicht besser warten, bis wir das SEK am Start haben?«, fragte Jens Jessen.

»Wir fahren jetzt. Schick sie so schnell wie möglich nach. Und gib Bild und Namen zur Fahndung raus, an alle Streifenwagen. Jagt den Namen durch sämtliche Dateien und Register. Und deine Freunde vom Militärischen Nachrichtendienst sollen ihn überprüfen«, sagte Axel.

Zusammen mit Khalid lief er hinunter zum Parkplatz, sprang in den Wagen und setzte das Blaulicht aufs Dach. Mit 160 km/h rasten sie am morgendlichen Berufsverkehr vorbei in Richtung Zentrum.

»Der Typ gefiel mir von Anfang an nicht«, sagte Khalid.

Axel erinnerte sich. Ihm war es so vorgekommen, als hätte

Khalid die Befragung falsch angepackt, als sei er Craw gegenüber zu aggressiv gewesen.

Khalid rief Henriettes Nummer an. Nichts. Axel war wütend auf sich selbst. Wütend, dass sie James nicht genauer unter die Lupe genommen hatten, dass er sich bei seinen Ermittlungen wie besessen auf den PET gestürzt hatte, dass er die gründliche Polizeiarbeit vernachlässigt hatte, die sie womöglich zu James oder Mikkel oder wie auch immer er heißen mochte geführt hätte. Sie hatten seine Schuhabdrücke und seine DNA am Tatort gefunden, hatten es aber damit abgetan, dass er die Leiche quasi zusammen mit der Nachbarin gefunden hatte. Sie hatten den ersten Grundsatz jeder Mordermittlung außer Acht gelassen: Jeder, der mit dem Tatort in Berührung kommt, ist genauestens zu überprüfen. Hätten sie sich daran gehalten, hätten sie wahrscheinlich herausgefunden, dass er nicht James Craw hieß. Oder war doch alles anders? War es vielleicht doch ein Zufall?

Er rief Cecilie an, um Emma abzusagen. Seine Tochter war todunglücklich und wollte wissen, was los sei. Zwar versicherte er ihr, es sei nichts Ernstes, wusste aber, dass das neunjährige Mädchen die Verzweiflung und die Panik hinter seinen Worten spürte. Cecilie wusste Bescheid und sprach leise und ruhig mit ihm.

Vicki rief an, als er in den Ørestads Boulevard einbog.

»Axel, er ist da draußen, wir haben sein Handy in der Acht geortet. Ihr geht nicht rein, ihr wartet, das SEK ist spätestens in fünfzehn Minuten bei euch. Im Einwohnermelderegister gibt es keinen James Craw, auch in sonst keinen öffentlichen Registern. Wenn ich den Namen eingebe, bekomme ich Informationen zu einem englischen Soldaten, der letztes Jahr in Afghanistan umgekommen ist.«

»Irgendwo muss es doch etwas über ihn geben. Wie soll er sonst sein Gehalt bekommen?«

»Soll ich mit der Hausverwaltung Kontakt aufnehmen?«

»Nein, wenn er da draußen ist, dürfen wir ihn auf keinen Fall nervös machen.«

Als sie die Metrostation Vestamager passierten, verlangsamte Axel die Geschwindigkeit und nahm das Blaulicht vom Dach. Er bog nach rechts und dann nach links ab und parkte den Wagen auf der östlichen, vom Büro der Hausverwaltung abgewandten Seite der Acht.

»Wir dürfen keine Zeit verlieren, Khalid. Wir gehen von dieser Seite rein, Sie gehen weiter bis zu der Tür im Innenhof, durch die er uns letzte Woche hereingelassen hat. Ich gehe auf die andere Seite und komme von hinten ins Büro. Wenn wir uns getrennt haben, bleiben Ihnen fünfzehn Sekunden, um bis zur Tür zu kommen. Wir gehen direkt rein, und zwar gleichzeitig.«

»Los geht's«, sagte Khalid.

Sie stiegen aus und betraten mit schnellen Schritten den Innenhof des Gebäudekomplexes. Nachdem sie sich getrennt hatten, lief Axel los und zählte die Sekunden. Als er die Fensterfront des Büros sehen konnte, bemerkte er Søren Svendsen, der hinter seinem Schreibtisch saß. Sonst schien sich niemand in dem Raum aufzuhalten, aber an der Wand links gab es einige Türen. Er wusste nicht, was sich dahinter verbarg, und zog seine Dienstwaffe. Die Tür war abgeschlossen. Er hielt die Pistole hinter dem Oberschenkel, klopfte gegen die Scheibe und gab dem Hausverwalter ein Zeichen, ihm zu öffnen. Gleichzeitig erschien Khalid an der Tür zum Innenhof. Mit einem Lächeln im Gesicht kam Søren Svendsen auf ihn zu, drehte sich dann aber um, als habe er ein Geräusch gehört. Axel hob die Waffe, doch dann wurde ihm klar, dass Khalids Klopfen Svendsen ablenkte. Der Hausverwalter hielt inne. Was war hier los? Er stand zwischen ihm und Khalid und hob die Hände, als könne er sich nicht entscheiden, wem er öffnen sollte. Axel klopfte noch einmal energisch, und der Mann setzte sich in Bewegung und schloss die Tür vor ihm auf.

»Kommen Sie jetzt schon von beiden Seiten, um …?«

Axel legte einen Finger an die Lippen und flüsterte:

»Leise. Ist James hier?«

Svendsen schüttelte den Kopf.

»Ist er irgendwo im Gebäude?«

»Er hat heute frei. Was ist denn los?«

»Wo ist er?«, schrie Axel, packte Svendsen und zog ihn zu der Tür, hinter der Khalid wartete. »Aufschließen!«

»Er ist nicht hier. Ich weiß nicht, wo er ist.«

»Wann haben Sie ihn zuletzt gesehen?«

»Er ist gestern vorbeigekommen. Seit dem Mord hat er frei, sagt, der Schock säße ihm noch in den Knochen.« Svendsen bemerkte Axels Pistole.

»Was …?«

»Er ist hier irgendwo. Wir haben sein Handy geortet. Wo kann er sein, wenn er nicht im Büro ist? Denken Sie nach, Mann!«

»Wir haben einen Heizungskeller, um den er sich meistens kümmert, aber ich …«

»Zeigen Sie uns den Keller!«

Svendsen griff nach einem Schlüsselbund auf dem Schreibtisch, ging ein Stück über den Hof voran und dann eine breite Treppe hinunter. An ihrem Ende befand sich eine Tür. Axel hielt die Waffe schussbereit, Khalid war direkt hinter ihm. Der Hausverwalter schloss auf.

»Sie bleiben hier«, sagte Axel. Er und Khalid durchsuchten den Keller, ohne Ergebnis. Auf dem Weg zurück zum Büro bombardierte Axel Svendsen mit Fragen, während Khalid die Kollegen informierte, dass sie James bisher nicht aufgespürt hatten.

»Wissen Sie, wo er wohnt? Was für ein Auto fährt er? Hat er noch andere Handynummern als die, die er mir gegeben hat?«

»Er wohnt irgendwo in Frederiksberg. Ich habe die Adresse im Büro. Dass er noch andere Handys hat, wüsste ich nicht.«

Wieder im Büro der Hausverwaltung, rief Axel James' Nummer an. Der Anruf wurde nicht entgegengenommen, aber ganz in der Nähe war ein Klingelton zu hören. Hinter einer der Türen.

»Was ist das für ein Raum?«

»Küche, Toilette, Umkleideraum, alles in einem.«

»War er gestern da drin?«

»Ja, meinte, er brauche Gaffa-Tape. Irgendwas mit dem Kotflügel an seinem Auto war nicht in Ordnung.«

Axel trat zusammen mit Svendsen an die Tür.

»Ist hier abgeschlossen?«

»Nein.« Svendsen öffnete, und Axel sah sich in dem Raum um. Auf einem Stuhl stand eine große schwarze Tasche.

»Ist das seine?«

»Ich geh mal davon aus. Er hat sie gestern hier abgestellt und sagte, jemand würde sie später abholen.«

»Damit meinte er uns«, sagte Khalid, der ebenfalls hereingekommen war.

Axel sah ihn an. Dann starrte er auf die Tasche. Wählte

Henriettes Nummer. Auch dieser Anruf wurde nicht angenommen, aber ihr Handy war nicht länger abgeschaltet.

»Ja, sieht wohl so aus«, sagte Axel. »Warten wir auf die Sprengstoffexperten.«

»Dazu ist keine Zeit«, sagte Khalid. »Das ist nicht sein Stil. Ich öffne die Tasche jetzt.«

Khalid zog ein paar Gummihandschuhe aus der Jackentasche, trat an den Stuhl heran und öffnete mit den Fingerspitzen vorsichtig den Reißverschluss der Tasche. Ein Samsung-Handy leuchtete ihm entgegen, es musste also eben noch aktiviert gewesen sein. Khalid fischte es heraus und legte es auf einen Tisch. Er wühlte in der Tasche herum, in der sich ansonsten nur Kleidungsstücke befanden.

»Kennen Sie die Sachen?«, fragte Khalid.

»Nein, nicht auf den ersten Blick«, antwortete Svendsen.

»Aber ich«, sagte Axel. »Sie gehören Henriette.«

»Er wusste, dass wir kommen würden«, sagte Khalid.

»Aber wie konnte er das wissen?«

»Er wusste, dass wir alles daransetzen würden, ihn zu kriegen, sobald uns klar war, dass Henriette verschwunden ist. Ich begreife nur nicht, wie er wissen konnte, dass wir ihn ausfindig machen.«

»Nach meinem Besuch neulich hat er eine DNA-Probe abgegeben. Ihm muss klar gewesen sein, dass wir einen Treffer bei den Spuren aus Stens Wohnung haben würden – und für ihn noch viel schlimmer: auch aus Pers Wohnung.«

»Und was heißt das für uns?«

»Dass er auf der Flucht ist. Er ist am Arsch, und das weiß er, und das macht ihn zehnmal so gefährlich wie vorher, weil er nichts mehr zu verlieren hat.«

Axels Telefon klingelte. Es war Vicki.

»Habt ihr ihn gefunden?«, fragte sie.

»Nein, der Vogel ist ausgeflogen.«

»Henriettes Telefon wurde vor einer Stunde wieder eingeschaltet.«

»Wo?«

»Bei euch in der Acht. Es ist irgendwo da draußen. Wir sind unterwegs, zusammen mit dem SEK, Eintreffen in zehn Minuten. Du und Khalid sollt nichts alleine unternehmen. Wir müssen den gesamten Komplex evakuieren und durchsuchen.«

81

Emma war richtig traurig. Eigentlich hätte sie heute zu Papa gedurft, aber er hatte abgesagt. Es sei nichts Ernstes, sagte er am Telefon, aber Mamas Stirnfalten verrieten, dass es nicht stimmte. Sie hatte Mama das Telefon zurückgegeben, und sie war ein paar Schritte weggegangen.

»Habt ihr sie gefunden?«, flüsterte sie. »Nein? Ich denke an dich und hoffe, dass alles gut ausgeht.«

Nach dem Gespräch hatte Mama so merkwürdig geschaut. Emma wusste genau, was es bedeutete, wenn bei Papa auf der Arbeit jemand gefunden werden musste. Es ging um einen Toten. Und wenn sie ihn gefunden hatten, würden alle sehr traurig sein. Und dann musste Papa herausfinden, wer es getan hatte. Und ihn fangen. Papa fing sie immer, die, die es getan hatten, aber manchmal war es sehr gefährlich. Sie bekam Bauchschmerzen, wenn sie daran dachte. Und es war schwer, nicht daran zu denken.

Mama schrie sie an. »Ich komme zu spät, Herrgott, ich habe eine wichtige Besprechung. Hast du deine Tasche gepackt, Emma? Wo sind deine Sportsachen? Und vergiss nicht wieder dein Getränk, ja? Hast du gefrühstückt?«

Die Haustür wurde aufgeschlossen.

Emma lief in den Flur. Vielleicht war Paps ja doch noch gekommen.

Aber es war nicht Papa. Es war Thomas von oben. Er stand in der Tür und lächelte Mama an.

»Kann ich behilflich sein?«, sagte er. Sie mochte das Lächeln nicht.

»Wir kommen alleine klar«, antwortete sie und baute sich in der Tür zum Wohnzimmer auf.

82

»Wir checken Sten Høecks Wohnung«, rief Axel Khalid zu. »Sie nehmen die Tür, ich gehe über die Terrasse.« Er rannte los, hatte das ungute Gefühl, dass sie zu spät waren. Panik befiel ihn, sein Magen schien eine brennende, leere Höhle zu sein. Warum hatte James Craw die Tasche stehen gelassen, wenn sie nicht für sie bestimmt war? Es war, als ob er ihnen etwas sagen wollte: Meine Rolle hier ist ausgespielt, den Rest müsst ihr selbst rauskriegen. Und wieso lagen Henriettes Sachen in der Tasche? War sie nackt? Und warum war vor einer Stunde ihr Handy eingeschaltet worden? Das musste doch bedeuten, dass irgendetwas geschehen war. Mit ihr. Hatte sie sich irgendwie befreien können und es eingeschaltet? War sie verwundet und außerstande anzurufen? Konnte sie es eingeschaltet haben, ohne dass James Craw es bemerkte? Es war möglich. Sie war gut. Vielleicht war sie die Beste, der er je begegnet war, wenn es um Leben und Tod ging.

Aber es konnte genauso gut heißen, dass sie tot war, dass James sie ermordet hatte, denn das war ja – ganz gleich, wie sehr Axel versuchte, sich selbst vom Gegenteil zu überzeugen – die eigentliche Absicht des Mannes. Und danach hatte er das Handy neben sie gelegt, damit sie sie finden konnten. Er hatte es eingeschaltet, nachdem er mit ihr fertig war. Die Gedanken rasten durch seinen Kopf, während er keuchend die Treppe an der Außenseite des Hauses hinaufstürmte. Die Wohnanlage war inzwischen von Polizei umstellt. Er sah einzelne Gruppen des SEK in voller Montur, wie sie sich auf die verschiedenen Zugänge des Komplexes zubewegten. Und er rannte. Als er Sten Høecks Wohnung erreichte, zog er seine Dienstwaffe und bog um die Mauer zur Terrasse. Das rotweiße Tape an der Tür zur Wohnung war unbeschädigt. Er drückte die Klinke. Abgeschlossen. Fummelte den Schlüssel aus der Tasche, während sein Blick den Teil der Wohnung absuchte, den er sehen konnte. Kein Lebenszeichen. Er schloss auf, trat ein und hielt inne. Lauschte. Am anderen Ende der Wohnung ging die Tür auf und Khalid kam herein. Axel gab ihm ein Zeichen, er solle sich diese Etage des Penthouses vornehmen, während er mit der Waffe im Anschlag die Treppe hinaufschlich. Falls James Craw da oben saß und auf sie wartete, würde Axel zuerst schießen, aber er war sicher, dass ihr Mann längst weg war. Er betrat den großen Raum, in dem sie Sten Høeck mit durchgeschnittener Kehle und abgeschnittenen Augenlidern gefunden hatten.

»Clear«, rief Khalid von unten.

Verdammt, warum hatte er das mit den Augenlidern nicht früher begriffen? Wenn jemand ihnen einen so deutlichen Hinweis gab, dann war er sich seiner Sache sehr sicher. James Craw hatte ihnen ein klares Zeichen gegeben, aber sie hatten es nicht erkannt. Hatte er deshalb damit gewartet, sich Henriette zu schnappen? Wollte er, dass sie ihm dicht auf den Fersen waren? Oder wollte er Henriette und Jens Jessen zappeln lassen, darauf warten, dass sie in Panik gerieten und einen Fehler machten? Es war alles nicht logisch, aber das waren Motive selten. Hätten sie den Hinweis mit den Augenlidern sofort verstanden, wäre es so gut wie unmöglich für ihn gewesen, an einen der beiden heranzukommen. War es das, was er wollte? Oder wollte er, dass die Sache an die Öffentlichkeit, dass alles ans Tageslicht kam? Axel verstand es einfach nicht.

»Clear«, rief er Khalid zu und sprach in sein Funkgerät:

»Sten Høecks Wohnung clear, hier ist niemand. Vicki, wie sieht's bei euch aus?«

»James Craw war weder mit einem der Bewohner näher bekannt noch hatte er ein Augenmerk auf eine spezielle Wohnung. Wir gehen deshalb davon aus, dass das Signal aus einer der leer stehenden Wohnungen kommt.«

Es lag auf der Hand. Axel erinnerte sich, dass James ihm die Anzahl sogar genannt hatte, als er vorige Woche nach seinem Besuch in Sten Høecks Wohnung noch bei ihm im Büro der Hausverwaltung gewesen war. Es waren über hundert.

»Davon gibt's zurzeit einhundertsiebenundzwanzig«, fuhr Vicki fort. »Aber wir haben das Signal genauer lokalisiert, es muss irgendwo auf der Nordseite sein. Es kommen dreizehn Wohnungen infrage. Wir fangen jetzt an.«

83

»Ich kann alleine in die Schule gehen«, sagte sie. Sie kämpfte mit den Tränen.

»Ja, aber ich wollte heute mit der Nachmittagsbetreuung sprechen und ihnen noch mal deutlich sagen, dass du zwar gerne allein nach Hause gehen darfst, aber nicht vor vier.«

»Es dauert doch sicher nur ein paar Minuten, oder? Ich kann gerne solange auf Anton aufpassen«, sagte Thomas.

Mama sah Thomas an, der immer noch im Flur stand.

»Ich gehe alleine in die Schule, Mama. Du kannst doch anrufen und es ihnen sagen«, sagte Emma.

Mama schaute von Emma zu Thomas und dann zu Anton.

»Anton soll nicht mit ihm alleine sein«, sagte Emma. Sie fing an zu weinen. Mit Thomas stimmte etwas nicht. Er hatte Bilder von Papa und Papas neuer Freundin auf seinem Computer. Das hatte sie Mama nicht erzählt. Und Papa war nicht da. Und Mama war immer noch böse auf sie, weil sie zu früh nach Hause gegangen war. Und es war ihr peinlich, wenn Mama in der Schule aufkreuzte und einen Aufstand machte, weil Emma einfach so hatte gehen können, obwohl sie es nicht durfte.

Noch einmal sah Mama von Anton zu Emma, als könne sie sich nicht entscheiden.

»Das ist wirklich sehr nett von Ihnen«, sagte sie zu Thomas. »Ich bin in einer Viertelstunde zurück.«

84

Zusammen mit Khalid lief Axel den Fußweg zur Nordseite der Acht entlang. Sein Handy vibrierte, eine SMS von Cecilies Nummer, aber es war Emma.

»Ich vermisse dich, Paps. Kannst du nicht bald kommen? Ist deine Freundin verschwunden? Ist alles okay mit dir?«

Warum zum Teufel hatte Cecilie ihr davon erzählt? Am Telefon hatte sie doch so verständnisvoll geklungen, als sei es kein Problem, dass er seine Tage mit Emma verschieben musste, und jetzt das. Er wollte sie gerade anrufen, als sein Handy klingelte. Es war eine lange Nummer.

»Ich habe einen Mikkel gefunden. Er ist unser schwarzes Schaf. Wurde vor einem halben Jahr bei Blackwater gefeuert, mehrere Vorfälle ungerechtfertigter Gewaltanwendung.«

»Wie ist der volle Name?«

»Mikkel Holst Pedersen.«

Axel gab Khalid den Namen. Frank Jensen fuhr fort. »Ich bin nicht dahintergekommen, was genau passiert ist, aber wenn man gefeuert wird, hat das einen konkreten Grund. Die Latte liegt ziemlich hoch, was das angeht. Schwere Körperverletzung, Vergewaltigung oder sogar Mord, ohne dass das jemals vor Gericht kommt.«

»Hast du sonst noch was über ihn?«

»Geboren 1979 in Kopenhagen. Von 2002 bis 2004 als Soldat in Afghanistan stationiert, wahrscheinlich unehrenhaft entlassen. Mehr hab ich leider nicht für dich.«

Jetzt hatten sie zwar einen Namen, aber dennoch hatte Axel das Gefühl, dass sie ihm dadurch nicht viel näher kommen würden. Es war die dritte Identität, die sie innerhalb der letzten vierundzwanzig Stunden aufgedeckt hatten, und gerade weil es seine echte war, erschien es zweifelhaft, dass er sie während seines Rachefeldzugs benutzt hatte.

Das Funkgerät knarzte. »Wir hören das Handy«, sagte eine Stimme. »Das Penthouse am Ende des Flügels. Wir gehen rein. Es klingelt in der oberen Etage. Sollen wir raufgehen?«

»Ja«, hörte er Vickis Stimme.

Axels Magen zog sich zusammen. Er bekam keine Luft. Trotzdem rannte er, so schnell er konnte. »Lass sie am Leben sein, lass sie am Leben sein«, murmelte er in Panik vor sich hin.

85

Emma ging zur Schule, Mama ging vor ihr her. Sie ging schnell, Emma langsamer. Mit Absicht. Gleich würde Mama sich umdrehen und ihr sagen, sie solle sich beeilen. Aber sie hatte keine Lust, zur Schule zu kommen.

»Jetzt komm endlich, Emma. Wir haben es eilig.«

Immer hatten sie es eilig. Das war eine der Sachen, die an Erwachsenen so nervig waren. Eine andere war, dass sich dauernd alles änderte. Sie sagten so viel, das nicht stimmte. Dinge aus einer Welt, wie sie sein sollte, obwohl sie wussten, dass die Welt nicht so war. Genau wie Mama. Sie ließ Thomas von oben auf Anton aufpassen. »Sehr nett«, hatte sie gesagt. »Wir können das Spiel mit dem Pappkarton spielen«, hatte Thomas zu Anton gesagt, und Mama hatte »Das ist doch schön, Anton« gesagt.

Anton sagte nichts, lächelte nur. Emma wollte Nein sagen. Sie hatte sie dieses Spiel einmal spielen sehen. Es war kein richtiges Spiel, es war etwas, das Thomas ausprobierte. Der Pappkarton war mit dickem Klebeband umwickelt. Es war nicht richtig. Und dann waren da die Bilder von Papa und der großen Frau auf seinem Computer. Das war auch nicht richtig. Er hätte doch sagen können, dass er Papa kennt. Aber das hatte er nicht getan. Er hatte das Bild von Papa angesehen, das im Wohnzimmer hing, als würde er ihn kennen, aber er hatte nichts gesagt.

Emma hatte auch nichts gesagt. Gestern wollte sie es Mama sagen, aber Mama war so böse auf sie gewesen, und Emma hatte Angst, dass sie noch böser werden würde, wenn sie sagte, dass es kein schönes Spiel sei. Oder dass sie in seinem Zimmer gewesen war und die Bilder auf seinem Computer gesehen hatte.

86

»Wir haben sie. Es ist furchtbar«, kam es über Funk.

Axel rannte nicht mehr. Er sah eine Gruppe Uniformierter, die vor der Wohnung standen. John Darling ging gerade hinein. In diesem Moment wusste er, dass sie tot war. Die ausweichenden Blicke der Polizisten, ihre Körpersprache wie in Zeitlupe, die Enttäuschung in jeder Bewegung, die Leere in jedem Gesicht. Als er näher kam, richteten sich alle Augen auf ihn. Niemand sah ihn abschätzig oder skeptisch an, keine höhnischen Bemerkungen oder Provokationen, wie er es gewohnt war. Eine Hand legte sich auf seine Schulter, als er die Terrasse betrat.

»Ist sie es, ist sie …?«, fragte Khalid hinter ihm.

Niemand gab eine Antwort, aber irgendwo nahm Axel ein Nicken wahr.

Entschlossen ging er in die Wohnung und die Treppe hinauf. Vier Männer standen um sie herum. John Darling drehte sich zu ihm um.

»Axel«, sagte er. Dann nichts mehr. Er hatte Tränen in den Augen.

Axel ging auf die Männer zu, und sie traten zur Seite. Er sah die Leiche und glaubte, sein Herz höre auf zu schlagen. Ihre blauen Augen waren weg. Zwei blutige Löcher waren zurückgeblieben, umgeben von schwarzen Schmauchspuren. Plastikhandschellen an Händen und Füßen. Sie trug nur einen Slip und ein T-Shirt.

Axel ging in die Knie und legte einen Finger an ihren Hals.

»Sie ist tot, Axel«, sagte eine Stimme hinter ihm.

»Ja, aber sie ist noch nicht kalt. Vor ein paar Stunden hat sie noch gelebt. Wahrscheinlich bis zu dem Zeitpunkt, als das Handy eingeschaltet wurde.«

Er sah ihr Gesicht, ihren Körper, der mit Gaffa-Tape umwickelt war. Da waren kleine Male rund um ihre Lippen. Wahrscheinlich war sie geknebelt gewesen. Die Augen, dachte er, die kristallblauen Augen. Der Mörder hatte sie ihr genommen. Sie waren weg, und ohne sie wirkte ihr langer, großer Körper, der einfach nur dalag, gefesselt und ohne Leben, fremd.

Axel erhob sich.

Es kamen keine Tränen. Ich will diesen Kerl haben, ich werde ihn finden, und ich werde schnell sein. Und dann werde ich ihn töten, dachte er.

Khalid stand direkt neben ihm, seine Wangen glänzten feucht. Plötzlich drehte er sich zu Axel und umarmte ihn.

»Gehen wir und überlassen alles Weitere BB und Lennart«, sagte Darling. »Kommt bitte mit.«

»Wurde der Personenschutz für Jens verstärkt?«, fragte Axel.

»Ja«, antwortete Darling.

»Was ist mit seinem Sohn? Und Cecilie?«

»Ich gehe mal davon aus. Ich werde das überprüfen.«

Sie gingen die Treppe hinunter und verließen das Penthouse. Draußen standen inzwischen wohl um die fünfzig Polizisten. Niemand sagte etwas. Einige sahen ihn an, als er herauskam, die meisten blickten zu Boden.

»Henriette Nielsen liegt tot in dieser Wohnung«, sagte John Darling. Er hatte immer noch Tränen in den Augen. »Sie wurde seit sechsunddreißig Stunden vermisst und ist vor wenigen Stunden gestorben. Das heißt, der Mörder hat sie fast eineinhalb Tage lang gefangen gehalten. Wir wissen noch nicht genau, was in dieser Zeit passiert ist, aber sie war vollständig wehrlos. Wir wissen nicht, was er ihr angetan hat, während sie seine Geisel war, aber keiner von uns sollte auch nur den geringsten Zweifel daran haben, dass sie Höllenqualen durchgemacht hat. Ich spreche zu euch von Polizist zu Polizist. Das ist der dritte Mord. Da draußen läuft ein Mann herum, der unsere Kollegen ermordet. Und er muss aufgehalten werden. Haben das alle verstanden?«

Habe ich nicht vor sieben Tagen eine ganz ähnliche Ansprache gehalten?, dachte Axel. Und was hat es gebracht? Nichts. Erst in den letzten vierundzwanzig Stunden sind wir dem Täter näher gekommen, genau genommen sogar erst in den letzten paar Stunden.

Sein Herz schlug wie in vergangen geglaubten Tagen mit beunruhigend hoher Frequenz, ein Kolben, der Amok lief und gegen seine Rippen hämmerte. Er spürte die Stelle, an der die Kugel ihn in den Bauch getroffen hatte, bekam plötzlich keine Luft mehr und sank auf die Knie. Versuchte, Sauerstoff in die Lungen zu bekommen, röchelnd, krampfhaft. Er verlor die Kontrolle. Khalid zog ihn hoch und bugsierte ihn auf einen Gartenstuhl. Axel beugte sich vor, spuckte auf die Steinplatten.

»Sie konnten nichts tun, Mann, Sie sind der Einzige, der die Sache ernst genommen hat.«

Axel ließ den Kopf zwischen die Knie sinken. Schwindel überkam ihn. Er richtete sich auf und presste die Hände an die Schläfen, mühte sich verzweifelt, Ordnung in das Chaos zu bringen, das sein Gehirn beherrschte, Worte, Berührungen, ihr Gesicht, das Lächeln, die Augen, die blauen, blauen Augen. Er war betrunken gewesen, als er das letzte Mal persönlich mit ihr gesprochen hatte, das letzte Mal, als er ihr gesagt hatte, dass er sie liebe. Was zur Hölle war das für ein Abschied? Welcher Sinn lag darin? Ergab überhaupt irgendetwas Sinn? Sie lag da drinnen, ein vergeudetes Leben, vergeudet, um ein abartiges Geheimnis zu bewahren, vergeudet, weil sie ihren Job so ernst nahm, dass sie zu keinem Kompromiss in der Lage war.

Ich hätte etwas tun müssen, dann wäre sie noch am Leben, dachte er in einer fieberhaften Rekapitulation der Ereignisse, irgendetwas, das diese Ursachenkette unterbrochen hätte, die zu ihrem Tod geführt hatte.

Er bekam seine Atmung unter Kontrolle. Ich darf jetzt nicht aufgeben, ich darf sie nicht im Stich lassen. Sie hat doch mit mir gerechnet, hat darauf vertraut, dass ich komme, so wie sie damals gekommen ist, als ich schon aufgegeben hatte, als es für mich nur noch den Tod gab. Daran hat sie geglaubt, bis zum Schluss, es war der letzte Gedanke in ihrem Leben: Axel kommt. Aber ich bin nicht gekommen. Ich bin zu spät gekommen. Und jetzt gibt es nur noch eine Sache, die ich tun kann. Ihn finden.

87

Unmittelbar vorm Eingang zum Schulhof blieb Emma stehen.

»Warum hat Thomas Bilder von Papa und von Papas Freundin auf seinem Computer?«

Ihre Mutter blieb stehen und sah sie verwirrt an.

»Wie bitte? Was für eine Freundin? Wovon redest du, Emma?«

Mama packte sie am Arm.

»Woher weißt du das?«

Sie hätte es niemals sagen dürfen. Jetzt bekam sie bestimmt riesigen Ärger.

»Ich weiß, ich darf nicht nach oben gehen.«

»Das ist jetzt egal. Von was für Bildern redest du da?«

»Als ich gestern alleine zu Hause war, bin ich in sein Zimmer gegangen und wollte auf seinem Computer spielen. Er hat ganz viele Bilder gespeichert, von einer großen Frau, und auf einigen davon ist sie zusammen mit Papa. Und auf einem küssen sie sich.«

»Und die Bilder hast du auf Thomas' Computer gesehen?«

»Ja, das wollte ich dir schon die ganze Zeit sagen.«

Mama stand wie versteinert da.

»Du sagst, Thomas, der bei uns oben im Speicherzimmer wohnt, hat einen Computer, auf dem jede Menge Bilder von Papa und einer Frau sind?«

»Er hat ganz viele Bilder von der großen Frau, aber auch ein paar, wo sie neben Papa steht, und zwei, auf denen sie sich umarmen, und eins, auf dem sie sich küssen. Warum hat er sie?«

Mama rührte sich immer noch nicht, sah sie nur an, als begreife sie nicht, was Emma gesagt hatte. Emma hörte den Wind in den Kastanien auf der anderen Straßenseite. Auf dem See schwammen ein paar Schwäne. Sie würde zu spät in der Klasse sein.

»Warum küsst Papa die Frau, wenn sie nicht seine Freundin ist?«

»Das hat nichts zu bedeuten, Emma. Hör zu, du gehst jetzt allein in deinen Klassenraum, ja?«

Mama schaute sie ganz konzentriert an. Und ängstlich.

»Aber du wolltest doch …«

»Das machen wir ein anderes Mal, Emma. Geh jetzt, bitte!« Bei den letzten Worten schob sie Emma auf den Schulhof.

Emma ging ein paar Schritte, blieb dann aber stehen, weil sie hören konnte, dass Mama lief. Mama rannte die Straße entlang. Emma sah ihr nach. Jetzt blieb sie stehen, zog die Schuhe mit den hohen Absätzen aus und warf sie einfach weg. Rannte weiter. Auf Strümpfen. Emma hatte sie noch nie so schnell rennen sehen. Sie stellte ihren Schulranzen ab und lief Mama nach.

88

Zusammen mit Khalid, John Darling und Vicki ging Axel zu seinem Wagen. Als sie unten ankamen und aus dem Innenhof der Acht traten, blieb er beim Anblick der Journalisten, die sich hinter der Absperrung zusammengerottet hatten, stehen und wandte sich an Darling.

»Kein Wort an die Presse. Solange er nicht weiß, dass wir sie gefunden haben, glaubt er, er hat einen Vorsprung. Leg irgendeine Platte von wegen falscher Alarm und so weiter auf«, sagte er.

»Ja, klar.«

»Ab sofort arbeiten wir vom Präsidium aus. Es bringt nichts, draußen in Søborg herumzurennen. Alles, was er tut, geht hier im Zentrum vor sich.«

»Das hätte ich jetzt auch vorgeschlagen«, sagte Darling.

»Dann ist da noch Jens Jessen. Er hat zwar Leibwächter, aber ihr solltet ihn trotzdem in eins eurer Safehouses bringen oder ihn drüben in eurem Bunker in Søborg einsperren, bis wir den Mörder haben. Es wird wahrscheinlich nur um ein paar Stunden gehen. Wenn er sich weigert, soll er mich anrufen. Was ist mit Cecilie und Anton, haben sie Personenschutz?«

»Das haben wir veranlasst. Ich gehe davon aus, dass das läuft.«

»Hak da noch mal nach, sofort. Wenn das nicht geklärt ist, schick einen Wagen hin, jetzt. Und schick einen Wagen zu Jens Jessens Wohnung am Holmen. Keine Streifenpolizisten, sondern Leute, die sofort schießen, wenn es drauf ankommt. So, und jetzt schnappen wir uns diese Drecksau«, sagte Axel.

Als sie an die Absperrung kamen, riefen die Journalisten seinen und Darlings Namen. Einer wollte Axel nachlaufen, aber Khalid packte ihn am Arm und zeigte auf die Schar seiner Pressekollegen, die Darling umringten.

Axel holte sein Handy hervor und rief Cecilie an. Sie antwortete nicht. Er schaute auf die Uhr. Viertel nach neun, wahrscheinlich lieferte sie Anton gerade im Kindergarten ab.

»Können Sie fahren?«, fragte Khalid.

»Ja. Ich fahre allein, aber ich brauche Sie im Präsidium. Ich kann das hier nicht ohne Sie durchziehen.«

»Ich fahre mit Vicki.«

Axel setzte sich in den Wagen und ließ den Kopf auf das Lenkrad sinken. Er war kurz davor zusammenzubrechen. Henriettes Tod. Es war seine Verantwortung. Er wusste es. Es war von Anfang an schiefgelaufen. Er hatte Fehler gemacht, hatte sich viel zu sehr auf die Ermittlungen in Richtung PET konzentriert, seine alten Feinde. Er hätte James viel genauer unter die Lupe nehmen müssen. Als Mitarbeiter der Hausverwaltung hatte er überall Zugang, hatte Schlüssel und alle notwendigen Informationen über das Gebäude, konnte sich frei bewegen, ohne dass es irgendjemandem verdächtig erschien. Es gab Spuren, denen er nicht nachgegangen war. Er ließ nach, war nicht mehr der Alte. Hatte sich nicht durchgesetzt, so wie früher. Es mochte ja sein, dass ihm sein zweifelhafter Ruf bei den Kollegen nicht umsonst vorauseilte, aber er war gut gewesen. Jedenfalls hatte ihm niemals jemand vorwerfen können, Dinge übersehen zu haben. Aber genau das war ihm hier passiert. Es war eine schlampige Ermittlung gewesen, und Mikkel Holst waren sie nur durch einen Zufall auf die Spur gekommen. Er hatte es Yasmin zu verdanken, und er hatte Glück gehabt, reines Glück.

Es war viel schlimmer als letztes Mal. Zu sterben war deutlich einfacher als das hier. Als zu spät zu kommen.

Er setzte sich auf. Im Rückspiegel konnte er Vicki sehen, die neben ihrem Auto stand und telefonierte. Khalid saß auf dem Beifahrersitz. Sie rief irgendetwas und kam auf Axel zugerannt. Er stieg aus.

»Wir haben eine c/o-Adresse von ihm, Abildgaardsgade 25.« Sie sah ihn fassungslos an. »Ist das nicht …?«

»Das ist Cecilies Adresse!«, schrie Axel. »Entweder ist das ein schlechter Scherz oder … Er ist ihr Mieter. Schick einen Wagen hin, jetzt sofort, wenn ihr das nicht schon getan habt.« Er knallte das Blaulicht aufs Dach, warf sich hinter das Steuer und startete den Wagen.

Das Handy rutschte ihm aus der Hand und fiel auf den Boden, als er das Lenkrad nach links riss und in den Ørestads Boulevard schlitterte. Er tastete danach, während er das Gaspedal durchtrat und »Kommschonkommschonkommschon« zwischen den Zähnen hervorstieß. Abwechselnd blickte er auf die Fahrbahn und in den Fußraum des Wagens auf der Suche nach dem verdammten Telefon. Im letzten Augenblick wich er einem Radfahrer aus, dann bekam er es zu fassen. Wieder rief er Cecilie an, wieder keine Antwort. Er hielt die Hupe gedrückt.

Dann rief er die Nummer des Sekretariats von Emmas Schule an und bat sie nachzufragen, ob seine Tochter da sei. Ein Notfall, sagte er. Sie riefen zurück, als er mit 135 km/h die Langebro überquerte. Emma war nicht zur Schule gekommen. Und sie war auch nicht krankgemeldet. Nur ihren Schulranzen hatte man am Eingang zum Schulhof gefunden.

89

Als Emma um die Ecke zu ihrer Straße bog, sah sie Mama, die langsamer geworden war. Thomas kam gerade aus der Haustür, er trug eine schwarze Tasche. Als er Mama bemerkte, stellte er sie vor der Tür ab. Er hatte Handschuhe an. Emma schlich sich hinter den parkenden Autos entlang auf die andere Seite der Einfahrt zu ihrem Haus. Mama taumelte vorwärts, als würde sie jeden Moment vor Erschöpfung umfallen. Dann rief sie:

»Was geht hier vor? Wo ist Anton?«

»Was ist denn los?«, hörte Emma Thomas sagen. »Er spielt drinnen in seinem Zimmer.«

»Aber Sie sollten doch auf ihn aufpassen«, sagte sie. Emma konnte hören, dass sie entweder kurz davor war, in Tränen auszubrechen oder einen Wutanfall zu bekommen. Sie klang genauso wie damals, als sie sich so sehr mit Jens gestritten hatte, dass Jens gegangen und nicht mehr wiedergekommen war.

Emma versteckte sich hinter einem der Autos. Davor parkte ein großer schwarzer Lieferwagen, die Hecktür stand offen.

»Das habe ich auch, aber ich muss jetzt zur Arbeit, dringende Sache. Ich habe extra noch auf Sie gewartet, ich wollte nur schon mal meine Sachen ins Auto bringen.« Er blickte auf die Tasche.

Mama sah ihn mit einem wilden Ausdruck in den Augen an. Auch diesen Blick kannte Emma – sie bekam ihn nur, wenn sie außer sich war vor Wut, zum Beispiel, wenn sie

Emma oder Anton auf dem Fahrradkindersitz hatte und jemand sie um ein Haar umgefahren hatte.

»Was zum Teufel soll das hier? Warum haben Sie Bilder von Axel und Henriette auf Ihrem Computer? Wer sind Sie?«

Emma sah in den dunklen Laderaum des Lieferwagens vor ihr. Ein großer Karton stand darin. Aus einem der Grifflöcher lugte Antons Hand hervor.

»Gehen Sie jetzt besser rein zu Anton«, sagte Thomas, und noch bevor Emma rufen konnte, Anton sei hier, war Mama auch schon im Haus verschwunden und Thomas bückte sich nach der Tasche. Emma sprang in den Lieferwagen. Anton musste aus diesem Karton heraus, jetzt. Sie hörte die Haustür zufallen. Kam Mama, um ihr dabei zu helfen? Aber dann war da eine Bewegung, und die Hecktür des Wagens knallte ins Schloss. Alles Licht verschwand. Sie lief zur Tür, hinter ihr sagte Anton: »Kuckuck, kuckuck.«

Der Motor wurde angelassen, und dann fuhr das Auto so ruckartig los, dass Emma nach hinten umfiel. Ihre Mutter schrie irgendetwas. Anton weinte jetzt. Dann waren Mamas Schreie weg, und nur noch Antons Weinen und der lärmende Motor waren zu hören.

90

Ein schwarzer Lieferwagen. Das war alles, was sie hatten. Eine Stunde war vergangen, seit Mikkel Holst mit Anton davongefahren war. Zuerst hatte es einige Verwirrung um Emma gegeben, niemand wusste, wo sie war. Ein Nachbar hatte Mikkel

Holst mit einem großen Pappkarton auf den Armen aus dem Haus kommen sehen. Anscheinend sprach er mit dem Karton, bevor er ihn im Laderaum des Lieferwagens abstellte. Kurz darauf war Emma erschienen, hatte sich hinter den parkenden Autos bis zu dem Lieferwagen geschlichen und war schließlich in den Laderaum geklettert, als Mikkel Holst zurück zum Haus ging, um eine schwarze Tasche zu holen. Dann hatte Holst die Hecktür zugeworfen und war losgefahren, eine schreiende Cecilie hinter sich, wie der Nachbar berichtete.

Jens Jessen war eingetroffen, begleitet von sechs Leibwächtern. Cecilie ging auf ihn los, schlug ihn mit den Fäusten auf die Brust und brüllte ihm ins Gesicht, als sie begriff, warum Anton gekidnappt worden war und wer in ihrem Haus gewohnt hatte. Nachdem sie die Fassung zurückgewonnen hatte, nahm sie Axel beiseite.

»Emma hat es mir ein paarmal gesagt, Axel, und ich habe ihr nicht zugehört.«

»Was hat sie gesagt?«

»Dass er seltsam ist. Dass er nicht hier ist, um hier zu wohnen, dass er Jens so komisch angesehen hat, als er Anton zuletzt gebracht hat. Und dass er sie gefragt hat, wann du kommst. Und heute auf dem Weg zur Schule sagte sie, sie sei in seinem Zimmer gewesen, um auf dem Computer zu spielen, und dabei hat sie jede Menge Bilder von Henriette und ein paar von dir zusammen mit Henriette gefunden.«

»Was?«

»Da wurde mir klar, dass irgendetwas ganz und gar nicht stimmt. Zuerst dachte ich, Jens hätte einen Privatdetektiv auf mich angesetzt.«

»Wieso das denn?«

Sie sah ihn an.

»Wenn du wüsstest, wie wahnsinnig misstrauisch er ist, was dich und mich angeht. Du findest sie, Axel, du findest sie beide!«

»Ja, aber jetzt muss ich mit Jens sprechen.«

Er ging hinüber zu Jens Jessen. Tics überzogen Jessens Gesicht, als er Axel ansah. Dennoch wirkte er gefasst.

»Was tun wir?«, fragte er Axel.

»Es gibt zwei Möglichkeiten: Entweder er bringt Anton um oder er benutzt ihn, um an dich heranzukommen. Wir werden es sehr bald wissen.«

Jens Jessen begann zu zittern, als Axel Antons Namen aussprach.

»Den Kindern darf nichts zustoßen. Wenn er mich haben will, dann bekommt er mich.«

»Bist du sicher? Bist du dazu bereit?«

Entschlossenheit und Verzweiflung sprachen aus Jens Jessens Blick. Auch Scham? Wenn ja, dann keine Sekunde zu früh, dachte Axel.

»Ich bin bereit, Axel. Siehst du noch andere Möglichkeiten, als dass er mich gegen die Kinder austauschen will?«

»Wir wissen nicht, ob er das will. Aber wie gesagt, wir werden es bald erfahren. Hast du dein Handy parat? Und ist es das, auf dem Henriette dich immer angerufen hat?«

»Ja.«

»Er wird darauf anrufen, und dann werden wir sehen, was passiert. Wenn er dich gegen die Kinder austauschen will, hat er die Chance, euch alle drei umzubringen, obwohl ich bezweifle, dass er Emma etwas antut. Vielleicht setzt er sie irgendwo ab. Vielleicht knallt er dich einfach ab, wenn es zum Austausch mit Anton kommt. Vielleicht verschwindet er mit dir und bringt dich ganz langsam um, sobald der Austausch abgewickelt ist. Ich weiß einen Scheiß, was er vorhat. Aber eins ist sicher: Sein Ziel ist es, dich zu bestrafen.«

»Du hast recht. Die Spezialeinheit für Entführungsfälle ist unterwegs, wir müssen mit ihnen abstimmen, was wir tun werden.«

Fünf Minuten später erschien der Leiter der Spezialeinheit, Michael Henriksen, ein Mann in Axels Alter, Bürstenhaarschnitt, korpulenter Körperbau aus gleichen Anteilen Muskel- und Fettmasse, konzentrierter Blick, der besagte, er wisse genau, womit er es zu tun habe. Aber Axel zweifelte daran, denn die Erfahrungswerte mit dieser Art von Entführung tendierten seines Wissens nach gegen null. Er war dennoch bereit, Henriksen zuzuhören, solange er nichts anderes tun konnte.

Aus seiner Sicht gab es drei Möglichkeiten, an Mikkel Holst heranzukommen. Holst konnte mit ihnen Kontakt aufnehmen oder einer der über hundert Streifenwagen und polizeilichen Zivilfahrzeuge, die in diesem Moment in der Stadt patrouillierten, hielt ihn an. Die dritte Möglichkeit bestand darin, ihn und seinen Aufenthaltsort mittels Handyortung ausfindig zu machen.

Henriksen hatte bereits dafür gesorgt, dass Jens' Handy, Cecilies Festnetznummer und Jens' Anschluss beim PET mit Fangschaltungen ausgestattet waren. In einem Spezialfahrzeug, das in der Straße geparkt war, konnten alle eingehenden Anrufe mitgehört und zurückverfolgt werden.

»Wenn er anruft, spreche ich mit ihm und führe die Verhandlungen«, sagte Henriksen.

»Nein, das tun Sie nicht, das übernimmt Jens«, sagte Axel.

»Ich habe Verständnis dafür, dass hier alle unter dem Eindruck der Ereignisse stehen, aber wir müssen kühlen Kopf bewahren. Wir müssen Zeit gewinnen, um ihn aufspüren zu können.«

»Ich habe einen kühlen Kopf«, sagte Axel, »und ich weiß einiges mehr über den Täter und diesen Fall als Sie, also hören *Sie mir* jetzt zu, damit wir bereit sind, wenn er sich meldet. Es wird keine Verhandlungen mit Hinhaltetaktik und Zusagen für alles Mögliche geben, das uns Zeit bringen könnte. Dafür ist er viel zu gut organisiert und zu zynisch.«

Henriksen warf Jens einen fragenden Blick zu.

»Ist das für Sie okay, Jens?«

»Ja.«

Henriksen fuhr fort:

»Jens darf unter keinen Umständen sein Leben in Gefahr bringen. Es kommt nicht infrage, dass er mit dem Mörder zusammentrifft. Einen Austausch wird es nicht geben.«

»Die Zeit ist knapp, Henriksen, und das Leben zweier Kinder steht auf dem Spiel. Jens' Sohn ist erst zweieinhalb Jahre alt. Es gibt Regeln und es gibt Notfallsituationen, die diese Regeln außer Kraft setzen. Wir haben es hier mit Letzterem zu tun«, sagte Axel.

»Es geht hier nicht um eine Regel, sondern um eine eindeutige Dienstanweisung, die für jegliche Art von Geiselnahmen gilt, und davon werden wir nicht abweichen.«

Axel sah Jens an, der zu Boden starrte.

»Wenn Mikkel Holst mich haben will, dann bekommt er mich, Henriksen. Das können weder Sie noch sonst jemand verhindern«, sagte Jens.

»Dann hoffen wir mal, dass er das nicht will.«

»Das sollten wir besser nicht hoffen, denn es würde bedeuten, dass der kleine Anton anstelle seines Vaters stirbt.«

Jens atmete tief durch, hob den Blick und sah Axel an. Axel

trat zu ihm, legte eine Hand auf seine Schulter und führte ihn ein paar Meter von Henriksen weg.

»Es geht um unsere Kinder. Du musst dir sicher sein, dass du das kannst. Und dass du kühlen Kopf bewahrst.«

»Gibt es eine Alternative? Ich sehe keine. Und ich bin bereit. Was denkst du?«

»Wir müssen so nah an ihn herankommen, dass wir ihn ausschalten können.«

»Ich gehe bis ans Ende, wenn ich damit Antons Leben retten kann.«

Axel sah ihn an. Ein Angsthase war Jens Jessen nie gewesen, aber er schien ganz versessen darauf, sich zu opfern. Und das war nicht gut. Es kam Axel vor, als würde Jens von Scham und Schuldgefühlen darüber überwältigt, dass Anton und Emma gekidnappt worden waren. Und jetzt wollte er alles tun, um es wiedergutzumachen.

Axel fühlte nichts, keine Sorge, keine Angst, keine Panik. Er war eiskalt. Ihm war klar, dass Jens Mikkel Holst nicht in die Hände fallen durfte – um der Kinder willen.

91

Als das Auto zum ersten Mal anhielt, schlug sie mit den Händen gegen die Seitenwand, aber dann fuhr es einfach weiter. Beim nächsten Mal schlug sie wieder dagegen und schrie »Papa, Papa, Papa«, und plötzlich wurde die Tür aufgerissen. Draußen konnte sie ein paar Bäume sehen, und Thomas packte sie und brüllte:

»Was zur Hölle machst du denn hier?«

»Papa!«, konnte sie noch einmal rufen, bevor er sie so heftig schubste, dass sie gegen die Wand zwischen Laderaum und Fahrerkabine knallte, wo der Karton mit Anton stand. Anton weinte immer noch. Thomas warf die Hecktür wieder zu, und der Wagen fuhr los. Zum ersten Mal, seit sie in das Auto geklettert war, bekam sie Angst, richtige Angst. Und Bauchschmerzen.

Ich muss Anton helfen, dachte sie. Er war immer noch in seinem Gefängnis. Emma tastete den Karton ab, sagte seinen Namen: »Anton, Anton, Emma ist hier, Anton, ich hole dich jetzt raus.« Sie tastete nach dem Tape und begann, daran zu reißen. Es war gar nicht so schwer, es zu lösen, hätte das Auto nur nicht immer so gewackelt. Zweimal fiel sie hin, einmal schlug sie mit der Schläfe auf. Aber dann riss ein Fetzen des Tapes ab, und noch einer, bevor sie wieder stürzte. Wenn es ihr gelang, Anton aus dem Karton herauszuholen, konnten sie vielleicht die Tür aufmachen und rausspringen, wenn das Auto das nächste Mal stehen blieb. Die ganze Zeit über sagte sie seinen Namen: »Anton, Anton, Emma ist hier, du kommst gleich raus.« Er weinte auf die Art, wie er es tat, wenn er wütend war, als ob er keine Luft bekäme. Endlich konnte sie ein kleines Loch in den Karton reißen und eine Hand hineinschieben. Sie riss noch ein Stück von dem Deckel ab, aber er wollte einfach nicht aufgehen. Anton packte ihre Hand und wimmerte »Emmeemmeemme« in einem fort. Zog sie die Hand zurück, schrie er. Sie bekam wieder ein Stück Karton zu fassen, zog daran und mit einem Mal sprang der Deckel hoch. Aber dann passierte irgendetwas mit dem Auto, und sie wurde gegen die Wand und zu Boden geschleudert. Anton stand jetzt in dem Karton und weinte, sein Kopf und seine Schultern schauten heraus. Sie rappelte sich hoch und umarmte ihn. Als das Auto das nächste Mal anhielt, zog sie ihn aus dem Karton und drückte ihn fest an sich.

»Emma ist hier, Antonius. Dir passiert nichts, ich passe auf dich auf.«

92

Axel trat zu Henriksen, der gerade dabei war, seine Leute auf den neuesten Stand zu bringen. Er wartete, bis Henriksen fertig war, und deutete dann mit einem Nicken auf Jens Jessen, der ein paar Meter entfernt gegen seinen Wagen gelehnt stand und ebenso intensiv wie leise mit Cecilie sprach.

»Wir können ihn nicht ins Gefecht schicken. Er besitzt nicht die Fähigkeiten, die in einer solchen Situation gebraucht werden. Und er ist völlig mit den Nerven runter, in seinem Zustand ist er zu gar nichts zu gebrauchen«, sagte Axel.

Henriksen sah hinüber zu Jens Jessen. Axel hatte absichtlich übertrieben, was die Verfassung des PET-Chefs anging. Es waren eine Stunde und zwölf Minuten vergangen, seit die Kinder entführt worden waren.

»Was schlagen Sie vor?«

»Ich nehme seinen Platz ein. Wir rasieren mir die Haare ab und überschminken die Narben im Gesicht.«

Henriksen sah ihn an. »Wir können es versuchen.«

Axel ging hinüber zu Jens und fasste ihn am Arm.

»Komm mit«, sagte er und führte ihn ins Haus.

»Hör zu, jetzt gleich werden zwei identische Anzüge aus deiner Wohnung hierhergebracht. Die ziehen wir an.«

»Wozu?«, fragte Jens, machte aber den Eindruck, als habe er überhaupt nicht verstanden, was Axel gesagt hatte.

»Weil ich deinen Platz einnehme, aber das erste Stück musst du mitgehen, verstehst du?«

Er sah Axel an. Dann nickte er. »Du entscheidest.«

Bei einem Nachbarn wurde ein Elektrorasierer besorgt und dann mit einer Klinge nachgearbeitet. Im Einsatzwagen der Spezialeinheit kümmerten sie sich um die Narben in seinem Gesicht.

»Und, wie sieht's aus?«, fragte er.

Henriksen zuckte mit den Achseln.

»Von Weitem wird's wohl gehen, aber wenn Sie näher kommen, wird jeder, der Jens kennt, sehen, dass Sie nicht er sind. Hat der Geiselnehmer Jens aus der Nähe gesehen?«

»Ja, leider.«

»Ist das Ganze dann überhaupt eine gute Idee?«

»Haben Sie eine bessere?«

»Nein.«

»Was ist mit Waffen?«

»Tja, er wird wohl darauf bestehen, dass Sie unbewaffnet sind.«

»Haben Sie nicht was Kleines für alle Fälle?«

»Ich habe alles. Was könnten Sie sich denn vorstellen?«

»Eine kleinkalibrige Pistole, mit Tape am Unterschenkel befestigt. Und noch irgendwo anders ein Messer. Geht das?«

»Wie wär's mit einer Babyglock, eine Sechsundzwanziger? Zehn Schuss. Das müsste gehen. Das Messer hat eine dünne Klinge in einer Plastikhülle, kann rausgeschoben werden. Stich- und Schnittwaffe. Wir könnten es unter Ihrem Fuß anbringen, wird aber kein Spaß, wenn Sie eine längere Strecke laufen müssen, ist also nicht optimal.«

»Das muss reichen. Was ist mit einem GPS-Sender?«

»Wir haben das Neueste vom Neuen.«

»Es kann sein, dass ich mich komplett ausziehen muss. Also am besten etwas möglichst Kleines in einer Kapsel.«

»Wir haben einen in einer Gummikapsel, nicht größer als eine Kopfschmerztablette.«

Axel bekam den GPS-Sender ausgehändigt, ließ Hose und Unterhose auf die Knöchel sinken und benutzte ihn wie ein Zäpfchen. Henriksen sah in eine andere Richtung.

»Sehen wir mal, ob wir Pistole und Messer tapen können.«

Während Henriksen eine Rolle Tape hervorkramte, wog Axel seine Möglichkeiten ab. Es kam darauf an, so nah wie möglich an Mikkel Holst heranzukommen, das Back-up im Rücken zu haben und die Kinder übergeben zu bekommen. Ab diesem Punkt musste er improvisieren. Erkannte Holst ihn, musste er dafür sorgen, dass wenigstens die Kinder gerettet wurden.

Es musste einfach klappen. Irgendwie. Mikkel Holst hatte Henriette getötet, und jetzt hatte er Anton. Und Emma. Axel wollte sie zurück. Und er wollte mit ihnen am Leben bleiben.

Henriksen klebte die Pistole an Axels Unterschenkel.

»Was ist mit einem Mikrofon?«, fragte Henkriksen.

»Von mir aus gerne, wenn wir es irgendwo anbringen können, wo er es nicht bemerkt.«

»Normalerweise sagen wir, die Haare sind gut …«

»Tja, das hat sich soeben erledigt.«

»Nicht ganz. Sie laufen ja zum Glück nicht jedem Trend hinterher. Wir könnten ein Stück oberhalb Ihrer Manneskraft freilegen, ein Mikro festkleben und das Ganze unter ein paar künstlichen Schamhaaren verstecken. Damit kämen Sie menschlichem Ermessen nach durch, allerdings ist die Tonqualität deutlich bescheidener als bei einem Mikro auf der Kopfhaut.«

Nach der Prozedur fuhren alle ins Präsidium, von wo die Fahndung nach Mikkel Holst dirigiert wurde, und richteten sich darauf ein zu warten. Axel musste Spannung und Konzentration hochhalten. Er hatte sechsunddreißig Stunden nicht geschlafen, und Emmas Situation konnte jeden Moment Angstzustände bei ihm auslösen, die seine Vernunft und seine Kaltblütigkeit pulverisieren würden. Er rief Vicki an, die die Fahndung koordinierte.

»Eine Kamera der Nationalbank hat den gesuchten Lieferwagen aufgenommen, sechs Minuten nachdem er die Kartoffelfelder verlassen hat«, berichtete sie. Ihre Stimme klang hektisch.

»Wo genau?«

»Holmens Kanal. Also hat er offensichtlich nicht die Absicht, auf direktem Weg aus der Stadt zu verschwinden«, sagte Vicki.

»Er will nach Amager«, sagte Axel. »Er kennt die Umgebung der Acht wie seine Westentasche, da draußen werden ständig neue Gebäude hochgezogen. Tiefgaragen, Parkdecks, jede Menge Möglichkeiten, sich zu verstecken. Kannst du ein paar Streifen hinschicken?«

»Ja, klar.«

»Gibt es auf der Knippelsbro Kameras?«

»Am Außenministerium und am Hauptsitz von Nordea gibt es jedenfalls welche. Ich prüfe mal, ob die was haben.«

Er hörte, wie sie das Telefon vom Mund nahm und etwas zu jemand anderem sagte. Axel sah auf die Uhr. Es war kurz vor elf.

»Es kann nicht mehr lange dauern, bis er anruft«, sagte Axel. »Einen zweieinhalbjährigen Jungen als Geisel zu haben, ist gar nicht so einfach, es sei denn, er ist betäubt. Er wird heulen und nach Mama und Papa schreien.«

»Stimmt. Je mehr Zeit vergeht, umso größer wird die Wahrscheinlichkeit, dass er ihn umgebracht hat.«

Axel dachte wieder an Emma.

»Axel«, sagte Vicki. »Kannst du das durchziehen?«

»Ja, es ist das Einzige, was ich im Moment kann.«

93

Das Auto stand jetzt ganz still, aber die Tür wurde nicht geöffnet. Emma drückte Anton an sich. Er hickste und weinte gleichzeitig, rief immer wieder »Mamaaa«. Emma konnte es beinahe nicht ertragen. Auch sie wünschte sich, Mama wäre da. Sogar noch mehr als Papa. Antons Weinen irritierte sie, sie konnte nicht denken, und sie musste denken, wenn sie weglaufen wollten.

Jetzt hörte sie Schritte. Sie verstummten an der Hecktür, die einen Moment später geöffnet wurde.

Da stand er, lächelnd und mit Sonnenbrille. Bevor er etwas sagen konnte, fragte Emma:

»Was hast du mit uns vor?«

»Ich tue euch nichts. Ich habe euch nur mal für ein paar Stunden ausgeliehen.«

»Wir wollen nach Hause.«

»Ihr kommt auch nach Hause, nur jetzt noch nicht.«

»Warum hast du Anton mitgenommen?«

»Ich leihe ihn mir nur aus.«

»So was tut man nicht. Er ist noch so klein. Das darf man nicht.«

»Euch passiert nichts.« Er öffnete eine Tasche und warf zwei Flaschen Wasser und drei Bananen in den Laderaum. »Tut einfach, was ich sage.«

»Hinter wem bist du eigentlich her?«

Er hielt inne und sah sie an.

»Du bist ein kluges Mädchen, was? Du konntest mich nie leiden, stimmt's?«

Emma sagte nichts. Sie spürte, wie ihr Bauch vor lauter Angst zu explodieren schien.

»Keine Angst. Ich hole ein iPad, dann könnt ihr euch einen Film ansehen. Ich tue euch nichts.«

»Du hast uns schon was getan«, sagte Emma.

Die Tür fiel zu, und die Dunkelheit kehrte zurück. Antons Weinen wurde leiser. Hinter seinem Schluchzen hörte sie, wie draußen jemand etwas sagte. Kamen sie jetzt, um sie zu befreien? Oder waren da noch andere, die zu Thomas gehörten? Wo bist du, Papa?

Anton schlief auf ihrem Schoß ein. Er schnarchte, und hin und wieder schniefte er. Sie hielt ihn, wagte nicht, sich zu bewegen, aus Angst, er könnte aufwachen. Ihre Augen gewöhnten sich an die Dunkelheit, sie konnte die Umrisse des Laderaums erkennen, die Wände, die Hecktür und den Pappkarton. Abgesehen von dem Karton war das Auto leer.

Jetzt konnte sie hören, dass es Thomas war, der draußen redete. Er musste direkt neben dem Auto stehen. Es klang, als seien sie in einem Haus. Sie hatte Angst, aber keine Bauchschmerzen mehr. Es war nicht so, wie wenn sie Angst um Papa hatte. Sie hatte Angst, weil sie nichts tun konnte. Sie flüsterte dieselben Worte wieder und wieder, zu Anton und zu sich selbst. »Papa kommt, Papa kommt, Papa kommt.«

94

»Am Anfang muss Jens dabei sein«, sagte Axel und sah in die Gesichter der Menschen, die um ihn herumstanden. Henriksen, Darling, Jens, Khalid und Vicki. Cecilie saß ein Stück entfernt und kaute auf den Nägeln. »Der Geiselnehmer ist nicht mobil, es ist zu riskant für ihn, sich mit zwei Kindern kreuz und quer durch die Stadt zu bewegen. Wir müssen also davon ausgehen, dass er sich irgendwo versteckt hält und Jens dazu bringen will, dorthin zu kommen, ohne dass ihm ein SEK an den Hacken klebt.«

Henriksen schaltete sich ein.

»Ich verstehe, worauf Sie hinauswollen, aber mir sitzt der Reichspolizeichef im Nacken: Jens darf unter keinen Umständen in Lebensgefahr gebracht werden. Können Sie das garantieren?«

»Ich kann überhaupt nichts garantieren, aber in diesem Augenblick schweben zwei Kinder in Lebensgefahr, und sie sind wichtiger als wir alle zusammen. Ich nehme Jens' Platz ein, wenn ich den richtigen Zeitpunkt für gekommen halte, er wird also nicht in die Nähe des Täters kommen. Aber das werde ich auch nicht, wenn Jens nicht bis zu diesem Zeitpunkt seine Rolle spielt.«

»Schon klar, aber es können ja hundert Szenarien eintreten, an die wir jetzt nicht einmal denken«, sagte Henriksen.

»Ist es nicht wahrscheinlich, dass er irgendwo auf der Lauer liegt und Jens einfach abknallt, sobald er sich zeigt?«, fragte Khalid.

»Möglich, aber ich bin ziemlich sicher, dass er nicht der Heckenschützentyp ist. Die anderen drei hat er erst umgebracht, nachdem er in Kontakt mit ihnen war. Ich bin überzeugt, er will Jens etwas sagen, bevor er ihn tötet. Und er hat es bis ins kleinste Detail geplant, auch die Art, wie er ihn umbringt. Denkt an Sten Høeck und die abgeschnittenen Augenlider.« Er brachte es kaum über sich, es zu sagen. »Und an Henriette. Er hat ihr beide Augen weggeschossen. Verdammt noch mal, wir müssen es so versuchen, es gibt keine andere Möglichkeit.«

Vicki und Khalid stimmten ihm zu, Henriksen und Darling schwiegen. Jens Jessen nickte.

»Wir machen es so, wie Axel sagt«, entschied er.

»Bis ich Jens' Platz einnehme, trage ich eine Verkleidung, und wenn der Zeitpunkt gekommen ist, lege ich sie ab. Darunter bin ich exakt so gekleidet wie Jens. Ich übernehme seine Rolle, und er ist aus dem Spiel.«

»Wer spricht mit unserem Mann?«, fragte Henriksen.

»Ausschließlich ich«, sagte Axel.

»Kennt er Ihre Stimme?«, wollte Henriksen wissen.

»Ja, aber ich kann sie verstellen.«

»Kennt er Jens' Stimme?«

»Er ist ihm einmal ganz kurz begegnet, dabei hat Jens so gut wie nichts gesagt.«

»Aber wenn er dich sieht, dann kann er ja auch sehen, dass es nicht Jens ist, der mit ihm telefoniert«, sagte Vicki.

»Jens und ich sind über Mikros miteinander verbunden, sodass Jens alles hören kann, was ich sage. Jens hat ein Handy dabei, und jedes Mal, wenn er hört, dass ich mit Mikkel Holst spreche, hält er es ans Ohr und tut so, als würde er sprechen«, sagte Axel.

»Ich schlage vor, dass du einen drahtlosen Ohrhörer mit direktem Kontakt zu mir trägst, damit wir mit dir in Verbindung bleiben, den kannst du einfach wegwerfen, wenn du nah an ihn herankommst«, sagte Vicki.

Axel war einverstanden.

Sie waren bereit.

Axel ging zu Cecilie. Jeder Nerv in seinem Körper schmerzte in ihrer Nähe, weil es ihn an Emma erinnerte. Emma, die irgendwo da draußen in der Stadt war, alleine mit einem rachsüchtigen Mörder und ihrem zwei Jahre alten Bruder. Es durfte ihr nichts geschehen.

»Gibt es wirklich niemanden, der das hier besser kann als du?«, fragte sie, und er registrierte, dass ihre Sorge nicht Jens Jessen galt.

»Nein, und das weißt du auch. Das ist das, was ich kann. Die andere, die das genauso gut kann, ist heute Morgen gestorben.«

Sie schüttelte den Kopf und schlug kraftlos und ohne Aggression mit den Händen gegen seine Brust. Er fasste ihre Hände und hielt sie fest. Sie legte den Kopf an seine Brust, und er spürte, wie sein Hemd nass wurde. Mit Tränen in den Augen sah sie ihn an.

»Ich finde sie, ich finde sie beide. Es wird ihnen nichts passieren.«

Sie hörte nicht auf zu weinen. Er ließ sie los, drehte sich um und begegnete Jens' Blick. Er hatte sie die ganze Zeit über im Auge behalten.

Axel setzte sich auf einen Stuhl, plötzlich hatte er keine Energie mehr, fühlte sich ausgelaugt, als sei nichts in ihm außer einer einzigen großen Wunde. Erst Henriette, und jetzt Emma. Wofür sollte er noch leben, wenn ihr etwas zustieß?

Fünf Minuten später klingelte Jens Jessens Telefon.

95

»Du bist in zehn Minuten am Nørreport.« Axel erkannte die Stimme, sie erinnerte ihn an seine zwei Begegnungen mit James Craw. »Du gehst die mittlere Treppe nach unten bis zum S-Bahn-Gleis.«

»Das ist nicht zu schaffen.«

»In zehn Minuten. Wenn du zur S-Bahn kommst, bist du alleine, unbewaffnet und ohne Mikrofone, sonst stirbt dein Sohn.«

»Ich will wissen, ob er am Le…«

Das Gespräch wurde abgebrochen.

»Unterdrückte Nummer«, rief Vicki von ihrem Platz. »Wir versuchen, den Anruf zurückzuverfolgen.«

Axel und Jens liefen zusammen mit einer Handvoll Kollegen die Hintertreppe hinunter. Im Hof zur Otto Mønsteds Gade warteten drei Mannschaftswagen mit PET-Agenten. Insgesamt fünfundzwanzig Männer und Frauen würden ihnen zu Fuß folgen, außerdem waren dreißig Mann in Zivilfahrzeugen und auf Rädern im Einsatz – alle als Touristen und Alltags-Kopenhagener ausstaffiert. Axel trug eine Perücke und einen Mantel über Anzug und Hemd, die mit Jens

Jessens Kleidung identisch waren. Unter der Perücke und in dem Mantel kam er sich vor wie ein Karnevalsclown, aber hoffentlich erfüllten sie ihren Zweck und Mikkel Holst wurde nicht auf ihn aufmerksam.

Jens stieg in einen Streifenwagen und fuhr los, Axel saß in einem Zivilfahrzeug dahinter. Er konnte Jessens kahlen Schädel sehen, während sie begleitet von einer Motorradstaffel durch Kopenhagen rasten. Er testete das Mikrofon.

Als sie am Jarmers Plads ankamen, waren seit dem Anruf fünf Minuten und fünfundvierzig Sekunden vergangen.

»Wir überholen euch jetzt, ich werde zuerst abgesetzt, gehe nach unten und warte auf dich«, sagte Axel. Der Fahrer beschleunigte und sie rauschten an der Motorradstaffel vorbei die Nørre Voldgade hinunter. Es war 11.45 Uhr, Hauptverkehrszeit, und der Nørreport war ein einziges Wimmelbild. Der Wagen kam am Straßenrand der Fiolstræde zum Stehen, Axel stieg aus und überquerte in ruhigem Tempo die Fahrbahn. Noch drei Minuten. Er nahm die Treppe nach unten, registrierte den Gestank nach Urin und Diesel, atmete tief durch und sah auf Jens Jessens Telefon. Er hatte kaum Zeit gehabt, sich mit der Tastatur vertraut zu machen, aber es musste gehen. Zwei Minuten. Er lehnte sich gegen die Fahrplanstele und bemerkte mindestens sechs Kollegen auf dem Bahnsteig.

Sie waren gut vorbereitet. Axel schwitzte in seinem Mantel, die Perücke juckte höllisch. Er spürte Schmerzen in seinem lädierten Bein, die Pistole am Unterschenkel und das Messer unter dem Fuß, den Knopf im Ohr, der viel zu locker saß und jeden Moment herauszufallen drohte, wie er meinte. Zwischen den Schamhaaren kratzte das Mikrofon, in seinem Enddarm drückte der GPS-Sender, den er am liebsten auf der

Stelle ausgeschissen hätte. Du musst das ignorieren, es irritiert dich nur, weil du völlig überdrehst, dachte er, aber lieber überdrehen als vor Angst um Emma zusammenklappen.

Jetzt kam Jens Jessen die Treppe herunter. Er wirkte übernervös. Axel nickte ihm zu und sagte: »Hier passiert noch nichts, Jens.«

Dann klingelte das Telefon.

»Ich bin am Nørreport an der S-Bahn«, sagte er und fuhr fort, um das Gespräch möglichst in die Länge zu ziehen: »Ich will wissen, ob mein Sohn lebt. Und Emma.«

»Sie leben. Du setzt dich auf die Bank am Kiosk. Unter der Bank ist ein Handy mit Tape befestigt.«

»Die Bank ist besetzt. Ich kann mich nicht setzen.« Es war eine Lüge, aber Axel würde gleich erfahren, ob er sie sehen konnte.

»Dann sorg dafür, dass die Leute verschwinden. Sobald du das Handy hast, wirfst du deins in den Mülleimer neben der Bank.«

»Gespräch beendet«, sagte Axel, sodass die anderen es über das Mikro an seinem Körper hören konnten. Er sah, wie Jens Jessen sein Telefon sinken ließ. »Folg mir zu der Bank und hol das Telefon. Ich stoße mit dir zusammen, dabei gibst du es mir«, sagte er. Axel bezog Posten neben der Bank und stellte sich mit dem Rücken zu Jens, der Platz nahm und unter der Sitzfläche herumfummelte. Axel sah zur Seite und nahm aus dem Augenwinkel wahr, wie Jens aufstand. Im selben Moment drehte er sich um, stieß mit ihm zusammen und übernahm das Handy.

»Bleib in meiner Nähe«, sagte Axel.

Das neue Telefon klingelte.

»Du steigst in die nächste Bahn und fährst bis zum Østerport. Sobald du im Zug sitzt, machst du ein Foto von dir und lädst es auf deinem Facebookprofil hoch, sofort.«

Ich habe kein Facebookprofil, wollte Axel gerade sagen, doch besann er sich noch rechtzeitig. Er war Jens Jessen.

»Ja, aber …« Die Verbindung war tot.

Er war verdammt vorsichtig. Unterdrückte Nummer, und die Anrufe dauerten höchstens fünfzehn Sekunden.

Axel sagte: »Wir steigen in den nächsten Zug. Du übernimmst das Handy, du sollst ein Foto von dir machen und es auf deinem Facebookprofil hochladen.«

Jens Jessen schien verwirrt. Er ging an Axel vorbei und flüsterte: »Ich habe kein Profil auf Facebook.«

»Dann warten wir. Er ruft wieder an. Mach das Foto«, sagte Axel.

Sie stiegen in die Bahn. Axel hatte das Handy auf Fotomodus eingestellt und steckte es Jens Jessen zu, der ein Bild von sich machte und es unauffällig zurückgab. Es klingelte beinahe im selben Moment.

»Ich bin nicht auf Facebook«, sagte Axel.

»Jetzt schon. Ich habe ein Profil für dich angelegt, es heißt *Aisha,* du musst nur auf die App gehen und das Foto hochladen, jetzt sofort. Vom Østerport nimmst du die Folke Bernadottes Allé bis zur Kleinen Meerjungfrau. Dann hörst du wieder von mir. Folgt dir jemand, töte ich beide Kinder.«

Wieder wurde die Verbindung abgebrochen. Axel wiederholte Mikkels Instruktionen, sodass Jens Jessen und seine Kollegen es hören konnten, und fand die Facebook-App. Er kannte sich mit Facebook nicht aus, ging auf Status und dann auf ein kleines Kamera-Icon, woraufhin das Foto von Jens Jessen in der S-Bahn und einige Bilder auftauchten, die Aisha zeigten. Er ging auf das Bild von Jens. »Wo wurde es aufgenommen? Schreibe etwas über dieses Bild«, war auf dem Display zu lesen. Er hasste die sozialen Medien und ihre aufgesetzte Nabelschau. Er ging auf *Schließen*.

Dann sagte er: »Jens, du folgst mir. Ich gehe vor, du hältst dich zehn, fünfzehn Meter hinter mir. Ich glaube nicht, dass er uns sehen kann, bevor wir in eine Umgebung mit mehr Menschen kommen, und dann wird er mich kaum entdecken.«

Jens Jessen trat ein paar Schritte näher an ihn heran, ohne ihn anzusehen.

In seinem Ohr meldete sich Vickis Stimme.

»Wo zum Teufel lotst er dich hin, Axel?«

»Ich habe keine Ahnung, aber die Möglichkeiten werden weniger. Wir sind direkt am Wasser. Was ist mit den Kameras an der Knippelsbro? Ist er da vorbeigekommen?«

»Wir arbeiten dran.«

Sie erreichten Østerport. Anstatt den Bahnhof zu verlassen, ging Axel den Bahnsteig entlang bis zu der Fußgängerbrücke, die über die Gleise führte. Zehn Meter hinter ihm folgte Jens Jessen. Wenn er uns sehen kann, wird er das nicht unkommentiert lassen, dachte Axel und stieg die Stufen hinauf. Ein stechender Schmerz durchzog das lädierte Bein. Er konnte nur hoffen, dass er keine längere Strecke würde rennen müssen. Bei jedem Schritt machte sich der GPS-Sender bemerkbar, ebenso das Messer unter seinem Fuß.

Von der Brücke aus warf er einen Blick zurück auf den Bahnsteig, den er gerade verlassen hatte. Jens Jessen war direkt hinter ihm, es folgten einige Polizisten, zwei von ihnen spielten ein verliebtes Paar, einer gab sich als Flaschensammler aus. Henriksen beherrschte sein Fach. Als er die Folke Bernadottes Allé erreichte, überquerte er die Straße und setzte seinen Weg im Schutz der Bäume am Kastell fort, dem Zuhause des Militärischen Nachrichtendienstes.

Fünf Minuten später war er unten am Kai, wo es vor Menschen nur so wimmelte. »Stell dich vor die Kleine Meerjungfrau«, sagte Axel, und Jens Jessen mischte sich unter eine Gruppe asiatischer Touristen, deren Fotoapparate und Kameras klickten und surrten.

Das Handy klingelte. Axel stellte sich direkt neben Jens Jessen.

»Gut, ich kann dich sehen. Mach ein Bild von deinem Gesicht mit der Meerjungfrau im Hintergrund und lade es auf dem Profil hoch.«

»Schon wieder ein Bild? Was soll das?«, sagte Axel wütend, um Zeit zu gewinnen, damit er Jens Jessen instruieren konnte. »Wozu diese Spielchen? Ich will meinen Sohn sehen, ich will seine Stimme hören, vorher tue ich gar nichts mehr.«

»Das wirst du bald. Tu, was ich sage.« Die Verbindung wurde abgebrochen.

Unauffällig gab Axel das Telefon an Jens Jessen und sagte: »Mach ein Bild von dir mit der Meerjungfrau im Hintergrund.« Jens Jessen tat, wie ihm geheißen, und Axel erhielt das Handy zurück. Er ging auf Facebook und lud das Bild hoch.

Dann hörte er Vicki in seinem Ohr.

»Er ist vor zwei Stunden über die Knippelsbro gefahren, Axel. Du hattest recht, er ist auf Amager.«

Was zum Teufel machen wir dann hier?, dachte Axel und blickte über das Wasser zur Refshaleøen und zum Holmen.

»Er schickt uns auf die andere Seite, über das Wasser«, sagte er. »Auf diese Weise will er alle abschütteln, die an uns dran sind. Schickt das SEK auf die andere Seite.«

»Und wie kommst du rüber?«

Axel betrachtete die Boote, die im Hafen unterwegs waren, kleine Speedboote, Ausflugsboote voller Touristen, ein Segelboot. Er war ganz ruhig. »Mit einem Boot. Gehen irgendwo in der Nähe Überfahrten ab?«

»Es gibt einen Anleger für Hafenrundfahrten. Fünfzig Meter weiter die Mole entlang«, sagte Vicki.

Axel sah hinüber zu dem Anleger. »Schick ein paar Leute hin, sie sollen sich in die Schlange stellen. Die anderen bleiben hier.«

Das Telefon klingelte.

»Du gehst den Kai entlang zu dem Anleger der Langelinie.« Eins der flachen Kanalboote glitt reptiliengleich auf die kleine Landungsbrücke zu. Er warf einen Blick über die Schulter, um sich zu vergewissern, dass Jens Jessen hinter ihm war. Unter den Menschen am Anleger konnte er Liam und einen Kollegen von der Polizei Kopenhagen erkennen.

»Stell dich in die Schlange für die Hafenrundfahrten«, sagte die Stimme.

Axel tat, wie ihm gesagt wurde, und Jens Jessen folgte seinem Beispiel. Das Boot machte fest, und sie mussten warten, bis eine Gruppe Passagiere ausgestiegen war, bevor sie an Bord gehen konnten. Der Erste der Wartenden setzte sich gerade in Bewegung.

»Stehen bleiben«, sagte die Stimme.

Axel drehte sich sofort um und bewegte sich von dem Anleger weg, als habe er etwas vergessen. Als er an Jens Jessen vorbeikam, gab er ihm ein Zeichen, er solle stehen bleiben.

Als nur noch fünf Menschen vor Jens Jessen in der Schlange standen, sagte Axel:

»Soll ich nicht an Bord gehen?« Er würde ihm jetzt nicht

mehr folgen können, ohne zu riskieren, dass er entdeckt wurde.

»Stehen bleiben«, sagte die Stimme nur, dann wurde die Verbindung abgebrochen.

Er konnte es noch schaffen, aber wenn Holst erst im letzten Augenblick befahl, das Ausflugsboot zu besteigen, würde er Axel entdecken. Die Zeit kroch voran. Axel stand fünf Meter hinter Jens Jessen, der jetzt der Vorletzte in der Schlange war. Es war die letzte Chance, an Bord zu kommen. Hatte Jens sein Zeichen verstanden oder würde er auf das Boot gehen und alles versauen?

Wieder klingelte das Telefon.

»Du bleibst immer noch stehen.«

Axel sah sich um. Wo zur Hölle war er? Die Gangway wurde eingeholt. Auf jeden Fall waren drei Polizisten an Bord gegangen – auf Liam konnte Axel gut verzichten.

»Jemand ist bei dir«, sagte die Stimme.

»Was soll das? Ich bin allein.«

»Natürlich bist du nicht allein. Es sind mindestens zwanzig Agenten in der Nähe, in allen möglichen Tarnungen. Fünf Meter hinter dir steht ein Mann mit Locken in einem Herrenmantel. Wenn er dir weiter folgt, töte ich deinen Sohn.«

»Es ist niemand bei mir, ich wollte kein Risiko eingehen«, sagte Axel mit flehender Stimme.

»Das hoffe ich für dich.«

Axel scannte weiter die Umgebung. Ein Bauwagen stand dreißig Meter entfernt am Kai. Er ging hin und blieb dahinter stehen. Jens Jessen hatte sich von dem Anleger zurückgezogen und behielt Axel im Auge, während er vorgab, in sein Handy zu sprechen.

»Du gehst zum Yachthafen links von dir. An der Hafeneinfahrt liegt ein Speedboot vertäut, der Schlüssel liegt unter der Matte links. Du fährst zur Mitte des Hafens. Ich rufe wieder an.«

96

Emma konnte Thomas' Stimme hören. Er musste ganz in der Nähe des Autos stehen. Er telefonierte, wie sie annahm. Kommandierte jemanden herum.

Sie zog ihre Jacke aus, faltete sie zusammen und schob sie unter den Kopf ihres kleinen Bruders. Dann kroch sie auf allen vieren in jede Ecke des Wagens. In einer fand sie ein schweres Werkzeug. Sie musste beide Hände benutzen, um es heben zu können. Darunter lag ein Schraubenzieher. Sie hob ihn auf und trat an die Wand heran, die den Laderaum von der Fahrerkabine trennte. Etwas weiter oben saß eine Platte in einer Öffnung. Sie war nicht groß, und sie musste sich auf die Zehenspitzen stellen, um heranzukommen. Anscheinend war die Platte aus Holz, aber vielleicht war es auch nur dicke Pappe. Sie schob den Schraubenzieher unter die Kante und versuchte, die Platte zu lösen, während sie lauschte. Sie gab ein bisschen nach, ein Spalt öffnete sich und Licht fiel herein. Hinter der Platte war ein Fenster. Anton schlief. Sie versuchte, durch den Spalt nach draußen zu sehen. Da war der Sitz, auf dem Thomas gesessen und das Auto gefahren hatte, und durch die Windschutzscheibe konnte sie einige Eisenträger unter einem Dach aus schmutzigen Fenstern ausmachen. Das Auto stand in einer großen Halle.

Da komme ich nie durch, dachte sie, schob aber doch den Karton unter das Fenster und stellte probeweise einen Fuß darauf. Thomas hatte ihn mit Tape verstärkt, vielleicht war der Karton stabil genug, um sie zu tragen. Und wenn ich es schaffe, was ist dann mit Anton? Wie soll ich ihn hier rauskriegen? Er wird ja nicht still sein, aber ich kann ihn auch nicht einfach hierlassen. Schritte näherten sich. Schnell ließ sie sich neben Anton nieder und hob seinen Kopf auf ihren Schoß. Die Tür wurde geöffnet. Es strömte so viel Licht herein, dass sie Thomas nur als großen schwarzen Schatten wahrnahm. Sie wusste nicht, wie lange sie schon mit ihrem schlafenden kleinen Bruder in der Dunkelheit zugebracht hatte. Jetzt reckte er sich. Wimmerte. Wenn er aufwacht, fängt er wieder an zu schreien, dachte Emma.

»Habt ihr genug Wasser?«, fragte Thomas.

»Ja.«

Er warf ihr ein iPad zu. »Da ist ein Kinderfilm drauf. Den könnt ihr euch ansehen, dann ist er abgelenkt.«

Würde er das auch tun, wenn ich nicht hier wäre?, fragte sie sich. Es war ja nicht geplant, dass ich hier bin. Sie wäre auch lieber irgendwo anders auf dieser Welt gewesen als ausgerechnet hier. Aber nur, wenn sie ihren kleinen Bruder mitnehmen konnte. Sie spürte die Tränen, die gleich kommen würden. Wo war Papa? Warum kam er nicht?

Sie versuchte zu verstehen, was geschehen war. Thomas wollte ihnen Anton wegnehmen, aber wozu? Es schien nicht so, als wollte er ihn für immer behalten, sondern als würde er ihn verstecken, als ob er ihn für irgendetwas brauchte.

97

»Ich soll mit einem Speedboot zur Mitte des Hafens fahren. Siehst du mich, Jens? Tu so, als seist du durcheinander und wüsstest nicht genau, wo du hinmusst. Zähl bis fünf und komm hierher.« Axel nahm die Perücke ab und zog den Mantel aus. Jens stand jetzt neben ihm. »Zieh den Mantel an und setz die Perücke auf, und dann sieh zu, dass du hier wegkommst, sobald ich ein Stück gegangen bin.« Er war unterwegs, noch bevor er den Satz beendet hatte, spähte zum Yachthafen hinüber und ging die Mole entlang.

»Ihr müsst mir via Satellit folgen. Ich sage Bescheid, wenn ich losfahre.«

»Nicht nötig, wir bleiben über GPS an dir dran«, sagte Vicki.

»Denkt dran: Niemand greift ein, bevor ich die Kinder habe. Wenn sie nicht bei ihm sind und ich die Lage so einschätze, dass geschossen werden kann, ist das Codewort ›Meerjungfrau‹. Solange ihr das nicht hört, wird weder geschossen noch eingegriffen.«

Er fand das Speedboot, Mittelklasse, wahrscheinlich gemietet, und kletterte hinein. Sein Bein schmerzte immer noch. Der Schlüssel lag unter einer Gummimatte, er löste die Vertäuung und startete den Motor. Es war leicht zu manövrieren, und er durchquerte ohne Probleme die Einfahrt und fuhr in gemäßigtem Tempo zur Mitte des Hafens. Er fühlte sich wie befreit, seit er Jens Jessen los war.

Axel schaute hinüber zur anderen Seite des Hafens. Mit einem Hochleistungs-Militärfernglas konnte Mikkel Holst Jens bei der Kleinen Meerjungfrau im Auge behalten haben. Das beschränkte die Möglichkeiten, wo er sich befinden konnte, auf Refshaleøen, Holmen und die Ostseite des Christianshavn. Direkt gegenüber ragten die alten B&W-Hallen auf, ein Stück weiter gab es einen Liegeplatz für Schuten, etwas links versetzt lag Holmen und dahinter ein Wirrwarr aus Kanälen. Er stellte den Motor ab und wartete, beobachtete den Verkehr im Hafen. Vielleicht war er auf einem Boot.

»Wir haben einen Helikopter am Holmen. Das SEK ist in zehn Minuten am Refshalevej, wir folgen dem Boot aus der Luft«, tönte es in seinem Ohr.

Plötzlich überkam ihn die Müdigkeit wie ein betäubender Schlag, der ihn in ein bodenloses Loch warf. Er fühlte Scham, Trauer, Verzweiflung und mehr als alles andere Angst, es könne den beiden Kindern etwas zustoßen. Ich habe nur dich, Emma, dachte er. Du bist alles in meinem Leben.

Er kannte dieses Gefühl. Aber es war immer er gewesen, der in Lebensgefahr geschwebt hatte oder am Rande des Abgrunds entlanggetaumelt war, und jedes Mal hatte er sich geschworen, sein Leben zu ändern. Aber er hatte es nicht getan. Erst vor einem Jahr und neun Monaten war es ihm gelungen, einen anderen Kurs einzuschlagen. Er hatte getan, was er konnte und die meisten seiner Dämonen abgeschüttelt. Seitdem war sein Dasein nicht nur härter, sondern auch farbloser und langweiliger geworden als zuvor. Und jetzt war Henriette tot und seine Tochter in der Hand eines Kidnappers.

Dann kamen die Selbstvorwürfe, seine treuen Weggefährten: Hätte er einmal den Fall Fall sein lassen und seine Tochter abgeholt, wie es eigentlich verabredet gewesen war, dann wäre das hier alles nicht passiert. Aber Anton wäre trotzdem entführt worden. Axel dachte nach. Mikkel Holsts Morde aus Rache waren von Mal zu Mal brutaler geworden: Zuerst hatte er Per erstickt, dann Sten die Kehle durchgeschnitten und schließlich Henriette die Augen weggeschossen. Hatte er auch sie gezwungen, sie offen zu halten, ihn anzusehen? Und jetzt wollte er Anton benutzen, um sich an Jens zu rächen, der für die Operation verantwortlich gewesen war, die zu Aishas Tod geführt hatte. Würde er Anton umbringen und Jens zwingen, dabei zuzusehen? Einen zweijährigen Jungen? Der Gedanke versetzte Axel in Wut, er sah über das Wasser und brüllte:

»Wo bist du, Arschloch? Ruf an, verdammt noch mal! Dann komme ich und reiße dir den Kopf ab!«

»Was ist los, Axel?«, meldete sich prompt der Knopf in seinem Ohr.

»Nichts, lasst mich in Ruhe.«

Zwei Gummiboote verließen die Marina und fuhren längsseits zu einer Fregatte, die am äußersten Ende der Mole ihm gegenüber lag. In beiden saßen Menschen, aber sie waren zu weit weg, als dass er sie genauer hätte sehen können. Dennoch war er überzeugt, dass es sich um Froschmänner handelte.

»Wenn du glaubst, du kannst übers Wasser entkommen, dann wirst du dein blaues Wunder erleben«, flüsterte er an die Adresse von Mikkel Holst.

»Ich sehe zwei Gummiboote«, sagte er. »Gehören sie
Back-up?«

»Ja, die Froschmännertruppe.«

»Sie dürfen nicht auf Position gehen, bevor ic
weg bin.«

Das Telefon klingelte.

»Du fährst auf die andere Seite und
Kai fest.«

»Wo? Da sind überall Kais.«

»Da, wo das Feuerschiff liegt, nur am anderen Ende. Richtung Knippelsbro.«

Axel sah hinüber zu dem Feuerschiff mit dem roten Leuchtsignal am Mast.

»Ich will wissen, ob mein Sohn am Leben ist.«

»Bald. Du vertäust das Boot und gehst an Land. Ich rufe wieder an.«

Axel startete das Boot und fuhr zu dem angegebenen Punkt. Es dauerte eineinhalb Minuten. Er konnte das Café Halvandet am gegenüberliegenden Kai ausmachen. Menschen in sommerlicher Kleidung saßen im Außenbereich. Während er fuhr, gab er den Kollegen letzte Instruktionen:

»Ich werde gleich den Ohrhörer wegwerfen, ihr müsst mir per GPS folgen, so dicht wie möglich. Schafft das SEK auf die Insel und ein paar Froschmänner in den Hafen. Ich lege jetzt an.«

»Wir haben eine Mail von deiner Tochter bekommen. Sie schreibt, sie sei mit ihrem kleinen Bruder in einem Auto eingesperrt. Sie will, dass du kommst und sie da rausholst«, sagte Vicki.

Axel konnte ein Lächeln nicht unterdrücken. Sie waren
m Leben. Anton und Emma, der kleine Internetnerd. Und
hatte eine Chance. Mikkel Holst befand sich nicht bei den
lern im Wagen.

letterte auf den Kai und machte das Boot fest.

elefon klingelte.

st direkt zur nächstgelegenen Halle.«

langsam los. Sein Hemd war von Schweiß durch-
kte auf die Fabrikhalle: Zementmauern und in
zwei Metern bis fast zum Dach riesige Fens-

terflächen mit jeder Menge kleinerer Scheiben, die meisten davon so blind oder schmutzig, dass man nicht hindurchsehen konnte, nur ein paar waren noch durchsichtig. Es gab zwei Eingänge: eine pastellblaue Holztür mit einem verwitterten cremefarbenen Schild, *CPH Steel,* und ein Stück weiter entfernt noch eine Tür, die aber mit einer Holzplatte versperrt zu sein schien. Daneben hing eine rostige Leiter an der Außenseite der Mauer. Sie sah nicht besonders vertrauenerweckend aus, bot aber die Möglichkeit, zu einem der Fenster hinaufzusteigen und in die Halle zu sehen. Vielleicht konnte er herausfinden, wo Mikkel Holst sich befand und ob der Wagen ebenfalls in der Halle stand. Das Dach war mit Dachpappe verkleidet, und ganz oben verlief eine Glaskuppel von einem Ende der Halle bis zum anderen. Drinnen musste es ziemlich hell sein. Er hielt nach Gesichtern in den Fenstern Ausschau.

Als er noch vierzig Meter von der Halle entfernt war, sagte die Stimme im Telefon: »Stopp.« Er ging noch fünf Schritte weiter, wollte so nah wie möglich herankommen, aber nicht so nah, dass Mikkel Holst erkennen konnte, dass er nicht Jens Jessen vor sich hatte.

»Stopp, verdammt!«, rief die Stimme.

Er blieb stehen, direkt neben einer Reihe übereinandergestapelter Betonklötze, hinter denen er Deckung suchen konnte. Aber er wollte nicht in Deckung gehen, er wollte seine Tochter und Anton holen.

98

Emma hatte eine Antwort auf ihre Mail bekommen, von Mama. Sie schrieb, sie brauche keine Angst zu haben und sie solle dem Mann nicht erzählen, dass sie die Mail geschrieben habe, und sie solle sich ausloggen und warten. Das hatte Mama geschrieben. Aber wo war Papa?

Anton war wieder eingeschlafen. Sie konnte Thomas hören, es klang, als ginge er vom Auto weg. Vorsichtig kletterte sie auf den Pappkarton, zog an der Platte und schaute durch den Spalt. Durch die Seitenscheibe des Autos konnte sie ihn sehen. Er ging mit dem Rücken zu ihr bis zu einer Wand ein Stück weit weg. Dort stieg er auf einen Tisch und schaute aus einem der Fenster. Die ganze Zeit über sprach er in sein Handy. In der anderen Hand hielt er eine Pistole, über der Schulter hing ein Gewehr an einem Trageriemen. Die Halle schien sehr groß zu sein. Überall waren Säulen aus Eisen, und auf dem Zementboden standen alte Maschinen. Sie stieg wieder von dem Karton herunter. Sollte sie tun, was Mama geschrieben hatte? Warten. Oder sollte sie versuchen, die Platte vor dem Fenster zu entfernen? Anton durch das Loch helfen, dann selbst nach draußen klettern und weglaufen?

99

»Ich habe Monate auf diesen Moment gewartet«, sagte die Stimme.

Axel stand im prallen Sonnenschein, ließ den Kopf ein wenig hängen, um sein Gesicht zu verbergen, und rührte sich nicht.

»Du kannst immer noch aufgeben, und niemandem wird etwas passieren«, sagte Axel, um Zeit zu gewinnen. Es klang so dumm, dass es schon wieder glaubwürdig war.

»Du hast Aishas Leben auf dem Gewissen«, sagte Mikkel Holst.

»Ist es etwa besser, drei Menschen zu töten?«

»Ich habe Per nicht getötet. Ist es etwa besser, einen Vergewaltiger laufen zu lassen?«

»Er hat seine Strafe bekommen, und zwar eine weit schlimmere, als in einem dänischen Gefängnis zu sitzen.«

»Du redest Scheiße, und du lügst. Das wissen wir beide. Menschenleben sind dir scheißegal. Zieh deine Sachen aus, ganz langsam. Wenn du Waffen oder irgendwelche Sender versteckt hast, erschieße ich dich.«

Das Gespräch wurde abgebrochen.

Schon klar, dachte Axel. Du weißt so gut wie ich, dass ich einen GPS-Sender versteckt habe, sonst wärst du ein beschissener Amateur.

Er legte das Telefon neben sich auf die Erde und begann, sein Hemd aufzuknöpfen. Er ließ sich Zeit, Zeit, die das SEK nutzen konnte, um das Gebäude zu umstellen und sich in Position zu bringen. Informationen über das Mikro konnte er ihnen nicht geben, weil er nicht wusste, ob Mikkel Holst es sehen konnte, wenn er sprach. Das Hemd fiel auf den Boden, und langsam zog er die Schuhe aus, zuerst den an dem Fuß ohne das Messer, danach den anderen. Er achtete darauf, die Fußsohle nach hinten zu halten, damit das Messer vom Gebäude aus nicht zu sehen war. Dann öffnete er den Gürtel und zog die Hose aus, während er auf der Suche nach einem Gesicht zu den trüben Scheiben hinübersah. Es war nur ein kleines Loch in einer der schmutzigen, matten Oberflächen nötig, um Axel im Auge zu behalten. Er konnte Mikkel Holst nicht entdecken, und das machte ihn wütend.

Er hätte die Pistole abstreifen können, als er das Hosenbein über den Unterschenkel zog, tat es aber nicht, denn er hatte einen Plan. Nachdem er aus der Hose gestiegen war, richtete er sich auf. Wieder die Schmerzen im Bein. Das Telefon klingelte, und er hob es auf und hielt es ans Ohr.

»Die Unterhose.«

Er tat, wie ihm geheißen, und schob sie ein Stück nach unten, bis sie kurz über den Knien hing.

»Ganz ausziehen.«

»Nein. Ich tue gar nichts mehr, solange ich nicht weiß, ob mein Sohn und Emma noch am Leben sind.«

Stille im Telefon.

»Du tust, was ich sage, oder ich bringe die beiden um.«

»Nein!«, schrie Axel, »nein, das tue ich nicht! Dann musst du mich erschießen! Ich will Antons Stimme hören! Vorher tue ich gar nichts mehr!«, schrie er weiter und legte seine ganze Verzweiflung in den Ausbruch.

Er lauschte angespannt. Einen Moment lang Stille im Hörer. Dann drang ein Geräusch in sein Ohr, als würde Mikkel Holst sich bewegen. Axel ließ die Unterhose auf die Erde sinken und rannte los, auf das Gebäude zu, während er das Telefon ans Ohr presste. Der Wagen mit den Kindern musste ein Stück von dem Punkt entfernt stehen, von dem aus Mikkel Holst ihn beobachtet hatte. Er setzte einen Fuß auf die unterste Stufe der verrosteten Leiter und machte sich bereit. Die zugesperrte Tür neben ihm würde kaum Probleme bereiten, wenn er gezwungen war, auf diesem Weg in die Halle einzudringen. Er klemmte das Telefon zwischen Schulter und Kinn, hörte das Geräusch einer Autotür und ging davon aus, dass der Entführer jetzt bei dem Lieferwagen war, in dem sich die Kinder befanden. Axel sagte: »Ich will meinen Sohn sehen.« Er kletterte die Leiter hinauf und betete zu Gott, sie möge nicht zu laut quietschen.

100

Jetzt konnte sie wieder seine Schritte hören. Die Hecktür wurde geöffnet. Er schien wütend zu sein. »Komm her«, befahl er.

Sie blieb sitzen.

»Antons Papa ist am Telefon. Er will hören, dass ihr am Leben seid und ich euch kein Haar gekrümmt habe.«

Thomas hielt ihr das Telefon hin.

Sie streckte den Arm aus.

Er rührte sich nicht.

»Komm her und sag es ihm. Ich halte das Telefon.«

»Wir sind okay, Jens. Kommt Papa bald?«, flüsterte sie.

101

Er klammerte sich an die Leiter und blickte in die Halle. Etwa fünfundzwanzig Meter entfernt stand Mikkel Holst neben einem schwarzen Lieferwagen, der mit der Fahrerkabine in Axels Richtung geparkt war. Als er Emmas Stimme am Telefon hörte, musste er all seine mentale Kraft aufbringen, um nicht laut ihren Namen zu rufen. Er musste eine Entscheidung treffen. Entweder ging er zurück zu der Stelle, an der er seine Kleidung ausgezogen hatte, und wartete darauf, dass Mikkel Holst ihm befahl, sich der Fabrikhalle zu nähern, oder ihn einfach erschoss oder was zum Henker er auch immer vorhatte. Oder er drang innerhalb der nächsten Sekunden in die Halle ein. Jetzt entfernte sich Mikkel Holst von dem Lieferwagen und kam auf die Wand zu, in der sich die Tür befand, über der das *CPH-Steel*-Schild hing. Irgendwo da unten musste er auf einem Tisch oder einem Stuhl gestanden und Axel beobachtet haben. Es lagen etwa zwölf, vierzehn Meter zwischen der Stelle, an der Axel sich befand, und dem Punkt, den Mikkel in wenigen Sekunden erreichen würde. Axel hielt sich mit einer Hand an der Leiter fest, in der anderen hielt er das Handy. An die Pistole kam er nicht heran, und selbst wenn er sie erreicht hätte, bestand so gut wie keine Chance, dass er ein sich bewegendes Ziel durch die Scheibe hindurch treffen würde, wenn er maximal eine Hand frei hatte.

Axels Blick folgte Mikkel Holst auf den letzten Metern bis zur Wand. Gleich würde er entdecken, dass er aus seinem Blickfeld verschwunden war. Axel stieg die Leiter hinunter, presste eine Hand auf das Telefon und beugte sich zu dem

Mikro in seinem Schritt. Er flüsterte: »Bereithalten für Zugriff. Die Kinder sind noch im Wagen.« Dann riss er die Pistole von seinem Unterschenkel und spannte Arm- und Beinmuskulatur an. Zusammengekrümmt hielt er das Telefon ans Ohr.

»Zum Teufel, wo steckst du?«, sagte die Stimme.

»Ich bin hier draußen, direkt vor der Tür«, log Axel. Er hoffte, Mikkel Holst würde kurz zu der Tür mit dem Schild darüber sehen. Genau die Zeit, die er brauchte. Er ließ das Telefon auf die Erde fallen.

102

Anton wachte auf, als Thomas die Tür zuwarf. Emma gab ihm einen Schluck Wasser und nahm ihn in die Arme. Dann schaltete sie das iPad ein, startete den Film mit Teddy und Flauschi aus dem Kinderkanal und stellte den Ton auf volle Lautstärke. Anton vertiefte sich sofort in das Geschehen um den gelben Bären, und Emma kletterte wieder auf den Karton und schaute durch den Spalt. Thomas stieg gerade auf den Tisch unter dem Fenster. Sie nahm den Schraubenzieher und stach in die Platte zur Fahrerkabine, riss sie Stück für Stück los. Es machte ein bisschen Krach, aber es war ihr egal. Jeden Moment würde etwas passieren, so viel war klar. Licht fiel in den Laderaum des Lieferwagens. Sie sah hinunter zu Anton, der auf das iPad schaute, und hörte Teddy »Nütarlich, Flauschi, nütarlich« sagen, während Flauschi piepste, was das Zeug hielt. Dann hörte sie ein Krachen.

103

Mit seinem ganzen Körpergewicht und der Pistole in der einen Hand warf Axel sich gegen die Holzplatte, die die Türöffnung blockierte, und fiel krachend in die Halle. Da war der Wagen, da war Mikkel Holst. Er trug einen dunklen Tarnanzug, stand auf einem niedrigen Tisch und wirbelte zu ihm herum. Axel schoss. Dreimal. Holst sprang hinter den Tisch in Deckung und feuerte in Axels Richtung. Axel rollte sich hinter einen Betonpfeiler in Deckung, während die Kugeln an ihm vorbeipfiffen. Fünf, sechs, sieben. Noch hatte Holst seine Maschinenpistole nicht schussbereit, und Axel war sicher, ihn getroffen zu haben. Aber er war auch sicher, dass der Mann eine der schusssicheren Westen trug, wie sie beim Militär üblich waren. Vorsichtig lugte Axel auf der anderen Seite der Säule hervor und spähte zum gegenüberliegenden Ende der Halle. Wo zum Teufel blieb die Verstärkung? Wo waren sie? Mikkel Holst war fünfzehn Meter von dem schwarzen Lieferwagen entfernt, sie konnten ihn sich jetzt greifen. Oder sie konnten ihn erschießen, wenn sie ihn im Fadenkreuz hatten, und alles wäre überstanden. »Meerjungfrau, Meerjungfrau«, sagte er in das Mikrofon. »Zugriff, Zugriff, verdammt noch mal, er ist nicht beim Wagen.« Mikkel Holst brachte seine Maschinenpistole in Anschlag und bewegte sich rückwärts in Richtung des schwarzen Lieferwagens, während er eine Salve nach der anderen auf die Betonsäule abfeuerte, hinter der Axel lag. Axel streckte den Arm hervor und schoss zweimal. Die Feuerstöße aus der Maschinenpistole verstummten für eine, zwei Sekunden, aber Mikkel Holst ging weiter rückwärts, drei, vier, fünf Schritte, und gab sich wieder selbst Feuerschutz. Noch einmal gab Axel zwei Schüsse ab, dann stand er auf. Er überlegte loszulaufen, aber er würde es nicht bis zu dem Wagen schaffen, der sich jetzt zwischen ihm und Mikkel Holst befand. Es war zu spät.

»Du hattest deine Chance«, rief Mikkel Holst, und Axel war klar, dass er nur noch eines tun konnte: sich ihm ausliefern.

»Stopp, ich gebe auf, ich werfe meine Waffe weg«, rief er. »Ich bin nackt, ich habe sonst keine Waffe bei mir.« Er kroch hinter dem Pfeiler hervor.

Jetzt hängt alles davon ab, ob er mich einfach nur töten will oder mehr mit mir vorhat.

104

Als sie Jens durch die Tür fallen sah, hob sie Anton hoch und bugsierte ihn durch das Fenster in die Fahrerkabine. Sie hörte Schüsse, wusste aber, dass der Moment zu handeln gekommen war, wollte sie ihn in Sicherheit bringen. Sie ließ ihn auf den Fahrersitz gleiten und sah dabei einen Mann, der gleichzeitig wie Papa und wie Jens aussah und auf den Punkt schoss, an dem Thomas eben noch gestanden hatte. Aber Thomas war weg. Jetzt fielen wieder Schüsse, die aber anders klangen als die ersten, und Jens versteckte sich hinter einem Pfeiler. »Runter, Anton«, sagte sie, »versteck dich!« Dann versuchte sie, sich selbst durch das Fenster zu zwängen, rutschte aber von dem Pappkarton ab und stürzte. Sie versuchte es erneut. Draußen wurde jetzt richtig viel geschossen. Sie stieß sich von dem Karton ab, zog sich hoch und schaffte es irgendwie durch das Fenster hindurch zu Anton, der mit ängstlicher Miene unter dem Armaturenbrett kauerte und das iPad an sich drückte. Die Schießerei war sehr laut, obwohl die Schüsse jetzt nur von Thomas kamen, der sich rückwärtsgehend dem Lieferwagen näherte. Er schrie irgendetwas. Sie drückte Anton an sich. Dann brüllte eine andere Stimme, sie gebe auf, und es war nicht Jens, da war sie sicher, seine Stimme klang anders. Aber es war doch Jens gewesen, der durch die Tür gebrochen war, oder etwa nicht?

»Hinlegen, auf den Bauch, Arme und Beine zur Seite«, schrie Thomas. Dann hörte sie, wie sich seine Schritte wieder entfernten. Sie hob den Kopf und sah Thomas, der zu einem Mann ging, der nackt auf dem Boden lag.

Sie probierte es mit der Tür auf der Fahrerseite. Es war nicht abgeschlossen. Thomas war nicht hinter ihr her, er wollte Anton, das hatte er gesagt. Also mussten sie beide raus und wegkommen, und dann musste Jens alleine klarkommen. Jens oder Papa? Sie zögerte.

105

Sein Gesicht wurde von dem Stiefel in seinem Nacken auf den Boden gepresst, und feiner, zementartiger Staub drang ihm in Nase und Mund. Mikkel hatte die Pistole mit einem Tritt ein paar Meter weit weg befördert und war um ihn herumgegangen. Axel hatte sich das Gesicht mit dem schlierigen Staub eingeschmiert und kniff verzweifelt die Augen zusammen, in der Hoffnung, der Mann würde nicht bemerken, dass es nicht Jens Jessen war, den er vor sich hatte. Und er lauschte auf jedes noch so leise Geräusch. Wo zur Hölle blieben sie? Er hatte keine Chance mehr, Zeit zu schinden. Es lag jetzt alles in den Händen von Mikkel Holst, der vor Wut kochte. Und er würde sich kaum entspannen, wenn er erkannte, dass er es mit Axel zu tun hatte, der sich für Jens ausgab. Würde er seine Wut an ihm auslassen? Holst war umstellt und ohne Chance, seinen Plan zu Ende zu bringen. Das Messer lag verdeckt unter Axels rechter Hand, die Klinge war noch nicht ausgefahren. Vielleicht spielte es keine Rolle, vielleicht würde er keine Gelegenheit bekommen, es zu benutzen, vielleicht war es sowieso nutzlos. Mikkel trug Sicherheitsstiefel und eine schusssichere Weste, so viel stand fest, und es gab nicht viele Stellen, an denen er verwundbar war. Eine aber doch.

»Sie kommen gleich, oder? Mir ist das egal. Ich habe dich, den Letzten von euch, den, der für alles verantwortlich ist. Der töten würde, um ein Verbrechen zu vertuschen, nicht wahr? Jetzt wirst du selbst sterben. Leider bleibt keine Zeit, dir die Augenlider abzuschneiden, zwei Kugeln in die Augen müssen reichen. Aber vorher wirst du zusehen, wie dein Sohn und das Mädchen sterben. Dreh dich um!«

Axel drehte sich um und genoss die Verblüffung im Gesicht von Mikkel Holst.

»Schöne Grüße von Henriette, du Dreckschwein!«, zischte Axel und stieß ihm das Messer in den Schritt. Der Überraschungseffekt hatte ihm den Moment verschafft, den er brauchte. Er zog die Waffe heraus, und Mikkel schrie vor Schmerz auf. »Und von Sten Høeck und Per«, sagte er und stieß wieder zu, dieses Mal in die Innenseite des Oberschenkels. Er zog das Messer herunter bis zum Knie, und das Blut aus der aufgetrennten Pulsader durchdrang den Stoff der Tarnhose.

Mikkel taumelte rückwärts, die Pistole in der Hand. Er fasste sich in den Schritt und gab ein gutturales Kreischen von sich. Eine wahnwitzige Mischung aus Schmerz, Verwirrung und Entsetzen spiegelte sich in seinen Zügen. »Die beste Stelle, an der man einen Mann treffen kann«, hatte Lennart immer gesagt. »Geht direkt ins Stammhirn.«

Mikkel richtete die Pistole auf ihn, gleichzeitig hörte Axel die Rufe: »Fallen lassen, Waffe weg!« Er sah, wie Mikkel einen kurzen Blick in die Richtung warf, aus der die Rufe kamen, sah, wie der Blutfleck auf der Hose größer und größer wurde.

Wieder rief jemand: »Waffe fallen lassen!« Aber Mikkel ließ die Pistole nicht fallen. Er zielte auf ihn. Erschießt ihn endlich, ihr Arschlöcher, dachte Axel. Mikkel sah ihn an. Axel schloss die Augen. Er konnte verdammt noch mal nicht mehr, wollte nicht mehr. Er hatte seinen Teil getan. Die Kinder waren in Sicherheit.

106

Sie hörte, wie Thomas Jens herumkommandierte. Leise öffnete sie die Tür, stieg aus dem Wagen und sah hinüber zu der Tür in der Wand auf der anderen Seite. Was, wenn sie abgeschlossen war? Dann waren sie gefangen. Sie packte Anton und zog ihn aus dem Auto. Er hielt das iPad fest an sich gedrückt, rief nach Teddy und sagte »nütarlich, nütarlich« vor sich hin.

Sie trug ihn. Er war ganz schön schwer. Dickerchen hatte sie ihn ein paarmal genannt, und Mama hatte es gar nicht lustig gefunden. So leise sie konnte, ging sie auf die Tür zu. Als sie ankam, stellte sie Anton auf dem Boden ab und drückte die Klinke nach unten. Die Tür öffnete sich, und sie standen in gleißendem Sonnenlicht. Überall waren Leute, schwarz gekleidete Männer mit Maschinenpistolen, die sie und Anton hochhoben und mit ihnen wegrannten. Polizisten in Uniform waren auch da, und sie wusste, dass sie gerettet waren. Und dann sah sie Mama, die sich an einem Mann festhielt, der nicht Papa war. Sie wurde auf den Boden gestellt, und im selben Moment wurde ihr klar, dass es nicht Jens war, der in der Halle nackt vor Thomas auf dem Boden lag. Es war ihr Papa. Jens stand hier zusammen mit Mama. Und jetzt umarmten sie Anton und sie, und sie weinten und alles war falsch. Sie riss sich los, rief nach ihrem Papa und rannte zurück, hörte Mama ihren Namen rufen und dann einen Schuss. Einen einzigen. Danach war alles still.

107

Die Frauenkirche. Zum Bersten gefüllt mit Polizisten in Uniform. Der Dannebro, die dänische Nationalflagge, war über den Sarg drapiert, und Blumen und Kränze reichten bis weit in das Kirchenschiff. Eine Beerdigung wie für einen Staatsmann. In den ersten Bänken rechts saßen die Angehörigen. Es waren nur wenige. Links saßen der Justizminister, der Staatssekretär, die obersten Polizeichefs und natürlich Jens

Jessen. In den Reihen dahinter: John Darling, Khalid Taleb, Lennart Jönsson, BB und Josephsen.

Der Pastor hatte über Berufung und Pflicht gesprochen, davon, sich im Dienste einer höheren Sache zu opfern, und jetzt sangen sie ›Schau, die Sonne steigt aus Meeres Schoß‹, und der Gesang schwoll an und erfüllte die Kirche, einige weinten, die Stimmen wurden kräftiger und stiegen empor zu der tonnenrunden, marmorweißen Lichtkuppel in der Decke und zu Christus, der mit ausgestreckten Armen über dem Altar aufragte, als wolle er die Melodie umarmen.

Aber da war niemand, den er umarmen konnte. Die Tote war tot und trieb alleine auf die nachtschwarze See hinaus, und die Schatten des Todes würden sich nicht zurückziehen, ganz besonders nicht für Axel Steen, der in der Bank neben den Eltern saß, denen er nie zuvor begegnet war und nie wieder begegnen würde. Er ließ los und Tränen und Gefühlen freien Lauf. Sie waren das Letzte, das er ihr geben konnte, dachte er, mehr nicht. Mehr hätte er ihr geben können, als sie noch am Leben war, aber er hatte versagt. Es quälte ihn, dass er sie nicht hatte retten können, dass er ihren letzten Anruf nicht angenommen hatte. Dass er sie hatte sterben lassen. Er wusste nicht, wie hoch der Preis für diese Sünde war, aber er wusste, er würde bezahlen müssen.

Er gab den Eltern die Hand, als sie nach draußen kamen und in den Sonnenschein traten. Er wollte gehen, aber Jens packte ihn am Arm.

»Ich weiß nicht, ob ich kondolieren soll. Aber ich bin wirklich sehr unglücklich über das, was passiert ist.«

Axel sah ihn an. Er wünschte, Wut möge ihn packen, aber er fühlte nichts.

»Das bin ich auch.«

»Ich würde mich gerne mal mit dir unterhalten, in den nächsten Tagen, über bestimmte Dinge.«

»Okay. Soll ich zu dir raus nach Søborg kommen?«

»Ja, das wäre gut. Und ich wollte dir noch sagen …«

Er blickte zu Boden.

»Ich verdanke dir alles, Axel. Du hast mir mal das Leben gerettet, und jetzt hast du meinen Sohn gerettet. Ich war bereit, alles für ihn zu tun, aber ich bin sicher, es wäre schrecklich ausgegangen, für uns alle.«

»Ist schon gut.«

»Kommst du noch mit zu Kaffee und Kuchen?«, fragte Jens.

»Nein.«

Er verabschiedete sich und machte sich auf den Heimweg, zum ersten Mal seit der Auseinandersetzung mit Mikkel Holst in den alten B&W-Hallen. Danach hatte er so gut wie jede Sekunde mit Emma verbracht, bei Cecilie. Sie erfüllten ihr sogar den Wunsch, alle zusammen in einem Bett zu schlafen. Genau betrachtet war er praktisch nicht von ihrer Seite gewichen, und er hatte jeden Moment genossen, auch die vielen dunklen Phasen, in denen sie wieder und wieder quengelte, er solle ihr erzählen, was passiert war und was er in den schicksalsschwangeren Stunden nach ihrer und Antons Entführung gemacht hatte. Wenn sie erzählte, was sie selbst erlebt hatte, war Emma erstaunlich ruhig. Und sie war tapfer gewesen. Der Polizeipräsident hatte sich am Tag nach ihrer Befreiung bei Cecilie gemeldet und gesagt, man wolle Emma gerne eine Medaille verleihen, aber es müsse in aller Stille vor sich gehen, weil man die Entführung der Kinder und Emmas Mitwirken bei der Rettung vor der Presse geheim halten wolle. Cecilie war zweimal mit ihr beim Kinderpsychologen gewesen. Es könne etwas Zeit vergehen, bevor sie auf die traumatischen Erlebnisse reagiere, meinte der Psychologe, aber die Tatsache, dass sie gehandelt und dadurch ihren kleinen Bruder in Sicherheit gebracht habe, könne das Fundament für etwas Positives in all dem Chaos bilden.

Er ging die Nørregade entlang, schwitzte in seinem Anzug, die vielen Wehwehchen in seinem Körper machten ihm zu schaffen. Als er den Gammeltorv erreichte, holte Khalid ihn ein.

»Axel, wo gehen Sie hin?«

Axel zuckte mit den Schultern und sagte:

»Wie geht es Ihnen?«

»Beschissen. Diese Beerdigung …« Er schüttelte den Kopf. »Nicht zu ertragen, diese ganze Operation war ein Riesenscheiß, und jetzt will dieser Arsch von Jens Jessen auch noch mit mir über meine zukünftigen Arbeitsfelder sprechen.«

»Also kein Trauerkaffee draußen in Søborg?«

»Nein, zum Teufel. Nicht mit diesen Idioten.«

Sie setzten sich auf eine Bank. Die Sonne tauchte alles in ein neonweißes Licht, die Hitze lag irritierend und drückend über der Szenerie. In seinem glänzenden schwarzen Zweireiher sah Khalid noch herausgeputzter aus als Axel.

»Sie war gut«, sagte Khalid. »Sie war die Beste, das Ganze war nur einfach ein einziger Riesenscheiß. Sie wollte nur ihren Job gut machen, oder?«

»Ja, das wollte sie wohl.«

»Und die haben die Sache vor die Wand gefahren.«

»Ja, das haben sie.«

»Glauben Sie, es kommt jetzt alles ans Licht? Die Vergewaltigung? Der dritte Mann?«, fragte Khalid.

»Ich weiß es nicht. Ich werde mit Jens Jessen sprechen. Sie müssen etwas für Aishas Familie tun, sie unterstützen, sich entschuldigen, Schmerzensgeld zahlen, ein offizielles Eingeständnis, dass sie Fehler gemacht haben und dass es ihnen leidtut.«

»Vergessen Sie's, dazu wird es niemals kommen. Und das würde ihrem Vater auch nicht helfen. Er weiß nicht, dass sie vergewaltigt wurde. Lassen Sie es, Axel, Sie können die Welt nicht retten. Die Welt ist krank, damit müssen Sie leben.«

»Das ist nicht mein Ding. Ich muss etwas tun.« Er hätte gerne mehr gesagt, wollte Khalid aber nicht weiter in die Sache reinziehen.

Axel zündete sich eine Zigarette an und hielt Khalid die Schachtel hin, der das Angebot dankend annahm.

»Damals, vor dreieinhalb Jahren, war ich regelrecht verrückt nach ihr, aber ich bin damit nicht klargekommen«, sagte Khalid.

»Ich war die letzten zwei Monate verrückt nach ihr, und ich bin auch nicht damit klargekommen.«

Sie verabschiedeten sich, und Axel nahm ein Taxi nach Amager. Er stieg aus und ging hinüber zur Tankstelle, wo er sich einen Sixpack und ein Päckchen Zigaretten holte. Zu Hause angekommen, stieg er aufs Rad und fuhr hinunter zum Strand, suchte sich eine einsame Stelle, ließ sich zwischen dem Dünengras nieder. Es war Zeit, einen Schlussstrich zu ziehen.

Er hatte den Fall gelöst, den Mörder gefunden und die Kinder gerettet, dennoch fühlte er keinerlei Erleichterung oder Befriedigung, da war nur ein dunkler Abgrund, der ihn anzuziehen drohte. Es gab Dinge, die er tun musste und die ihm halfen, weiterzumachen und nicht vor die Hunde zu gehen. Er musste den Fall abschließen, zusammenpacken, wie man es immer tat, wenn ein Mord aufgeklärt war. Sie hatten gefragt, ob er nicht frei machen wolle, aber er wusste, dass irgendwie weitermachen die beste Medizin war. Und es gab andere Dinge, die er tun musste. Er würde niemals Frieden finden, was diesen Fall anging, wenn er sie nicht tat. Und er hatte Per Larsens Mutter ein Versprechen gegeben.

Nachdem er drei Bier getrunken hatte und seine Gedanken Karussell fuhren, griff er in die Jackentasche und holte den Joint hervor. Er rollte ihn zwischen den Fingern.

Sie hatten Aishas Tagebuch in einem Wohnheimzimmer gefunden, das Mikkel Holst unter einem weiteren falschen Namen gemietet hatte. Er hatte es gelesen und war mehr denn je überzeugt, ihr Gerechtigkeit verschaffen zu müssen. Aber was bedeutete das? Alles ans Licht zu zerren? Den letzten Eintrag hatte sie am Tag ihres Selbstmordes geschrieben:

»Er sagte, er schneidet mir die Augenlider ab, wenn ich ihn nicht ansehe, während er mich missbraucht. Wirst du diesen Mann finden? Und mich rächen? Wirst du die finden, die es haben geschehen lassen, und sie zur Rechenschaft ziehen?« Es war an Mikkel Holst gerichtet, und er hatte es auf seine eigene, perverse Art getan. Für Axel gab es einen anderen Weg. Er würde ihr vielleicht nicht zu Gerechtigkeit verhelfen, aber die schmutzige Rechnung begleichen, die der Grund dafür war, dass sie sie im Stich gelassen hatten.

Gestern Morgen hatte er Martin Lindberg angerufen. Er habe etwas für ihn, hatte Axel gesagt und ihm den Tipp gegeben zu überprüfen, ob in den Tagen nach der Stürmung der Wohnung im Kapelvej ein CIA-Flugzeug von einem dänischen Flughafen gestartet war. »Deinen Teil der Story musst du selbst zusammensetzen, ich fülle die Lücken. Ich weiß, was Per wusste«, hatte er zu Lindberg gesagt. Er hatte das Foto, das den dritten Mann zeigte, wie er zwischen Sten Høeck und noch einem Mann stand, von dem Axel mit Sicherheit annahm, dass er Amerikaner war. Das würde er Lindberg geben. Per hatte es gefunden, als er Sten Høecks Harddisk bereinigen sollte, und wollte es an die Öffentlichkeit bringen. Es war das Mindeste, was er für Per tun konnte.

Es würde Jens die Karriere kosten, so viel war abzusehen, aber das war eine milde Strafe, wie er fand. Er stand auf, ging ein paar Schritte und pinkelte in den Sand. Ging zurück und zündete den Joint an. Es war, als käme er nach Hause. Er fühlte die Ruhe, die seinen Körper mit dem ersten Zug überkam. Zwei Jahre war es her. Er legte sich in den Sand und ließ die Gedanken zwischen den Wolken am Himmel über ihm wandern. Es war wunderbar, alles war so wunderbar.

Am nächsten Morgen nahm er die Bahn nach Søborg, um sich mit Jens Jessen zu treffen. Sein Stimmungsthermometer war unter null gefallen. Er hatte einen Joint geraucht und sich auf einen Pfad begeben, von dem er sich geschworen hatte, ihn nie wieder zu betreten. Aber seine Welt war so zerbrechlich geworden, dass es keinen Nagel mehr gab, an dem er seine guten Vorsätze aufhängen konnte.

Sein Telefon klingelte. Es war Martin Lindberg.

»Ich habe meine Quellen kontaktiert, aber in dem fraglichen Zeitraum ist nichts zu finden, was auch nur annähernd nach einer CIA-Maschine aussieht.«

»Haben sie vielleicht alles gelöscht?«

»Ich glaube, dazu ist nicht mal der PET befugt.«

»Und ich glaube, du bist naiver, als ich dachte«, sagte Axel. »Ich melde mich.«

Jens Jessen war wie gewöhnlich bester Laune, als er Axel empfing. Die Hemdsärmel aufgekrempelt, wirkte er beinahe entspannt, fragte, wie es Emma gehe und ob Axel Cecilie regelmäßig sehe. Anton habe er in letzter Zeit kaum gesehen, weil Cecilie ziemlich sauer auf ihn sei. »Tja, jetzt bin ich anscheinend der böse Bube«, sagte er schicksalsergeben und blinzelte Axel verschwörerisch zu, als ob die Jahre, in denen sich Axel und Cecilie wegen allem Möglichen bekriegt hatten, nun mit Jens in Axels alter Rolle in eine neue Staffel gingen. Und als ob es nicht im Geringsten darum ging, wer man war und was man getan hatte. Axel antwortete nicht.

»Wir stehen hier gerade ein wenig unter Druck, Axel. Es scheint so, als sickerten Informationen über diese alte Sache im Kapelvej an die Presse durch, Gerüchte über die Vergewaltigung und darüber, die Amerikaner hätten einen Häftling von uns übernommen und in eines ihrer Foltergefängnisse geflogen.«

»Ach ja?«

»Ich brauche dir nicht zu sagen, was das heißt, wenn es wahr ist.«

»Aber das ist es doch. Nichts von dem, was du gerade gesagt hast, ist nicht passiert.«

»Tja, das ist das Problem. Da liegst du falsch, weshalb ich dich über die Dinge ins Bild setzen will.«

»Das sind ja ganz neue Töne.«

»Der Mann, von dem wir reden, heißt Abu Bilal und ist ein hochrangiges Mitglied der al-Qaida, operativer Befehlshaber.«

Axel registrierte die Gegenwartsform, sagte aber nur:

»Gut für euch.«

»Er wurde von Sten Høeck und zwei amerikanischen Agenten überwältigt, unmittelbar bevor wir den Zugriff im Kapelvej durchgeführt haben.«

»Und was habt ihr danach mit ihm gemacht?«

»Er wurde betäubt und in einem Krankenwagen weggebracht, in ein Safehouse in Karlslunde. Eigentlich sollte er mit einem Flugzeug außer Landes geschafft werden, und dann hätten die Amerikaner mit ihm machen können, was sie wollten, aber durch die Vergewaltigung wurde der Plan geändert.«

»Inwiefern?«

»Wir haben ihm das Video der Vergewaltigung vorgespielt, immer wieder. Dann erklärte ihm Volster, ein Kollege von der CIA, was mit ihm passieren würde, wenn wir dieses Video Al Jazeera zuspielen und gleichzeitig noch die passende Hintergrundstory dazu liefern. Er begriff sofort, und als wir ihm ein Angebot machten, konnte er es nicht ablehnen.«

»Ihr habt ihn umgedreht?«

Jens nickte.

»Ja, und am nächsten Tag in eine Maschine am Flughafen Kastrup gesetzt, ausgestattet mit einer seiner falschen Identitäten.«

»Und was dann?«

»Dann nichts, jedenfalls nichts, wovon ich wüsste.«

»Also hat die CIA einen Doppelagenten mehr?«

»Ganz genau. Wir haben ihn geliefert, sie haben ihn übernommen, was uns natürlich ein paar Vorteile verschafft hat. Ohne auf Details einzugehen, kann ich sagen, dass sich unser Verhältnis zu den Amerikanern seitdem beträchtlich verbessert hat. Die Amerikaner haben großes Vertrauen zu uns, in den PET.«

»Das bedeutet, dass irgendwo auf dieser Welt ein Arschloch als Doppelagent in der al-Qaida herumläuft, das ungestraft ein neunzehnjähriges Mädchen vergewaltigen durfte, das hinterher Selbstmord begangen hat, richtig?«

»Ja, so kann man es sagen. Und man kann sagen, dass uns die Vergewaltigung auf eine bizarre Weise in die Karten gespielt hat, wie wir es uns nicht hätten träumen lassen.«

»Aishas Tod kam euch richtig gelegen, oder?«

Jens sah Axel aufmerksam an.

»Der Gedanke ist mir in der Tat auch schon gekommen, und deshalb hat Henriette – zum Teil auf eigene Faust – die Sache unter die Lupe genommen. War es denkbar, dass die Amerikaner das Cover ihres neuen Agenten absichern wollten und Aisha ausgeschaltet haben? Oder hatte Abu Bilal sie vielleicht sogar selbst umgebracht, um sicher zu sein, dass seine Tarnung nicht eines Tages auffliegen würde? Beides lag im Bereich des Möglichen, aber es gibt nichts, das darauf hindeutet. Ich habe meinen Frieden mit Aishas Selbstmord gemacht. Überaus tragisch, aber es ist auch etwas Gutes dabei herausgekommen.«

»Außer Aisha hat diese Sache Per, Sten und Henriette das Leben gekostet, und du setzt dich hierhin und faselst irgendwas davon, es sei etwas Gutes dabei herausgekommen? Du hast doch nicht mehr alle Tassen im Schrank!«

»Es tut mir leid, Axel, aber in meinen Augen bist du ganz schön naiv. Hier draußen leben wir in einer anderen Wirklichkeit, einer Wirklichkeit, die Henriette kannte, verstand und akzeptierte. Wir befinden uns im Krieg. Wir treffen Entscheidungen, die Konsequenzen für die Menschen haben, nicht selten für unschuldige Menschen. Ich weihe dich hier in Dinge ein, von denen nicht einmal Henriette wusste, in der Hoffnung, dich dazu zu bringen, die Zusammenhänge etwas konstruktiver zu betrachten. Was wirst du tun, wenn die Presse an deine Tür klopft und dich zu den Gerüchten befragt? Wirst du von einem ungesetzlichen Gefangenentransport per Flugzeug erzählen, den es nie gegeben hat?«

»Ein Vater hat seine Tochter verloren, eine junge Frau hat ihre Schwester verloren. Haben sie nicht Anspruch auf die Wahrheit und eine Entschuldigung?«

»Ist nicht schon genug Rache in Aishas Namen ausgeübt worden? Und bedeutet das wirklich etwas? Wir haben einen Agenten angeworben, Axel, einen äußerst effektiven Agenten, der uns in den letzten dreieinhalb Jahren mit Informationen versorgt hat, durch die wir das Leben von mehr als tausend unschuldigen Menschen retten konnten. Willst du ihn hochgehen lassen? Hast du die Konsequenzen durchdacht? Wem hilfst du damit? Dir selbst nicht, so viel ist sicher. Du landest wegen staatsfeindlicher Aktivitäten im Knast. Und wir werden im Kampf gegen diese islamistischen Hohlköpfe und Fanatiker, die unsere Gesellschaft zerstören wollen, ein ganzes Stück zurückgeworfen.«

»Ich habe keine Lust, in einer Gesellschaft zu leben, in der man die Vergewaltigung eines neunzehnjährigen Mädchens nicht verhindert, obwohl man die Möglichkeit dazu hat.«

»Da geht es dir ganz ähnlich wie Per. Und jetzt ist er tot.«

»Du bist wirklich nicht mehr ganz bei Trost.«

»Nein, wahrscheinlich nicht, aber ich weiß, dass man die Drecksarbeit nicht erledigen kann, ohne sich die Hände schmutzig zu machen. Das hier ist etwas anderes als deine Mordermittlungen, du hast ein Opfer und einen Mörder. Hier sind wir alle Opfer und Mörder, und du kannst dich nicht einfach umdrehen und die Hände in Unschuld waschen, wenn du sie dir vorher schmutzig gemacht hast. So ist das. Und wenn du Henriette Ehre erweisen willst, dann denk darüber nach, es war ihr Credo, sie lebte danach. Es ist nicht immer einfach, aber irgendjemand muss die Drecksarbeit erledigen, damit der Rest der Bevölkerung im glücklichsten Land der Welt leben kann.«

Fick dich, dachte Axel, fick dich, du aufgeblasenes, scheinheiliges Arschloch, aber er war zu schockiert, um etwas zu sagen. Ihm war klar, dass Jens ihn auf eine Spritztour mitgenommen und am Ende einer Sackgasse geparkt hatte. Es gab keinen Ausweg, jedenfalls keinen, den er kannte und für gewöhnlich nahm.

»All dies vorausgeschickt, will ich gerne mein Angebot wiederholen. Warum kommst du nicht zu uns? Ich brauche Leute mit deinem analytischen Verstand und deiner Hartnäckigkeit. Henriksen hätte dich gerne in seinem Team.«

»Ich kläre Morde auf, darin bin ich gut. Außerdem gibt es wohl kaum noch einen Winkel in Dänemark, wo ich als verdeckter Ermittler arbeiten könnte. Mein Gesicht ist zu bekannt.«

»Wir haben ja nicht nur Undercoveroperationen im Aufgabenportfolio. Außerdem arbeitet der Großteil unserer verdeckten Ermittler im Ausland, und wenn wir hier zu Hause Undercoveragenten brauchen, leihen wir sie meistens bei befreundeten Diensten aus. Abgesehen davon kann ein bisschen plastische Chirurgie heutzutage Wunder wirken, sogar bei dir. Und nicht zuletzt hast du bei dieser Sache genau wie bei der Operation vor zwei Jahren ganz außerordentliche Fähigkeiten für diese Art von Einsätzen unter Beweis gestellt.«

Axel hätte sich geschmeichelt gefühlt, wäre es nicht Jens Jessen gewesen. Wäre es nicht der PET gewesen.

»Nein, danke, ich bin zufrieden, da, wo ich bin.«

»Denk drüber nach. Und gib mir Bescheid, falls du es dir anders überlegst.«

Axel war frustriert und erleichtert zugleich, als er Jens Jessen und den Führerbunker in Søborg verließ. Es würde für lange Zeit das letzte Mal gewesen sein, dass er hier aufgekreuzt war, schwor er sich.

Eine Woche später schaute er sich eine Dreizimmer-Küche-Bad-Wohnung in der Sankt Hans Gade an, halb so groß wie seine alte Wohnung in der Nørrebrogade, aber sie bot ausreichend Platz für ihn und Emma. Und sie lag in Nørrebro, auf der feinen Seite der Nørrebrogade. Es war nicht weit bis zu Emmas Schule, und er konnte sich von dem Teil des Viertels fernhalten, in dem er alles andere als beliebt war. Er konnte auf der rechten Seite des Stadtteils unten bei den Seen bleiben, dem Bonzenviertel, wo die Reichen und Bessergestellten schon vor der Jahrtausendwende Einzug gehalten hatten. Es waren hundert Meter bis zum Peblingesø, und er schob sein Fahrrad bis dorthin und setzte sich auf eine Bank. Steckte sich eine Zigarette an und sah den Schwänen zu, den Läufern auf dem Uferweg, den Spaziergängern mit ihren Hunden, blickte hinüber zur Dronning Louises Bro, die in sattgelber Hitze dalag, spürte, wie das Leben in der Stadt wieder Fahrt aufnahm, als der Nachmittag allmählich zur Rushhour wurde. Er dachte fast ständig an Henriette, ihren sinnlosen Tod, fand aber keinen Punkt, auf den er seine Wut und seine Trauer richten konnte. Sie brannten wie eine Wunde im Bauch, und es gab kein Entrinnen. Wenn er nicht mehr konnte, brach er vor Erschöpfung und Müdigkeit einfach zusammen, als sei kein Funken Energie in seinem Körper mehr übrig, obwohl es noch mitten am Tag war.

Mehr denn je war er im Zweifel darüber, wie er sein Leben weiterleben sollte. Er machte sich Vorwürfe, Mikkel Holst nicht früher gestellt zu haben, nicht sorgfältig genug mit allen

Details umgegangen und stur der PET-Spur gefolgt zu sein. Und worauf war er am Ende gestoßen? Auf einen stinkenden Sumpf aus Geheimdienstwissen über einen Doppelagenten, gegen den er nichts unternehmen konnte. Und in diesen Sumpf hatte Jens Jessen ihn hineingezogen, mit seinen meisterlichen Winkelzügen, sodass er mit leeren Händen zu Martin Lindberg gehen und ihm erklären musste, dass es keinen ungesetzlichen CIA-Flug gab, dass er nichts für ihn hatte.

Gab es überhaupt noch eine Zukunft als Mordermittler für ihn? Auch was das anging, hatte er seine Zweifel. War er alt und klapprig geworden? War er ausgebrannt? Er hatte Emma, das einzig Reine in seinem Leben, das Einzige, das so etwas wie Zukunft für ihn bedeutete.

Sein Telefon klingelte. Es war Lennart.

»Axel, du bist nach der Beerdigung ziemlich schnell von der Bildfläche verschwunden. Bist du okay?«

»Nein.«

»Kann ich mir denken. Ich habe ein paarmal angerufen.«

»Ich hatte das Handy ausgeschaltet. Irgendwas Besonderes?«

»Nein, habe mir nur Sorgen um dich gemacht.«

»Ich habe viel Zeit mit Emma verbracht. Ein bisschen entspannt. Ich verkaufe meine Wohnung und war zuletzt wieder ein paarmal im Büro.«

»Und was machst du da?«

»Den Fall abschließen, obwohl es immer noch ein paar Dinge gibt, die ich nicht verstehe.«

»Zum Beispiel?«

»Zum Beispiel, warum Per ermordet wurde.«

»Ja, genau darüber wollte ich noch mit dir sprechen. Ist ein bisschen untergegangen neben Henriettes Tod und allem. Ich habe mir das Ganze noch mal genau angesehen. Er wurde tatsächlich ermordet, das kann ich jetzt mit Sicherheit sagen.«

»Wie das?«

»Ich bin gestern den gesamten toxikologischen Bericht durchgegangen. Er wurde mit Flunitrazepam betäubt, bevor er starb, du weißt schon, dieser Date-and-Rape-Droge, die man jetzt überall bekommt. Sorgt für eine wunderschöne Amnesie, aber das war ja nicht sein Stil, oder? Er hat ja nur getrunken.«

»Stimmt.«

»Und daraus müssen wir schließen, dass unser Freund Mikkel ihn betäubt hat, bevor er ihn umbrachte«, sagte Lennart.

Axel erkundigte sich noch nach ein paar Details und verabschiedete sich.

Die nächsten drei Tage verbrachte er damit, alle technischen Spuren in Verbindung mit Per Larsens Tod durchzugehen. Per war betäubt, mit einem Kissen erstickt und dann fein säuberlich auf dem Bett zurechtgelegt worden. Der Mörder hatte ebenso wenig DNA-Spuren wie Fingerabdrücke hinterlassen. Wahrscheinlich hatten sie zusammen Wein getrunken, denn auf diesem Weg war das Flunitrazepam in Pers Körper gelangt, aber in dem Glas, das sie am Tatort gefunden hatten, waren keine Rückstände der Droge nachgewiesen worden, weshalb Axel davon ausging, dass der Täter das richtige Glas mitgenommen hatte. Gemeinsam mit BB kam er zu dem Schluss, dass Per seinen Mörder in die Wohnung gelassen hatte – es musste jemand sein, den er gekannt hatte und der dafür infrage kam, ein oder mehrere Glas Wein mit ihm zu trinken. Per Larsens Handy war bisher nicht aufgetaucht. Entweder hatte der Täter es verschwinden lassen oder es lag irgendwo und wartete darauf, gefunden zu werden – vielleicht mit Informationen darüber, wer ihn ermordet hatte, vielleicht auch nicht. Außerdem hatte er die Mails auf Pers Computer durchgesehen, und es waren einige dabei, die seine Aufmerksamkeit in Anspruch nahmen: Mails an und von Mikkel Holst, Mails an und von Khalid, ein halbes Jahr alt. Und eine Nachricht von Jens Jessen, die nur eine Woche vor Pers Tod eingegangen war. Jens schrieb, er habe versucht, ihn telefonisch zu erreichen, und er solle doch bitte zurückrufen. Anscheinend hatte Jens versucht, die Mail vor Axel geheim zu halten, denn auf der bereinigten Version der Festplatte, die er auf dem Höhepunkt der Ermittlungen vom PET bekommen hatte, war sie nicht zu finden gewesen.

Jens erklärte, er habe Kontakt mit Per aufnehmen wollen, weil neue Indizien dafür sprachen, dass Per die Sache an die Öffentlichkeit bringen wollte. Deshalb habe er ihm noch einmal die Vertraulichkeit und die strafrechtliche Relevanz der Angelegenheit deutlich machen wollen, Per aber nicht erreicht.

Axel erinnerte sich an Jens' Gesichtsausdruck, als er ihn auf dem Parkplatz in Søborg damit konfrontiert hatte, er wisse alles, Aishas Vergewaltigung und warum Sten Høeck und Per Larsen umgebracht worden waren. »Können wir beide das nicht unter uns regeln?«, hatte Jens gefragt. Und es hatte keinen Sinn ergeben, denn Henriette wusste zu diesem Zeitpunkt ebenfalls über die Zusammenhänge Bescheid. Es sei denn, Jens hatte in diesem Moment geglaubt, Axel habe herausgefunden, wer Per ermordet hatte.

Den Ermittlungsakten zufolge hatte Mikkel Holst Per Larsen ermordet, und dabei musste Axel es bis auf Weiteres belassen. Aber Holst hatte ihm gesagt, er habe Per nicht umgebracht, und das in einer Situation, in der ihm diese Aussage keinerlei Vorteil brachte. Mikkel konnte er leider nicht mehr fragen, denn der lag in einem Schubfach der Gerichtsmedizin, getötet von einer einzigen Kugel direkt in die Stirn, die einer der Scharfschützen des SEK abgefeuert hatte.

Ein paar Tage später rief er Jens Jessen an und sagte, er habe nachgedacht und sich entschieden, das Angebot anzunehmen und zum PET zu wechseln. Jens war begeistert und schlug vor, sich nächste Woche im Restaurant Salt unten am Hafen zu treffen, es sei einiges an Papierkram zu erledigen und Axel sei eingeladen.

Am Tag darauf unterschrieb er den Kaufvertrag für die Wohnung in der Sankt Hans Gade. Er musste zurück in sein altes Viertel, zurück zu dem alten Axel Steen, der nie aufhörte, bevor ein Fall gelöst war, endgültig und bis in den letzten Winkel. Und der Wechsel zum PET war ein Schritt in diese Richtung.

Jens Jessen saß an einem Tisch im Außenbereich des Restaurants unter einem Sonnenschirm. Er trug eine Sonnenbrille, Anzug, weißes Hemd und Schlips.

Axel hatte keinen Hunger und bestellte nur einen Kaffee. Jens Jessen ließ sich ein Glas Weißwein bringen, hielt die Nase hinein und inhalierte das Aroma mit Kennermiene. Dann öffnete er eine Aktenmappe und nahm zwei Dokumente heraus.

»Das hier ist dein Anstellungsvertrag bei der Staatspolizei, und das ist die Erklärung über die Schweigepflicht. Du musst beides unterschreiben. Ich kann dir gar nicht sagen, wie froh ich bin, dass du dich entschieden hast, deinen Namen unter diese Papiere zu setzen.«

»Weil du mich dann unter Kontrolle hast oder weil du einen guten Polizisten bekommst?«

Jens lachte laut auf und nahm die Sonnenbrille ab.

»Beides, Axel, beides.«

»Ich habe eine Bedingung.«

Jens Jessen sah ihn überrascht an.

»Ja?«

»Ich will mit Khalid zusammenarbeiten.«

Ein kurzer Schauer Tics zog über Jens' Gesicht, und er rieb sich mit der flachen Hand über den kahlen Schädel.

»Hm, tja, das ist vielleicht gar keine schlechte Idee, dann kannst du ihn unter deine Fittiche nehmen und ihm ein bisschen was über gute Ermittlungsarbeit beibringen.«

»Er hat gezeigt, dass er alles über gute Ermittlungsarbeit weiß. Nicht umsonst ist er zu der Schlussfolgerung gekommen, dass Aisha vergewaltigt wurde.«

Ein Schatten huschte über Jens Jessens Gesicht, als Axel ihren Namen aussprach. Jens ließ den Blick über den Hafen schweifen. Gegenüber lag die Oper und ähnelte einem gigantischen in der Sonne glänzenden Kühlergrill.

»Wie lange ist es jetzt her? Vierzehn Tage?«, fragte Jens Jessen und sah hinüber zur Refshaleøen. »Wie gehst du mit dem um, was da draußen passiert ist?«

»Ich denke nicht darüber nach. Es hat funktioniert. Henriettes Tod macht mir zu schaffen, das ist alles.«

»Ja, das verstehe ich. Hast du mal über das nachgedacht, worüber wir neulich gesprochen haben, ihre Entscheidungen und ihre Beweggründe?«

»Nein, da lasse ich die Finger von. Ich kannte eine andere Henriette als du, und die will ich in Erinnerung behalten.«

Jens Jessen wirkte wie jemand, der gerne reden wollte, aber

jedes Mal von den Antworten ausgebremst wurde, die Axel ihm gab. Er drehte sich halb auf seinem Stuhl um und deutete mit einem Nicken in Richtung des Restaurants hinter ihnen.

»Da drinnen haben Henriette und ich uns mit zwei hochrangigen Agenten der CIA getroffen, vor dreieinhalb Jahren. Wir haben zu Mittag gegessen und verschiedene Möglichkeiten diskutiert, als die Operation in ihre entscheidende Phase ging – kurz nachdem wir Abu Bilal identifiziert hatten. Es wurde nie konkret ausgesprochen, aber alle wussten, dass die Amerikaner ihn übernehmen würden. Henriette stellte keine Fragen, hielt sich nicht mit den ethischen Aspekten der Operation auf. Sie war kein böser Mensch, Axel, sie hat ihre Pflicht getan.«

Er schwieg, blickte nur über das Wasser, Kajaks, Ruderboote, ein hitziger Scooter und ein schöner, alter Schoner.

Es fühlte sich an, als habe er einen Menschen verloren, den er nicht kannte. Er war unglücklich darüber, wie sich ihre Beziehung zuletzt entwickelt hatte, fühlte bodenlose Traurigkeit, wenn er daran dachte, dass sie tot war, und es fiel ihm schwer zu sehen, wie er ihr Andenken in Ehren halten sollte. Aber er schuldete ihr etwas. Es konnte ja sein, dass er mit ihren Entscheidungen nicht einverstanden war, vielleicht sogar so sehr, dass ihre Liebe ohnehin keine Chance gehabt hätte, aber sie hatte sich für ihn geopfert, und davor hatte er höchsten Respekt. Er war sich bewusst, dass es so etwas heute so gut wie nicht mehr gab. Dass Menschen ihr eigenes Leben in den Hintergrund stellten, um das anderer zu retten. Sie hatte es getan, weil sie so war. Und deshalb stand er in ihrer Schuld. Und er bezahlte stets, was er schuldig war. Alle mussten eines Tages bezahlen. Auch Jens Jessen.

»Lass gut sein, Jens, es reicht«, sagte er.

Er trank seinen Kaffee und lauschte Jens' Ausführungen über die Abteilung *Sonderoperationen* und die vielen spannenden Einsätze, die auf ihn warteten. Es war ihm gleichgültig. Er hatte den Job angenommen, weil es seine einzige Möglichkeit war, Beweise gegen Per Larsens Mörder zu sammeln.

Als der Redeschwall allmählich abebbte, bedankte Axel sich für den Kaffee, stand auf und unterschrieb die Papiere, bevor Jens anfangen konnte, nach Informationen über Cecilie zu stochern. Er zündete sich eine Zigarette an und sagte:

»Geht dir das manchmal auch so? Du meinst, jemanden zu kennen, obwohl du sein Gesicht nicht sehen kannst, aber der ganze Bewegungsablauf kommt dir bekannt vor? Emma würde ich zum Beispiel unter hundert Mädchen erkennen, obwohl sie alle mit dem Rücken zu mir stehen. Oder Cecilie mitten in einer Menschenmenge. Verstehst du, was ich meine?«

»Ja, ich glaube schon, aber worauf willst du hinaus?«

»Manchmal weiß man, dass man eine Person kennt, aber man kommt nicht drauf, wer sie ist.«

»Ja, sicher. Und?«

»Genau so geht es mir mit dem Mann, den ich gesehen habe, als ich auf dem Dach von Sten Høecks Wohnung war. Als er in seinem Kapuzenpulli die Treppe runterrannte, dachte ich, das ist doch … Und dann war alles weg. Na ja, ich hatte an dem Abend getrunken, aber irgendwann fällt es mir schon noch ein.«

DANKE

an Helle Vincentz, Hans Petter Hougen, Peter Stein Larsen, Jakob Levinsen, Mette Nexmand, Nina Søndergaard, Ching, Thomas Pedersen und die Kofoeds Schule sowie das Dänische Autoren- und Übersetzerzentrum auf Hald.

An Politikens Forlag, Lene, Charlotte, Lise, Nya, Rudi, Camilla und Camilla, Helle, Pernille und all die anderen, die dafür kämpfen, meine Bücher zu meinen Lesern zu bringen.

An meine Redakteurinnen Anne Christine Andersen und Lotte Thorsen für ihr gründliches und unermüdliches Lesen des Buchs.

An Anja Kublitz, Jeanette Kublitz, Emilie und Hannah für ihren Rückhalt, ihre Inspiration, ihre Zeit und ihre Fürsorge.

Voosen/Danielsson:
Das Traumpaar des Schweden-Krimis

Später Frost. Der erste Fall für Ingrid Nyström und Stina Forss. Taschenbuch. Verfügbar auch als E-Book

Rotwild. Ein Fall für Ingrid Nyström und Stina Forss. Taschenbuch. Verfügbar auch als E-Book

Aus eisiger Tiefe. Ein Fall für Ingrid Nyström und Stina Forss. Taschenbuch. Verfügbar auch als E-Book

In stürmischer Nacht. Ein Fall für Ingrid Nyström und Stina Forss. Taschenbuch. Verfügbar auch als E-Book

Der unerbittliche Gegner. Ein Fall für Ingrid Nyström und Stina Forss. Taschenbuch. Verfügbar auch als E-Book

Leseproben und mehr unter www.kiwi-verlag.de

KiWi